KB131935

내 마음은 호수

박경리
장편소설

다산책방

일러두기

- 의성어, 의태어, 방언 등은 작가의 의도에 따라 원문을 따랐다.
- 방언, 외래어에서 유래된 단어 등은 본문 뒤에 따로 정리해 찾아볼 수 있게 했다.

1. 해후

서편 산허리에 뭉그러진 구름이 여광을 받아 황금빛으로 타고 있었다. 사월도 중순에 접어드는데 저녁 바람이라 그런지 피부에 스치는 품이 좀 거칠었다.

　시누 올케 간인 문명희文明嬉와 유혜련柳惠蓮을 실은 자동차가 해운대로부터 부산 시내를 향하여 달리고 있었다. 비스듬히 기대앉은 명희는 연한 물빛 코트를 입고 있었는데 매끄럽고 부드러운 목덜미가 푸르게 감각되리만큼 눈부시게 살빛이 희다.

　혜련은 멍하니 차창 밖을 내다보고 있었다.

　"……언니도 좀 방향을 바꾸어야지. 이대로면 결국 독자를 다 잃어요."

　명희는 아까부터 하던 말을 계속하고 있는 모양이다. 혜련은 잠자코 창밖으로 얼굴을 돌린 채 말이 없다.

"역시 작가나 배우도 너무 개성이 강하면 환영받을 수 없어요. 처음엔 그 이질적인 것에 끌리지만 이내 싫증을 내거든요. 개성보다 폭이, 폭이 넓어야 할 것 같아요. 언닌 독자를 생각하고 글을 쓴다는 것은 문학에 대한 불순성이라 하시겠지만 최소한 한 사람의 독자가 있음으로써 문학은 처음으로 성립되는 게 아닐까요?"

"골치 아픈 얘기, 그만둡시다."

혜련은 쓰디쓰게 말을 내뱉는다.

잠시 동안 침묵이 지나갔다. 명희는 그러나 다시 입을 열었다.

"언닌 너무 자기 자신을 구속하고 학대하고 계세요. 좀 더 자연스럽게 감정을 개방하셔야지. 건방지다고 생각하시겠지만 언니의 생활 감정이나 소설 속의 모럴은 이미 낡은 거예요."

말씨만은 조심스러웠지만 상당히 신랄한 비판이다.

"자신을 개조해야 할 아무런 동기도 이유도 없군요. 나는 다만 이 지루한 시간을 어떻게 보낼까 생각하고 있을 뿐입니다."

명희는 좀 어이없다는 듯 혜련을 쳐다보다가,

"그럼 언닌 왜 문학을 하세요! 문학을 하는 목적이 뭐예요?"

"무서운 권태에서 놓여나기 위하여."

대답은 이내 돌아왔다.

"권태, 권태?"

명희는 그 말을 되씹어본다.

"제발 문학 얘기는 그만둡시다. 대단찮은 거예요. 전쟁이 나고, 사람이 수없이 죽어가고…… 하긴 그것도……."

혜련은 말을 하다 말고 차갑게 웃는다.

사방은 차츰 어둠 속에 묻히고 멀리 부산 시내의 불빛이 보이기 시작한다. 명희는 전에 없이 이야기가 좀 깊이 들어간 것을 깨달았다. 그리고 전쟁이라는 혜련의 말에서 이북으로 간 오빠 명구明九를 생각하는 것이었다.

'가엾은 언니, 평소 정다운 사이는 아니었지만 역시 내외간이라 잊어질 리가 있나.'

이번에는 명희가 차창 밖으로 시선을 돌린다.

"한 선생께 미안하군요. 우리끼리만 와서."

한참 있다가 무슨 생각에선지 혜련은 그런 말을 불쑥했다.

"그인 자기 할 일이 있어 그런 걸요. 누가 못 오게 했나요?"

명희는 남편 한석중韓石中에 대하여 극히 무관심한 태도를 취한다. 하긴 아침에 같이 갈 것을 권유하였으나 의사회醫師會에 나가야 한다고, 거절을 당했던 것이다.

자동차가 광복동 거리로 들어갔을 때였다. 별안간 운전수의 고함 소리와 함께 자동차는 심한 진동을 일으키며 급정거를 했다. 명희와 혜련의 몸이 한곳으로 쏠린 채 자기들도 모르게 서로의 손을 꼭 붙잡았다. 자동차에 사람이 치인 것이다.

일순간에 일어난 돌발 사고였다. 운전수의 잘못이 아니었다. 술병을 든 사나이가 스스로 뛰어든 것이다.

운전수가 뛰어내리고 명희와 혜련이도 자동차에서 내렸다. 순식간에 사람이 모여들었다. 산산이 부서진 술병 조각이 포도 위에 깔려 있고 그 파편이 불빛을 받아 불길하게 희번덕거린다. 자동차에 치인 사나이와 동행인 듯한 신사 한 사람이 나자빠진 부상자를 안아 일으킨다. 중상인지 경상인지 분별할 수 없었지만 죽지는 않았던 모양이다.

"빨리 자동차에 태우세요."

어쩔 줄을 몰라 허덕거리고 있는 운전수한테 혜련이 냉랭한 목소리로 명령했다. 겨우 신사와 운전수가 부상자를 자동차에 끌어 올렸다.

"똑바로 올라가세요. 한외과의원이 있으니까. 우리도 그리로 가는 사람입니다."

차비를 치르고 걸어가려는 명희를 자동차에 타게 한 후 혜련은 운전수에게 방향을 지시했다. 광복동에서 대청동에 이르는 길 중턱에 있는 한외과의원 앞에서 자동차는 멎었다.

먼저 병원으로 들어간 혜련은 조수를 밖에 나가보게 한 뒤 시누이 남편인 한석중한테,

"저희들이 타고 온 자동차에 사람이 치였구면요."

하고 얼굴을 찌푸렸다.

한 의사도 지금 막 밖에서 돌아온 참이었다. 한 의사는 얼굴이 거무스름하고 무뚝뚝한 인상이었다. 그러나 뼈마디가 굵고 장대한 몸집은 외과의사답게 믿음직스러웠다.

"모처럼 나가셨는데 불쾌하시겠습니다."

한 의사는 안됐다는 뜻을 표시하면서 가운을 걸친다. 한 의사는 혜련과 동갑인 올해 서른일곱이다. 피란 온 S의과대학의 조교수로 나가는 한편 외과의원을 경영하고 있는 실력파다.

뒤늦게 들어온 명희는 남편을 보자마자,

"아이, 기분 나빠. 왜 하필이면 우리가 탄 차에 사람이 치였담."

여지껏 놀라움이 가시지 않았는지 불빛 아래 선 명희의 얼굴은 약간 창백했다.

"일요일 하루쯤 우리한테 봉사하신다고 천벌이 내리겠수? 밤낮 일, 일이야."

명희는 투덜거리며 안으로 들어간다.

"허 참, 별소리를 다 하네."

한 의사는 텁텁하게 웃으며 젊은 아내의 뒷모습을 바라본다.

부상자를 끌고 들어오는 것을 보자 혜련은 안으로 들어가고 한 의사는 부상자 앞으로 다가간다. 안에서는 명희와 혜련의 딸 진수眞洙가 실랑이를 하고 있었다.

"고모, 난 싫어! 저희들끼리만 가고, 흥, 보기 싫어!"

진수는 명희의 허리를 안고 늘어진다.

"어마? 너 동무하고 약속이 있다면서 고모한테 용돈 째벼 가잖았니? 무슨 엉뚱한 소리야?"

명희는 일부러 놀란 척하면서 허리에 감겨진 진수의 팔을 뿌리친다. 진수는 올해 고등학교 삼 학년이 된 귀여운 아가씨다.

"난 몰라! 엄마도 깍쟁이! 왜 암 말도 안 했어요? 그까짓 동무하고 약속쯤, 해운대 가는 줄 알았음⋯⋯."

진수는 마침 들어온 혜련의 등을 밀면서 화살을 제 어머니한테 돌린다.

"동무하고 약속한 것을 어기면 쓰나."

혜련이 달래듯, 나무라듯 말했다.

"몰라, 몰라요."

진수는 마구 고개를 내두른다. 그럴 때마다 뒷벽에 걸린 단발머리 그림자도 따라 흔들린다.

"트집 잡을 건덕지만 노리고 있는 너한테 걸렸으니 별수 없지. 널 안 데리고 간 죄로 고모가 저녁을 한턱낼게. 옷 갈아입고, 응?"

할 수 없었던지 명희가 구부러진다.

"쳇! 그까짓, 그까짓 저녁 한턱으로 누가 용서할 줄 알아요? 고모하고 엄만 종일 재미 보구서 뭐⋯⋯."

진수의 노여움은 좀처럼 풀어지지 않을 모양이다.

"이 앤 정말 언제나 철이 들까? 나이 벌써 열여덟인데, 명년에 대학생이 된다는 생각을 좀 해보아요."

"엄만 공연히 또 나이 핑곌 하서. 대학생이 되면 어련할까 봐요. 걱정 마세요. 얌전해질 테니까."

진수는 혜련을 흘겨보면서 아랫입술을 내어 밀고 푸! 하며 입을 분다.

"심술 부리면 돼지 닮는다. 거봐, 입이 꼭 돼지 모양 같구나."

명희는 옷을 훌렁 벗으면서 약을 올려준다.

"피이, 고몬 복어 같아요. 민들민들 살이 찌고 배가 나오고, 호호홋⋯⋯."

진수도 지지 않는다.

"에끼! 망할 기지배."

명희는 벗어 든 옷으로 진수를 때리는 시늉을 한다. 벌써 이들의 대화에서 물러난 혜련은 벽에 기대어 선 채 신문을 들여다보고 있었다. 명희는 슈미즈 바람으로 그 윤기 있는 어깨를 드러내놓은 채 장문을 와라락 열어젖히고 옷을 뒤적거린다.

"저, 저녁 준비가⋯⋯ 밖에서 하실 줄 알고⋯⋯."

식모가 살그머니 방문을 열고 저녁 준비가 되지 않았음을 말한다.

"아아, 괜찮아요. 밖에서 할 테니까. 언니? 언니도 같이 나가세요. 진수한테 들볶여서 어디 그냥 견뎌 배기겠어요? 저 조동아릴 막아야지."

그러나 혜련은 신문에서 눈을 떼지 않고,

"나는 피곤해요. 저녁 생각도 없고, 써야 할 원고가 있어서⋯⋯."

"어머닌 제발 오시지 마세요. 고모한테 바가지 못 씌우게 언제나 말리니까 말이에요. 진순 그런 방해자하고의 동행을 거부

15

합니다."

"아주 또 근사하게 재는데?"

명희의 야유다. 그래도 혜련은 국외자처럼 신문만 내리훑고 있었다. 진수는 건방지게 뒷짐을 지고 옷을 갈아입고 있는 명희의 풍만한 모습을 바라본다.

"고몬 육체파야. 이젠 고기 그만 잡수세요. 저처럼 이렇게 날씬해야 미인 축에 들어가거든요."

진수는 보기 좋게 뻗은 한 다리를 올려 보이고, 그의 말대로 날씬한 허리를 양손으로 짚어 보인다.

"흥! 이번엔 복어가 아니어서 천만다행이구나. 하긴 나도 너만 때는 그랬단다. 실버들처럼 가는 허리, 사슴처럼 날씬한 다리, 이제 고몬 다 늙었다, 다 늙었어."

"피이, 이제 겨우 스물일곱이면서 늙었다고, 그럼 고모할머니라 불러드릴까요? 하하핫……."

진수와 명희는 맑은 소리를 합하여 거리낌 없이 웃어젖힌다. 신문을 보고 있던 혜련이 놀란 듯 머리를 흔든다. 창변에 놓인 시클라멘이 나른해 보일 지경으로 그들의 웃음은 상쾌하다.

진수는 호수 속에 사는 요정 같은 계집애다. 단단하게 부푼 젖가슴이 초록색 스웨터 밑에서 그 웃음소리와 함께 세차게 소용돌이치고 있었다. 그는 고모인 명희도 어머니인 혜련이도 닮지 않은 이상한 매력을 지니고 있었다. 그는 용모도 그러려니와 성격도 구겨진 데 없이 밝았다. 그러면서도 감수성이 남달리 예민하여 자신이 처할 바를 잘 가린다. 진수의 희망은 장래 훌륭한 성악가가 되겠다는 것이다. 사실 그는 좋은 목소리를 가지고 있었다.

혜련은 온 세상이 즐겁기만 한 듯 웃어젖히는 딸과 시누이를 두고 자기 방으로 건너왔다. 명랑한 그들 속에 끼면 언제나 혜련의 존재는 불협화음이다. 지금도 책상 앞에 앉은 혜련의 얼굴은 소상처럼 표정이 없고 마치 허공에 떠 있는 것같이 보였다.

뒷문으로 빠져나가는 시누이와 딸의 높은 웃음소리가 들려온다. 조용한 저녁 공기를 흔들어주듯 하는 웃음소리, 다정한 동무들처럼 허물없이 지껄이며 나가는 기척에 혜련은 잠시 귀를 기울인다.

부산으로 피란 온 이래 혜련의 모녀는 줄곧 이 집에 신세를 지고 있었는데 어느덧 어수선한 세월이 적잖게 흘러갔다. 혜련은 그 지겨운 세월을 생각하며 하얀 원고지를 내려다본다. 내일까지 주기로 약속이 된 짤막한 글이었건만 제목을 붙인 것만으로 도무지 글머리를 잡을 수 없었다. 머릿속이 막막하고 사방이 아득하게만 느껴진다. 때때로 엄습해 오는 일종의 자실 상태다. 이럴 때면 혜련은 어째서 숨을 쉬고 있는지 이상해진다. 죽음도 아니요, 삶도 아닌 어느 괴상한 중간 지역에서 이유도 목표도 없이 방황하고 있는 자신을 아프게 느낀다.

'아까 그 남자는 어째서 죽으려고 했을까?'

혜련은 펜 끝으로 원고지를 꼭꼭 찌르다가 자살, 자살자, 그런 글자를 써본다. 혜련은 여태까지 죽으리라는 생각을 해본 일이 없다. 그렇다고 해서 꼭 살아보리라는 의욕을 가져본 일도 없었다. 마치 어느 대열 속에서 밀리어 저절로 오늘에 다다른 그런 느낌이 드는 것이다. 다만 소설을 썼다는 일만이 신기하다면 신기했다. 그러나 혜련은 너무 시간이 지루하고 길었기 때문에 그런 작업이나마 했을 것이라고 스스로 변명을 해보는 것이었다.

혜련은 펜을 던지고 자리에서 후딱 일어선다. 도저히 글을 쓸 수 없었기 때문이다. 그리고 일면 자살을 기도한 아까 그 사나이의 용태가 궁금하기도 했다.

"스스로 죽음을 택한 그것이 주기에서 온 흥분적인 일시의 행동이었다 할지라도 그 절박한 마음을 나는 알고 싶다."

혜련은 혼자 중얼거렸다. 살겠다고 빠득빠득 애를 쓰는 사람도 그렇거니와 죽겠다고 덤비는 사람의 심각한 감정도 혜련은 우습게 보고 또한 궁금하게 생각한다. 도대체 이 세상이 그다지도 슬프고 괴로우며, 그다지도 살맛이 나고 즐거운 것인지 알 수 없었던 것이다.

혜련이 병원에 나가보았을 때 한 의사는 환자 팔에 주삿바늘을 찌르고 있었고, 운전수는 지친 듯 우두커니 서 있었다. 그리고 같이 따라온 신사는 모자를 손에 든 채 담배를 피워 물고 하염없이 창밖을 내다보고 서 있었다. 한 의사가 주사를 놓고 자리에 돌아오자 운전수는 기름투성이의 옷을 움켜쥐고 한 의사

의 앞으로 다가서며,

"서, 선생님. 제 잘못이 아, 아닙니다."

창을 바라보며 하염없이 담배만 피우고 있던 신사가 돌아선다. 사십 남짓해 보이는 중년 신사였다. 얼굴은 별로 볼품이 없으나 어딘지 모르게 세련되어 있었다. 운전수는 감정이 격해서 연신 옷을 움켜쥐고 말을 더듬는다.

"저, 저 양반이 술에 취해가지고 뛰어들지 않겠습니까? 선생님, 그걸 증명, 아니 치료빌 제, 제가 물 수 없단 말입니다. 남의 차를 몰면서 그까짓 쥐꼬리만 한 월급 가, 가지고 사는 놈이 억울합니다. 저, 절대로 그건 안 될 말이죠."

운전수는 소맷자락으로 이마에 솟은 땀을 씻는다. 얼굴에 시꺼먼 얼룩이 진 것도 알 바 없이 그는 미리부터 겁을 집어먹고 자기의 입장을 역설하는 것이었다. 혜련은 그 사실을 잘 알고 있었으므로 변명의 필요성을 느꼈다. 그러나 혜련이 입을 떼기 전에 신사가 먼저 말을 하였다.

"걱정 마시오, 운전수 양반. 전혀 당신 탓이 아니지. 이 친구 자살을 하려고 했거든. 오늘 밤 당신 운수가 나빴어. 내가 증명할 테니 돌아가서 빨리 차나 굴리시오."

운전수는 살아난 듯 눈빛이 환해지더니 몇 번이나 허리를 굽실거린다. 그는 구석에 서 있는 혜련 앞을 지나칠 때도 역시 허리를 굽실거렸다.

환자는 혼수상태에 빠져 있었다. 한 의사는 잠시 중년 신사를

바라보다가,

"댁은 저분하고 어떤 관계십니까?"

환자를 턱으로 가리키며 묻는다.

"친굽니다."

"입원을 해야겠는데, 가족한테 연락을 해주십시오."

신사는 담배를 재떨이에 비벼 끄면서 한동안 말이 없다가,

"가족이 있어야죠. 사변 때 혼자 이북에서 온 사람이니까요."

"그럼 어떡허죠?"

"입원 비용은 제가 부담하겠어요. 지금 당장 가진 돈은 없습니다만, 우선 입원이나 시켜주십시오. 그리구…… 전 이런 사람입니다."

신사는 보증금도 없이 부탁을 하면서 자기의 신분을 밝혀두는 것이 좋겠다고 생각한 모양으로 호주머니 속에서 명함 한 장을 꺼내어 한석중에게 건네준다. 명함에는 음악대학 교수 윤성수尹聖秀라 씌어 있었다. 윤성수라면 테너 가수로서 한국의 국보적인 존재다.

"아, 윤 선생님이세요! 이거 몰라 뵈어서 죄송합니다."

한 의사는 일어서서 정중하게 악수를 청한 뒤 의자를 권한다.

"우리 알고 보니 한집안 식구군요. 저도 S대학에 근무하고 있는 사람입니다. 의과대학에 있는 한석중이라 합니다."

한 의사는 기탄없이 말하며 자기소개를 하고 웃는다.

"아아, 그러세요? 마침 잘되었군요."

성수도 안심이 된 듯 한 의사를 바라보다가 다시 환자 쪽을 흘끗 쳐다본다.

"저 친구 참 곤란한 사람입니다. 술만 마시면 언제나 저렇게 죽겠다고 자동차, 전차 할 것 없이 보는 대로 마구 뛰어들지 뭐예요. 참말 오늘 밤에도 진땀을 뺐답니다. 제발 병신이나 되지 말았으면……."

윤성수는 한 의사한테 친밀감을 느꼈던지 실토를 하면서 난처한 웃음을 띤다.

"대체로 괜찮을 겁니다. 가벼운 뇌진탕을 일으킨 모양이나 곧 깨어날 거예요. 문제는 다린데, 엑스레이를 찍어봐야 확실한 걸 알겠습니다만, 적어도 뼈에 균열은 간 것 같습니다. 뭐, 신경이 상하지 않았음 이내 회복됩니다."

한 의사의 진단은 극히 낙관적인 것이었다. 성수도 그 말에 안심이 된 듯 담배를 한 개비 꺼낸다.

그동안 혜련은 석상처럼 우뚝 서서 혼수상태에 빠져 있는 환자를 응시하고 있었다. 혜련에게는 한 의사와 성수가 주고받는 말이 전혀 귀에 들리지 않았다. 반듯이 누워 있는 환자의 옆얼굴, 푸른 불빛 아래 깎은 듯 단려한 얼굴이 파랗게 놓여 있다. 어디서 본 듯한 얼굴이다. 아니, 오랜 세월을 두고 한결같이 혜련의 마음속에 밉든 곱든 간에 같이 살고 있던 얼굴이다. 그러나 그가 지금 여기에 있을 리는 없다. 다만 그를 닮은 한 사나이가 저기에 저렇게 누워 있을 뿐이다.

혜련은 그렇게 생각하려고 했다. 혜련은 고개를 흔들며 구름 처럼 몰려드는 혼란을 수습하려 했다.

"그럼 우리 사무적인 것부터 끝내고 이렇게 서로 알게 된 뜻 에서 한잔하십시다."

그새 벌써 두 사람의 기분이 통했는지 주당인 한 의사는 술 마실 것을 제의하고 껄껄 웃는다. 성수도 그 좁다란 이마를 펴 면서,

"한 선생은 술 마시고 자동차에 뛰어드는 버릇이 없으세요?" 하며 농을 건다.

"걱정 마십시오. 저는 처자를 이북에 두고 나온 사나이가 아 니니까요. 하하하⋯⋯."

"하긴 그렇겠군. 아닌 게 아니라 저 친구 땜에 주기가 완전히 달아나 버렸어요. 집에 그냥 기어들어 가기는 좀 멋쩍고, 괜히 기분만 맹숭맹숭하군."

성수도 한 의사 못잖은 주객인 모양이다.

"옛날에는 남 못잖게 충실한 가장이었는데 부산 바닥에 와서 그만! 답답증이 나서 살 수가 있어야죠."

성수는 은근히 피란살이의 설움도 말해본다.

"글쎄올시다, 모두 제자리에 가서 살아야 할 텐데."

"그래도 한 선생은 이렇게 병원이라도 벌려놓으셨으니까 무 척 다행입니다."

"그렇게 말씀하시니 좀 죄스럽군요."

한 의사는 정말 죄스러운 듯 쑥스럽게 웃었다.

"아닙니다. 모두 다 자기 능력인데요, 뭐. 하긴 예술인이 제일 녹는 판이죠. 다방 같은 데 앉아 종일토록 헛물만 켜고 있으니……."

일단 이야기가 끝나자 한 의사는 펜을 들었다.

"그럼 환자 성함을 말씀하시죠."

정신없이 환자 얼굴을 바라보고 섰던 혜련의 어깨가 움직인다. 자기 자신이 왜 이곳에 와 서 있었는지 그 일조차 까마득히 잊고 있었던 것이다.

"이영설입니다. 꽃부리 영, 이름 설."

혜련의 입에서 하마터면 고함 소리가 나올 뻔했다. 그러나 진찰실 한구석에 소리 없이 와 그림자처럼 서 있는 혜련의 모습은 그들의 시선을 끌지 못했다.

"나이는?"

"아마 마흔이나 됐을 겁니다."

"직업은?"

"작곡가요."

혜련은 도어의 차가운 손잡이를 잡았다. 쓰러지지 않으려고 힘을 주어 꼭 손잡이를 잡고 밖으로 밀었다. 가까스로 몸을 가누면서 진찰실 밖으로 빠져나왔다. 아무도 혜련이가 나간 것을 몰랐다. 더군다나 혜련이 받은 심한 충격을 알 리 없었다. 조수나 간호원은 그 이름 높은 성악가 윤성수에게 정신이 팔려 혜련의 거동에는 거의 무관심했던 것이다.

혜련은 복도에 나와서 차가운 벽에 이마를 붙이고 정신을 차리려고 했다. 그러나 복도를 비춰주고 있는 희미한 불빛이 부서진 유리 조각처럼 눈을 감았는데도 뒤통수를 꿰뚫는 것 같은 착각이 들었다. 벽을 한 손으로 짚으면서 간신히 뜰로 내려갔다. 그러나 가지를 뻗고 있는 향나무 밑에까지 가서 그것을 휘어잡으려다가 그만 쓰러지고 말았다.

별도 없는 밤이었다. 혜련은 잔디 풀을 양손으로 움켜쥐고 일어나려고 했다. 그러나 망망해진 머릿속에는 어둠만 깃들고, 사지가 마비되어 버린 듯 옴짝할 수 없었다.

'나는 지금 꿈을 꾸고 있는지도 몰라. 그렇지 않다면 왜 이렇게 몸을 움직일 수가 없을까?'

혜련은 또다시 잔디 풀을 양손으로 움켜쥐어 보았다. 역시 몸은 말을 듣지 않았다.

"맞았어, 꿈이야. 난 전에도 이런 꿈을 더러 꾸었지."

혜련의 몽롱해진 의식 속에 커다란 그림자가 보인다. 그 그림자는 자꾸 움직였다. 달밤에 장지문에 비친 그림자 같기도 하고, 눈도 코도 볼 수 없는 검둥이의 얼굴 같기도 했다.

쨍그랑! 쨍그랑! 소리가 난다. 혜련은 정신이 바짝 들었다. 전등이 켜진 부엌 창문이었다. 부엌에서 설거지를 하고 있는 식모의 머리 모양이 창유리에 비쳤던 것이다.

혜련은 행여 식모가 와서 이런 자기의 꼴을 본다면 어쩌랴 싶은 생각이 퍼뜩 들었다. 그는 허리를 뒤틀듯 몸을 일으켜 앉혔다. 머리를 쓸어 넘기고 옷을 털었다. 별도 없는 하늘, 아득히 먼 곳에처럼 자동차의 클랙슨 소리가 들려온다.

혜련은 겨우 자기 방으로 찾아 들어갔다. 네모가 반듯한 방에 불그스름한 연기가 가득 차 있는 것같이 눈앞이 아스름해진다. 그 속에 뱅글뱅글 웃고 있는 진수의 얼굴이 불쑥 솟는다. 혜련은 앞으로 발을 내디뎠다. 그리고 자기도 모르는 사이에 책상 위에 놓인 진수의 사진을 뒤집어 놓는다. 혜련은 책상 앞에 푹 쓰러지며 양손을 머리 속에 쑤셔 넣는다. 초롱초롱한 진수의 눈길이 연방 자기 모습 위에 쏟아지고 있는 것 같았다.

'믿을 수 없다. 그가, 이영설이 이곳에, 여기에 와서 누워 있다니…… 믿을 수 없다.'

혜련은 전등불을 끄고 뒤 창문을 드르륵 열었다. 후덥지근한 방에 싸늘한 밤바람이 몰려 들어온다.

약 오륙 미터 길이의 뜰을 격한 건너편에 불이 꺼진 입원실의 창문이 보였다. 얼마 전에 입원했던 환자가 죽어 나간 채 여태 비어 있는 방이다. 그 방의 환자가 죽은 것은 밤중이었다. 비가 부슬부슬 오는 밤중이었다. 통곡 소리에 잠이 깬 진수는 이불 위에 일어나 앉아 그 가엾은 소년을 위하여 훌쩍훌쩍 따라 울었던 것이다. 역시 자동차 사고로 부상을 입은 아직 나이 어린 사내아이였었다.

혜련은 주마등처럼 눈앞을 스치는 먼 옛날의 갖가지 환상에서 도망치듯 창문을 후닥닥 닫아버리고 다시 전등을 켰다. 그리고 식모를 불렀다. 식모는 앞치마로 손을 닦으며,

"부르셨어요?"

혜련은 조용히 고개를 끄덕인다.

"병원에 나가 미스 리한테 진정제 좀 달라고 해요."

"어디가 아프세요?"

식모는 창백한 혜련의 얼굴을 근심스럽게 쳐다본다.

"현기증이 나는구먼."

식모는 이내 냉수 한 그릇에다 약봉지를 들고 돌아왔다.

"선생님께서 아주 몸이 불편하시면 주사를 놔드리겠다고 하십니다. 아마 아까 자동차 사고 땜에 놀라신 거라 하시면서."

"아니, 괜찮아요. 염려 마시라고 하세요."

혜련은 강하게 고개를 저어 보인다.

"저, 그리고 진수 아가씨는 어디 갔느냐고 찾으십니다. 그래서 아주머닐 따라 나갔다고 했죠."

혜련은 한 의사의 의도를 잘 알고 있었기에 잠자코 말을 하지 않는다.

한석중은 본시 만혼晩婚이었다. 연구를 한다, 어쩐다 하며 결혼 문제를 미루어오던 그는 사변이 일어나기 바로 전에 S대학교 영문과에 재학 중인 명희를 알게 되어 결혼한 것이다.

일찍이 부모를 여읜 명희는 올케 혜련이 밑에서 여자에게 필요한 교양은 갖추었으나, 남녀공학인 S대학에서 교육을 받은

탓인지, 혹은 선천적으로 그랬는지 모르지만 매사에 대하여 개방적이고 소탈한 기질이 강했다. 한석중과의 결혼만 하더라도 사랑에 대한 애상이나 꿈으로 이루어진 것은 아니었다. 어디까지나 생활적인 면에서 석중을 택한 것이다. 그러고 보면 그는 그의 인생을 가장 알맞게 주판 놓은 셈이다. 그러나 결혼생활 삼 년에 아직 어린애가 없었다.

한석중은 열 살이나 아래인 젊은 아내를 지극히 사랑하는 것 같았다. 그는 그것만으로 만족을 하는지 별반 아이에 대한 욕심을 보이지도 않았다. 그 대신 이 내외는 진수를 무슨 대용품처럼 사랑하는 것이었다. 지금 한석중이 진수를 찾는 것도 윤성수가 온 때문이다. 성악의 대가 윤성수한테 진수를 소개하고 싶었고, 마치 자기의 딸이나 되는 것처럼 자랑을 하고 싶었기 때문이다. 이러한 석중의 기분을 잘 알고 있었으나, 혜련은 진수가 없었기에 얼마나 다행이랴 생각했다.

약을 먹고 얼마 동안 앉아 있노라니 마음이 다소 가라앉는 것 같았다. 마음이 좀 가라앉았다고 생각하니 새로운 권태가 몰려온다. 지겨운 밤이 사방의 흰 벽을 지고 빡빡하게 가슴에 와닿는다. 급격하게 달려든 흥분이 썰물처럼 물러선 뒤 엿가래처럼 느긋느긋하게 감싸오는 권태, 그 권태의 감각이 두통과 구토의 생리를 유발한다.

그것 역시 견디기 어려운 괴로움이 아닐 수 없다. 슬픔과 원한이 가져다준 작열한 아픔, 그 아픔이 차라리 메슥메슥하게 감

돌아 오는 그 구토와 같은 권태보다 낫겠다는 생각이 들기도
한다.

'영설을 생각하기 싫어서, 그것이 괴로워서 나는 이 진저리 나
는 권태의 감정을 불러일으킨 것일까.'

혜련은 책상 위에 얹은 양손에 힘을 주어 주먹을 쥐어봤다.
그리고 책상을 한번 내리쳐 봤다. 무한히 무한히 뻗어가는 것,
무한히 무한히 오므라드는 것, 우주가 마치 하나의 고무풍선처
럼 압축되어 오는 것 같고, 혜련은 그 압축된 기체 속에 커다랗
고 무거운 자기의 대가리를 느낀다.

'누가 자기의 젊은 날을 돌려달라고 애걸을 했다던가. 만일
나에게 그 젊은 날을 돌려준다면?'

핏발이 선 혜련의 눈에 순간 형용할 수 없는 냉소가 칼날처럼
선다. 장지문에 비친 커다란 머리 그림자, 넓게 넓게 퍼져가는
공간이다.

명희하고 진수는 써늘한 바람을 마시며 광복동 거리로 나
섰다.

"아가씨, 그럼 저녁 식사는 뭘루 하시겠어요? 양식? 중국요
리? 그렇지 않으면 왜식으로 하실까요?"

명희는 진수를 놀려주듯 말한다. 그러나 진수는 아랑곳없이
아주 천연스럽게 한다는 말이,

"아이 어떡허나, 난 저녁을 먹었는데…… 고몬 아직 안 하

셨죠?"

명희는 하도 어이가 없어 진수를 우두커니 쳐다본다.

"저녁을 먹고선 그럼 왜 한턱하라고 했니?"

"고모도, 뭐 내가 한턱하라고 했나요? 고모가 미리 겁이 나서 한턱하겠노라 하며 먼저 손을 들었잖아요. 아이, 우스워 죽겠네."

"그랬던가?"

명희는 진수의 시원스러운 변설에 어리둥절해한다.

"정신이 나갔어. 난 사실 한턱 갖고는 안 된다고 생각했지만 이렇게 따라 나와드렸잖아요."

"그럼 어떡허지?"

"고모님께서 아직 저녁 안 드셨다면 같이 가서 배석해 드릴 용의는 있어요. 아직 위장은 좀 비어 있으니까. 그렇지만 그건 어디까지나 고몰 위한 나의 봉사예요. 나에게 한턱은 따로 있으니까."

"기지배두, 말이사 청산유수 같구나. 그럼 정미당에 가서 케이크나 먹자. 나도 저녁 생각이 없어."

"누굴 어린앤 줄 아나 봐, 그것도 한턱 속에 들어가는 건가요? 어림도 없어요, 어림도."

"마음대로 하렴. 내사 모르겠다. 벌써 돈주머니 입을 벌리기 시작했으니 할 수 없지."

명희는 체념했는지 말을 아무렇게나 내던진다. 그러나 떼를 쓰는 조카의 귀여운 모습을 즐기는 듯 슬며시 진수를 흘겨보고 미소를 짓는다. 명희는 진수의 속심을 잘 알고 있었다. 따로 한턱이 있다는 말이 무엇을 의미하는지 뻔하다. 보나 마나 악기점으로 끌고 가서 새로 들어온 레코드를 사달라기, 아니면 완구점에 가서 강아지 새끼, 곰 새끼, 검둥이 인형 같은 것을 사달라고 조를 것이 분명하다.

명희는 진수를 데리고 우선 정미당으로 갔다. 초콜릿으로 깜찍하게 만든 과자의 집이 진열된 쇼윈도를 들여다보면서 문을 밀었다. 홀 안에는 많은 손님들이 앉아 빵을 먹고 있었다. 그들이 들어가서 두리번두리번 빈자리를 찾는데 모든 시선은 이 두 여성에게로 모여들었다. 풍만하고 화려한 명희한테는 어른들의 눈길이 모여졌고 나리꽃처럼 청초하고 산뜻한 진수한테는 젊은 치들의 호기심에 찬 눈초리가 모여들었다.

자리에 앉자 웨이트리스가 와서 엽차를 따른다. 명희가 케이크를 주문하자 옆에 있던 진수는,

"고모, 아이스크림도, 응?"

하며 어리광이다.

"욕심도 많다."

얼마 후 먹음직스러운 케이크를 담은 접시와 아이스크림이 테이블 위에 놓이자 진수는 참을성 없게 침을 꿀꺽 삼킨다.

"기지배두, 창피하다. 몇 끼나 굶은 것처럼."

명희는 눈을 흘긴다. 저녁을 벌써 먹었다고 했지만 진수의 식

욕은 왕성했다. 아이스크림을 홀랑 먹어치우더니 케이크에 손을 뻗는다. 그리고 어느새 절반을 비우는 것이었다.

한구석에 진을 치고 앉은 고등학교 남학생인 듯한 소년들이 번갈아 가며 진수를 쳐다본다. 본인인 진수는 아예 모르고 먹기에만 열중하고 있었으나 명희는 그들의 분위기를 알아차리고 재미난 듯 혼자 웃는다.

"말라깽이 아가씨, 천천히 먹어요. 배탈이라도 나면 어떡허지? 온, 먹기는 뚱뚱보 나보다 갑절이나 먹는데 왜 살이 안 찔까?"

"아이, 가엾은 고모. 이렇게 맛난 걸 왜 못 잡수세요. 아참, 고 몬 단것도 절제하셔야 해요. 뚱뚱보한텐 고기하고 단건 금물이에요. 책에 그렇게 씌어 있던걸."

"너 내 뷰티북을 훔쳐봤구나."

명희가 노려보는 시늉을 하는데 진수는 볼이 미어지게 케이크를 씹다가 호호 하며 웃는다.

"꼴불견이다. 이 애, 저 봐. 저기 남학생들이 너만 보고 있다. 말라깽이 기지배가 많이도 먹는다고 흉을 보는 모양이지?"

명희 말에 진수가 홱 돌아본다. 수군수군 숙덕거리고 있던 학생들이 슬며시 얼굴을 돌린다.

"피이, 저런 쪼무래기들 보면 어때요! 상관없어요. 참, 그리고 보니 저기 저 구석에 앉은 안경쟁이 아저씨가 고몰 쳐다보고 있어요. 과연 뚱뚱보라 생각하는 모양이죠?"

진수는 보기 좋게 즉석에서 응수한다.

"너한테 걸렸다가는 정말 밑천도 못 찾겠다. 빨리 해방되기 위해서라도 그 뭐 한턱인가를 치러버려야지. 자아, 그럼 나가보실까요, 아가씨?"

명희가 일어서자 진수는 컵의 물을 훌쩍 마시고 자리를 뜬다. 과연 배가 불렀는지 얼굴이 발그레 상기되고 이마에는 촉촉이 땀이 배어 부드러운 머리칼이 엉겨붙어 있었다.

두 사람은 등 뒤에 뭇시선을 받으며 보기 좋게 곧은 어깨를 약간 흔들며 걸어나간다.

"자아, 그럼 아가씨, 북쪽으로 갈까요, 남쪽으로 갈까요?"

명희는 코트의 깃을 세우며 묻는다. 북쪽으로 가면 장난감 가게가 있고 남쪽으로 빠지면 단골집인 악기점이 있다.

"흠…… 어떡헐까?"

양손을 깍지 끼고 턱 밑에 갖다 받치며 진수는 궁리를 한다. 그때였다. 정미당의 문을 분주하게 밀며 뒤쫓아 나오는 사람이 있었다. 아까 구석에서 진수를 쳐다보며 수군덕거리던 그 학생 패 중에 끼어 있던 한 소년이었다. 소년은 좀 주춤거리면서 진수 앞으로 다가왔다.

"저, 문진수 씨 아니세요?"

씨라는 발음이 몹시 어색했다.

"어마, 누구신지요?"

지금껏 어리광만 부리고 있던 진수는 갑자기 새침해지며 제법 숙녀다운 위용을 갖추고 냉정한 목소리로 되묻는 것이었다.

"저, 진수 씨는 잘 기억이 나지 않겠지만 우리는 잘 알고 있는 걸요."

소년은 옆에 서 있는 명희를 곁눈으로 흘끔흘끔 살펴보면서, 그러나 어지간히 대담하게 나온다.

"잘 아시다니요?"

진수는 기분 나쁘다는 듯 얼굴을 찡그린다. 소년은 좀 당황하면서,

"저, 지난가을에 해군에 위문대로 나갔을 때 문진수 씨는 독창을 했죠? 그때 바이올린 독주를 한 B고등학교의 하영우가 바로 나예요."

소년은 제법 어른답게 정중한 태도로 자기가 누군가를 밝힌다.

"아아, 그러세요? 전 잘 모르겠어요."

진수는 쌀쌀하게 대답하더니 상대방에게 더 이상 말할 겨를도 주지 않고 싹 돌아선다. 여드름이 한두 개씩 솟아나기 시작한 소년은 호되게 얻어맞기라도 한 것처럼 멍하니 섰는데 진수는 명희 팔에 기대듯 하며 돌아보지도 않고 냉담하게 걸어간다.

소년은 돌아서면서 홧김에 휘파람을 휙! 휙! 분다. 그리고 바지 주머니 속에 양손을 찌르고 어깨를 추키며 저만큼 기다리고 서 있는 학우들 곁으로 걸어간다.

"성공이야?"

기다리고 있던 축들이 묻는다.

"얼음이더라, 얼음. 시치미를 딱 떼던걸, 건방진 기지배."

"부량잔 줄 알았겠지. 큰소리 탕탕 치더니, 그것 봐."

키만 멋없이 큰 소년이 상반신을 건들건들하며 핀잔을 준다.

"흥, 하긴 옆에 감시자가 떡 버티고 서 있었으니 알아도 모르는 척했겠지. 나를 모를 리가 있나, 그때 문진수의 독창과 내 바이올린 독주가 제일 인기였는데."

"괜히 으시대지 말어. 미역국을 먹고서 뭘 그래."

이번에는 땅딸보가 핀잔이다.

"요다음에 만났다만 봐라."

소년은 심히 자존심이 깎여서 벼른다.

"요다음에 만나면 혼내줄 테야? 걔 엄만 소설가래더라. 여류소설가 유혜련 씨의 따님, 불량소년에게 폭행을 당하다. 그렇게 신문 삼면기사에 난단 말이야. 하하핫."

키 큰 소년이 상반신을 흔들며 웃는다.

"쳇! 소설가면 뭐 대순가? 그럼 우리 아버진 검사다. 적어도 이 나라의 검사란 말이야. 음악을 하는 같은 처지에서 그럴 것 없잖아. 무슨 공주나 되는 것처럼, 전 잘 모르겠어요 하며 아주 잰단 말이야."

소년은 진수의 목소리와 몸짓을 흉내 내며 양팔을 간들거린다. 한동안 소년들은 진수를 화제로 삼다가 휘파람을 불며 집으로 돌아간다. 희미한 달이 수박 조각처럼 전선에 걸려 있고,

일선으로 가는지 어두운 하늘에 비행기의 폭음이 들려온다.

한편 명희는 진수를 놀려주고 있었다.

"남성한테 그리 냉정해선 시집 못 간다. 그치 후끈 단 모양이던데, 가엾게도 그만 코가 납작해져서……. 호호홋."

"괜히 또 고몬 혼자 야단이야."

진수는 얼굴을 붉히며 명희의 팔을 꼬집는다.

"아야! 얘 기지배."

명희는 얼굴을 찡그리면서 꼬집힌 팔을 슬슬 만진다. 그러나 여전히 입방아만은 찧고 있었다.

"그치, 같은 무대에 한 번 섰다고 대단한 친밀감을 느낀 모양인데 아가씨께서 그렇게 굴었으니 다정다감한 기사님이 오늘 밤 안녕히 주무실란가 꿈길에서나 우리 아가씨를 만나실란가."

명희는 마치 소녀처럼 진수의 팔을 잡고 느물느물 노닥거린다.

"흥, 말짱 엉터리, 엉터리예요. 길거리에서 약 광고로 켜는 약사만도 못한 재줄 갖고서 내보란 듯 뽐내기는, 참 가소롭지."

진수의 목소리는 또랑또랑했다.

"이 깍쟁이 좀 봐라? 엉큼스럽게, 난 정말 모른다고, 잘 기억하고 있으면서 그리 시치미를 딱 잡아떼고. 너도 여간내기가 아니구나."

"치! 기억에 남는다고 뭐 다 알은체해야 되나요? 피란 때 같이 기차 타고 오던 할머니, 할아버지, 군인 아저씨, 기억 속에 남은 사람은 무궁무진이에요.”

“모름지기 여성은 모든 남성에게 친절해야 하느니라.”

명희는 하늘을 쳐다보며 엉뚱스러운 주장을 한다.

“모름지기 여성은 남성에게 냉정해야 하느니라죠. 난 좋아하지 않는 사람한텐 눈곱만치도 친절을 베풀기 싫어요. 누굴 뭐 팔방미인인 줄 아세요?”

“호호호…… 팔방미인, 호호호, 진순 백방미인이야. 한 모도 찌그러진 곳이 없는 완전무결이니까 말이야.”

“흥! 그럼 누가 한턱을 그만두랄까 봐요?”

명희는 웃다 말고,

“넌 정말 엄말 꼭 닮았구나. 어쩌면 그렇게 성격까지 그대로야?”

“천만에, 엄말 왜 닮아요? 소극적이고 보수적이고 정물화처럼 움직일 줄 모르는 엄말 닮다니요? 난 하고 싶은 것은 무슨 일이라도 하고 말걸. 엄마처럼 참고 견디지 않을걸요.”

진수는 걸어가다 말고 우뚝 선 가로수를 팔을 들어 탁 친다.

“콧김이 대단하구나. 그럼 그 정도로 하고, 어디로 행차하신다? 설마 장난감 가게로 가자곤 못 하겠지. 체면이 있잖아.”

진수는 그 대답은 하지 않고,

“고모! 실은 나 엄마 조금은 닮았어. 그리고 고모도 좀 닮아드렸어요. 두 분의 좋은 점만 말이죠.”

하고 어깨를 다정하게 비빈다.

"암만해도 내 주머니 털어먹을 술책을 꾸미는 모양인데 난 안 속는다, 안 속아. 고정 가격에서 한 푼이나 올려줄 줄 아니? 자아, 빨리 목적하는 곳으로 가자."

고정 가격이라는 것은 늘 진수한테 졸려서 물건을 사주게 되는 이삼 천 환을 넘지 못하는 돈을 두고 하는 말이다. 그러니 비싼 물건은 아예 살 생각을 말라는 경고인 것이다. 그러나 진수는 잠자코 앞서 걷는다.

"이 애, 너 어디로 가는 거냐?"

명희는 좀 불안해져서 따라가며 묻는다.

"꽃집에요."

"꽃집에?"

"네, 꽃 사주세요."

"음…… 오오라 그렇지. 하긴 그렇지. 이젠 진술 존경하는 기사님도 있으니 설마 장난감 사달랠 수야 없지. 그치들이 알면 실망이지 뭐니."

진수는 명희의 등을 탁 치면서,

"싫어요, 싫어! 그럼 난 그만 갈 테예요. 고몬 악취미야. 자꾸만 사람을 놀려."

진수가 정말 화를 내는 바람에 명희는,

"취소, 취소야. 아아, 말썽도 많은 아가씨."

"말썽은 고모가 부려놓고."

이내 기분이 풀린 진수는 다시,

"고모, 요즘 카네이션이 많을 때 아니에요? 아마 값도 싸졌을 거예요. 한두 송이는 싫어. 한 아름 사주세요, 네?"

"이 애가, 카네이션이 얼마나 비싼데?"

"암만 비싸도 레코드 한 장 사는 돈만큼 사주셔야 해요."

"그렇게 많은 꽃을 어디다 꽂니?"

"뭐든지 풍성하게 있어야지. 쩨쩨하게 적은 것 난 싫어요."

진수는 요구하는 데 있어서 거의 방약무인이다.

"아아, 정말 너에겐 못 당하겠다."

광복동 거리는 지금이 한창이었다. 일요일 저녁이라 오가는 사람도 많고, 극장에서는 연방 사람들을 토해내고 연방 빨아들이곤 한다. 서늘한 바람은 가로수의 연한 푸르름과 가로에 깔린 희미한 가등 빛을 스치고 지나간다.

명희는 진수를 데리고 어느 꽃집으로 들어갔다. 진수는 카네이션을 사겠다 해놓고 그저 다른 진기한 남방 식물에만 눈을 판다. 명희는 피로했다. 빨리 집으로 돌아가서 눕고 싶었다. 그래서 진수의 잔소리가 나오기 전에 앞질러 꽃장수한테,

"카네이션 열 송이만."

"아니에요, 고모. 내가 고를 테예요."

용설란을 신기하게 쳐다보고 있던 진수가 어느새 명희 말을 듣고 쫓아온다. 그리고 이것저것 빛깔과 모양을 음미하며 한 송이 한 송이 골라낸다.

"아아하, 모두 열 송인가? 하나 둘 셋……."

진수는 소리를 내어 꽃을 세어본다.

"어마, 열다섯 송이, 어떡허나. 모두 예뻐서 버릴 게 없는데…… 고모, 안 되우?"

"욕심도, 에라, 그럼 인심 썼다."

명희는 귀찮아서 핸드백을 열었다.

"이제 곧장 집으로 가야 해. 나 피곤하다."

"으음, 미안."

꽃장수가 꽃을 묶고 있는 것을 기다리고 있을 때 다른 손님들이 몇 사람 꽃가게에 들어왔다. 선뜻 눈에 띈 사람은 키가 훌쩍 큰 미군이 두 명인데 한국 청년 한 사람이 그들 뒤를 따라 들어왔다. 그 한국 청년은 미군 작업복을 입고 있었다. 그리고 부산하게 미군들과 지껄이고 있었다. 한국 청년은 미군들의 시선이 꽃에 있지 않은 것을 깨닫고 그도 호기심에서 여성에게로 눈길을 던진다. 순간 그는 미군과 농지거리를 하던 입을 다문다. 그리고 좀 큼지막한 눈을 더욱 크게 벌린다. 분명히 놀라는 표정이다. 그는 명희 옆얼굴에 한동안 눈길을 못 박더니 뚜벅뚜벅 명희 앞으로 걸어온다.

"미세스 한!"

커다란 목소리다. 홱 돌아본 명희는 금시 얼굴빛이 변한다. 놀라움과 반가움이 엇섞인 얼굴로 잠시 숨을 마신다.

"준! 준 아니야? 오오, 마이 프렌드! 죽지 않고 살았었구면."

명희는 어쩔 줄을 모르고 준이라 부른 청년의 손을 덥석 잡는다.

"죽기는 왜 죽어? 이렇게 살았잖아."

준도 어지간히 반가운 눈치다.

"그래, 가족들도 다 무사하구?"

"더러는 없어지고 일부분은 대구에 남아 있고, 말이 아니지."

준은 조금도 비관하는 빛이 없어 예사롭게 말한다.

"그런데 웬일이야, 여긴?"

"저 코쟁이 양반들하고 꽃 사러 왔지. 아가씨들 집에 간다고, ㅎㅎㅎ."

준은 묘하게 웃는다.

"여전하구나. 산 사람은 어디서든지 결국은 만나나 부지?"

명희는 감개무량한 듯 말한다.

"그런데 미세스 한은 더 고와지고 몸이 불었군. 그래, 행복해?"

유쾌하게만 보이던 강준姜俊의 얼굴이 한순간 흐려진다.

"으음, 그저 그렇지. 행복이 따로 있나? 그저 사는 거지."

"거 섭섭한 말을 하는군."

이들의 대화를 듣고 있던 진수는 기가 탁 막혔다. 아무리 친한 사이기로서니 이렇게 서로 반말지거리를 하는 버릇없는 사람들은 처음이라 생각했다. 혜련의 지나친 공대도 인정미가 없어 싫었지만 남의 남자에게 마구 반말지거리를 하고 있는 명희도 심히 마땅치가 않았던 것이다. 진수는 화가 나서 오만상을 찌푸리고 있는데 미군들은 꽃을 구경하는 척하면서 진수의 아름다운 모습을 숨어 보고 있었다.

"한국에도 저런 어여쁜 여자가 있었나? 신비스런 얼굴이다."

"거참, 최상급이다. 꽃이 겸손해져야겠는걸."

미군들의 나직이 주고받는 말이었다. 진수는 그 정도의 영어는 능히 해득할 수 있었다. 그는 약간 부끄러웠고 미군들의 시선에 얼굴이 간지러웠다. 진수는 이야기에 열중하고 있는 명희의 옷자락을 잡아당긴다.

"왜?"

명희가 돌아본다.

"그만 저 가요."

명희는 미군들한테 슬쩍 눈을 던지며 빙긋이 웃는다.

"저치들 진술 보고 황홀해진 모양인데?"

"고몬 또 주책이야."

얼굴이 벌게진 진수는 눈을 흘기고 싹 돌아선다.

"모처럼 옛날의 친굴 만났는데, 진수야, 잠깐만 참고 기다려, 응?"

명희는 진수를 달래고 돌아서서,

"조카야, 아직 아가라니까."

"응? 그럼 유혜련 씨 따님이야?"

명희는 고개를 끄덕인다. 준은 의외란 듯 진수를 쳐다본다.

"근데 지금은 어디 있어?"

준은 미군이 서 있는 쪽을 눈으로 가리키며,

"저치들 심부름꾼이지, 뭐."

"그럼 통역이야?"

"음, 별수 있어? 살고 봐야지."

"고생 많이 했니?"

"말도 말어. 살아 있는 게 기적이지."

"저분들이 기다리고 있는 모양인데 다음 또 만나. 넌 요즘 어딜 잘 나가지? 다방에는 안 나가나?"

"왜 안 나가? 유일의 취민데. 승리에 매일 한 번씩 들러야만 하루의 일이 끝나는걸."

"거 K극장 옆에 있는 다방 말이지?"

"음."

"우리 집에도 좀 놀러 와. 우리 집은 말이야."

"알어. 한석중외과 아니야? 대청동에서 내려오는 길에……."

"어마, 그럼 알고 있었구나. 그런데 왜 한 번도 찾아오지 않았니?"

"남의 부인을 함부로 찾아갔다가 오해는 누가 받구."

"괜찮아. 그인 옹졸한 사람이 아니야. 그리구 언니네 식구들하고 모두 같이 사는걸."

"난 남의 가정 방문엔 취미가 없어. 명희가 심심해지거든 승리로 나와."

준은 그렇게 말하고 나서 아직 정식 소개도 받지 못한 진수한테 머리를 꾸벅 숙인다.

"죄송합니다. 고모님을 오래 잡아놓고. 그럼, 또 뵙지요."

얼굴 가득히 웃음을 편다. 도무지 미워할 수 없는 위인이다. 작별 인사를 하고 명희와 진수가 꽃가게를 나서려고 했을 때 미군들은 정중하게 길을 내어주면서 경의를 충분히 표한다. 그리고 그들이 걸어나가는 뒷모습을 얼빠진 사람처럼 바라보고 있는 것이었다.

"친구들, 미안하이. 시간에 늦겠구나. 색시들이 곱게 단장하고 눈이 빠지게 기다리고 있을 텐데."

미군들은 동시에 한숨을 푹 내어 쉬고 어깨를 축 늘어뜨린다.

"아아, 흥미 없어졌다. 저런 아름다운 여자들을 보고서 그 두리납작한 얼굴을 생각하니 저절로 우울해지는군. 만일 저런 여자들이 우리를 기다려준다면 이 꽃가게 꽃을 모조리 싣고 마구 달려가겠는데."

미군은 호들갑스러운 몸짓을 하며 크게 실망을 표시한다. 준은 불쾌한 낯으로,

"한국에서는 양가의 자녀들에게 외국인이 그런 말을 하면 큰 실례가 된다는 것을 알아야 해."

압력적인 어조였다. 준은 지금 찾아가는 양공주한테 명희들을 견주어 말한 그들의 심사가 심히 기분 나빴던 것이다.

"그런데 그 여자들, 준의 누구야, 애인?"

"애인이냐구?"

준은 그렇게 반문하더니 크게 소리를 내어 웃는다. 그 웃음소리는 이상한 음향으로 물씬물씬하고 후텁지근한 꽃가게의 공기를 흔들었다.

"애인이면 참 행복하겠다만, 친구야, 친구. 학교 다닐 때 같은 클래스에 있었지. 하긴 내가 반했었지만 보기 좋게 걷어채었어. 그렇지만 여전히 변함이 없는 다정한 내 친구!"

"준, 이제 우린 자넬 존경해야겠네. 그 어여쁜 여자들이 자네 친구라니 말이야."

미군들이 장난조로 손을 내어밀며 악수를 청한다.

"복수는 쓰지 말게. 그 소녀는 오늘 밤 초면이다."

"그 소녀가 더 아름다워. 그야말로 동양의 신비의 상징이다."

키가 좀 작은 미군이 눈까지 스르르 감으면서 감탄하여 마지 않는다.

"아직 어린앤걸…… 그 애 어머니가 소설가지. 적어도 일급에 속하는 한국의 여류 소설가."

준은 말끝에다 약간의 야유를 포함시킨다.

"허어, 그래?"

"놀란 토끼처럼 눈을 그렇게 뜨지 말게. 놀랄 필요는 없어. 한국에는 미인도 소설가도 없는 줄 알았나? 이 거지 같은 새끼들아!"

준은 마지막의 이 거지 같은 새끼들아! 하는 말만은 한국어로 외쳤다.

'이 작자들은 도시 여자라면 창부, 남자라면 밤마다 걸려드는 양아치들밖에 모른단 말이야.'

"아, 고향에 기다리고 있는 내 애인 생각이 나네. 시시하게, 에이, 가기 싫다. 엘리자, 엘리자 미안해."

키 큰 미군은 술을 마시지도 않았는데 눈을 거슴츠레하게 뜨고 혀 꼬부라진 소리를 냈다. 준은 비꼬인 웃음을 머금고,

"자아, 얼빠진 수작 그만하고 어서어서 가자."

"아아, 향수를 느낀다. 인간에 대한 향술 말이야. 고향에 있는 내 애인은 지금도 얌전하게 날 기다리고 있을란가."

전쟁터에서 아무렇게나 되는대로 굴러온 이들에게도 진수와 명희처럼 청결한 애인이 있었던 모양이다. 그들은 지금 창부의 집을 찾아가기 위하여 이 꽃가게에 들렀지만 때아닌 감상에 사로잡힌 것이다. 살벌한 전쟁터에서 이곳저곳으로 주둔할 때마다 계집을 찾아 밤거리를 헤매어 다니던 젊음의 추악함을 그들은 지금 응시하고 있는지도 모른다.

그러나 준은 이들의 감상에는 동정이 없다. 준은 아예 못 들은 척하고 꽃장수한테,

"꽃장수 아저씨, 아무거나 싸구려로 좀 골라보시우. 값을 싸게 할 필요는 없구."

꽃장수는 잘 알아들었다는 듯 씩 웃는다. 준은 서둘러 꽃을 싸달라고 하더니 거추장스럽게 꽃다발을 안고 미군들의 등을 밀며 총총히 거리로 나간다.

"고몬 도대체 그게 뭐예요. 놈팡이 같은 남자하고 반말지거릴 하고. 진순 화가 나서 죽을 뻔했어요. 지가 뭐길래 우리 고모보고 반말이냐 말이에요."

돌아오는 길에 진수는 명희한테 마구 공박이다.

"뭘 그리 화를 내니? 준이 왜 놈팡이냐? 온, 준은 고모의 가장 친한 친구의 한 사람이야."

"그래도 고몬 이제 어른이 아니에요? 어엿한 교수의 부인이고 점잖은 숙녀인데 그런 법이 어딨어요?"

"숙녀면 우정도 저버려야 하니? 아이두, 우습다. 엄말 닮아서 케케묵은 소리만 하고 있다니까."

"고몬 걸핏하면 엄말 닮았다고 그래."

"그렇잖고, 왜 넌 그리 격식을 찾느냐 말이다. 말에 구속을 줄 필요는 없어. 언어라는 것은 본래부터 감정의 전달이지. 언어를 위한 언어는 아니란 말이야. 친하면 친한 대로 표현해야 하는 것이 말 아니겠니? 고몬 백 살이 되고 이백 살을 먹어도 친구에 대해선 어디까지나 친구다운 말을 쓸 테다. 그게 어째서 나쁘단 말이냐."

명희는 농이 아닌 진실에서 말하는 것이었다.

"그래도 난 싫어. 아무한테나 마구 그러긴 싫어요."

"그럼 진수는 대학에 가서도 한 반에 있는 남학생하고 벙어리 놀음을 할 테야? 아까 그 소년한테처럼 남성에겐 모조리 모욕만 줄 작정이니?"

명희는 다소 말소리를 부드럽게 낮춘다.

"그렇게까진 안 하겠지만 난 반말은 안 들어요. 지까짓 것들이 뭔데 함부로 반말을 해요?"

진수는 안고 있는 카네이션을 추스른다.

"네, 네, 잘 알겠습니다. 오만한 작은 공주님."

명희는 말을 끊고 발밑을 내려다보며 잠자코 걷는다. 거리를 오가는 사람이 좀 줄어든 것 같았다.

명희는 고개를 떨어뜨린 채,

"아까 그 준인 말이야, 착실한 청년이다. 넌 놈팡이라 했지만. 나는 그를 잘 알아. 삼사 년 동안이나 한 클래스에서 공부를 했거든. 그는 명석한 두뇌와 선량한 마음을 가졌어. 고몬 아무리 이를 악물고 공불 해도 빈들빈들 놀고만 있는 준을 당할 수 없었단다. 참 좋은 라이벌이었지."

명희는 무슨 생각을 하는지 나직이 가라앉은 목소리로 말했다.

"하긴 선량하게는 보여요, 어딘지 좀 희미하지만. 만일 그분이 전장에 나간다면 겁이 나서 총자를 버리고 도망치다가 되려 적진으로 뛰어들 것만 같아요. 눈이 큼지막해서 겁쟁이 같고 몸이 빼빼 마른 데다 키가 커서 무작정 덤빌 것 같고."

"기지배두, 호호호홋."

"그렇잖아요, 고모?"

"겁이 많은 건 사실이야. 무작정 덤비는 것도…… 그래서 실

펠 많이 하지. 그러나 그런 약점 때문에 남을 배반할 비겁한 사람은 아니다."

명희는 성실한 표정으로 말하였다. 진수가 아까 명희를 공격했고 준을 놈팡이라 얕잡아 말했지만, 준의 인상이 나빴던 것은 아니다. 후줄그레한 미군 작업복을 입은 양어깨가 힘없이 처져 있었지만 웃는 얼굴은 밝았고, 커다란 눈에는 총명한 빛이 있었다. 미군이 하도 쳐다보며 수근거렸기 때문에 쑥스럽고 무안했던 기분이 연장되어 명희한테 그 무안풀이를 한 것이다.

두 사람은 그렇게 수선스럽게 지껄이던 입을 다물고 걸었다. 왜 말이 끊어졌는지 모를 일이었다. 진수는 안고 걷던 카네이션에다 볼을 비비며 불쑥하는 말이,

"고모, 고모는 지금 외로워졌죠?"

발끝을 내려다보며 생각에 잠긴 듯 말없이 걷고 있던 명희는 깜짝 놀라며 고개를 번쩍 쳐들었다.

"외롭긴, 뭐가?"

명희의 목소리는 낮았다.

"그저 그렇게 생각했어요. 가끔가다가 고모 얼굴이 쓸쓸해지는 때가 있어요."

"밤낮 그럼 웃고만 있으란 말이냐. 사람이란 때로 외로워지고 슬퍼지는 수도 있지. 누구는 안 그런가?"

명희의 당황하는 모습을 본 진수는 슬쩍 말머리를 돌린다.

"빨리 가세요. 엄마가, 또 야단치실 거예요."

"효녀로구나."

명희는 당치도 않은 말을 의미 없이 내던지고 걸음을 빨리 한다.

명희와 진수가 병원으로 돌아왔을 때 한석중은 윤성수하고 같이 술을 마시러 나간 채 아직 돌아오지 않고 있었다.

집 안은 쥐 죽은 듯 괴괴했다. 명희는 잠시 동안 아까 자동차에 치인 사나이 생각을 했다. 그러나 그 생각은 이내 머릿속에서 사라졌다. 그러한 부상자를 항상 취급해야 되는 병원 안에서 명희는 어느새 그 피비린내 나는 일에 대하여 면역성을 가진 때문이다. 그보다 명희는 피로를 느껴 방으로 들어갔다.

진수는 혜련에게로 달려갔다. 웬일인지 원고를 써야겠다던 혜련은 벌써 잠이 들었는지 방에 불이 꺼져 있었다. 진수는 벌써 시간이 그렇게 늦었나 싶어 조심스럽게 방문을 열고 전등을 켜려고 했다.

"불 켜지 말어."

자는 줄만 알았는데 어둠 속에서 혜련의 냉랭한 목소리가 들려왔다.

"왜요, 엄마?"

"불빛에 현기증이 나서 그래."

혜련의 목소리는 잠긴 호수의 밑바닥에서 울려오는 것처럼 공허했다. 진수는 너무나 차가운 혜련의 목소리에 전신이 으스스 떨렸다. 갑자기 먼 곳으로 가버린 타인처럼 어머니가 느껴졌던 것이다. 진수는 아무 말도 하지 않고 카네이션을 안고 밖으로 나갔다. 별도 없는 하늘에 희미한 반달이 떠 있었다. 바로 입원실 지붕 위에 걸려 있었다.

진수는 부엌으로 들어가서 대야에다 물을 퍼가지고 꽃을 담갔다. 내일 아침에 꽃병에다 옮기리라 생각하면서.

진수는 일어서서 하늘을 쳐다보았다. 찬물에 손끝을 담갔기 때문인지 전신에 싸늘한 기가 돌았다. 그 싸늘한 기분은 어머니의 체온같이도 느껴졌다. 뭔지 모르게 눈물이 왈칵 쏟아질 것만 같았다.

"아버지, 아버지는 지금 어디에 계셔요?"

진수는 자기도 모르게 그런 말을 혼자 중얼거리고 있었다. 그러고 보니 오랫동안 자기가 아버지를 잊어버리고 있었다는 생각이 들었다. 미안한 마음이 들었다. 지나치게 자기 혼자 즐거웠던 것 같았다.

"가엾은 아버지, 제가 잘못했어요."

진수는 눈물을 씻고 마루로 올라갔다. 달은 여전히 입원실 지붕 위에 걸려 있었다. 진수에게는 달이 어디에 있는지 알 길 없는 아버지의 외로운 모습같이 생각되었다. 그리고 방에서 지금쯤 잠들었는지도 모를 어머니의 모습 같기도 했다.

2. 창窓과 창窓

아침에 진수가 눈을 떴을 때 벌써 혜련의 자리는 말끔히 걷어져 있었다. 진수는 벌떡 일어났다. 어젯밤에 세숫대야에다 담가 놓은 카네이션 생각이 났던 것이다.

혜련은 책상 앞에 단정히 앉아서 글을 쓰고 있었다. 진수는 혜련이 글을 쓰고 있는 한에 있어서는 말을 걸지 않는다. 그것은 두 사람 사이의 말없는 약속이었다. 그러나 오늘 아침의 혜련의 뒷모습은 어느 때보다 단정해 보였고 차돌처럼 냉랭해 보였다.

진수는 꽃병을 들고 밖으로 나왔다. 수돗가로 내려간 진수는 꽃병에 물을 붓고 대야에 담가두었던 카네이션을 꽃병으로 옮긴다. 싱싱한 꽃잎이 상기된 진수의 얼굴을 스친다.

파자마를 입은 한석중이 수건을 목에 걸치고 나왔다. 어젯밤의 술이 과했는지 핏발이 선 눈이다.

"온, 저런, 그 좁은 꽃병에다 한꺼번에 꽂는 거냐."

"그럼요, 이걸 사느라고 고모한테 얼마나 눈치코치 다 받았다고요."

진수는 돌아보지도 않고 종알거린다.

"어마! 저 허는 소리 좀 봐, 능청스럽게. 언제 내가 눈치코치 했단 말이냐?"

화장실로부터 나온 명희가 뜰에 내려서면서 잽싸게도 진수의 말을 귀담아듣고 항의를 한다.

"아이, 귀도 밝아라. 아저씨, 전 말이에요. 꽃을 한두 송이 꽂아두는 게 싫어요. 왜 그런지 가련해 보이고 쓸쓸해요. 화려하게 풍성하게 꽂아두는 게 좋아요. 원체 꽃이란 화려해야잖아요?"

"그래그래, 알았다. 아저씨가 달라고 안 할 테니 걱정 말어."

명희에게 먼저 세수할 것을 양보하고 뜰에 쭈그리고 앉은 한석중은 담배에 불을 붙이며 말하였다. 본시부터 말주변이 없는 한석중은 대학에서도 강의 못하기로 유명하였고, 병원에서도 간호원과 조수가 답답증을 느낄 지경으로 과묵한 편이었지만 진수에게는 말 상대도 되어주고 농담도 곧잘 한다.

"참 아저씨도, 점점 고물 닮아가셔. 꼬부라진 말씀만 하시고. 사실 한두 송이쯤 양보해 드릴 용의가 있었어요. 컵에다 빨강이하고 연분홍하고 두 송이만 꽂아서 아저씨 책상 위에 갖다 놓을게요, 좀 아깝지만."

"뭐가 또 고모야? 만만한가? 걸핏하면 날 내세우게. 뭐가 날 닮았다는 거냐."

명희는 세수를 하다 말고 고개를 쳐들며 말한다. 진수는 긴 잎을 잔둥잔둥 잘라버리면서,

"고몬 말예요, 뭐랄까? 공작 있잖아요. 그 여왕같이 화려하고 오만스런 새 말이에요. 꼭 그 공작 같은 모습인데 입은 흡사 참새 같거든요. 서민적이고 부지런하고 또, 참을성이 없고요."

"하하핫, 마담께서는 한턱을 또 하셔야겠군."

석중이 크게 웃어젖힌다.

"이거 약 주고 병 주는 격이군. 기왕이면 공작 같은 모습에 카나리아 같은 목소리라 해주어야 한턱이 두둑이 나오지 않나?"

명희는 얼굴을 닦으며 말하였다.

"실상은 나중의 참새 말을 하고 싶었던걸요. 화가 나지 않게 공작이란 서두를 붙인 거예요."

진수는 양손으로 턱을 받치고 역시 한석중처럼 땅에 쭈그리고 앉아서 꽃을 바라보며 눈도 깜박이지 않고 말하였다.

"무슨 소리가 또 나올지 모르겠다, 얼른 달아나야지."

세수를 마친 명희는 분주히 일어선다. 좁은 뜰 안에 일시 웃음의 삼중창이 여운을 남긴다. 상쾌한 아침은 뿌연 햇빛을 사방에 펴면서 하루를 시위施威하고 있었다.

"진수."

석중은 대야에 수돗물을 받으면서 진수를 부른다.

"네?"

"어젯밤에 아저씨 윤성수 씨하고 같이 술 마셨지."

"네? 성악가 윤성수 씨 말이에요?"

"그럼."

"어떻게요? 어떻게 아셨죠?"

진수는 한석중 옆으로 바싹 다가앉으며 조급하게 묻는다.

"거 아저씨한테 꽃을 주어야 말해주지."

"누가 안 드린다 했나요? 아까 드리겠다고 말했잖았어요?"

"허허. 그랬던가?"

"빨리 말씀하세요."

"윤성수 씨는 어젯밤에 입원한 환자의 친구였더란 말이야. 그
래 따라왔더군. 왜 그 어머니랑 고모가 타고 온 자동차에 치였
던 사람 있잖아?"

"아아, 그래서 아저씨하고 사귀었군요. 그리고 당장 술타령을
하셨네요?"

"음, 초면이지만 따지고 보면 우리는 다 동료 간이거든."

한석중은 소매를 걷어 올리고 굵직한 팔을 드러내어 비누칠
을 하면서 뽐낸다.

"그래서요, 아저씬 윤성수 씨하고 무슨 얘기를 하셨어요?"

"진수 자랑을 했지, 장래 훌륭한 성악가가 될 소질이 있다고,
그랬더니 그 친구 뭐 조카딸을 갖고 그렇게 야단이냐, 친딸 같
음 대단하겠다고 하잖아. 하하핫."

"그럼 그분이 또 우리 병원에 오신대요?"

진수는 호기심에 가득 찬 눈으로 석중의 옆으로 한 발 더 다가앉는다.

"아마 또 오겠지. 친구가 입원해 있으니까."

"그 친구분 대단해요?"

"생명엔 관계없어."

"윤성수 씨의 노랫소리는 참 좋아요. 모두 다 시시하지만 그분만은 단연코 천재예요. 그 노래를 듣고 있음 저절로 존경하고 싶어져요. 사람의 영혼을 불러일으켜 주는 듯 경건하고 때론 열정적인 그 목소리……."

진수는 아침 햇빛이 안개처럼 뿌옇게 부서지는 하늘을 꿈꾸듯 우러러보다가 별안간 발딱 일어선다.

"앗! 학교 늦어지겠네. 꽃병 갖다 놓고 빨리 세술 해야지."

소리를 치며 꽃병을 들고 부리나케 뛰어간다.

"저런 깍쟁이 봐라. 꽃은 모조리 갖고 달아나는군."

석중은 둔중하리만큼 굵은 목덜미를 수건으로 쓱쓱 문지르며 뛰어가는 진수의 날씬한 종아리를 바라본다.

진수가 방에 들어갔을 때 혜련은 여전히 단정한 모습으로 글을 쓰고 있었다. 진수는 책상 위에 꽃병을 올려놓고 눈을 가늘게 뜨며 꽃을 감상하다가 자기의 사진이 들어 있는 사진틀이 책상 위에 뒤집혀진 채 놓여 있는 것을 이상하게 여기며 바로 세워놓는다. 사진틀 속의 진수가 진짜 진수를 보고 방그레 웃고 있었다. 진수는 창가로 가서 창문을 스르르 연다.

"창문을 열지 말어."

혜련은 돌아보지도 않고 조용히 말하였다. 불을 켜서는 안 된다고 어젯밤에 말한 것처럼 또렷하고 냉랭하고, 도무지 항거할 수 없는 명령이었다.

진수는 창문을 닫았다. 명랑했던 아침 기분이 여지없이 부서진 것을 느낀다. 예민한 진수는 어머니한테 무슨 일이 생긴 것을 직감했다. 자기가 알지 못하는 어떤 고통을 냉정한 외모로써 가장하고 있는 것을 느꼈다.

가장 고민이 심할 때 가장 차갑게 얼굴이 굳어지는 혜련의 성격을 누구보다 진수는 잘 알고 있었다. 그런 경우는 매우 드문 일이지만 가끔, 아주 가끔 그런 일이 있다. 이럴 때 진수는 외로워지고 슬퍼진다. 어머니의 고통에 대하여 자기는 아무런 힘도 미쳐볼 수 없다는 것이 슬펐고, 자기의 개입을 굳이 거절하는 듯한 어머니의 태도는 진수의 마음을 외롭게 하였다.

육이오사변 때의 일이었다. 진수는 그날 밤의 일을 잊을 수 없다. 아버지가 이북으로 납치되어 간 날 밤의 일이었다. 멀리에서 포격 소리가 들려오고, 하늘에는 비행기 폭음이 온통 천지를 뒤흔들고 있었다. 그러나 넓은 집 안에는 죽음과 같은 침묵이 흐르고 있을 뿐이었다. 혜련은 빚어놓은 석고상처럼 우두커니 혼자 앉아 있었다. 슬픔도 기쁨도 아무 감정도 없는 밋밋한 얼굴을 하고서 혼자 앉아 있었다. 진수는 몸부림을 치기도 하고 침대 모서리에 이마를 부딪기도 하며 울었다. 그래도 혜련은 눈물 한 방울 흘리지 않고 앉아만 있었다. 진수는 어머니가 미웠다. 이제 아버지를 영영 보지 못하게 되었는데 어쩌면 저렇게 태연할 수 있을까 싶었던 것이다. 진수는 어머니가 원망스러워서 더욱더 심하게 흐느껴 울었다.

언제 잠이 들어버렸는지 한밤중에 진수는 잠이 깨었다. 심한 포격 소리에 잠이 깬 모양이었다. 진수는 지금까지의 일이 꿈만 같았다. 그러나 침실의 유리창이 흔들리고 있는 것을 보았을 때 포격 소리가 점점 가까워진 것을 느꼈고, 모든 일이 꿈이 아니었던 것을 깨달았다.

진수는 벌떡 일어났다. 어머니가 온데간데없었다. 형용하기 어려운 무서움에 소름이 전신에 쭉 끼쳤다. 진수는 어둠을 휘젓고 복도로 나갔다. 그리고 뛰다시피 하여 화장실에 가보았으나 그곳에 어머니는 없었다. 서재에 가보아도 어머니는 없었다. 진수는 터져 나오려는 울음을 참고 부엌으로 어디로 헤매어 다녔으나 어머니의 모습은 보이지 않았다.

진수가 맨발인 채 뜰로 뛰어 내려가려고 했을 때 응접실 쪽에서 인기척이 났다. 진수는 발소리를 죽이며 그곳으로 가보았다. 낮은 울음소리가 들려왔다. 어머니의 울음소리였다. 진수는 숨소리를 죽이고 문틈 사이로 눈을 가지고 갔다. 희미한 어둠 속에 어머니의 모습이 보였다. 어머니는 진수가 온 줄도 모르고 울고 있었다.

때마침 비행기에서 투하된 조명탄이 대낮처럼 응접실 창문을 밝게 하였다. 어머니는 마룻바닥에 무릎을 꿇고 양손으로 얼굴을 싼 채 어깨를 들먹거리며 울음소리를 마시고 있는 것이다.

숱한 머리 속에 파묻힌 창백한 이마, 창백한 손, 조명탄이 비쳐준 일순간의 너무나 선명했던 한 신이었다. 그것은 실로 장엄한 슬픔의 소상이었다.

진수는 그만 돌아서서 침실로 도망쳐 갔다. 열다섯 된 소녀의 마음에도 그 처절한 혜련의 모습을 무너뜨릴 수 없다고 생각했던 것이다. 그 슬픔 속에 자기가 침입한다는 것은 크나큰 모독적 행위라 여겨졌던 것이다. 진수는 서울 입성을 앞둔 국군의 포격 소리를 밤새 들으며 잠을 이루지 못했다.

그 일이 있은 후 진수는 얼굴이 차갑게 굳어지면 굳어질수록 어머니는 남몰래 혼자서 뜨거운 눈물을 흘리는 사람이라는 것을 알았다. 진수는 사실 그때 처음으로 어머니의 우는 모습을 보았고, 그 후 어머니가 우는 것을 직접 본 일은 없었다.

세수를 하고 간단히 조반을 치른 진수는 학교에 갈 생각도 잊어버린 듯 우두커니 앉아 있었다.

'무슨 일이라도 있었을까? 어젯밤에 해운대 갔다 오셨을 때만 해도 어머니는 그렇지 않았는데.'

진수는 깊은 의혹을 품으며 책가방을 들고 집을 나섰다. 종일을 학교에서 우울한 기분으로 보냈다. 늘 귀여워해 주던 국어 선생님이 어디 아프냐고 물었을 때도 진수는 아니라고 말했을 뿐 웃지 않았고, 하학할 때도 언제나 단짝인 인자仁子를 따돌려 놓고 혼자 빠져나왔다.

집에 돌아오니 혜련은 밖에 나가고 방이 비어 있었다. 명희도 없었고, 한석중도 아직 대학에서 돌아오지 않은 모양이다.

진수는 컵에다 물을 떠 와가지고 카네이션 두 송이를 꽂은 뒤 진찰실에 있는 석중의 책상 위에 갖다 놓았다. 간호원과 조수가 무슨 바람이 불어 그러느냐고 우스갯소리를 걸어왔지만 진수는 잠자코 자기 방으로 돌아왔다.

진수는 옷을 갈아입고 창 옆으로 가서 아침에 혜련이 열지 말라던 창문을 활짝 열어젖혔다.

'어마! 환자가 어느새 들었네? 참, 그 윤성수 씨의 친구분이신가 봐.'

진수는 지금까지의 우울증이 어디로인지 일시에 달아나 버린 듯 창밖으로 몸을 내어 밀며 건너편 창문을 유심히 살펴본다. 그쪽의 창문도 열려 있었고 남자들의 낮은 음성이 들려왔다.

'윤성수 씨가 오셨을까?'

진수는 궁금하고 애가 타서 창가에 오똑 올라가 앉았다. 그리고 오리 새끼처럼 목을 길게 뽑고 건너편 입원실을 기웃거려 본다. 그러나 사람의 모습은 보이지 않고 여전히 낮은 음성만 들려온다. 진수는 가만히 귀를 기울였다. 그때 갑자기 건너편 창가에 머리가 하나 쑥 나타났다.

진수는 기겁을 하고 창가에서 뛰어내리려고 했으나 너무 서둘렀기 때문에 그만 치맛자락이 창 모서리에 걸리고 말았다. 진수는 얼굴이 새빨개졌다. 어린아이가 잘못을 저질렀다가 어른한테 들키면 무안풀이로 앙! 하고 울어버리듯, 진수도 거의 울상이 되어 상대편을 바라본다.

새빨간 넥타이를 매고 넓은 이마에 턱이 뾰족하게 빠진 신사는 무심코 담배꽁초를 창밖에 내던지려다가 뜻하지 않게 부딪친 장난꾸러기 아가씨의 행장에 처음엔 놀라다가 이내 빙그레 웃는다. 진수는 자라처럼 목을 움츠리고 치맛자락을 잡아 빼더니 카네이션 뒤에로 얼굴을 숨겨버린다.

'으음? 윤성수 씨는 아닌데 그럼 누굴까?'

그러는 중에서도 신사의 얼굴만은 눈여겨보았는지 마음속으로 중얼거렸다.

윤성수 씨는 독창회 때 가서 본 일도 있었고, 음악회 프로그램에 박힌 그의 사진을 여러 번 보았기에 얼굴만은 익혀두었던 것이다. 지금 본 신사는 분명히 윤성수 씨가 아니었다. 신사복을 말끔히 입고 있었으니 물론 입원한 환자도 아닐 것이다. 진수는 그 신사의 얼굴이 세모돌이긴 해도 옷 입은 품이 썩 멋이 있었다고 생각했다.

'도대체 입원한 환자는 어떤 사람일까? 윤성수 씨의 친구라 했겠다? 그리고 또 저렇게 멋쟁이 신사가 문병하러 온 걸 보니 아마도 그 환잔 음악가인 모양이지? 그럼 누구?'

진수는 이제 윤성수보다 그 방에 든 환자에 대하여 더 궁금증을 느꼈다. 조금 전까지만 해도 진수는 드물게 우울했는데, 그 우울증이 다 날아가 버렸는지 지금은 다만 새로운 사실에 무한한 흥미를 느낄 뿐이다.

진수는 멋쟁이 신사가 방금 사라진 창을 바라보면서 온갖 상상력을 동원하여 그 병실에 든 환자의 모습을 그려보고 직업도 생각해 본다. 아무래도 예술가임에는 틀림이 없겠다는 결론을 짓고 있는데 언제 돌아왔는지 혜련의 목소리가 쨍하니 뒤에서 울렸다.

"진수야, 창문 닫아라!"

진수는 깜짝 놀라며 뒤를 돌아본다. 그러나 이내 뱅글뱅글 웃는다. 이상한 호기심과 관심을 자아내게 한 새로운 이웃에 대한 기대가 진수를 명랑하게 했다.

"갑갑해요, 어머니."

진수는 어리광 조로 말하였다. 그러나 혜련의 안색은 깊은 소沼처럼 어두웠다. 혜련은 한동안 우두커니 진수를 바라보고 섰다가 돌아서면서 하는 말이,

"환자가 든 모양이니 서로 신경을 쓰지 않게 창문은 닫아두는 게 좋을 거다."

"뭐 어때요? 환자는 누워 있으니까 우리 방이 보이지 않을걸요. 전에도 열어두지 않았어요?"

"그만 닫으라면 닫아요."

혜련은 코트를 벗어 걸면서 더 이상 말할 여지도 주지 않고 딱

잘라버렸다. 진수는 할 수 없이 창문을 닫았다. 그리고 몹시 불만인 듯 뽀로통하니 부어가지고 책상 앞에 앉아 잡지를 뒤적거린다. 그러나 암만해도 좀이 쑤셔 견딜 수 없었던지 돌아앉는다.

"어머니."

"왜?"

"저 방에 입원한 환자 말이에요."

혜련은 거울 앞에 서서 머리에 빗질을 하다가 가만히 동작을 멈춘다.

"아마도 음악가인 모양이에요."

돌아서서 거울을 쳐다보고 있던 혜련의 어깨가 부르르 떨린다.

"아저씨가 그러시는데 윤성수 씨의 친구분이라는군요. 그리고 아까도 참, 멋쟁이 신사가 문병 온 걸 봤어요. 얼굴은 쇼팽처럼 세모돌이지만 첫눈에 벌써 예술가 타입이라 생각했어요."

혜련은 여전히 진수에게 등을 보인 채 거친 솜씨로 머리에다 빗질을 하고 있다.

"어머니가 타고 오신 자동차에 음악가가, 아주 저명한 음악가가 자살하려고 뛰어들었다. 무슨 영화 스토리 같잖아요? 참로맨틱하죠, 어머니?"

진수는 멋도 모르고 혼자 기분이 좋아서 지껄여댄다. 혜련의 얼굴 근육이 팽팽하게 뻗는 것 같더니 가벼운 경련이 일기 시작한다. 크게 벌어진 혜련의 눈이 거울을 응시하고 있다. 긴장된 표정은 마치 폭풍 전의 고요처럼 무섭다.

"여류 소설가, 아름다운 여류 소설가가 탄 자동차에 뛰어든 사나이. 그는 유명한 음악가, 아니, 테너 가수, 그리하여 두 사람의 로맨스는 시작된다. 어때요? 어머니 근사하죠? 소설 재료로 쓰실 만하죠?"

"입 닥쳐!"

혜련은 꿰뚫는 듯한 목소리로 외치더니 감정이 격동된 눈으로 진수를 무섭게 노려보았다. 진수는 생각지 않았던 혜련의 노여움을 오히려 어리둥절한 얼굴로 받는다. 지금까지 그만한 얘기는 늘 해오던 모녀간이다. 혜련은 자기 작품에 대하여 언급하는 것을 싫어했지만 진수가 다른 외국의 문학작품에 나타나는 여러 가지 남녀의 애정 문제 같은 것을 이야기할 때 잠자코 귀를 기울여 주었고, 진수대로의 유치한 해석이나 판단에 대하여 자기의 의견을, 말수는 적었으나, 들려주기도 했던 것이다. 그것은 이미 사춘기에 들어선 진수의 감정의 움직임을 올바르게 끌어주려는 어머니로서의 섬세한 배려였던 것이다. 그러니 진수가 그만한 말을 했기로서니 조금도 탈선된 일일 수는 없고, 더욱이 혜련이 작가인 이상 소설의 소재라고 말한 진수의 생각이 잘못일 수는 없다.

혜련은 창백해진 얼굴을 돌리고 그 이상 말을 하지 않았다. 그리고 진수의 입에서 더 이상 말이 나오지 않게 책상 앞에 가 앉는다.

진수는 벌떡 일어나 방에서 나갔다. 나오면서 양손으로 방문의 손잡이를 꼭 누르는데 눈물이 발등 위에 뚝뚝 떨어졌다. 여태까지 진수는 그렇게 험악한 어머니의 얼굴을 본 일이 없었다.

'엄마도 너무해. 난 언제나 하는 말을 했을 뿐인데 그렇게 무안을 준담.'

진수는 명희 방으로 쫓아갔다. 하소연을 하고 싶었던 것이다. 그러나 명희는 아직 돌아오지 않은 채 방은 텅 비어 있었다.

진수는 빈방에 들어가 방바닥에 주저앉았다. 방바닥의 미지근한 온기가 발끝에 느껴진다. 발끝에 느껴지는 그 온기가 어째서 그렇게도 서러웠는지, 그것은 깊은 고독감에서 온 것이었다.

진수는 책상 앞에 가서 엎드려 울었다. 한참 그렇게 울고 나니 머리가 아팠다. 진수는 어느새 책상 위에 고인 눈물방울로 낙서를 하고 있었다. 한참 아무 생각 없이 낙서를 하고 있는데 어느새 눈물방울도 다 말라버리고 말았다.

진수는 가슴이 미어지게 슬펐던 일이 우습게 여겨졌다. 그리고 심심한 생각이 들었다. 진수는 책상 위에 놓은 라디오의 다이얼을 이리저리 돌려본다. 마침 들려오는 것은 오페라였다. 일본에서 하는 방송이었다. 부산에서는 일본 방송이 아주 잘 들린다.

진수는 다이얼을 멈추고 귀를 기울인다. 오페라는 푸치니의 〈토스카〉였다. 방금 프로가 시작된 모양으로 일 막의 성당지기와 카바라도시가 주고받는 노래 장면이었다.

진수의 얼굴은 잠잠하게 가라앉아 있었고, 울고 난 뒤의 눈동자는 더욱 맑게 빛났다. 진수는 카바라도시가 부르는 그 유명한 아리아, '오묘한 조화'를 듣기 위하여 잔뜩 무릎을 모은다.

성당지기가 나가요! 사탄이여 나가요! 하며 노래를 부른 얼마 후, 카바라도시가 영혼을 뒤흔드는 유명한 아리아를 부른다.

오묘한 조화로다

미가 서로 같이 안 돼

내 사랑 플로리아

그녀의 머리는 갈색이로다

……

진수는 커다란 눈을 깜빡이지도 않고 노랫소리에 젖어든다. 정말 사랑이 이 노래 같은 것이라면, 온통 영혼을 **빼앗아** 가는 이 노래 같은 것이라면 그도 그런 사랑을 하고 싶다고 생각한다.

수없이 들어, 너무나 잘 알고 있는 곡이건만 언제 들어도 좋다. 특히 스테파노의 목소리는 언제 들어도 깊은 감동을 준다.

'단연코 음악은 문학보다 위대하다! 이렇게 감동을 주는 문학은 없다!'

진수는 마음속으로 외쳤다. 뭉게뭉게 쌓인 울분이 확 풀어지는 것 같았다. 그리고 혜련에 대하여 승리한 것 같았고, 가벼운 보복을 한 것같이 기분이 좋았다. 오페라 〈토스카〉는 '음흉한 로마의 총감 스칼피아의 토스카, 널 위해 천당을 버렸도다' 하며 부르는 노래와 합창으로 일 막이 끝이 나고, 라디오의 프로는 다음으로 전환된다.

뉴스가 시작되자 진수는 라디오를 꺼버리고 책상 위에 턱을 고이며 〈토스카〉의 이 막에 나오는 '노래에 살고 사랑에 살고'를 휘파람으로 불러본다. 그러나 그것도 한참 하고 나니 시시해졌고, 가슴에는 여전히 무엇인가 께적지근하게 남은 것이 있었다.

진수는 벌떡 일어선다. 무슨 변덕이났는지 행거에서 명희의 드레스를 내려가지고 입는다. 그리고 거울 앞에 서서 배우처럼 포즈를 취해본다. 진수는 입을 막고 혼자서 자지러지게 웃는다.

옷의 기장은 꼭 맞았는데 품이 너무 넓어서 흡사 병아리에 우장을 씌운 모양 같았다. 진수는 벨트를 꼭 졸라맨다. 그랬더니 좀 볼품이 나아졌다. 파르스름한 드레스 빛깔만은 진수의 윤곽이 또렷한 얼굴에 썩 잘 어울렸다.

"고몬 너무 살이 쪘어, 살이 쪘단 말이야."

혼자서 중얼중얼 중얼거린다. 진수는 명희가 보고 싶었다. 그리고 할 말이 무척 많이 밀린 것 같았다.

진수는 훌렁 드레스를 벗어 본시대로 걸어놓고 방을 나서더니 부엌으로 부리나케 달려갔다.

"고모 어디 갔어요?"

저녁 찬을 장만하고 있는 식모한테 물어본다.

"글쎄, 아무 말씀도 안 하시고 나가셨는데……."

"멀리 가신 건 아니겠죠?"

"멀리 가시지는 않았을 거요. 보통으로 입고 나가셨는데."

"그럼 자유시장에 가셨나? 광복동으로 나가셨나?"

명희는 심심하면 자유시장에나 광복동 거리로 곧잘 나간다. 필요한 물건이 없어도 이것저것 구경을 하기도 하고 값을 물어보기도 한다. 소위 그 아이쇼핑을 하는 것이다. 그런 아내를 보고 한석중이, 남들은 전쟁에서 거리에서 죽는다 산다 야단인데 할 일 없이 뭐 하러 거리를 쏘다니느냐, 배운 글 잊어버리지 않게 책이나 읽으라는 핀잔을 주니까, 명희는 아이쇼핑을 즐기는 데는 그만한 이유가 있다는 것이다.

명희는, 전장에서 총을 들고 싸움을 하는 군인이나 거리에서 거적을 깔고 자는 피란민이나 나같이 이렇게 지붕 밑에서 편하게 잠잘 수 있는 사람이나 그 누구를 막론하고 전쟁이라는 것은, 죽음에 대한 예감과 공포는 다 마찬가지라는 것이다. 덜미를 잡힌 듯한 이런 절망과 불안을 마비시킬 행동이 필요하며 따라서 거리에 나서게 된다는 것이다. 혜련이처럼 글을 쓰는 재주라도 있었으면 집에 붙어 앉아 그것으로나마 열중해 보겠는데 자기에겐 그런 재주도 없으니 피란민들이 북적거리는 좁은 거리에 나갈 수밖에 없는 것이다. 그것은 육신의 방황이기보다 마음의 방황이라는 것이다. 생명감에 대한 끊임없는 공포에서 잠시라도 비켜설 수만 있다면 자기가 할 수 있는 한의 행동이나 낭비쯤 아까울 것 없다는 것이다.

명희는 그런 말을 하면서 진담인지 농담인지 모를 묘한 표정을 지었다. 한석중은,

"흥, 그 소위 아프레(après)의 사고방식이군."

"아프레? 그럴는지두 모르죠."

"가정부인이 아프레가 돼선 못쓰지."

명희는 흥미 없는 얼굴에 엷은 경멸의 빛을 띠며 그 대답은 하지 않았던 것이다.

진수는 공부도 하기 싫고 명희를 기다리기에도 지쳐서 거리로 나섰다. 광복동 거리에 나가면 혹 명희를 만나게 될지도 모른다는 막연한 희망을 갖고 나선 것이다.

정말 진수는 명희가 없으면 심심했다. 혜련의 여유 없는 침울한 얼굴을 대하는 것보다 매사에 불성실한 듯 보이는, 그러면서도 그 불성실한 것을 꾸미지 않고 장난삼아 살고 있는 듯한 명희를 대하는 것이 훨씬 자유로웠다. 명희하고 얘기를 하고 있노라면 재미가 났고, 일종의 반역적인 쾌감이 느껴지기도 했다.

진수는 목표도 없이 사람들을 헤쳐가며 막연히 걸어가고 있었다. 저녁때라 그런지 많은 사람들이 물결처럼 몰려가고 몰려온다. 모두 피곤한 얼굴이다. 뭣엔지 쫓겨가는 듯한 얼굴들이다. 전쟁이 가져다준 자국이다.

진수에게도 그들과 같은 전쟁의 상흔이 있다. 아버지를 잃어버린 슬픔은 가끔 그의 밝은 마음속에 그늘을 드리운다. 그러나 그것은 어느 순간에 지나가는 그림자다. 사춘기의 한창때에 들

어선 진수에게 있어서 세상은 너무 즐겁고, 전쟁의 아픔을 생각하는 시간은 극히 짧았다.

혹 명희를 만나게 될지도 모른다는 생각에서 집을 나오기는 했으나 막상 밖에 나오고 보니 이 많은 사람들 속에서 명희를 찾는 일이 어리석은 짓임을 깨닫는다. 명희가 광복동 거리에 나왔다는 아무런 근거도 없이 뛰어나온 것이 우습기도 하였다.

진수는 명희를 만난다는 일을 아예 단념하고서 오는 사람 가는 사람의 얼굴을 구경하며 걸어갔다. 그것도 재미나는 일이기는 했다. 사람 구경이 재미난다고 생각하고 있는데 그 쇼팽처럼 세모돌이 얼굴의 신사와 공교롭게 부딪쳤다. 진수는 당황하며 얼굴을 숙여버렸다. 세모돌이 신사는 진수를 못 보았는지 그냥 스쳐가 버린다.

'아마 병원에서 지금 돌아가는 모양이지?'

악기점 앞에까지 온 진수는 그곳에 들어가 볼까 말까 망설이고 섰는데 신기스럽게도 건너편 길을 걸어가는 명희의 모습이 언뜻 눈에 띄었다. 명희는 혼자가 아니었다. 어떤 남성하고 같이 걸어가는 것이었다. 진수는 걸음을 멈추고 유심히 바라본다.

'아아, 어젯밤에 만난 그 준이라던 사람이네!'

진수는 얼른 길을 건넜다. 그들은 나란히 걸어가면서 열심히 얘기를 하고 있었다. 진수는 빠른 걸음으로 그들을 앞질러 가서 걸음을 딱 멈추었다.

진수를 먼저 발견한 사람은 준이다. 준은 어젯밤과 달리 곤색

71

노타이에 연회색 싱글 양복을 입고 있었다. 그는 오랫동안 사귀어온 사이처럼 자연스럽게 진수를 보고 웃었다. 명희는 깜짝 놀라면서,

"너 혼자서 어디 가니?"

"흐음……."

진수는 턱을 앞으로 내어 밀고 양팔을 등어리에 돌려 손을 깍지 끼며 불만스럽게 코를 분다.

"왜 그러니? 왜 화가 났어?"

"화가 나지 않고, 여태 고몰 찾아다녔는데."

하며 슬쩍 준을 쳐다본다. 준은 여전히 웃고 있었다.

"날 찾아다녔다구? 왜 무슨 일로? 탐정하러 나왔니? 고모 바람났을까 봐? 호호홋."

명희는 언제나 하는 그런 투의 농담을 하며 거리낌 없이 웃는다. 진수는 자기도 모르게 명희의 거리낌 없는 웃음소리를 들었을 때 가벼운 안도감을 느꼈다.

명희는 웃음을 거두고 준을 돌아다보며,

"영화 한턱할랬더니 틀렸군. 이 아가씨 아직 영화관에는 금족령이거든, 어떡허나."

"고모, 그럼 나 돌아갈래."

진수는 사양하는 체하며 다소 토라져 몸을 사린다.

"또 뻐기는구나, 얘두."

명희는 피란 와서 배운 부산 사투리를 썼다.

"그럼 밀크 홀에나 가지."

준이 제안한다.

"아니, 그러지 말고 저녁을 해요, 좀 이르긴 하지만. 진수 너 아직 저녁 안 먹었지?"

"지금이 언젠데 저녁을 벌써 먹어요? 해가 아직도 저렇게 남아 있는데."

"그럼 됐어. 일찌감치 먹어두자."

세 사람은 큰길에서 샛길로 빠져나와 가지고 다방가를 지나 레스토랑 해남장海南莊으로 들어갔다. 아직 시간이 이른 탓인지 해남장 안은 한산했다.

진수는 웨이터가 주문을 받으러 오기도 전에 물수건으로 손을 닦으며 골똘히 메뉴를 들여다본다. 뭘 먹어야 할지 몹시 망설여졌던 것이다. 모두 다 입에 군침이 도는 것뿐이다. 진수는 드디어 굴 프라이를 하리라 작정하고 엽차를 한 모금 마셨다.

웨이터가 왔을 때 명희는 진수에게 뭘 하겠느냐고 물었다.

"굴 프라이에 라이스 말고 빵!"

"사양할 것 없다. 뭣하면 다른 걸로 하나 더 시키렴."

아무래도 명희는 진수를 놀려주지 않고는 못 배기겠는 모양이다. 진수는 준 앞에서 자기가 먹보인 비밀을 폭로한 데 대한 원망스러움에서 명희를 눈이 찢어져라 흘겨본다. 준이 재미난 듯 웃고 있었다.

이윽고 식탁에 수프가 나왔다. 수프가 절반이나 줄었을 때 진수에게는 굴 프라이에 빵, 준과 명희에게는 햄버거와 밥이 나왔다.

진수가 얌전하게 포크를 움직이고 있는 동안 주로 명희와 준이 이야기를 주고받았는데 준도 명희에 못지않게 유쾌히 화제를 다룰 줄 아는 사람이라 진수는 생각하였다.

그들은 마치 학생 시절로 돌아간 듯 열을 올리는가 하면 애꿎은 익살을 부리기도 하였다. 명희는 남학생처럼 거친 말투로 누가 어떻고, 누굴 만났고, 어느 교수는 상처를 했고, 하며 그가 알고 있는 한의 소식을 두루 늘어놓는다. 그런가 하면 준은 준대로 그간의 고생담을 피력한다. 이리하여 그들에게는 좀처럼 화제가 끊어지지 않을 모양이다.

"그래, 오늘은 무슨 변덕이 나서 전활 다 걸었누. 얽매인 몸이라면서? 대낮부터 나와 괜찮니?"

명희는 밥을 떠 넣으며 화제를 돌린다.

"오늘은 다른 볼일이 있어 일찍 나왔지. 나오고 보니 어젯밤 미세스 한을 만난 생각이 나데. 그래서 전활 걸었어."

"전화번호까지 알고 있었음 진작 좀 걸어줄 것이지."

"알긴 오늘 알았어. 번호책에서 한외과를 찾았거든."

"안 만났음 영영 그만이겠네?"

"글쎄…… 실은 어젯밤 처음 만났을 때 기분이 이상해지더군. 명흰 도무지 변하지 않았단 말이야. 세상이 조금도 변하지 않았다는 착각이 들 정도로 전쟁 중이라는 것이 거짓말만 같았어.

마치 내가 평화로운 학교에라도 있는 것처럼. 그만큼 명희는 전쟁을 모르는 사람 같았어. 평화와 전쟁 그것이 교차되어 나중엔 뭐가 뭔지 모르겠더란 말이야. 너무 절박해. 나는 그걸 잊어버리고 싶었는지도 몰라."

준은 그 밝은 웃음을 거두고 우울하게 말하였다.

"내가 이렇게 한가하게 돌아다니니까 그러는군. 잘 먹고 잘 입고 돈 잘 쓰고, 내야 옛날이나 지금이나 변할 리 있나."

명희의 목소리는 억척스러웠다. 준은 명희의 뽀오얀 손목에 끼워져 있는 백금 팔찌를 바라보며 옛날과 다름없는 코케티시한 마력에 가벼운 현기증을 느낀다. 준은 눈을 돌리며,

"여기저기 널려 있는 비참한 전쟁의 잔해를 볼 때 명희처럼 안일한 사람에게 울분을 느껴야 할 텐데, 도리어 위안을 받고 싶고 그 비참한 것에서 눈을 돌리고 싶단 말야. 정말 지긋지긋해."

"전쟁이 지긋지긋해서 오늘은 미군 작업복을 벗고 신사복으로 갈아입었군. 그러고 보니 약간은 미안해지는데? 그렇지만 어차피 다 마찬가지야. 외관상으론 날 전쟁 모르는 유한마담이라 하겠지. 하긴 우리 미스터 한은 부자니까, 부산에 피란 왔어두 재빨리 병원을 사고 생활이야 서울과 다름없으니, 천하태평이구."

비꼬는지는 몰라도 보기엔 마치 남의 일처럼 무감동하게 설명한다.

"고마운 이야기야. 하여간 이 전시에 명희만이라도 행복하다

는 건."

준은 이야기가 깊이 들어간 것을 뉘우치는지 가볍게 말을 끊는다.

"행복하고 무난하다는 게 반드시 일치된다구 할 순 없지. 그런데 넌 통역 노릇 할 만해?"

명희도 그 정도로 적당히 말을 돌려버린다.

"할 만한 게 다 뭐야? 아니꼽구 구역질 나는 일두 많지. 어젯밤처럼 그자들이 여자 친굴 찾아가는데 꽃을 사는 시중까지 들어야 하니, 내가 이자들 심부름꾼이 되려구 영문과를 택했던가 싶은 생각이 들어 서글픈 때도 많다. 사실 한국 사람의 버릇두 고쳐야겠지만, 그들의 경멸두 이만저만이 아니야. 여자라면 공주님……."

준은 말을 하다 말고 진수를 본다. 진수 앞이라 일부러 양 자를 빼고 그냥 공주님이라 했지만 그래도 마음이 쓰였던 것이다.

"……남자면 양아치뿐인 줄 알어. 내가 미워하는 자식이라두 남이 욕하면 듣기가 싫듯이, 모멸적인 언사가 비위에 맞을 리가 있나. 생각하면 우릴 위해 남의 나라 사람들이 생명을 걸고 와 준 것은 고맙지만, 하여간 약소 민족으로 태어날 건 아니야. 우리두 스스로 자각하구 반성해야겠지만."

준은 비분한다. 그러나 이내 풀이 죽어 포크를 움직인다.

"그렇게 기분에 안 맞음 어디 고등학교 훈장이나 되지. 그쪽이 낫지 않을까?"

"학교가 그리 쉬운가?"

"너야 이름난 수잰데 뭐가 어려우니? 더욱이 요즘 영어 선생은 시세가 있다잖아?"

"이름난 수재? 개나 먹으라지. 그게 다 무슨 소용이야? 하긴 나 자신도 학교엔 취미가 없다. 미친 소 같은 내 성격에 그놈의 따분한 훈장질을 해내겠냐 말이다."

굴 프라이를 열심히 먹고 있던 진수가 허리를 잡으며 웃는다. 준이 눈이 휘둥그레져서 진수를 쳐다보는데 명희마저 포크를 접시에 걸쳐놓고 깔깔 웃어젖힌다.

"준, 네가 미친 소 같다고 하니까 이 애가 웃잖아. 호호홋, 미친 소, 오래간만에 듣는 너의 별명이군."

"어마! 아저씨 별명이 미친 소예요?"

진수는 눈을 깜박이며 준을 쳐다본다.

"이거 참 곤란한데. 부지중에 내 허물을 내가 들춰내었으니…… 허참."

준은 머리를 긁적긁적 긁는다. 아무리 보아도 미친 소 같은 인상은 아니다. 눈이 큼지막하긴 해도 오히려 그 눈동자에는 어질고 총명한 빛이 어려 있었다.

"이거 너무 오래 있다간 밑바닥이 다 드러나겠다."

저녁이 끝나고 디저트로 나온 사과를 먹어치우자 준은 시계를 들여다보며 일어섰다.

"무얼 그리 서두니? 바쁜가?"

"응, 좀 볼일이 있어."

그들이 거리에 나왔을 때 청년 한 사람이 준을 보고 알은체하다가 여성 동반인 것을 보고는 외면을 하며 옆을 스쳐간다.

"송 군!"

준은 그 청년의 모습을 놓치지 않았던지 크게 소리쳐 부른다. 송이라 불린 청년은 돌아서며 빙그레 웃는다. 골격이 잘 짜인 체구는 빈틈없는 균형을 이루고, 대리석처럼 반듯한 이마에서 청신한 젊음이 쾌적하게 풍겨온다.

"대단한 미인들인데요? 어서 가보세요."

청년은 저만큼 가 있는 명희와 진수의 뒷모습을 쳐다보며 말하였다.

"아무리 미인이라두 나하고는 인연이 없는 중생들이지."

준은 쓰게 웃으며 보고도 못 본 체 지나가려던 청년의 과민에 대하여 적당한 해설을 붙인다.

"참, 오늘 김 군을 만났는데 형님의 번역 원곤 그대로 묵혀 있는 모양입니다."

청년은 마침 생각이 미친 듯 말하였다.

"그까짓 것 찾아다 휴지통에나 쑤셔 넣지. 장사치들이 채산 맞지 않는 출판을 하겠나."

준은 불쾌하게 말을 내뱉는다.

"망할 자식들, 저희 쪽에서 부탁해 놓고 이제 와서 배를 튀기니…… 도대체 사람을 뭘로 아는 건지."

준이 쉽사리 체념을 하자 청년이 대신 분개한다. 분개를 하건만 골격으로 꽉 짜인 체구는 여유 있고 침착하게 보인다. 준보다 두서넛 아래인 듯하다. 그러나 산발적인 준의 인상에 비하여 퍽 조직적이며 명확하게 보인다.

"공연히 헛물만 켰지. 그자들을 상대로 경위를 따졌다간 화통만 터지지. 내버려두어. 그럼 나중에 승리에서 만나."

담담하게 말하고 청년과 헤어진 준은 명희들을 뒤쫓아 왔다.

길모퉁이까지 같이 걸어온 준은,

"난 여기서 실례해야겠군. 또 심심하면 나와서 저녁이나 사주."

"영영 우리 집에 안 오기야? 이 아가씨가 모아둔 레코드가 많은데 음악감상이나 하러 와."

"가고 싶은 마음은 없는데."

"왜? 혜련 언니도 계시고…… 만나보려무나. 너 지난날엔 문학청년 아니었어?"

"흥, 문학청년? 인연이 먼 얘긴 하지 마. 굶어 죽는다, 굶어 죽어. 이 전쟁판에 문학이고 개똥이고 창백한 한숨의 얼굴, 생각만 해도 쑥스럽고 싱거워진다야."

"문학을 하려다가 재주가 없어 못한 사람들은 대개 그런 소릴 하더군. 하기야 준은 이제 얼굴도 검어지고 힘살도 생기구, 확실히 창백하게 한숨 짓는 그 이상야릇한 문학청년은 아니야. 호호홋……."

야유에 찬 명희의 웃음소리에 따라 진수가 웃는다. 준도 눈알을 굴리다가 씩 웃는다. 재주가 없어 못한다는 말이 급소를 찔렀을 텐데 준은 과히 아프지도 않은 얼굴이다.

"명희 조카님, 그렇다고 해서 어머님을 경멸한 것은 아닙니다. 지극히 존경하고 있으니까요."

준은 진수에게 혜련에 대한 기분을 정중하게 주석한다. 그러나 진수는 명희 조카님이라는 말이 재미있었던지 한바탕 웃고 나서 한다는 말이,

"경멸하셔도 상관없어요. 우리 어머닐 경멸한다면 용서 못 하겠지만, 소설가로서 경멸한다면 그건 독자의 자유에 속하는 일이니까요."

또렷또렷한 목소리다. 준과 명희는 동시에 마주 쳐다보며 눈을 깜박거린다. 정말 열여덟 난 소녀치고는 너무 깜찍한 말이었던 것이다.

준은 섣불리 굴다가는 큰일 나겠다고 생각했는지 손을 흔들어 보이며 달아난다. 달아나는 준의 뒷모습을 바라보며 진수는 돌돌 구르는 듯한 목소리로 웃는다.

"참 재미나는 사람."

"효녀다, 효녀. 그 말 듣고 소설가 유혜련은 몰라도 어머니 유혜련 씨를 경멸하진 못할 거야, 호호홋."

명희도 유쾌하게 웃는다.

"달아나는 꼴 좀 보세요. 타조가 걸어가는 것 같잖아요?"

"비유도 잘한다. 공작이니 복어니, 참새니 하더니만 이번엔 타조도 등장이구."

"거기에다 미친 소까지 보태면 동물원이 되겠네요. 그런데 그분 별명이 어째서 미친 소예요?"

"미친 소, 호호홋…… 그건 말이야, 전에 학교 다닐 때 엉터리 교수가 한 분 있었거든. 그래 준이 그 교수를 곯려주려고 벼르다가 어느 날 까다로운 질문을 마구 직사포로 갈겼단 말이야. 그랬더니 그 교수님 화가 머리끝까지 치밀어 바락 소릴 지른다는 것이 미친 소같이 덤비지 말라!는 거야. 그래서 미친 소라는 별명이 붙었단다."

"아이, 아이, 우스워라. 참말 걸작이네요."

진수는 재미가 나 죽겠다는 듯 발까지 굴러가며 웃는다.

"재미나는 사람이지."

"생김새부터 단순하고 천하의 낙천가 같고, 그분이 웃기만 하면 저절로 따라 웃고 싶고……."

진수는 어젯밤 놈팡이라고 욕한 일을 벌써 잊어버리고 극도의 호감을 표시한다.

"그렇지만 준은 결코 단순한 사람은 아냐. 밤낮 유쾌하게 보이지만 상당히 생각이 복잡해. 감정을 저렇게 가장하고 웃을 줄 안다 뿐이지."

"고통을 침묵과 무표정으로 가장하는 엄마처럼 그분은 웃음으로 가장한다? 침묵의 가장보담 역시 웃음의 가장이 낫군요.

우리 모두 즐거우니 말예요."

"그야 마음속으로 부글부글 끓는 것보담 웃고 지내는 것이 피차 다 편하지."

"그분은 고몰 좋아한 것 아니에요?"

"응, 날 좋아해. 나도 그를 좋아하지. 그러니까 친한 친구랬 잖아?"

"음, 응?"

진수는 장난꾸러기처럼 눈을 굴렸으나 웃음을 의미심장하게 띤다.

명희는 진수의 얼굴이 정말 요정 같다고 생각하였다. 불가해 한 힘을 지니고 있다고 생각하였다. 때론 천사같이 순박한가 하 면 어느새 작은 악녀 같았고, 거의 어린애처럼 철부진가 하면 아주 성숙한 여인 같았고, 몹시 소심하고 겁쟁인가 하면 뜻밖에 엉뚱스레 대담한 짓을 저지르고는 능청스럽게 상대방을 조롱하 기도 한다. 이렇게 변화무쌍한 진수는 자기도 의식지 못한 매력 을 사방에 뿌려놓고 다니는 것이다.

술에 취하여 자살을 하려다가 실패한 사나이, 그 이영설李英卨 이란 사나이가 한외과의원에 입원한 후 어느덧 일주일이 지나 갔다.

혜련에게 큰 충격을 주고, 진수한테는 비상한 관심을 갖게 하 고, 마주 보이는 창문을 사이로 하여 모녀간의 분쟁까지 일으키게 한 문제의 사나이를 아직 아무도 직접 대한 일은 없었다.

햇볕이 제법 따가워진 것을 느끼면서 진수가 학교에서 돌아왔을 때 혜련은 외출을 하고 없었다. 진수는 요즘 외출이 잦은 어머니를 이상하게 생각하였다. 별로 나돌아 다니는 성미가 아닌데 무슨 일이 생겼기에 자주 밖에 나가는가 싶었다.

진수는 책가방을 놓고 고스란히 남은 반나절을 생각했다. 내일은 일요일이다. 하루하고 반나절을 논다고 생각하니 신이 났다. 그는 책상 위에 있는 인형들을 한 번씩 만져주고 창가에 가서 창문을 활짝 열었다.

"어마!"

진수는 소스라치게 놀란다. 회색 파자마를 입은 환자가 침대 위에 상반신을 내어놓고 누워 있다가 진수를 보자 빙긋 웃는 것이었다.

몹시 궁금하게 생각하고 있던 바로 그 환자의 실제의 모습이었다. 진수는 환자가 왜 자기를 보고 웃었는지 알 수 없었지만 어느새 자기 자신도 그 웃음에 따라 생글하며 웃고 있었다.

환자는 침대를 창문 옆으로 옮긴 모양이다. 그는 창밖을 내다보며 누워 있었다.

"진수 양은 목소리가 아주 곱더군요."

환자는 뜻밖에도 진수의 이름을 불렀다.

"어마! 어떻게 제 이름을 아세요?"

진수는 두 번째 깜짝 놀란다.

"하도 노랫소리가 곱기에 간호원한테 누구냐고 물어봤더니 미래의 대성악가를 꿈꾸는 문진수 양이라구요."

"아이, 미스 리도 참 나빠."

진수는 얼굴이 빨개진다.

"그리구 어머님은 소설가시라구요?"

환자의 얼굴에는 부드러운 미소가 흐르고 있었다. 좀 창백하게 보였지만 그 얼굴 위에 따스한 봄볕이 내리고 있어 그런지 병자 같지 않았다.

"그럼 선생님은 음악가세요?"

이번에는 궁금증을 풀기 위하여 진수가 물었다.

"그렇게 생각해도 좋죠."

영설은 거북한 듯 몸을 일으키려다가 그만둔다.

"그럼 성악가세요? 피아니스트?"

영설은 고개를 저었다.

"작곡가?"

영설은 고개를 끄덕인다.

"그럼 누구실까? 성함은요?"

진수는 음악가라면 대강 이름을 알고 있었다.

"이북서 온 사나이라구 해요."

"어마, 영화제목 같네요."

"하하핫, 영화제목, 하하핫……."

진수와 영설은 소리를 맞춰 웃었다. 창과 창 사이에 가로놓인 따스한 공기가 가볍게 진동하는 것 같았다. 그렇게 같이 웃고 나니 아주 친밀해진 기분이 든다.

"선생님, 다린 좀 어떠세요? 몹시 아파요?"

진수는 동정을 표시한다.

"글쎄, 아픈 것보다 갑갑해 못 견디겠소. 깁스를 해놓아서 움직일 수도 없고, 그래서 침대를 창 옆으로 옮겨달라 했죠."

"창 옆으로 옮기시니 좀 기분이 나아지셨어요?"

"아주 상쾌하오. 푸른 저 하늘을 볼 수 있고, 더군다나 진수 양을 알게 되어 참 기분이 좋소. 그런데 진수 양? 그 카네이션 한 송이 이리로 던져주시겠소?"

"네, 네, 드리고말고요. 무슨 빛깔로 드릴까요? 좀 오래돼서 이내 시들어버릴 거예요."

"빨간 걸로 주시오. 도무지 문병 오는 사내들이란 꽃을 사 올 줄 모른단 말이야. 병실에 꽃이 없으니 아주 쓸쓸해요."

"그럼 아주머닌 안 계신가요?"

"이북에서 온 사나이라니까."

"그럼 여자 동무도 안 계세요?"

진수는 무슨 말을 해도 괜찮을 것 같아서 당돌하게 물어본다. 여자 동무가 없느냐는 말은 곧 애인이 없느냐는 말이다.

영설은 어린애처럼 천진하게 보이는 이 소녀가 꽤 깜찍스러운 말을 묻는다고 생각했지만 너무나 티가 없는 얼굴이라 자기도 모르게 싱그레 웃으며,

"불행하게도!"

불행하게도 애인이 없다는 뜻으로 대답한다.

"아이, 가엾어라."

진수는 그 말을 뇌면서 빨간 카네이션을 한 송이 뽑아가지고 누워 있는 영설에게 홱 던져준다. 영설은 가슴 위에 떨어진 꽃을 주워 들고 무심히 한참 동안이나 바라보다가,

"고맙소."

진수는 어쩐지 그 목소리가 슬프게 들렸다. 깊숙한 눈과 머리칼이 흐트러진 단려한 이마를 바라보고 있노라니까 항상 진수가 그리는 꿈속의 왕자가 생각났다. 그 왕자처럼 나이가 젊지는 않아도 뭔지 로맨틱한 기분이 들었고, 많은 이야깃거리를 지니고 있는 사람처럼 느껴졌다. 그리고 외로운 나그네처럼 이북서 홀로 내려온 그를 위하여 깊은 위로를 주고 싶기도 했다.

"선생님!"

진수는 창가에 턱을 고이고 영설을 불렀다. 영설은 눈을 들었다. 짙은 광채가 흐르는 눈이었다.

"선생님은 공산당이 무서워 이북서 도망 왔어요? 아주머니랑 두구."

"글쎄……."

영설의 목소리는 무거웠다.

"왜 아주머닐 두고 나오셨어요, 위급해서 그러셨나요?"

영설을 그 말대답은 하지 않고 누운 채 머리맡에 있는 탁자로

팔을 뻗더니 담뱃갑과 라이터를 집어가지고 천천히 담배 한 개를 꺼내어 물더니 불을 붙인다. 그리고 연기를 내어 뿜으면서,

"공산당이 무섭기보다 보고 싶은 사람이 있어서."

"그럼 그 보고 싶은 사람 만나보셨어요?"

"아니."

"네? 아직 못 만나셨어요? 그렇지만 차차 만나게 될 거예요. 실망하시지 마세요. 지금은 전쟁 중이니까."

진수는 제법 어른처럼 말하였다.

"아참 선생님, 저 윤성수 씨 그분, 그분은 선생님의 친구세요?"

"어떻게 그걸 아시오?"

"저도 들었거든요."

"하하, 서로 대면하기 전부터 예비지식은 조금씩 갖고 있었군."

"그리고 저 쇼팽 같은 아저씨 말예요. 그분은 누구세요? 역시 음악가?"

"쇼팽 같다니?"

"왜, 그 쇼팽처럼 턱이 뾰족하고 이마가 넓은 아저씨 말예요."

"아아, 이거 참, 상쾌하게 수색을 당했군. 그 사람은 화가요."

"음악가가 아니고 화가세요? 어째 멋쟁이라 생각했더니……."

"음악가는 그럼 멋쟁이여서는 안 된단 말이군."

"그런 게 아니에요. 넥타이, 양복이 모두 색채적으로 인상이 강했어요. 그래서 화가니까 역시 색에 대한 감각이 다르다고 생각한 것뿐예요."

진수는 민첩하게 말을 만들어낸다.

"진수 양의 관찰이 여간 아닌데? 역시 소설가인 어머님을 닮은 모양이지?"

"천만에, 우리 어머닌 관찰에는 도무지 취미가 없으신 분예요. 그래서 늘 싸움이랍니다. 저는 이 창문을 열겠다 하고 어머닌 닫으려고만 하거든요! 저는 뭣이든지 알고 싶어 죽겠는데 어머니는 억지루 알지 않으려고 들어요. 아마 우리 어머닌 높은 성벽을 쌓아놓고 혼자 계시면 제일 행복하게 생각할걸요."

진수의 불만은 마침 때를 만난 듯 한꺼번에 쏟아져 나온다.

"거참, 재미나는 얘기군."

"좀 이따 보세요. 이 문이 닫혀지면 어머니가 오신 거예요. 만일 제가 이러고 있는 것을 보시면 어머닌 화를 내실 거예요. 버릇없는 애라구요."

"어머님은 퍽 엄격하시군. 문학 하는 분이라면 안 그러실 텐데?"

"웬걸요. 어머니가 쓰는 소설에는 밤낮 궁상맞고 청승맞고, 무슨 초상화처럼 조용한 여자만 등장하는걸요. 참고 견디고, 그것이 최고의 미덕인 줄 아시나 봐요. 전 싫어요. 어머니의 소설이나 성격이…… 그렇지만 전 어머닐 사랑해요."

"대단한 따님을 두셨군. 상당히 신랄한데? 그러나 진수 양은 어른들의 세계를 몰라서 그러겠지."

"어마나, 제가 얼마나 소설을 많이 읽는다구요? 소설 속에는 그렇지 않은 어른의 세계가 얼마든지 있던데요, 뭐."

"그럼 진수 양의 견해가 옳은가 그른가 알아보기 위하여 어머님의 작품을 한번 읽어볼까? 마침 심심하고 시간 보내기도 지겨우니까. 진수 양! 어머님의 작품집이나 작품이 실린 잡지라도 있으면 좀 빌려주시오."

"읽지 마세요. 그러잖아도 앓고 계시는 선생님에게, 더욱이 이북에서 온 사나이신 선생님에게 우울증만 돋울 뿐이에요."

"거참, 어머님은 대단히 불행한 작가로군. 따님으로부터 그렇게 동정을 못 받는 것을 보니."

"그래도 뭐 창백한 얼굴을 한 문학청년들은 꽤 어머니 작품을 좋아한다나 봐요."

진수는 전날 준을 만났을 때 그가 한 창백한 문학청년이란 문구를 끌고 와 써먹으며 웃는다. 너무 혜련을 깎아내렸기 때문에 다소 변호해 줄 양으로 그런 말을 했는지도 모른다.

"선생님! 저 레코드 들려드릴게요."

진수는 전축 뚜껑을 연다.

"허, 피란살이에 전축이 다 있군."

"고물 졸라가지고 도떼기시장에서 싸구려를 하나 샀어요."

진수는 엎드려 레코드를 고르기 시작한다.

"꽃을 선물로 받고 진수 양의 재미나는 얘기를 듣고, 이제 음악감상까지 하게 되니 오늘은 무척 행복한 날이군."

진수는 레코드를 고르다 말고 고개를 들며 장난스레 웃는다.

"선생님, 선생님은 약주만 잡수시면 자동차 밑으로 마구 덤벼드신다죠? 술을 마시게 되면 자살하고 싶은 유혹을 받으시나요?"

영설은 쓰디쓰게 웃으며,

"뉘한테 또 그런 말을 들었누?"

"미스 리가 그랬어요. 윤성수 선생님이 그러시더라구요."

"빌어먹을."

영설은 윤성수한테 욕설을 했다.

"선생님, 술 취하면 정말 죽고 싶으세요?"

진수는 호기심에 찬 눈으로 영설을 바라본다.

"아주 성가신 아가씨로군. 어째 그렇게 꼬치꼬치 묻는 거요? 심리학자도 아닐 텐데 남의 술 취한 심리를 알아 뭐 하려오."

영설의 목소리는 퉁명스러웠다.

"아이, 물어보면 어때요? 만일 술을 마셨을 때 죽고 싶은 충동을 느낀다면 전 어른이 되어도 절대로 술 마시지 않게요."

"하하핫……."

영설은 그만 커다랗게 웃어버린다. 맹랑한 아이라고 생각하면서.

"진수 양! 그럼 진수 양은 여태 술 마시는 사람을 구경 못

했소?"

"왜요? 아버지가 술 마셨죠. 그렇지만 아버진 술만 마시면 서재에 들어가셔서 혼자 우시는걸요. 그리고 엄말 밉다고 막 야단을 치셨어요."

"음? 그럼 사람이 미워지는 주정꾼도 있고, 죽고 싶은 주정꾼도 있다. 그거참 술의 조화란 신묘하군그래."

영설은 어느새 진수의 화술에 끌려 웃음의 말로 돌리고 있었다.

"그렇지만 미워지는 것보담 죽고 싶은 게 문제거든요. 큰일 아니에요?"

"진수 양은 꽤 오래 살고 싶은가 봐?"

"그럼요. 전 죽기 싫어요. 오래오래 살고 싶어요."

"오래 살고 싶어 하면 더 빨리 죽는다데."

"어마나! 전 싫어요, 무서워요. 그런 말씀하심 안 돼요."

진수는 진정으로 무서웠던지 순간 얼굴빛마저 파리해진다.

"걱정 말아요. 아마 진수 양은 오래 살 거야. 코 밑이 길어서."

영설은 껄껄 웃는다. 진수는 자기 코 밑을 한번 만져보고 황급히 전축에다 레코드를 끼운다. 드뷔시의 교향시 〈목신의 오후〉다.

이리하여 이영설과 진수는 그들의 인연이 어떻게 얽혀진 줄도 모르고 날로 친밀하게 되어갔다.

진수는 학교에서 집에 돌아오는 것이 즐거웠다. 이영설은 학교의 음악선생보다 더 많은 음악에 관한 얘기를 해주었다. 저명한 음악가의 전기라든가, 악상樂想을 얻은 음악가들의 로맨틱한 동기라든가 음악에 대한 해설과 감상법 같은 것을 말하여 주었다.

진수는 날이 갈수록 영설에게 경도되어 갔다. 그가 지금까지 대하여 온 어떤 사람보다 영설은 훌륭하고 위대한 사람이며 예술가라 생각했다. 궁금하게 생각하고 알고 싶어 하던 윤성수는 아주 뒷전이 되고, 이지러진 달처럼 그의 모습은 진수의 뇌리에서 사라져 갔다.

일면 이영설도 무료한 병실에서 진수가 돌아오기를 기다렸다. 명랑하고 재치 있고 종다리처럼 귀여운 진수는 영설의 마음을 즐겁게 해주었다.

'나도 딸이 있었으면 저만은 했을 게다.'

영설은 진수를 볼 때마다 그렇게 생각하였고 새삼스레 허송한 세월이 아쉬워졌다.

이렇게 창문과 창문을 사이에 두고 이야기를 주고받을 수 있는 것도 혜련이 늘 방을 비우는 때문이다. 카네이션도 시들어버리고 녹음이 짙어지는 창가에 오늘도 음악이 흐른다.

3. 방문객

혜련은 오늘도 피란 온 문인들이 모여드는 다방 상록에 나와 우두커니 앉아 있다.

별로 다방 출입을 하지 않는 혜련이 매일같이 나와 앉았는 것을 주위에서는 이상한 눈으로 바라본다. 누구를 기다리는 것도 아니요, 누구하고 이야기를 주고받는 것도 아닌, 그저 막연한 모습이다. 마치 물건 하나가 놓일 자리에 놓여 있다는 그런 감을 준다. 이러한 혜련의 존재는, 애당초부터 특이한 사람이기는 했지만, 더욱더 특이한 감을 주었다.

"유 여사, 외로운 섬처럼 맨날 그렇게 침묵만 지키시려오?"

술이 얼근히 취한 시인 김서보金曙甫가 마도로스 파이프를 물고 혜련 옆으로 자리를 옮기며 묻는다.

"누가 시인이라 안 할까 봐요?"

혜련은 조용히 웃었다.

"그럼 소설가께서는 뭐라고 표현하겠소?"

"풍화된 암석처럼 침묵을 지킨다 하죠."

"하하핫."

서보는 목덜미까지 긴 머리를 흔들고 유감없이 이빨을 드러내어 웃는다. 술 냄새가 혜련의 얼굴 위에 푹 끼친다.

"거참 재미있군. 하하핫."

혜련은 그 웃음소리와 풍겨오는 술 냄새에 그만 정나미가 떨어졌다.

혜련은 창밖으로 얼굴을 돌렸다. 많은 사람들이 오가고 있는 거리에는 전시답지도 않게 화려한 옷차림의 여자들이 지나가고 있었다. 고급 승용차도 질주하고 있었다. 벅찬 현실 속에서 혜련은 자기가 지키고 있는 침묵의 자세와 거리에서 움직이고 있는 군상들은 서로 전연 다른 의미를 지니고 있는 것 같다고 생각했다.

"……석상이지 석상, 목상이지 목상, 사랑의 노래를 모르는 석상, 목상, 저 사하라사막에 있는 스핑크스, 그건 또 오랜 비밀이며 동물의 하반신이지. 어때요, 유 여사? 당신은 천사이고자 하지만 인간이고 동물의 하반신을 가지고 있소. 인간은 천사인 동시 욕정의 동물이요, 악마요. 유 여사, 우리 그러지 말고 삽세다, 네?"

서보의 주절대는 소리를 한 귀로 흘려버리고 있었으나 마지막 말은 지독한 모욕이며, 삼가지 않는 욕정적인 희롱이다.

평소에는 제법 점잖은 편인데 술만 들어가면 개차반이 되는 서보 옆에 그 이상 앉아 있을 수 없어서 혜련은 일어섰다. 그러나 서보는 혜련의 치맛자락을 한사코 붙잡으며,

"유 여사! 유혜련 씨! 전쟁이오, 전쟁이란 말이오. 땅이 솟고 하늘이 내리덮이는데 윤리고 도덕이고 뭐 개뿔이고, 그따위 다 말라비틀어진 것, 제발 그 정숙한 얼굴일랑 집어치워요. 당신은 욕정도 없소? 인간이 아니오?"

"이거 놓으세요."

혜련의 눈언저리가 붉다. 그러나 술 취한 사람을 상대할 수는 없다.

"유 여사! 유혜련 씨! 시인의 영혼이 막 불꽃처럼 타올랐소. 그러나 시인은 쫓겨서 이 생선 비린내가 나는 상놈의 고장으로 도망 오지 않았소? 우리의 동지, 우리의 예술가들이 냉수만 마시고 살아야 하오? 밥을 굶고 빈속에 막걸리를 들어붓고 여기에 왔단 말이오. 우리의 다정한 친구들을 보려구요. 그러지 마소. 그러지 말란 말이오. 우리 다 구더기가 득실거리는 쓰레기통에서 같이 몸부림치는 동물이 되지 않았단 말이오?"

"악의 시인 보들레르의 넋두리 같군요. 술을 좀 더 마셔야겠습니다. 자아, 이거 놓으세요."

혜련은 이 주정꾼을 좀 떼어달라는 듯 주변을 살폈다. 그러나 김서보의 주정을 애교로 보는지 모두 웃고만 있다. 그중에서는 혜련을 시기하고 미워하는 사이비 여류 시인 박현주朴顯珠가 그의 추종자를 거느리고 의미심장한 미소를 띠고 있었다.

"유 여사, 이러기요? 여기 앉으세요. 얘기 좀 합시다. 우린 슬픔도 같은 사람이요, 갈망도 같은 사람이 아니오? 당신은 생과부요, 난 홀애비니 우리 거리를 좀 좁혀봅시다."

서보는 혜련을 잡아끌고 의자에 앉히려고 한다. 그러자 혜련은 서보의 손을 착 뿌리친다. 치맛말이 투두둑 터진다.

"아뿔싸!"

서보가 슬그머니 치마를 놓아준다. 혜련의 얼굴이 새파랗게 질린다. 주변에서 웃고만 있던 사람들의 얼굴이 긴장한다. 박현주만은 여전히 웃고 있었다. 현주가 나팔을 한번 불면 혜련의 치맛말이 터진 것쯤은 서보가 치마를 벗겼다는 정도의 말로 퍼질 것이다.

혜련은 천천히 카운터 앞으로 걸어간다. 핸드백을 열고 옷핀을 꺼내어 레지에게 치맛말에 꽂아달라고 부탁한다. 그리고 옷매무새를 고치더니 다방에서 나가버린다.

거리에 나온 혜련의 얼굴에는 흥분의 빛이 말끔히 가셔 있었다.

'어딜 갈까? 아무튼 시간은 보내야겠는데…….'

혜련은 사람들 속에서 밀리듯 걸어간다. 그에게는 갈 곳이 없었다. 비사교적인 혜련은 이런 경우 찾아갈 곳도 없고, 사람도 없다. 그리고 누구와 어울려서 울적함을 풀어버리는 그런 성격도 아니다. 혜련의 불행한 성격은 어디로 가나 고립되고 위안을 받지 못함은 물론이거니와 경원을 당하기 일쑤고, 본인 역시 남의 동정이나 위안을 받으려 들지 않는다.

혜련은 한참 동안 혼자 걷고 있다가 우뚝 서버린다. 그는 순간 극장에 가보려는 생각이 들었다. 그는 마침 떠오른 그 생각을 소중히 여기는 듯 얼른 발길을 돌린다. 혜련이 발길을 돌리지 않았던들 그는 명희와 준을 만났을 것이다.

명희는 요즘 줄곧 준을 만나고 있다. 그것을 남편한테 비밀로 하고 있지는 않았다. 준과의 교제를 비밀로 해야 할 아무런 불순성도 없는 때문이다. 석중도 명희의 성격을 이해하고 있었고, 또 그런 데 대해서 무관심한 것 같았다.

명희는 남편의 무관심을 신경이 둔한 때문인지, 자기에게 깊은 애정이 없는 때문인지 또는 자기를 믿기 때문인지 그 어느 것이라고 판단할 수 없었다.

'천성이 그런 거지.'

그렇게 단정을 하면서도 속에 무엇이 들어앉았는지 알 수 없다고 생각했다. 그러나 만일 석중이 펄펄 뛰고 야단을 친다면 명희 같은 성격의 여자는 도리어 반발을 할 것이다.

명희와 준은 발길을 돌려 급히 걸어가는 혜련을 보지 못하고 저희끼리 이야기에 열중하여 걷고 있었다. 만날 때마다 무슨 얘기가 그렇게 많은지 마치 중학생들처럼 지껄여대는 것이다. 그들이 D극장 앞에까지 가서 표를 사려고 했을 때,

"어마! 언니가?"

막 표를 사가지고 극장 안으로 들어가는 혜련의 모습을 본 명

희가 놀라워한다.

"언니!"

그러나 혜련은 듣지 못하고 빠른 걸음으로 걸어간다.

"언니! 혜련 언니!"

명희는 다시 소리쳐 불렀으나 혜련은 무엇에 쫓기기라도 한 것처럼 이 층으로 급히 올라간다. 준이 표를 사가지고 쫓아왔다.

"이상한데?"

명희는 준을 쳐다본다. 두 사람은 표를 서둘러 내어 밀고 이 층으로 올라갔다. 그러나 혜련은 벌써 좌석에 들어앉은 모양으로 찾을 도리가 없었다.

"혼자서 극장에 오다니. 영화를 좋아하는 성미도 아닌데……."

명희는 좌석을 찾아 들어가면서 혼자 중얼거린다.

"얼굴빛이 영 안됐던데? 전에 서울서 만났을 때보다 한층 더 얼굴이 굳어진 것 같애."

자리에 앉은 뒤 준은 그렇게 말하였다.

"그야 오빠가 그렇게 됐으니까. 원래부터 우울했던 사람인데 더욱 그렇게 된 거지."

"그분의 얼굴을 아까 잠시 보았을 때 난 등어리에 냉수를 쫙 끼얹은 느낌이 들데. 얼음으로 빚어놓은 얼굴 같잖아? 투명하면서 칼날 같은 얼굴, 그런 사람이 어떻게 열정적인, 마구 불꽃이 튀는 그런 애정을 그려낼까? 암만해도 무서운 연애를 한 모양이야."

"준은 언니 소설을 지금도 좋아해?"

"글쎄, 전에 좋아했지. 그렇지만 유혜련 씨는 싫다. 존경할 수는 있어도 사랑을 받을 여성은 아닌 것 같애."

"난 언니 소설이 싫어. 좀 색다르지만 이내 염증을 느끼거든. 소설이란 위안을 주고 피로를 풀게 해야지. 언니 건 우울해지고 도리어 피로를 느껴. 그래서야 어디 오락물이 되나."

"옛날 같음 명희 말에 항의하겠다만, 문학이 어디 오락물이냐구. 이젠 시시하고 열도 식었다."

"난 그렇게 생각해. 문외한이지만 말이야. 예술이란 보편적인 것. 뭐 별것 있니? 아무리 인생을 각색해 봐도 그것이 그것이지 뭐니? 태어나고 사랑하고 죽고, 이질적이란 그다지 의의 있는 것이라곤 생각 안 해."

"그렇지도 않지. 인생은 네 말대로 보편적인 것인지 몰라도 개개인 모두 이질적인 존재야. 다만 개성이 너무 강하면 또 그것이 작품에 반영되었을 때 반역적일 수도 있고, 몽상적일 수도 있고, 예언적일 수도 있지. 그래서 당대에 있어서 배격을 당하는 거야. 그렇다고 해서 유혜련 씨의 작품이 다음 세대에 재인식되리라 생각지는 않아. 결코 그렇게 높이 평가할 수는 없어. 그분의 문학은 자신의 일기 같은 가치밖에 없는지도 모르지."

이윽고 장내의 불이 켜지고 뉴스가 끝난 뒤 영화가 시작되었다.

영화는 〈애인 줄리에트〉였다. 〈푸른 수염〉이라는 전설을 영화화한 것인데 몹시 환상적인 불란서 영화다. 영화가 끝났을 때 명희와 준은 일찍이 극장 밖에 나와가지고 혜련을 기다렸다. 혜련은 아까와 마찬가지로 표정 없이 사람 속에서 밀려 나왔다.

"언니!"

명희가 혜련의 손을 잡았을 때 혜련은 다소 놀란 듯했다.

"아까 막 불러도 언닌 모르고 그냥 가시더군요."

"그래요?"

혜련은 명희 옆에 서 있는 준을 보고 의아해한다.

"언니, 모르세요? 서울 계실 때 제가 한번 소개한 일이 있었죠? 강준 씨라구요. 저의 동창생이에요. 왜, 그때 문학을 한다고 했었잖아요?"

준이 나선다.

"선생님께서 잊으신 모양입니다. 저 강준이라고 합니다."

준은 자기 이름을 대면서 꾸벅 절을 한다.

"아아, 그러세요?"

그렇게 대답하기는 했으나 혜련은 전혀 기억이 나지 않았다.

"언니, 차나 마십시다."

세 사람은 극장 옆에 있는 다방으로 들어갔다. 차를 마시면서 자연히 화제는 영화로 돌아간다.

"언니, 영화 좋죠? 아주 환상적이고 장면이 모두 시 같아요."

혜련은 가만히 웃으며 주로 듣고만 있었다.

"역시 불란서 영화는 버릴 게 없어. 미국 영화처럼 장삿속이 드러나 있지 않거든."

준이 말했을 때 처음으로 혜련은 입을 떼었다.

"망각의 나라의 춤은 참 좋더군요. 사람이 그렇게 망각의 나라에서 살 수만 있다면 얼마나 행복하겠어요."

"망각하는 것이 그렇게 행복하게 생각되시면 언니도 망각하고 사세요. 행복하다고 느끼는 일이라면 자기 스스로가 자신을 위하여 노력하셔야죠."

"억지로 하는 것은 결코 망각이 되진 않겠죠."

"아이 언니두, 전 망각하고 싶은 슬픔도 괴로움도, 그리고 애틋한 추억도 없지만 만일 훗날에라도 나를 위하여 잊어버리는 것이 행복이라면 잊어버리겠어요. 뭐가 그리 어려워요?"

혜련은 그 말대답은 하지 않고 가볍게 웃어넘긴다. 준은 약간 미간이 흐려지는 듯했으나 그것은 순간적인 것이었다.

"강 선생은 지금도 글을 쓰세요?"

혜련은 인사말로 물어본다.

"먼 옛날에 집어치웠습니다. 재주도 없거니와 동란 속에서 목숨을 부지하는 일만으로도 저에겐 벅찼으니까요."

준은 자조 섞인 대답을 하였다.

"그러한 체험이 다 나중에 작품의 재료가 되겠지."

명희가 위로한다.

"재료? 천만에. 문학 하는 것보다 생활하는 게 더 중요하다고 느꼈으니까, 이제는 문학 애호가는 될 수 있어도 문학가라는 데 매력을 안 느껴. 유 선생님한텐 실례가 될지 모르지만."

"그렇습니다. 문학보담 인생이 더 중요합니다."

혜련이 말하였다.

"그럼 언닌 왜 문학을 하세요?"

"저는 인생을 잃었기 때문에."

혜련이 웃으며 말한다. 약하디약한 웃음이었다.

"잃은 게 아니고 발견을 못 했겠죠."

명희는 말하면서 혜련의 약하디약한 웃음을 생각했다. 그런 웃음은 처음 본 것 같았다. 혜련의 말은 오빠 명구와의 애정을 부정하는 것이다. 그러나 명희는 그런 문제는 오래 생각할 성질이 아니다.

"늦었으니 이제 돌아가시지 않겠어요?"

혜련은 잠시라도 자기 자신을 남 앞에 드러내어 놓는 것이 싫었던지 일어서면서 화제를 끊었다.

길모퉁이에서 준과 헤어진 명희는 혜련과 같이 집으로 향하였다.

"언니, 요즘 우울하신 것 같은데 혹시 불편한 점이라도 있으세요?"

"아니에요. 너무 잘해주셨어, 도리어……."

"선생님! 하이든의 부인은 자기 동생을 미워하고 질투했다죠? 이 〈장난감 심포니〉 땜에. 하이든은 정말 그 처제를 사랑했을까요?"

진수는 하이든의 〈장난감 심포니〉를 들으며 영설에게 재잘거린다.

"글쎄……."

"제가 만일 동생 같음 언니한테서 하이든을 빼앗아 버릴걸. 그런 천재를 음악에 대한 이해성도 없고 허영심만 많은 여자한테 맡겨둔다는 건 그야말로 돼지에 진주예요. 자기가 지닌 보석의 가치를 모르는 여자. 하이든이 불쌍하지 않아요?"

"돼지에 진주라, 허허, 진수는 성악가 그만두고 장래 변호사나 국회에 출마하지. 목소리도 좋지만 변설이 아까워."

"아이, 선생님도, 전 거짓말 못해요."

"국회의원, 변호사는 그럼 거짓말쟁인가?"

"흐흐흠, 아마 그런가 봐요."

"그 사람들이 알면 진수를 명예훼손죄로 고발하겠는데?"

"정치는 거짓말을 해야 된다잖아요?"

"참 맹랑한 말을 하는군."

〈장난감 심포니〉는 가벼운 리듬으로 강약을 새긴다.

"선생님, 참 귀엽죠? 도롯! 도롯! 아이, 귀여워라. 우리 아가들이 책상 위에서 마구 움직이네."

진수는 한 발로 박자를 치며 웃는다.

"아가라니?"

"우리 미미, 하이데, 히스클리프, 모두 제 애기예요."

진수는 책상 위에 놓인 인형과 곰 새끼를 안고 와서 영설에게
보인다.

"이 아가씨는 미미라고 해요. 〈라 보엠〉에 나오는 가엾은 미
미의 이름을 딴 거예요."

진수는 앞치마를 입힌 인형을 쳐들어 보인다.

"그리고 이 공주는 하이데라 해요. 〈몬테크리스토 백작〉의 아
름다운 노예 하이데예요."

노랑머리를 길게 늘인 인형을 쳐들어 보인다.

"이 새끼 곰의 이름은 히스클리프예요."

"히스클리프?"

"네. 눈보라 고개에 나오는 히스클리프예요. 히스클리프는 곰
처럼 미련하고 사납지 않아요?"

"음, 그 영국의 에밀리라는 소설가가 쓴 소설 말이지?"

"네."

"곰 새끼의 이름이 히스클리프인 줄 알면 에밀리 여사가 슬퍼
하겠다."

"그렇지만 전 히스클리프 같은 남자가 좋아요. 곰같이 미련
하고 사나운 것도 캐서린에 대한 애정 때문이죠. 그만큼 그의
정열은 무서운 거예요. 가슴이 울렁거리고 피가 끓을 정도로."

진수는 가슴 위에 손을 얹는다.

'저 얼굴, 많이 본 듯한 얼굴이다. 진순 나에게 가끔 혼란과
착각을 일으키게 한다.'

영설의 눈에 일시 광채가 번득인다. 일종의 광적인 그 빛은 거칠었던 지난날의 생활에서 오는 것이기보다 그의 선천적인 재기의 번득임인 듯했다.

진수는 전축을 덮어 치우고 턱을 창문에 괴더니 영설을 향하여 본격적으로 지껄이기 시작한다. 며칠 전에 러브레터를 한 장 받았다는 둥, 그치는 바이올린을 하는 고등학교 학생인데 참말로 데데한 편지였더라는 둥, 편지를 보면 못난 사람인가 잘난 사람인가 알 수 있다는 둥, 수선을 피운다. 그러다가 진수는 잽싸게 일어선다. 방문을 여는 소리가 났기 때문이다.

진수가 기겁을 하여 돌아보았을 때 어느새 왔는지 혜련이 그림자처럼 서 있었다. 그는 문턱에 선 채,

"그 문 좀 닫지 못하겠니?"

혜련의 목소리는 전에처럼 엄격하지도 않았고 얼굴에도 노여움이 없었다. 평소에 굳어 있던 얼굴이 실실이 풀어져 오히려 일종의 애원을 나타내고 있었다.

진수는 영설한테 손을 흔들어 신호를 보낸 뒤 창문을 닫는다.

혜련은 책상 앞에 가서 우두커니 앉아 자기의 손을 내려다본다.

"진수야."

"네?"

"너 그 방 환자하고 무슨 얘길 했니?"

"뭐…… 무슨 얘기라뇨? 음악 얘길 했어요. 저 방의 환자 선생님은 작곡가거든요. 이영설 씨라구요. 이북에서 온 분인데 참 훌륭한 분이에요. 가족들이 없어서 그런지 아주 외로워해요."

혜련은 장황하게 늘어놓는 진수의 말을 듣고 있지 않았다. 그는 다른 생각을 하고 있었다.

"너 우리 집안 얘길 안 했니?"

혜련은 그 말을 끝내기도 전에 스스로 놀란다.

"우리 집안 얘기라요?"

혜련은 한참 동안 잠자코 있다가 낮은 목소리로,

"아버지나 엄마의 얘기……."

"글쎄요. 뭐 그런 얘기……."

진수는 켕기는 데가 있어 우물쭈물 말을 얼버무리려 든다. 사실 진수는 아버지가 술을 마시면 운다는 얘기도 했고, 엄마의 소설이 싫다는 얘기도 했었다.

"네가 그렇게 버릇없이 남하고 이내 친해지는 건 엄마는 싫다. 여긴 고모네 댁이지만 이 방은 너하고 내가 쓰는데, 여긴 어디까지나 너와 나의 세계다. 나는 남이 우리의 세계를 아는 것이 싫다는 거야. 알겠니? 설령 모르는 점이 있더라도 엄마의 성격을 이해하고, 앞으로 그 창문을 절대로 열지 말아라."

"엄마두, 그렇지만 저 방의 선생님은 불량배가 아니에요. 적어도 예술가예요. 그리고 여간 마음씨가 고운 분 아니에요."

"어쨌든 창문을 열지 말아."

"엄만 파쇼예요. 그런 법이 어딨어요. 제가 존경하는 분을 뭣 때문에 그렇게 경계하세요?"

혜련은 말을 잇지 못한다. 그는 진수의 공격에 심히 당황한 모양이다. 어디까지나 혜련 자신이 억지를 쓰고 있는 것이지, 진수의 항의는 정당하고 당연하다.

혜련은 그날 밤늦게까지 잠을 이루지 못하고 생각했다. 섣불리 하다간 도리어 역효과를 낼 것만 같았다. 끝내 영설과의 교섭을 끊으라고 진수에게 강요한다는 것은 어리석은 짓이고, 아직은 아무것도 모르고 있는 진수에게 의혹을 갖게 할는지도 모른다.

혜련은 자기의 요구가 전혀 비정상적인 것임을 깨달았다. 자기의 기우에는 그만한 원인이 있는 것이고, 영설과 진수가 접촉함으로써 벌어질 사태는 무서운 것이다. 불행했던 남편 문명구에 대한 자기의 감정을 위해서도, 또한 남편에 대한 의무로써도 그러한 사태만은 꼭 막아야 한다.

'영설을 만나볼까? 그 스스로 진수를 멀리하도록 부탁을 해 보는 것이 더 적절한 일인지도 모르겠다.'

그러나 혜련은 영설을 만나는 것이 얼마나 무서운 일인가를 생각해 보았다. 자기 자신이 그와의 대면을 감당해 낼 수 있을 것인가 그것도 의문이었다.

명희네 식구가 아침 밥상 앞에 모여 앉아 혜련을 기다렸다. 혜련은 몹시 야윈 얼굴로 나타났다. 모두 숟갈을 들었을 때 석중은 그 무거운 입을 열었다.

"얼굴빛이 안됐군요. 어디 몸이라도 편찮으세요?"

"정말, 언니 안색이 나빠요. 그리구 아주 여위셨어요. 몸이 불편하시면 진단이라도 한번 받아보세요."

명희도 걱정스럽게 혜련을 쳐다보았다.

"괜찮아요. 아무렇지도 않은걸요."

혜련은 조심스럽게 눈을 내리깐다. 진수는 시간이 늦어 그런지 바쁘게 입 안에다 밥을 밀어 넣으며 말참견을 하지 않았다.

"천천히 먹어라. 접때도 체해서 혼나지 않았니."

석중이 진수를 나무란다.

"요즘은 방 안에만 꼭 틀어박혀 있으니 웬일이야? 시험 때도 아닐 텐데."

명희가 말하였다. 진수는 혜련을 흘끗 쳐다보며,

"고모가 밤낮 나돌아다니니까 전 집을 지키는 거예요."

"흥, 고몬 다 알어. 그 주정뱅이 작곡가하고 친해진 거지 뭐. 그래 동경하여 마지않던 윤성수 씨를 만나보았나?"

"네, 만났어요. 한 선생이 자랑하던 조카딸이 바로 이 아가씨냐고 웃었어요. 그렇지만 윤성수 씬 문제도 안 돼요."

"윤성수 씬 문제가 안 된다구?"

"그럼요. 그 주정꾼 선생님한테 비하면 말이에요. 만나보니 멋도 없고 얼굴도 못생기고, 아저씨처럼 말주변도 없고, 틀렸어요."

"진수야, 까불지 말어. 빨리 먹고 학교에나 가아."

혜련이 말을 막는데도 명희는,

"그래, 주정꾼 작곡가가 얼마나 멋이 있길래 그렇게 갈망하던 윤성수 씨를 깎아내리는 거냐?"

"멋이 있고말고요. 그분은 사람 자체가 하나의 예술 같아요."

"이거 극찬이구나."

석중은 웃는다.

"아저씬 그렇게 생각 안 하세요?"

"미남자구 매력이 있더군."

"거 보세요, 고모. 삭막한 의사 선생님이 다 그러시니 틀림없죠?"

"남 칭찬하기 위해 날 깎아내려선 못써."

"직업을 말한 거예요. 설마 아저씨를 삭막한 분이라 하겠어요?"

"말주변 없고 삭막한 것은 서로 통하지 않는가?"

석중이 껄껄 웃는다.

"그래서 늘 방에만 붙어 있는 거군. 그 작곡가 수완이 여간 아닌데요? 깍쟁이를 독점했으니까, 고모는 비관이다."

"고몬 미친 소한테 놀러 가면서."

"미친 소라니?"

석중이 의아하게 묻는다.

"준을 보고 그러잖아요. 그의 별명이 미친 소거든요."

명희는 천연스럽게 대답을 하였다.

진수는 아침밥이 끝나자 부랴부랴 쫓아 나간다. 조반을 물린 뒤 명희는 홍차를 마시면서,

"오늘 또 시간을 어떻게 보낸담."

준과 같이 놀러다니는 데 대한 변명 같기도 하고, 아내를 위하여 시간을 내어주지 못하는 석중에 대한 시위 같기도 했다.

"당신은 팔자도 좋구려. 남은 시간이 없어서 쩔쩔매는데."

"시간이 없어 쩔쩔매는 남편을 가진 아내의 불행은 생각하지 못하세요?"

혜련은 그들의 대화를 들으며 자리에서 일어섰다. 혜련은 영설을 찾아보리라는 결심을 하고 나선 것이다.

명희는 외출하고 한석중도 대학에 나간 뒤, 열한 시쯤 되었을 때 혜련은 병원으로 나가 복도를 돌아서 이영설의 입원실로 간다. 병실 앞에까지 간 혜련은 안에 누가 있지나 않나 하고 귀를 기울여 본다. 병실 안에서는 아무 소리도 나지 않았다.

몸을 의지하듯 도어의 손잡이를 잡은 혜련의 얼굴은 벌겋게 상기되어 있었다. 저고리의 앞섶이 몹시 들먹거린다. 흥분의 여세인 듯 그는 주먹을 쥐고 도어를 쾅쾅 친다.

들어오라는 이영설의 목소리가 낮게 들려왔다. 그러나 혜련은 손끝이 떨려서 도어를 밀 수 없었다. 한참 후에 도어를 밀고 혜련은 병실 안으로 들어섰다.

영설은 예기하지 않았던 여자 손님의 내방에 놀란다. 그는 집

스한 다리 때문에 거북스럽게 상반신을 일으키며 의아한 눈초리로 혜련을 쳐다본다.

혜련은 말뚝처럼 우뚝 서 있었다. 그의 얼굴에는 어느새 핏기가 가셔지고 근육이 단단하게 굳어져 있었다. 다만 곱게 찢어진 그 눈은 확 벌어져 총알처럼 영설의 얼굴에 가서 박힌다. 그 눈이 만일 방향을 바꾼다면 천지라도 무너져 버릴 것 같은 그런 필사적인 눈이었다.

그 눈을 딱 받아치는 영설의 눈에도 경악과 형용하기 어려운 감정이 서리더니 움직여서는 안 될 다리에까지 뻗치는 몸부림을 친다. 그리고 나직이 신음하듯,

"혜, 혜련이!"

혜련은 뚜벅뚜벅 영설의 옆으로 다가간다.

"네, 제가 유혜련입니다."

이상스럽게도 혜련의 목소리는 소녀처럼 드높았다.

"웨, 웬일이오. 어떻게 알고 여길!"

목구멍에 꽉 찬 음성으로 영설은 외쳤다.

"제가 바로 진수의 어밉니다. 진수는 제 딸입니다."

이번에는 낮은 목소리가 영설의 고막을 뚜들겼다.

"뭐라구? 진수의 어머니라구?"

"그렇습니다."

"그, 그럼 명구의 딸이란 말이오?"

"명구의 딸입니다. 딸이고말고요."

순간 영설의 얼굴 위에 실로 복잡한 감정의 선이 얽힌다. 거리를 질주하는 자동차의 클랙슨 소리와 하늘을 나는 비행기의 폭음만 유난스럽게 뚜렷이 방의 공기를 울린다.

혜련과 영설은 넓은 공간 속에서 지점을 잃어버린 사람들처럼 허황하게 서로 마주 본 채 침묵을 지키고 있었다.

"조금도 변하지 않았군. 옛날 그대로의 모습이군."

영설이 중얼거리듯 입을 떼었다. 영설은 현재와 과거 사이에서 몽롱한 의식을 더듬고 있는 것도 같았다.

"그래서, 어떻게 여길 왔소?"

"아무것도 모르고 있는 진수에게 큰 영향을 미칠까 두렵습니다. 그 애는 지나치게 예민한 아입니다. 저는 어미의 입장에서 이 선생께 말씀드리려고 왔습니다."

혜련은 말을 잔둥잔둥 자르듯 말하였다.

"그럼 혜련이는 진수의 어머니로서 나를 찾았군."

"그렇습니다. 제발 말조심을 해주십시오. 이 선생께서 이름을 함부로 부르실 이유가 없습니다."

"어, 이거 실례가 됐습니다. 졸지간에 만나 옛날 버릇이 그만."

영설은 쓰디쓰게 웃었지만, 그의 눈에는 이상한 빛이 번쩍번쩍 빛나고 있었다. 영설은 머리맡에 있는 탁자에 손을 뻗어 담배를 집더니 감정을 누르는 듯 불을 붙여 문다.

"명구는 이북으로 갔다죠?"

"……."

"진수 양이 그러더군요."

"······."

"명구가 없어졌다니 섭섭합니다. 나는 이런 경우를 생각지 않 았거든요. 그렇지만 나는 혜련 씨를 진수의 어머니로서만 대할 수 없습니다."

광기가 돌던 영설의 눈에는 일순간 깊은 슬픔이 흐른다.

"그렇습니다. 진수 어머니 말고 유혜련 씨로서 대하고 싶습 니다."

"저는 진수 어머니로서 여기에 왔을 뿐입니다."

"그러나 우리에게는 과거가 있습니다. 그 과거는 청산된 것은 아니었습니다. 다만 우리는 어떤 장벽에 의하여 서로 떨어져 있 었을 뿐입니다."

영설은 과잉된 감정을 애써 누르며 담배 연기를 길게 내어 뿜 었다.

'한 여자를 짓밟아 놓고 달아난 사나이가 이건 또 무슨 궤변 인가. 뻔뻔스럽게.'

혜련은 마음속으로 울부짖었다.

"장벽이 트인 이상 우리의 과거는 필연코 되살아나는 것입니 다. 아니, 지금 이 순간까지 우리들의 일은 중단되었던 것이 아 니고, 계속되어 왔을 것입니다. 나는 이제 유혜련이란 여자를 도로 도, 도로 찾아야 합니다."

허겁지겁 서두르는 영설의 말에 혜련은 볼에 가느다란 경련을 일으킨다.

"그것은 이 선생의 자유입니다."

"자유를 승낙해 주십니까?"

"자유는 스스로 갖는 것이지, 저하고는 상관없는 일입니다."

"나는 옛날과 다름없는 이기주의자며, 옛날과 다름없이 감정으로 뭉쳐진 사나입니다. 나는 내 직감을 믿는 사람이오."

영설의 목소리가 굵어지는 대신 혜련의 눈이 빨갛게 충혈된다.

"내가 혜련 씨를 만나는 그 순간부터 명구에게 진 부채나 하찮은 우정은 공백으로 돌아가는 것이오. 내 의지는 혜련 씨를 만나지 않는 그때까지만 지탱될 수 있단 말이오. 만난 이상 내 감정의 발동을 나는 책임질 수 없소. 만났다는 이 사실은 벌써 내 행동의 개방을 의미하는 것이 될 것입니다."

영설의 눈에는 또다시 그 이상한 불길이 타올랐다. 정말 영설은 이십 년이란 공백을 잊고 현재에, 다만 현재에 열중되어 있었다.

"그 말씀은 다만 자기 자신만이 용서할 수 있는 외람입니다."

혜련은 처음으로 냉소를 띠었다. 영설은 혜련의 냉소를 가만히 쳐다보았다. 흥분이 가셔지는 모양이다.

"그렇지만 이 선생의 말씀을 노여워할 만치 저는 세상일에 흥미를 갖고 있지도 않습니다. 저는 옛날의 유혜련이 아닙니다."

"하긴 지금의 유혜련 씨는 당당한 작가시니까."

이번에는 영설이 냉소를 띠며 말하였다. 오랫동안 침묵이 흘렀다.

"저는 이 선생하고 이렇게 시비를 하러 온 것은 아닙니다."

"참, 그랬죠. 진수 양의 어머니시죠. 그런데 무슨 말씀이신지?"

지나치게 정중한 어조로 물었다.

"진수하고 만나지 말아주세요."

"왜 그렇습니까?"

영설은 담배를 빨면서 눈썹과 눈 사이의 간격이 없어질 만큼 눈을 치뜨고 혜련을 보았다.

"이유를 물으실 필요는 없습니다. 진수는 명구의 딸이니까요. 제발 진수에게 아무 말씀도 하지 마세요. 그리구 만나면 안 됩니다."

"내가 철없는 사람이 아니고서야 어떻게 그 어린애한테 우리의 과거를 얘기할 수 있겠습니까."

"물론 그러실 줄 믿습니다만 하여간 그 앨 만나지 말아주세요."

혜련은 거의 애원하다시피 했다. 만난다는 그것만을 끔찍이 두려워하는 표정이었다.

"과거는 과거고 명구의 딸이면 딸이지, 만나지 말고 얘기도 해서는 안 된다는 법이 어디 있습니까?"

"그렇게 따지실 필요는 없습니다. 진수의 어미로서 부탁드리는 것, 응낙해 주시겠습니까, 응낙해 주시지 못하겠습니까?”

혜련은 잠시 모든 일을 다 잊어버린 듯, 다만 그 한 가지 일만을 위해 영설의 대답을 결연히 요구한다.

“길 가던 사람끼리도 경우에 따라 친해질 수 있는 일인데 이상한데요? 명구의 딸이면 만날 수도 없고 얘길 해서도 안 된다는 것은 이상하지 않습니까? 무슨 깊은 곡절이라도 있습니까?”

혜련은 그 말에 얼굴이 새파래진다. 짚고 섰던 의자에 푹 쓰러지듯 앉으며 혜련은,

“만나지 말아주세요.”

중얼거리듯 말하였다. 영설은 잠자코 있었다. 혜련의 해괴한 태도가 적이 미심쩍었지만 그보다 자기 앞에 나타난 혜련이란 존재가 더 크고 절실한 일이었던 것이다.

“그러면 진수 양을 만나지 않겠습니다. 이야기도 하지 않겠어요. 어차피 나는 퇴원하게 될 테니까. 그러나 혜련 씨는 만나야겠습니다. 그리고 이야기도 해야겠습니다.”

혜련은 대답을 하지 않았다.

“어떻습니까, 혜련 씨? 앞으로 날 만나주시겠어요?”

“만나야 할 용건이 있으면 만나죠. 그렇지만 저로서는 만나야 할 일이 없을 것 같습니다.”

“아니죠. 우리는 만나야 합니다. 우리는 어느 편도 아직 해결을 짓지 않았으니까.”

“어설픈 말씀은 그만두세요. 그때 동경으로 떠날 때 모든 일

은 해결이 된 거 아니었어요?"

혜련은 그때의 일을 생각하고 심한 모욕에 몸을 떨었다.

"그것은 혜련 씨의 일방적인 생각이오. 만일 명구가 있었다면 혜련 씬 나에게 돌려주어야 했을 사람이오."

"말씀 마세요! 뻔뻔스럽게! 이리저리 옮겨지는 당신들의 장난감으로 아세요?"

격한 목소리가 유리창에 쨍! 울린다.

"하여간 좋습니다. 혜련 씬 명구를 결코 사랑하지 않았습니다. 혜련이 사랑한 사람은 이영설이었으니까."

영설은 천장을 바라보며 뇌었다.

혜련은 아무 말도 하지 않고 일어서서 급히 병실 밖으로 나가 버린다. 복도로 걸어 나오는 혜련의 머릿속에는 감당할 수 없는 많은 일들이 꽉 차서 발끝이 어디에 닿는지 의식할 수 없었다.

'도대체 그는 지금에 와서 어쩌자는 것일까? 그는 나에게 그런 말을 할 처지가 못 된다. 그는 분명히 나를 버리고, 버리고 간 사나이다. 그리구 명구는 버려진 여자를 주워준 사나이다. 그 일은 움직일 수 없는 일이다. 지금에 와서 잠꼬대 같은 소리. 뭐, 돌려주어야 할 사람이라구?'

혜련은 병실에서 나와 현관 옆 마루에 놓인 소파에 몸을 던졌다. 영설의 병실과 마주 보이는 방에 들어가고 싶지 않았기 때문이다.

'그래서 어쨌단 말인가? 폐리弊履처럼 버렸던 여자를 다시 주워보겠다는 말인가. 오랜 세월, 괴로운 세월 속에서 혜련이 돌덩어리 같은 여자가 되어버린 것을 그는 모르는가. 어리석고 미련한 사나이, 옛날과 다름없는 이기주의자, 유아독존의 변함이 없는 변설, 흐음⋯⋯."

혜련은 머리를 짚으며 소파에 기대었다.

영설의 말은 모두가 다 생각 밖의 것이었다. 영설은 자기 앞에 미안하게 고개를 숙일 것을 믿었다. 그리고 버림당한 여자가 비참하게 그의 앞에 섰을 것을 생각하고 몸을 떨었던 것이다. 생명이 있는 한에 있어서 그의 앞에 나타나는 일은 없을 것이라 생각했다.

그러나 그는 영설을 찾아가고야 말았다. 무서운 패배와 굴욕, 그러나 혜련은 진수를 위하여 그를 만나지 않으면 안 되었다. 그들의 접촉을 막지 않으면 안 될 불가피한 사정이 개재되어 있었던 것이다. 그러나 영설은 뭐라고 말했던가. 그는 실로 해괴망측하게도 혜련의 소유 권리를 주장했던 것이다.

혜련은 눈을 감은 채 머릿속에 이는 비바람을 듣는 심정이었다.

진찰실에서 간호원인 미스 리가 내다본다.

"아이, 선생님이세요? 전 또, 환자가 와서 앉아 있는 줄만 알았어요."

혜련은 웃었다. 조용히 웃었다.

"하도 머리가 아파서 기분 전환을 하려구요."

"약을 드릴까요?"

"아니, 괜찮아요."

혜련은 손을 저었다. 미스 리는 별로 말하기를 좋아하지 않는 혜련의 성격을 아는 때문에 그 이상 말을 걸지 않고 진찰실로 들어가 버린다.

한외과의원은 이런 때가 제일 조용한 시간이다. 환자들도 대개 한 의사가 돌아온 오후 시간이 되어서야 몰려온다.

'나는 영설로 인하여 인생을 잃은 여자다. 남편을 위하여 무던히 애를 썼지만 나는 거기에서 아무것도 찾을 수 없었다. 남편한테서 아무것도 찾을 수 없었다는 것은 여전히 내가 영설을 사랑했던 때문일까? 그러나 나는 그를 사랑하는 것보다 더 많이 미워했다. 나는 지금도 그를 미워한다. 사랑하는 것보다 더 많이 미워한다.'

혜련은 자기 감정 속에 영설을 배격하고 항거하는 강렬한 흐름이 더 세차게 움직이고 있음을 느낀다. 명구에 대한 의리나 사회적인 주목을 두려워하는 마음은 티끌만치도 없었다.

'나는 미워했다. 죽이고 싶도록 미워했다. 앞으로도 미워할 것이다.'

이때 현관의 문을 열고 누가 들어왔다. 혜련이 눈을 들었을 때 낯선 청년이 한 사람 거기에 서 있었다. 청결하게 빛나는 흰 와이셔츠를 입은 청년이었다. 그 깨끗한 와이셔츠가 주는 인상처럼 청신한 젊음이 넘쳐흐르는 완벽한 체구가 떡 뻗치고 서 있었다.

혜련은 환자치고는 너무 싱싱한 사람이라 생각하며 자세히
쳐다보았다. 사람을 자세히 쳐다보는 성미도 아니요, 더욱이 걷
잡을 수 없는 혼란 속에 있으면서 그렇게 자세히 쳐다보았다는
것은 마치 청년의 모습이 홀연히 나타난 아폴로처럼 신기스러
웠기 때문이다.

청년은 혜련의 시선이 부신 듯 턱 밑에서 볼까지 붉히며 수건
을 꺼내어 땀을 닦는다. 완벽을 이룬 듯한 그 사나이다운 몸집
에 비하여 입모습이 소년처럼 앳되게 보인다. 청년은 머뭇머뭇
말을 물어볼 듯하다가 혜련을 기다리고 있는 환자로 알았음인
지 고개를 낮추어 투약구 안을 들여다본다.

청년은 투약구 저편에 아무도 없는 것을 보자 혜련에게 고개
를 돌리며,

"실례지만 말씀 좀 여쭈어보겠습니다."

혜련은 그러라는 뜻으로 고개를 끄덕였다.

"여기가 한석중 씨 댁이죠?"

혜련은 다시 고개를 끄덕였다.

"한석중 씨는 지금 계실까요?"

청년은 혜련이 이 집과 무관한 사람이 아님을 깨닫고 대뜸 물
었다.

"한 선생은 지금 나가시고 안 계셔요. 그렇지만 병원에 다른
의사가 한 분 계시니까 들어가 보세요."

"아니, 전 환자가 아닙니다. 한석중 씰 만나 뵈려구 왔어요."

청년은 실망을 나타내며 우두커니 서버린다.

"어디서 오셨습니까?"

"한석중 씨는 저의 사촌 형님인데요."

"아아, 그러세요? 그럼 올라오세요. 좀 기다리셔야 할 겁니다."

청년은 잠시 생각하다가 시계를 들여다본다.

"곧 돌아오실까요?"

"글쎄…… 언제나 오후에 돌아오시니까, 지금은 대학에 나가셨어요."

혜련은 창밖을 내다보며 다시,

"여기서 좀 올라가시면 S의과대학의 임시교사가 있는데, 정 바쁘시면 그리루라도 찾아가 보시는 게 어떨까요?"

서로 인사는 없어도 사돈 간이니 친절하지 않을 수 없었다.

"어떡허나…… 그럼 또 찾아뵙겠습니다. 시간이 없어서…… 그럼 실례했습니다."

청년은 정중히 인사를 하고 돌아섰다. 그가 막 나가려고 했을 때,

"여보세요, 성함이 누구신지 한 선생님 오시면 전해드리죠."

청년은 혜련의 말을 듣자 참 그렇겠다는 생각을 했는지 얼른 돌아섰다.

"송병림이라 하면 아실 겁니다. 저, 그리고 혹시 부인 되시는,

젊은 분이란 말씀을 들었는데…….”

조심스럽게 물었다. 그는 명희를 모르는 모양이었다. 그러나 나이 젊다는 말을 듣고 있었던 모양으로 그다지 젊지 않은 혜련을 미심쩍게 바라본다.

혜련은 쓰게 웃으며,

“한 선생님 부인은 지금 외출 중입니다.”

“아, 그러세요? 이거 실례했습니다.”

청년은 아까처럼 턱 밑에서 볼까지 붉히며 돌아서 나갔다. 후리후리한 뒷모습에 면도 자국이 파아란 청년의 목덜미는 눈에 배어들도록 강한 인상을 남겼다.

‘몸집이 좋은 것이 유전인가 봐. 그러나 얼굴은 한 선생과 아주 딴판인데?’

혜련은 천천히 소파에서 일어났다. 그리고 식모 방으로 갔다.

“애기 엄마.”

식모는 병원용 시트에 다리미질을 하다가 고개를 들었다. 혜련은 사변 때 아이를 잃고 지금은 홀몸이 된 식모를 노상 애기 엄마라고 부른다.

“나한테 못정하고 못 서너 개만 주실까?”

“뭣하시게요?”

“어디 좀 박으려구.”

“제가 해드리죠.”

“아니, 내가 하지요.”

혜련은 못정과 못을 받아 들고 방으로 돌아왔다. 그리고 뒤 창문에다 못질을 하는 것이다. 야무지게 다문 입술이 망치를 내 리칠 때마다 진동한다.

혜련이 방문에다 못질을 하고 있는 소리를 영설은 침대에 누 워서 듣고 있었다.

'이상한 일이다. 무슨 여자가 저렇게도 외고집일까?'

한참 후, 못질을 하던 망치 소리는 멎었다. 혜련은 외출을 했 는지 그 방에서는 아무 소리도 나지 않았다.

영설은 탁자 위의 담배를 집어 피워 문다. 파르스름한 연기를 따라 올라가는 지난날의 일들이 어느새 방 안 가득히 고인다.

십구 년 전의 일이었다. 서울의 혜화동, 그 혜화동 고개를 넘 어선 곳에 아담한 집이 있었다. 때는 봄이었고, 뒤뜰에는 개나 리가 한창이었다.

의전醫專 학생인 이영설과 문명구의 고리짝, 책상이 그 뒤뜰을 바라보는 방으로 운반되었다. 그들은 하숙을 옮겨온 것이다.

하숙집 주인은 과부였다. 그는 방금 여학교를 졸업한 딸과 식모를 데리고 조용히 살고 있었다. 생계를 위하여 하숙을 치는 것은 아니었다. 남자 없는 집 안이 허전했고 사랑채가 그대로 비어 있으니 남을 준대도 시끄럽고 집을 버린다고 하숙을 친 것 이다.

과부의 딸은 두말할 것도 없이 혜련이었다. 그때 혜련은 열아 홉 살 아주 숙성한 계집애였다.

영설과 명구는 동시에 혜련을 사랑하게 되었다. 성실하고 의지적인 명구는 의전 학생의 전적인 타입이었다. 그는 노력도 하지만 명석한 두뇌를 가졌고 장래가 촉망되는 학생이었다. 명구에 비하여 영설은 본시부터 의학에는 맞지 않는 성격이었다. 그는 의과를 택하게 한 부모의 강압에 반발하는 심산인지 도무지 공부는 하지 않고 음악에만 열중하는, 그때로 말하면 다분히 불량성을 띤 학생이었다.

그는 열정적이고 자기 본위의 오만한 성격에다가 분류처럼 쏟아져 나오는 감정을 억제하지 못하는 사람이었다. 영설은 비록 의전에 입학은 했지만 의사가 되어보겠다는 생각은 털끝만치도 없었다. 언제이고 반드시 음악 쪽으로 전과할 야심을 버리지 않고 있었다.

명구는 충청도 청주가 고향이었으며, 영설은 평양 태생이었다. 이 극단적으로 이질적인 성격을 가진 청년들은 그러나 누구보다 친한 친구였고, 그러면서도 한 여성을 같이 사랑하는 미묘한 입장에 놓이게 된 것이다.

혜련에 대한 사랑의 형태도 각기 상반된 것이었다. 명구는 일종의 두려움을 갖고 신성불가침의 존재로서 혜련을 대하였다. 애정의 표시는 혜련에 대한 모독으로 알고 가슴 깊이 혼자서 앓았다. 명구는 기회를 보아 부모의 허락을 얻어 정식으로 혜련한테 구혼하리라 마음먹으며 학업을 게을리하지 않았다. 그러나 영설은 명구처럼 얌전하게 혜련을 바라보고만 있을 사나이는 아니었다. 영설은 명구가 혼자서 고민하고 있는 대신 감정의 복받침을 그대로 쏟아놓고 말았다. 그의 분류 같은 열정은 그대로 글이 되고 시가 되어 혜련에게로 날아갔다.

영설은 자기의 감정을 억제하거나 자기의 처지를 냉정히 비판하지 않았다. 과거나 미래를 추호도 생각하는 일 없이 사랑을 호소하는 일에만 전신을 바쳤던 것이다. 그에게는 이미 약혼자가 있었다. 평양에서 그를 기다리고 있었던 것이다.

혜련은 처음부터 영설을 사랑했다. 묵중하고 성실한 명구가 싫었던 것은 아니었지만 혜련의 마음은 한결같이 영설에게만 향하였다. 그러나 혜련의 어머니는 명구에게 더 많은 호의를 갖고 있었다.

영설은 다 타버린 담뱃재가 시트에 떨어지자 탁자 위 재떨이에 담배꽁초를 던져버리고 다시 회상에 잠긴다.

가을밤이었다. 그날 밤, 혜련의 어머니 김씨는 시골에 내려가고 없었다. 그리고 명구도 임상학 실습으로 학교에서 돌아오지 않았다. 영설만은 강의 시간도 까먹고 일찍 하숙으로 돌아와 있었다. 혜련과의 시간을 갖고 싶은 욕망 때문이다. 넓은 집 안에는 식모와 그들 두 남녀가 있을 뿐이었다.

영설은 그날 밤 사랑으로 놀러 온 무심한 혜련을 자리에 쓰러뜨리고 수건으로 입을 틀어막으며 처녀성을 범하고 말았다.

"혜련이! 혜련의 핏속에 내 피를 쏟아 넣은 거야. 혜련이! 너 체내에다 이영설의 뚜렷한 낙인을 찍어놓은 거야."

혜련에게 물리어 피가 배어난 입술로 영설은 뜨겁게 속삭였다. 우수수 바람이 지나가는 라일락나무 위에 찌그러진 달이 멍청히 걸려 있었다.

"아무도, 아무도, 나 이외 아무도 혜련을 가질 사람은 없다."

영설은 자기 범죄를 합리화시키려는 듯 광포하게 소리쳤다.

혜련은 많이 울었다. 그리고 오랫동안 영설을 저주하고 적대시했으나 원체 사랑하던 사람이라 결국 그를 용서하여 주었고, 관대하게 그를 대하였다. 그러나 뜻밖에도 겨울방학을 평양에서 보내고 돌아온 영설은 짐을 꾸리기 시작하였다. 혜련이 놀라서 그 이유를 물었을 때 동경으로 간다고 했다.

"저녁에 이야기할게."

그렇게 말하는 영설의 얼굴은 창백한 것 같았다. 사실 영설은 자기의 계획을 어떻게 설명해야 좋을지 고민을 하고 있었던 것이다. 역시 당당한 일이 못 되었기 때문이다.

결국 둘이 이야기할 기회를 얻지 못한 채 날이 밝아왔고, 미처 조반을 들기도 전에 한 여성이 찾아왔다. 영설의 약혼자 홍은숙洪銀淑이었다. 영설과 같이 동경으로 떠나기 위하여 찾아온 것이다.

이러한 사태는 겨울방학 동안 평양에서 결정이 되었다. 말하자면 일종의 흥정이었던 것이다. 은숙과 결혼함으로써 일본의 음악학교를 보내주겠다는 부모의 제안을 영설이 수락한 것이다. 그만큼 영설은 음악에 대한 야심이 컸던 것이다.

사실상 영설은 혜련을 버리겠다는 마음은 조금도 없었다. 더군다나 은숙하고 결혼을 하겠다는 마음도. 다만 그는 일시적으로 은숙을 이용하여 우선 동경으로 가자는 것이었고, 결혼을 연기하는 대신 은숙을 동경까지 동반하겠다는 것으로 낙찰을 본 것이다.

　그러나 혜련은 은숙의 출현으로써 모든 일에 끝장이 온 것을 알았다. 이미 기차표까지 마련하고 온 은숙을 두고 영설은 자기의 계획을 혜련에게 말할 기회를 필사적으로 노렸으나 혜련은 방문을 닫아걸고 나오지 않았다.

　영설은 혜련을 보지 못한 채 동경으로 떠났다. 다만 식모에게 편지하겠다는 것을 혜련에게 전하여 달라는 말만 남기고.

　영설은 동경에 도착한 즉시로 혜련에게 편지를 띄웠다. 그러나 혜련의 답장은 오지 않았다. 대신 명구로부터 혜련의 자살미수 사실을 알린 편지를 받았다. 영설은 혜련이 죽지 않은 것만으로 안심하였고, 지금쯤 혜련은 자기의 편지를 받아 모든 것을 이해하고 기다려줄 것을 믿었다. 그러나 그 편지는 명구의 손에 꾸겨져 버리고 말았던 것이다.

　영설은 동경에서 몇 달을 더 지냈고, 또 혜련에게 수없이 편지를 띄웠으나 회답은 없었다. 그러다 어느 날 서울에서 편지가 한 장 날아왔다. 명구한테서 온 편지였다. 명구와 혜련의 결혼을 알리는 편지였던 것이다.

　영설은 편지를 움켜쥐고 일어섰다. 그리고 마침 찾아온 은숙을 방에서 몰아내고 혼자 엎드려 울었다. 영설은 자기가 취한 타산적인 행동에 대하여 조금도 반성하지 않았다. 다만 불과 같은 질투 때문에 밤새껏 방 안을 헤매고 술을 들이켰다.

"이놈 새끼! 개놈 새끼! 두고 봐. 혜련을 내가 빼앗지 않으리라 생각하나? 내가 조선 땅만 밟아보란 말이야. 단박에, 응, 그날부터 혜련은 내 거야. 도둑놈 같으니라구……."

영설은 다음 날 두 장의 편지를 우체통에 던졌다. 한 통은 혜련에게 보내는 것이었고, 다른 한 통은 명구에게 보내는 것이었다. 내용은 내가 조선에 돌아가면 그날로 혜련은 자기 것이 되고 만다는 일종의 선언이었던 것이다.

영설은 그러나 단박 조선으로 뛰어나가지는 않았다. 불길 같은 애정과 질투의 감정은 차츰 감상 같은 것으로 변하여 그의 음악에 어느 감흥적인 역할을 했던 것이다. 그만큼 음악에 대한 야심이 강했는지도 모른다.

나이에 비하여 조숙한 그의 감수성과 놀라우리만치 섬세하고, 그러면서도 조직을 파괴하지 않고 적당한 비약을 꾀하는 대담한 구성, 이러한 그의 뛰어난 재질은 유망한 장래를 약속해주었다. 그리고 일본에서도 가장 권위 있는 U음악학교 작곡과에서도 벌써 두각을 나타내고 주목을 끌었다.

이러는 중 은숙은 다른 유학생하고 동서 생활을 시작했다. 그것은 모두 영설의 견디기 어려운 냉대에서 오는 반발의 행위였던 것이다.

동경에서 만 일 년 십 개월간을 보낸 영설은 조선 땅을 밟았다. 명구로부터 혜련을 **빼앗고** 말겠다는 영설의 생각에는 아무런 변함도 없었다.

영설은 마치 자기의 **빼앗긴** 장난감을 도로 찾으러 가는 듯 복잡한 사태에는 눈곱만치의 관심도 두지 않았다. 다만 한결같이 자기의 감정에 충실했을 뿐이다. 영설은 기차에서 내리는 즉시 명구가 있는 의전 부속 병원으로 달려갔다.

명구는 영설을 보자 얼굴빛이 파아랗게 질렸다. 영설은 경멸에 찬 웃음을 띠고 밖으로 나가자고 했다.

뜰로 나왔다. 낙엽이 굴러가는 늦가을의 풍경은 두 사나이의 마음을 한층 살벌한 것으로 만들었다. 인적이 없는 벚나무 밑에 와서 영설은 명구를 돌아다본다.

"나는 자네처럼 비겁한 놈이 되기 싫어서, 혜련을 만나기 전에 자넬 찾은 거야. 난 어디까지나 정정당당하게 플레이할 작정이니까. 내가 낸 편지 잘 기억하고 있지? 자아! 난 혜련을 찾으러 왔다."

명구는 얼굴이 푸르락노르락하더니 손에 든 담배를 홱 던진다. 흰 가운 자락이 그의 마음의 격동처럼 나부낀다.

"미친 소리 말어. 정신이 바로 든 소린가?"

"미쳤다니? 천만에. 나는 예절을 다하기 위해 여기 온 거야. 자네처럼 비겁하게 내가 없는 틈을 타서 애인을 훔치는 그런 수작은 안 한단 말이야. 하긴 내 것을 내가 찾아가는데 인사고 개뿔이고 없지만. 어때? 가이자의 것은 가이자에게 돌리라는 말을 몰라?"

"비겁한 놈은 바로 네놈이다! 한 여자를 망쳐놓고 달아난 놈은 누구야? 하찮은 명리와 야심 때문에 페리처럼 혜련을 버리지 않았나? 이제 와서 말할 아무런 권리도 없다!"

명구는 극도로 흥분되어 주먹을 휘둘렀다.

"결투를 할 참인가? 완력으론 자네보다 내가 위니까, 약자를 치는 것은 신사의 체면상 사양하겠네. 아무튼 완력으론 해결이 안 돼. 나는 다만 음악 공부를 하러 동경에 갔다 뿐이지 혜련을 버린 기억은 없다."

"뭣이? 넌 여자를 데리고 가지 않았느냐. 약혼녀를 버젓이 데리고 가지 않았느냐 말이다."

"그야 그 여자를 잠시 이용했었지, 그것이 자네하고 무슨 상관이야?"

"혜련은 내 아내이기 때문이다."

"흥! 아내라구? 버림을 당했다고 생각하는 여자에게 자비심을 베푼 것은 확실히 거룩한 행위야. 그것은 좋다. 그러나 혜련은 내가 백번 버려도 내가 찾기만 하면 돌아온다."

영설의 자신은 그야말로 방약무인이다. 그와 반대로 명구의 얼굴은 괴로움에 일그러진다.

"어때? 혜련은 내게로 달려오지 않을 것 같은가? 어쨌든 긴 말은 안 하겠네. 자네한테 통고를 했으니 난 가겠네."

영설은 유유히 돌아선다.

"영설이!"

명구는 영설을 불렀다. 영설이 가다 말고 돌아본다.

"여기 좀 앉게."

그러나 영설은 뻗치고 선 채 어디 할 말이 있거든 해보라는 태도다.

명구는 영설을 불러놓고 쉽게 입을 떼지 않았다. 잎이 떨어진 앙상한 나뭇가지가 바람에 부르릉 울고 있을 뿐이었다. 이윽고 명구는 입을 열었다.

"혜련은 전에 자넬 사랑했다. 지금도 자넬 잊지 않고 있는지도 모른다. 나는 혜련을 진정으로 사랑한다. 만일 자네한테 가는 것이 혜련의 행복이라면 나도 사나이답게 물러서겠다. 그러나 자네의 마음은 변화무쌍하다. 언제 또 혜련을 불행에 빠뜨릴지 모르는 일이다. 나는 누구보다 자네의 앞뒤를 가리지 않는 위험한 성격을 잘 알고 있다. 정말로 혜련을 위하거든 물러가 주게."

"자네한테 있어야만 혜련이 행복해진단 말이지? 자넨 행복의 기준을 어디다 두고 말하나?"

"그야 모든 조건에 있겠지. 성격이나 환경, 의지력 같은 것."

명구의 답변은 명확하지 않았다.

"하하핫핫."

영설은 크게 한바탕 웃고 나서,

"이 자식아, 대갈통이나 꿰매어 주고 부러진 다리몽둥이나 붙여주는 미련한 수작을 사람의 정신면에까지 적용시키자는 거야? 행복이란 건 말이야, 인간의 사랑이라는 건 말이야, 주관이야, 주관! 환경이고 의지고 다 일없다! 그래, 혜련인 자넬 사랑한단 말인가?"

명구는 영설의 욕설 앞에 묵묵부동이다.

"어디 말해봐. 자넬 사랑하는가?"

영설은 명구에게 바싹 다가서며 따졌다. 그것은 실로 잔인한 질문이 아닐 수 없었다. 명구는 궁지에 빠진 패잔자처럼 얼굴을 실룩거리며 영설을 쳐다보았다.

"할 말이 없지?"

"그러나 혜련은 이미 아이의 어머니다."

명구의 입에서 약한 말소리가 새어 나왔다.

"어머니!"

영설은 처음으로 놀란다.

"이대로 돌아가 주게. 나는 애원하겠네. 자아, 이것을 좀 보아."

명구는 호주머니 속에서 무엇을 꺼내었다. 그것은 사진이었다. 돌잔치 때에 찍은 아이의 사진이었다. 영설은 무심히 웃고 있는 아이의 사진을 말없이 보고 있었다.

"아들이야?"

영설의 목소리는 부드러웠다. 그러나 얼굴에는 핏기가 없었다.

"딸이네."

명구는 슬그머니 영설의 눈치를 살핀다. 영설은 사진을 돌려주면서,

"난 이대로 가겠다. 그러나 날 믿지는 말게, 언제 미친 바람이 일어날지 모르니까."

영설은 평양으로 돌아간 후 다시 오지 않았다. 그 뒤 그는 만주로 어디로 돌아다니며 작곡가로 혹은 지휘자로 이름이 알려졌으나 생활은 난맥이었다. 늘 불미스러운 여성 관계가 그의 신변을 따라다녔다. 그러나 끝내 어떠한 여자하고도 정식 결혼은 하지 않았다.

해방이 되자 그는 만주에서 평양으로 돌아왔다. 그러나 무궤도한 그의 사고방식이나 생활 태도가 공산치하에서 용납될 수 없었다. 그는 불편함 속에서도 육이오가 폭발되기 전까지 많은 작품을 만들었다. 그의 재능만은 누구나 높이 평가한 때문이다.

유엔군에 휩쓸려 남하한 후 본시부터 자포자기한 그의 생활 태도는 전쟁이라는 불안 속에서 한층 심화되었고, 그는 거의 언제나 술에 젖게 되었다. 죽음과 절망과 전쟁, 그리고 자기 자신에 대한 불신과 예술에 대한 자기 능력의 비판, 이런 것들이 함께 몰려 술에 취하기만 하면 자동차에 뛰어들고 싶어 하는 그의 충동에 불을 질렀다. 그런가 하면 그는 여전히 옛날의 열정과 이기심과 오만, 그리고 때론 소년과 같은 치기마저 발동되어 엉

뚱한 짓을 저지르기도 했다.

영설이 진수를 처음 보았을 때 친근감과 이상한 혼란을 느낀 것도 혜련의 모습이 그 속에 있었기 때문인지도 모른다. 그러나 영설은 진수의 얼굴에서 혜련을 상기해 본 일은 없었다. 아득히 먼 날에, 기억조차 뚜렷하지 못한 그 누군가의 얼굴 같았던 것이다. 그 얼굴이 누구였던지 지금껏 깨달을 수 없다.

얼마 후 건너편 혜련의 방에서 진수의 목소리가 들려왔다. 그러더니 창문이 와락와락 흔들렸다.

'이제 왔군. 가엾게도, 저 팔팔 뛰는 아일 가둬둘 이유는 뭔가?'

혜련의 방에서는 소리가 멎었다. 영설은 진수가 병원을 돌아서 입원실로 올 것만 같았다. 고양이처럼 발소리를 죽이면서. 그는 복도를 울리는 발소리를 들으려고 귀를 기울였다. 그러나 진수는 오지 않았다.

영설은 실망을 느꼈다. 그리고 이상스럽게도 혜련이 다른 사나이와 결합되어 세상에 나온 진수에 대하여 증오심을 가질 수 없었다. 따뜻하게 고이는 진수에 대한 사랑에는 아무런 불순한 것도 끼어들지 않았다.

'혜련은 옛 모습 그대로다. 조금도, 아니 오히려 그 얼굴에 모인 음영은 처절한 슬픔을 느끼게 할 만치 아름답다. 왜 그렇게 슬픈 얼굴인가? 명구를 잃은 때문에?'

슬픔을 아름답게 각색하는 것은 영설의 탐미적인 습벽이다.

영설이 혼잣말을 중얼거리고 있을 때 혜련의 방에서 스트라빈스키의 〈화조火鳥〉가 들려왔다. 진수가 영설에게 들려주기 위해 전축을 틀어놓은 모양이다.

언젠가 영설은 스트라빈스키를 좋아한다고 말한 일이 있었다. 그때 영설은 〈봄의 제전〉이 스트라빈스키의 최고 걸작일 뿐만 아니라 현대음악을 개척한 중요한 작품이라고 말했던 것이다. 그 말을 듣고 있던 진수는,

"저도 들었어요, 음악 선생님 댁에서. 그 선생님도 〈봄의 제전〉을 좋다고 하셨어요. 전 미치광이 음악 같구 가슴이 두근두근 뛰었어요. 전 그보다 〈불새〉가 좋아요."

하며 말하였던 것이다.

명희네 가족이 조반을 치르기 위해 모여 앉았을 때 혜련은 그 몹시 인상이 짙었던 청년 생각이 문득 났다.

"참, 어제 송병림이란 청년 한 분이 한 선생을 찾아오셨더군요."

"네? 병림이가요?"

한석중은 적이 놀란다.

"네, 송병림 씨라고 합디다."

"아아, 그 녀석이 그럼 무사했군. 언제쯤 왔습니까?"

"열두 시쯤 됐을까요? 이내 돌아가셨어요."

"기다리지 않구, 쯔쯧 쯔쯧……."

한석중은 몹시 서운해한다.

"기다릴 시간이 없었던 모양입니다. 다시 찾아오겠다구 하시더군요."

혜련과 석중이 주고받는 말을 듣고 있던 명희가,

"여보? 송병림이란 사람이 대체 누구예요?"

"아참, 당신은 모르겠군. 외사촌 동생인데 우리 결혼식에는 참석을 못 했지. 마침 이모부가 별세하는 바람에 천안으로 그때 내려갔었지. 그리구 전쟁이 났으니까."

"그래요?"

명희는 별로 관심이 없는 양 말을 흘려버린다. 진수는 평소와 달리 말참견도 하지 않고 가만히 조반을 먹어치우더니 훌쩍 일어서서 나가버린다. 한참 만에,

"학교 다녀오겠어요."

방 앞을 지나치면서 시무룩하게 던지는 진수의 인사말이다. 혜련은 진수의 불만, 침묵으로 항거하는 태도의 원인이 무엇인가를 알고 있다. 그것은 두말할 것도 없이 창문에다 못질을 한 때문이다. 혜련은 우울하지 않을 수 없었다.

"어째 진수가 오늘 아침엔 얌전해졌을까?"

명희는 맥이 풀린 듯 말하였다.

"쯔쯔쯧…… 그 녀석이 좀 기다려주지 않구."

한석중은 또다시 생각이 나는지 거듭 유감을 표시한다.

"못 만나 그렇게 서운해하는 친척이면 왜 여태 말씀을 안 하

셨수?"

명희가 비꼬는 듯 말하니까,

"세월이 하도 바빠서."

그러나 세월이 바빴기보다는 군말이 없는 석중의 성질 때문
이었다.

"그 녀석 형은 어찌 되었는지, 아마 죽었을 거야. 그자는 열렬
한 레프트였으니까. 그리구 이모님은 무사하신지. 이거 갑자기
궁금해지는군."

"아따, 그럼 진작 찾아보시지. 아닌 게 아니라 당신은 매사에
너무 무심해요."

"어디 있는지도 모르는 걸 어떻게 찾아?"

혜련은 두 내외가 주고받는 말을 듣다가 자기 방으로 돌아
왔다.

'아아, 오늘은 또 어디로 나간다!'

혜련은 중얼거리며 고소했다. 명희처럼 자기도 거리의 방랑
자가 되었다는 생각에서였다.

'나가야지. 아무튼 어디로든지 나가야지. 영설은 지금 이 방
을 쳐다보구 있을 것이다. 이 방의 기척에 귀를 기울이고 있을
것이다.'

혜련은 주섬주섬 옷을 걸쳐 입고 핸드백을 들었다. 혜련이 막
문을 열고 나서려고 했을 때 요란한 소리가 났다. 유리창이 와
그르르 무너지는 소리다.

혜련이 놀라서 돌아보니 바로 못질을 한 유리창이 깨어져 있고 방바닥에 무엇이 떨어져 있었다. 혜련은 허리를 꾸부리며 그것을 집어 들었다. 그것은 의외로 종이에 싼 라이터였던 것이다. 종이에는 글이 씌어 있었다.

4. 동거인

혜련 씨, 내 침대의 위치를 바꿀 테니 제발 그 어린 비둘기에게 창문을 열어주도록 하십시오. 혜련 씨의 부탁은 엄수하겠으니 염려하실 필요는 없습니다.

종이에 씌어진 글을 읽고 난 뒤 혜련은 쥐고 있던 손을 펴고 손바닥 위에 놓인 라이터를 한참 동안이나 내려다본다. 그렇게 내려다보고 있는 혜련의 얼굴에 은은한 미소가 차츰 번져나간다.

'병자가 되어 누워 있으면서 온, 팔심은, 남의 유리창을 다 부수구…….'

혜련은 영설의 무례한 짓을 어이없게 생각했지만 화는 내지 않았다. 오히려 옛날과 조금도 변하지 않은 영설의 만용에 대하여 지금까지 얼어붙었던 혜련의 마음이 일시 풀려지는 듯했다. 그러한 만용은 어쩔 수 없는 영설의 매력이요, 사내다운 기질이 아닐 수 없었다.

'아직도 그인 소년 같구나.'

혜련은 못정을 찾아와 창문의 못을 뽑아버렸다. 그리고 식모를 불렀다.

"부르셨어요?"

"네, 저 내가 잘못해서 유리창을 깨었는데 유리점에 가서 유리를 끼워달라구 말해주세요."

혜련은 그렇게 이르고 집을 나섰다. 갈 곳이 있어 나온 것은 아니었다. 혜련은 무작정 방향도 정하지 않고 걸어갔다. 걸어가면서 자기의 마음을 들여다보았다.

'아직 그인 소년 같구나.'

다시 한번 중얼거려 보았다. 그러나 아까처럼 부드러운 마음은 아니었다. 풀어졌던 마음이 어느새 꽉 뭉쳐서 제자리에 도사리고 있었다. 그러면서도 일종의 허탈이 사방에서 스며들었다. 그것은 한 인간에 대한 절망이기보다 인생 그 자체를 무의미하게 절망하는 것으로서 혜련을 괴롭혀 온 오랜 상황이었다.

"아, 유 여사, 어딜 가시오?"

혜련은 걸음을 멈추고 돌아보았다. B신문사에 있는 김 기자였다.

"안녕하셨어요?"

혜련은 웃으며 허리를 꾸부렸다.

"무슨 생각을 그렇게 골똘히 하구 가세요?"

김 기자는 작달막한 키에 딱 벌어진 어깨를 움직이며 다가왔다. 혜련은 가만히 웃기만 한다. 김 기자하고는 원고 청탁 관계로 서울서부터 잘 아는 사이며, 극히 소수인 혜련의 이해자였다.

"오래간만에 만났으니 차나 같이할까요?"

혜련은 별로 갈 곳도 없었기에 김 기자를 따라 근방에 있는 다방으로 들어갔다. 차를 청해놓고 이런저런 잡담 끝에 김 기자가,

"어제 K신문 보셨습니까?"

"아뇨."

"가십난에 유 여사 얘기가 나와 있습디다."

"뭐라구 났어요?"

"과히 기분 좋은 얘기는 아닙디다. 김서보가 주책을 떤 모양이죠?"

"아아, 네, 그 얘기군요."

혜련은 서보가 술이 취해서 자기의 치맛말을 뜯었던 생각이 났다. 그 일이라면 김 기자의 말대로 기분 좋은 얘기는 아닐 것이다.

"참 뉴스가 빠르기도 하군요."

혜련은 경멸에 찬 웃음을 웃는다.

"그것뿐입니까. 박현주가 신이 나서 떠들고 다니던데요. 김서보가 술 취한 척하며 유혜련 씨의 기만과 위선의 껍질을 벗겼다나요?"

혜련의 얼굴에 열이 올랐다가 이내 사그라진다.

"김서보가 유 여사를 스핑크스라 했다면요?"

"그 작자가 니체의 말을 잠시 차용한 모양입니다. 상반신만 사람의 모습을 한 켄타우로스[半獸半人]란 말을, 시인 김서보 씨가 좀 더 니체를 연구했어두 그 말을 욕설로 사용치는 않았을 거예요. 니체는 예술과 철학과 과학이 지금 내 마음속에 같이 생장하구 있다, 나는 언젠가 반드시 그 기묘한 켄타우로스를 낳을 것이다 하고 말했으니까요."

혜련은 머리를 꼿꼿이 세우고 말하였다. 눈이 오만하게 빛났다. 김 기자는 그 눈빛 속에서 혜련의 생명 같은 것을 느꼈다.

"허, 니체의 말대로 한다면 반수신[半獸神]은 굉장한 찬사가 아닙니까."

"찬사이기보담 진실이겠죠."

혜련의 눈에는 다시 그 빛이 잃어지고 있었다. 김 기자는 그 눈에서 넓은 허공을 느끼는 듯했다. 김 기자는 혜련의 비극은 이 넓은 허공이라 생각하였다. 그것은 혜련 혼자만의 것이 아니고 인간의, 모든 인간의 비극이라 생각하였다.

"유 여사의 기분을 상하게 하기 위해 말한 것은 아닙니다. 너무 고고하니까 좀 어울려져 보라구요. 사람은 모두 고고한 것을 싫어하거든요."

김 기자는 생각과는 전혀 반대인 속된 화제로 돌려버렸다.

"고고하다구요. 그렇게라두 생각이 되었으면 시간 보내기가 퍽 유쾌하겠어요."

"철저한 허무주의군요. 그럼 왜 소설은 쓰세요?"

언젠가 해운대로부터 돌아오는 차 안에서 명희가 물어보던 그 말과 꼭 같은 말을 김 기자는 물어본다. 그리고 혜련을 물끄러미 바라보는 것이었다.

"무서운 권태에서 놓여나기 위하여."

혜련도 그때와 꼭 같은 대답을 하였다. 그리고 덧붙이기를,

"이젠 글 쓰는 것에두 권태가 왔나 봐요. 아마 앞으론 그것두 버려질 것 같아요."

혜련은 영설의 얼굴을 눈앞에 그려보았다.

"안 되겠는데 유 여사, 유 여사는 좀 타락을 해볼 필요가 있습니다."

김 기자는 농담이 아닌 표정으로 말을 하며 넓은 어깨를 모으듯 움직였다.

"타락하라 하시지만, 인간으로서 이보다 더 타락한 사람이 어디 있겠어요? 창부보다, 도둑보다도 더 의미 없는 시간을 보내구 있는 인간이 아니에요?"

"술을 좀 마셔보세요. 그리구 연애도 가볍게 해보시구요."

이번에는 엷은 미소를 띠며 김 기자가 말하였다.

"술을 마시구 연애를 한다구, 그런다구 자기 자신이 속여지나요?"

"그렇게 너무 뚫어 보면 사람은 다 미쳐버리구 말아요. 사람은 속아서 살아야죠. 속는다는 것은 그만큼 열중하는 일이라구도 할 수 있잖을까요?"

혜련은 그 대답은 하지 않고 웃기만 한다. 그런 문답은 끝이 없는 것이고, 말을 해봤자 꼭 같은 뜻의 되풀이에 지나지 못하기 때문이다. 김 기자 역시 그것을 잘 알고 있었기에 그 이상 말을 거듭하지는 않았다.

"이제 사에 들어가 봐야겠는데 그럼 나가보실까요?"

김 기자와 헤어진 혜련은 다시 아까처럼 방향을 정하지 않고 무작정 걸어갔다. 한참 걷다 보니 어느새 영도影島 다리 위에 그는 우뚝 서 있었다.

다리 밑에는 번질번질 기름을 띄운 시퍼런 물이 출렁이고 있었다. 건너편 영도 산기슭에 판잣집들이 딱정벌레처럼 따닥따닥 붙어 있었다. 사람을 담뿍 실은 목선이 달리고, 벌건 마스트에 연기를 날리며 화물선은 고래처럼 고동을 울리고 지나간다. 왼편 부둣가에는 하역 인부, 피란민들이 와글거리고 있었다.

혜련은 다리의 난간을 짚으며 걸어가다가 문득 시퍼런 바닷물에 뛰어들고 싶은 강한 충동을 느꼈다. 다리가 후들후들하고 시계가 흐려진다. 그것은 정신적인 어느 고통에서 온다기보다 극도로 지완遲緩된 신경과 둔중해진 근육에서 온 현상이었다.

혜련은 거의 감각을 잃은 듯한 무거운 다리를 끌고 겨우 난간에서 비켜섰다. 그때 별안간 뚜우! 하며 사이렌이 불었다. 다리를 건너가던 사람들이 딱 발걸음을 멈춘다. 혜련도 따라 발을 멈추었다. 영도 다리를 드는 신호였기 때문이다.

다리가 서서히 올라간다. 괴물처럼 하늘을 향하여 올라가는 거대한 다리는 머리를 쳐들고 포효하는 사자의 모습 같았다.

혜련은 눈을 돌려 옆을 보았다.

"아아."

혜련은 마음속으로 놀라워했다. 바로 옆에 서 있는 군복의 청년을 본 때문이다. 바로 어제 한석중을 찾아왔던 청년이었다. 군복을 입고 있어 그런지 어제보다 키가 좀 더 커 보였다.

그는 혜련을 알아보지 못했던지 앞만 쳐다보고 다리가 내려지기를 기다리고 서 있었다. 혜련은 그냥 지나쳐버리려다가 한석중이 몹시 궁금해하던 것을 생각하고 말을 걸었다.

"여보세요."

똑바로 앞만 쳐다보고 있던 청년은 어리둥절한 표정으로 얼굴을 돌렸다.

"어제 한외과를 찾으신 분이죠?"

청년은 비로소 혜련을 알아보고,

"아, 몰라뵈었습니다."

음향이 좋은 목소리가 울려 나오면서 흰 이빨이 반짝였다.

"아침에 한 선생께 말씀드렸어요. 몹시 반가워하십디다. 그리구 왜 기다리시지 않았느냐고 책망하였어요."

"어젠 좀 급한 일이 있어서 잠시 지나가는 길에 들렀습니다. 내일 저녁에 찾아뵙죠."

말을 주고받고 하는 사이에 다리가 내려왔다. 두 사람은 자연히 같이 걷게 되었다.

한석중의 사촌 동생 송병림宋秉林은 고상해 보이는 이 중년 부인이 한외과의원과 어떤 관계에 있는지 알 수 없었다.

"저, 실례지만 부인께서는 형님 댁에 계십니까?"

아주 어렵게 물어본다.

"네, 신셀 지구 있어요."

"그럼 형님하구는……."

어떤 관계냐고 물으려던 것이 지나친 물음 같아 병림은 말꼬리를 흐려버렸다.

"한 선생의 부인은 저의 시누님입니다."

"그, 그럼 선생님께선 유혜련 선생님이시군요."

병림은 놀라며 걸음까지 멈추고 혜련을 쳐다보았다.

"어떻게 저를 아세요?"

"석중 형님의 혼인 때 저는 아버님이 돌아가셔서 결혼식에 참석 못 했습니다만, 형수 되실 분의 올케언니가 유 선생님이란 말씀을 들었습니다."

혜련은 사돈으로서보다 작가로서의 그에게 더 많은 호기심을 나타내는 병림의 태도에 적잖게 당황한다. 작가로서의 그에 대

150

한 호기심을 갖고 독자로 자처하는 사람을 대할 때처럼 거북한 일은 없었기 때문이다.

"저는 선생님 작품의 애독자입니다. 어떤 분인가 하구 몹시 궁금했어요."

병림은 턱 밑에서 볼까지 붉히며 흰 이빨을 내어놓고 웃었다.

"아, 그러세요?"

혜련은 고무줄처럼 탄력 있는 젊은이의 호기심에 찬 호흡에 뒷걸음치듯 약한 목소리로 말하였다.

"선생님 작품은 늘 빼지 않구 읽고 있습니다."

"문학을 하세요?"

혜련은 자기의 독자가 극히 적고, 그것도 문학을 해보겠다는 사람이 약간의 관심을 보여주고 있음을 알고 있었기 때문에 그렇게 물어본 것이다.

"아닙니다. 순전히 문학을 좋아할 뿐이죠."

"학교는?"

"문리대 수학과에 다녔습니다. 지금은 휴학이죠. 미군부대에서 일하구 있어요."

"한 선생이 몹시 궁금해하시던데 왜 그럼 그동안 안 오셨어요?"

"부산 온 지 얼마 안 됩니다. 대구에 있습니다."

병림은 명쾌하게 대답한다. 다리목까지 와서 혜련은 병림이 가는 곳과 반대되는 방향으로 발길을 돌리며,

"내일 꼭 오세요. 한 선생한테 기다리시라구 여쭙겠어요."

"네, 꼭 가겠습니다."

병림은 단정하게 인사를 했다. 성큼성큼 걸어가는 병림의 곧은 상체를 바라보다가 혜련은 발길을 재촉하였다. 마치 무슨 용무라도 있어 가는 것처럼 급히 걸어가는 것이었다.

구질구질한 영도의 해변가, 찝찔한 바닷바람이 부는 해변가를 한참 동안이나 배회하다가 혜련은 집으로 돌아왔다.

비스듬히 햇볕을 받으며 양손을 깍지 끼어 머리를 받치고 마루에 퍼질러 앉아 있던 진수는 혜련을 보자마자 발딱 일어섰다.

"어머니!"

진수는 마루를 탕탕 구르며 뛰어왔다.

"어머니, 너무해요. 어머니가 창문에 못질을 했기 때문에 이 선생님이 침대를 옮기신 거예요. 너무해요. 얼마나 이 선생님이 모욕을 느끼셨겠어요?"

진수는 눈물까지 글썽거린다. 혜련은 말없이 진수의 얼굴을 물끄러미 바라본다. 오뇌에 젖은 눈이 차츰 밑으로 내리깔리더니 진수를 뿌리치듯 방으로 들어가 버린다. 눈물 어린 눈으로 진수는 혜련의 뒷모습을 쏘아본다.

이튿날 송병림은 약속을 어기지 않고 한외과를 찾아왔다. 병림은 방에서 자기를 맞이하는 진수와 명희를 보자 좀 놀라워했다. 얼마 전에 강준과 같이 가던 미인들인 것을 알았기 때문이다.

"이거 어른이 다 됐구나. 아주 신산데! 몰라보겠는데."

한석중은 그 뜬 입을 열고 무척 반가워했다.

"여보, 당신도 인사하구려. 내가 말하던 병림이오. 그리고 바로 이 사람이 너의 형수뻘이다."

한석중의 어깨 너머에서 병림을 바라보고 있던 명희를 돌아보며 소개를 한다.

"형수씨, 인사가 늦었습니다."

병림은 어렵게 절을 했다.

"잘 오셨어요."

명희는 병림의 뛰어난 용모에 위압을 느낀 듯 인사를 받으며 나직한 목소리로 말하였다.

"그러구 이미 인사가 있었다지만 유혜련 여사, 그리구 저 꼬마 아가씨는 네 형수의 조카딸 문진수, 자, 인사를 해."

한석중은 싱글벙글 웃었다. 만족했던 모양이다.

"처음 뵙겠습니다. 송병림입니다."

송병림이 진수를 향하여 고개를 숙였을 때 진수는 우물쭈물하며 한석중을 쳐다본다. 어른처럼 대등하게 대접해 준 병림의 태도가 과분했기 때문이리라. 그러나 진수는 이내 병림의 잘생긴 얼굴에 시선을 모았다.

'참 멋있다아! 어쩌면 저렇게 잘생겼을까?'

진수가 마음속으로 감탄하여 마지않는데, 한편 한석중은 그간의 사정을 묻고 있었다.

"그래, 고생을 얼마나 했나? 이모님은 무사하시구, 병호는?"

"어머님은 돌아가셨습니다."

"뭐? 이모님이 돌아가셨다구!"

"네."

병림은 무릎 위에 두 팔을 짚고 고개를 수그린 채 눈물을 투 덕투덕 떨어뜨린다. 한동안 방 안은 침묵 속에 잠긴다.

진수는 병림이가 우니 좀 슬펐다. 그러나 이내 우스워졌다. 커다란, 어른이 다 된 남자가 우는 것이 우스웠던 것이다. 진수 는 살그머니 고개를 들어보았다. 한석중을 위시하여 모두 숙연 한 표정이다. 진수는 슬금슬금 살펴보다가 병림이 고개를 드는 바람에 얼른 고개를 떨군다.

"허, 그 참."

한석중은 기가 찬 모양이다.

"그래 어떻게, 병으로 돌아가셨나?"

"아닙니다. 폭격에."

병림은 손수건을 꺼내어 얼굴을 쓱쓱 문지르고 언짢은 마음 을 가라앉힌다.

"시골인데두 폭격이 심했었나?"

"거긴 길목이 돼서 치열한 전투가 벌어졌죠."

"전쟁이니 할 수 있나, 뉘라서 그걸 막겠는가. 잊어버리는 거 야. 그런데 병호는?"

"형님은 형수씨하고 이북 갔죠."

"역시."

"저도 의용군에 나갔었습니다."

"네가?"

"네, 형님의 영향이겠죠. 도중에서 낙오되어 군복을 벗어버리구 미군부대에 뛰어들었죠. 그래서 산 셈입니다. 사천을 몇 번 넘었는지 모르겠어요."

"무척 고생을 했구나. 차라리 서울에 있었더라면 좋았을걸."

"고생두 많이 했지만 그 대신 값비싼 체험두 많이 했습니다. 이젠 여간 어려운 일이라도 감당해 나갈 자신이 생긴 것 같습니다."

그렇게 말하는 병림은 험준한 길을 헤치고 나온 사람 같지 않았다. 시원스러운 눈과 깨끗한 모습은 세상을 모르는 도련님 같은 느낌만을 준다.

"좋아, 절망하지 않구 이겨냈으니까."

말이 서툰 한석중은 그 이상의 감정을 표시 못한다.

"그래두 때때로 희미해집니다. 생사경을 헤맬 때는 미처 생각지 못했던 일이, 여러 가지 의심이 떠오르군 해요. 젊은 사람들이 지금 뭘 해야 하는가, 그것이 손에 잡히지 않아 초조해지구 울적해지기도 합니다."

"전쟁이 끝나기를 기다릴 수밖에, 초조하게 생각하면 못쓴다."

"왜 싸워야 하는지 그걸 몰라 괴롭습니다. 우리 민족은 지독한 저주를 받은 것만 같아요. 한 가지 일에만 열중하기엔 너무나 벅찬 현실이 아닙니까?"

"그래도 맡은 일에 최선을 다할 수밖에 없지."

두 형제의 대화를 방해하지 않고 모두 귀를 기울이고 있었다.

진수는 내용이 다르지만, 준과 같이 개인을 떠난 고민을 병림도 하고 있다는 생각이 들었다. 진수로서는 민족이 뭐 그리 끔찍하고 대단한 것이랴 싶었지만 준이나 병림은 그 민족이라는 것, 전쟁이라는 것을 퍽 심각하게 생각하고 있다는 것을 깨달았다.

한참 후 저녁상이 들어왔을 때 심각한 얘기는 다 끝이 나고 분위기는 부드럽게 어울려져 있었다. 그러나 명희는 여느 때보다 말수가 적었다. 진수는 형수씨니까 얌전해져야 하나 보다 생각했다. 그리고 자기도 사돈이니 얌전해져야겠다고 생각하였다.

밥을 먹으면서 한석중은 명희가 말이 적은 때문인지 의식적으로 말을 유도하는 입장을 취하였다.

"웬일로 오늘은 진수가 말이 없어."

"맛난 반찬이 많아서 말할 새가 없어요."

진수는 계란부침을 집어 먹으면서 한석중에게 대답하였다. 제 버릇 개 주지 못한다고 역시 얌전해질 수 없었던 모양이다.

"먹보는 할 수 없군. 병림 아저씨가 돌아가서 흉보겠다. 시집도 못 가게."

"그럼 뭐 시집갈려면 밥을 적게 먹어야 하나요? 그런 배고픈 것 참는 시집은 안 갈래요."

"아이두, 어째 저리 버릇이 없을까? 명년이면 대학생이 될 텐데 언제까지나 애긴 줄만 알고 있어."

혜련이 딱하다는 듯 병림을 보고 웃는다.

"또 어머닌 그러셔. 대학생이 되면 얌전해진다니까."

"하하하……."

한석중과 병림이 마주 보고 웃는다.

"요즘은 옛날과 달라서 소식小食은 미인의 조건이 될 수 없답니다."

병림은 거리낌 없는 진수의 말에 초면이라는 장막이 쉽사리 걷혀진 것을 느껴 거리낌 없이 진수의 대식大食을 옹호하고 나선 것이다.

"거 보세요, 소식가인 고몬 저렇게 뚱뚱본데 대식가인 저는 이렇게 말라깽이 아니에요?"

뚱뚱보라는 진수의 말에 명희는 얼굴이 새빨개진다. 명희가 얼굴을 붉힌다는 것은 좀처럼 없는 일이다. 그는 얼굴을 붉혔을 뿐만 아니라 화제 속에 끌려들어 오지도 않고 젓가락만 놀리고 있었다.

저녁이 끝난 뒤에도 가족적인 차분한 공기가 흘렀다. 밤낮 적잖은 식구들이 뿔뿔이 흩어져 있었는데 병림이 한 사람으로 말미암아 어느 조화를 이룩한 느낌까지 준다.

"저번에는 숙녀들에게 봉사하지 않았다구 마구 비난이었는데, 어때요? 다음 일요일에는 어디 놀러 가지 않으려우? 병림을 위한 환영회를 겸해서."

석중은 명희를 보며 그의 의사를 묻는다.

"좋겠죠."

명희는 짤막하게 대답했다.

"저번 때는 나이트가 혼자라서 사양했는데 이번엔 둘이니까 문제없겠어. 어때? 병림인 틈이 있겠나?"

병림이는 웃으며,

"네."

하고 대답하였다.

"이번엔 절 따돌리면 안 돼요, 고모."

진수는 명희한테 다짐부터 한다.

"너 극성이 미워서 그만 내버려두구 갈란다."

"그러면 이번엔 카네이션 갖고는 안 될걸요. 고몰 혼내줄 테예요."

"아이, 무서워라. 미리부터 떨리는구나."

"하하하……."

"호호호……."

한석중과 진수가 소리를 합하여 웃는다. 병림은 무슨 소린지 잘 몰랐으나 하도 명랑하게 웃는지라 따라서 웃는다.

탁상시계가 열 시를 가리키자 병림은 자리에서 일어났다. 병림이 돌아가자 진수와 혜련이도 그들의 방으로 철수해 버렸다.

명희는 자리를 깔고 벌렁 나자빠져 천장을 멀뚱멀뚱 쳐다
본다.

"당신 동생 체격이 참 좋군요."

돌아앉아 책을 뒤적거리고 있던 석중이,

"체격뿐인가, 여간 똑똑한 놈이 아니야."

"당신도 체격이야 좋지요. 누굴 닮아 그래요?"

"외할아버지가 풍골이 좋으셨던 모양이더군."

"얼굴은 뉘 닮았어요?"

"누구의 얼굴이?"

"당신 동생 말이오."

"아, 그 애는 이모님을 닮았나 봐요. 이모님이 굉장한 미인이
시거든."

"당신 어머님은 못생기셨어요?"

명희는 시어머니와 시아버지의 얼굴을 모른다. 명희가 출가
전에 세상을 떠난 때문이다.

"아니, 어머니도 젊으셨을 때 미인이시더래요. 외가가 인물
좋은 집안으로 유명했다더군."

"그럼 당신 뉘 닮으셨어요?"

"나야 아버님을 닮았지."

"왜 아버님을 닮으셨어요? 어머님을 닮지 않구."

"허, 그 참, 하나님의 조화를 낸들 어떡허우?"

석중은 책을 덮어버리고 기지개를 켜면서,

"아아, 고단하다. 일찍 잠이나 잘까?"

그는 파자마로 갈아입고 전등을 꺼버리더니 이불 속으로 부시시 들어온다.

"여보? 당신은 왜 어머님을 안 닮으셨소?"

명희는 되풀이해 물었다. 그러나 무슨 대답을 바라고 묻는 것은 아니었다.

"철없는 소리 말아요. 당신은 어린애 같구려."

석중은 그 말이 사랑스러워서 슬그머니 팔을 뻗어 명희를 안으려고 했다. 명희는 석중의 팔을 휙 뿌리치고 돌아누우며,

"가만히 내버려두어요. 이제 자야겠어요."

졸린 목소리로 말하였다. 아내로부터 거절을 당한 석중은 그이상 명희를 귀찮게 하지 않았다. 집요한 사람이 아니기 때문이다.

자야겠다던 명희보다 석중이 먼저 잠이 들었다. 명희는 도무지 잠이 오지 않았다. 왜 잠이 오지 않는지 알 수 없었다. 명희는 병림을 처음 보았을 때 전신을 타고 내려간 전류 같은 것이 무엇이며 지금 이렇게 잠이 오지 않는 이유가 무엇인지 알 수 없었다. 알 수 없었다기보다 안다는 일이 무서웠다.

토요일 저녁, 명희는 내일의 소풍 준비를 위하여 식모에게 돈을 주어 장을 보게 한 뒤 집을 나섰다. 명희는 그동안 별로 거리에 나서지 않고 집에 들어앉아 있었다. 명희가 밖에 나가지 않

는 것은 매우 드문 일이었다.

명희가 승리 다방에 들어섰을 때 토요일이라 그런지 준은 벌써 나와 앉아 있었다. 그는 허름한 군복 차림을 한 청년들과 담소하고 있었다. 명희를 본 준은 손을 들어 보이며 웃었다. 명희도 고개를 끄덕이며 그의 웃음에 응해준다. 명희는 그들과 반대 방향으로 걸어가 자리에 앉았다.

준은 무엇이 그리 신이 나는지 한참 동안 떠들썩하니 웃곤 했다. 겨우 일행들이 자리를 뜨는 모양이다. 준은 그들과 악수를 나누고 명희 곁으로 성큼성큼 걸어왔다. 군복 입은 청년들은 나가면서 명희를 슬금슬금 쳐다보았다.

"오래간만이다. 어쩨 그동안 영 안 나왔어?"

준은 자리에 털썩 주저앉으며 말하였다.

"근신을 했지. 뭐 좀 생각하노라구."

명희는 양미간을 모았다.

"명희가 뭘 다 생각하나?"

"왜? 난 사람이 아닌가? 나도 생각하는 갈대란다. 나는 생각한다. 고로 존재한다. 나도 인간이거든, 호호호."

매혹적으로 웃는다.

"생각한다? 그래서 존재한다. 그 말보담 나는 존재한다. 때문에 생각한다. 명희한텐 그게 적격이야. 명희는 생각보다 존재가 더 귀중하니까."

준은 타산적인 한석중과의 결혼을 은근히 꼬집어 말하는 것이었다.

"날 꽤도 얕보는구나. 그건 인간성보다 동물성이 많다는 얘기니?"

"원래 인간은 동물이니까, 차라리 순수한 동물이었다면 행복했을 거야. 인간이란 도시 거추장스런 속물이거든. 명희의 그 고담적인 향락부터가."

명희는 완연히 불쾌한 낯빛으로 말을 하지 않았다. 무슨 말을 해도 웃어넘겨 버리는 명희였는데 오늘따라 그는 그렇지 않았다. 서먹한 공기가 흘렀다.

"불쾌하나?"

"으응."

명희는 머리를 저었다.

"왜 그리 저기압이야?"

그 말대답은 하지 않고 명희는 준을 불렀다.

"왜 그래?"

"나 연애가 해보구 싶어졌어."

"이거 듣던 중 반가운 소리구나."

준의 목소리는 드높았다. 명희는 테이블 위에 놓인 핸드백에다 한 팔을 세우고 그 팔에다 턱을 괴며,

"애정이란 무엇일까?"

"느끼는 거지 뭐야."

"어떻게 느끼는 거야?"

"좋다구 느끼는 거지."

"상식적인데."

"집어치워. 유치하다야."

"장난이 아니야."

창밖을 바라보며 명희는 중얼거리듯 말하였다. 기다란 속눈썹이 오랫동안 움직이지 않았다.

"글쎄…… 밤낮 이러구 다니니 허전한 생각이 들어. 나두 한 번쯤 그런 생각 해봐도 좋을 것 같아서."

창밖을 바라보고 있는 명희의 속눈썹은 여전히 움직이지 않았다.

레지가 여태 차 주문을 하지 않는 명희 곁에 와서 무엇을 들겠느냐고 묻는다. 명희는 고개를 돌려 레지를 한참 쳐다보다가,

"커피."

하고 먼저대로의 자세로 돌아간다.

"닥터하고 트러블이라도 생겼나? 참 이상한데?"

준은 명희가 며칠 동안 거리에 나오지 않았던 일을 생각했다.

"이상할 것 없어."

명희는 잘라 말하더니 덧붙이기를,

"난 남녀 간의 애정이란 것을 좀 알고 싶어졌을 뿐이야."

"별일 다 보겠다, 새삼스럽게…… 이미 결혼을 한 명희가 그런 소릴 한다는 건 불행한 일이야."

"왜 불행한 일이니? 결혼은 신성불가침이 아니야. 그까짓 게

사람의 마음을 영구히 얽어맨단 말이야? 난 필요하다면 언제든지 결혼 조약을 파기하구 자유를 택할 테야. 난 자유야. 누굴 생각하구 사랑하건."

준은 이상한 착각에 사로잡혔다. 자기에 대한 명희의 감정에 변화가 온 것이 아닌가 싶었던 것이다.

"누굴 그렇게 생각하나? 내가 명희를 생각한 것처럼 날 생각하나?"

농담이었으나, 준의 말라서 기다란 목의 울대뼈가 울툭울툭 움직였다.

"미쳤어. 그런 소리 하지 마. 우정에 금 간다. 우린 서로 어색해선 멋이 없잖어?"

명희는 우정이라는 말을 명백히 하면서 교묘하게 준의 의사로부터 몸을 돌려버린다. 그리고 일부러 장난스레 웃었다. 준도 따라 허허 웃었다. 그러나 그의 마음은 평온치 않았다.

'내가 어릿광대 노릇을 했구나.'

준은 담배를 피워 물었다.

"준? 사랑은 체험에서 오는 거야, 아니면 직감적으로 오는 거야?"

시답잖은 질문이었다. 그러나 명희는 그런 대화를 급속히 잘라버린다면 준의 자존심을 더 상하게 하리라 생각했다.

"그만두어. 애정론처럼 심각하면서 유치한 건 없다. 짜장 어리석은 결론이 나올 테니, 개인의 느낌대로 내버려두렴."

준은 볼멘소리로 대답하였다. 그리고 자리에서 벌떡 일어섰다.

"자아, 그만 일어날까? 바닷바람에 이 구역질 나는 감상들을 날려버려야지."

명희는 준을 따라 일어났다.

"형님."

음향이 좋은 목소리가 울렸다. 명희는 귀 익은 그 목소리에 고개를 홱 돌렸다. 병림이었다.

"어마!"

명희가 소리쳤다. 병림은 웃고만 있었다.

"웬일이세요, 형수씨."

"뭐? 형수씨라구!"

이번에는 준이 소리쳤다. 그리고 두 사람을 번갈아 본다. 명희 역시 어리벙벙하여 병림과 준을 번갈아 가며 본다.

"어떻게 준을 아세요?"

형님이라 부르던 생각을 하며 명희가 물었다.

"선뱁니다."

병림은 넌지시 준을 바라보았다. 준과 명희는 놀랐지만 병림은 놀라지 않았다. 얼마 전에 그들이 같이 가는 것을 본 때문이다.

"선배구 뭐구 어떻게 된 판이야? 형수씨라구? 송가 한가가 형제일 순 만문데?"

"한석중 씬 외사촌 형이거든요."

"응? 그렇지만 접때 길에서 만났을 때는 서로 몰랐었는데?"

준은 아무래도 납득이 되지 않는 모양이다.

"그땐 몰랐죠. 그 후 찾아가 처음 뵈었습니다."

"그때라니?"

명희가 이상하게 여기며 그들 대화 속에 뛰어든다.

"왜, 저번 때 진수 양하구 해남장에서 저녁 먹구 나오다가 송군한테 들켰잖아?"

"아아, 그때 바로 그분."

명희도 생각이 난 듯 고개를 끄덕였다.

"그런데 형수씬 어떻게 형님을?"

"우린 위대하진 못해두 신뢰하는 동기생이에요."

"아아, 그러세요? 통 몰랐습니다. 형님하구 형수씨가 동기생이라는 것, 참 우연이군요."

"아이, 밖에선 형수씨, 형수씨 하시지 마세요. 이렇게 만나면 학생 기분이 되는데. 젊음이 가련해지지 않아요."

명희는 명랑하게 웃었다. 병림은 명희의 웃음에서 처음 만났을 때의 인상과는 아주 판이한 기분이 들어 이상하였다.

"아아, 기쁘다. 축배를 들어야겠는데! 내가 가장 사랑하는 후배와 내가 가장 신뢰하는 친구가 시동생이구 형수씨라구? 어참, 신기한 인연이야."

준은 필요 이상으로 떠들썩하게 지껄이며 외인外人들처럼 어깨를 치켜올렸다. 그러나 진정으로 기쁜 것 같지는 않았다. 오히려 그는 새로운 인연 앞에 생소함을 느끼고 있는 것 같았다.

"자아, 그럼 나가자. 오늘은 내가 저녁을 살 테니까."

준이 앞서 나가려고 하자,

"전 못 가겠어요. 아직 용건이 남아 있구, 또 한 군데 들를 곳이 있어서요."

병림의 목소리가 뒤쫓아 왔다. 준은 빙글 돌아서며,

"응, 그래? 그 섭섭한데?"

그러나 조금도 섭섭한 표정은 아니었다.

병림과 헤어져 밖으로 나온 명희는 다방 창문에서 새어 나오는 불빛 탓인지 얼굴이 푸르다.

"그럼 명흰 집으로 가겠어?"

준의 맥 빠진 목소리였다.

"글쎄……."

명희는 병림을 만나기 전엔 집으로 돌아가리라 생각했었다. 그러나 지금은 그렇지가 않았다. 병림에 대한 이야기가 듣고 싶었던 것이다.

"준이 말대로 바닷바람을 쏘이며 이 구역질 나는 감상을 날려 버릴까?"

"그도 좋지."

그들은 천천히 해변가로 나갔다. 찝찔한 바닷바람이 불안하게 불어왔다. 방파제를 끼고 있는 남부민동 모퉁이와 건너편 영도에 별빛과 같은 무수한 불이 반짝이고 있었다.

명희는 피란 올 때 자동차 속에서 부산 시가의 불빛을 보고 눈물이 어리도록 반가웠던 생각이 났다. 난생처음 오는 고장이건만 마치 고향에 돌아온 듯 마음이 설레던 생각이 났다. 얼마간 생명의 안전을 기할 수 있다는 생각에서였을 것이다.

밤이라는 장막에 뒤덮여 바다는 아름답고 뱃사람과 장사꾼이 아직도 득실거리는 갯가에도 이상한 향수가 깃들어 있건만 여전히 생선 비린내는 코를 찔렀다. 길거리의 주막에서는 선원들의 흥얼거리는 노랫소리가 새어 나온다.

얼마간 걸어가다가 준이,

"명희, 여기 서 있어. 나 잠깐만 다녀올게."

"어딜 가는 거야?"

"글쎄, 잠깐만 서 있으라니까, 곧 다녀올게."

준은 서둘러 달려갔다. 명희는 우두커니 바다를 쳐다보고 서 있었다.

서글픈 생각이 들었다. 병림의 얘기를 듣고자 준을 따라온 것이 그랬던 것이다. 그러나 명희는 자기를 괴롭히는 일에는 오래 매달리는 성격이 아니다.

"웬일일까? 빨리 오지 않구……."

명희는 서두르며 가는 준의 뒷모습을 보고 단순히 소변보러 가는 줄만 알았다. 그러나 준은 오래 나타나지 않았다. 명희는 은근히 화가 나고, 실망을 느꼈다. 어디로 그냥 빼버린 것만 같았기 때문이다.

'자기 감정이 처리되지 못하여 도망을 쳐버린 것일까? 그렇다면 오늘 밤은 내게도 책임이 있다. 섣불리 사랑이니 뭐니 하구 말을 꺼낸 것이 내 잘못인가?'

명희는 후회가 되기도 하고 정말 그렇게 해서 준이 달아났다면 옹졸한 사나이라는 생각도 들었다.

'준답지도 않다.'

명희는 발길을 돌리려고 했다.

"명희, 같이 가아!"

준의 고함이었다. 명희는 자기도 모르게 안도감을 느끼며 돌아보았다. 준이 헐레벌떡 달려오고 있었다. 준이 가까이 오자,

"어디 갔었어? 사람을 장승처럼 세워놓구."

명희는 불만을 털어놓는다. 준은 몹시 씨근덕거리며,

"술을 몇 잔 들이켜구 왔지."

"술을?"

그리고 보니 술 냄새가 확 풍긴다.

"아까 그 작자 축배를 들자 해도 안 오니 내 혼자 축배를 들었지. 실은 그 작자 술도 마실 줄 모르는 맹꽁이거든."

명희는 그 작자가 병림인 것을 이내 알았다. 그리고 사람을 세워놓고 술 마시러 쫓아간 준이 어이없기도 하였다.

"참, 어처구니가 없구나. 무슨 사람이 그래?"

말은 그렇게 했으나 심중으로는 감정의 처리가 되지 않아 도

망을 친 것은 아니었다 할지라도 별안간 술집으로 쫓아간 행위 역시 그와 비슷한 것이었다고 생각되었다.

"준은 바보야."

무슨 사람이 그러느냐고 해도 말이 없어 명희는 덧붙였다.

"그래, 맞았어. 난 바보야, 겁쟁이구 비겁한 놈이지. 그러나 명흰 코케트야. 지성 때문에 그것이 세련되어 있구, 밑바닥에 따뜻한 것이 흐르구 있기 때문에 죄를 범하지 않는다 뿐이지."

준은 성난 듯 말하였다.

"술이 들어가니 바른말을 하는군그래."

"흥! 언제 내가 비뚤어진 말을 하던? 말이사 항상 바른데 행동이 없어 그렇지."

한참 말없이 걸어가다가,

"준은 병림이란 사람 잘 알아?"

"병림이란 사람은 또 뭐야? 시동생인데."

"생각지도 않았던 시동생, 역시 시동생인가?"

명희는 멍하여 물었다.

"정신 나간 소리 말어."

명희는 겸연쩍게 웃었다.

"그래, 그 시동생을 준은 잘 아는가 말이야."

"잘 알지."

"후배라면서? 그럼 문리대 학생이니?"

"학교 땐 명희와 마찬가지로 나도 병림을 몰랐다. 전쟁 중에 알았지."

"어떻게?"

"통속적으로 말하면 그야말로 기구한 운명이었지. 후배, 선배라기보다 서로 목숨을 주고받은 인간적인 교류였다구 하는 게 나을 거야. 서로 잊어버리구 싶은 기억이면서도 잊어버릴 수 없는 기억이지. 생각만 해도 진저리가 난다."

어느새 두 사람은 조용해진 해변가를 걷고 있었다.

준은 걸음을 멈추고 정박하는 배의 로프를 묶어두는 나지막하고 팡팡한 말뚝 위에 앉는다. 그리고 담배를 꺼내어 피워 문다. 명희도 옆에 굴러 있는 작은 바위 위에 걸터앉았다. 허물어진 방천을 찰싹찰싹 치는 물결 소리가 한결 귀에 간지럽다. 준은 어두운 바다를 바라보며,

"전쟁은 내 성격을 좀 강인하게 했구, 맹목적인 생명의 존재를 강요했었다. 그러나 목숨을 부지한 대신 우리는 너무나 많은 것을 잃어버린 것 같다. 잃은 것, 그 많이 잃은 것 중에서 우린 노래를 들 수 있다. 그 노래를 낭만이나 감상, 혹은 눈물 같은 것으로 해석해도 좋구, 인간이나 자연에 가는 애정이라 봐도 좋을 거야. 아까도 명희하구 얘기했지만 존재와 사색 그 어느 것이 선행하느냐의 문제는 여전히 혼돈 속에 있는 일이구, 또 거기에서 말하는 사색이라는 것도 겉치레의 낭만이나 눈물, 애정 같은 일시적 기만이 아닌 보다 본질적인 것이겠지. 존재를 뛰어넘으려는 사색, 사색을 뛰어넘으려는 존재, 그것을 증언하려 구

했겠지. 그러나 사람이란 기만 속에 사는 것이 더 용이하구 거짓된 진실을 진실이라 믿구, 낭만하는 생활이 아름답게 보이는 거지. 그러나 우리는 전쟁 속에서 그 기만을 박탈당하구 말았다. 우리는 피비린내 나는 진실의 광장廣場으로 끌려 나왔다. 그곳에는 무수한 생명들이, 그리구 죽음이 와글거리구 있었다. 그것이 진실이었더란 말이야. 아무 의의도 없는, 마치 태양 아래 뻗어진 지렁이와 같은 진실이었더란 말이야. 하긴 얼마간의 세월이 흐르구 시간이라는 베일이 가려지면 이러한 진실은 서사시가 될 것이요, 하나의 비극으로 윤색될 테지, 그러나 이 서사시에 주어질 주제는 뭐냐 말이다. 이 비극에 주어질 영광의 아름다움을 어디서 끌구 온단 말이냐. 동족상잔, 외세를 서로 등에 업구 누구에게 총을 겨누느냐 말이다. 산산 골골의 하늘밖에 원망할 줄 모르는 어진 백성들은 죽음의 대열로 채찍질당하구 아녀자들의 썩는 시체는 까마귀밥이 되구 독재자들의 성벽은 황금으로 높아지기만 한다!"

준은 어둠 속에서 주먹을 휘둘렀다. 명희는 아연하며 그를 쳐다본다. 송병림에 관한 것하고는 생판 거리가 먼 얘기에 준은 열중하고 있는 것이다.

"우리는 비웃는다, 열중하는 자를. 우리는 경멸한다, 심각한 화제를. 우리는 유리되기를 원한다. 고립되기를 바란다. 그러나 유리되구 고립된 우리의 마음은 아프다. 뭔지 시큼시큼 아파오는 것이다. 그래서 우리는 노래를, 그 기만을 찾아 인간 대열 속에 뛰어든다. 또다시 절망하며 뛰어나온다. 냉소하라! 고립하라! 구경하라! 마치 영웅처럼, 철인처럼 외친다. 살육의 피바다 속에서 말이야. 체념보다 비겁한 냉소를 저항이라 한다. 고립은 도피가 아니구 저항이라 한다. 적의를 강요하는 독재자들은 먹다 남은 고기로 사냥개를 기른다. 사냥개들은 사람의 피비린내를 많이 풍길수록 상전들의 귀염을 받는다. 사냥개들은 마법사처럼 병졸들을 몰아내구 미치게 하구, 그리하여 백성들에게 휘발유를 끼얹어 죽이구, 피란 가자구 꾀어내어 학살하구, 간음하구, 약탈한다. 이게 강토를 지키구 백성을 지키는 전쟁이란 말인가? 아니다! 아니다! 그들의 적은 백성이다. 동족이다. 그들의 아성을 허물 백성이다. 그들은 그들의 아성을 지키기 위해 최후의 한 사람의 피를 마실 것도 주저치는 않을 것이다."

참다못해 명희는 준의 소맷자락을 잡아당겼다. 광증에 가까운 준의 흥분을 더 이상 방치할 수 없었던 것이다.

"제발 흥분하지 말어. 누가 들으면 어떡허니?"

명희는 사방을 살피며 말하였다. 준은 심한 착각에 사로잡힌 듯 바로 코앞에 있는 명희의 얼굴을 멍하니 쳐다보았다. 어둠 속에 박꽃처럼 흰 명희의 얼굴 위에 술 냄새가 푹 풍겨온다. 준은 한참 동안 명희의 얼굴을 쳐다보고 있다가 씩 웃었다. 시니컬한 웃음이었다.

"그렇지. 냉소하는 자가 흥분을 하다니 모순이지. 어엿하게 침묵을 지키는 것은 항상 멋이 있지만, 흥분을 하구 사방을 살피는 것은 보기 흉한 노릇이지."

"왜 그렇게 자학을 하니?"

명희는 부드럽게 나무랐다. 준의 마음의 갈등을 이해할 수 있
었기 때문이다.

명희는 자기 자신에 대하여도 때때로 그런 갈등을 느껴왔던
것이다. 준처럼 그렇게 심각하지는 않아도 현실이 빚어내는 여
러 가지 불합리한 일을 외면하고 마치 무풍지대를 가듯 초연했
던 생활 태도를 객관해 봄으로써 부끄러움을 느꼈고, 또한 부끄
러움을 느꼈다는 것을 경멸하고, 결국 무관심으로 자신을 몰아
넣었던 것이다. 이러한 복잡한 심리 과정을 명희는 정신적 비위
생이라 단정하고 애써 낭비적인 안일한 생활에 빠진 것처럼 행
세하여 왔던 것이다. 그것은 결코 자기 자신의 생활이 아니었다
고 생각하면서도. 준은 다시 담배를 피워 문다.

"내가 병림의 얘기를 한다는 게 그만 탈선을 했군. 병림의 얘
길 하려면 난 언제나 피비린내 나는 일들을 생각하게 되거든.
그렇다, 병림인 좋은 놈이야. 나처럼 입만 살아 있는 놈은 아
니다. 나처럼 겁쟁이두 아니구. 그놈은 정신이 살아 있구 육신
이 살아 있구, 그리구 배짱이 센 놈이야. 그는 절망하는 일이 없
다. 뭣이든 항상 가능을 찾구 있다. 그는 땅 위에 발을 딱 붙이
구 숨을 쉬구 있다. 부러운 놈이지. 그렇다, 그놈하구 난 전쟁
터에서 사귀었지. 그놈은 괴뢰의 의용군이었다. 강제로 끌려 나
온 거지. 그러나 그는 한 번도 강제로 끌려 나왔다는 얘기를 하

지 않더군. 변명하는 것이 사나이답지 못하다 생각한 때문일 거야. 내가 피란 나와 괴뢰군에게 잡혔을 때 그가 날 살려주었지. 그리구 그가 낙오되어 어느 동굴에 숨어 있을 때 유엔군을 따라 북진하던 나는 그를 발견하구 내 옷을 벗어 입혔다. 소설과 같은 우연이지. 둘이 서로 생명을 주고받은 역사는 간단해. 길게 말할 필요는 없어."

준은 말을 딱 끊어버렸다. 명희는 움직이지 않았다. 그동안 방천을 치는 물결 소리가 멎은 것만 같더니 여전히 변함없이 찰싹거리고 있었다. 준은 타다 남은 담배를 바다에 던지고 일어섰다.

"이제 돌아갈까?"

명희는 대답 없이 따라 일어섰다. 같이 걸어가면서 준은,

"우리 집에 가볼래?"

명희는 내려다보며 물었다.

"준한테도 집이 있나?"

"깔보지 마, 지나는 길에 잠깐만 들러. 여기서 좀 더 가면 내 집이 있어."

"제법인데?"

명희는 간다 안 간다 말도 없이 평소의 자세로 돌아온 준을 다행으로 여기며 자기 역시 전과 다름없이 가볍게 말하였다.

"우리 집엔 참 재미있는 동거인이 있다. 기계 같은 사람이지."

준은 하늘로 턱을 쳐들며 말하였다.

순간 명희는 그 동거인이 병림이 아닌가 하는 생각이 퍼뜩 들었다. 그는 동거인이 병림인지도 모르겠다는 엷은 기대 때문에 준을 따라 그의 집으로 갔다. 그러나 병림과 같이 있다면 준이 말하지 않을 리가 없다는 생각도 들었다.

준의 집은 피란민들의 천막, 판잣집이 빽빽하게 들어앉은 공원 뒤에 있었다. 다 낡아빠진 왜식의 목조 가옥이었다. 이 층의 방 한 칸을 빌려 쓰고 있는 눈치였다.

명희가 준을 따라 이 층으로 올라갔을 때 열어젖혀 놓은 다다미방에 여자 한 사람이 엎드러져 있었다. 자랄 대로 내버려둔 듯한 긴 머리채가 아무렇게나 어깨 위에 흐트러져 있었다. 울고 있는 자세다.

여자는 준이 방으로 들어갔을 때도 움직이지 않았다. 명희는 처음 놀랐으나 이내 기이한 감을 받았다.

"미스 김."

준이 나지막하게 불렀다.

여자는 몸을 일으키지도 않고 흐트러진 머리칼 속에 파묻힌 조그마한 얼굴만 쳐들어 보였다. 울고 있었던 것은 아니었다. 작은 얼굴에 온통 눈동자만 있는 것처럼 강하고 큰 눈이 희번덕거렸다.

명희는 여자의 얼굴을 보고 다시 한번 놀랐다. 그리고 기이한 감을 받았다.

"일어나요. 손님이 왔소."

여자는 준 뒤에 서 있는 명희를 보면서도 얼굴에는 아무런 변화가 없었다. 그는 부시시 몸을 일으켜 앉혔다. 준은 명희를 돌아보며 빙그레 웃었다. 명희는 준의 웃음을 어떻게 이해해야 좋을지 몰랐다.

"자, 앉아."

준은 손수 방석을 꺼내어 명희에게 앉기를 권하였다.

"미스 김, 소개하지. 문명희 부인, 학교 시절의 친구요. 그리구 여기는 미스 김, 내 동거인이야."

준은 다시 아까처럼 명희를 보고 빙그레 웃었다. 명희는 역시 아까처럼 준의 웃음에서 혼란을 느꼈다.

"아아, 부인이세요? 처음 뵙겠습니다."

명청히 앉아 있는 여자에게 명희는 웃으며 고개를 숙였다. 그러자 여자는 소스라치게 놀라며 명희를 뚫어지게 바라본다.

"아니야, 미스 김은 동거인이야."

준은 농담이 아닌 얼굴로 부인이라는 말을 강하게 부정했다. 명희는 도무지 무슨 영문인지 알 수가 없었다.

"미스 김, 차나 끓일까?"

여자는 일어서더니 명희를 강한 눈으로 바라보았다. 그리고 계단을 탕탕 구르며 내려갔다.

"이상한데?"

명희는 혼잣말처럼 뇌었다.

"이상하긴? 보통이지."

명희는 기분이 산란했다. 준이 자기를 여기까지 끌고 온 심정을 이해할 수 있을 것 같기도 했다. 일종의 보복이었는지도 모른다고 생각했다.

'그렇다면 비겁한데?'

자기를 사랑하였던 남자가 다른 여자하고 같이 사는 모습을 눈앞에 들이대었다는 것은 역시 자극이 아닐 수 없었다. 그리고 병림이 같이 있겠거니 하고 찾아온 자기 자신을 돌이켜볼 때 하나의 아이러니가 아닐 수 없었다.

"왜 결혼을 안 해?"

명희는 산란한 감정을 누르고 말하였다.

"결혼? 무슨 이유로?"

"사랑하면 결혼해야지."

"누가 사랑한다 했어? 미스 김은 문자 그대로 동거인이야. 그 이상의 뜻으로 해석하면 곤란하다."

여자는 차를 끓여 명희와 준 앞에 놓았다. 긴 머리채가 어깨 위에서 늘어져 하마터면 커피에 적셔질 뻔했다. 여자는 작은 얼굴에 온통 눈동자만을 느끼게 하는, 강하고 큰 눈을 명희에게 퍼붓더니 다시 계단을 쾅쾅 밟고 내려간다.

내려가는 발소리를 들으며 명희는 여지껏 그 여자가 한마디의 말도 하지 않았음을 깨달았다.

"저분이 날 오해한 건 아닐까?"

"오해? 무슨 오해?"

준이 의아하게 반문하였다.

"우리들을 말이야."

"하하하하……."

명희는 모든 게 다 괴상하게 생각되어 우두커니 준의 웃는 얼굴을 바라보았다.

"오해라도 하면 제법이게! 미스 김은 로봇이야. 아주 정묘한 로봇이지. 인간의 감정을 상실한, 말하자면 머리가 좀 돌았지."

"머리가 돌았다구?"

"응, 그도 전쟁의 피해자야. 불쌍한 여자, 아니 도리어 행복한 여자인지도 몰라."

말을 듣고 보니 여자의 강한 눈빛이나 행동이 이상한 것에 납득이 갔다. 준은 명희에게 미스 김에 관한 이야기를 간단히 들려주었다.

미스 김은 준이 소속한 미군부대의 세탁부였다. 그는 언제나 말 한마디 없이 누가 무엇을 시키건 마치 기계처럼 명령에 움직이는 여자였다. 그뿐만 아니라 뭇 사나이가 그의 육체를 요구할 때도 아무런 보수 없이 명령에 복종하듯 순순히 따랐다. 길들인 개처럼 온순하게. 사람들은 모두 미스 김의 머리가 돈 것을 알고 있었지만, 그렇다고 해서 해가 되는 존재는 아니었고, 오히려 성한 사람을 부려먹기보다 쉬웠으니 아무도 그를 부대에서 쫓아내려고 생각하지 않았다.

준은 처음 그 여자를 동정한 것보다 퍽 편리하겠다는 생각에서 그와의 동거를 결정했고, 실제 그를 데리고 있어 보니 여러 가지 편리한 점이 많았다.

지난가을의 일이었다. 아래층 주인댁 아이가 빨간 백일홍을 미스 김에게 준 일이 있었다. 미스 김은 한참 동안이나 그것을 바라보고 있다가 눈물을 흘렸다. 왜 우느냐고 준이 물었을 때 슬프다고 했다. 왜 슬프냐고 거듭 물었을 때,

"우리 집 뜰에 백일홍이 많았어요. 백일홍이 질 때 우리 아버진 인민군한테 총살되구 약혼자는 국군이 쏴 죽였어요, 부역자라구."

미스 김은 자꾸만 눈물을 흘렸다. 생각이 되살아나는 모양이었다. 그는 일사후퇴 당시 혼자 피란 내려오면서 낙오되어 헤매다가 검둥이들에게 붙들려 윤간을 당했다는 이야기도 했다. 미스 김의 정신이상은 그때부터였던 모양이다.

그러나 과거에 대한 회상은 그때뿐이었고 그 후 준이 몇 번인가 백일홍을 사 왔지만 천치처럼 그것을 멍하니 바라볼 뿐이었다.

"나는 지금도 미스 김을 동정하지 않아. 우린 다 같은 정신의 상실자니까. 그저 생존을 위하여 조금이라도 편리하자는 거지. 그는 내 밥을 얻어먹구 나는 그를 부려먹구. 그러나 주종관계는 아니야. 정신 상실자, 나의 동지, 나의 동거인! 브라보다!"

준은 껄껄 웃었다.

"어때? 가장 현대적인 생활 아냐? 감정이고 개뚱이고 지질구

레한 것 짊어질 필요 없이 간편하단 말이야."

준은 또다시 껄껄 웃었다.

명희는 혼자 어둠을 휘젓고 돌아오면서 전쟁의 상흔은 어디에나 굴러 있다고 생각하였다. 그리고 그 여자처럼 완전히 감정을 상실치 못하고 오히려 상실하고자 노력하고 있는 곳에 준의 비극이 있다고 생각하였다.

5. 무정한 마음

화창한 날이었다. 아침부터 한외과의원은 떠들썩하였다. 그 중에서도 진수의 목소리가 제일 높게 울려 나왔다. 간혹 송병림의 목소리도 얽혀졌다.

"아이, 좋아라! 구름 한 점 없네."

진수는 창밖으로 상반신을 내어 밀며 소리쳤다.

명희는 어느 때보다 열심히 화장을 한 모양이다. 화장이라야 원체 살빛이 희기 때문에 분을 바르지 않고 입술과 눈썹을 다듬는 정도다. 그리고 머리 모양에 신경을 쓰면 되는 것이다. 엷은 물빛 치마저고리에 커다란 비취 가락지가 몹시 시원스럽게 보인다. 그러한 모습은 연연하고 아름다웠다.

석중은 새삼스럽게 아내의 아름다움을 바라보며 만족한 미소를 띤다.

명희의 밝고 시원스러운 모습과 대조를 이룬 사람은 혜련이다. 그는 오늘의 놀이를 위하여 색다른 옷을 마련하지 않았던 모양으로 작년 봄에 입었던 연회색 치마에 흰 저고리를 입고 있었다. 검정 핸드백에 검정 고무신의 극히 간소한 차림이다. 그 모습은 어쩐지 수녀와 같은 인상을 주었다. 명희가 하늘나라의 선녀처럼 화사한 데 비하여 혜련은 지상의 인고를 모두 짊어진 수녀처럼 무겁게 보였다.

주홍빛 잠바스커트에 크림색 블라우스를 입은 진수는 성급하게 왔다 갔다 한다. 원색에 세련된 백인처럼 대담한 색조가 진수에게는 잘 맞는다.

"너 교복 안 입어두 되니?"

"괜찮아요, 가난뱅이 선생님들이 설마 송도까지 놀러 올라구요?"

진수는 명희에게 대답하고, 여전히 마음이 설레는 듯 왔다 갔다 수선을 피운다.

"허, 미인들의 행렬 같군, 이거 질리는데!"

한석중이 입을 벙실거린다.

"괜찮아요, 아저씨. 미인에 미남들이니까 질릴 필요 없어요."

진수의 들뜬 목소리다.

"나도 미남 축에 드냐?"

한석중은 커다란 손으로 얼굴을 쓸어본다.

"비관 마세요, 아저씨! 아저씬 교양미가 있으니까, 그 미

를 사드리는 거예요. 아저씬 대학의 교수님이겠다 닥터 아니
세요?”

“이거 교양미가 아니라 바로 직업미로군. 너무한데.”

“하하하하.”

미남이라는 바람에 얼굴이 벌게졌던 병림이 마음 놓고 웃
는다.

점심이랑 술병이랑 과일, 과자가 잔뜩 든 꾸러미를 싣고 자동
차는 한외과를 떠나 송도로 향하였다.

자동차 안에서 진수는 말주변 없는 한석중을 상대로 지치지
도 않고 좋알거리고 있었다. 명희는 병림이 처음 왔을 때처럼
말이 없었다. 이따금 운전수 옆에 앉은 병림의 면도 자국이 파
아란 목덜미에 눈을 준다. 그러다간 혼자 당황하여 창밖으로
눈을 돌리곤 한다.

“아저씨! 저분보고 사돈님이라고 부르나요?”

진수가 나직이 석중에게 속삭인다.

“그, 어색하군.”

“그렇죠? 그럼 병림 씨라 부르면? 역시 어색하군요. 그리고
쑥스러워요. 병림 오빠라 부를까요?”

“뭐? 병림 오빠? 그런 촌수도 있나? 그럼 내가 큰오빠가 되
게? 병림이 내 동생이니 말이야. 아저씨라구 불러야지.”

석중은 마구 큰 소리로 말을 한다. 진수는 석중의 무릎을 꼬
집으면서,

"아이 아저씨두, 큰소릴 치셔. 에티켓을 모르셔서 큰 탈이야."

"하하하…… 에티켓을 모른다구? 이거 교양미의 점수가 깎이겠다."

석중과 진수의 주고받는 말을 듣고 있던 병림의 목덜미가 벌겋게 물든다. 그는 돌아볼 수도 없고 말참견도 할 수 없었다. 그냥 앞만 지켜볼 수밖에 없었다.

"그렇지만…… 병림 아저씨…… 안 되겠는데요. 어울리지 않는걸요. 역시 병림 오빠가 낫겠어요."

"아이두, 한시도 입이 쉴 줄 모르니?"

혜련이 민망하여 진수를 나무란다.

"내버려두세요, 입이 아파지도록. 그래야만 점심이 좀 남을 테니까."

처음으로 명희가 입을 뗀다.

"고모, 그건 오산이에요. 많이 지껄이면 배가 더 고픈걸."

"아따, 말이 떨어져 고물이 묻을까 봐 걱정이다. 어쩌면 그렇게 날름 받아서 말을 하니?"

"고모 약 올려주긴 문제없지만 가엾어 그냥 사양하겠어요."

송도에 도착하였을 때 차례차례 자동차에서 내렸다. 맨 먼저 탔기 때문에 마지막에 내리게 된 진수는 내릴 생각도 않고 꾸무럭거린다. 점심을 싼 꾸러미를 내릴 궁리를 한 것이다. 얼굴이 빨개져서 꾸러미를 질질 끌어당긴다. 그것을 본 병림이,

"짐은 제가 내릴 테니 그만 먼저 내리세요."

그러나 진수는 그것을 꼭 갖고 내리려고 부득부득 애를 쓴다.

"먹고잽이는 할 수 없어. 점심이 아니더면 내가 무슨 상관이야, 하며 슬쩍 혼자만 내릴걸."

명희의 핀잔이다.

"피이!"

진수는 입을 내어 민다.

"인 주세요. 제가 내려드리겠습니다. 아가씨는 점심을 혼자서 다 잡수실래요?"

운전수는 핸들을 놓고 웃으며 짐을 내려준다. 진수의 쫑알거리는 모습이 밉지 않았던 모양이다.

"고마워요, 운전수 아저씨!"

떠나는 자동차를 향하여 진수는 손을 흔들어 보인다. 병림은 운전수가 내려준 꾸러미를 거뜬히 들고 걷기 시작한다.

"병림 오빠! 거들어드릴게요."

진수는 병림 오빠라 부르기로 아주 작정을 한 모양이다. 그는 아무런 주저함도 없이 천연스레 다가가서 꾸러미 한쪽을 잡으며 도와준다. 도리어 병림이 어리벙벙하여 걸음이 흐트러진다.

"벌써 오빠가 되었군."

석중이 웃자 혜련이,

"누굴 닮아서 저렇게 비위가 좋은지요."

그렇게 말하고는 얼른 명희를 쳐다본다. 그러나 명희는 앞에 걸어가는 병림만을 쳐다보며 걷고 있었다. 병림은 곤색 양복저고리를 벗어 어깨에 걸치고 진수와 보조를 맞추며 걷고 있었다.

파아란 하늘, 떠내려가고 있는 구름, 해초 냄새와도 같은 소금기를 풍겨주는 공기, 걸음을 옮길 때마다 신발에 넘쳐드는 모래의 감각, 모두가 다 기분이 좋았다. 병림의 곤색 바지에 진수의 스커트 자락이 나풀거린다. 젊음만이 가질 수 있는 상쾌함이 해변 바람을 타고, 하늘도 산도 바다도 푸른 공간에 비상飛翔한다.

혜련은 진수가 언제 저렇게 컸나 싶었다. 눈물 같은 것이 울컥 솟는다. 여태 별로 느껴본 일이 없는 감정이다.

"꼭 알맞는 한 쌍인데?"

석중도 그런 생각을 했는지 모른다. 그 말에 명희의 얼굴빛이 확 변한다.

"아직 어린것을 두구 별말을 다 하네."

날카로운 목소리다.

"어리다니, 열여덟이 어려? 곧 대학생이 되구, 이내 신붓감이 될걸. 옛날 같으면 벌써 아이 엄마지."

"낡아빠진 소리 그만두어요. 그보다 진수에겐 상대가 되나요? 공연히 어른들 멋대로 입 찧지 마세요."

까닭 없이 화를 내는 명희였다.

"왜? 병림이 어때서 그러우? 진수만 못하단 말이오?"

"······."

"자기 조카라구 어지간히 비싸게 팔 작정이군그래. 하늘나라의 선관이나 데리구 오구려."

명희는 말문이 막힌 듯 외면을 한다. 곱게 손질했던 머리칼이
바람에 심히 나부꼈다.

"정말 진수는 아직 어려요. 천방지축을 모르는걸요. 철이 들
려면 아득하죠."

난처해진 혜련의 말이었다.

"정말 진순 아직 멀었어요."

명희는 혜련의 말을 되풀이하였다. 그래도 불안한 듯 말을 덧
붙인다.

"그 애 개성을 위해 내버려두어야 해요. 제 마음대로 하게요.
공연히 어른들의 의사를 강요하거나 내비쳐서는 안 돼요. 누
가…… 지질구레하니…… 다 못나서 가정에 처박혀 있는 거지.
진순 앞날이 창창하구 십 년은 더 배워야지."

명희는 흥분되어 말하였다.

"뭐? 지질구레하다구? 당신은 그럼 못나서 가정에 틀어박
혔소?"

"그럼요. 못났으니까 당신 시중이나 들구 만족하게 사는
거죠."

자포자기에 찬 어조다.

"허, 이거 큰일 났군. 가정 안에 가정 파괴주의자가 있
다니……."

명희가 심각한 데 비하여 석중은 어디까지나 농담으로 삼아

버린다.

"파괴주의자도 못 되는 못난이랍니다."

"그럼 잘났으면 그렇겠단 말인가?"

"그럼요."

"허허 그거참, 모름지기 남성은 여성을 고를 때 못난이를 첫째 조목으로 하구…… 그러나 우리 문 여사가 못났다고는 미처 생각지 않았는데?"

"왜들 이러세요?"

혜련이 웃는다.

"안 그렇습니까? 저런 사람한테 잘난 딸이라도 하나 있으면 노처녀로 늙혀버리지 않겠어요?"

"설마…… 욕심이 많아 그렇죠."

"괜히 질투를 하고 있어요."

명희의 얼굴에 피가 확 걷힌다.

"진술 빼앗길까 봐 겁이 나서 그래요."

연거푸 하는 석중의 말에 명희는 휘청거리듯 걸음을 빨리 한다.

"아저씨!"

어느새 갔는지 멀리 바위 옆에 짐을 내려놓고 진수는 손짓을 하며 부른다.

"젊은것들이라 다르군. 벌써 저까지 가 있어!"

석중은 명희의 기분 같은 것은 내 알 바 없다는 듯 아무렇지도 않은 얼굴이다.

"빨리 오세요! 거북이처럼 느림보들이에요!"

진수가 다시 소리를 질렀다. 병림은 진수 옆에 서서 수건을 꺼내어 땀을 닦고 있었다.

진수와 병림이 자리 잡은 바위 옆에까지 간 일동은 바위에 몸을 기대며 약속이나 한 듯 바라본다.

"아아, 상쾌하다!"

명희는 남편 말을 일부러 뒤집듯,

"해운대로 갈 걸 그랬어. 여긴 너무 삭막해."

"허 참, 얼마나 상쾌하오? 사나이의 마음같이 넓은 바다, 보기만 해도 좁은 소견이 트일 것만 같소."

평소보다 말이 많은 석중은 양복저고리를 벗어 바위 위에 놓는다.

"자화자찬이군요. 그만하면 다 알아볼 일이에요."

공연히 명희는 남편을 꼬집어 뜯는다.

"오늘은 왜 자꾸만 말꼬리를 물고 나오는 거요? 나이트가 둘이나 숙녀들을 모시고 왔는데 그러지 말고 술이나 내놔요."

"오자마자 술타령."

아내가 핀잔인데 그 말은 들은 체도 않고 모래 위에 퍽 주질러 앉더니 석중은 꾸러미에서 술병을 꺼낸다.

"아이, 아저씨두, 모두들 앉게 준비부터 해야죠."

진수는 접어 온 신문지를 꺼내어 모래 위에 깔고 꾸러미를 끌러 음식을 내어놓는다.

"벌써 점심인가?"

"그럼요, 열두 시가 지났어요."

"오자마자 점심이다."

"늦게 출발해서 그렇잖아요."

모두 둘러앉아 점심을 먹기 시작한다. 진수는 배가 고프다고 호들갑을 떨면서 햄과 사과, 계란을 끼운 샌드위치를 집어 먹는다. 병림의 식욕도 보통 아니었다. 탐스럽게 먹었다.

"병림이 자넨 술 아직 안 하나?"

혼자 술을 마시고 있던 석중이 외로운 듯이 말을 걸었다.

"네, 아직……."

"사내 녀석이 술을 못하면 병신이 된다, 병신이 돼. 과음은 못 쓰지만 적당히 해보게."

"배우고 싶습니다만 아직은 그런 기회가 없어서……."

"그럼 오늘부터 배우게, 혼자 마시는 술이라 온, 도무지 맛이 있어야지."

석중은 컵에다 술을 따라 병림에게 넘긴다.

"숙녀 앞에서 취하면 자칫 나이트의 임무를 잊어버립니다."

병림이 사양하니까,

"아, 괜찮아. 나같이 말주변 없는 사람도 술 덕분에 친구가 많은 법이라."

석중은 억지로 술잔을 떠맡긴다. 병림은 난처한 듯 한참 술잔을 들고 있다가 쓴 약이라도 넘기듯 쭉 들이켠다.

"됐어, 그러구러 술이 느는 거야."

"거 저도 한 잔 주세요."

명희가 코카콜라를 부어 마시던 컵을 남편 앞에 쑥 내어
민다.

"어, 웬일이오, 당신이?"

"왜요? 전 마시면 못쓰나요? 저도 남성들처럼 주정도 해보구
싶구, 바다처럼 마음도 넓어보고 싶군요."

명희는 술병을 들고 있는 석중의 손을 덮쳐 쥐고 강제로 컵에
다 술을 따른다.

"허 참, 사람 죽이네. 그럼 어디 실컷 마시구 주정이나 한번
부려보오."

명희는 술잔을 입으로 가져가며 병림을 지그시 쳐다보았다.
병림은 못 마시는 술을 억지로 마신 때문인지 벌써 얼굴이 불
그레했다. 명희는 보기 좋게 술을 쭉 들이켜고 술잔을 쑥 내밀
었다.

"또요!"

석중은 재미난 듯 술을 부어준다. 명희는 넘치는 술을 가만히
내려다본다.

"고모, 자신이 없죠?"

명희는 쓰게 웃는다.

'처음 느껴본 내 사랑을 위하여, 이루지 못할 내 사랑을 위하

여, 아니다. 다만 내 사랑을 위하여.'

아까처럼 쭉 들이켠다. 그리고 또 잔을 내어 밀었다.

"또 주세요!"

"이제 그만두지."

할 수 없이 석중이 말린다. 그러나 명희는 아까처럼 술병을 들고 있는 석중의 손을 덮쳐 쥐고 강제로 술을 따른다.

석 잔을 계속 들이켠 명희의 심장은 터질 것만 같았다. 푸른 하늘도, 둥둥 떠내려가는 구름도, 산도 마구 흔들리고, 바닷물이 심장에 달려들어 아우성을 치는 것만 같았다.

명희는 자기 내부 속에 잠자고 있던 무엇이 마구 터져 나오려는 것을 느꼈다.

총명하고 미모인 명희 앞을 지나간 남성들은 과거에 많았다. 강준도 그중의 한 사람이다. 명희는 그들을 모두 친구라 생각하였다. 남성 교제에 있어서 언제나 능동적이며 대담했던 그는 본시부터 정숙이라는 여자의 자세를 무시하고 들었다. 그러한 명희를 주변에서 연애 경험이 많은 여자로 보았다. 그러나 명희는 연애를 못 했다. 연애 비슷한 감정을 느껴보려고 노력은 하였지만 결국 그것이 못 되어 한석중에게 넘어온 것이다.

명희는 간밤에 준을 보고 사랑은 직감에서 오는 거냐 아니면 체험에서 오는 거냐고 유치한 질문을 던졌다. 명희는 병림에 대한 자기 자신의 감정을 이해할 수 없었던 것이다. 그것은 당돌하고 순식간에 자기를 휩싸버린 감정이었기 때문이다.

명희는 휘청거려지는 몸을 가누면서 머리를 쓸어 넘겼다.

'흥! 내가 저런 애숭이한테 연정을 느끼다니……'

병림은 명희보다 두 살 아래인 스물다섯이다.

'아아, 우습다! 어릿광대처럼 사람은 살아야 하는가! 아아, 우습다!'

명희는 깔깔 소리를 내어 웃었다.

모두 명희의 얼굴을 주목했다.

"아아, 우스워. 술을 마시니까 자꾸 우스워지네요. 이런 맛으로 남자들은 술을 마시나 부죠?"

명희는 일어서려다가,

"아이, 어지러."

모래 위에 푹 쓰러진다.

"고모도 악취미야. 왜 싫은 술을 억지로 마셔요? 아저씨한테 지기가 싫어서 그러죠?"

진수는 명희를 안아 일으킨다.

"하하하, 그것 가지구 맥을 못 쓰니 역시 여자는 할 수 없군."

"여자는 할 수 없다고요? 병림 오빠도 여자네요? 한 잔 마셨는데 저 보세요. 어리벙벙해 가지고 맥을 못 쓰잖아요. 고몬 석 잔이나 마셨어요. 괜히 여자라고 깔보지 마세요."

"허, 가재는 게 편이라, 아저씨가 아무리 잘해두 소용없군."

병림은 정말 맥이 풀린 듯 앉아 있었다. 이러한 광경을 바라보고 있던 혜련이 혼잣말처럼,

"못 마시는 술은 왜 또……."

혜련은 이상한 생각을 하고 있었다. 그럴 리가 없다고 강하게 부정하면서도 그렇게 결부를 시켜보는 것이었다. 혜련은 그것이 자기의 지나친 공상의 소치라 생각하였다. 신경과민에서 온 것인지도 모른다고 생각하였다. 그러나 명희의 행동이나 눈빛이 현저한 변화를 일으키고 있는 것만은 틀림이 없었다.

혜련은 과거 자기 자신에게 명구를 사랑할 수 없었던 불행한 부부로서의 체험이 있어 명희가 애정 없는 부부 생활에 권태를 느끼고 있는 심정을 누구보다 잘 알고 있었다. 혜련이 자신은 문학으로 자기의 정열을 배설하여 왔다. 명희 또한 그러한 정열의 배설구를 찾아 해가 뜨면 거리를 쏘다니고 어린 진수에게 애정을 쏟아보기도 하고, 그러나 그런 것들은 결코 정상적인 것이 될 수는 없었다.

혜련의 눈에는 명희가 위태롭기도 하고, 부럽기도 하였다. 자기에게는 이미 깊은 상흔이 있고 체념이 있지만 명희에게는 동경과 그칠 줄 모르는 미지未知에의 갈망이 있는 것이라 생각하였다.

혜련은 명희를 어릴 때부터 길러왔기 때문에 그의 무서운 집착을 안다. 그는 자기가 원하는 것이라면 어떠한 수단과 방법을 써서라도 갖고 만다. 그는 쉽사리 체념하지 않는다. 욕망하면 획득하고, 그것이 안 될 때는 자기 자신을 완전히 부숴버리고 만다. 혜련이 고민을 내부에서 발산하는 음성이라면, 명희는 비극까지도 양성으로 발산하고 마는 성격이다.

혜련은 명희의 목덜미가 장밋빛으로 물들어 가는 것을 바라본다. 그 빛깔이 참 아름답다고 생각하였다. 혜련은 다시 병림을 쳐다보았다. 병림은 멀리 수평선보다 더 먼 곳을 바라보고 있는 것 같았다. 무슨 생각을 하는지 알 수 없었지만, 단정한 옆얼굴에는 짙은 안개가 서리어 몹시 고독한 그늘을 지어주고 있었다. 그러나 그의 떡 벌어진 어깨와 숱한 눈썹과 굳게 다물어진 입술의 윤곽은 사나이다웠다.

"병림 오빠, 여름이면 좋겠죠? 바다에 들어가게요."

"아아, 네⋯⋯."

병림은 오빠라는 말에 또 한 번 당황한다.

석중은 얼근히 술에 취하여 비실비실 일어섰다.

"진수! 우리 저기 한번 돌아볼까? 낚시질하러 온 사람이 있으면 생선을 사서 회 쳐 먹게."

"아이, 여기서 어떻게요?"

"저기 인가에 가서 장만해 달라지."

"우리도 낚싯대 가져올 걸 그랬네."

석중과 진수가 모퉁이로 돌아간 뒤 명희는 턱을 치올리며 하늘을 바라본다.

바다에서는 쿵! 쿵! 바다 울림이 들려오고, 싸아! 하고 물결이 모래를 씻으며 몰려가고 또 몰려온다. 한없이 맑고 높은 하늘, 선들선들 불어오는 바람, 마치 가을 날씨 같다. 명희는 새삼

스럽게,

"언니! 참 하늘이 맑죠?"

"참 맑군요."

"언니한테도 이런 풍경은 슬프고 즐거운가요?"

명희는 푸른 하늘이 어리어 푸르게 흔들리는 눈을 들어 혜련을 쳐다보았다.

"슬프고 즐겁다?"

혜련은 명희의 말을 입 속에 뇌며 명희로부터 바다로 눈을 옮겼다. 바람을 담뿍 실은 돛배가 두 척 지나가고 있었다.

'슬프고 즐겁다. 연애를 하는 징조로구나!'

병림은 무릎을 모아 손을 깍지 끼고 우두커니 앉아 있었다. 명희는 그러한 병림을 뚫어지게 바라보다가 무슨 생각을 했는지 핸드백 속에서 선글라스를 꺼내어 쓴다. 그러고는 또다시 뚫어지게 병림의 옆모습을 쳐다보는 것이었다.

"병림 씨!"

명희는 도련님이라 부르지 않았다. 병림은 거북하게 명희를 쳐다보았다.

"남자들은 즐거움은 알아도 슬픔은 모르죠?"

"남자는 그럼 인간이 아니란 말씀입니까?"

병림의 표정은 복잡했다.

"그럼 병림 씨는 그런 것을 체험하셨어요?"

"……전쟁을 겪었는데 어떻게 슬픔을 겪지 않았겠습니까?"

조용히 대답하였다. 그 말투는 명희의 감상 따위는 하잘것없는 것이라 나무라는 것도 같았다. 혜련이는 돌아간 그의 어머니 말을 하며 주먹으로 눈물을 씻던 병림의 모습을 생각하였다.

"사람을 사랑한 일이 있으세요?"

명희는 점점 대담해졌다. 그러한 태도는 술을 마신 때문만도 아니었다.

"있죠."

의외에도 대답은 이내 돌아왔다. 선글라스 속의 명희 눈이 탄다.

"어머니를 몹시 사랑했습니다. 그리구 이북으로 가버린 형을 사랑했죠."

음향이 좋은 병림의 목소리였다. 명희는 모래를 쓸어 모았다. 멋쩍기도 하고 능청스러운 사람이란 생각도 들었다.

"아, 머리 아퍼. 역시 술은 못 마실 거군요. 도대체 무슨 맛으로 마실까? 마음은 취하지 않고 맹숭맹숭하기만 한데."

명희는 멋쩍었던 기분을 커버하듯 말하면서 이마를 짚었다. 그러나 그의 눈은 병림의 얼굴을 놓치지 않았다. 귀밑으로부터 턱까지 밀어버린 파아란 면도 자국은 명희의 마음을 아프게 하며 그리운 감정을 불러일으켰다.

"미스터 한한테 사촌 동생이 계시다는 것 전혀 몰랐어요. 서울에서 S대학을 다니셨다죠?"

명희의 목소리가 흔들리는 것 같았다.

"네."

"무슨 과?"

준한테 들어 알면서도 물었다.

"수학괍니다."

"학교에서 절 못 보셨어요?"

"못 뵈었는데요."

병림의 목소리는 바람 없는 벌판처럼 조용했다.

"여자 동무가 더러 있었어요?"

병림은 고개를 돌려 의아하게 명희를 쳐다보다가 머리를 저었다.

"연애를 못 해보셨군."

"이거, 꼭 심문을 당하는 것 같아 겁이 납니다. 하하하……."

병림은 웃었다. 명희도 웃고 혜련이도 따라 웃었다. 웃음소리가 바람을 타고 사라졌을 때,

"요즘 선생님께선 전혀 작품 활동을 안 하시는 모양이던데."

말없이 따라 웃기만 하는 혜련에게 병림은 화제를 돌렸다.

"안 합니다."

"왜 안 하십니까?"

"글쎄요…… 재미없는 소설을 쓰니까 지면을 주지도 않지만……."

"저는 문외한입니다. 그러나 진실한 글을 쓰신다고 생각했습니다. 저의 친구는 선생님 소설을 절망의 문학이라 합디다만."

"그래요? 하긴 저도 이제 소설가 그만둘까 싶어요. 근본적인 면에서 자격이 없는 것 같아요."

"절망은 절망대로 표출하는 게 좋지 않습니까? 쓰셔야죠."

그들의 대화를 듣고 있던 명희는 엷은 질투를 느꼈다. 혜련에게 병림의 관심이 쏠리는 것이 불안했던 것이다.

"작가들은 모두 거짓말쟁이예요. 언니만 해도 그렇죠. 연애도 못 해보구 연애소설을 쓰니 말이에요."

"누가 알아요? 옛날에 지독한 연애를 했는지."

우스갯소리로 돌렸으나 눈앞에 영설의 모습이 어른거렸다.

"우리도 한 선생 가신 데로 가볼까요?"

혜련은 이야기의 초점을 자기로부터 돌리기 위하여 일어섰다.

"시시해요."

명희는 일어서려고 하지 않았다.

얼마 후 석중과 진수는 빈손으로 돌아왔다.

"허탕이야."

한석중은 모래 위에 털썩 주저앉으며 술병을 찾았다. 진수는 손수건에 무엇을 잔뜩 싸가지고 왔다.

"에잇, 인심도 고약하지."

"아저씨두, 장사꾼이 아닌데 그럼 팔겠어요? 남이 낚은 거라도 사가지고 집에 갈 판인데."

진수는 손수건에 싸 온 조개껍질을 모래 위에 쏟아놓고 이것

저것 고르면서 어른처럼 석중을 나무란다.

"앗! 저게 누구야?"

옆에 있던 병림이 별안간 소리쳤다. 진수는 다리를 쭉 벌리고 앉았다가 병림의 놀라는 소리에 고개를 들었다. 진수뿐만 아니라 다른 사람들의 시선도 물가로 갔다.

철 늦은 검정 양복을 입은 여자가 신발에 물이 잠기는 것도 모르고 하늘을 쳐다보고 있었다. 자라는 대로 내버려둔 긴 머리채가 바람에 나부끼고 있었다.

"미스 김! 미스 김 아니오?"

병림이 쫓아갔다. 그래도 여자는 못 들었는지 하늘로 턱을 치켜든 채였다.

"이봐요, 미스 김!"

병림이 여자의 팔을 잡아 흔들었다. 여자는 천천히 얼굴을 돌렸다.

"여기 왜 왔어요?"

"……."

"형님은?"

"형님?"

"강준 형님 말이오."

"집에……."

"여기 이러구 있으면 쓰나? 빨리 집으로 가세요."

여자는 순순히 물가에서 물러났다.

"자, 돈 줄게요. 차 타구 가세요."

여자는 돈을 받더니 모래를 사박사박 밟으며 걸어갔다. 여자가 걸어가는 뒷모습을 한참 동안 바라보고 있다가 병림은 자리에 돌아왔다.

"병림 오빠, 거 누구예요? 미친 사람이죠?"

"부대에 있는 여잔데 미쳤다기보다 천치가 된 여자죠. 아주 온순해요. 말도 잘 듣고 일도 잘하구 지금도 가라니까 아무 소리 않고 가잖아요?"

"아이, 가엾어라."

명희는 멀리 사라져 가는 여자의 뒷모습을 바라보고 있었다. 어젯밤에도 저 여자는 검정 옷을 입고 있었다는 생각이 났다.

"얼굴은 귀엽게 생겼는데 안됐구먼."

혜련이도 여자의 뒷모습을 바라보며 언짢아했다.

"지금은 아는 집에 가 있는데……."

병림은 말을 끊고 흘끗 명희를 보았다.

"가끔가다 저렇게 정처 없이 나간다나 봐요. 하루 종일 어딜 헤매다니다 해가 지면 돌아온다더군요."

사방이 어둑어둑해질 무렵 일행은 송도를 떠났다. 진수는 갈 때처럼 떠들지 않았다. 피곤했던 모양이다. 말없이 손수건에 싼 조개껍질을 소중히 들고 있었다.

자동차가 한외과 앞에 머물자 제일 먼저 뛰어내린 진수는 어디에 갔는지 이내 없어지고 말았다. 현관까지 들어간 병림은 시계를 들여다본다.

"들어가게."

간호원으로부터 보고를 듣고 있던 한석중이 병림을 돌아보며 턱으로 안을 가리켰다.

"시간이 돼서 가봐야겠어요."

"가다니?"

명희와 혜련도 왜 가느냐는 표정이다.

"가봐야 할 시간입니다."

"아이구, 그러지 말구 저녁이나 같이하지. 나도 네 사정을 좀 알아봐야겠구, 할 얘기도 있으니……."

"걱정 마세요. 어려운 일이 있으면 의논하러 오죠. 오늘은 시간이 없어서."

"허 참, 그렇게 시간에 매달려서야. 그만 직장이구 뭐구 집어 치우고 우리 집에 와 있으려무나."

병림은 대답을 하지 않고 웃기만 했다.

"뭐가 그리 바쁘세요? 저녁이나 잡숫고 가세요."

명희는 아랫입술을 자그시 물었다.

진수가 마루를 구르며 뛰어나온다.

"아저씨! 작곡가 선생님 어디 가셨어요?"

혜련우 진수가 외치는 소리에 고개를 번쩍 쳐든다.

"오늘 퇴원했지."

"그, 그럼 아저씨는 왜 저한테 말씀 안 하셨어요?"

"언제 진수가 말해달라고 했나?"

진수는 말문이 막힌다. 금방 눈에 눈물이 가득히 고인다. 혜련은 말없이 진수를 지켜보고 있었다.

"너무해, 깍쟁이 선생님! 간단 말 한마디 없이 살짝 도망을 치구, 깍쟁이 선생님! 깍쟁이……."

진수의 눈에서 눈물이 후두둑 떨어진다.

"괜히 우네."

석중이 달래려 든다.

"아이두, 아무한테나 길들인 강아지처럼 저렇게 따른단 말이야. 애기처럼 울기는 왜 울어?"

명희는 동정이 없는 말투였으나 등어리를 두들겨주며 역시 달래려 든다. 다만 혜련만은 진수를 지켜본 채 서 있었다. 깊은 오뇌에 젖은 눈으로.

"무던히 숭배하더니 그 봐, 별수 있어? 그분도 왜 나가면 나간다는 말 한마디 없이 갔담."

그렇게 말하면서도 명희의 신경은 뒤에 서 있는 병림에게 쏠렸다.

"진수가 없었으니 그랬겠지."

석중은 그저 허허 웃기만 한다. 진수는 석중의 탓이기나 한 듯 눈을 흘긴다.

그 소동에 오가도 못 하고 우두커니 서 있던 병림이,

"형님, 그럼 가겠습니다."

아까 하던 말을 되풀이하였다.

"그럼 틈나는 대로 오게."

문을 미는 병림의 뒤통수에다 대고 석중이 말을 던졌다.

"네."

진수는 병림이 나가는데도 네까짓 것 시들하다는 듯 고개도 들어보지 않았다. 명희는 넋 빠진 사람처럼 병림이 사라진 문을 언제까지나 바라보고 있었다.

"들어가자."

명희는 돌아서면서 진수에게보다 자기 자신에게 하듯 명령하였다. 진수는 손등으로 눈물을 닦으며,

"어제도 선생님은 퇴원하신단 말 안 하셨는데……."

그 말에서 혜련은 그동안 진수가 영설의 병실에 줄곧 드나들고 있었다는 사실을 알았다. 그러나 진수를 나무랄 마음은 없었다. 오히려 자기 자신이 몹시 허둥거리고 있음을 느꼈다. 누군가가 팔을 꼭 잡고 있다가 와락 밀어버린 이상한 착각이 들었다.

진수는 명희에게 떠밀리듯 안으로 들어간다.

"조개껍질 주워 왔는데, 드리려고 했는데……."

진수는 혼자 중얼거리다가 그만 마루에 퍼질러 앉는다. 그리고 손수건에 싸 온 조개껍질을 꺼내어 뜰에 와르르 쏟아버린다. 아무래도 화가 나서 견딜 수 없었던 모양이다.

혜련은 진수가 방으로 쫓아가는 것을 보고 명희를 따라 명희

방으로 들어갔다. 진수를 대하는 것도 거북하였지만 병실의 창문이 보기 싫어서였다.

혜련은 양어깨가 축 처진 듯 힘없이 앉아 있는 명희를 쳐다보다가 창 옆으로 갔다. 그리고 석간신문을 들고 얼굴을 가려버렸다.

쫓으면 도망가고 도망치면 쫓고 싶은 이상한 심리를 생각해본다. 혜련은 자기의 마음이 내키는 대로 내버려두었다. 이것은 정히 어느 유의 갈증이다. 그러나 이런 순간이 지나가면 암흑이 찾아온다고 생각하였다. 그리고 권태가 밀려들 것이라 생각하였다.

진수는 방에 들어와 영설이 없는 병실을 한참 바라보다가 퍽 주질러앉았다. 그리고 전축 뚜껑을 거칠게 열어젖힌다. 아무거나 닥치는 대로 레코드 한 장을 뽑아 걸었다. 스테파노가 부르는 〈무정한 마음〉이었다. 진수는 전축의 볼륨을 최대한으로 높여놓고 자리에 벌떡 나자빠졌다. 스테파노의 목소리가 방 안에 윙윙 울렸다. 진수는 몸을 빙글 돌려 팔 위에 머리를 얹었다.

"진수는 스테파노가 좋은가?"

영설의 목소리였다.

"네, 좋아요. 마리오 란차는 성량이 풍부하지만 어쩐지 좀 천한 것 같구, 리처드 터커는 너무나 맑아서 진공眞空과 같은 감이 들구요. 그렇지만 스테파노에겐 영혼을 흔들어주는 신비한 힘이 있어요. 그렇게 생각 안 하세요, 선생님?"

영설은 웃었다.

"역시 소녀 취미군. 차차 어른이 되면 유시 비욜링이나 질리가 좋아질걸."

진수는 지난날의 대화를 생각하였다. 정말 무정한 마음이었다. 언젠가 자기를 귀여워해 주던 음악 선생님이 전근되어 타교로 갔을 때도 슬퍼서 많이 울었지만 오늘처럼 이렇게 슬프지는 않았다. 배신을 당한 것 같아 더욱 서러웠다. 진수는 다시 일어나 전축의 볼륨을 낮추어놓고 노랫소리에 맞추어 휘파람을 분다.

진수는 영설이 퇴원한 뒤 며칠 동안은,

"깍쟁이, 선생님 깍쟁이야."

하며 창문을 열 적마다 뇌었으나 어느덧 그것도 잊어버렸는지 다시 까불기 시작하였다.

여름이 되었다. 조반을 끝내고 방으로 돌아온 혜련은 식모한테 우편물을 받았다. 한 통은 신문사에서 보내온 것으로 원고 청탁인 모양이었다. 한 통의 발송인은 애독자였다. 혜련은 답장을 못 쓰기 때문에 애독자의 편지를 받을 때마다 마음이 무겁다.

피봉을 찢고 첫 줄을 읽어 내렸을 때 혜련의 얼굴에는 변화가 일어났다. 이영설로부터 온 편지였기 때문이다.

편지는 간단한 것이었다. 그러나 내용 자체는 결코 간단한 것이 아니었다. 만나자는 것이다. 꼭 만나야겠다는 것이다. 만일 만나주지 않는다면 만나러 가겠다는 사뭇 협박조였다. 그렇게라도 하지 않으면 혜련이 오지 않을 것을 알고 한 짓인 것 같았다.

뜰에서 진수의 목소리가 들려왔다. 혜련은 얼른 일어나 편지를 핸드백 속에 집어넣는다.

다시 며칠이 지났다. 영설이 만나줄 것을 지시한 바로 그날이 왔다.

뜰에서 진수와 명희가 이야기를 하고 있었다.

"고모! 내일부터 방학인데 경주 가세요, 네?"

"가기 싫다."

"왜요? 가세요, 고모, 집에 있음 뭘 해요?"

"부산서 한 발짝도 움직이지 않을걸."

"치! 부산이 싫다고 하시더니 언제부터 부산에 정이 드셨어요?"

"부산에 정이 들었다."

명희는 한숨을 쉬었다.

"갑자기 왜 그리되셨어요?"

"나도 몰라."

혜련은 그들의 이야기를 듣다가 이마 위에 손을 얹었다. 명희가 부산에 정이 들었다고 한 말의 뜻을 혜련이만은 알고 있었다.

'불행한 족속들이다. 진수만은 우릴 닮지 말아야지.'

명희와 진수는 한동안 지껄이다가 명희 방으로 장소를 옮겨간 모양이다.

'오늘은 일요일이지. 병림이 오겠구나.'

혜련은 영설의 편지를 다시 꺼내어 보았다. 만나자는 곳은 도청 앞에 있는 피가로 다방이다. 시간은 네 시 정각.

'그의 성격으론 내가 가지 않으면 정말 여기로 찾아올지도 모른다.'

혜련은 영설이 신중한 사람이 아님을 너무나 잘 알고 있었다. 과거의 모든 행동이 그것을 증명해 주었고, 또한 현재의 행동이 그러하였다. 술병을 들고 자동차에 뛰어드는 일이나, 라이터를 던져 창문을 부수던 일이 모두 다 그러했던 것이다.

'만나자!'

혜련은 마음속으로 작정했다.

혜련은 집으로 찾아가겠다는 영설의 위협에 굴복한 것 같았으나, 그러나 사실 그의 마음속에는 영설에 대한 향수를 어쩔 수 없었다.

한 시가 지나고 두 시가 지나려고 했을 때 명희와 진수는 병림이 오지 않는다고 걱정을 하기 시작하였다.

명희의 얼굴에는 초조한 빛이 있었다. 기다림에 지친 듯 얼굴빛마저 파리했다. 그러나 파리한 그 모습은 고뇌에 씻겨 도리어 맑아 보였다. 흰 모시 적삼이 명희를 한결 아름답게 하였다.

'사랑을 하는 여자는 다 저렇게 고운가 부다.'

혜련은 명희를 위태롭게 바라보면서, 또한 명희가 위태로운 나락으로 떨어지지 않기를 원하면서도 명희의 꿈이 전적으로 깨어지는 것을 생각하기가 싫었다. 병림이 오지 말았으면 하는 생각과 병림이 와주었으면 하는 생각이 엇섞였다. 바라만 보아도 명희는 즐거우리라 생각하니 애처롭기만 했다.

애써 장만한 음식이 다 식어버렸다.

"아, 배고파. 우리끼리 그만 먹어요."

진수가 말했다.

"너나 먹으렴."

명희의 노여운 목소리다.

"고모도 괜히 화를 내셔? 병림 오빠가 안 오니까 나한테 화풀이하네."

진수는 명희를 빤히 쳐다본다.

아침에 활짝 갰던 하늘이 어느새 흐리어 무겁게 내리덮여 있었다. 명희는 벌떡 일어났다. 그리고 벽장문을 드르르 열어젖혔다.

"어딜 가실래요?"

"갑갑해."

명희는 주섬주섬 옷을 꺼내었다.

"나도 따라갈까요?"

"넌 공부나 해."

명희는 옷을 갈아입고 창밖을 내다본다.

"에이! 날씨마저 왜 이 모양이야? 비가 쏟아지려거든 마구 두

들겨 부수듯 내리퍼붓든지, 아니면 골이 벌어지게 햇빛이 쨍쨍
나든지, 이것도 저것도 아닌 흐리멍덩한 날씨, 아이, 우울해 죽
겠네. 사람의 마음 같아."

명희는 투덜거리며 레인코트를 끄집어낸다. 그 옆에서 진수
는 식모가 날라다 준 밥만 넙죽넙죽 먹고 있다가,

"고모 닮아서 날씨도 저기압이에요."

시계는 세 시를 가리키고 있었다.

혜련은 명희를 바라보고 앉았다가 자기 방으로 건너왔다. 그
도 외출 준비를 하기 위해서다.

혜련은 별로 입지 않는 양복을 꺼내었다. 비가 올 것 같았기
때문이다. 곤색 스커트에 흰 블라우스를 입었다. 그리고 레인코
트를 걸치고 레인코트에 딸린 모자를 호주머니에 찔렀다. 핸드
백은 엷은 비닐 보자기로 싸서 들었다.

현관으로 나갔을 때 막 외출하려고 신발을 신는 명희의 뒷모
습이 보였다.

곤색 레인코트에 역시 곤색 우산을 들고 있었다.

"나가세요?"

혜련이 말을 걸었다.

"언니도 나가세요?"

"좀 나가볼까 싶어요."

거리에 나선 시누 올케는 서로 쳐다보았다.

"비가 오시겠죠?"

"글쎄, 비가 오실 것 같군요."

"언닌 왜 우산 안 가지고 가세요?"

"귀찮아서."

"그러다가 비나 쏟아지면 어떡허게요."

"비를 맞는 게 우산을 들구 다니는 것보다 나을 것 같아요."

"성미두."

"어딜 가세요?"

"영화나 보러 갈까 해요. 언니두 같이 가시겠어요?"

"나는 약속이 있어서……."

명희는 몹시 쓸쓸해 보였다.

두 사람은 길모퉁이까지 와서 서로 반대 방향으로 갈라졌다. 혜련은 달리는 자동차를 잡을까 하다가 시계를 들여다본다. 아직 약속 시간은 오십 분이나 남아 있었다.

'천천히 걸어가자.'

혜련은 혼잡한 자유시장을 빠져 대청동으로 올라갔다. 와글거리는 사람들과 빽빽이 들어앉은 노점 위에 잿빛 하늘이 나직이 드리워 불안감을 준다.

혜련은 발밑을 내려다보면서 이상한 생각을 했다. 창세기 때를 생각하였다. 길고 긴 세월이 흘러갔다는 생각을 하였다. 그리고 무한한 우주를 생각했다. 그다음에는 태양과 별과 지구를, 그리고 작은 한반도를 생각하였다.

지금 이 한반도의 끄트머리까지 자기가 밀려왔다는 느낌은 그를 두려움 속에다 밀어 넣었다. 더 이상 갈 곳도 없고, 시퍼런 바닷물만 출렁이고 있는 항구를 생각한다는 것은 무서운 일이었다. 그러나 이 항구에는 많은 사람들이 있고, 서로 사랑하며 미워하며 숨을 쉬고 있다. 사랑한다는 것, 짝을 찾는다는 것, 혜련은 몸을 부르르 떨었다.

사막에도 꽃이 피듯 잿빛 항구에도 꽃은 핀다. 더 강렬하게, 더 치열하게, 내일을 모르는 초조한 시간 속에서.

그 피고 지는 꽃들 속에 명희가 있고, 진수가 있고, 병림이, 영설이, 그리고 준이 있다. 그 밖에도 많은 사람들이 있다. 사랑한다는 것, 짝을 찾는다는 것, 무서운 일이었다.

'결국 모두 죽어버리구 말 것이 아닌가?'

명희의 축축이 젖은 입술과 열에 들뜬 눈빛이 눈앞에 떠올랐다. 만일 명희가 한석중이란 사슬을 물어 끊고 암사자처럼 병림에게 달려든다면 병림은 어떻게 물러설 것인가? 혜련은 그런 환각으로 하여 가벼운 현기증을 느낀다.

'너는 어떻게 할 작정이냐?'

'나는 이대로 있는 거지.'

'왜 이대로 있어야 하나?'

'나는 이미 사화산이니까.'

'아니다. 거짓말이다. 둔중한 불이 밑바닥에서 이글이글 타고 있지 않느냐. 반드시 줄기를 따라 산정山頂에 치솟을 것이다.'

'아니다, 나는 풍화된 암석이야. 그냥 이 세상에 존재하고 있

을 뿐이다.'

혜련은 그런 자문과 자답을 하고 있는 자신에 대하여 어처구
니없는 생각이 들었다.

후덥지근한 바람이 불어왔다. 뿌옇게 먼지를 실은 가로수가
축 늘어져 있었다.

혜련이 도청에 이르는 다리목까지 왔을 때 잔뜩 찌푸리고 있
던 하늘에서 빗방울이 후둑후둑 떨어졌다. 빗줄기는 이내 굵어
지고, 길 가던 사람들이 길 언저리의 점포로 뛰어든다. 혜련은
다리의 난간 곁으로 몸을 사리며 호주머니 속에 찔러두었던 모
자를 꺼내어 눌러썼다. 그리고 모자가 날아가지 않도록 핀을 모
자 전에 꽂았다.

혜련은 목적지가 얼마 남지 않았으므로 과히 서둘지 않고 걸
어간다. 비를 피하여 처마 밑에 들어선 사람들이 비를 맞고 걸
어가는 혜련의 훤칠한 모습을 바라보고 있다.

혜련이 길모퉁이를 돌아 도청이 있는 넓은 가로로 나섰을 때,
맞은편에서 급히 뛰어오는 청년이 있었다. 흰 셔츠의 소매를 서
너 겹 걷은 청년은 혜련을 보자 우뚝 멈추어 섰다. 혜련은 천천
히 눈을 들어 청년을 쳐다본다.

"선생님."

"아, 송병림 씨."

"어딜 가세요?"

"저기 좀."

"지금 저 병원에 가는 길인데요."

"왜 진작 오시잖았어요? 점심을 지어놓구 무척 기다렸는데."

"친구 집에 갔다가 그만 늦어졌습니다. 지금 가도 선생님이 안 계시면……."

섭섭한 표정이다.

"진수가 있어요."

"아, 비가 심합니다. 선생님, 감기 드시겠어요."

병림은 자신이 비를 두들겨 맞고 있는 것은 개의치 않고 혜련이 감기 들 것을 걱정한다.

"저는 코트를 입었으니까, 병림 씨야말로 감기 드시겠어요. 빨리 가보세요."

"네, 그럼 곧 다녀오세요."

병림은 목을 움츠리며 뛰어간다.

사선을 그으며 떨어지는 빗줄기가 가로수의 잎을 하얗게 뒤집는다.

혜련은 걸음을 빨리하였다. 피가로 다방의 문을 밀었다. 문을 밀면서 팔을 들어 시계를 보니 아직 오 분 전이다. 혜련이 다방에 들어섰을 때 벌써 영설은 먼저 와 기다리고 있었다.

"왔군요."

영설의 얼굴이 환하게 밝아왔다. 혜련은 잠자코 마주 앉았다.

영설은 여름 모자를 쓴 채 앉아 있었다. 일기 탓인지 얼굴이 좀 창백해 보였으나 건강은 많이 회복된 것 같았다. 모자가 비스듬히 가려주고 있는 이마 밑의 짙은 눈썹과 번득번득 빛나는 연회색 레인코트에 휩싸인 널찍한 어깨는 옛날과 변함없는 그의 강한 개성을 나타내고 있었다.

영설은 다방에 온 지 오래인 모양이다. 레인코트가 비에 젖지 않고 말짱했다. 혜련은 빗방울이 떨어지는 모자를 벗고, 호주머니 속에서 손수건을 꺼내어 얼굴을 닦는다.

서로가 한동안 말이 없다. 병원에서 처음 대면했을 때와는 아주 판이한 분위기가 흘렀다. 상호 간에 전하여 오는 공기의 밀도가 훨씬 짙어진 것 같았다.

영설도 젖어 보이고 혜련도 젖어진 것같이 보였다. 혜련은 양장을 한 데다가 비에 젖은 머리칼이 이마 위에 찰싹 달라붙어 노리끼하고 갸름한 얼굴이 한층 뚜렷했다. 마치 옥잠화 같은 감을 준다.

"꼭 오실 줄 알았어요."

영설은 빙그레 웃었다. 자신이 만만한 웃음이었다. 그는 레지를 불러 커피를 두 잔 시킨다. 혜련의 의사는 묻지도 않고.

"전 홍차로 하겠어요."

혜련은 굳이 홍차를 마셔야겠다는 생각은 아니었지만, 영설의 독선적인 행동에 반발을 느껴 새침하게 말한다. 그러나 영설은 혜련의 신경질엔 아랑곳없는 얼굴이었다. 날라다 준 홍차를 한 모금 마신 뒤 혜련은,

"할 말씀이 있으면 해주세요."

순간 혜련의 목소리를 지워버리듯 음악이 크게 울려 나왔다.

"왜 그리 서두르세요? 저는 잡지사의 기자나 출판업자가 아닙니다."

영설은 유유히 담배를 피우고 있었다.

"용무부터 말씀해 주셨으면 좋겠어요."

"용무는 차차 생기게 됩니다. 우선 우린 자주 만나야 합니다."

영설의 목소리가 혜련을 억누른다.

"명령이세요?"

혜련은 자기도 모르게 쓴웃음이 나왔다.

"명령입니다."

"추근추근 귀찮게 구는 그런 징그러운 남성이 되실 작정이군요."

혜련의 입에서는 저절로 말이 나왔다.

"소설이나 영화에 나오는 악역처럼?"

"제발 인생의 악역은 되지 마세요."

"명령이신가요?"

"충고입니다."

혜련의 목소리는 차가웠다. 영설은 악인이 아닐지라도 그의 지나친 감정, 지나친 자기에의 성실은 결국 타인에게 피해를 입혀왔고 타인에게 불성실했으며, 배신까지도 서슴지 않았다고 혜련은 생각하였다.

영설은 입을 다물고 혜련도 고집스럽게 말을 하지 않았다. 그러나 혜련은 병원에서의 첫 대면에 있어서도 그러했거니와 지금도 자기의 감정이 갈팡질팡하는 것을 느꼈다.

밖에서는 비가 줄기차게 쏟아지고 있었다. 영설은 비가 멎기를 기다리는 듯 몇 번이나 창밖으로 눈을 돌렸다. 한동안 무섭게 퍼붓던 비가 좀 뜸해진다.

"나가십시다."

영설이 일어섰다.

"할 말씀이 없으면 전 돌아가겠습니다."

"장소를 옮겨 말씀드리죠."

영설은 우산까지 준비하고 있었다.

혜련은 혼자 남아 있을 수도 없어 찻잔을 한참 쳐다보다가 일어섰다.

거리에 나왔을 때 혜련의 마음은 변했다. 영설이 어떤 말을 하든 한번 들어보리라는 생각이었던 것이다. 흐트러진 정신에 균형이 잡힌 듯 자신에 대한 안정감을 느꼈다.

"우산 안으로 들어오세요."

영설은 우산을 펴 들고 말했다.

혜련은 아무 말 않고 모자를 썼다. 잠자코 그냥 걷는다. 영설은 혜련의 팔을 잡아끌었다. 혜련의 팔은 나무토막처럼 무겁고 움직이지 않았다.

"그럼 혜련 씨가 우산을 가지세요. 제가 비를 맞죠."

혜련은 우산을 받을 생각은 않고,

"지금부터 어딜 가시죠?"

"조용한 데 가서 저녁이나 할려구요."

"그럼 택시를 탑시다."

혜련이 지나가는 자동차를 보고 손을 들었다.

조용한 중국요릿집 이 층에 그들은 마주 앉았다. 희끄무레한 오렌지색 전등불이 혜련의 흰 블라우스를 비춰주고 있었다.

"지금은 어디 계시죠?"

혜련이 먼저 입을 열었다.

"직장 말입니까, 숙소 말입니까?"

"직장."

"학교, 두어 군데 나가죠."

"가족들과 같이 나오시지 않았어요?"

혜련은 영설이 입원할 때 윤성수가 수속을 밟던 생각을 했다.

"가족?"

"자녀분들은?"

"하하하……."

영설은 크게 웃더니 물수건으로 손을 닦는다. 혜련은 왜 웃는지 어리둥절했다. 자기의 물음은 조금도 웃을 만한 것이 아니었다고 생각했다.

보이가 음식을 날라 왔다. 영설은 물수건을 놓고,

"자아, 드세요."

먼저 젓가락을 들었다.

혜련은 본시 중국요리를 좋아하지 않았다. 거기다가 신경을 쓰기만 하면 음식 맛을 잃어버린다. 그는 무미한 고목을 씹듯 라조기를 씹었다.

"유혜련 여사의 소설 속에는 악역이 없더군요."

의심스럽게 쳐다보는 혜련을 영설은 보지 않았다.

"몹시 매력적인 배반한 사나이가 있을 뿐이더군. 그리구 여자는 그자를 여전히 사랑하구 있었지."

혜련은 얼굴에 이는 혼란을 감추지 못한다.

"제 소설 속의 주인공들을 이 선생이나 유혜련으로 보세요?"

"물론이죠."

"지나친 자부심입니다."

혜련은 억지로 웃었다. 영설은 태연했다.

"퇴원한 뒤 나는 유혜련이란 여류 작가를 많이 연구했습니다. 구할 수 있는 대로 책을 모조리 구해서 읽었고요. 유혜련 씨를 아는 사람한테 얘기도 더러 들었죠. 유혜련이란 여자는 비사교적이며, 어떤 좌석에서나 별로 말이 없는 냉정한 여자라구요."

"그래서 어떻단 말씀입니까? 저를 연구하셔서 작가론을 써주시겠어요?"

혜련은 모욕감에서 벗어나려고 애를 썼다.

"오늘은 말을 많이 하는데요? 나는 낙관해도 좋겠습니다."

영설은 씩 웃었다.

"명구는 술만 마시면 혜련 씨를, 혜련 씨가 밉다구 하면서 울었다죠?"

"누가 그런 되지 못한 소릴 했어요!"

"따님이 그러더군요."

순간 혜련의 얼굴이 파랗게 질린다.

"비겁해요! 철없는 것을 꾀어가지고 그게 무슨 짓이에요? 파
렴치하게."

혜련의 목소리는 험악했다.

"따님을 꾀었다구요?"

"꾀었지 뭐예요? 그런 비열한 수단으로 남의 가정의 내막까
지 수색하구. 차마, 차마, 신사로선 할 수 없는 일을……."

혜련은 극도로 흥분해 있었다. 더 심한 언사로 공박하지 못하
는 것이 안타까운 듯했다.

"오해하지 마시오. 그 얘길 들은 것은 진수가 명구의 딸이라
는 것을 알기 이전의 일이었소. 진수는 나보구 물었어요, 술을
마시면 죽고 싶으냐구. 그 얘기가 나온 김이었죠, 이북 간 아버
지는 술만 마시면 엄마를 밉다 하구 울었다 하더군요. 그때 나
는 아무것도 몰랐어요. 다만 그들 부부는 불행한 생활을 했구
나 생각했을 뿐입니다."

혜련은 잠자코 말았다. 영설의 마지막 말은 혜련에게 고통을
주었다. 명구의 우는 모습이 떠올라 그의 마음을 산란하게 했
다. 영설은 술을 마시고 있었다.

"나는 혜련 씨를 만난 후 진수의 말을 여러 번 생각했소. 그리

구 쾌감을 느꼈어요. 명구가 울었다는 것은 얼마나 재미나는 일입니까. 내가 명구를 저주하구 서 푼어치의 가치도 없는 내 감상을 저주하며 무기력한 세월을 보내구 있을 때, 명구가 행복했다면 그건 억울한 일이 아니겠소?"

영설은 술을 부어 마셨다.

"사랑의 희생이란 참 우스꽝스런 거요. 아이를 낳고 산다기에 제법 의젓하게 물러서 주었단 말이오, 미담 소설의 주인공처럼."

영설은 조소를 머금었다.

"한땐 이 여자, 저 여자로 내 청춘을 낭비했었소. 그런대로 세월은 좋기도 하구 나쁘기도 하구. 그러나 때때로 난 서울로 뛰어가고 싶었다. 뛰어가서 혜련을 끌구 오고 싶었다. 명구를 두들겨 패주고도 싶었구."

영설은 다시 술을 부어 마셨다.

"혜련 씨! 나한테서 아이 아범의 냄새가 납니까?"

"……."

"아직 결혼이라는 것을 해본 일이 없소."

"새삼스럽게 그런 말 왜 저한테 하시는 거예요?"

"유혜련은 시집을 갔는데 이영설은 장가를 못 들었으니 말이오!"

영설은 노여운 듯 술잔으로 테이블을 두들겼다. 술기가 돌아 마치 눈에 눈물이 괸 것 같았다.

"왜 혜련인 소설 속의 영설을 배반자로 만들었소? 왜 그 교활한 문명구를 소박하게 만들었소? 배반을 한 건 유혜련이구 배신을 한 놈은 문명구가 아니오!"

"뻔한 거짓말을 왜 하세요? 양심에 부끄럽지 않으세요? 남편을 모욕하는 말씀 삼가주시지 않으면 전 가겠어요."

혜련은 몸을 사리며 영설을 노려보았다.

"좋아요. 해석은 자유니까, 그러나 나는 내가 해석한 대로 행동할 테요!"

말이 끝나기도 전에 영설은 혜련의 팔을 홱 낚아챘다. 혜련의 가벼운 몸이 상 모서리를 돌아 영설의 무릎 위에 푹 쓰러졌다. 영설은 틈을 주지 않고 혜련을 껴안았다.

"다시는 놓치지 않겠다!"

숨이 막히게 입술이 입술을 눌렀다.

영설이 팔의 힘을 풀었을 때 혜련은 그를 밀어젖히고 벌떡 일어났다. 벗어 걸어둔 레인코트를 잡는다. 영설도 벌떡 일어나 혜련의 팔을 잡았다.

두 사람의 눈이 불을 뿜으며 부딪쳤다. 혜련의 몸이 팽팽하게 굳어지더니 전신으로 영설을 떠밀었다. 중심을 잃은 영설은 테이블을 걷어차고 나자빠졌다. 요리 접시가 와그르르 방바닥에 굴러떨어진다.

혜련은 층계를 밟으며 급히 내려갔다. 거리에 나온 혜련은 목이 타고 전신이 덜덜 떨리고 있음을 느꼈다.

비는 멎고 사방은 어두웠다. 아무 소리도 들리지 않고 아무것도 보이지 않았다. 혜련은 레인코트와 핸드백을 팔에 끼고 달음질쳐서 길모퉁이로 사라진다.

영설이 밖에 나왔을 때 이미 혜련의 모습은 보이지 않았다. 어둠만이 초조한 눈에 스며들었다.

손과 가슴, 그리고 얼굴과 입술에 혜련의 포스라운 피부의 촉감, 향긋한 머리 냄새가 아프도록 남아 있는데, 영설에게는 지금 어둠이 마치 먹물처럼 자기의 옷자락을 적시고 입술로 하여 마음속까지 그 먹물이 흘러 들어오고 있는 것만 같았다.

영설은 그 길로 바에 갔다. 술을 진탕 마셨다. 그리고 노랑머리에 회벽처럼 분을 바른 여급을 하나 끼고 거리로 나왔다. 빗물로 번들번들한 아스팔트 길 위에 부서진 광선을 쏟아부으며 자동차가 지나갔다.

"리자! 우리 오늘 밤 고, 고락을 같이하지?"

"예스! 그러나 전 리자가 아니에요?"

여급도 영설과 같이 이리저리 몸을 흔든다.

"리, 리자는 말이야, 내, 내가 만주서 데리고 살던 백계 러시아의 계집이야. 머리가 블론드지."

영설은 여급의 노랑머리를 잡아끌며 주정을 부렸다.

6. 나르시쇼스

"에이!"

병림은 빗물에 젖은 머리를 털털 흔들며 한외과로 뛰어 들어 갔다. 진찰실에서 내다보던 미스 리가 알은체하고 들어갔다. 날씨 탓인지 복도에는 기다리는 환자도 없이 조용했다.

병림은 안으로 들어가서 성큼성큼 진수 방으로 걸어갔다. 창 밑에 앉아 수를 놓고 있던 진수는 깜짝 놀라며 일어섰다.

"어마! 병림 오빠, 물에 빠진 생쥐 같네."

오빠라는 말이 어색하지 않을 만치 이미 둘은 친해 있었다.

"지독하게 퍼붓더군."

하며 병림은 와이셔츠의 단추를 끌러 털털 털었다.

"성미도 급하셔. 기다렸다 비가 멎으면 오시잖고."

진수는 얼른 수건을 집어 병림한테 내밀었다. 수건을 받을 때

서로의 손이 스쳤다. 병림은 진수의 손이 참 따뜻하다고 생각하였다. 그는 머리를 문지르면서,

"추운데."

씽긋 웃는다. 입술이 파아랬다.

"어떡허나? 옷을 벗으셔야 할 텐데."

진수는 병림의 아래위를 훑어본다.

"차차 마르겠지. 괜찮아."

"감기 들어요."

진수는 돌아서서 옷장 속을 뒤진다. 그러더니 무엇을 하나 끄집어냈다.

"옷 벗구 이거 입으세요."

"뭐? 이걸 입으라구?"

병림은 진수가 던져준 것을 펼쳐보았다.

"내 가운이에요."

"어림도 없다. 팔도 하나 안 들어가겠는걸."

"그래두, 그거 너무 커서 난 못 입는데……."

"안 된다니까."

병림은 창가로 걸어가서 밖을 내다보며,

"무슨 놈의 날씨가 이 모양이야?"

방바닥에 놓인 가운을 우두커니 바라보다가,

"아, 됐어요."

진수는 외치면서 이번에는 분주히 벽장을 뒤지기 시작한다.

"호호호……."

진수는 하얀 베 같은 것을 꺼내 입을 막고 웃는다.

"이거라도 뒤집어쓰세요. 시트예요. 나 다리미 갖고 올게요."

진수는 식모 방으로 쫓아간다.

"아주머니, 다리미 좀 주어요."

"뭣하게요?"

낮잠을 자고 있었던지 식모는 부스스 일어났다.

"아이, 그만 달래니까."

진수는 다리미를 갖고 부리나게 방으로 돌아왔다.

병림은 진수가 시킨 대로 바지와 와이셔츠를 벗어놓고 시트를 몸에 감고 있었다.

"호호호…… 꼭 로마 사람 같네."

병림도 자기 모습을 이리저리 살펴보며 픽 웃었다. 진수는 다리미 코드를 끼워놓고 뜨거워지기를 기다렸다. 그는 무릎을 모아 양팔로 감싸 안으며,

"우습지 않으세요?"

"뭐가 우스워. 추위가 놓여 아주 기분이 좋은데."

다리미가 더워지자 진수는 와이셔츠부터 펴서 다리기 시작한다.

병림은 다림질을 하고 있는 진수의 손을 바라보며 휘파람을 분다. 하얀 시트를 감고 있으면서도 그것이 조금도 우습지 않은지 휘파람을 부는 병림의 입모습이 소년처럼 맑다.

"거 틀렸어요."

진수는 다림질하는 손을 멈추지 않고 곡이 틀렸음을 지적한다.

"……?"

진수는 병림이 휘파람으로 분 〈아를르의 여인〉의 틀린 부분을 되풀이하여 휘파람으로 불러준다.

"남학생처럼 휘파람을 썩 잘 부는데?"

"뭐 여학생은 불면 못쓰나요?"

"대체로 남학생이 잘 분단 말이지."

"병림 오빠는 충청도 양반이라 생각이 구식이에요."

"충청도 양반을 찾는 진수가 구식이지, 왜 내가 구식이야?"

병림은 눈을 치뜨고 말했다. 이마에 굵은 주름이 두 개 쫙 그어졌다.

"병림 오빠는 가끔 엄마 같애."

창밖에는 나뭇잎이 파랗게 비에 젖어 흔들리고 있었다. 빗방울이 후두둑후두둑 창에 들이친다.

"여성적이란 말인가?"

"구식이란 말이에요."

진수는 고개를 들고 꺄르르 웃었다.

"참 조용하군. 마치 산속에 들어앉은 것 같다."

"비가 오시니까 그래요. 그리고 집에 아무도 없으니까요."

"참, 아까 선생님 만났어."

"어디서요?"

"도청 앞에서 만났어. 비를 맞고 가시던데."

"거긴 또 뭣하러 가셨을까."

"레인코트를 입구 가시는 모습이 꼭 진수 같았어. 신비하던 데!"

"누가요? 엄마가요?"

"음."

"참 우리 엄만 이상해. 이해할 수 없는 성격이에요. 엄마도 한 번 멋지게 연앨 해봤으면 좋겠어요. 왜 그리 우울한지 몰라요."

진수는 이맛살을 찌푸렸다.

"아버지한테 동정이 없군."

"아버지? 아버지도 불쌍하긴 하지만 어머니가 더 불쌍한 것 같아요. 어머닌 아마, 아버질 좋아하지 않았던 것 같아요."

"……?"

"난 엄마만 보면 고독을 느껴요. 왜 그런지 나도 모르겠어요."

진수는 셔츠의 주름을 펴면서 어른답게 말하였다.

"사람은 모두 다 고독한 거야."

병림은 담배 피우는 사람들이 연기를 내어 뿜을 때처럼 눈을 가느스름하게 떴다.

"모두 다 고독하다면 왜 살고 있을까?"

진수는 죽는 일과 마찬가지로 고독이라는 것이 무서웠다.

"사랑하기 때문에 사는 거지."

병림은 서슴지 않고 대답하였다.

"그렇다면 고독해질 리가 있나요?"

"사랑하니까 고독한 거지. 인간이나 모든 사물, 자연에 애착을 갖기 때문에 고독한 거야."

"그럼 사랑하지 않으면 고독하지 않겠네요?"

"살아 있는 한 인간은 사랑하지 않고 애착을 버리고 있을 수는 없다."

"병림 오빠도 그럼 누굴 사랑하고 계세요?"

진수의 눈이 휘둥그레졌다. 병림은 껄껄 웃었다. 몸에 감은 하얀 시트가 흔들렸다.

"반드시 남녀 간의 사랑을 말한 건 아니야."

"그러면요?"

"이 세상에 있는 모든 것을 두고 한 말이야. 사람이나 짐승이나 하늘이나 산, 바다, 나무 한 그루까지. 생각해 봐. 나무 밑에 조그마한 개미 한 마리가 기어간다구 생각해 봐. 무서운 고독이지. 그것은 모두 세상에 있기 때문이요, 스스로 애착을 갖는 때문이야."

"묘한 말을 다 하시네! 어떻게 나무랑 하늘이랑 벌레가 고독을 느낄까?"

진수는 병림의 말허리를 꺾었다.

"인간의 눈과 마음을 통하여 그걸 느끼지."

병림은 웃었다.

"참 이상도 해. 마치 부처님 같은 소릴 하셔."

"그럼, 부처님도 사람이기 때문에 나하구 같은 말을 한 거야."

"병림 오빤 비관주의자네요? 아주, 그래서 엄마 같다는 거예요."

"언제 내가 고독을 슬프다 했나?"

"고독은 슬픈 것 아니에요?"

"아니지. 고독에 철저하면 영웅이 되는 거야. 깊이 사랑하면 그만큼 깊은 고독을 아는 거구."

"그럼 영웅이 아니라 성인이 되겠어요."

진수는 밉상을 피운다.

"성인은 매력이 없다. 인간 이상도 인간 이하도 되어서는 안돼. 인간 이상은 위선자요, 인간 이하는 동물이니까. 인간은 인간에 대한 욕망을 추구해야 돼."

"치! 고독에 철저하면 욕망이 생기나 봐?"

병림은 검실한 눈을 깜박거리며,

"진순 여간내기가 아닌데!"

"그 말은 고모의 입버릇이에요. 걸핏하면 그러는데 병림 오빠도 고몰 닮아가나 봐?"

"하 그 참, 난 그럼 칠면존가? 엄마도 닮았다가 고모도 닮고……."

"아무튼 장차 병림 오빠 애인은 행복하겠어요. 깊이 사랑하구, 호호……."

"뭐야? 사람을 놀리는 거야?"

진수는 다리미를 놓으면서,

"이제 다 됐어요. 옷이나 갈아입으세요."

진수는 일어서서 다리미를 들고 밖으로 나간다.

병림은 시트를 벗어 던지고 주름살 하나 없이 깨끗하게 다려진 옷을 입기 시작한다. 우유 냄새라도 풍겨올 듯 어리게만 보이던 진수가 옷을 벗을 때도 다리미를 가지러 나갔고, 지금 옷을 입을 때도 다리미를 두러 나갔다. 병림은 그것이 퍽 자연스러웠다고 생각하였다. 자연스럽다고 생각하니 도리어 병림의 마음이 이상하였다. 언제나 자연스러운 진수를 대하고 있노라면 기분이 상쾌하고 편하였는데 지금의 경우는 그렇지가 않았다. 소녀라는 것에서 이성이라는 것으로 분위기와 감정이 비약하는 것을 병림은 느꼈다.

병림은 허리띠를 졸라매면서 자기도 모르게 씩 웃었다. 싱싱한 쾌감이 아직 온기를 남기고 있는 옷에서 오는 촉감과 더불어 혈관으로 흘러내렸다.

진수는 좀처럼 돌아오지 않았다. 비는 좀 멎은 모양이다. 바람이 부니 향나무에서 빗방울이 떨어졌다.

'이렇게 날씨가 궂은데 이 집 식구들은 다들 어디 갔을까?'

거기에 생각이 미치자 병림은 명희의 기묘한 성격이 생각났다. 밖에서 이따금 준과 같이 만날 때는 자못 명랑하고 익살스럽고 말이나 행동이 경쾌한데, 집에서 가족과 같이 만날 경우에는 언제나 입이 무거운 명희였다. 그리고 먼 산이라도 바라보는 듯 흐릿한 표정이 되는가 하면 눈이 번득번득 빛나기도 하였다. 그러나 병림은 형의 가정생활이 불행하리라고 생각한 일은 없었다.

"병림 오빠, 커피 끓여 왔어요. 춥다고 하시기에."

뒤에서 진수의 목소리가 들려왔다.

"아참, 고맙군. 그러지 않아도 따끈한 커피 생각이 났는데."

병림은 방바닥에 털썩 주저앉으며 커피잔을 들었다.

"써요? 그럼 설탕 더 치세요."

진수는 설탕 그릇을 병림 앞으로 밀었다.

"진수는 애긴 줄 알았더니 제법이군. 아까 양복 다릴 때도 깜찍스런 작은 엄마 같았어."

병림이 넌지시 바라본다.

"애기라 하는 소리 제일 듣기 싫어요. 엄마도 고모도 아저씨도, 모두 날 애기 취급이에요. 제발 병림 오빠 그러지 마세요. 난 벌써 어른이 다 됐는데, 얼마나 어른답다구요? 집에서 부엌일 돕는 사람은 저뿐이에요. 가끔 그릇을 깨기는 했어두."

진수는 종달새처럼 웃었다. 병림은 역시 진수는 여자이기보다 아직 동녀라 생각하였다.

"오늘 아침에도 아주머닐 도와 반찬 만들었어요. 그런 일 하는 것 참 즐거워요. 고모도 병림 오빠 오신다구 찬 걱정이랑 했는데 그만 안 오시니 화가 나서 나가버렸어요. 아마 지금쯤 극장 한구석에 혼자 우두커니 앉아 있을 거예요."

"형님은 어디 가셨기에?"

"아참, 병림 오빠 모르시는군요. 대구 가셨어요. 아저씬 군의
관이거든요. 두어 달 못 오신대요. 육군병원에 가셨대요."

"응, 그래?"

"아저씬 참 좋은 분이에요. 고모가 밤낮 심술부려도 내버려두
거든요."

병림은 그 말이 좀 가슴에 걸렸다.

"형수씨는 밤낮 밖에 나가시는군."

악의가 있어 한 말은 아니었다.

"유일한 취민데요."

"취미?"

"고몬 밤낮 불안하대요. 그래서 집에 있기가 싫대요. 아마 애
기가 없어 그런가 봐요."

진수는 식모의 말을 빌려 아기가 없어 그런가 보다고 했다.

한참 재재거리다가 진수는 건너편 입원실을 쳐다본다. 영설
이 생각이 났다.

"깍쟁이 선생님!"

"무슨 소리야?"

병림이 의아해한다.

"아, 아무것도 아니에요."

그러나 진수는 이내 말이 하고 싶어졌다.

"보고 싶은 사람이 한 분 있어요. 병림 오빠, 나 가끔 그분 생
각이 나면 울고 싶어요."

진수는 기어이 말을 했다.

"누군데? 아버지?"

"아버진 단념해 버렸어요."

"……."

"선생님이에요."

"선생님?"

"네, 저기 계셨어요."

진수는 입원실의 창을 가리켰다. 그리고 이영설에 관한 이야
기를 병림에게 들려준다.

어디를 어떻게 거쳐서 병원 앞까지 왔는지 모른다. 한외과라
씌어진 간판을 올려다보았을 때 혜련은 기묘한 기분이 들었다.
뿌연 가등이 아까 중국요릿집에서 본 그 오렌지색 전등을 연상
시켰다.

혜련은 또다시 가슴이 타는 것을 느꼈다.

"내가 어디로 헤매어 왔을까? 오기는 용케 왔구먼."

막연히 지껄여 본 말이었다. 명희의 방 앞을 지나칠 때 혜련
은 걸음을 빨리했다.

자기 방으로 들어간 혜련은 진수의 뒷모습에 소스라치게 놀
란다. 조금도 놀라워할 만한 일은 없었다. 진수는 언제나처럼

앉아 있을 뿐이었다. 혜련은 진수 곁으로 다가가서 의자 모서리
에 손을 얹으며,

"진수야!"

하고 불렀다.

"왜요, 엄마?"

지그시 쳐다보는 혜련의 눈앞에 진수가 불쑥 일어섰다. 혜련
은 갸름하고 고운 손을 들어 이마 위에 흘러내린 진수의 머리칼
을 쓸어 올려준다.

진수의 눈이 휘둥그레졌다. 혜련의 그런 애무도 갑작스러운
일이었지만, 혜련의 눈에는 슬픔이 가득 차 있었기 때문이다.
이렇게 노골적으로 감정을 표시하는 일은 드물다.

"어머니, 왜 그래요?"

진수는 엄마를 어머니라 고쳐 불렀다.

"아니다, 아무것도 아니다."

혜련은 진수를 밀어내고 창가로 갔다. 그리고 우두커니 건너
편 병실을 바라본다. 불이 꺼진 병실 창문에는 이편 방의 불빛
이 반사되어 창살이 차갑게 드러나 있었다. 그 위로 나무 그림
자가 어른거린다.

"병림 씨가 왔었지?"

혜련은 돌아보지 않고 물었다.

"네, 오셨어요. 흐흐흠."

진수는 병림의 말이 나오자 킥킥거리며 웃었다. 웃으면서 물

에 빠진 생쥐처럼 비를 쪼르르 맞고 왔더라는 둥 시트를 둘러 씌워 놓고 젖은 옷을 벗겨 다려주었다는 둥, 하얀 시트를 감고 있는 병림의 모습이 마치 그림에서 본 로마의 젊은이 같더라는 둥, 신이 나서 지껄여댄다.

"고모는 이내 왔던?"

혜련은 양손으로 얼굴을 쓸면서 묻는다.

"병림 오빠하고 커피 마시고 있는데 고모가 오셨어요. 영활 보다가 시시해서 그만 나와버렸다나요? 그래서 병림 오빠하고 트럼프 놀일 했어요. 고모가 지면 다음 일요일 송도로 해수욕 가기로 하고요. 병림 오빠하고 제가 지면 노래를 부르기로 했는데 그만 고모가 져버렸어요."

"……."

"어머니, 어머니도 가세요. 송도 말이에요."

"……."

"안 가세요, 어머닌?"

"글쎄……."

"가세요. 미친 소 아저씨도 같이 데리고 가기로 했어요."

"미친 소가 뭐냐? 강준 아저씨라 불러야지."

혜련이 나무란다. 진수는 이불을 후딱후딱 꺼내어 자리에 깔기 시작한다.

"아아, 우습다. 병림 오빠는 참 멋쟁이야. 시트를 휘감고 있어도 얼간이 같지 않고 천사만 같애."

진수는 이불 위에 덜퍽 드러누우며 팔베개를 하고 은밀한 미소를 짓는다.

혜련은 마치 그림자처럼 움직이지 않고 서 있었다. 혜련의 귀에는 빗소리가 싸! 하고 들려왔다. 그러나 실상 비가 내리고 있는 것은 아니었다. 거무죽죽한 하늘에는 별이 한두 개 가물거리고 있었다.

혜련의 귀에는 여전히 빗소리가 들려왔다. 그 빗소리 속에 영설의 숨결이 허덕이고 있었다. 폭넓은 목소리도 들려왔다.

혜련은 창문을 닫았다. 잠옷으로 갈아입는다.

'아차! 내가 라이터를 돌려주지 않았구나.'

혜련은 핸드백 속에 넣어둔 라이터에 생각이 미쳤다. 돌려주지 못한 것은 고사하고 라이터가 핸드백 속에 들어 있다는 일조차 잊어버리고 있었던 것이다.

'내가 확실히 흥분했었어.'

자리에 들었다. 진수는 베개 위에 턱을 얹고 있다가 혜련에게로 돌아눕는다.

"어머니."

"……."

"병림 오빠가 말이에요, 이 세상에 있는 모든 것은 다 고독하대요. 그건 사랑하고 애착을 갖는 때문이라나요."

"그런 소릴 너보구 하더냐?"

혜련은 말의 내용이 심상치 않다고 생각했다. 진수는 죄지은 표정으로 목을 움츠리며 혜련을 흘끗흘끗 쳐다본다.

"어머니가 고독해 보인다고 했더니……."

"또 쓸데없는 말을……."

혜련은 진수를 책망한다. 동시에,

'명구는 술만 마시면 혜련 씨를 밉다구 하면서 울었다지요?'
하던 영설의 말이 머리에 떠올랐다. 그러나 쓸데없는 말을 한
진수를 노엽게 생각하는 마음은 없었다. 진수는 재잘거리고 있
었다.

"……나무 밑을 기어가는 한 마리의 개미를 볼 때 무서운 고
독을 느낀다는 거예요. 세상의 온갖 만물은 애착을 갖고 사랑
하고 그래서 고독하다는 거예요. 우습지 않아요? 어떻게 벌레
나 하늘이나 나무가 사랑을 알고 고독을 알아요?"

진수의 눈이 신기스럽다는 듯 빛났다.

"병림 씨는 건전한 사람인 줄 알았는데 위험한 사상을 갖구
있구나."

젊음이 싱싱하게 넘쳐흐르는 듯한 병림이 그런 말을 했다는
것이 혜련에게 이상한 감을 주었다. 창백한 염세주의자가 할 법
한 말이었기 때문이다. 그리고 자기 자신의 마음을 좀먹어 가는
말이기도 하다고 생각하였다.

"병림 오빠는 풀잎이나 벌레 같은 것이 느끼는 고독을 사람의
눈을 통하여 마음을 통하여 알 수 있다는 거예요. 제가 놀려주
었죠. 부처님 같은 말을 한다고. 그랬더니, 부처님도 자기와 같

은 사람이기 때문에 같은 말을 한 거라나요. 병림 오빠는 고독이 슬픈 게 아니래요. 고독에 철저하면 영웅이 된다는 거예요."

"그만 자거라. 너에게는 고독이 안 온다. 넌 축복받은 애야."

혜련은 중얼거리듯 말하였다. 그러나 가슴이 뻐근하게 아파 왔다. 진실로 신 앞에 무릎을 꿇고 진수의 축복을 빌고 싶었다. 고독하지 않기를 빌고 싶었다.

지껄이고 있던 진수의 눈이 가물가물해지더니 이내 잠이 들어버렸다. 슬그머니 열려진 입술 사이로 규칙적인 숨소리가 새어 나온다.

혜련은 진수의 눈을 덮고 있는 머리칼을 쓸어 넘겨주고 전등불을 꺼버렸다. 눈을 감았다.

비 오는 거리가 지나갔다. 중국요릿집의 뿌연 전등불이 어른거렸다. 불을 뿜으며 부딪쳤던 영설의 눈이 가슴 위에 내리덮인다. 싸! 하고 내리는 빗소리, 영설의 목소리가 나직나직이, 이어 높다랗게 울려온다.

시계가 벙! 하고 한 번 쳤다.

팔월의 강렬한 태양이 폭포처럼 내리쏟아지는 송도 해변에는 바야흐로 나체의 향연이 벌어지고 있었다. 거추장스러운 의상이나 일상적인 풍습 따위는 훌렁 내던져 버리고 있는 대로의 모습이 장소를 가리지 않고 아무 데나 뒹굴고 있었다.

코발트빛 수영복을 입은 명희는 밀짚모자로 얼굴을 가리고 모래 위에 양다리를 쭉 뻗고 누워 있었다. 햇빛이 사정없이 쏟아지는데 명희의 풍만한 육체는 마치 광선을 튕겨버리듯 매끄럽고 투명하고 희다. 아무렇게나 내던진 팔과 솟은 듯한 유방에서 배에 이르는 굴곡, 미끈한 다리, 명장明匠의 조각처럼 아름답다.

싸아! 하고 몰려오는 파도 소리, 고함 소리, 웃음소리, 머리 위의 모래를 사박사박 밟으며 지나가는 사람들의 발소리.

명희는 태평성세인 양 잠을 자고 있는 것 같았다. 그러나 명희는 밀짚모자로 얼굴을 가리고 눈을 감았을 뿐 잠을 자고 있는 것은 아니었다. 도리어 그의 오관은 명석한 활동을 하고 있었다. 아니 도리어 파도와 같이 거센 격동으로 몰려가고 있었다.

사람들이 우글거리는 광장에서 명희는 마치 하나의 흑점처럼 잡념과 초조와 오뇌에 응고되어 가는 듯했다.

'오만한 사내, 자신이 넘쳐흐르는 사내…… 고의로, 그의 무관심은 의식적인 것이다.'

그렇게 마음속으로 뇌었으나 고문을 당하듯 가슴이 답답하였다.

시동생이라는 것, 자기가 남편 있는 여자라는 것, 병림의 나이가 젊다는 것, 그러나 그것은 지금의 명희한테 있어서 문제가 아니었다. 습관성의 비정상이나 윤리에서 오는 죄의식 같은 것을 명희는 무시하려 들었다.

'감정을 누가 구속해? 어림도 없다. 위선자가 되란 말인가?

흥.'

　명희의 고민은 자기의 감정을 상대가 받아주지 않는 곳에 있었다. 병림의 무관심과 반응이 없는 태도에 있었다.

　병림은 한 번도 명희를 이성의 눈으로 바라본 일이 없었다. 명희의 세심하고 능동적인 시도는 번번이 묵살을 당해왔던 것이다. 형수로서 깍듯이 대해주는 병림이었다. 언제나 예의를 잃지 않는 정중한 태도였다. 냉정한 목소리, 그것들은 얼마나 날카로운 비수가 되어 명희의 심장에 와 꽂혔던가.

　'그는 지금 물속에서 천천히 헤엄질하고 있겠지. 하늘처럼 근심 걱정 없는 마음으로 희망에 찬 미래를 생각하구 있겠지. 아니, 미래의 애인을 저 많은 여자들 속에서 찾구 있는지도 몰라.'

　젊은 놈팡이들이 명희 옆을 지나치다가 그의 아름다운 나체에 주목한다. 그들은 명희의 얼굴을 한번 보고자 일부러 모래를 차 던지곤 한다.

　"이야! 그 참 멋있다! 곡선미가 그만인데!"
하며 지나가는 사내들도 있었다. 명희는 얼굴에서 미끄러지는 밀짚모자를 끌어 올릴 뿐이다.

　"저 허벅지 좀 보게! 그야말로 눈덩이 같구나. 그 하룻밤만 끼구 잤으면 단박에 죽어두 한이 없겠다."

　술에 취한 사나이가 거슴츠레한 눈으로 명희를 바라보며 지껄여댔다.

　"예끼! 이 사람."

동행인 사나이의 말이 미처 끝나기도 전에 명희는 벌떡 일어났다. 그는 양손으로 모래를 쓸어 모았다. 모래는 취한의 얼굴로 날았다.

　"악!"

　취한은 얼떨결에 머리를 쩔레쩔레 흔들고 양손으로 눈을 비비며 어쩔 줄을 모른다.

　명희는 어쩔 줄 몰라하는 취한의 꼴이 우스웠다. 고소를 띠며 밀짚모자를 머리에 눌러쓰고 턱을 약간 쳐들며 모자 끈을 여민다.

　"되지 못하게! 염병할 년이!"

　취한이 주먹을 휘둘렀다. 정강이와 가슴팍에 시꺼멓게 털이 엉겨 붙어 마치 짐승처럼 무지하게 보인다.

　"잠자코 꺼져버려. 정강이가 부러지기 전에."

　명희는 불량소년과 같은 용어를 사용했다. 목소리도 굵직했다. 안색도 변하지 않았다.

　"무엇이!"

　취한은 명희의 뺨이라도 갈길 듯 덤볐다. 그러나 일행인 사나이의 제지를 받고 몸이 휘청거렸다.

　"이게 무슨 짓이야? 여보 색시, 당신도 술 취한 사람에게 그러다간 망신만 당할 게 아니오?"

　제법 점잖게 꾸짖는다. 이치는 돌산처럼 털 하나 없었다. 맨들맨들한 몸뚱어리에다 머리까지 반들반들한 대머리였다.

"이 쌍, 쌍년이 누, 누굴 보구……."

털보는 대머리한테 잡힌 팔에서 벗어나려고 날뛰며 여전히 욕설이다.

"이 거지 같은 새끼야. 여길 사창굴로 알았나? 술을 처먹었으면 아가리로 처먹었겠지."

역시 불량소년과 같은 어조다.

명희는 선글라스를 벗는다. 누굴 찾는지 바다 쪽으로 눈을 돌린다. 태연하다. 배짱이 센 태도다.

"이거, 이거 뒈질려구 이, 이러나?"

구경꾼이 모여들었다. 그 구경꾼들을 헤치고 병림이 들어선다.

"왜 그러우?"

병림이 털보 앞에 버티고 서서 침착하게 묻는다.

"저, 저년이, 글쎄……."

하며 털보는 대머리한테 잡힌 팔을 뿌리치고 명희의 어깨를 홱 낚아챈다. 명희의 몸이 좌우로 흔들렸다. 순간 병림의 커다란 손이 털보의 팔을 덥석 잡았다.

"왜 이러는 거요?"

병림의 노기 띤 목소리다.

"넌 뭐야?"

털보는 잡히지 않는 한 팔을 들어 병림의 얼굴을 후려쳤다. 병림은 사나이를 밀어 던졌다. 사나이는 재빨리 일어섰다.

"이 새끼 뉘한테 덤비는 거냐? 맛 좀 보간?"

사나이는 병림의 다리를 걷어찼다. 그러나 병림이 더 날쌔었다. 사나이는 다시 모래 위에 궁둥방아를 찧고 말았다.

싸움은 본격적으로 시작되었다. 대머리까지 끼어들었기 때문이다. 진수와 준이 왔다. 진수는 그 광경을 보고 엉엉 소리를 내어 울었다.

"준 아저씨, 말리세요!"

그러나 준은 병림의 완력을 믿는지 멀찌감치 서서 구경만 한다. 명희의 얼굴에는 땀이 솟아나고 있었다.

누가 들어가 뜯어말리지 않아도 싸움은 곧 끝났다. 두 사람이 공격을 해도 병림은 그들을 여유 있게 다루었다. 결코 먼저 치는 법이 없었다. 공격을 막을 뿐이었으나 그들이 번번이 나둥그러지곤 했다. 그들은 고래고래 소리를 질렀으나 별수 없었다. 병림은 힘이 세다기보다 남다른 무술武術을 몸에 지니고 있는 모양이었다.

취한들은 욕지거리를 하면서 달아났다. 구경꾼들 속에서,

"싸움도 사내답게 하지만 얼굴도 참 잘생겼다."

하며 감탄하는 소리가 들려왔다.

"두 놈이 한 사람을 못 이겨? 비겁하다. 도망치지 말고 더 싸워라!"

청년들의 야유의 소리도 들려왔다.

병림은 양미간을 모으며 모래 위에 놓인 그들의 소지품을 집

어 들었다.

"장솔 옮깁시다."

병림은 시비곡절도 묻지 않고 명희의 팔을 끌었다.

"고모, 왜 그랬어요?"

진수는 놀란 비둘기처럼 가슴을 할딱이며 명희 팔에 매달
렸다.

"내가 깡패 흉낼 냈지."

"어머나!"

"그 작자가 날 때리나 안 때리나 시험해 볼려구."

자조의 웃음이 입가에 돌았다. 명희는 사내들의 음탕한 희롱
에 모욕을 느꼈기보다 누구하고라도 싸움을 하고 싶었는지 모
른다. 사랑은 슬픈 것, 운명은 가혹한 것하며 얌전하게 여자의
위치를 지키는 일이 메스꺼웠는지 모른다. 남자들처럼 덤벼들
고 싶었던 것이다.

비쩍 마른 준의 긴 다리와 힘의 상징인 듯 완강한 병림의 어
깨를 바라보며 모래를 밟고 가는 명희의 발꿈치가 노을빛처럼
곱다. 아기 울음 같은 갈매기의 울음이 파도 소리에 명멸하고
있었다.

조용한 자리로 옮겨온 그들은 오렌지주스를 꺼내어 마셨다.
승리를 위하여 하며 진수가 컵을 쳐들었으나 모두가 기분이 가
라앉지 않는 모양이었다.

"참 혼났어요. 지금도 가슴이 뛰어요."

진수는 가슴에 손을 얹고 웃었다.

"두 놈 다 싱거웠지. 서너 놈 됐음 볼만했을 거요."

준이 담배를 피우며 진수의 말을 받는다.

"병림 오빠가 맞으면 어떡해요?"

진수는 못마땅한 표정이다.

"유도 이 단짜리가 맞아요?"

"거짓말 마세요."

병림은 준의 말을 막으며 털썩 주저앉는다.

"유도는 언제 배우셨어요?"

명희가 화난 목소리로 묻는다.

"형한테 배웠죠. 형은 정말 셉니다."

"이북에 가신 형님 말씀이세요?"

"네."

"뭐 할려구 배웠을까?"

"싸움할려고 배웠겠죠."

병림은 픽 웃었다.

얼마 동안 잡담을 하다가 병림과 준은 물에 들어가고 명희는 지친 듯 그대로 앉아 있었다. 진수는 수박을 사 온다고 매점으로 쫓아갔다. 그러더니 이내 수박 한 덩어리를 안고 시근덕거리며 돌아왔다.

"모두들 오세요! 수박 잡숫게요."

진수가 소리치자 그들은 물방울을 뚝뚝 떨어뜨리며 올라왔다. 병림은 머리를 좀 수그리고 머리칼 속에 손을 쑤셔 넣으며 물을 털었다. 그 모양을 가만히 보고 있던 진수가 명희한테 고개를 돌리며,

"나르시소스 같죠?"

"나르시소스?"

명희의 목소리가 메아리처럼 돌아왔다.

"희랍 신화의 나르시소스 말예요."

"남성미의 극치란 말씀이군. 무상의 찬산데!"

수박을 쪼개면서 준이 말했다.

"찬사? 천만에."

"어째서?"

준은 고개를 쳐들고 명희를 본다.

"나르시소스는 자기도취자거든. 남을 사랑할 줄 모르는 불구자란 말이야. 그래서 님프, 에코의 저주를 받았지."

명희의 눈은 강렬했다. 그 눈에는 자기의 사랑을 병림이 거절할 때 그도 또한 저주를 받으리라는 뜻이 숨어 있는 것 같았다.

"여자의 집념이란 무섭군."

"무섭지."

준에게 답하는 명희의 입술은 붉었다. 병림은 말이 없었다. 상아처럼 반반한 이마에 쏟아진 머리칼 하나 움직이지 않았다. 명희는 그의 얼굴에다 손톱을 세워 짝 그어주고 싶은 증오감을 느꼈다.

소슬한 가을 바람이 불어왔다. 널찍한 플라타너스의 낙엽이 한 잎 두 잎 가로에 뒹굴고 있었다. 황혼이 찾아드는 거리였다. 라디오점에서 서부영화의 주제가인 듯한 노래가 흘러나온다.

엷은 코트에 여윈 몸을 감싸고 혜련은 걷고 있었다. 그는 K회관으로 가는 길이었다. 소설가 석추우石秋雨 씨의 출판기념회에 참석하기 위하여 가는 것이다. 석추우는 혜련의 대선배로서 그의 재질을 최초에 인정해 준 사람이다.

이번 출판이 물론 처녀 출판은 아니었으나 전시戰時의 어려운 사정에서 책이 나온 일이 대견하다 하여 그의 주변 사람들이 발기해서 출판기념회를 갖기로 했던 것이다.

K회관에는 벌써 여러 곳으로부터 보내져 온 화환으로 장식되어 있었다. 두드러지게 큰 화환은 석추우 씨가 창작을 하는 한편 문학 강좌를 맡고 있는 H대학교에서 보내온 것이다.

혜련이 복도에서 김 기자와 김서보를 만나 인사를 나눈 뒤 회비를 내고 사인북에다 이름을 적으려고 펜을 잡았을 때 그의 낯빛이 좀 변했다. 이영설의 사인이 있었기 때문이다. 혜련은 동명이인이 아닌가 생각했으나 틀림없는 이영설의 필적이었다.

혜련은 사인을 마치고 복도에서 서성거리고 있는 사람들을 조심스럽게 살핀다. 혜련의 시선은 한곳에 가서 머물렀다. 약 십 미터가량 떨어진 곳에 영설이 서 있었다. 벽을 등지고 서서 담배를 피우고 있었다. 혜련이 온 것을 아는지 모르는지 그는 맞은편 벽에 나붙어 있는 포스터를 바라보며 담배 연기를 내뿜고 있었다.

'여길 왜 왔을까?'

혜련은 김 기자 뒤에 몸을 숨겼다. 어떤 일이 벌어질 것 같은 예감이 들어 전신에 가벼운 전율을 느꼈다. 그러나 이대로 돌아갈 생각은 없었다.

"나왔구먼. 여사께서는 어려운 행차신데?"

어느새 왔는지 박현주가 혜련에게 악의에 찬 인사를 했다. 혜련이 잠자코 있는데,

"석추우 씨의 출판기념회니 안 나올 수야 없지. 석 선생께서 매우 섭섭해할 테니 말이야."

하고 덧붙였다.

혜련의 얼굴에 잠시 무엇이 스쳤다. 아주 식별하기 곤란한 것이었으나 미소 같은 것이었다. 박현주의 얼굴이 붉어진다. 초연한 혜련의 태도는 언제나 박현주의 심한 적의와 패배감을 불어넣는 것이 되고 만다.

"들어갑시다, 유 여사."

김 기자는 미묘한 분위기를 휘저어 버리듯 말하였다. 박현주는 날이 선 눈으로 김 기자를 흘끗 쳐다보았다. 들어가십시다, 박현주 씨. 그렇게 했어야만 그의 열등감은 잠잘 수 있었던 것이다.

회장 안으로 들어가 구석진 곳에 자리를 잡았을 때 혜련은 테이블 위에 팔을 받치고 이마를 짚었다. 영설의 출현은 그의 마

음을 산란하게 했다.

"여보 김 형, 그러지 맙시다. 그래 욕하는 글만 실리기요? 도무지 신문쟁이란 문인들을 까닭 없이 적대시한단 말이야."

김서보의 푸념이다.

"욕하는 글이라도 실렸으니 김서보 씨가 유명해지지 않았소."

얼마 전에 B신문에 실린 젊은 평론가의 시평詩評을 두고 하는 말이다.

"유명해지고 무명해지고 간에 정당한 기분이 서야지."

혜련은 이마에서 손을 밀어내고 눈을 들었다. 순간 얼굴이 굳어진다. 마주 보는 좌석에 언제 왔는지 이영설이 앉아 있었다. 그는 비스듬히 몸을 돌려 의자 뒤에 한 팔을 얹고 창을 바라보며 하염없이 담배만 피우고 있었다.

'계획적이었구나.'

혜련은 눈을 돌렸다. 가슴이 방망이질을 하는 듯 뛰었다. 김서보 옆에 앉은 박현주가 낯선 이영설을 슬쩍 쳐다보곤 한다. 그러나 이영설은 마치 무인지대에 온 것처럼 주위에는 신경을 쓰지 않았다.

'어쩌자구 내 앞에 앉았는 것일까?'

혜련은 냉정해지려고 무척 애를 썼다.

평론가 K씨의 사회로 기념회는 개최되었다. 많은 문인들과 사회의 저명인사들이 참석한 가운데 여러 곳에서 보내온 꽃다발과 기념품이 증정되었다. 그리고 각계에서 축사가 있었다.

"이번 석추우 선생의 창작집 장정을 보아주신 윤병후 화백께서 말씀해 주셨으면 고맙겠습니다."

사회자 K씨의 말이 끝나자 이영설 옆에 앉은 사람이 부스스 일어났다. 턱이 뾰족하고 이마가 넓은 삼각형의 얼굴이다. 그는 몹시 서투른 말로 축하의 뜻을 표명했다.

혜련은 마음이 황망하여 지난봄에 진수가 지껄이던 말을 기억해 내지 못했다. 진수가 쇼팽 같다는 둥, 세모돌이라는 둥, 멋쟁이라는 둥 하고 말하던 바로 그 사람이었던 것이다.

대강 축사가 끝나자 석추우 씨의 답사가 있었고 모두 축배를 들었다. 그동안 웨이터들이 분주히 음식을 날랐다.

한참 후 K씨는 큰기침을 하며 다시 일어섰다.

"오늘 이 자리를 빛내기 위하여 H대 음악 교수인 김선경 여사의 소프라노 독창이 있겠습니다."

장내에 박수가 터져 나왔다.

김선경 여사는 화려한 웃음을 뿌리며 나왔다. 자줏빛 비로드로 여유 있게 디자인한 드레스를 입고 있었다. 목에는 흰 네클리스가 몇 겹이나 감겨져 있었다. 그는 K씨 곁으로 가더니 무슨 말을 소곤거린다. K씨가 빙긋이 웃는다.

"피아노 반주를 H대학의 음악과 교수이신 이영설 선생께 부탁드리겠습니다. 김선경 여사의 특별한 간청입니다."

혜련의 양어깨가 꿈틀한다.

장내를 웃음소리가 채웠다. 그러나 당자인 이영설은 우두커니 창만 바라보고 있었다. K씨의 말이 그에게 들리지 않았던 것이다.

"이영설 선생 안 계십니까?"

K씨가 목을 뽑으며 언성을 높였다. 그러자 이영설 옆에 앉았던 윤병후가 이영설의 옆구리를 찔렀다. 이영설은 꿈에서 깨어난 사람처럼 멍청히 윤병후를 쳐다만 본다.

"반주다. 빨리 나가봐."

이영설은 슬그머니 고개를 돌렸다. 김선경 여사가 기다리고 서 있었다. 이영설은 의자를 삐거걱 밀어내고 일어섰다. 무표정한 얼굴로 성큼성큼 걸어나가 피아노 앞에 앉는다.

김선경 여사가 하이힐 소리를 또각또각 내며 영설의 옆으로 와서 부를 곡목을 지적한다.

"저분이 누구예요?"

박현주가 김 기자에게 묻는다.

"누구긴! 보다시피 음악가죠."

"못 듣던 이름인데?"

"이북서 온 작곡가요."

신문기자라 역시 다른 사람보다 소식은 빠르다.

"전형적인 예술가 타입인데!"

"마음이 통하는 모양이군."

김 기자는 박현주에게 밉상을 떨었다. 장내의 사람들은 김선경의 노래보다 그 열정적인 몸짓에 더 관심이 쏠리는 모양으로 시선이 그곳으로 집중된다.

반주가 끝나자 이영설은 아까와 마찬가지로 무표정한 얼굴로 자리에 돌아왔다. 그가 의자를 잡아당겼을 때 혜련의 눈은 그와 부딪쳤다.

박수가 멎은 장내는 웅성웅성했다. 사람들은 날라다 놓은 음식에 손을 대기 시작했다.

영설은 얼마 먹지도 않고 요리 접시를 밀어내었다. 그는 담배를 피워 물고 눈을 가늘게 뜨며 혜련을 건너다보았다. 혜련은 영설의 시선을 느꼈다. 목구멍에 음식이 꽉 메는 것만 같았다.

웨이터가 홍차를 날랐다.

"……문학 하는 사람은 영원히 야당이야, 야당!"

김서보의 혓바닥 안으로 감겨드는 목소리였다.

"흥! 야당? 언제 김서보가 저항의 글을 썼던가? 구경꾼도 야당이 될 수 있나?"

김 기자의 컬컬한 목소리다. 김서보라고 함부로 부르는 걸 보니 술도 거나해지고 혈압도 오른 모양이다.

"핏대를 올리고 누굴 타도하라는 글만 써야 저항인가? 투철한 순수와 고독은 인간 존엄성에 대한 마지막 보루다."

김서보는 비장한 얼굴이 되었다.

"생선 비린내 나는 상놈의 고장 부산은 어디 갔누? 인간 존엄성 운운은 귀족 시인 김서보에겐 썩 어울리지 않는걸."

김 기자는 신랄하게 비꼬았다.

"아이, 너무 그러지 마세요. 시인은 언제나 이론에는 진답니다. 그렇지만 시 정신은 항상 이론을 뛰어넘고 있다는 걸 아셔야 해요."

박현주가 제법 박식한 투로 입을 들이밀었다. 눈꼬리를 치키며 이영설을 쳐다보고 인어人魚처럼 몸을 꾸부린다. 주거니 받거니 말이 많았다.

출판기념회는 늦게 끝이 났다. 친한 사람끼리 이차회를 갖겠다고 K씨는 몇몇 사람의 귀에 소곤거렸다.

혜련은 석추우 씨 곁에 가서 인사를 했다.

"유 여사도 이차회에 가시죠?"

"전 그만 가겠어요."

석추우 씨는 섭섭한 얼굴로 혜련을 쳐다보았다. 혜련은 석추우 씨 가슴에 꽂힌 국화가 벌써 시들어서 나른한 것을 보고 그의 머리로 눈을 돌렸다. 희끗희끗한 머리, 기름기 없이 바삭바삭한 머리였다.

'이분도 이제 늙는구나.'

혜련은 왜 그런지 이번의 잔치가 석추우 씨한테 있어서 마지막이 될 것만 같은 예감이 들었다.

혜련은 옆에 쌓인 많은 화환 속에서 싱싱한 꽃을 한 송이 뽑아 석추우 씨 가슴에다 다시 꽂아주고 싶은 생각이 들었다. 그러나 그의 머릿속에는 영설에 관한 일이 보다 집요하게 밀려들어 그를 멍하게 만들었다.

바로 옆에서 손이 하나 쑥 뻗어왔다. 이영설의 손이었다. 석
추우 씨는 양손으로 그 손을 눌러 잡으면서,

"와주셔서 감사합니다."

혜련은 종종걸음으로 복도에 나왔다.

"여보세요!"

뒤에서 불렀다. 혜련은 허둥지둥 발을 옮겨놓았다. 이영설의
목소리였던 것이다.

"코트 잊으셨어요."

영설은 혜련의 코트를 쳐들어 보였다. 혜련은 의자에다 코트
를 걸쳐 둔 채 나와버린 것이다. 그는 빼앗듯 코트를 받아 들고
주위 사람들에게 인사를 하는 둥 마는 둥 급히 거리로 나왔다.

낙엽이 발아래 밟혔다. 바람이 싸늘하게 불었다. 가로등 밑에
거지가 아이를 안고 졸며 있었다.

길모퉁이를 돌았을 때 뒤에서 급히 서두는 발소리가 들려왔
다. 혜련의 가슴은 뛰었다. 핸드백을 꼭 눌러 잡았다. 돌아보고
싶은데 돌아볼 수 없었다.

바람이 홱 스쳤다. 어깨 위에 누군가의 손이 무겁게 얹혔다.
혜련은 돌아보지 않아도 그 손이 영설의 것임을 알았다.

"혜련 씨!"

이번엔 팔을 덥석 잡았다. 혜련의 가벼운 몸을 빙글 돌렸다.
그리고 반대 방향으로 혜련을 이끌었다.

"어, 어떻게 하자는 거예요?"

목소리가 떨려 나온다.

"나만 따라오세요."

"그, 그럴 수 없어요."

"그럴 수 있소."

거친 목소리였다. 목소리뿐만 아니라 혜련의 팔을 잡은 손도 거칠고 억세었다. 혜련의 부드러운 살 속으로 이영설의 뼈가 몰려 들어가는 것만 같았다. 혜련은 마치 매한테 채여 가는 참새처럼 이끌려 갔다. 노점을 치우는 여자들이 수상하게 그들을 쳐다본다. 혜련은 몸부림을 쳤다.

"이 팔 놓으세요."

영설은 대답 없이 걷기만 했다.

"고함을 치겠어요."

"치십시오."

혜련은 그만 입을 다물고 말았다.

한참 걷다가 다시,

"어딜 가시는 거예요?"

"어디든지 발이 닿는 곳으로."

혜련은 입술을 깨물었다.

"너무 무모해요."

"겁이 납니까?"

"……."

"걱정 마세요. 간단히 이야기만 끝내구 통금 시간 안으로 댁에 보내드리겠어요."

영설은 지나가는 자동차를 보자 번쩍 손을 들었다. 한 손으로는 혜련의 팔을 꽉 잡은 채.

"자, 타십시오."

말보다 먼저 혜련의 몸을 우악스럽게 자동차 속으로 밀어 넣었다.

"대신동으로."

영설은 운전수에게 명령하고 시계를 들여다본다.

자동차가 멎은 곳은 공설운동장 근처였다. 영설은 혜련의 팔을 다시 잡았다. 그리고 서울서 피란 온 학교의 가교사가 있는 기슭으로 올라가는 것이었다. 듬성듬성 나무가 서 있는 숲에까지 와서 영설은 혜련의 손을 놓았다.

혜련의 이마에는 미적지근한 땀이 솟았다. 그는 마음대로 하라는 자포적인 기분과 울음이라도 복받쳐 오를 듯한 미묘한 갈등을 느꼈다.

영설은 호주머니 속에서 손수건을 꺼내어 땅바닥에 깔았다. 그리고 양손으로 혜련의 어깨를 누르며 앉혔다. 달빛을 받은 혜련의 얼굴은 물결처럼 푸르게 흔들리고 있었다. 코트의 깃도 잘게 흔들리고 있었다.

영설은 담배를 피워 물었다.

숲속을 스쳐가는 바람 소리가 있고 낙엽이 굴러가는 소소한 소리가 있건만 그 소리보다 두 사람의 심장을 치는 소리가 더 크고 뚜렷한 것만 같았다.

나뭇가지에 가려진 달이 휙 흩어진다. 바람에 나뭇가지가 흔들리는 때문이다.

영설은 담배 한 개가 다 타도록 말이 없었다. 혜련이 역시 말이 없었다.

영설은 다 탄 담배꽁초를 발아래 버린다. 그리고 두 무릎을 양손으로 안으면서,

"우린 결혼을 해야 합니다."

첫마디의 말이었다.

나뭇가지에 가려진 달처럼 혜련의 얼굴에도 나무 그림자가 드리워 너울거린다. 바람이 멎으니 혜련의 얼굴에는 다시 물결처럼 달빛이 흐른다.

서로의 숨소리만 들려오는 백야白夜, 멀리, 멀리서 전차 소리.

"소설가 그만두구 결혼해야 되오. 혜련이가 소설가라는 것 견딜 수 없는 일이오."

영설은 맞잡은 자기의 손을 비틀듯 꽉 누른다.

"세계의 고통을, 우주의 신비를…… 혜련이가 알 성싶소? 아무도 그건 모르는 거요. 혜련인 당돌하구 건방지단 말이오. 혜련이가 쓴 책이라면 난 모조리 거둬다가 불 지르구 싶소. 혜련이가 문학가? 박식한 여자? 생각만 해도 내 머리털을 뽑아버리구 싶어. 절망의 문학 따위는 몇 놈의 실존주의자한테 맡겨버리면 되는 거요. 혜련은 위대해질 필요두 없구 똑똑한 여자가 될

필요도 없어."

영설은 엉뚱한 말을 하며 흥분한다.

"이 세상에서 혜련만은 사색하는 여자가 되어서는 안 돼. 여자의 사상이란 오직 남자를 사랑하는 것뿐이야."

그것은 일종의 억지였다. 그는 다시 담배를 꺼내어 불을 붙였다.

"그런 훈계를 하시려구 여기까지 끌구 오셨어요?"

영설은 혜련의 얼굴 위에 담배 연기를 내뿜으며 양미간에 주름을 모으고 혜련을 쳐다보았다.

"혜련은 그 말을 훈계라 생각하오?"

"……."

"그건 진실이며, 질투이며, 소유의 본능이오……. 나는 밝은 곳에서 혜련을 보는 게 두려워. 석고상 같은 그 얼굴을 부숴버리구 싶단 말이야."

영설은 절반도 못다 탄 담배를 버리고 한 발을 들어 밟아 문지른다. 혜련은 가벼운 전율을 느꼈다. 영설의 팔이 자기의 어깨를 낚아챌 것만 같았다. 영설은 손을 뻗쳤다. 그러나 어깨가 아니고 얼굴이었다. 그는 혜련의 턱을 받쳐 들고 억지로 자기편으로 돌렸다.

"왜 그리 무서워해요? 혜련은 내가 무섭기보다 자기 자신이 무섭죠?"

혜련은 영설의 손을 뿌리쳤다.

"절 보내주세요."

약하디약한 목소리였다.

"보내드리리다."

말이 끝나기 전에 그는 혜련을 껴안았다.

"아아."

영설은 신음하듯 혜련의 얼굴 위에 자기의 얼굴을 얹었다.

"우리가 살면 몇만 년을 살겠소? 우리 감정에 충실합시다."

영설은 혜련의 허리를 감은 팔에 힘을 주며 입술을 찾았다.

"잊어버릴 수 없었다. 밤낮 생각했었어."

영설의 눈에 눈물이 번득였다. 혜련의 눈에서도 눈물이 흘렀다. 눈물은 영설의 가슴을 타고 내렸다.

"혜련이! 혜련인 우는구려!"

영설은 혜련을 가슴 위에서 밀어내며 소리쳤다. 환희에 찬 고함이었다. 그는 미친 듯 혜련의 몸을 흔들었다. 혜련의 가는 목이 부러질 듯 건들거렸다. 혜련은 양손으로 얼굴을 가리고 흐느낀다.

'당신은 이러다가 옛날처럼 그만 훌쩍 달아날 게 아니에요? 날 속이는 거죠?'

혜련은 마음속으로 푸념하며 울었다.

영설은 혜련을 끌어당겨 그의 눈물을 닦아준다. 눈물이 갠 맑은 혜련의 눈동자 위에 타는 듯한 영설의 눈이 오랜 시간 겹쳐 있었다.

얼마 후 그들은 거리로 나왔다.

영설은 자기의 하숙이 이 근처에 있다는 말을 했다. 그리고 지나가는 택시를 잡아주면서 며칠 후에 또 만나자고 했다. 혜련은 영설이 자기를 부축해 자동차에 올려줄 때 그의 손이 불덩이처럼 뜨거운 것을 느꼈다.

자동차가 떠날 때 영설은 한 팔을 들어 보이며 웃었다. 환하게 밝은 웃음의 얼굴이었다.

한외과의원 앞에서 같이 오던 친구들과 악수를 나눈 뒤 병림은 병원의 문을 밀고 들어갔다. 유리창에는 아직 옥색 빛 밝음이 서려 있는데 벌써 전등불이 불그레하게 켜져 있었다. 병림의 얼굴도 불그레했다. 못 마시는 술을 친구들이 억지로 권하여 두서너 잔 마신 때문이다.

환자인 줄 알고 내다보는 간호원에게 목례를 하고 병림은 안으로 들어갔다.

"오셨구먼요. 일요일도 아닌데."

과일 접시를 들고 나오던 식모가 반갑게 말했다.

"모두들 계세요?"

병림도 미소 지으며 물었다.

"다들 나가셨어요. 아주머니만 편찮으셔서 누워 계시는데."

"선생님이 편찮으세요?"

병림의 미간이 흐려진다.

"아니……."

"그럼 형수씨께서?"

"네."

그러자 방에서,

"누구 오셨어요?"

명희의 목소리다.

"네, 저……."

식모는 병림을 어떻게 불러야 좋을지 몰라 말을 끊었다가
다시,

"통역하시는 분이."

"병림 씨군요. 들어오세요."

명희의 낮은 목소리였다.

"많이 편찮으신가요?"

병림은 명희에게 대답 없이 식모의 눈을 바라보며 물었다.

"몸살인가 본데, 어서 들어가 보세요."

식모는 방문을 열어주었다. 명희는 벌써 일어나 노오란 가운
을 걸치고 머리를 매만지며 앉아 있었다. 병림은 공손하게 명희
앞에 앉는다.

식모는 들고 온 과일 접시를 놓고 나가려고 한다.

"아주머니, 잠깐만."

명희는 식모를 불러 세워놓고 얼굴을 병림에게로 돌렸다.

"저녁 안 하셨죠?"

"했습니다."

"정말로 하셨어요?"

"네, 방금 친구들하고 같이 저녁을 먹구 오는 길입니다."

"그럼 커피나 끓여다 주세요."

식모가 나간 뒤,

"어디 많이 편찮으신가요?"

식모에게 물어본 말을 되풀이한다.

"아픈 게 아니에요. 혼자 있구 싶어 꾀병을 했죠."

비밀스러운 웃음을 웃는다. 노오란 가운은 참말로 명희에게
잘 어울렸다.

"모두들 나가셨다죠?"

병림은 시선을 명희 어깨 위에 두며 물었다.

"언닌 출판기념회에 나가시구 진수하고 닥터 한은 음악회에
갔어요."

"형님이 그런 델 다 가세요?"

"뭐 알구 나가나요. 진수가 졸라대니까 보호자 노릇 하느라
구 나간 거죠. 듣다가 졸음이나 안 오면 다행이게요!"

명희는 짙은 속눈썹을 여러 번 깜박거렸다.

"혼자 계시구 싶은데 잘못 왔군요."

형의 허물이 그 이상 나오지 않게 하기 위하여 병림은 말머리
를 돌렸다.

"아니에요. 마침 잘 오셨어요. 심심하던 참인데."

혼자 있고 싶다는 말과 심심하다는 말이 전혀 상반된 것임을 명희는 잘 안다. 그러나 그런 것은 문제가 아니었다.

"자, 이거나 드세요."

명희는 과일 접시를 병림 앞으로 밀었다. 병림은 잠자코 배한 쪽을 집어 들었다. 명희는 병림의 큼지막한 손을 한참 동안이나 쳐다보았다. 그 시선이 하도 오래여서 병림은 무슨 잘못이 있나 싶어 자기 손을 눈앞에 들어 쳐다본다.

"아니에요. 아무것도 아녜요. 술 냄새가 나는군요."

자기의 손을 보는 병림의 모습이 우스워 명희는 말했다.

"아, 예, 친구가 하두 권해서 두서너 잔 마셨습니다."

병림은 혼자 배를 먹고 있는 것이 멋쩍었던지,

"형수씨도 드시죠."

이번에는 병림이 과일 접시를 명희 앞으로 밀었다.

"들죠."

명희는 배 한 쪽을 집어 들었다.

오랫동안 침묵이 흘렀다. 배를 씹는 소리만 사각사각 들려왔다. 명희는 배를 씹는 소리를 들으며 쪽 고른 이빨이 드러나던 병림의 웃는 얼굴을 생각했다. 병림은 이러한 침묵의 대좌가 조금도 거북하지 않은 모양이다. 말을 하려고도 하지 않고 말을 들으려고도 하지 않는 무관심 그대로였다.

병림의 무관심한 태도는 명희를 초조하게 했고 화나게 했다. 명희는 너무나 생소한 공간이 그와 자기 사이에 놓여 있음을 느낀다. 어느 한구석도 침범해 볼 곳이 없었다. 병림은 전혀 무방비 상태에 있었건만 그 무방비는 방비보다 더 먼 거리를 만들었다. 병림의 감정적 무방비는 명희에 대한 감정의 평정을 의미하는 것이었기 때문이다.

언젠가 한번 느낀 일이 있는 그 광포한 감정이 치민다. 병림의 상아처럼 반반한 이마에 손톱을 세워 좍 그어주고 싶은 증오감이었다. 명희는 그런 증오감에 사로잡혔을 때 자기 자신도 모르게 끼득끼득 웃고 있었다. 웃는데 눈자위가 뜨거워왔다.

병림이 의아하게 쳐다보았다. 그 눈에는 공포가 있었다.

"왜 그러세요?"

명희는 병림의 눈에서 공포의 빛을 보았을 때 말할 수 없는 쾌감을 느낀다.

"우스운 생각을 좀 했어요."

말소리는 목구멍에 걸린 듯 녹슨 금속성 음향으로 번져 나왔다. 그때 방문이 스르르 열렸다. 식모가 커피를 끓여가지고 들어왔다.

명희는 눈을 감았다. 무서운 위기가 지나간 것을 알았다. 식모가 나갔을 때 목이 타는지 병림은 뜨거운 커피를 훌 마셨다.

명희는 팔을 뻗어 라디오 다이얼을 돌렸다. 경쾌한 리듬이 흘러나왔다. 명희는 볼륨을 낮춘다. 적당한 음이 흐르자 명희는 얼굴을 천천히 들었다.

"춤추시지 않겠어요?"

"네?"

"왜 그리 놀라세요? 춤추자는데."

"전 모릅니다."

병림은 여전히 어리둥절한 얼굴이었다.

"미군부대에 계시면서 춤을 모르세요? 설마."

"정말 모릅니다."

"준은 잘 추던데요. 가끔 우린 춤추러 가죠."

병림도 준이 춤을 잘 추는 것을 알고 있다. 명희하고 춤추러 가는 일만은 금시초문이다.

"왜 그렇게 놀라세요?"

명희는 아까 하던 말과 꼭 같은 말을 했다. 그리고 비웃었다.

"병림 씬 촌뜨기군요. 남자가 얌전하다는 건 아무짝에도 못 써요."

명희는 팔을 돌려 뒤에 있는 라디오를 거칠게 꺼버린다. 병림의 얼굴이 불쾌하게 흩어진다. 그는 팔을 들어 시계를 보았다.

"용렬하군요."

"네?"

"제가 그런 말을 했다구 시겔 보세요?"

병림은 어이없는지 명희를 우두커니 쳐다본다.

"바쁘세요?"

"뭐 그렇지도 않습니다만, 형님은 곧 오실까요?"

"무슨 할 말씀이 있으세요?"

“별로.”

“그럼 노세요.”

명희는 명령한다.

“너무 조용해서 심심하군요.”

“저하구 있는 게 심심하세요?”

“네.”

병림은 서슴지 않고 대답한다.

‘이 사람의 신경은 도대체 어떻게 되어먹었을까? 둔해서 모르는 것일까, 아니면 알고도 모르는 척하는 것일까?’

명희는 식어버린 커피를 들이마셨다. 그는 커피잔을 쟁강! 놓으며,

“병림 씨!”

하고 불렀다.

병림은 천연스럽게 눈을 들어본다. 명희는 말문이 탁 막혔다. 한참 만에,

“준은 요즘 어떻게 지내죠?”

“여전합니다.”

“그 여자하구 지금도 같이 살아요?”

“그런 모양입니다.”

“준은 그 여잘 사랑하나요?”

“글쎄…… 일종의 연민이 아닐까요?”

“병림 씨도 그런 연민 같은 것 가지고 있나요?”

"그런 경울 당하지 않았으니까."

"만일 그런 경울 당한다면?"

"문제에 부딪쳐 봐야죠. 가정을 할 순 없습니다."

말이 끊어진다.

"나도 그 여자처럼 미치거나 아니면 천치가 되어봤음 좋겠어요."

병림의 얼굴에서 웃음이 걷혔다. 치올라간 한쪽 눈썹이 꿈틀하고 한 번 움직였다. 그러나 이내 평시대로 잠잠해지고 말았다. 명희는 그러한 변화를 조금도 놓치지 않으려는 듯 눈을 크게 떠 병림을 응시하고 있었다. 대담무쌍한 도전이요, 사랑의 고백이다.

병림은 팔을 들어 시계를 보더니 일어섰다.

"또 놀러 오겠습니다."

명희는 병림을 쏘아 죽일 듯 노려보다가 입술을 질근질근 깨문다.

병림은 방문을 열었다. 명희는 유령처럼 병림을 뒤따라 문 옆에까지 걸어갔다.

"병림 씨!"

병림은 돌아보았다. 명희의 하얀 손이 문 옆의 벽을 더듬고 있었다. 그의 손은 마침내 스위치를 눌렀다. 탁! 하고 소리가 나더니 전등이 꺼졌다. 동시에 달빛이 방 안에 밀려들었다. 달빛 아래 쳐들린 명희의 얼굴은 백랍처럼 희다.

"당신은 청교도가 아니죠?"

병림의 치올라간 한쪽 눈썹이 또다시 꿈틀했다.

"말씀하세요. 청교도는 아니겠죠?"

명희는 대들듯 다잡았다.

"저에게는 종교가 없습니다."

병림은 한 발을 문지방에 걸친 채 눈을 내리깔았다. 얼굴에 음영이 모인다.

"그럼 습관의 노예시군요."

두 사람의 눈이 강하게 부딪쳤다.

"저는 자유인입니다."

"그럼 왜 달아나세요? 왜 춤을 추지 않으세요?"

명희는 자기도 모르게 병림의 양복을 움켜잡았다. 병림은 조용히 명희의 손을 떼어내었다. 그리고 돌아섰다. 마룻장을 삐걱삐걱 밟으며 걸어간다.

그의 모습이 병원으로 사라졌을 때 명희는 문을 닫고 문에 기댄 채 눈을 감았다. 삐걱삐걱 마루를 밟는 소리가 어디서 자꾸만 들려오는 것 같았다. 그러나 사방은 고요하기만 했다.

7. 폐허에서

혜련이 서울로 떠나는 날에는 눈이 내렸다. 부산같이 따뜻한 고장에서는 매우 드문 눈이었다.

피란 온 지 삼 년 만에, 아직 전쟁은 끝이 나지 않았건만 그는 혼자 홀연히 서울로 가려는 것이다. 명희와 진수는 한사코 서울행을 말렸으나 혜련은 듣지 않았다. 이유인즉 환경을 한번 바꾸어 창작에 전념해 보겠다는 것이다. 그러나 그것은 거짓말이었다.

"아직 정세를 믿을 수 없는데, 위험해요."

명희가 염려스레 말을 하니까,

"종군 작가도 있는데 뭘 그래요?"

하며 가볍게 물리치는 것이었다.

"언제 정세가 또 악화할지 모르는데 가시면 어떡헙니까? 환도하거들랑 모두 같이 올라가십시다."

명희 말에 동의를 표하며 한석중도 혜련의 서울행을 반대했다. 진수는 눈에 눈물이 글썽글썽했다. 그러나 혜련은 끝내 도강증을 얻어놓고 기차표까지 마련했던 것이다.

영설에게는 서울에 한번 다녀오고 싶다는 말을 비쳤을 뿐 언제 가겠다는 말은 하지 않았다.

플랫폼에 들어온 혜련은 기차에 오르려다가 돌아본다. 외투 깃을 세우고 호주머니에 손을 찌른 명희와 진수가 묵묵한 표정으로 서 있었다. 폼에 들어오기 바로 직전까지 그들은 혜련의 서울행을 말렸던 것이다.

잿빛 외투에 까만 머플러를 쓴 혜련은 잠시 땅을 내려다보다가,

"그럼."

하고 기차에 오른다.

눈송이가 바람에 날려 혜련의 외투 자락에 떨어졌다.

기차 안에는 좌석을 잡기 위하여 병림이 미리부터 와 있었다. 혼잡 속에서 혜련을 본 병림은 일어서며 자리를 가리켰다. 그리고 트렁크를 받아 짐칸에다 올려준다.

"고마워요."

병림은 꾸역꾸역 밀려 들어오는 사람을 헤치고 나가면서,

"선생님, 그럼 다녀오세요."

하고 작별 인사를 했다.

혜련은 열려진 차창 밖으로 얼굴을 내밀었다. 어느새 명희와 진수는 창 밑에 와 있었다. 방금 내려간 병림은 진수 뒤에 서서 창을 바라보고 있었다.

"잘 있어! 걱정 말구."

혜련은 손을 내어 밀어 진수의 손을 잡았다.

"어머니도."

진수는 눈물을 뚝뚝 떨어뜨린다. 모녀가 떨어져 보기는 작년 가을 경주로 수학여행을 가서 진수가 이틀 동안 묵은 일밖에 없었다. 그러니 그가 우는 것도 무리는 아니다. 더욱이 불안한 지대로 어머니가 간다고 생각하니 언짢았던 모양이다.

"울기는, 바보처럼……."

혜련은 눈을 돌린다.

"아무도 없는 서울에 가서 앓기라도 하면 어떡해요, 엄마."

진수는 장갑 낀 손으로 눈물을 닦는다.

"서울엔 뭐 의사가 없다더냐. 걱정 말어."

혜련은 애써 평온한 표정을 지었다. 명희는 진수 뒤에 선 병림에게 신경이 쏠려 아무 말도 하지 않고, 모녀의 작별 장면을 멍하니 쳐다보고 있었다. 그 일이 있은 뒤 병림과 명희의 두 번째 대면이다.

기적이 울었다. 기차는 증기를 내어 뿜으며 서서히 움직였다.

병림과 진수는 기차가 움직이는 대로 발을 떼어놓았다. 진수는 혜련을 올려다보며 빨리 내려오라고 소리쳤다. 명희만은 우두커니 혼자 떨어져서 움직이지 않았다.

기차가 북쪽으로 달릴수록 눈은 은가루처럼 많이 쏟아졌다. 찻간에는 마치 잡탕처럼 온갖 사람이 모여 소연했다. 거무죽죽한 얼굴에 희미한 불이 비쳐 유화油畫처럼 무겁게 보인다.

혜련은 눈이 쏟아져 아무것도 보이지 않는 어두운 창밖을 바라보고 있었다. 대구를 지난 지도 벌써 오래다. 맞은편 좌석에는 모자를 내려 쓴 중년 사나이가 코를 골고 있었다.

혜련은 몹시 피곤했지만 잠이 오지 않았다. 기차의 진동과 눈이 내리는 밤은 그에게 엷은 우수를 느끼게 했으나 그것은 쾌적한 것이었고 일종의 안정감을 주기까지 했다. 영설과 진수의 생각도 해봤으나 웬일인지 절실하지가 않았다.

혜련이 서울로 가겠다는 생각을 한 지는 벌써 오래전부터였다. 지난가을에 석추우 씨의 출판기념회가 있던 날 밤, 숲속에서 이영설을 만났을 때 막연히 그런 생각을 했었다. 어디로 그냥 훌쩍 떠나고 싶다는 생각을 해본 것이다.

숲속에서 만난 후 혜련은 몇 번인가 영설과의 밀회를 가진 일이 있었고, 그에 대한 애정 때문에 고민도 했었다.

영설은 만날 때마다 결혼하자고 했다. 분별없는 젊은 사람처럼 그는 졸랐다. 혜련은 그때마다 명구가 돌아오든지 혹은 그의 생사를 안 후에 그 문제를 해결하자고 대답했다. 그 말은 어느 정도 혜련의 진심이기는 했으나, 일면 구실이기도 했다.

혜련은 영설을 사랑하면서도 그를 의심했다. 감정에는 맹목적인 그가 언제 자기를 버리고 달아날지 모른다는 불안이 항상 마음을 눌러 덮었다. 그러한 불안은 차라리 그로부터 자기를 절단시켜 버리자는 생각에 이르게 했다.

혜련은 자기 내부에 이는 갈등에 피곤을 느꼈다. 전적으로 그것이 이유가 될 수는 없었지만 결국 그는 서울로 가리라 결정했던 것이다.

영설은 이따금 혜련을 건방진 여자라 했다. 그것은 소설을 쓰는 여자라는 대용어代用語다. 그는 세계고를 혼자 짊어진 듯한 혜련의 침울한 얼굴은 어리석은 포즈에 지나지 않는다고 면박했다. 여자가 애정 이외의 세상일을 안다는 것은 견딜 수 없는 외람이라 했다. 그런 여자는 빨갱이 세상에나 가서 살아야 한다고 했다.

"혜련은 현숙한 여자가 되고 싶지요? 진수에겐 더욱 그러한 어머니가 되고 싶을 거야. 그러나 그것은 거짓이거든."

그때만은 혜련의 얼굴빛이 변했다.

그는 또한 이런 말도 했다.

"유혜련이란 여자의 이름을 지상에서 아주 말살하고 싶단 말이야. 할 수만 있다면 혜련이 얼굴을 들구 나설 수 없을 만치 망신을 시켜버렸음 좋겠어. 어쨌든 사회에서 추방했으면 좋겠단 말이오."

영설은 웃었다. 그러나 결코 웃음엣말은 아니었다.

영설은 여자의 인격을 인정치 않았다. 혜련에게는 특히 그러했다. 여자의 인격이 애정의 밀착을 방해하는 것이라도 되는 것처럼 애정의 표현이 강해질수록 그런 경향은 심하였다.

"훌륭하다는 여편네의 사내처럼 못난 놈은 없다."

영설은 화난 목소리로 그런 말도 여러 번 했다. 그렇게 떠들어대다가 헤어질 무렵이면 조심스럽게 혜련의 눈치를 살피는 영설이었다.

거의 새벽이 가까워졌을 때 혜련은 의자에 기대어 잠이 들었다.

기적 소리가 어렴풋이 들려왔다. 누가 혜련의 어깨를 흔든다. 혜련이 눈을 떴을 때 남자가 한 사람 싱글벙글 웃고 서 있었다.

"유 여사, 웬일이시오?"

김서보였다. 혜련은 딱딱하게 굳은 다리를 모으며,

"김 선생님은 웬일이세요?"

하고 도리어 묻는다.

"영등포에 좀 볼일이 있어서요. 유 여사는 댁으로 가세요?"

"네."

혜련은 내키지 않는 대답을 한다.

"아, 글쎄 저 구석에 있었는데 몰랐구먼요."

김서보는 밤새 앉았던 좌석을 가리키며 말했다.

"하긴, 대구에서 탔으니까."

하고 덧붙였다. 그는 평소와 달리 외투가 아닌 가죽 잠바를 입고 있었다. 그러한 옷차림은 소위 귀족 시인 김서보의 면목을 일변시켰다. 영락없는 브로커의 모습이었다.

사실 그에겐 시인 아닌 비밀의 직업이 하나 있었다. 장사라는 직업이다. 그의 말대로 한다면 상놈의 고장 부산으로 피란한 이래 서울을 오르내리며 일선에서 흘러나온 약품 같은 것을 취급하고 있는 것이다. 최근에는 서울 구석구석에 쌓인 고본古本을 헐값으로 쓸어 모아 부산에 와서 넘긴다. 한 달에 두서너 번 그 짓을 하고 나서 그는 의젓한 시인으로 다방에 드나들었다.

"여기가 어디죠?"

유혜련이 물었다. 유리창이 하얗게 얼어붙어 밖을 내다볼 수 없었던 것이다.

"영등포죠."

김서보는 까닭 없이 웃었다.

"그럼 내리셔야겠군요."

그러자 발차 벨이 울렸다.

"그럼…… 저도 내일이면 서울 갑니다."

그러더니 김서보는 손을 흔들어 보이며 급히 내려간다. 기차는 이내 움직이기 시작했다.

얼마 후 혜련은 서울에 내렸다. 시가는 죽음의 도시처럼 조용했다. 사람들이 다니지 않는 탓인지 가로는 온통 빙판이었다. 하늘은 맑고 바람은 살을 엘 듯이 차가웠다. 멀리서 은은한 포격 소리가 황량한 공기를 흔들었다.

서울은 거의 무인지경이었다. 간혹 만나는 사람이 있어도 군복 차림을 한 젊은이들뿐이다. 거리마다 부서져 흐트러진 벽돌 조각, 앙상하게 벽만 남은 고층 건물, 어디를 둘러보아도 살벌한 폐허요, 포격과 총탄의 자국이 처절한 격전을 연상시킬 뿐이다.

일진의 바람이 혜련의 까만 머플러를 휘날렸다. 푸른 하늘과 열도를 느낄 수 없는 태양의 광선과 광물성으로 뒤덮인 허허한 벌판을 한 마리의 갑충처럼 걸어가는 혜련이었다.

혜련은 형용할 수 없는 희열을 느꼈다. 자기 생명에 대한 무한한 신뢰감을 느꼈다. 거대한 전쟁의 서사시 속에 자기가 살아 있다는 것을 느꼈고, 자기의 생명이 확고한 것을 느꼈다. 아무런 공포도 없었다. 육지의 끄트머리까지 밀려갔다가 육지의 한복판까지 기어올라 온 안도감이 그를 흐뭇하게 했다.

얼음판을 구르는 구두 소리가 또각또각 귀에 울린다. 혜련은 차가운 공기를 들이마셨다. 원시시대의 외로운 사냥꾼이 푸른 대기를 마시듯 공기를 들이마셨다.

혜련의 집은 남산 기슭에 있는 붉은 벽돌집이다. 집을 보았을 때 혜련의 가슴은 세차게 뛰었다. 잎이 다 떨어진 담쟁이덩굴 줄기가 바람에 너울거리고 있었다. 문명구의 문패가 산산조각이 되어 있었다.

뜰로 들어섰다. 그 순간 바람처럼 무엇이 옆을 휙 지나갔다. 혜련은 소스라쳐 놀라며 트렁크를 떨어뜨리고 말았다.

바람처럼 지나간 것은 한 마리의 개였다. 뼈만 남은, 보기만
해도 흉측스러운 개였다. 개는 달아나면서도 몇 번인가 혜련
을 돌아다보았다. 혜련은 땅에 떨어뜨린 트렁크를 다시 집어 들
었다.

'어떻게 그 개가 살아남았을까?'

혜련은 뜰을 지나 현관으로 가지 않고 남향인 홀 앞으로 가서
트렁크를 놓는다. 그는 열어젖혀져 있는 홀 안을 기웃거리다가
도로 뜰로 나온다. 손가락이 끊어질 듯 추웠으나 불기 없는 방
에 들어갈 마음은 없었다.

혜련은 뜰 안을 휘둘러본다. 홀 앞에 있던 묵은 목련나무가
보이지 않았다. 그러고 보니 눈에 익은 나무들이 거의 없어지고
잔가지가 꺾인 버드나무와 벚나무만이 밋밋하게 서 있었다. 그
리고 구석지에 향나무, 사철나무가 거무죽죽한 빛을 남긴 채 바
람에 휘어진 듯 나자빠져 있었다. 그 위에 쌓인 눈이 이따금 날
아내린다.

혜련은 문짝이 달아난 창고 옆으로 걸어간다. 창고 안을 들여
다본다. 빈 쌀가마가 몇 개 뒹굴고 있었고, 밀가루 포대가 뒤집
힌 채 굴러 있었다. 밀가루 포대는 갈기갈기 찢어져 있었다. 찢
어진 사이로 밀가루가 덕지덕지 붙어 있는 게 보인다.

'아, 그 개가 이걸 뜯어 먹구 있었구나.'

도망을 치면서도 흘끔흘끔 돌아보던 뼈만 남은 개를 생각했
다. 혜련은 우두커니 서 있다가 발길을 돌렸다.

"어머나! 오셨구먼요?"

혜련은 어디선지도 모르게 들려오는 소리에 고개를 들었다. 다시 고개를 돌려 뒤를 보았다. 옆집 담벽에서 얼굴을 내어 밀고 있는 여자를 물끄러미 보다가,

"안녕하셨어요?"

혜련은 빙긋이 웃었다. 여자는 피란 내려가기 전에 옆집에 살던 식모였다. 얼굴에 주근깨가 가득히 실린 여자는 입을 헤벌리며 선량하게 웃었다.

"피란 안 가셨던가요?"

"갔었어요."

"언제 올라오셨소?"

"여름에 올라왔어요. 주인댁 식구는 모두 대구에 그냥 계세요. 저만 혼자 왔어요. 집을 지키려구요."

"아, 그러세요? 동네엔 통 사람이 없는 것 같은데."

"별로 없어요. 그래서 밤이 되면 무서워요. 아주머닌 이내 내려가시나요?"

여자는 사람에 기갈이 난 듯 혜련의 눈치를 살폈다.

"좀 있을까 싶어요."

"아이, 반가워라!"

식모는 손뼉이라도 치듯 기뻐했다.

"가족들은 모두 무사하세요?"

여자는 잊어버렸던 일이 생각난 듯 자못 심각한 표정으로 물

었다.

"네, 아무 일 없었어요."

혜련은 무감동한 얼굴로 대답한다.

"참 다행이군요. 우리 주인댁 큰아드님은 죽었어요. 전장에 나가서 그렇게 됐어요."

"그거참 안됐군요."

"이놈의 전쟁은 언제 끝이 날는지, 죄 없는 사람만 죽어가구……."

식모는 사람을 본 것이 기뻐 추위도 잊은 듯 지껄여댔다. 입에서는 끊임없이 김이 서린다.

"아참, 추우시겠어요. 불을 지펴드려야지."

여자는 말에 뜸이 들었던지 담벽에서 머리가 사라지더니 이내 장작을 한 아름 안고 돌아왔다.

혜련은 도로 창고 앞으로 가서 갈기갈기 찢어진 밀가루 포대를 우두커니 내려다보고 있었다.

혜련은 식모를 돌아다보며,

"미안해요."

"뭘요, 괜찮습니다. 아주머니 진지도 제가 지어드리죠. 정말 오셔서 얼마나 좋은지 모르겠어요."

주근깨 난 얼굴에 웃음이 담뿍 실린다.

혜련은 다시 찢어진 밀가루 포대를 우두커니 내려다보았다. 불을 지펴놓고 나온 식모는 창고 옆에 선 혜련에게로 오며,

"그 창고엔 식량을 쌓아두었어요. 동회가 폭격에 못 쓰게 되지 않았겠어요! 그래 임시루 이 댁에서 동회 사무를 봤어요. 식량 배급도 하구요."

"그래요?"

"바루 얼마 전에 딴 데루 동회가 옮겨갔지만, 참 다행이었죠. 동회가 됐으니 망정이지, 빈집은 모두 형편없는걸요. 살림은 모두 훔쳐가고 유리 한 장 성한 게 없답니다. 그뿐인가요. 마룻장까지 뜯어가 불 땠는걸요."

혜련은 홀로 발을 옮겼다. 과연 얼마 전까지 사람이 있었던 모양으로 먼지가 별로 쌓여 있지 않았다. 한쪽 구석에는 어디서 끌고 왔는지 낡아빠진 난로가 아무렇게나 굴러 있었다.

혜련은 명구의 서재인 양실의 문을 열었다. 책장이 텅 비어 있었다. 절반 이상이나 책이 없어진 것이다. 그러나 응접실에는 피아노가 그대로 남아 있어 혜련은 진수를 위하여 다행이라 생각했다.

혜련은 대강 짐을 챙겨놓고 남대문시장에 나가서 우선 먹을 식량을 사들였다.

밤이 되었을 때 옆집 식모는 혜련과 같이 자고 싶어 하는 눈치였으나 집을 비우면 안 된다고 타일러 보내놓고 곰팡내가 물씬물씬 나는 이불을 깔았다.

간밤에 기차 속에서 잠을 통 이루지 못했건만 흥분을 한 탓인지 잠이 오지 않는다. 장지문은 어디로 달아나고 먼지 낀 유리

창문 밖에는 생선 비늘과 같은 구름이 얼음 조각 같은 달을 휩싸고 있었다. 앙상한 버드나무가 창문에 균열처럼 가쟁이를 비춰주고 있었다.

"아주머니! 동회 서기가 그러는데요, 이 방에 시체가 있었대요. 동회로 쓸려구 치우니까, 글쎄 이 방에 남자 시체가 썩어 있더래지 뭐예요! 아마 이북에서 온 피란민이었던가 보죠?"

혜련은 낮에 얼굴을 찌푸리며 하던 식모의 말을 생각했다. 그러나 조금도 무섭지는 않았다.

혜련은 잠을 청하며 돌아누웠다. 그때 이상한 생각이 문뜩 떠올랐다. 그는 이불을 젖히며 벌떡 일어나 앉았다. 사방을 두리번거리다가 그는 양손으로 머리를 꼭 부둥켜안는다.

'그럴 리가 있나, 설마, 설마……'

혜련은 머리를 쩔쩔 흔든다. 혜련은 이북으로 간 명구가 돌아와서 그렇게 혼자 죽은 것이 아닐까 하는 생각이 들었던 것이다.

혜련은 땀을 쭉 흘렸다.

'아닐 거야. 그이가 왔음 우릴, 우릴 찾아 남하했을 게 아니냐?'

눈앞에 그려지는 상상을 강하게 부정하면서도 저절로 울음이 나왔다.

"불쌍한 사람!"

혜련의 목소리가 방 안에 윙! 울린다.

'왜 내가 그런 단정을 내려? 요망스럽게……'

혜련은 날이 새면 그 시체를 보았다는 서기를 찾아가리라 마음먹었다.

그러나 날이 밝았을 때, 혜련은 그 일을 확인하는 것이 무서웠다. 만일 명구였다면 무슨 흔적이라도 남기지 않았겠나 싶은 생각이 들었다. 그 생각에 많은 위로가 되었다.

혜련이 멍하니 창을 내다보고 있는데 무엇이 어른하고 지나갔다. 혜련은 옆집 식모가 오나 보다 생각했다. 그러나 식모가 아니었다. 어제 본 뼈만 남은 그 개가 사방을 슬금슬금 살피더니 창고로 들어가서 찢어진 밀가루 포대를 핥는 것이었다.

혜련은 발소리를 죽이며 어젯밤 먹다 남은 밥을 들고 홀로 나갔다. 너무 가까이 가면 개가 도망을 칠 것 같아서 멀찌감치 서서,

"베스! 베스! 이것 먹어."

하며 밥그릇을 보였다. 그러나 개는 밥그릇 옆으로 다가오기는커녕 도망칠 자세부터 먼저 차린다. 혜련은 하는 수 없이 밥그릇을 놓아두고 안방으로 들어와 버렸다. 창문에 서서 개의 동정을 살핀다. 개는 미친 듯 밥그릇 속에 주둥이를 처박고 있었다. 윤기 없는 꼬리가 발발 떨리고 있었다.

낮에 김서보가 나타났다. 내일이면 서울로 간다는 말을 기차 속에서 했지만 이렇게 찾아오리라고 생각지 않았으므로 혜련은 다소 당황했다.

"집이 그대로 남아 있군요. 전에 한번 와본 일이 있었지만 찾느라고 혼났습니다."

김서보는 홀에 걸터앉으며 사방을 휘둘러본다.

"유 여사는 언제 내려가세요?"

"글쎄요……."

"나는 모레 내려갑니다. 뭣하면 같이 내려가시죠."

"전 안 내려갑니다."

"왜요?"

"글쎄."

"혼자 어떻게 계실려구요?"

"옆집에 사람이 있어요."

"추운데?"

김서보는 잠바 호주머니 속에 손을 찌르며 혜련을 흘긋 쳐다보았으나 안방으로 안내할 마음이 혜련에겐 없었다. 오히려 추우니 빨리 돌아가는 게 어떠냐는 태도다.

"암만해도 외롭겠는걸요? 밤이면 외롭겠습니다."

김서보는 또 한 번 집을 휘둘러본다.

"유 여사는 어떤 심정으로 올라오셨는지 모르지만 사람이면 역시 사람들 속에서 살아야지, 그렇지 않습니까?"

"시장 바닥에 살면 좋겠군요."

혜련은 짜증 비슷하게 말했다. 그러나 김서보는 자기의 비밀 직업을 혜련이 알고 하는 말인 줄 알았는지 얼굴을 붉힌다.

"허허, 시장 바닥요? 거기야 뭐 문인들하구 인연이 먼 곳이구. 그보다 유 여사두 이러구 있을 일이 아니죠. 부군의 소식이라도 듣습니까?"

김서보는 말머리를 돌린다.

"홍길동과 같은 재줄 갖고 있는 것 같아요?"

"그래두 더러…… 이북서 온 사람이 있잖아요?"

"불행하게도 그런 분을 못 만났어요."

"일찍 체념하시는 게 좋을 겁니다. 길지 않은 세월을 인고 속에 살아서야 쓰겠소? 얼마 안 있음 유 여사도 늙고, 우리도 다 늙어버리지 않겠어요?"

혜련은 쓰게 웃을 뿐 아무 대답도 하지 않았다. 그는 추워서 견딜 수 없었다. 빨리 김서보가 가주었으면 좋겠다는 생각뿐이었다.

혜련은 김서보가 무슨 말을 하건 먼 산만 바라보고 있었다. 김서보는 한참 혼자서 지껄이다가 겨우 엉덩이를 들었다.

"너무 푸대접을 하셔서 다시 찾아오고 싶지 않습니다만, 그러나 또 오겠어요. 겨울이 지나고 봄이 오면 오죠. 그땐 방에 들여놓지 않아도 춥지 않을 거고, 혜련 씨 마음에도 해빙기가 돌아올 테니까, 하하하."

김서보는 크게 웃더니 혜련을 뜻 있는 눈으로 슬쩍 돌아다보았다.

다음 날에도 개는 나타났다. 혜련은 어제와 마찬가지 방법으로 밥을 주었다.

　그러한 날이 오래 계속되었다. 개는 차츰 혜련을 보면 꼬리를 치기 시작했다. 그리고 햇볕 바른 홀 앞에 웅크리고 앉아 조는 일도 있었다. 혜련은 개를 위하여 부엌에 다 낡아서 못 쓰게 된 이불솜을 깔아주었다.

　어느 날 혜련은 옆집 식모에게,

　"우리 방에서 죽은 사람의 시체를 보았다는 서기가 지금도 동회에 계신가요?"

　슬그머니 물어보았다.

　"그 서기는 가족을 데리고 시골루 내려갔나 봐요."

　"그 밖에 시체를 본 분은 없을까?"

　"뭐 하실려구 그러세요?"

　식모는 의아하게 혜련을 쳐다본다.

　"글쎄."

　"아주 오래된 일인걸요. 저도 얘기로만 들었어요. 쌀 배급할 때 그 서기가 말해주었어요. 시체가 나온 것은 이 댁뿐만 아니래요. 다른 집에도 더러 있었는데 대개 피란 못 간 노인네들인데 굶어 죽었을 거라구 하더군요."

　"우리 집에서 죽은 사람은 중년 남자래죠?"

　"네, 그렇게 말하더군요."

　"그럼 끌어낸 시체는 화장을 했을까요?"

　"그건 잘 모르겠어요."

혜련은 더 이상 묻지 않았다. 그는 시체를 보았다는 동회의 서기가 이미 이곳을 떠나버렸다는 말에 대하여 크게 실망하지는 않았다. 아니, 오히려 괴로운 궁지에서 빠져나온 기분마저 들었다.

'남편일 리도 없지만, 이 일은 이대로 덮어두는 게 좋겠다. 확인할 필요는 전혀 없는 것이다.'

흉보는 듣는 것보다 모르고 있는 편이 낫다. 혜련은 명구를 위하여 희망을 갖고 싶었던 것이다.

혜련은 밤마다 명구의 환상에 시달렸다. 그 환상들은 명구를 사랑하지 못했던 지난날의 업보인 양 혜련의 여윈 가슴을 물어뜯었다. 끝없는 연민, 회오의 무서운 채찍.

혜련은 십 년 전에 역시 이 방에서 숨을 거둔 어머니 생각을 했다. 명구가 이 방에서 죽었을지도 모른다는 예감은 십 년 전의 어머니의 죽음을 연상시켰다. 흑흑 흐느끼듯 숨을 들이마시며 임종한 어머니, 명구도 그렇게 죽었는지도 모른다.

임종이 가까워졌을 때 어머니는 사위의 손을 꼭 잡으며 제발 나를 좀 살려달라고 애원을 했었다. 그 모습을 보고 혜련이 얼마나 울었는지 모른다.

명구는 누구를 붙들고 살려달라고 했을까? 설사 명구가 이 방에서 죽지 않았다 하더라도 총살을 당했는지도 모른다. 병들어 어느 길가에서 죽었는지도 모른다. 혜련은 그 무서운 생각을 털어버리려고 고개를 흔들었다.

날씨가 제법 풀리기 시작했다. 우물가에 꽝꽝 얼어붙었던 얼음이 녹는다. 하늘을 가로질러 구름이 급히 흐르고 있었다.

두 시가 지난 뒤 혜련은 점심을 먹었다. 그리고 마침 시장에 가는 옆집 식모에게 커피를 사달라고 부탁한 뒤 햇빛이 포근히 쏟아지는 홀로 나갔다. 그는 의자에 앉아 책을 펼쳤다.

베스는 홀 앞에 다리를 쭉 뻗고 누워 있었다. 살이 토실토실 오르고 털이 번지르르 윤이 났다. 베스는 퍽 영리한 개였다. 순종 셰퍼드인데다 훈련을 받은 흔적이 있었다. 혜련은 베스가 영리했기 때문에 살아남았을 것이라 생각했다.

혜련은 오웰의 『1984』를 읽고 있었다. 가공할 인간사회의 미래를 예언한 이 소설은 혜련의 가슴을 압박하였다. 혜련은 책을 집어 던졌다. 그럴 수는 없다고 마음속으로 소리쳤다.

'질이 나쁜 탐정소설보다 더한 악서야. 인간은 그렇게 맹종하지는 않는다.'

그러나 혜련은 다시 책을 집어 들었다. 불쾌하면서도 책에 손이 가지는 것이었다. 혜련은 책을 펴면서 이런 자기의 심정을 이영설이 안다면 그 사정없는 독설을 퍼부을 것이라 생각했다.

홀 앞에 늘어져 있던 베스가 돌연 짖기 시작했다. 미친 듯이 이빨을 드러내고 일진일퇴하며 짖어댄다.

"베스, 베스! 왜 야단이야!"

혜련은 기웃이 밖을 내다보았다.

"유 여사! 그 개 좀 처분해 주슈. 온, 방문객을 이리 푸대접하는 법이 있소?"

김서보의 혓바닥이 안으로 감겨드는 목소리였다. 혜련은 얼굴을 찌푸렸으나 뜰로 내려가 개를 창고 안으로 쫓았다.

"온, 사람 구경도 못 했나, 극성스럽게도 짖어대네."

김서보는 개가 무서운지 흘끔흘끔 창고 쪽으로 곁눈질을 하며 홀 앞으로 다가왔다.

"웬일이세요?"

"웬일이긴요. 유 여살 배알하러 왔죠."

혜련은 시설스러운 김서보의 말에 내키지 않는 웃음을 웃는다.

"서울 내왕이 잦군요. 사업을 하시나요?"

"아, 아니 볼일이 있어서……."

"올라오세요."

혜련은 홀 안의 의자를 가리켰다.

"허, 진급했군요."

"진급?"

"저번에는 뜰에서 응대하시더니 이번엔 홀 안으로 청해주시니 말입니다. 하하하."

김서보는 구두를 벗으며 웃는다. 혜련은 또 한 번 내키지 않는 웃음을 웃는다.

"유 여사 마음에도 해빙기가 온 모양이죠? 봄과 더불어."

김서보는 의자에 털썩 주저앉으며 말했다. 혜련이 대답을 하

지 않으니까,

"여름에 오거들랑 안방으로 들여주십시오. 계절 따라 한 계급씩 진급해야겠어요."

김서보의 싱겁기 짝이 없는 농담에 혜련은 얼굴을 찡그리다가,

"가을에 오시면 그럼 부엌으로 안내해야겠군요."

"허, 그거 좋습니다. 유 여살 위해서는 쿡 노릇도 할 용의가 있으니까요, 하하하."

어디까지나 능글맞은 수작이다. 혜련은 더 할 말을 잊고 잠잠히 김서보를 쳐다보았다. 지난날에는 가죽 잠바였는데 오늘은 연회색 스프링코트에 어울리지도 않는 새빨간 넥타이를 매고 있었다. 찬물에 싹 씻은 듯 수염 자국이 없는 얼굴, 눈 가장자리가 누리팅팅하여 어딘지 불길한 기분이 든다.

"참말입니다. 거짓말로 아세요? 유 여사를 위해서라면 전 물불도 가리지 않습니다."

마치 이건 중세기의 기사님이다. 무릎을 꿇지 않는 것만도 혜련에게는 얼마나 다행인지 모른다. 의젓하게 점잔을 빼던 김서보의 표면은 공포심보다 웃음을 자아내게 했다.

"귀족 시인께서 쿡 노릇이라니 그게 될 말입니까? 그보다 지금 하인이 없어 차 대접도 못해 죄송하군요."

혜련은 비꼬면서 빨리 떠나라는 뜻을 표시한다.

"천만에요. 이렇게 단둘이서 마주 보고 앉았는 것만도 무상의

영광입니다. 무한한 행복입니다."

김서보는 단둘이라는 말에 힘을 주었다.

"농담은 그만하시구."

"농담요? 취중에 실토한다잖습니까? 농담이 진담일 수도 있죠."

혜련은 유치하기 짝이 없는 김서보의 사랑의 고백을 듣는 것이 쑥스럽기보다 이 작자를 어떻게 쫓아 보낼 것인가가 걱정이었다.

"김 선생은 몰리에르 희극을 많이 연구하셨나 봐요."

혜련은 어디까지나 농으로 돌리고 일어서려고 했다.

"몰리에르? 그게 누구죠?"

이쯤 되면 혜련도 어이없어질 수밖에. 소위 시를 쓰네 문학을 하네 하며 설치는 작자가 유명한 불란서 극작가 몰리에르를 모르다니.

"몰리에르는 어느 세포의 이름이던가요?"

혜련은 야유하듯 말했다. 당신의 말은 몰리에르의 희극에 나오는 인물의 대사 같다는 말을 덧붙여 줄 흥미조차 나지 않는 것이다.

심장이 센 김서보도 혜련의 야유에 가슴이 찔린 모양이다. 그러나 그것도 잠시 동안이었고 이내 횡설수설 말을 늘어놓았다. 혜련은 몇 마디 말이나마 주고받은 것이 불쾌하여 말문을 꼭 닫고 먼 산만 쳐다보고 앉아 있었다. 빨리 옆집 식모가 와주었으면 싶었다.

"……전 벌써 오래전부터, 아니 혜련 씨를 처음 본 그 순간부터 이상한 충격을 받았어요. 그러나 금단의 실과, 벼랑에 핀 꽃이니 바라만 볼 수밖에. 부군이 그렇게 된 것은 매우 불행한 일입니다만, 그러나 제 마음속에서는 악마가 속삭이는 거예요. 이젠 금단의 실과가 아니다, 벼랑에 핀 꽃은 아니다, 바라만 볼 수 없다고……."

"낫살이나 잡순 분이 창피하게 무슨 말씀을 그렇게 하세요?"

혜련은 골치가 아팠다.

"나이 들수록 사람은 고독이 무엇인가를 아는 법입니다. 인생을 알아버린 사람이야말로 진정한 연애를 하죠. 혜련 씨는 자신을 속박하고 있어요."

혜련은 자리에서 일어섰다.

"그 정도로 하시구 이제 돌아가시죠."

"과연 요조숙녀시군. 그러나 불락의 성은 아닐 거요. 돌아가라면 돌아가겠소만 한 가지 용건은 있어요."

김서보는 부실부실 양복 주머니를 뒤지더니 한 장의 편지를 끄집어내었다.

"따님의 편집니다."

일어선 채 김서보가 나가기를 기다리고 섰던 혜련도 편지에는 재빨리 눈이 간다.

"서울 오면서 들렀더니 따님이 써주더군요."

혜련은 다소 표정이 흔들리면서 진수가 보낸 편지를 받았다.

김서보는 모자를 집어 들고 나가려는 척했다. 그러나 편지에 눈이 쏠려 있는 혜련의 앞이마를 잠시 쳐다보다가 혜련의 팔을 와락 잡았다.

혜련은 반사적으로 팔을 뿌리친다. 노여움에 얼굴이 새파랗게 질린다.

"그럴 것 없잖소? 여긴 아무도 없소. 난 폭력으로 당신의 몸에 도장을 찍을 수 있단 말이오."

지금까지 고분고분하던 김서보는 그 태도를 일변하여 포악하게 뒷걸음질 치는 혜련을 노려보며 한 발 한 발 다가간다.

"개가 있어요! 내가 소리만 치면 개는 당신의 앞가슴을 물어 뜯을 거예요!"

김서보의 눈에 잠시 공포가 서렸으나 이내 차갑게 웃었다.

"물러서요! 난 당신을 죽여버릴 테요!"

혜련의 목소리가 쨍하고 울렸다.

"하하핫…… 여자가 사내를 죽여? 하하핫."

혜련은 손을 뒤로 돌려 무엇이고 잡히는 대로 잡았다. 문갑 위에 놓인 고장난 탁상시계였다. 주린 짐승처럼 눈에 불이 칼칼 붙어 오르던 김서보는 잠시 얼굴을 일그러뜨리더니 재빨리 코트를 벗어 던진다.

"내 대갈통을 바수겠단 말이지?"

말이 끝나기도 전에 벽을 짊어지고 선 혜련에게 돌진했다. 혜련의 손에서 시계가 날았다. 시계는 김서보의 머리 옆을 스쳐 유리창을 부수고 뜰에 나가떨어졌다. 베스가 길길이 뛰며 짖었다.

개 짖는 소리에 다소 기세가 꺾인 김서보는 주춤하고 선다. 그 틈을 타서 혜련은 문 있는 쪽으로 줄달음질 친다. 그러나 김서보의 동작이 더 날쌔었다. 그는 팔랑이는 혜련의 치마를 홱 낚아챘다. 치마가 찌익! 하고 찢어진다.

두 몸이 한데 얽힌다. 필사적인 공수전이 벌어졌다. 베스는 미친 듯이 짖어댔다. 하늘에는 직 그어놓은 듯 엷은 구름이 떠 있었다.

탁자 위에 굴러떨어진 모자가 혜련의 발길에 채여 찌그러진다. 혜련에게 할퀴어진 김서보의 이마에 베지지 피가 배어난다.

"흐음! 혀를 물고 죽을 테니 이거 놓아!"

그러나 김서보의 힘은 초인 같았다.

"거만한 상판을 부숴준다! 처음부터 고분고분했음 이 짓을 하지 않아."

김서보의 입김이 혜련의 얼굴 위에 김처럼 서린다.

"아, 아주머니!"

개 짖는 소리 따라 아득한 목소리,

"에크머니!"

황급해진 옆집 식모는 들고 온 커피통으로 김서보의 뒷통수를 후려친다. 꿈에서 깨어난 듯 김서보는 혜련을 놓았다.

"이놈아! 도둑놈아!"

식모는 김서보의 머리칼을 잡아 뜯는다. 얼굴빛이 샛노래진 김서보는 코트를 들고 찌그러진 모자를 집어 쓰더니 바람처럼 달아난다. 베스가 문밖까지 쫓아나가 짖어댄다.

"크, 큰일 날 뻔했어요."

식모는 혜련을 안아 일으켰다. 의자에 기대 앉은 혜련은 의자 모서리를 꼭 잡는다. 전신이 떨려옴을 참는 때문이다.

"조금만 늦게 왔더라면 큰일 날 뻔했어요."

식모는 풀어진 옷고름을 여며주고 경련을 일으키고 있는 혜련의 팔을 꼭 쥔다.

"멀쩡한 놈이 글쎄 대낮부터 도둑질하러 들어온 게죠. 참, 얼마나 놀랬어요?"

위기일발에 구출된 혜련은 고맙다는 말 한마디도 못하고 이를 꼭 다물고 있었다.

"글쎄 마음 놓고 있을 수 없다니까요. 피란 못 간 사람들의 말을 들으면 노인네들도 마구 겁탈을 당했다지 뭐예요? 검둥이 놈들은 얼굴의 주름살도 안 뵈나 부죠? 처음 와선 저도 겁이 나서 밤에는 천장에 올라가 잤어요. 낮에는 다행히 옆이 동회라서 마음 놓았지만. 아이, 정말 아슬아슬해. 이래서 여잔 중이 돼도 걱정이라더니……."

여자는 애써 명랑하게 농으로 꾸며댔다. 이 일에 겁을 먹고 혜련이 부산으로 내려가 버릴지도 모른다는 불안도 있었다.

"나 냉수 좀 주세요."

처음으로 혜련은 몸을 움직이면서 창백한 얼굴로 웃었다.

옆집 식모가 돌아간 뒤 혜련은 구겨진 진수의 편지를 뜯었다. 잔잔하게 가라앉은 눈으로 내리읽는다. 혜련의 얼굴이 잠시 흐리어진다. 그러나 다시 잔잔한 표정으로 읽어 내려간다.

편지가 거의 끝날 무렵 혜련의 눈은 움직이지 않았다. 얼굴에는 아까보다 더 짙은 구름이 끼어 있었다. 편지를 집어넣은 뒤에도 혜련은 오랫동안 움직이지 않았다.

어느덧 실내에는 황혼이 깃들고 있었다. 사방은 죽음처럼 고요했다.

'요즘은 윤성수 선생님한테 자주 가 뵙니다. 윤 선생님은 벌써 저를 제자라고 하잖아요?'

아무렇지 않게 씌어진 말이었다. 그러나 혜련의 마음이 평탄할 수는 없다. 윤성수라면 이영설이 연상되기 때문이다. 진수가 윤성수를 자주 만난다면 이영설도 자주 만날 것이 아닌가. 아니, 어쩌면 이영설이 진수를 윤성수에게 부탁을 했는지도 모를 일이다.

'한 선생하구 윤성수 씨는 술친구가 되었으니 반드시 이영설 씨가 진수를 부탁했다구 볼 순 없어.'

혜련은 이영설과 진수의 접촉을 부인하고 싶었다.

편지의 내용으로 보아 그것은 대수롭지 않은 일이었다. 보다 중요한 일은 명희의 가정일이었다. 명희는 밤낮 춤을 추러 다닌다는 것이요, 그렇지 않으면 며칠씩 앓고 드러눕는다는 것이다.

성격도 많이 변하고 한석중과 이따금 싸움도 한다는 것이다.

진수는 그런 일을 퍽 우울한 심정으로 쓴 모양이었다. 빨리 휴전이 되어 서울로 가고 싶다는 말도 씌어 있었다.

혜련은 우울한 집안 분위기가 진수의 시선을 밖으로 돌리게 했을지도 모른다는 의심이 들었다. 그렇다면 필경 한석중보다 이영설이 윤성수를 만나게 한 교량의 역할을 했음에 틀림이 없다. 혜련은 천천히 일어섰다.

"휴전이 어서 되어야지."

중얼거리며 안방으로 건너간다. 그에겐 부산으로 내려가리라는 생각이 없었다.

김서보가 다녀간 후 혜련은 매일 홀에 있는 의자에 나와 앉아 우두커니 종일을 보내는 것이었다. 마치 양로원 늙은이처럼 종일을 앉아 보내는 것이었다.

어느덧 옆집 담 둘레에 개나리가 활짝 피기 시작했다. 우물 옆에 늘어선 수양버들에도 움이 트고 따스한 햇볕이 온 뜰 안에 함빡 쏟아졌다.

혜련은 의자에서 일어나 서재로 들어갔다.

"오늘은 책을 내다 좀 말려볼까?"

혜련은 곰팡냄새가 나는 책을 뜰로 날랐다. 값진 명구의 의서醫書는 대부분 없어졌지만 혜련의 책은 그대로 남아 있었다.

돗자리 위에 책을 펴놓고 혜련은 잔디 위에 다리를 쭉 뻗었다. 꼬리를 치며 덤벼드는 베스의 머리를 쓰다듬어준다.

"용케도 살았구나."

개를 애무할 때 하는 입버릇이다.

김서보가 와서 행패를 부리고 간 뒤 혜련은 문에다 못질을 해 버렸다. 비가 쏟아져 허물어진 옆집 사이의 담으로 식모가 드나들었다. 그래서 별로 불편한 점도 없었다.

한참 뜰에 앉았다가 혜련은 서재로 들어왔다. 비질을 하고 찢어진 종잇조각을 쓸어 모았다. 동회로 되어 있을 때 그곳 사람들이 함부로 책을 불쏘시개로 하고 휴지도 한 모양으로 아무 데나 찢어진 책장이 널려 있었다. 찢어진 책장을 쓸어 모으다가 글씨가 씌어진 노트 조각이 눈에 띄었다.

혜련은 무의식적으로 그것을 집어 들었다. 눈에 익은 명구의 잔잔한 글씨였다. 낡은 일기 조각이었다. 종이 빛깔이 누렇게 변한 것으로 보아 퍽 옛날의 것인 모양이다.

⋯⋯영설이한테서 편지 오다⋯⋯

혜련은 영설의 이름을 보자 얼른 다음 글줄로 눈을 옮겼다.

그는 그의 선언대로 조선에 나오기만 하면 혜련을 빼앗아 갈 것이다. 능히 그렇게 할 수 있는 위인이다.

일기는 찢어져서 다음 구절을 읽을 수 없었다. 혜련은 쓸어 모아둔 종잇조각 속을 황급하게 뒤졌다. 그리고 누렇게 뜬 노트 조각을 모조리 골라내었다.

……그놈은 혜련에게 보낸 편지를 내가 가로챈 것을 폭로할 것이다. 그러면 혜련은? 혜련은 물론 영설에게로 달아나겠지. 아아, 그러나 나는 그 여자를 잃어버릴 수 없다. 사랑하지 않아도 좋다. 나를 미워해도 좋다. 다만 잃어버릴 수는 없다. 어떤 일이 있어도 빼앗겨서는 안 된다.

혜련은 다른 일기 조각을 집어 들었다.

……진수의 사진을 지니고 다니겠다. 그는 필경 병원으로 나를 찾아올 것이다. 그놈의 영웅심은 나를 먼저 찾을 것이다. 그리고 승리의 쾌감을 맛보려 할 것이다. 나를 지근지근 밟아 문드리고 복수할 것이다. 더군다나 그놈은 우리가 살고 있는 집을 모른다. 그놈은 필경 병원으로 올 것이다. 그가 오면 나는 진수의 사진을 보여주리라. 혜련이 명구의 딸을 낳았노라고, 아아, 숨이 막히게 웃음이 터져 나온다.

혜련의 차디찬 눈에 눈물이 괸다.

……드디어 영설은 나타났다. 그놈은 왕자처럼 내 앞에 군림하였

다. 나는 참담하게 그의 앞에 무릎을 꿇었다. 애원하였다. 그놈은 듣지 않았다. 진수의 사진은 마지막의 방패다. 그놈은 아들이냐 딸이냐 하고 물었다. 누구의 딸이냐는 말은 묻지 않았다. 그놈은 동전 한 푼을 던져주듯 값싼 동정을 던져주고 사라졌다. 나는 비천한 걸인처럼 그 동전을 주웠다. 가련한 놈이다. 비굴한 놈이다. 혜련은 오직 나를 사랑한다고 왜 외쳐보지 못했던가. 승리는 이영설에게 있었고, 패배는 문명구에게 있었다. 그러나 혜련은 내 것이었다. 혜련이 낳은 계집애도 내 것이었다. 차디찬 물체, 혜련이! 혜련은 내 것이다.

혜련은 그 이상 읽어 내려갈 수 없었다. 눈물이 빗발치듯 내리쏟아졌다.

낡은 일기에 씌어진 것은 모두 새로운 사실이다. 혜련이 모르고 있었던 일이다. 이영설이 자기에게 보낸 편지를 명구가 가로챘다는 일, 영설이 찾아왔다는 일, 진수의 사진을 보였다는 일. 그러나 혜련은 명구가 진수의 사진을 몸에 지니고 다니며 영설을 기다렸다는 일을 생각할 때 불행한 그 사나이에 대한 연민이 그의 가슴을 찔렀다.

'불쌍한 사나이!'

혜련은 자기의 운명을 공전空轉시켜 버린 문명구에 대하여 털끝만큼의 원망이 없었다. 오히려 자기 자신의 공전한 세월을 따라 문명구라는 한 사나이의 세월이 더 허무하게 공전된 것을 혜련은 울고 있는 것이다. 그리고 어느 하늘 밑에서 숨을 거두고 말았을지도 모르는 사나이, 아니 남남끼리와도 같았던 가족을 찾아 집으로 돌아와 빈방에서 아무도 보는 이 없는 외로움 속에서 죽었을지도 모르는 사나이의 생애를 혜련은 울어주는 것이다.

'차라리 학대하구 괴롭혔던들 이렇게 무서운 형벌을 받지는 않았을 것이다. 가엾은 내 남편!'

무릎 위에 얼굴을 묻고 얼마 동안 울었는지 모른다. 혜련은 수건을 들고 밖으로 나갔다. 우물가에 가서 세수를 하고 얼굴을 닦았다.

흰나비가 노랗게 핀 개나리 위로 팔랑팔랑 날아간다. 혜련은 어릴 때 일이 불현듯 생각났다.

새 계절이 다가와 제일 먼저 흰나비를 보면 그 해는 상제가 된다는 것이요, 호랑나비를 먼저 보면 시집을 간다는 것이다. 혜련은 봄이 되면 흰나비를 보지 않으려고 들판을 거닐 때 눈을 감았다. 어쩌다 흰나비를 보게 되면 어머니가 돌아가시지나 않을까 싶어 어린 마음이 몹시 죄어들곤 했었다.

혜련은 한숨을 푹 내어 쉬며 수건을 우물 옆에 선 버드나무 가지에 걸어놓고 고개를 숙여 우물 속을 내려다본다. 우물 안에는 파아란 하늘이 있고 구름도 한 조각 떠 있었다. 그리고 늘어진 버드나무 가지도 거기에 있었다. 혜련의 창백한 얼굴도 둥실 떠 있었다.

혜련은 마치 어린 계집애가 발돋움하듯 우물 속을 신비하게 들여다보고 있었다. 하늘도 있고 구름도 있고 나무도 있고 사람도 있건만 그곳은 좁고 답답하다. 하늘이 우주라면 구름은 꿈이요, 나무는 현실이다. 그리고 혜련의 얼굴은 인간인 것이다. 혜련은 갖출 것을 다 갖춘 좁은 우물의 세계가 자기 자신의 세계인 것을 느낀다.

어디선지 교회의 종이 울려온다. 그간 이 동네에도 사람들이 제법 돌아온 모양이었다.

꼬리를 치며 혜련의 애무를 기다리고 있던 베스가 별안간 펄쩍 뛰더니 문 있는 곳으로 달려간다. 조용한 공기를 찢고 짖어댄다. 동시에 못질을 한 문이 마구 흔들렸다. 혜련은 매섭게 눈을 치뜨고 문 있는 쪽을 쏘아본다.

'김서보가 왔구나!'

문이 심하게 흔들렸다. 베스는 미친 듯 짖어대었다. 혜련은 굳어진 채 문을 노려본다. 무엇이 훌쩍 담을 뛰어넘는다. 혜련은 몸을 사리며 허물어진 옆집 사이의 담으로 재빨리 시선을 돌린다. 그리고 달아나자는 것이다.

그러나 담을 뛰어넘은 사람은 김서보가 아니었다. 이영설이었다. 그는 이빨을 드러내고 덤벼드는 개를 발길로 걷어찼다. 그러자 개는 영설의 바지 자락을 덥석 물었다.

"베스!"

혜련이 소리쳤다.

영설은 주먹으로 개의 다리를 내리쳤다. 베스는 깽깽거리며 물러선다. 혜련은 베스를 창고 안으로 몰아넣었다.

영설은 신문지를 돌돌 말아 쥐고 문을 등진 채 노여운 얼굴을 하고 서 있었다. 그는 혜련을 만난 흥분에 신문지를 꼭 움켜쥔다. 바바리코트가 펄렁거렸다. 그는 가방 하나 없이 이웃집에 오듯 신문 한 장만 들고 있었다.

"혜련이!"

오래 마주 보고 섰다가 영설이 먼저 입을 열었다. 혜련은 돌아서서 개나리꽃을 꺾으며,

"왜 오셨어요?"

혜련의 가슴에는 명구를 위하여 우는 울음이 아직 멎어 있지 않았다.

"아무 말도 말아요."

영설은 뚜벅뚜벅 걸어와 혜련을 껴안았다. 옆집 식모가 개 짖는 소리에 놀라 건너오다가 이 광경에 놀라 담 밑으로 얼굴을 숨긴다.

"들어가세요."

혜련은 영설의 팔을 풀고 앞서 걷는다. 그러나 영설이 얼른 다가가서 혜련의 어깨를 감싸 안으며 홀로 같이 걸어가는 것이었다.

"커피 끓여 오겠어요."

의자에 앉는 영설을 보며 혜련이 말했다. 그러나 영설은 그

말대답은 하지 않고,

"왜 울었소?"

혜련은 대답을 하지 않고 고개를 돌려버린다.

"눈이 붓도록 혼자서 울었구려."

영설은 혜련을 잡아 끌어 의자에 앉혔다. 그렇게 해놓고는 말이 없었다. 다만 혜련을 쳐다만 보고 있을 뿐이었다. 혜련도 영설의 남김 없는 애정의 분위기에 동화되듯 영설을 쳐다보고 있었다. 지나간 세월과 닥쳐올 세월을 믿지 않아도 이 순간만은 믿어지는 혜련의 안타까운 애정이 모든 것을 잊게 하였다.

"나를 피하려고 여까지 혼자 왔소?"

영설은 빙그레 웃었다. 혜련은 얼굴을 돌렸다.

"하늘 끝까지 난 혜련을 찾아다닐걸."

"뉘한테 물어 오셨어요?"

"진수한테."

"진수한테?"

"왜 놀라죠?"

혜련은 머리를 쓸어 넘기며 혼란의 빛을 감추려 한다.

"진수를 쭉 만나셨어요?"

"아니."

"그럼?"

"혜련이가 서울 간 건 윤성수한테 들었소."

"윤성수 씨가 어떻게?"

혜련은 진수의 편지를 생각하며 슬그머니 물었다.

"진수가 윤 군한테 개인지도를 받는 모양이더군. 한 의사가 각별하게 부탁을 하더라구요. 어머니도 서울 가고 안 계시니 진수가 외로워한다고 하면서."

혜련은 진수가 영설과 아무런 거래도 없음을 확인했다. 우선 안심이 되었다.

"그 얘기를 무슨 말끝에 윤 군이 하더군요. 그래서 혜련의 행방을 알았죠. 난 혜련과의 약속을 지키노라고 진술 찾지 못했어요."

영설의 말은 부드러웠다. 부산에 있을 때보다 혜련을 위하고 감싸주는 태도를 취해주었다.

"그러나 서울 올려면 아무래도 집을 알아야겠기에 학교 앞에서 진술 기다렸죠. 그래 진수가 나오는 걸 보구 우연히 만난 척했어요. 그 애가 퍽 반가워하고 살짝 달아나 버렸다고 원망도 하더군. 그래 내일 서울을 간다고 했더니 바싹 다가서며 어머니를 찾아봐 달라는 거요. 요즘 인편에 편지 보냈는데 어떻게 된 건지 그 사람이 오지 않는다고 하면서 주소를 적어주더군요. 과히 실수는 하지 않았죠?"

혜련은 자기도 모르게 고개를 끄덕였다.

"난 처음 혜련을 보면 따귀라도 한 대 때려줄까 싶었어. 그러나 막상 이렇게 만나니 노여움이 없어지고 말았어. 왜 울었지?"

혜련은 또다시 고개를 돌려버린다. 영설은 여윈 손을 들어

보며,

"퍽 여위었군. 어쩌자구 여길 혼자 왔소?"

"오고 싶었어요."

"내가 미워서?"

혜련은 아픔에 가까운 표정으로 눈을 쳐들었다.

"하여간 좋아요. 우린 만났으니까."

영설은 일어서서 바바리코트를 벗어서 의자에 걸친다.

"그럼 커피나 주시오."

혜련은 커피를 끓이려고 부엌으로 나갔다.

영설은 담배를 꺼내며 방 안을 휘둘러본다. 자개 무늬의 나지
막한 탁자 위에는 갸름한 고려자기의 꽃병이 놓여 있고 노오란
개나리 꽃잎이 탁자 위에 흐드러져 있었다. 벽 옆에는 소파가
있고, 그 위에 산수화가 한 폭 걸려 있었다. 방 안 구조는 양풍
인데 비품들이 순 한식이어서 그윽한 풍치를 이루고 있었다.

벽에는 아직도 총탄 자국이 남아 있었건만 혜련의 가늘한 손
길이 구석구석까지 닿아 청결했다.

영설은 담배에 불을 댕기는 순간 짜릿한 흥분이 손끝을 타고
내려감을 느꼈다. 라이터를 그어대는 그의 손이 신경질적으로
흔들렸다. 영설은 혜련의 그 옛날 가정이었다는 생각을 한 것
이다.

말할 수 없는 불쾌감이 가슴에 치오른다. 감당할 수가 없는
감정이다. 올 때까지도, 아니 바로 일순간 전까지도 그는 그러

한 생각을 하지 않고 있었던 것이다.

영설은 불쾌하기 짝이 없는 추억에서 벗어나려고 자리로부터 벌떡 일어나 창 옆으로 다가갔다. 밖은 이미 해가 기울고 있었다. 뜰에는 책들이 가지런히 널려 있었다.

'흥! 책? 알뜰하군.'

내뱉듯 마음속으로 중얼거렸다.

"커피 드세요."

뒤에서 차반에다 커피잔을 받쳐 들고 오면서 혜련이 말했다. 영설은 이마 위에 주름을 잡으며 빙글 돌아섰다. 그리고 탁자 위에 커피잔을 내려놓는 혜련의 흰 손길을 미운 눈초리로 바라본다.

"집이 좋군."

자연히 하는 말에 가시가 돋친다. 명구하고 같이 살던 집이 아니냐는 울분이 숨은 말이다. 혜련의 표정이 민감하게 반응한다.

자리에 돌아와 커피잔을 들었을 때 영설의 표정은 완연히 거칠어 있었다. 입을 꼭 다문 채 말도 없었다.

"저녁은 어떻게……."

혜련은 입으로 가져간 커피잔을 내려다보며 조심스럽게 물었다.

"거리에 저녁 사 먹으러 나가렵니까?"

심통이 난 목소리로 쏘아붙인다.

"왜 그리 화를 내세요?"

"화가 나지 않게 되었소? 뭐 창작할려구 서울 오셨다지요."

영설은 공연히 엉뚱스러운 일을 끌고 와서 분풀이를 한다.

"그건 구실이에요. 모두들 못 가게 말리니까."

"구실치고는 불쾌하기 짝이 없는 구실이오. 천하의 대걸작이라도 나올 법한 호들갑스런 구실이군요."

혜련은 눈을 아스름하게 뜨고 영설을 바라본다.

"절 괴롭히려구 여까지 오셨어요?"

영설은 이내 뉘우치듯 입을 다물었다.

"살아 있는 사람은 그래도 다 행복해요."

혜련은 영설이 갑자기 화를 내는 심정을 이미 알아차리고 있었기 때문에 부드러운 목소리로 말하는 것이었으나 그것은 옹졸하다는 나무람이었다. 어쩌면 이 세상에 존재하고 있지 않을지도 모르는 불행한 사람에 대하여 질투한다는 것은 나쁘다는 뜻이다.

"나를 구속하니까…… 그리구 혜련을 구속하니까."

밑도 끝도 없는 말을 영설은 불쑥 뇌었다. 그러나 그 말은 솔직한 고백이었다. 보이지 않는 명구는 그의 감정을 혼란에 빠뜨렸고, 살림 하나하나에 그들의 추억이 간직되어 있다고 생각하니 마음이 위축되는 것이었다.

"아무튼 저녁이나 지어주시오. 할 말도 많구, 이번에는 결판을 내야겠소."

영설은 의자 위에 머리를 얹고 눈 밑으로 혜련을 쳐다보며 말했다.

혜련은 책을 거둬들여 놓고 부엌으로 들어갔다. 저녁상에 무엇을 올려놓아야 할지 걱정스럽다. 혜련은 어느새 자기가 퍽 여자다운 걱정을 하고 있는 것을 깨닫고 놀란다.

겨우 저녁 준비가 다 되어 두 사람은 밥상 앞에 마주 앉았다. 서로 별로 주고받는 말 없이 식사를 시작했다.

"그분은 지금 어디 계세요?"

한참 만에 혜련이 불쑥 말했다.

"그분이라니?"

영설이 의아하게 되묻는다.

"그때 그분 말예요."

혜련은 다소 얼굴을 붉힌다.

"대체 누구 말이오?"

"약혼했던 분."

"아, 그 사람, 이북에서 살아요."

영설은 고기조림에 젓가락을 보내며 대답한다.

"왜 결혼 안 하셨어요?"

"왜라는 의문이 필요치 않소. 애당초부터 결혼하려던 사람이 아니니까."

영설은 퉁명스럽게 말했다. 잠시 말이 끊어진다.

"그래서 그분은 어떻게 되셨어요?"

혜련은 내친김에 다잡듯 물었다.

"다른 남자하구 결혼해서 아들딸 낳구 잘 산답니다. 부부가
다 공산 치하의 열렬한 일꾼이오."

"······."

"왜 새삼스럽게 그런 말을 묻는 거요?"

영설은 의심스러운 눈을 들었다.

"그냥 생각이 났어요."

혜련은 명구의 일기를 보지 않았던들 그런 질문은 하지 않았
을 것이다. 영설은 혜련을 가만히 쳐다보다가 불쑥 말한다.

"약아빠졌군."

"네?"

"약아빠졌단 말이오. 믿기기 싫어서 응수하는 게 아니오?"

혜련은 이어 영설의 말뜻을 알았다. 그는 자기가 옛날을 생
각하여 불쾌감을 금하지 못하고 있는 데 대하여 혜련은 지난날
의 그의 약혼자를 들추어 은근히 대항하고 있는 것이라 생각한
것이다. 그러나 혜련은 구태여 변명하지 않았다. 더욱이 명구의
낡은 일기에 관한 얘기는 입 밖에 내지도 않았다.

"어째서 절 보기만 하면 그렇게 비꼬아 말씀하세요?"

"그야 잘못이 혜련한테 있으니까. 미꾸라지처럼 빠져나간단
말이야. 감정적으로 한 푼어치의 손해도 안 볼려구 들거든. 용
렬하단 말이오."

"전 항상 오해 속에서 살아왔어요."

"오해 속에서 살아왔다구? 그보다 혜련이가 자신을 오해하고
살아온 거지."

"그런지도 모르죠."

혜련은 잔을 영설 앞에 옮겨놓으며 엽차를 따른다.

"위대한 체념이군. 뭐든지 그런지도 모른다 하면 그만인가?
그건 부정보다 더 큰 반발이거든. 사람을 답답하구 성급하게 만
든단 말이야."

정말 그는 답답한 모양이었다. 뿜어내는 열정이 혜련의 앞에
가서 싸늘하게 식어버리는 것 같아 공연히 이 말 저 말 주워다
가 혜련을 괴롭히는 것이다.

"얼마나 말씀을 하셔야 직성이 풀리겠어요?"

"그만하겠소. 자아, 이제 치웁시다."

영설은 탁자 위의 그릇을 주섬주섬 주워 모으며 무안풀이처
럼 씩 웃는다.

"제가 하겠어요."

혜련은 영설의 손을 밀어내며 그릇을 들었다. 영설은 혜련의
손을 덮쳐 쥐었다. 그리고 창밖으로 눈을 돌리며,

"어둠이 오는군."

그새 어둠이 방 안에 밀려들고 있었다.

"불을 켜드리겠어요."

혜련은 살며시 손을 뽑았다.

"아니, 이대로 내버려두어요. 나는 어둠을 기다리고 있었소."

영설의 눈이 어둠 속에서 빛나는 것 같았다. 혜련은 가슴을 떨었다. 그는 그릇을 모아 차반에 옮겨가지고 도망치듯 부엌으로 나왔다.

촛대에다 초를 꽂고 혜련은 불을 켰다. 그는 그릇을 씻으면서 몇 번이나 일손을 멈추고 혼 빠진 사람처럼 멍하니 촛불을 바라보곤 한다. 어떻게 해야 좋을지 알 수 없었다. 그러나 그의 혈관의 피는 세차게 굽이치고 있었다. 황홀한 기쁨, 육신에 대한 강렬한 그리움, 일찍이 없었던 욕구가 그의 쇠잔한 가슴을 뛰게 하는 것이었다.

아무도 없는 집이다. 벌판 속에 있는 외딴 오두막 같은 집이다. 영설과 단둘이서 보내는 밤, 어쩌면 이러한 찬란한 밤을 혜련은 오래전부터 기다리고 있었는지도 모른다.

'맹목적이다! 맹목적이 아니라면? 그럼 그것은 무슨 뜻이 된단 말인가? 아무것도 없지 않느냐? 맹목을 막아야 하는 이유 말이지.'

혜련은 자기도 분별할 수 없는 말을 중얼거리며 오래오래 그릇을 씻는다.

촛불이 가물거린다. 명구의 노한 얼굴이 크게 흔들린다. 영설의 노한 얼굴이 겹친다. 명구의 얼굴, 영설의 얼굴, 얼굴, 얼굴, 급격한 속도로 얼굴이 교차한다.

'승리는 이영설에게 있었고 패배는 문명구에게 있었다. 그러나 혜련은 내 것이다. 혜련이 낳은 계집애도 내 것이었다.'

어디서 들려오는 명구의 절망적인 목소리다.

'난 안방에 열쇠를, 문을 잠가놓고 자겠다.'

명구의 소리에 대답하듯 마음속으로 중얼거렸다.

혜련은 촛대를 들고 안방에서 담요를 두 장 꺼내어 홀로 나갔다. 촛대를 테이블 위에 놓고,

'이 선생은 소파에서 주무세요. 저는 안방에서 자겠어요.'

그러나 그 말은 마음속에서 중얼거렸을 뿐 입 밖에 나오질 못했다.

영설은 촛불을 확 불어 껐다. 두 입상이 차츰 선명한 선을 나타낸다. 영설은 절실했던 그 어둠 속에서 팔을 들어 혜련을 껴안았다.

"내가 졌소. 참았지만, 결코 먼저 내가 서울로 찾아가지 않으리라고 참았지만, 결국 내가 지구 말았소."

영설은 혜련을 쓰러뜨렸다. 거친 숨소리, 백열白熱적인 침묵, 다만 두 육신이 어느 극지를 향하여 분류처럼 솟구쳐 가는 것이었다. 지옥에 떨어져야 하는 이교도끼리의 사랑처럼 혜련은 공포와 환희에 전신을 떨면서 한 찰나에 전신을 내맡기는 것이었다.

"혜련이! 오래오래 우린 이렇게 살아야 해!"

영설의 얼굴이 혜련의 부드러운 머리 위에 내리덮인다. 혜련은 몸을 꼿꼿이 뻗치면서 영설의 굵은 목덜미를 양손으로 꼭 틀어잡았다. 막막한 시간이었다.

영설은 일어나 담배를 피워 물었다. 빨간 담뱃불이 그의 높이 솟은 이마를 비춰준다. 노곤한 피로가 전신에 퍼져나간다. 비행기가 으르렁거리며 지나간다. 다시 무거운 정적이 파고든다.

혜련은 무릎 위에 묻었던 얼굴을 쳐들었다.

"악!"

별안간 비명을 지르며 혜련은 손으로 얼굴을 싼다.

"왜! 왜 이래요!"

영설은 놀라며 담배를 던지고 혜련의 어깨를 잡았다. 혜련은 가렸던 손을 들고 어둠을 쏘아본다.

"아악!"

다시 비명을 지른다. 영설은 혜련의 어깨를 심하게 흔들었다.

"혜련이!"

혜련은 영설의 손을 뿌리치며,

"그, 그분이 보아요!"

영설은 방 안을 두리번거렸다. 어둠 이외 아무것도 보이지 않았다.

"명구 씨가! 나, 남편이!"

혜련은 허리를 꺾듯 무릎 위에 푹 쓰러진다. 영설은 라이터를 켰다.

그의 얼굴도 굳어 있었다.

"환상이야."

영설의 목소리가 나직이 방 안에 울렸다.

"귀신이에요! 저, 저 방에서……."

혜련은 떨었다.

"미친 소리, 귀신이 어디 있어."

영설은 라이터를 켜 들고 촛대를 찾아 불을 켠다. 불그레한 불이 이리저리 흔들린다. 혜련은 새파랗게 질린 채 앉아 있었다. 흥분을 가라앉힌 눈에는 아무것도 보이지 않았다. 혜련은 속삭이듯 안방에서 죽었다는 사나이의 얘기를 영설에게 들려준다.

"환상이야. 혜련이 늘 그 일을 생각하는 때문이오."

영설은 우울하게 말했다.

8. 환도還都

1953년 여름, 정부는 부산에서 환도하였다.

환도한 지 얼마 안 되어 한석중은 부산의 병원을 처분했다. 그리고 명희와 진수를 데리고 서울로 올라왔다. 명희와 준을 둘러싼 몇 가지 사건 때문에 그는 서둘러 서울로 올라온 것이다.

진수는 이미 음악대학에 적을 둔 여대생이 되어 있었다. 약반년 동안 혜련과 떨어져 있는 사이에 키는 더 늘씬해지고, 눈은 맑고 크게 빛났다. 얼굴에는 보기 좋게 살이 올라 퍽 성숙해 보였다.

늦은 조반을 먹고 혜련은 나무 밑에 마련된 벤치에 앉아 부채질을 하고 있었다.

바람 한 점 없는 뜰에는 늦더위가 마지막 기세를 올리고 있었다. 씨가 떨어져 저절로 자란 채송화만은 인내의 상징인 듯 강렬한 태양 아래 더욱 붉고 싱싱한 꽃을 피우고 있었다.

집 안에서 피아노 소리가 청명하게 새어 나온다. 〈소녀의 기도〉다.

아침부터 진수가 치고 있는 것이다.

혜련은 그것을 들으면서도 부질없는 생각을 하고 있었다. 자기에게도 저와 같은 날이 있었다고 생각하는 것이다. 진수와 같은 그 나이에 영설을 만났고, 소녀의 기도는 오로지 영설을 위하여 있었던 것이라고 생각하였다. 그러나 지금은 그 순수한 감정에 수없는 때가 묻어 여러 가지 일들이 착잡한 속에 나자빠져 있는 것을 생각하였다.

영설은 환도하기 전에 두 번이나 서울을 다녀갔다. 지금도 서울에 와 있었다.

혜련이 그날 밤, 마지막 선을 넘었을 때 명구가 보고 있다고 소리친 일은 영설에게 적잖은 충격을 주었다. 그 일순간이 지난 후 그들은 서로 유령이라는 것을 믿지 않았다. 그것이 일종의 환상이라는 것을 인정했다. 그러나 영설은 혜련의 마음속에 있는 유령을 거부할 수는 없었다. 영설은 혜련을 포옹할 때, 혹은 키스를 할 때 그 여자 마음에 이는 유령을 느꼈다. 영설은 그럴 때마다 혜련을 쓰러뜨리고, 내려치고 싶었다. 아니 죽이고 싶도록 미운 생각조차 들었다.

넝실은 십 닷이라 생각했다. 안방에서 죽었다는 사나이 때문이라 생각하였다.

"환도하거든 집을 팔아버려요! 혜련인 다른 데로 옮겨가야
해."

영설은 저주에 찬 눈으로 몇 번이고 그 말을 했다.

피아노 소리가 뚝 끊어진다. 진수가 홀에서 얼굴을 내어 밀
었다.

"어머니!"

혜련이 얼굴을 든다.

"병림 오빠 아직 안 오셔요?"

"이제 오겠지."

진수는 신발을 끌고 나왔다. 그는 혜련이 곁에 펄썩 주저앉
는다.

"아아, 심심해. 처음엔 날아갈 듯 좋았는데……."

"피아노에도 이제 싫증이 났니?"

진수는 양어깨를 움츠리며 웃었다. 부산서 갓 올라왔을 때,
진수는 없어지지 않고 있는 피아노를 마치 옛 벗처럼 어루만지
며 기뻐서 날뛰었던 것이다.

진수는 혜련으로부터 부채를 받아 쥐더니 살랑살랑 부친다.

"어머니!"

"응?"

"병림 오빠 우리 집에 와 있었음 좋겠어요."

"왜?"

"집도 넓구. 왜 그런지 밤이 되면 무시무시해요."

"무시무시하다구?"

혜련의 낯빛이 약간 변한다. 그러나 이내 아무렇지도 않은 어조로,

"베스가 있잖니?"

"그까짓 개 한 마리, 어디 식구 축에 드나요? 식구가 적어서 꼭 절간 같아요. 밤중엔 유령이라도 나올 것 같구……."

진수는 무심히 말하는 것이나 혜련의 얼굴에는 완연히 공포가 서린다.

"그런 소리 하면 못써. 사람 사는 집에 유령이 나오다니? 유령이 어디 있어?"

"그런 생각이 든다는 거죠, 뭐…… 어머닌 병림 오빠하고 같이 있고 싶지 않으세요?"

"제각기 생활이 다른데 남의 식구끼리 같이 있을 수 있니?"

"그래도……."

"설령 우리가 오라구 해도 그 사람 성격으론 안 올 게다. 형님 집에도 같이 안 있겠다는 사람인데."

진수는 잠자코 만다.

병림도 지금 서울에 와 있었다. 이동하는 미군부대를 따라 서울로 올라왔으나 이내 그 일자리를 그만두고 혜련의 집 근처에다 하숙을 정한 지 일주일이 넘는다. 그는 S대학에 복교할 수속을 밟고 있는 중이다.

"우리 집에 오라면 올지도 몰라요. 병림 오빠는 어머닐 굉장히 존경하거든요."

진수는 그 일에 미련이 남는지 다시 말을 꺼내었다.

"그럼 고몬 존경 안 한단 말이냐?"

혜련은 부지중에 그 말을 해놓고 아차 싶었다.

"병림 오빠는 고지식해서 고모를 별로 좋아하지 않나 봐요."

"……."

"만일 병림 오빠가 오고 싶어 한다면? 그래도 거절하시겠어요?"

"온다고 할 리도 없지만 만일 그렇다 하더라도 난 거절하겠다."

혜련은 딱 잘라 말했다. 그러나 진수는 부산 있을 때처럼 샐쭉하니 토라지지는 않았다.

"아이, 이놈의 개, 내 다리를 막 핥아! 더워 죽겠는데……."

진수는 베스를 발로 밀어내면서 부채 바람을 분주하게 낸다.

"어머니! 준이란 사람 있잖아요."

진수는 병림의 일이 가망 없음을 알았는지 화제를 돌린다.

"그이 부산서 아저씨하고 쌈했어요."

"왜?"

"어머닌 그일 어떻게 생각하셔요?"

진수는 말을 꺼내어 놓고, 결론도 짓지 않은 채 도리어 질문이다.

"어떻게 생각하다니? 좋은 사람 같던데?"

"의지박약한 사람 아니에요?"

제법 어른 같은 말투다. 준에 대한 감정이 좋지 못한 눈치다.

"그렇게는 안 뵈던데?"

"그인 아마 고몰 좋아한 모양이에요, 그전부터."

진수는 일단 말을 끊었다가 다시,

"고몬 그걸 알고 있으면서도 딱 잘라버리지 않고 어울려 다닌
단 말이에요. 또 아저씬 그걸 내버려두고 말이에요."

"심심하니까 그랬겠지."

"그렇지만 고모의 생활 태도는 나빠요. 그야말로 전후파예요."

"함부로 비판하는 것 아냐. 남을 비판하는 건 쉬운 일이 아
니다."

"엄마는 뭐 언제까지나 절 아인 줄 아시나 봐? 전 무조건 비
판하는 거 아니에요. 저도 고모를 퍽 소중히 여겨요. 그렇지만
고몬 무의미하기 짝이 없는 생활을 하거든요. 특히 요즘은 그래
요. 거짓말로 살고 있는 것 같아요."

"고몬 고모대로 생각이 있겠지."

"어머닌 체면치레로 고몰 두둔해요. 나쁘다고 생각하시면
서…… 고몬 사회악의 한 표본이에요. 아무것도 하지 않고 자기
의 향락만 찾고 있잖아요?"

혜련은 눈을 크게 떴다. 진수의 입에서 그런 말이 나올 줄은
차마 몰랐다.

"너 뉘한테 그런 말투를 배웠니?"

"병림 오빠가 그랬어요."

진수는 그동안 병림의 감화를 톡톡히 받은 모양이다.

"고모에 대해서 병림 씨가 그런 말을 하던?"

"아니에요. 광복동 거리로 치맛바람을 날리며 지나가는 사치스런 여자들보고 그랬어요. 고모도 그중의 한 사람이지 뭐예요? 기생충 생활이고 무의미한 존재 아니에요?"

"그렇다면 나도 그중 한 사람인 것 같구나."

혜련은 진수의 콧김에 압도되었다.

"어머닌 글을 쓰지 않아요. 그리고 전 공불 하구요."

"그 글이 무슨 뜻이 있니."

혜련은 스스로 의문하듯 말한다.

"사람의 마음의 양식이죠."

"성경처럼? 난 그만두겠다."

"그럼 어머닌 뭐 하시게?"

"고아원의 보모나 할까?"

혜련은 자신을 비웃듯 말했다.

"이제부터 계몽하는 글 쓰면 되잖아요."

"계몽? 그것도 병림 씨가 말하더냐?"

"아뇨."

"차라리 계몽 간판을 짊어지구 시굴로나 가는 게 낫겠다."

"어머닌 어머니의 슬픔만 쓰시거든요. 인간의 슬픔을 쓰세요."

"그 말은 병림 씨가 했지?"

"네, 그런 말 했어요."

"그러고 보니 네 밑천은 하나도 없었구나."

혜련은 야릇한 쾌감을 느끼며 웃었다. 진수에게, 젊은이들에게 느끼는 패배의 쾌감이다.

"아이, 얕보지 마세요. 누가 뭐 나면서부터 박사님인가요? 차츰 배우고 얻어걸린 지식이 자기 것 되잖아요."

"그래, 네 말이 맞다."

영설은 세상의 슬픔을 혼자 짊어진 듯 비통한 얼굴을 하지 말라 했다. 그러나 병림은 인간의 슬픔을 써야 한다고 했다. 한 사람은 예술가요 사십 대의 사나이, 한 사람은 수학과 학도이며 이십 대의 청년이다.

혜련은 모든 사람이 이 상반된 사고 속에서 방황하고 있는 것이라 생각하였다. 전자가 이기적이요, 자유주의자라면 후자는 질서를 존중하는 박애주의자라 할 수 있을 것인가?

혜련은 병림이 의용군으로 나갔다는 일을 생각했다. 그의 형님이 월북했다는 일도 생각했다. 그러나 병림이 공산주의자라 여겨지지는 않았다. 그는 쌍방을 다 예리한 눈으로 비판하며, 무엇인가를 찾고자 노력하고 있는 청년이라 생각되었다. 그의 패기가 위축되지 않는 한 그는 그 노력을 포기하지 않을 것이란 생각도 들었다. 아무튼 그 유능한 청년이 동족끼리 쏘는 총탄에 희생물이 되지 않았던 것만은 다행이라 여겨졌다. 그러나 그의 앞길에 어두운 구름이 끼어 있는 것만은 어쩔 수 없다. 그의 경력과 그의 성분이 거미줄처럼 얽힌 정치적 현실 속을 어떻게 뚫고 나갈 것인가.

혜련은 진수의 얼굴을 멍하니 쳐다본다. 왜 그런지 모르나 진수의 얼굴을 보고 있노라니까 병림과의 공동운명체 같은 것이 느끼어진다.

'진수의 짝으로서는 나무랄 데 없는 사람이다. 그러나……?'

혜련은 어두운 그림자를 밀쳐버리듯,

"그래, 아저씨하구 강준 씨는 왜 싸웠지?"

하고 물었다.

"아참, 이야기가 옆길로 갔군요. 그러니까 우연이지만 그이하고 아저씨가 한번 마주치게 되었어요."

"어디서?"

"병원 앞에서요. 그날 밤 병림 오빠는 아저씨가 오라고 해서 집에 왔거든요. 미군부댈 그만두고 학교에 가는 의논을 할려고요. 그랬는데 고몬 병림 오빠가 오자마자 옷을 갈아입고 홱 나가버리잖아요! 춤을 추러 간 거예요. 고몬 저녁 늦게까지 돌아오지 않았어요. 아저씨는 병림 오빠 보기가 안됐던지 곧 돌아올 거라 하시며 자꾸만 갈려는 병림 오빠를 붙드는 거예요. 통금 시간이 가까워져서 병림 오빠는 갈려고 일어섰어요. 전 오빠 전송할려고 병원 밖까지 따라 나갔죠. 아저씨도 마음이 울적했나 봐요. 어슬렁어슬렁 따라 나오시더군요. 그때 마침 우리는 딱 마주치고 말았어요. 그인 아마 고몰 병원 앞까지 데려다주기 위해 왔나 봐요. 술 냄새가 확 풍겼어요. 아저씨는 몹시 불쾌한 눈치였지만 아무 말도 하지 않았어요. 그런데 도리어 그쪽에서 횡설수설하잖아요! 결국 아저씨를 모욕하는 말을 내뱉은 거예요. 아무리 부처님같이 어진 아저씨래도 그 말 듣고 가만있겠어요?"

"뭐라구 했는데?"

"명희는 한석중이라는 사나이가 지닌 재물의 희생자다. 사내가 얼마나 못났음 여자의 껍데기만 데리고 사느냐, 그러잖아요. 말을 옮겨놓는 것만도 창피스러워요. 아저씬 그의 뺨을 쳤어요. 그 커다란 주먹이 날았으니, 키만 껑충하니 크고 말라비틀어진 사람이 어떻게 됐겠어요. 코피가 줄줄 쏟아지지 않아요. 그리고 썩은 나무둥거리처럼 푹 고꾸라지는 거예요. 병림 오빠가 겨우 뜯어말려 그일 데리고 갔지만, 만일 그날 밤 병림 오빠가 없었음 그인 맞아 죽었을지도 몰라요."

"퍽 순한 사람같이 뵈던데 그런 주정을 했었니?"

"아무리 술을 마셔도 그런 법이 어디 있어요? 저도 전엔 그일 좋아했어요. 그렇지만 이젠 정나미가 뚝 떨어졌어요. 전 어디까지나 아저씨 편이에요."

진수는 끝내 준 아저씨니 미친 소 아저씨라 부르지 않고 그이라고만 했다. 단단히 틀린 모양이다.

"그렇게 대범하고 관대한 아저씨도 그이 말이 두고두고 마음

에 걸린 모양이에요. 영 우울하잖아요! 그래도 고모 태연했어
요. 오히려 웃음까지 띠지 않아요! 그때처럼 고몰 밉다고 생각
한 일은 없었어요."

"불순한 점이 없었기에 그랬겠지."

혜련은 명희를 두둔하듯 말했다.

"그건 저도 알아요. 알기 때문에 고모가 더 나쁘다는 거예요.
고몬 주위 사람들에게 고의로 자기 자신을 나쁘게 보이려고 해
요. 타락된 사람으로 인식시키려고 애쓰는 것 같아요. 왜 자기
를 속이는 짓을 할까요?"

진수의 눈에는 의심이 가득 차 있었다. 혜련은 정말로 진수가
많이 달라졌다고 생각했다.

"참말로 모르겠어요. 어른들은 곧잘 착해야 한다. 얌전해라
하지만 그들 자신은 참말로 얌전하고 착할까요?"

혜련은 가슴이 뜨끔했다.

"어떤 분은 마음대로 해라, 자기 자신을 위해 모든 것 무시하
라 하는 거예요. 특히 고모 같은 사람. 그렇지만 조금도 마음
은 자유롭지 못하면서 행동만은 자유로운 척하거든요. 어른들
은 모두 거짓말쟁이에요."

"거짓말쟁이……."

혜련은 입 속에서 뇌어본다.

"고몬 옛날보다 더 많이 웃고 떠들어요. 그렇지만 조금도 마
음속은 즐거운 것 같지 않아요. 미운 생각이 들다가도 어떤 땐

마음이 아프기도 하고, 왜 고몬 저럴까 싶어져요."

말을 끝맺고 진수는 혜련을 빤히 쳐다보았다. 혜련은 그의 눈을 피한다.

"쉬! 쉬! 베스."

남자의 목소리가 문간에서 들려왔다. 베스가 으르렁댄다.

"이놈아, 짖지 마! 골치 아프다."

혜련과 진수는 동시에 뒤를 돌아다본다. 병림이었다. 그는 호주머니 속에서 무엇을 꺼내어 베스한테 홱 던져주고 싱그레 웃으며 벤치 옆으로 다가온다.

"왜 이제 오세요?"

진수의 말이 끝나기도 전에 병림은 혜련을 보고 인사를 했다.

"덥죠?"

"네, 덥습니다."

"수속은 끝마쳤어요?"

"네."

"이제부터 학생이구먼."

"나이 많아 걱정입니다."

"열심히 하세요."

"어머니, 커피?"

두 사람이 얘기하는 것을 보고 있던 진수가 일어서며 묻는다.

"응, 끓여 와."

"찬 것 말고 끓여 와요? 더운데……."

"여름일수록 더운 걸 먹어야 해."

"어머닌 병림 오빠 의사도 묻지 않고, 파쇼야."

"괜찮어."

병림이 빙긋이 웃는다.

"오빤 맹종이구."

진수는 집 안으로 들어간다.

"하숙은 괜찮은가요?"

"네, 조용해서 좋습니다."

"하숙비랑 많이 들 텐데."

"영어 강좌를 맡았습니다. 이러저럭 돼나가겠죠."

"공부하는 데 지장이 되겠지……."

"그렇지도 않을 겁니다. 도리어 하루가 팽팽해서 좋을 겁니다."

"공연히 염치 차리는 것 아니에요? 한 선생 도움 왜 안 받으세요?"

"정 어려워지면 받겠습니다. 아직은 제게 여유가 있습니다."

한참 동안 말이 없다가,

"참, 강준이라는 분도 서울 올라오셨어요?"

혜련은 조금 전에 진수로부터 들은 말도 있고 하여 넌지시 물었다.

"네, 올라왔습니다. 강준 형님도 미군부대 그만두었습니다."

"그럼 뭘 하시게? 학교라도 나가나요?"

"누구하구 합작하여 무역회살 하겠다던가요?"

"그분 그런 돈이 있어요?"

"서울에 집이 있구, 아버님 재산을 정리한다더군요."

"그분은 사업 같은 것 하실 분이 못 되던데."

"그렇지도 않습니다. 퍽 사람이 달라졌어요."

병림은 약간 얼굴을 찌푸렸다. 그리고 우울한 표정으로 생각에 잠긴다.

"아이, 더워. 방학도 벌써 지났는데 왜 이리 계속 더울까?"

진수는 차를 날라 오면서 머리를 뒤로 젖히고는 가볍게 흔들었다.

커피를 마시면서 진수는,

"병림 오빠, 그럼 저하고 동학년이네요?"

"……."

"경제과로 전과하셨다면요? 그까짓 이 학년으로 옮기실 거지 고지식하게 일 학년으로 주저앉아요?"

병림은 쑥스럽게 웃는다.

"이제 뻐기시면 안 돼요. 사 년 후면 S대학 동기동창으로 졸업하니까 말예요."

"또 까불어."

병림은 진수를 때릴 듯 손을 올리다 만다.

"호호호…… 아참, 어머니. 이영설 선생님 말예요."

혜련의 얼굴이 살짝 변한다.

"그 선생님 우리 학교에 오셨어요."

"그래?"

"인기가 대단해요. 멋쟁이거든요. 여학생이 줄줄 따르고 남학생은 막 질투를 해요."

"너 참, 고모 집에 갔댔지"

혜련은 말허리를 꺾어버린다.

"어머닌 안 가시겠어요?"

"나는 요다음에."

"그렇게 말씀하실 줄 알았어요. 오빠, 그럼 우리끼리만 가요."

"가볼까?"

"가볼까가 뭐예요. 갈려고 약속을 했는데."

진수는 윤림의 내키지 않아 하는 태도가 불만인 모양이다.

"병원 수리는 다 됐어요?"

혜련이 병림한테 묻는다.

"글쎄, 저도 올라오시던 날 가보고는 아직."

병림과 진수는 거리에 나왔다. 동화백화점 앞에까지 왔을 때,

"병원으로 갈까?"

병림이 진수에게 묻는다.

"왜요?"

"형님은 거기 계시잖을까?"

"일요일인데요?"

병림은 무엇을 한참 생각하는 것 같다.

"명륜동으로 가세요. 고모한테 바가지 씌워야지."

명륜동에는 명희의 살림집이 있었다. 병원은 광화문에 있었다. 그들은 버스를 타고 명륜동으로 갔다. 성균관대학 못미처 앞으로 빠진 골목으로 한참 돌아 들어갔다.

집 앞에까지 왔을 때 진수는 병림을 쳐다보며,

"고모 계실까요?"

"……."

진수는 초인종을 누른다. 담에서 쏟아져 나온 나뭇잎이 진수의 머리 위에서 너울거린다. 부산서 같이 지낸 식모가 얼굴을 내어 민다.

"고모 계시죠?"

"나가셨는데……."

식모는 병림을 흘끗 쳐다보았다. 병림의 얼굴에는 안도의 빛이, 진수의 얼굴에는 실망의 빛이 돈다.

"아저씨는?"

"계시지만 곧 나가신다나 봐요."

"하여간 들어가요."

진수는 병림의 팔을 잡아끌듯 하며 집에 들어섰다. 그는 곧장 서재로 달려간다. 도어 앞에서 진수는 병림에게 눈을 깜빡이며 아무 말 말라는 신호를 보낸 뒤 도어를 살그머니 두들긴다.

"누구요?"

"……."

"명희요?"

"……."

"들어와요."

"……."

하는 수 없이 한석중이 일어나는 모양이다. 진수는 재빨리 벽에 착 달라붙으며 병림을 보고 빙긋 웃는다.

문이 열린다. 한석중은 병림을 보고,

"나는 누구라구? 왜 안 들어와."

한석중의 얼굴에는 실망이 있었다. 명희가 왔으리라는 기대를 가지고 있었던 것이다.

"호호호……."

"이거 누구야?"

"진수가 왔어요. 호호호."

"또 장난…… 그만하구 들어와."

한석중은 진수의 장난을 받아주지 않고 우울한 표정으로 말했다. 진수는 맥이 풀린 얼굴로 방으로 들어서더니,

"아저씨, 오래간만이에요."

"응."

"아저씨, 어디 나가신다죠?"

"응, 우선 거기 앉아라."

"고모도 없고 아저씨도 나가실려고 하고, 택일 잘못했나 봐."

진수는 무거운 공기를 슬금슬금 살피며 말한다. 한석중은 그

말대답은 하지 않고 병림을 보면서,

"참, 너 학교 어떻게 되었나?"

"끝마쳤습니다. 어제."

"그래, 그거 잘됐구나. 하숙은 좋으냐?"

"조용합니다."

"이제부터 밀진 것 찾아야지."

"그래야겠어요."

한석중은 시계를 보며 모자를 든다.

"나가봐야겠는데."

"그렇게 중한 약속이세요?"

진수가 불만스럽게 묻는다.

"진수가 온 것보다 더 중한 일?"

"이게 또."

한석중은 하는 수 없이 씁쓸하게 웃는다.

"고몬 어디 가셨어요?"

한석중은 말이 없다가 한참 만에,

"구름 타고 갔나 부지."

병림의 얼굴이 어두워진다.

"저녁엔 오시겠죠?"

진수도 불안한 얼굴로 묻는다.

"글쎄, 그건 모르지."

한석중은 뚜벅뚜벅 걷는다. 그는 도어를 열다 말고,

"점심 먹구, 너희끼리 놀다가 가거라."

한석중은 이내 사라졌다.

진수는 껌벅껌벅 병림을 쳐다본다.

"트러블이 있었나 부죠?"

"……."

그들은 응접실로 나와 음악을 듣다가 식모가 차려주는 점심을 먹고 다시 거리로 나왔다.

"아이, 시시해. 무슨 놈의 일요일이 이렇담."

진수는 가로수에 기대어 서서 버스를 기다리며 짜증이다.

"창경원에나 갈까?"

"창경원?"

"조금만 걸어가면 되잖아."

그들은 버스 기다리는 것을 그만두고 천천히 걸어 창경원으로 갔다.

"동물원에 가볼까요?"

"동물원에 가면 뭣해? 동물이 있어야지."

"왜 없어요?"

"맹수는 사변 때 다 죽었다잖아."

그들은 텅텅 빈 동물원을 한 바퀴 돌았다. 그리고 식물원 쪽으로 건너왔다. 얼마 가지 않아 진수는 발이 아프다는 둥 목이 말라 죽겠다는 둥 트집을 부렸다.

"그럼 수정각에 가. 차나 마시게."

"학생도 들어가우?"

"대학생이야."

"참, 그렇죠."

연못을 바라보는 난간 옆에 자리 잡은 진수는,

"기분 좋은데요."

하고 높이 소리쳤다.

청록색으로 텁텁하게 흐린 연못의 물이 햇빛과 바람을 받아 파편 같은 광선을 발하고 있다. 연못 언저리의 우뚝한 고목들이 물 위에 그늘을 드리워 꿈속처럼 시원한 풍경을 이루고 있다.

이따금 푸드득하며 붕어가 뛰었다.

"참 좋네요. 잘 왔죠?"

"시원하군."

진수는 웨이터가 날라다 준 냉수를 꿀꺽꿀꺽 마신다.

"커피 둘 주시오."

병림이 말을 끝내기도 전에,

"아니, 아이스커피 주세요."

병림은 못 이긴 체 굳이 말리지는 않았으나 웨이터가 돌아간 뒤,

"요즘 밖에서 마시는 것 과히 좋잖아. 불결해. 되도록이면 뜨거운 걸 마셔야지."

"겁쟁이네요. 병들까 봐요?"

"겁쟁이라서 그런 게 아냐. 해로운 일은 피해야지."

"그러니 겁쟁이지 뭐예요? 운수 나쁜 한두 사람 걸리는 거지. 하루에도 몇천 명이 이걸 마신다고요."

진수는 아이스커피를 가리키며 말한다.

"그런 생각이 틀렸다는 거야. 많은 사람 중에 설마 내야 어떨라구 하는 생각 말이야. 그러다가 막상 자기에게 재난이 들이닥치면 운이 나빠서 그렇다는 둥 하필이면 나에게만 이런 불행이 왔느냐는 둥 갈팡질팡하며 체념을 못한단 말이야. 비단 이 커피 한 잔에 한한 게 아니구 다른 일에 있어서도 말이야."

"그만두세요. 수신과 선생님 같아요."

"의사 선생님 같지는 않구?"

병림은 커피를 마신다.

"어마, 안 쏟고 그냥 마셔요? 해로운 것은 되도록 피하셔야 할 텐데?"

진수는 놀려댄다. 병림은 피식 웃으며,

"진술 위한 봉사야."

"치이! 더우니까 마시는 거죠."

진수는 병림의 컵을 잡아당겨 자기 컵에다 부으면서,

"억지로 마시지 마세요. 정말 병나세요."

진수는 어지간히 목이 말랐던지 병림의 몫까지 훌렁 마셔버리고 천연스럽게 연못을 내려다본다.

"아, 저 소금쟁이 보세요. 막 서로 부딪치며 싸움을 하네."

진수는 난간 위에 턱을 괴고 어린애처럼 내려다보며 좋아라

한다. 물 위에는 마치 십자수十字繡처럼 까만 소금쟁이가 무수히 팽팽 돌고 있었다. 파아란 이끼가 흡사 풀어진 두부처럼 문적문적 떨어져서 여기저기 떠 있었다. 그리고 부평초는 소금쟁이가 일으키는 파문에 따라 가늘게 흔들리고 있었다.

"치이! 밥그릇만 한 연못에서 무슨 보트야? 쩨쩨하게."

진수는 눈을 들고 핀잔이다. 연못 한가운데 몇 척의 보트가 떠 있었다. 술 취한 친구가 노 한 쪽만 갖고 장난질을 하면서 연방 보트가 한쪽으로 기우는데도,

"창경원에선 내가 넘버 원!"

하며 엄지손가락을 내어 흔든다. 그러는가 하면 남의 보트를 쫓아가며 고래고래 소릴 지르기도 한다.

"저 작자, 바다 위면 저러지 않을 거예요. 술 취한 속에서도 계산을 딱 하고 덤비거든요. 빠져 죽지는 않을 테니 말예요."

"진순 무슨 일이든 트집을 잡아야 시원한가?"

"병림 오빠는 무슨 일이든지 관심이 없어 탈이에요. 욕을 해도 좋고 칭찬을 해도 좋고, 사람은 때때로 감동을 하고 분노를 느끼고, 그래야 사람이지."

"그럼 난 동물인가?"

"너무 구김살 없이 단정하기만 하면 매력이 없어요."

"정말 매력이 없어?"

"약간."

"아주 없는 건 아니군."

병림은 호주머니 속에서 무엇을 꺼내었다. 담배와 라이터였다. 그는 담배 한 개를 쑥 뽑더니 서투른 솜씨로 피워 문다.

"어때? 이러면 매력이 있나?"

"엄마! 언제부터?"

"요즘."

"술도 마셔요?"

"약간."

"억지로?"

"아니, 마시구 싶어서."

"맥주 사드릴까요?"

"마시구 싶을 때."

"괜히 큰소리치시는 것 아니에요?"

병림은 그 말대답은 하지 않고,

"요즘 십 대들한텐 영화에서처럼 오토바이나 두르르 몰구 레슬링이나 하구 음악 살롱에 가서도 재즈나 듣고 하면 그게 매력이라는 거지?"

전혀 각도가 다른 말을 한다.

"원숭이처럼 흉내 내는 게 고작이니 탈이죠."

진수는 아는 체한다.

"어마! 저게 누구야?"

진수는 턱을 괴었던 손을 내리고 몸을 밖으로 밀어내듯 연못 쪽을 바라본다.

"오오라! 바로 약장수구먼."

"약장수?"

"저기 보트 열심히 저으며 오는 녀석 있죠?"

진수가 손가락질을 한다.

"그게 누군데?"

"우리 학교에 있는 녀석이에요. 바이올린 전공이죠. 지독하게 재주가 없어요. 그래도 자기 깐에는 천재로 자처하고 있으니 가관이죠."

보트는 수정각을 향하여 오고 있는 모양이다.

"그런데 왜 약장수야? 아르바이트로 하나?"

"호호홋……."

진수는 한바탕 웃고 나더니,

"둔재라는 뜻이에요. 천재로 자처하는 본인에겐 미안한 얘기지만 아무리 수련을 해도 길거리에서 사람을 모으며 약을 파는 풍각쟁이밖에 될 수 없다는 거죠."

"그거 무자비한 얘기로군."

드디어 보트는 수정각 밑에까지 왔다. 진수를 멀리서 발견하고 찾아왔음이 분명하다.

진수는 시치미를 딱 떼고 못 본 척했다. 그리고 병림을 일부러 쳐다보며 안타깝게 찾아온 약장수를 거들떠보지도 않는다.

"문진수 씨!"

진수는 코를 찡그리며 여전히 마이동풍이다. 약장수라는 별명의 소년은 부산 있을 때 광복동 거리에서 만난 바로 그 학생 하영우河永宇다.

"진수 씨!"

"불러."

병림이 진수의 손등을 친다.

"어마! 난 누구시라고?"

천연스럽게 고개를 돌린다.

"놀러 오셨어요?"

하영우는 병림을 흘끗 쳐다보다가 진수에게 시선을 돌리며 싱긋 웃는다. 얼굴이 햇볕에 익어서 벌겋다. 짧게 깎은 머리는 영양실조인 듯 희뿌옇다. 게다가 노오란 맘보 셔츠에 푸른 반즈봉, 제법 멋이 들었다.

"바람 쏘이러 왔죠."

진수는 하영우에게 대답을 해주고 다시 나지막한 목소리로,

"저게 바로 십 대의 최신 스타일예요. 무대에 올라가 기타나 튀기며 서부 가요나 불렀음 근사하겠죠? 그런데 저치 제법 아카데믹하게 놀려고 들거든요."

병림에게 속살거린다.

"보트 안 타시겠어요, 진수 씨?"

하영우는 진수의 허물 잡는 말이 들리지 않았던지 노를 이리저리 고쳐 잡으며 진수의 장난꾸러기 같은 얼굴을 올려다보며 묻는다.

"아뇨, 전 보트 타는 것 싫어한답니다."

"빠질까 봐 겁이 나서 그러세요?"

"오빠가 야단치는걸요."

진수는 병림에게 눈을 주며 뽐낸다.

"아, 오빠 되시는 분이세요? 저 진수 씨 친굽니다."

하영우는 짧게 깎은 머리를 꾸벅 숙인다. 어른답게 대등해지려는 노력이 그 언변 속에 충분히 새겨져 있었다. 병림은 이 어린 신사에게 인색하지 않은 웃음을 싱그레 띠며 답례를 한다.

"친구는 또 무슨 놈의 친구야?"

진수는 혀를 차면서 병림한테만 들리게 중얼거렸다.

"저 그럼 보트 저리로 돌려다 주구, 거기로 제가 가겠어요. 진수 씨, 가시지 말구 기다리세요!"

하영우는 재빨리 뱃머리를 돌리더니 부지런히 저어간다.

"싱거워라. 혼자 달아서 야단이네, 누가 오래나."

진수는 거만하게 입을 비죽거린다.

"내 집에 오는 손님은 거절 안 하는 법이야."

"뭐 여기가 우리 집인가요?"

"진수 친구라 자칭하니 기다려주어야지."

"멍텅구리 같은 녀석!"

"욕은 그만. 숙녀가 입이 나빠서야 쓰나."

"병림 오빠는 모르니까 그렇죠, 뭐."

"뭘 몰라?"

"글쎄, 그치 고등학교 때부터 밤낮 편지질이지 뭐예요. 언젠가 한번 해군에 위문대로 나간 일이 있었거든요. 그때 그치는 바이올린 독주를 하고 전 독창을 했어요. 그랬더니 그게 무슨 대단한 인연이라고 거리에서 만나기만 하면 우쭐대면서 말을 거는 거예요. 편지는 또…… 정말 유치하기 짝이 없어요."

병림은 진수가 벌써 이성으로부터 편지를 받는 일이 묘하게 가슴에 왔다. 그러나 아무렇지도 않은 얼굴로,

"사춘기에는 그런 편지 다 쓰구 싶은 거야."

"오빠도 그럼 많이 써보셨어요?"

"나야 전쟁 중이니 그럴 겨를이 없었지."

"만일 쓴대도 병림 오빤 그런 유치한 편진 쓰지 않을 거예요. 좀 들어보세요. 얼마나 우습다고요. 그 편지라는 게 오오, 나의 태양, 나의 장미, 나의 심장, 오오 그대여, 그대여 울지 마시오. 기가 막혀서. 누가 울기나 했나요? 공상의 세계에서 혼자 취하고 있는 거예요. 무슨 가극의 주인공이나 된 것처럼."

진수는 연못 저쪽으로 잠시 시선을 돌리더니 다시 지껄이기 시작한다.

"원수는 외나무다리에서 만난다고 하더니, 글쎄 부산서 입학식 날, 교문을 들어서는 순간 그치하고 부딪쳤지 뭐예요. 재수가 없어서…… 그랬더니 그치 저승 간 할머니라도 만난 듯 호들갑을 떨면서 음대에 오기만 하면 만날 줄 알았노라, 이제부터 매일 만나게 되니 참 기쁘다는 둥, 이쪽에선 말대답 한마디 안

했는데, 싫은 기색을 영 모르는 거예요. 정말 멍텅구리 돌대가
린가 봐요. 그치 아버진 두뇌가 명석하기로 이름난 검사님이시
라는데 어째서 저런 팔푼이 아들을 두었는지 모르겠어요. 아마
돌연변이인가 봐요."

진수는 생물 시간에 배운 말을 써먹는다.

"아마 그 아버지도 너무 돌대가리니까 하는 수 없이 음악을
시켰나 봐요. 딴따라 식으로 밥벌이나 하라고. 어림도 없어, 저
따위 감수성을 가지고 음악을 해요?"

"이봐 진수, 아마 못났다는 형용사는 모조리 동원했지? 이제
그만해. 너무 심하잖아."

병림이 나무란다.

"사실대로 말한 것뿐예요."

"진수가 본 사실하구 남이 본 사실이 다를지 누가 알아?"

"그럴 리가 있나요? 돌대가리 천치가 분명해요. 글쎄, 아무리
못났어도 그럴 수가 있어요? 몇십 번이나 러브레터를 보내도
회답이 없는 사람을 만나서도 무안을 타지 않으니 말이에요. 그
건 신경이 정상이 아닌 때문이에요. 천치 바보처럼 천하태평하
게 히죽히죽 웃기만 하니, 병림 오빠도 아까 보시지 않았어요?
체신머리 없어도 분수가 있지."

진수의 미움은 필사적이다.

"악한도 아닐 텐데 왜 그리 미워해?"

"날 추근추근 따라다니니까 그렇죠."

"한 번 밉게 보면 매사가 다 눈에 거슬리는 거야. 진순 지나치게 감정파다."

"전 미워하면 철저히 미워하고, 좋아하면 철저히 좋아해요. 흐리멍텅하게 자기의 감정을 분명히 하지 않는 건 싫어요. 누구에게든지 예쁘게 보이려고 애교를 떨고 친절하게 구는 것 보면 딱 질색이에요. 동무들 중에도 그런 팔방미인이 더러 있어요. 아무 선생님한테나 알랑거리는 애 말이죠. 난 그렇지 않아요. 아무리 점수가 깎여도 싫은 선생은 싫은 체해야만 속이 후련해지는걸요."

병림은 지칠 줄 모르게 늘어놓는 진수의 사설을 끈기 있게 듣고 있다가,

"진수한테 밉게 걸린 사람이야말로 큰 재난이군."

하고 껄껄 웃는다.

"그 대신 좋게 걸린 사람은 행복이죠."

진수는 자신만만하게 응수를 하면서 눈 밑으로 슬쩍 병림을 쳐다본다. 고등학교의 제복을 벗은 때문만은 아니다. 확실히 진수의 마음은 성숙해졌다. 하긴 한창 건방질 나이고 대학에 갓 들어갔으니 뽐내고 싶은 시절이기도 하다.

병림은 까부는 진수를 한참 동안 쳐다보다가,

"그럼 나는 어느 쪽인가?"

"약간 불만은 있어도 좋게 걸렸죠."

"약간 불만이 있다면 철저할 순 없잖아?"

병림은 진수를 내려다본다. 굵은 눈썹이 치올라갔으나 입언
저리에 미소를 머금고 있다. 병림을 쳐다보는 진수의 눈에도 호
기심이 가득 차 있었다.

"오빠니까."

"음?"

병림은 어리벙벙한 표정이 된다.

"그럼 철저하게 좋은 사람은?"

"이영설 선생님."

대답은 즉각 돌아왔다.

"이거 참패로군."

병림은 웃었다. 그러나 그 웃음은 감정을 포장한 것이어서 허
공에 떠 있었다.

"진수의 친구께서는 왜 이리 늑장을 부려?"

병림은 슬그머니 말머리를 돌린다.

"아! 저, 저런!"

병림은 엉거주춤 일어서며 소리쳤다.

"왜요? 오빠."

진수가 돌아본다.

"어마! 저걸 어째!"

진수도 소리쳤다.

하영우의 보트가 뒤집힌 것이다. 술 취한 사나이의 보트가 하
영우의 보트를 뒤에서 들이받은 것이다.

그러나 수심이 얕은 언저리에서 그렇게 되어 다행이었다. 허리까지 물에 빠진 주정꾼과 하영우는 서로 멀거니 쳐다보더니 허우적거리며 물가로 걸어간다.

"호호홋…… 아이, 우스워 죽겠네."

주변 사람들 모두 그 광경을 보고 허허 웃는데 진수의 웃음소리가 유별나게 높다. 병림도 따라 웃다가 진수를 쳐다본다. 진수는 허리를 잡으며 웃음소리를 돌돌 굴리고 있었다. 병림은 그웃음소리를 감미롭다고 생각했다.

"그만 웃어. 물에 빠진 사람의 화난 심정을 생각해 봐."

"우스운 걸 어떡해요? 그치 상당히 흥분한 모양이죠? 진수 오빠한테 잘 보이려고 덤비다가, 호호호."

진수는 다시 깔깔 웃어댄다.

"뒤에서 들이받아 그랬지, 흥분해서 그랬나?"

"아무튼 재미있어요. 이젠 여기 못 올 테니까. 설마 물에 빠진 생쥐 모양으로 나타나겠어요?"

"심술이 사납군."

"무안을 타야만 동정이 가죠."

그러나 진수의 단정은 맞지 않았다. 하영우는 얼마 후 수정각에 나타났다. 수정각에 앉아 보트가 뒤집히는 광경을 목격하고 있었던 사람들은 모두 얼굴에 웃음을 띠고 하영우를 바라보았다.

하영우는 물에 젖은 머리를 긁적긁적 긁으며 시뿌득한 표정으로 진수에게 다가왔다.

"수고하셨소."

병림은 그렇게 말하고 웃을 수밖에 없었다. 그리고 의자를 가리키며 앉으라는 뜻을 표한다.

"아, 아닙니다. 여기 앉죠."

하영우는 난간에 걸터앉는다. 옷이 흠씬 물에 젖어 있어 의자엔 앉기를 사양하는 것이다.

병림은 그를 위하여 커피를 청했다. 웨이터는 차를 가져오면서 하영우의 꼴을 보고 벙싯벙싯 웃었다.

하영우는 커피잔을 입으로 가져가며,

"진수 씨, 놀라셨죠?"

"왜 제가 놀라요?"

쌀쌀하기 짝이 없다.

"제가 빠져 죽을 뻔했으니까."

"수영선수 아니시던가요?"

"음악가하구 수영은 인연이 멀죠."

"어마, 언제부터 음악가세요?"

"먼 장래에."

"백 년 후에?"

"그런 말씀 마세요. 비관됩니다. 적어도 진수 씨보담은 먼저 가ᆞ 자가 붙을 테니."

하영우는 꿀꺽 커피를 한 모금 마신다.

"자신이 대단하네요."

"사람이란 먼저 자신부터 가져야 해요. 그까짓 자신 없음 애초부터 집어치워야지. 그렇잖습니까, 형님?"

병림은 쓰게 웃는다. 진수가 부산에서 팔자에 없는 오빠로 대뜸 만들어 치우더니 이 친구도 보자마자 형님이라 하니 도대체 어떻게 되어먹은 일이냐 싶었던 것이다.

"그렇죠, 형님."

하영우는 다짐하듯 다시 형님이라 불렀다. 병림은 붙임성 있는 그가 과히 밉지 않았다. 얼굴도 어딘가 모르게 귀염성스럽고 군색한 데가 없다. 좋은 가정에서 마음대로 자란 때문이라 생각했다. 그러나 이마에 솟은 몇 개의 여드름이 유죄인 것 같다.

"자신을 가지는 것은 좋겠죠."

"전 고등학교 때 음악콩쿠르에 입선했어요. 그때부터 음악은 저의 운명이라 생각했습니다."

진수가 푹 하고 터진다. 그래도 하영우는 지극히 대견한 얼굴이다. 고등학교 시절이 마치 아득한 옛날이었던 것처럼. 지금은 중대가리(고등학생)가 아닌 의젓한 대학생으로, 그도 예술가의 병아리로.

'이치 옛날보다 더 심한 과대망상증이야? 아암, 그래야지, 천재는…….'

진수는 다시 킬킬거리고 웃는다. 병림이 재빨리 노려본다. 진수는 양손으로 입을 막고 일어서며,

"안 가겠어요, 오빠?"

아직 황폐한 채로 내버려둔 시가가 내려다보이는 이 층 다방에 명희와 준은 와 있었다.

"왜 부르터 있어?"

준이 묻는 말에 명희는 씁쓸하게 웃는다.

"무슨 일이 있었댔나?"

준은 명희의 눈 밑을 흘끔 살펴보며 거듭 묻는다.

"항상 일이야 있지."

명희는 질주하는 지프차를 내려다보며 그 화제를 회피하듯 내뱉는다.

묵직하게 축 늘어진 가로수는 먼지가 뽀얗게 끼어 미동도 하지 않는다. 창 너머 오는 푸르름이 명희의 얼굴을 파르스름하게 가려준다. 명희는 스포티한 갈색 원피스를 입고 있었다. 그는 선글라스를 만지작거리고 있다가 얼굴을 돌리며,

"사업가 된 기분이 어때?"

"좋지."

준은 담배 한 개를 쑥 뽑는다.

"정말이야?"

"돈 쓰는 재미가 그만이야."

"그렇게 돈을 버나?"

"하하하…… 핫."

준은 크게 웃어젖힌다.

"누가 도깨비방망이라도 지닌 줄 아나? 이제 겨우 사무실 하나 얻은 것뿐이야. 그것도 다 찌그러져 가는 것 말이지."

"벌지도 못한 돈을 어떻게 쓰니?"

"본전 까먹는 거지. 대장은 저승행, 재산까지 짊어지구 갈 순 없었단 말이야. 다행하게도 그게 전쟁 속에서 살아남았더란 말씀이야. 그걸 팔아먹는 재미가 그만이지. 뭘 내가 피땀 흘려 번 건가? 아까울 턱도 없구…… 공돈이지 공돈…… 저승 간 대장이 알면 몽둥이 들구 쫓아올 거야."

준은 사변 때 돌아간 부친을 대장이라 하며 웃는다.

"진작 대장이 저승으로 행차하셨던들 나는 용돈을 빌어 타 쓰는 부잣집 아들이 아니구 의젓한 젊은 실업가였을 거야. 그랬음 돈 많은 한 의사하구 겨눌 만도 했겠지."

"그러게 말이야."

명희는 코웃음쳤다.

"아니꼽단 말이지?"

"아니."

"좋아. 서로 비웃구 사는 것도 재미있지."

"냉소하라! 고립하라! 그 말이지?"

"방관하라! 영웅처럼 철인처럼 외친다. 하하하."

준이 명희의 말을 받아 이으며 웃는다.

"남한테 강요하는 건 아니야. 내 인생철학이야."

준은 재떨이를 끌어당기며 담배를 눌러 끈다.

"그러나 친구한테 자기의 인생철학을 권할 순 있단 말이지?"

"특히 명희와 같은 고답적인 친구에겐 말이야."

"아아, 지루해. 그러나저러나 나 갑갑해 못 살겠어. 숨이 막힐 것 같애. 미칠 것 같구."

명희는 기지개라도 켜듯 의자에 푹 기대며 준의 발에 닿도록 다리를 뻗고 화제를 슬그머니 돌려버린다.

"넓은 천지에 돌아왔는데?"

"넓은 천지라구? 부산보다 길은 좀 넓더군."

"드라이브할까?"

"전쟁의 상흔을 바라보면서?"

"대장의 쥐꼬리만 한 유산을 낭비하면서."

두 사람은 소리를 합하여 공허한 웃음을 울린다.

"참, 동거인도 서울 오셨나?"

명희는 갑자기 생각이 미친 듯 묻는다.

"물론."

"동거인의 신분도 여전하시구?"

"여전하지. 영원한 동거인이야."

"지금도 망실잔[忘失者]가?"

"변함없이."

"불쌍하다. 아니 행복하지."

"추상화처럼 거꾸로 볼 수도 있구, 또 바로 볼 수도 있지."

"옳아."

"드물게 의견 일치군."

"사노라면 때론······."

말을 하다 말고 명희의 눈이 정지한다. 동공이 확대된 것처럼 움직이지 않았다. 그는 다방을 들어서는 한석중을 본 것이다.

한석중도 준과 마주 앉은 명희를 보았다. 그의 얼굴에 피가 모였다. 그러나 그것은 잠시였다. 그는 서두르지 않고 호주머니 속에서 명함 한 장을 꺼내더니 카운터로 간다. 카운터에 기대어 서서 몇 자 적어 넣더니 메모꽂이에 슬쩍 찔러놓고 휙 나가버린다.

"왜 그래?"

준이 돌아본다. 한석중이 나간 뒤다.

"아무것도 아니야. 아는 사람이 왔다 갔어."

명희는 손가락으로 테이블을 툭툭 치며 멍한 눈으로 창밖을 바라본다. 때때로 잔잔한 경련이 눈 밑에서 일기도 했다.

"눈 밑은 왜 그랬지?"

낮은 목소리였으나 묻는 준의 말은 명희에게 크게 울려왔다.

"피멍 말이니?"

명희는 눈 밑을 쓸어본다.

"아프겠는걸."

명희는 다방에 들어와서 벗어놓은 선글라스를 쓴다.

"얻어맞았어."

"……."

"닥터한테 말이야."

"매질을 하나? 하긴 나도 맞았지."

쓰게 웃는다.

"처음이야."

"강준 땜에 그랬나?"

준은 자기의 가슴을 가리킨다.

"명희 때문에 그랬지."

"명희?"

"나 자신 때문이란 말이야. 말귀가 어두워."

"납득이 안 가는데?"

"이혼하자구 했거든."

"왜?"

"그러니까 명희 자신을 위해서 말이야."

"정말?"

"정말 같기두 하구 거짓말 같기도 해. 실은 나도 잘 모르겠어."

"이혼을 하면 어떡허지?"

준의 눈이 빛난다.

"계획은 없어."

"이유는 있겠지?"

"이유는 있겠지."

명희는 준의 말을 그대로 되풀이하며 긍정한다.

"이혼을 한다면?"

준은 그 문제를 골똘히 되씹는다.

"걱정 말어. 준더러 결혼하자구는 안 할 테니, 동거인하구, 그야말로 영원히 살아요."

냉수를 끼얹듯 말을 마치더니 벌떡 일어선다.

준은 뒤통수를 호되게 얻어맞은 것처럼 그 큰 눈을 부릅떴다. 그러나 그도 이내 일어서서 담뱃갑을 호주머니 속에 밀어 넣고 명희를 뒤따랐다.

명희는 준이 찻값을 치르고 있는 동안 메모꽂이에서 한석중이 찔러놓고 간 명함을 슬쩍 뽑았다.

명함에는 윤순호尹淳浩 형이라 씌어 있었다.

'윤순호? 누굴까?'

명희는 중얼거리며 명함을 돌려 보았다.

바로 옆 다방으로 와주십시오. 그곳에서 기다립니다.

명희는 명함을 도로 찔러놓고 밖으로 나왔다.

'내가 있으니까 장솔 옮긴 거로군.'

명희는 가로수 밑에 우두커니 섰다.

눅눅하게 늘어진 아스팔트길을 구르며 자동차가 지나간다. 가로수가 가볍게 요동하는 것을 명희는 몸으로 느낀다. 조선호

텔의 높은 지붕 위에는 솜 같은 구름이 한 뭉치 걸려 있었다.

'아, 그 사람!'

명희는 비로소 생각이 났다. 결혼식 때 한석중의 들러리를 선 사람이라는 것을. 그도 의사였다. 사변 직전에 미국으로 건너갔다가 환도 후 돌아왔다는 말, 그동안 서울에 남겨두고 간 처자가 모두 폭사하고 말았다는 말도 명희는 생각해 냈다.

"어딜 가지!"

명희는 우두커니 옆에 서 있는 준을 돌아본다.

"정릉에."

준은 손을 들어 지나가는 자동차를 자기네 앞으로 돌린다. 명희는 아무 말 하지 않고 먼저 올라탔다. 자동차가 움직였을 때,

"요즘 정릉은 어떻게 됐을까?"

명희는 흥미 없는 듯 물었다.

"산과 물은 변함이 없겠지. 황진이는, 주야로 흐르니 옛물이 있을 쏘냐, 인걸도 물과 같이 가고 아니 오노매라 했지만 말이야."

"보기보담 풍류객이로군."

"어울리지 않는단 말이지?"

"아니, 그렇지도 않아. 장차 사업가가 되시려면 풍류도 알아야지. 그래야 기생 아씨들이 좋아할 게 아냐?"

"흥, 요즘 기생들이 풍류를 알어? 모두 댄스 선수들인데."

"한양韓洋 절충이면 더욱 좋지."

자동차는 광화문을 지난다.

"형편없군."

"뭐가?"

명희는 준을 보지도 않고 되묻는다.

"서울 거리 말이야. 놈들, 지독하게 부쉈군."

"스르르 애국 애족심이 발로하는군."

"집어치워라! 낯간지럽다. 병림이면 몰라도."

명희는 고개를 쳐든다.

"그 사람 그렇게 애국자야?"

"그야말로 쇼비니스트다."

"흥! 난 또 커뮤니스트인 줄 알았지."

"모략중상 마."

"그럼 의용군에는 왜 나갔어. 형도 그렇구."

"형이 그렇다구 동생도 그러란 법이 있나? 의용군에 나간 건 젊은 정열의 한 변형이라 봐야지. 사실 젊은 사람은 무엇이든 갈망하거든."

"갈망한 것이 결국 공산주의였더란 말이지?"

"병림은 커뮤니스트가 아니다."

"어떻게 알지?"

명희의 추궁은 집요했다.

"그는 휴머니스트야. 실망하구 돌아온 사람이야."

"그럼 대한민국을 위해 왜 총을 안 들었니?"

"전쟁의 무의미함을 느꼈으니까. 그는 이번 전쟁이 우리 민족의 자발적인 것이 아니구, 순전히 강대국의 사주에 의한 것이라 생각하구 있거든. 약소민족의 처참한 희생이라는 생각이 뿌리 깊게 박혀 있단 말이야. 그는 모든 외세를 저주하구 있어. 그래서 그는 퀘이커 교도처럼 총을 완강히 거부하는 거다."

준의 변호는 열광적이다.

"그렇지만 의용군에 나가서 총을 들었잖아?"

명희는 어디까지나 악의적이다.

"그땐 희망, 이상 같은 걸 가져본 거지. 그러나 전쟁 속에서 그는 홀연히 깨달은 거야. 전쟁의 목적을."

"그렇게 전쟁을 반대하는 사람이라면 미군부대 통역 노릇은 왜 하는 거야."

"목적을 위한 최소한의 타협이지."

"비겁하다."

"비겁하지 않다. 파리처럼 죽은 놈은 못난 놈이다."

"목숨을 아껴 타협하는 자야말로 못난 인간이다."

"조급하게 덤빌 필요는 없어. 개죽음하는 놈은 작은 영웅이야."

"어마, 그런가요? 그럼 그 사람은 대영웅이겠네?"

명희는 어디까지나 비꼬아 준다.

"농담은 그만두어라. 어쨌든 착실한 인간이야."

"준은 무엇 땜에 그 사람을 그리 짊어지구 다녀?"

"진가를 아니까. 그런데 명휘 왜 그리 미워할까?"

"속이 들여다보이니까."

"오해하구 있군."

"살쾡이처럼 약아빠졌어. 흰 가루처럼 감정이 바삭바삭 말라 버린 인간이야. 진수 말대로 나르시소스야. 자기도취에 빠져 있거든. 한 사람을 사랑할 줄 모르는 인간이 모든 사람을 사랑하구, 나라를 사랑한다구? 새빨간 거짓말! 위선자! 지독한 위선자야."

명희는 흥분하여 얼굴까지 붉힌다.

"오해가 심한데!"

"오해가 아니야. 여자의 직감은 남자보다 정확해."

"여자는 감정의 동물이야."

"흥! 위대한 남성이시여, 저주와 험난 있으라!"

명희의 눈이 번득번득 빛났다. 진정으로 저주하는 눈이었다.

"영에서 뺨 맞구 집에 와서 계집 친다더니, 닥터에 대한 분풀 일 하는 게 아니야?"

"그랬음 참말로 다행이겠다."

차가운 미소가 흐른다.

"싸움 그만하자. 남의 일로 팻대 세울 필요 없어."

자동차는 종로사가에서 원남동으로 돌았다. 운전수는 이들 색다른 남녀의 대화를 흥미 있게 듣고 있었다.

"여기가 어디야?"

준이 목을 뽑는다.

"창경원 앞입니다."

운전수가 시원스럽게 대답한다.

"오가로 돌 걸 그랬군. 옛날 정들었던 거리가 있지."

"학생 시절이 그립단 말씀이군."

"아침저녁으로 다녔던 거리 아냐? 특히 명희하구."

"운전수 양반, 스톱!"

별안간 명희가 소리쳤다.

"네? 정릉 안 가세요?"

운전수가 고개를 돌린다.

"그만두겠어요. 여기서 내려주세요."

명희는 준의 동의도 구하지 않았다.

자동차는 멎었다. 명희는 후딱 뛰어내린다.

"왜 그래?"

준이 어리둥절해서 몸을 엉거주춤 일으킨다.

"내려!"

명희는 고갯짓을 한다.

"왜?"

"그만 내리라니까."

준은 하는 수 없이 돈을 치르고 내린다. 명희는 뚜벅뚜벅 앞
서간다.

"명희! 어디 가는 거야?"

"정릉에 가는 게 싫어졌어."

"그럼 어디 가는 거야?"

"창경원."

"취미 없는데."

"잔말 말구 가아. 피곤하기두 하구."

"밤새 싸웠나?"

"듣기 싫어."

창경원으로 들어간 그들은 깊숙한 숲속으로 찾아 들어갔다. 너무 구석진 곳이라 그런지 근처에는 사람의 그림자도 보이지 않았다. 명희는 상큼한 풀 냄새가 나는 나무 밑에 팔베개를 하고 드러눕는다.

"아아, 하늘이 넓다."

명희는 크게 숨을 들이마신다. 준은 양 무릎을 세우고 앉아 명희의 얼굴을 내려다본다. 풀 속에 대담하게 몸을 내던지듯 누운 명희의 풍만한 몸의 굴곡, 준은 심한 흥분을 느꼈다. 눈앞이 아찔해지는 것 같다.

준은 눈을 들어 하늘을 올려다본다. 한없이 푸르고 높은 하늘, 마지막 더위가 지열을 뿜듯 맹렬하였으나 하늘의 높이는 벌써 가을 기미를 알려준다. 어디선지 매미가 수선스럽게 울어대었다. 매미 소리와 푸른 하늘과 전신을 맴도는 짜릿한 흥분.

"준?"

"……."

"나 이혼하면 뭐가 될 것 같아?"

준은 아까 다방에서 걱정 말어, 준더러 결혼하자고는 안 할 테니 하고 퍼붓던 명희의 말을 생각했다.

"아마 고급 댄서가 제격일 거야. 게다가 영어깨나 지껄이니."

"영어깨나 지껄이니 양부인도 될 수 있구, 하하핫."

명희는 팔베개했던 한 팔을 풀 위에 철썩 내던지며 미친 여자처럼 웃어젖힌다. 그러나 그 웃음은 차츰 변해갔다. 이상한 흐느낌으로 되어가는 것이었다. 그는 선글라스를 벗는 척하다가 그만 양손으로 얼굴을 감싸버린다. 손가락 사이로 오열이 밀려 나온다.

"명희!"

준은 명희의 어깨를 잡아 흔든다. 얼굴이 파아랗게 질려 있다. 수년 동안 사귀어왔지만 명희가 우는 것은 처음 당하는 일이다.

"왜 이래? 내가 잘못했어. 농담이야."

준은 당황하여 어떻게 할 바를 모른다. 안아 일으킬 수 없고 울음을 멎게 할 수도 없었다.

"용서해 주어. 내 말이 과했어."

준은 명희를 끌어 일으키려고 손을 뻗다가 도로 밀어 넣으며 마음 약한 목소리로 달랜다. 그러나 명희는 얼굴을 싼 채 여전히 흐느껴 울고 있었다.

한참 만에 명희는 몸을 일으켰다. 핸드백 속에서 손수건을 꺼내어 눈물을 닦는다. 말할 수 없으리만큼 쓸쓸한 동작이었다.

'왜 이 여자는 이렇게 우는가? 나는 점점 명희를 모르겠어.'

명희는 눈물을 씻고 난 뒤 무릎 위에 두 팔을 얹고 건너편 숲을 물끄러미 바라본다. 움직이지 않는 눈과 몸. 준은 할 말을 잊어버리고 말았다. 매미가 극성스럽게도 울어댄다. 오후의 치열한 햇볕이 식물원 지붕 위에 쏟아지고 있었다.

"준?"

명희는 얼굴을 돌렸다. 눈물 자국은 없고 쓸쓸한 미소가 있었다.

"오해하지 마. 그런 말 때문에 운 게 아니야."

"미안해."

풀이 죽은 준의 목소리다. 준은 명희가 울 줄은 꿈에도 몰랐다. 부산서 한석중한테 자기가 얻어맞을 때도 명희는 야릇한 웃음을 웃고 있었던 것이 아닌가. 그것을 준은 잊지 않고 있다.

"그런 말 때문에 내가 울 것 같아? 닥터가 불쌍해지구, 내가 불쌍했던 거야."

"동정에서? 애정에서?"

"동정이라면 닥터를 모욕하는 거구, 애정이라면 나를 모독하는 것이 될 거야."

"그런 번민만으로 눈물이 될 수 있을까? 다른 사람이면 몰라도 명희가?"

"그 두 번민의 저변에 있는 두 지점, 그 두 지점이 어느 한곳으로 향한다고 생각해 봐. 삼각형이지."

"삼각형? 그럼 꼭두머리 지점은 무엇이며 누구야?"

준은 머리를 번쩍 쳐든다.

"그건 말 못 하겠어."

준은 엉덩이에 묻은 먼지를 털고 일어선다.

"차나 마시러 갈까?"

명희는 시계를 들여다본다.

"그만 집에 갈래."

"저녁이나 하구 가지."

"역시 내 동거인 걱정이 되는군. 술에 곤드레가 되었을 거야."

명희는 픽 하고 웃는다.

"동거인? 흥! 이혼은 번복인가?"

"예측하기 어렵지. 떠내려가는 데까지."

명희는 말을 마치자 갑자기 서둘렀다. 그들이 창경원 문 가까이까지 왔을 때다.

"어, 저기 병림이 아닌가?"

준이 걸음을 멈추었다. 그러나 명희는 준보다 먼저 그들을 발견한 모양으로 그곳을 쏘아보고 있었다.

병림과 진수가 무슨 이야기를 하는지 손짓을 하고 웃으며 막 창경원 밖으로 나서려는 참이다.

"병림이!"

준이 부르자 명희는 그의 팔을 탁 쳤다.

"부르지 마!"

그들은 그냥 가버리고 말았다.

명희는 말뚝처럼 우뚝 서서 움직이지 않았다. 눈동자가 타는 듯 이글이글했다. 명희는 홱 고개를 돌렸다.

"준, 나 저녁 사주."

"그러지."

준의 목소리는 낮았다. 모든 일이 차츰 명확해지는 것 같았다.

'삼각형의 한 지점은 바로 병림이었다.'

준은 전신의 힘이 확 풀어지는 것을 느꼈다.

'한 사람을 사랑할 줄 모르는 인간이 모든 사람을 사랑하구 나라를 사랑한다구?'

조금 전의 명희의 목소리가 귓가에 윙윙 울려왔다.

'그랬던가? 참말로 그랬던가?'

그날 밤 명희는 늦게 돌아왔다.

"닥터 한."

명희는 노려보고 있는 한석중의 어깨를 핸드백으로 탁 친다. 술 냄새가 확 풍겨왔다.

"미안하지만 나 왔어요. 어쩌실려우?"

"……."

"당분간 좀 더 두어보세요."

명희는 끼득끼득 웃었다. 한석중은 그 커다란 손으로 명희의 앞가슴을 와락 잡았다. 아무 저항도 없이 명희의 얼굴이 한석중 턱 밑에 와닿았다. 눈이 바다처럼 푸르다. 눈언저리의 시퍼런 피멍이 불빛 아래 선명하다. 한석중의 주먹이 떨렸다. 그러나 그는 그 시퍼런 피멍을 보자 주먹을 풀어버린다. 그는 명희를 소파 위에 확 밀어 던지고 방에서 나가버린다.

한참 후 서재의 문이 닫히는 소리가 들려왔다. 파아란 별이 두서너 개 창살 사이에 걸려 있었다.

9. 소나기

아침저녁이 되면 제법 대기는 서늘하다. 그렇게 울밀하던 수풀도 훤해진 것 같고 거리에 흔하던 참외랑 복숭아도 별로 눈에 띄지 않는다. 백로白露가 지나고 추분秋分도 멀지 않았으니 서울은 벌써 초가을로 접어드는 모양이다.

혜련의 집 앞뜰에는 코스모스가 푸짐하게 피어 달이 뜨는 밤이면 볼만한 풍치를 이루었다.

진수는 어딘지 모르게 희미하고 연약한 코스모스를 보면 허무를 느낀다고 하며 싫어했으나 혜련은 그 꽃을 몹시 좋아했다. 아무리 마음을 독하게 사려도 영설의 앞에 나가기만 하면 봄날에 눈 녹듯 허물어지고 마는 자기의 모습 같았기 때문인지도 모른다.

어느 날 저녁 혜련의 집 문밖에 누가 찾아왔다. 별로 찾아주

는 이도 없는 고적한 집에서 혜련은 곧잘 발소리에 귀를 기울이
곤 했다. 아침부터 몸이 뻐근하고 무거워 자리에 누워 있다가
그제서야 막 몸을 일으켜 신문을 들던 혜련은 밖에 있는 식모보
다 먼저 방문객의 기미를 알았다.

"아주머니, 누구 오시지 않았어요?"

이번만이 아니다. 우편배달부가 편지를 던져주고 갈 때도 역
시 방에 있는 혜련이 먼저 알아차리고 식모를 부르곤 했었다.

식모가 신발을 짤짤 끌고 문밖을 내다본다. 땟물이 쪼르르
흐르는 너절한 옷차림의 소년이 거기에 서 있었다.

"어디서 오셨수?"

소년은 그 대답은 하지 않고,

"진수 어머니 계세요?"

암송이나 하듯 억양 없는 목소리로 묻는다.

"왜 그래요?"

식모는 소년의 옷차림을 살피며 자못 의심스러운 표정이다.

"편지 가지고 왔어요."

"그럼 이리 주어요."

식모가 손을 내어 민다. 그러나 소년은 편지 든 손을 뒤로 감
추듯 하며,

"직접 드리라 하던데요."

식모는 혀를 차며 안으로 들어와 혜련에게 그 말을 알린다.

"무슨 일일까?"

중얼거리며 혜련은 소년을 들어오게 했다. 홀 앞에 서서 소년으로부터 쪽지를 받았다.

"어디서?"

"저기서 어떤 사람이 주었어요."

소년은 문밖을 가리키며 말을 마치자 급히 뛰어나가 버린다.

혜련은 가슴이 뜨끔했다. 옆에 서 있는 식모 보기가 민망스러웠다. 필경 이영설이 한 짓이라 생각되었기 때문이다.

방으로 돌아와 쪽지를 펴보니 역시 이영설이 보낸 것이었다.

갑자기 만나고 싶어졌소. 집 앞까지 왔다가 진수 생각을 하고 못 들어갔소. 그래 지나가는 아이에게 한 자 적어 보내니 지금 곧 우리가 만나는 그곳으로 와주시오.

마음이 산란한 듯 마구 갈겨쓴 글씨다.

'진수가 있었음 어떻게 할 뻔했지? 그인 엉뚱한 짓을 잘해.'

혜련은 마음속으로 못마땅해하면서 편지를 찢어버리고 옷을 갈아입는다. 묘한 눈치를 보이는 식모의 얼굴을 피하면서 집을 나설 때 혜련은,

"진수가 돌아오거든 나 잠깐 볼일이 있어 나갔다구 해요."

하고 일렀다.

진수는 일찍이 저녁을 먹고 극장 지배인의 딸인 동무한테 표를 두 장 얻었다고 까불며 모양을 내고 나갔었다. 병림과 같이

간다고 했다.

혜련은 발길을 남산으로 옮겼다. 집에서 얼마 동안 올라가면 남산의 숲이 있고, 소나무가 우묵한 곳이 영설과의 밀회 장소인 것이다.

진수가 서울로 올라온 이후부터 영설에게 찾아오지 못하게 한 혜련은 가끔 그곳에서 영설을 만나는 것이다. 미리 우편으로 날짜와 시간을 지적하면 혜련은 그곳으로 가는 것이다.

영설은 혜련을 만나기만 하면 독설과 분노, 어처구니없는 횡포를 부리는 것이었으나, 대외적인 면에 있어서 혜련을 상하게 하는 행동은 결코 취하지 않았다. 어쩌다가 우연히 거리에서나 다방에서 만나는 일이 있어도 혜련의 주변에 사람이 있을 때는 알은체하지 않았고, 진수가 알까 봐 병적인 공포심을 가지고 있는 혜련의 의사를 거역해서까지 집으로 찾아올 생각은 하지 않았다. 그러나 그렇게 해야 하는 처지를 상당히 불쾌하게 생각하고 울분을 느끼는 영설이었다.

혜련은 가만가만 올라간다. 왜 그런지 다른 때보다 숨이 차고 가슴이 울렁거린다.

'왜 이렇게 다리가 무거울까?'

혜련이 밀회 장소 가까이 갔을 때 영설은 나무 밑에 주질러 앉아 담배를 피우고 있었다. 곤색 싱글로 갈아입은 모습이 산뜻하게 눈에 뜨인다.

혜련은 흰 치맛자락을 끌듯 하며 영설이 옆에 가서 말없이 선다. 올라올 때만 해도 왜 그런 애를 시켜 편지를 보내느냐고 야 단을 치려고 했으나 눈앞에 그를 보니 말이 입 밖에 나오지 않 았다.

영설은 갑자기 만나고 싶다고 혜련을 불러내 놓고는 성난 사 람처럼 돌아보지도 않았다. 혜련은 영설의 모양이 좋은 뒤통수 를 내려다본다.

뿌연 안개 같은 어둠이 사방에서 스며들고 싱싱한 솔잎 냄새 가 잔잔하게 감돈다.

영설은 담배를 던지고 옆에 서 있는 혜련의 치맛자락을 확 잡 아당겼다. 혜련은 휘청거리며 영설이 옆에 주질러앉는다. 영설 은 혜련이 앉기가 바쁘게 와락 포옹한다.

그는 혜련의 입술을 찾으며 보고 싶었다고 했다. 그는 혜련 의 얼굴에서 머리를 들고 지그시 혜련의 눈을 들여다본다. 그러 나 다시 와락 껴안으며 보고 싶었다는 말을 수없이 되풀이하는 것이었다. 그러나 광적인 그런 애정의 표시는 오래가지 않았다. 그는 벌떡 일어섰다. 정열의 여세인 듯 비스듬히 옆으로 뻗은 소나무 가지를 와락와락 잡아 흔든다.

남산에서 바라다보이는 동북쪽 하늘에 오각형의 성좌가 나 타난다. 그중에서 불그죽죽하게 빛나는 별, 마치 피를 머금고 지구로 향하여 달려오는 듯한 별이 카펠라성이다. 내려다보이 는 시가에도 불빛이 더러 반짝이기 시작한다.

"어떻게 할 작정이오?"

영설의 암담한 목소리에 혜련은 그만 고개를 떨어뜨려 버린다.

"왜 대답이 없어요."

　암담한 목소리는 다시 울렸다.

"대답을 해요!"

　이번에는 신경질적이다.

"어떻게 할 수도 없잖아요."

"여전히 변함이 없는 판에 박은 대답이군. 견딜 수 없다! 나를 미치게 한단 말이야."

　영설은 소리치며 소나무 잎을 와락 잡아 뜯는다.

"내가 아마 열 번도 더 말했을 거요. 다시 한번 말하겠소. 그 집 팔아버리란 말이오. 팔기가 싫거든 그냥 내버리구 나오란 말이오."

　별이 꼬리를 찍 그으며 흐른다.

"내 말 못 알아들었소?"

"그냥 나오면 어딜 가요?"

　혜련은 고개를 들었으나 별이 흘러간 곳을 멀거니 바라본다.

"어딜 가긴? 나 있는 곳으로 오는 거지. 이 말도 열 번은 넘게 했어."

"억지 쓰시지 마세요. 될 말이에요?"

"안 될 건 또 뭐요?"

"괴롭히지 마세요."

"누가 할 소린지! 하여간 혜련은 남의 눈에 띄지 않는 이런 안전지대에서 밀회만 거듭하잔 말이지?"

"누가 절 찾아오시라 했어요?"

고통스러운 목소리다.

"흥! 그럼 혜련은 나를 억지로, 마지못해서 만나는 건가?"

"……."

"애정에는 인색하기 짝이 없는 여자가 설마 동정으로, 혹은 자비심으로 날 만날까?"

"……."

"여류 소설가렷다. 희귀한 칭호로군. 대단한 정신적 재산이지. 찬물이 좔좔 흐르는 정숙한 부인, 그도 나쁘지 않아. 확실히 조촐한 이름이야. 소견머리 좁고 허영에 가득 찬 계집들한테 말이야. 허울이 좋지. 속이 좋나? 이기심의 덩어리들."

사정없이 내리깐다.

"개한테 던져주어도 먹지 않을 구역질 나는 것, 허식과 기만의 덩어리다! 뭐라구 변명이야 할 테지."

"변명 않겠어요. 실컷 괴롭히구 쾌감을 느끼세요. 저의 죄는 아니에요."

"쾌감을 느끼라구? 아암, 느끼구말구. 나는 그런 여자라면 언제나 괴롭혀 주고 지근지근 짓밟아 주고 쾌감을 느낀다."

"그런 여자란 누가 단정한 거죠?"

"역시 그렇지 않다는 변명이시군. 그럼 왜 얌전하게 덮어두자는 거요. 할 말이 있으면 해봐요."

언제나 만나면 되풀이되는 싸움이다.

"할 말이 있으면 해보란 말이오."

영설은 혜련의 팔을 거칠게 잡아당기며 독기 서린 눈으로 그의 얼굴을 내려다본다. 혜련도 지지 않고 그의 눈을 받는다. 강한 두 개성이 서로 반발한다. 줄기찬 숨소리만이 거칠게 어둠 속에 흘렀다.

"스캔들이 퍼질까 봐 무섭지? 유혜련이란 문명文名에 상처가 갈까 봐 무섭지?"

영설은 바싹 얼굴을 들이대며 신음하듯 속삭이듯 낮은 목소리로 말했다. 너무 목소리가 낮았기 때문에 마치 목이 쉰 것 같았다.

영설은 말을 마치자 혜련을 확 밀어 던졌다. 혜련은 눈앞이 아찔했다. 별빛 같은 광선이 수없이 교차한다.

"……세상에 문학 하는 작자들처럼 옹졸하구 용렬한 족속은 없을 거야. 특히 여자는 말이야. 감정까지 저울질하려 들거든. 개뿔도 모르는 것들이 철학이니 이념이니 하구, 제법 정신적인 지도자로 자처한단 말이야. 흥! 숭고한 고통의 영도자란 말이지? 우스꽝스런 광대들, 인생의 피에로들, 그래도 본인들은 엄숙한 표정을 짓거든. 누굴 지도하구 훈계한단 말인가? 그 구역질 나는 우월감 속에서 인생을 잃어버리는 것도 모르구, 그런 불구자의 한 사람이 혜련이야. 남의 비판을 두려워하면서도 이

영설과 숨은 사랑을 하구 있지. 위선자!"

영설은 일단 말을 끊었다가 다시,

"혜련은 여자야. 여자 이외 아무것도 아냐. 문학이구 개똥이
구 사랑의 편지를 쓸 수 있으면 족하단 말이야. 건방지게 누구
한테 인생의 고통을 말하려는 건가."

영설은 문인들에 대한 반감에 찬 욕설을 한바탕 떠들어대더
니 스스로 흥분에 지쳐 나무에 몸을 기댄다.

별이 아련하게 멀다. 바다처럼 몰려오는 고독감. 그가 지금
까지 떠들어댄 말은 모두 허설이다. 얼마나 혜련을 사랑했던가.
만일 그가 떠들어대는 말이 진심에서 나온 것이었다면 그는 결
코 혜련을 사랑하지는 못했을 것이다.

그의 가슴이 무한한 애정으로 복받쳐 오르면 오를수록 혜련
은 왜 그런지 멀리, 멀리에서 느껴지기만 한다. 그것이 그를 광
포하게 하는 것이다. 혜련의 마음을 모르는 바도 아니다. 혜련
의 입장을 이해하지 못하는 바도 아니다. 막연한 불안, 손아귀
속에 꼭 휘어잡을 수 없는 초조감, 그러한 것이 그릇되게 표현
되고 마는 것이다.

"나는 매일 한 번씩은 혜련에 대하여 비애와 절망을 느낀다.
다시는 내가 먼저 찾아가지 않으리라 생각하면서도 이렇게 찾
아오구 만다. 그러나 혜련은 여전히 변함이 없다. 오늘 밤도 견
딜 수 없이 보구 싶었어. 그래서 나는 미친 듯 달려왔다. 그러나
혜련은 아무 고민도 없이 싸늘하기만 하다."

영설의 목소리는 슬픔에 꽉 차 있었다.

"나는 사실 초조하구 불안해. 오늘날까지 내 생활은 황막했다구밖에 표현이 안 되는군. 내 마음은 언제나 방황하구…… 내가 이북에서 온 것도 혜련을 찾기 위해서이오. 혜련을 찾는다는 것은 내 생활을 찾는 것이라 생각했어. 그러나 혜련은 옛날의 혜련이 아니었어. 너무 훌륭해졌어. 남자의 힘에 의하지 않고도 충분히 살아갈 수 있는 여자가 되어 있더란 말이오. 나는 어느 구석지에 남몰래 묻혀 있는 혜련을 찾으려구 했었소. 남편이 있구 자식이 있을지라도……."

혜련은 가슴을 눌러 잡으며 정신을 차리려고 애를 쓴다.

"혜련은 우리들의 애정을 시인하면서 왜 우리들의 생활을 거역하는 것일까? 혜련은 진정 이영설이란 사나이보다 자기를 둘러싸고 있는 조건에 굴복해야 하는 것일까? 그렇다면 이영설이라는 이 사나이는 도대체 뭐란 말인가? 나는 이제 안정된, 평화스런 생활을 갖구 싶다. 혜련을 내 옆에, 내 사람으로 두구 싶다. 언제까지 이러구 있을 수는 없어. 마치 도둑질하듯 잠시 만났다가는 헤어지구, 괴로움을 당하구, 한밤중에 눈을 뜨면 혜련은 내 옆에 있지 않았다. 천장만 덩그러니 가슴을 누른다. 견딜 수 없어."

별이 물 먹은 듯 흐릿해진다. 바람이 인다. 솔잎을 흔들어주며 지나간다.

"저는 이제 소설가 아니에요."

혜련은 지금까지 영설이 말한 의도의 방향과 사뭇 다른 말을 거의 혼잣말처럼 중얼거렸다.

"다시는 쓰지 않을 거예요. 이 선생 때문에 그러는 건 아니에요. 싫어졌을 뿐입니다."

말을 덧붙인다. 영설은 그의 차분한 말투가 마음에 들지 않았다.

"언제 폐업계를 내셨소? 자존심이 허락지 않아서 나 때문이란 말을 못하는군."

힘껏 비꼰다. 그러나 혜련은 들은 척도 하지 않고 자기의 말을 계속한다.

"저는 당초부터 정숙한 여자도 아니었어요. 문명구하구 결혼한 그 순간부터 전 부정한 아내였으니까."

"마음속에서만 말이지? 아무도 혜련의 부정을 모르니까 말이야."

혜련은 눈앞이 아득해지는 것을 느꼈다. 가슴이 몹시 뛴다. 다만 영설의 장광설이 멀리서 아슴푸레하니 울려왔으나 혜련은 그가 무슨 얘기를 하고 있는지 알아들을 수 없었다. 혜련은 영설의 말을 막고 싶었다. 무슨 말이든 그가 계속 말하고 있는 한, 혜련은 자기의 뚜렷한 지각을 찾을 수 없으리라는 생각이 들었다. 혜련은 손을 마구 내저었다.

"그만, 그만하세요!"

크게 소리를 지른 것 같았지만 혜련의 목소리는 모깃소리만큼 들렸다. 영설의 말은 여전히 계속되는 모양으로 윙윙 귓가에 울린다.

"좋아요! 모든 사람 앞에 우리의 관계를 공개하세요. 과, 과거 일까지, 그리구 저를 없애버리세요! 아무 미련도 애착도 없어요! 그렇지만 저, 전 결혼은……."

혜련은 영설이 무슨 말을 하고 있는지 알 수 없었으나 자기도 모르게 소리를 질렀다. 그러나 역시 그 목소리는 작았다.

"내가 그렇게 못한다는 것을 알구 하는 말이지? 그럼 문명구의 유령 때문이란 말인가? 우린 왜 그 유령을 무서워하나? 무슨 부채가 있단 말인가?"

영설은 주먹을 휘두른다.

"유령의 집에 살면 그만이야? 그럼 나를 막을 수 있다구 생각하나? 왜 그 집에 살어? 무슨 향수 때문에 그 집에 살어! 문명구를 사랑했단 말인가?"

영설의 감정의 기복은 실로 무상하다. 격렬한 애정을 표시하는가 하면 증오와 경멸에 찬 욕설이요, 달래고 애원하는가 하면 마구 위협이다. 일단 문명구의 이름이 나오기만 하면 영설은 그만 미친다.

혜련은 허리를 꺾듯 앞으로 푹 쓰러진다.

"흥! 또 우시는군. 아무튼 고귀한 눈물이야. 문명구를 위하여."

"수, 숨이 차서 겨, 견딜 수 없어요."

"또 유령의 장난인가?"

말은 그렇게 했어도 영설은 걱정이 되는지 혜련을 내려다본다. 소복을 한 혜련의 모습이 박꽃처럼 소청하다. 영설은 한숨을 푹 내쉰다. 그리고 혜련을 안아 일으킨다.

"내 말이 과했던 모양이오. 이제 돌아갑시다."

영설은 힘없이 늘어진 혜련의 얼굴 위에 얼굴을 얹는다. 그의 입에서는 다시 한숨이 새어 나왔다. 그러나 그는 이내 소스라쳐 놀란다. 이마 위에 손을 얹어본다. 손바닥에 땀이 흥건히 고인다.

"아, 이 땀!"

영설은 황급히 손수건을 꺼내어 땀을 닦아준다.

"어디가, 어디가 아파요?"

"괜찮아요."

"괜찮은 게 다 뭐야! 이렇게 식은땀이 흐르는데. 몸이 괴로우면 진작 말하지 않구. 자, 병원으로 가요."

영설은 서둔다.

영설은 혜련을 꼭 안고 비탈길을 내려온다. 향긋한 혜련의 머리 내음이 풍겨온다. 가슴에 조여드는 그리움과 연민.

'이 순간만은 내 것이다! 혜련이!'

혜련의 어깨를 눌러 잡으며 영설은 마음속으로 외쳤다. 그리고 발부리에 걸리는 돌을 걷어찼다.

별이 아슴푸레하다. 하늘이 희뿌옇게 흐려진다.

'내가 너무 이 여자를 학대했어. 지나쳤지. 마음에 없는 소리를 왜 그렇게 했을까?'

남산 중턱에까지 내려왔을 때였다. 혜련은 휘청거리면서 꽉 잡은 영설의 팔을 풀었다. 그리고 집이 있는 곳으로 방향을 돌린다.

"병원으로 가야지."

영설은 혜련의 팔을 다시 잡는다.

"집에 가서 쉬겠어요. 좀 나아요."

"안 돼. 병원에 가야 해."

"집에 가서 쉬면 나을 거예요. 가끔 이런걸요."

혜련은 고집을 부렸다. 집 앞까지 왔을 때 혜련은 담벽에 몸을 기대며 숨찬 목소리로,

"이제 그만 돌아가세요."

"병원으로 가야지. 이대로 가면 어떡하냔 말이오."

"차차 진정될 거예요. 안 되면 의사를 부르겠어요."

"……이렇게 혜련이가 아파도 내버려두구 나만 가야 하나?"

"제발!"

혜련은 괴로운 듯 손을 내젓는다. 흐린 하늘에서 빗방울이 후두둑 떨어진다. 어느덧 별빛은 사라지고 없었다.

"혜련 언니세요?"

뜰에서 신발 끄는 소리가 난다. 혜련은 가지 않고 서 있는 영설을 와락 밀어버리며 머리를 쓸어 넘긴다.

"어마! 여기 왜 이러구 계세요?"

문을 열고 내다보던 명희는 급히 골목을 돌아가는 사나이의 뒷모습을 재빨리 포착했다.

"나 좀 방까지 데려다주세요."

혜련은 손을 뻗었다. 싸늘한 손이었다. 명희는 혜련을 부축하여 방으로 들어간다. 베스가 꼬리를 치며 방을 기웃거린다.

빗방울이 굵어진다. 드디어 퍼붓기 시작한다. 번개가 치고 우렛소리가 들려온다.

담 모퉁이로 피한 영설은 비를 맞으며 우두커니 서 있었다. 굵은 빗방울은 영설의 얼굴을 마구 두들긴다.

'망할 것!'

영설은 혜련의 용태를 걱정하는 것보다 울분이 앞섰다. 자기를 사정없이 밀어내던 혜련의 싸늘한 손길의 감촉만이 마음에 생생하다. 혜련과 같이 디디고 섰던 땅에서 밀려 나온 듯 심한 고독감이 엄습해 왔다.

'그 여자가 없을 때도 나는 살았다. 여자는 아무 데나 있구 원하기만 하면 조금도 아쉽지는 않다.'

그러면서도 그는 그곳을 떠나지 못하고 퍼붓는 비를 맞으며 혜련의 집 둘레를 배회하는 것이었다.

얼마 있노라니까 혜련의 집에서 누가 나왔다. 영설은 전주 뒤에 얼른 몸을 숨긴다.

'의사를 데리러 가나?'

영설은 두려운 예감이 들었다.

"나 어두워서 혼자는 못 가겠어. 저기까지 데려다주어요."

우산을 받쳐 든 여자가 말했다. 영설은 희미한 가등 밑에 보이는 얼굴로 그 여자가 혜련의 시누이임을 알았다.

식모가 우산을 펴 든다. 내려온다.

"병림이란 학생 자주 와요?"

"네."

"오늘도 왔던가요?"

"안 왔어요."

식모는 진수하고 구경 간 것을 모른다.

"그럼 언닌 뉘하구 외출했죠?"

"아이가 편지 가지구 온 걸 보시구 나가셨어요."

"응, 그래요?"

영설은 멍하니 그들의 뒷모습을 바라본다.

"그럼 들어가 보세요. 언니도 몸이 편찮으시구. 이제 혼자 가죠."

"그럼 또 놀러 오세요."

여자들이 지껄이는 말이었다. 영설은 의사를 부르러 가지 않는 것임을 알고 안심이 되었으나 왜 그런지 그들의 대화가 마음에 걸렸다.

"빨리 들어가요! 좋은 데 자리 잡아야지."

S극장에 병림과 같이 들어선 진수는 극성을 피우더니 어느새 사람 속으로 쪼르르 들어가고 없었다. 장내에 들어간 진수는 눈을 크게 뜨고 좋은 자리를 찾다가 그만 하나도 못 찾고 이리저리 기웃거리기만 한다.

"이 바보야. 먼저 들어와서 여태 뭘 해?"

뒤에서 병림이 어깨를 친다.

"아이, 속상해."

"저리루 가. 자리 잡아놓았어."

"병림 오빠가?"

"그럼."

병림은 진수를 데리고 자리 잡아놓은 곳으로 간다.

"감사합니다."

병림은 자리를 보아준 신사에게 공손히 인사한다.

자리에 앉으려던 진수는 힐끗 그 신사를 쳐다본다.

'아 쇼팽, 화가 선생님.'

자리를 보아준 신사는 바로 부산에서 영설의 병문안을 왔던 화가 윤병후였다. 그는 진수를 알아보지 못했다. 창 너머로 한 번 마주쳤으니 진수를 알아보지 못하는 것도 무리는 아니다. 그러나 진수가 쇼팽이라 명했던 만큼 특이한 그의 삼각형 얼굴은 진수의 기억 속에 뚜렷하다.

그는 여성을 한 사람 동반하고 있었다. 박현주였다. 균형이 잡힌 다리를 포개 얹고 윤병후와 다정하게 이야기를 나누고 있었다.

불이 환하게 켜진 장내는 웅성웅성하다. 방금 들어오는 사람, 나가는 사람으로 하여 장내는 잠시 혼란을 일으키고 있었다. 매점 아이들은 캐러멜, 껌 같은 것이 든 상자를 안고 사람 속을 헤치며 부지런히 왔다 갔다 한다. 음악이 웅웅 울려 나온다.

진수는 얌전하게 앉아 있었다. 그러나 앉아 있는 자세만 얌전했다 뿐이지 웅웅거리는 음악을 따라 나지막이 휘파람을 불고 있었다. 윤병후가 이 명랑한 아가씨를 힐끗 쳐다보았으나 아랑곳없다. 병림은 싱긋이 웃고 있었다.

무릎 위에 놓인 진수의 팔은 길고 미끈하다. 살며시 쥐고 있는 흰 빛깔의 구슬 지갑이 귀엽다. 공주처럼 품위 있는 목덜미가 깊게 판 핑크빛 드레스 밖으로 드러나 풋내가 나기는 해도 몹시 매력적이다. 단단히 멋을 내고 온 모양이다.

매점 아이가 지나간다. 진수는 휘파람을 멈추고,

"이 애!"

하며 불러 세운다. 그리고 병림에게 얼굴을 돌리며,

"병림 오빠, 초콜릿 사주세요."

병림은 어리둥절하다가,

"응."

하고 호주머니 속에서 돈을 꺼내어 초콜릿을 두 개 사가지고 진수 손에 놓아준다. 진수는 윤병후 쪽을 곁눈질한다.

'내가 알 게 뭐람.'

"병림 오빠 하나."

병림에게 초콜릿을 하나 내민다.

"나는 싫다."

진수는 초콜릿의 종이를 벗기면서,

"엄마한테 이르지 마세요."

"뭘?"

"초콜릿 사달랬다고……."

"왜?"

"엄마가 아시면 질겁을 할 거예요. 극장 같은 데서 음식을 먹는다고요. 엄만 새침데기니까 그런 것 아주 싫어하거든요."

진수는 초콜릿을 바삭바삭 바수어 먹는다. 그 모습이 어린애처럼 귀엽다.

"혼이 나게 일러바쳐야겠군."

"싫어요. 오늘 밤 제가 구경시켜 드리는데……."

"진순 대체 몇 살이야?"

"열아홉."

"어른이 좀 돼야겠어."

"뭐 제가 어른 아니에요?"

"아기야, 아직은."

"이런 데서 초콜릿 먹는다고요?"

"그럼."

"치. 그럼 어른들은 먹고 싶은 것도 참아야 하나요? 염치 차리다가 굶어 죽겠네."

벨이 요란스레 울리더니 불이 꺼지고 뉴스가 시작된다. 뉴스에 이어 곧 영화가 상영되었다.

영화는 가련한 고아가 식모살이를 하다가 쫓겨나 거리를 방황하는 동안 어느 청년을 만나는 장면으로 시작되었다. 그러나 그 고아는 부랑아로 취급되어 감화원에 수용되는 것이다. 청년은 그 고아 소녀를 찾아 감화원 주변을 배회하다가 다른 죄수를 만나 소녀에게 말을 전하는 것이나 너무 보고 싶은 감정에 복받쳐 소녀의 이름인 마리아를 몇 번이나 부를 뿐 그 이외 말을 하지 못한다.

그것을 보고 있는 진수는 그 청년이 불쌍하여 눈물이 났다. 진수는 공감을 청하듯 병림을 쳐다보았다. 병림도 진수를 쳐다보았다. 어둠 속에 두 눈이 한참 동안 부딪쳤다.

'저 남자보다 우리 병림 오빠가 더 잘생겼어. 어쩌면 눈이 저리 깊을까!'

영화는 일요일에 죄수들이 예배 보러 교회에 갔다가 홍수를 만나 마리아는 청년과 같이 탈출을 하고 다른 죄수들은 감화원으로 돌아가는데 염세사상에 사로잡힌 정치범인 한 소녀는 스스로 구출되기를 거부하고 자살한다는 대강 그런 줄거리로 낙착이 되었다.

거리에 나왔을 때 사방은 어두웠다.

"마리아, 마리아, 마리아아……."

진수는 영화에서 본 청년의 목소리를 흉내 내며 걸어간다. 병림은 거리의 불빛을 바라보며 걸어간다.

"병림 오빠, 영화 좋죠?"

"응."

"아이, 싱거워라, 응이 뭐예요?"

"좋더군."

"어디가 좋아요?"

"몰라…… 그 녀석 정식일 닮아서 혼났다."

"그거 무슨 말이에요?"

"의용군에 같이 나가서 죽은 친구 말이야. 영화에 나오는 그 녀석이 꼭 그 친굴 닮았더군."

"총 맞아 죽었어요?"

"응."

"제일 친한 친구?"

"어릴 때부터 같이 자랐어. 아주 겁이 많은 녀석이었지. 코 밑이 짧다구 늘 걱정을 하는 거야. 명이 짧을 거란 걱정이지."

"그리 겁쟁이면 왜 피하지 않고 나갔을까? 잘못되어 잡혀갔나요?"

"으응."

병림은 고개를 저었다.

"그럼?"

"그 친구는 자기가 겁쟁이라는 것을 제일 싫어했었지. 그 녀석한테 치명적인 것은 비겁하다는 말이었어. 그는 커뮤니즘이 무엇인지도 몰랐어. 정말 아무것도 몰랐어.”

“그럼 비겁하다는 소리 듣기 싫어 나갔군요?”

“말하자면 그렇지. 주변에 있던 친구들이 다 자진해 나갔으니까 친굴 잘못 만나 명을 줄였지.”

“병림 오빠는?”

“…….”

“오빠도 자진해서 나가셨어요?”

병림은 그 말대답은 하지 않았다. 그러나 그때 일이 생각나는지,

“그 친구들은 다 죽었다. 이제 나만 남았구나.”

“운이 좋았어요.”

“정식이 녀석이 죽던 전날 밤 우리는 야간 행군을 했었어. 어느 산골짜기에서 잠시 동안 휴게를 했을 때 그 녀석이 나보구 하는 말이 자기는 코 밑이 짧아서 아무래도 오래 살지는 못할 거라 하며 눈을 껌벅껌벅하더군. 그러더니 이튿날 그만 죽었다.”

병림은 힘없이 터벅터벅 걸어간다.

“병림 오빠, 제 코 밑은 길어요?”

진수는 코 밑을 쭉 늘이며 얼굴을 쳐들고 병림에게 보인다. 병림이 어이없다는 듯 가만히 쳐다본다. 진수에게는 그런 이야기가 실감으로 오지 않는 모양이다.

"일찍 죽을까 봐 진수도 걱정이 되나?"

"그럼요. 정말 죽긴 싫어요."

"코 밑이 짧지는 않군."

"이영설 선생님도 저보고 코 밑이 길어 오래 살겠다 하셨어요. 이제 안심해도 좋겠어요."

"진수는 제 몫 적은 것만 생각하는군."

"그럼 어떻게 해요! 오래 살고 싶은걸."

"오래 살기만 하면 되나? 잘 살아야지. 나뿐 아니라 모든 사람이."

"그건 이상일 뿐이에요."

"이상이 없으면 인간은 살아 있는 송장이지."

"하긴 저에게도 이상은 있어요."

"대성악가가 되는 것?"

"그게 절대적인 것이라 할 순 없어요."

"시집가서 잘 사는 것?"

"그건 아직 멀었어요."

"진수!"

"네."

"진수가 만일…… 아니, 사랑하는 사람을 만나 결혼을 한다면 두 사람은 서로 마주 보구만 있어도 행복할까? 그것만으로, 가령 애정만으로 최상의 행복이라 할 수 있을까? 공통된 아무런 이상도 없이……."

병림은 거북하게 표현 부족인 말을 한다.

"아마 무슨 해야 할 일이 두 사람한테 있어야 그들은 진실한 삶의 뜻을 알 거야. 만일 그렇지 못하다면 아무리 사랑해도 그들은 고독해질 것 같애."

"병림 오빠 고독에 철저하면 영웅이 된다고 하셨잖아요?"

"내가 그런 말을 했던가?"

"부산 있을 때 언젠가 그런 말 하셨어요."

"그렇지, 고독에 철저하면 영웅이 되는 거지. 얻는 것보다 그건 주는 것이기 때문에."

"그렇다면 나쁘지도 않잖아요?"

진수는 일부러 딴전을 피웠다.

"할 일이 없는 사람의 고독은 다르다. 그것은 서로가 얻고자 하지만 얻을 수 없는 데서 오는 고독이야. 늘 불안해하는 마음들이지."

"어려워요."

"어려운가? 그러나 차차 알게 된다. 진수는 아직 어리구 나는 젊다. 우리의 인생은 한없이 멀어. 알아야 할 일이 태산 같구……."

병림은 일단 말을 끊었다가 다시,

"우리는 우리들만의 행복을 생각하기에는 너무 젊구 힘이 넘쳐흐른다. 진수, 이 폐허를 좀 보아. 진수는 이 폐허의 의미를 생각해 본 일이 있나?"

"전쟁이 무섭다고 생각한 일은 있어요."

"무섭지, 무섭고말고, 그러나 무서운 일은 앞으로도 계속된다. 비록 전쟁은 끝났어도……."

"왜요? 이제 전쟁은 끝났잖아요? 이북에서 또 쳐들어올까요?"

진수의 눈이 휘둥그레진다.

"외부에서 침략을 당하는 일보다 내부가 곪아 썩어버리는 일이 더 무섭다. 두고 봐. 서울이 어떻게 재건되어 가는가를……정치가 재벌, 그놈들이 결탁하여 미국에서 보내주는 재건비를 온통 들이마실 거야. 도시는 빈털터리가 되구, 벼락감투와 벼락부자 놈들의 천박하구 야비한 허울만의 도시가 재건되겠지."

병림은 내뱉듯 말했다. 평소의 그답지 않게 어조가 과격하다.

"난 그런 것 잘 모르겠어요. 그렇지만 원조해 주는 미국은 장님인가요. 감실 하겠죠."

진수는 제법 사려 깊게 말한다.

"원조? 말이 비단이지. 실상 그건 원조가 아니야. 우리가 의당 받아야 하는 거지. 소련과 미국의 세력 다툼 속에 끼어든 우리들의 희생의 보상이야. 이 세상에 공것이 어디 있어? 개인이면 몰라도 역사상 그런 휴머니티한 국가는 일찍이 없었다."

"그럴까요?"

"그럼, 결국은 우리 민족이 피 흘린 보상금의 용도가 문제지. 어디로 흘러들어 가느냐가 문제란 말이야. 서울에는 하마 웅장

한 저택이, 오피스가 설 거야. 그리구 그네들 세도가, 재벌들을 위한 노다지를 쌓아둘 창고도 필요하지. 공장도 일이 없구, 농토도 소용없단 말이야. 한국의 자본가들한텐 노동력이 필요 없거든. 뭐가 답답해서 장기간의 투자를 한단 말인가. 흥! 그러나 물건은 누가 사지? 노동력까지 팔 곳이 없는 헐벗고 굶주린 백성들이 산단 말인가? 부패와 독재, 암담한 앞날이 있을 뿐이다. 그러나 그것을 우리는 쳐부숴야 한다."

목소리는 낮았지만 열변이다.

"쉬! 빨갱이라고 잡아가요."

진수는 병림의 말을 막는다.

"날 보구 빨갱이라구? 천만에, 나에게는 꿈과 낭만이 있어. 공산주의 사회에 있어서는 조직이, 자본주의 사회에 있어서는 금력이 인간을 기계화하구 있지만 인간은 결코 기계가 될 순 없다. 쌍방이 다 나의 꿈을 비웃을 거야. 그러나 인간은 꿈을 버리구 살 순 없어. 비록 유토피언 소셜리스트[空想的 社會主義者]이며 그의 이상을 위한 싸움에서 패배했을지라두 영국의 로버트 오웬을 나는 존경한다."

"오웬이 누구예요? 사상가?"

"사상가라기보다 실천가지. 약 백 년 전의 사람으로서 영국에 산업혁명이 있을 무렵 공장 경영자, 혹은 사회사업가라 할 수 있어. 십구 세기의 가장 위대한 휴머니스트다. 그는 인류에 대한 낭만과 애정에 충만한 사람이었다."

"전 음악가라면 잘 알아도 그런 사람 통 몰랐어요."

"모른다는 것은 자랑이 아니야."

"그렇지만 모르는걸."

"밤낮 연애소설만 읽으니까 그렇지."

"치!"

"진수가 장차 음악 이외의 것을 모른다면 쟁이가 될 수밖에 없어. 그러나 박식하라는 말은 아니야. 자기가 살구 있는 사회를 알아야 하구, 인간에 대한 높은 애정을 알아야 한다. 기술이라는 것은 노력만 하면 어느 한계까지는 갈 수 있겠지. 그러나 결코 기술만으로 영감은 오지 않는다. 한 세계를 이룩한 예술가는 벌써 철학자의 풍모를 지니는 법이야."

병림은 거침없이 설교까지 한다.

"오늘은 왜 이렇게 말씀 많이 하세요? 영화 본 것도 다 잊어버렸다."

진수는 병림의 설교가 별로 마음에 들지 않았던 모양이다.

진수는 설교하는 듯한 병림의 말투가 마음에 들지 않았다. 그러나 내용은 옳다고 생각하였다. 뿐만 아니라 그는 틀림없이 병림한테 얻은 지식을 다른 사람한테 팔아먹을 것이다. 다만 표면상으로 무조건 찬동하기가 싫었던 것이다. 이영설이 만일 그런 말을 했다면 즉석에서 공명을 표시했을 것이나 병림에게 그러지 못한 것은 그의 나이 젊은 탓이리라.

"오웬에 관한 책을 빌려줄 테니 틈 있으면 읽어봐."

병림은 의식적으로 진수의 관심을 그런 방향으로 이끌어보려
고 노력하는 것 같았다.

"그것보다 난 배고파요."

"저녁 안 먹었나?"

"극장에 가려고 서두는 바람에 아주 조금밖에 못 먹었어요."

"그럼 식당에 가자."

병림은 발길을 돌린다.

"밥 말고 빵 사주세요."

"좋도록."

병림은 다소 맥이 빠지는 모양이다. 밀크 홀에 들어서면서 병
림은,

"단것 많이 먹으면 살찐다면서?"

"남자가 어떻게 그런 걸 다 아세요?"

"진수가 말하던걸."

"그래요? 그렇지만 전 괜찮아요. 아직은 말라깽이니까. 고모
가 걱정이지."

그들이 밀크 홀에서 빵을 먹고 밖으로 나왔을 때 빗방울이 후
두둑 떨어졌다.

"어! 비가 오시는군."

"어떻게 해! 옷이 젖겠네."

새로 지어 모처럼 입고 나온 옷이라 몹시 아까웠던 것이다.

"빨리 뛰어요! 병림 오빠!"

진수는 병림의 손을 잡고 뛴다. 뛰면서도 옷이 젖는다고 오두 방정을 떨었다.

한길을 지나 골목으로 들어섰을 때 비는 내리쏟아지기 시작했다.

"진수, 가만있어!"

병림은 진수의 손을 놓고 양복저고리를 벗어 진수 어깨 위에 걸쳐준다.

"싫어요! 남이 보면 웃어요."

진수는 고개를 절레절레 흔든다.

"누가 있어? 밤이 돼서 보이지 않는다. 감기 들면 못써."

진수는 병아리에 우장을 씌운 것처럼 커다란 양복저고리를 털벅거리며 다시 병림의 손을 잡고 뛴다. 그러나 비는 점점 거세어지고 머리 위에서 빗물이 줄줄 흘러내린다. 번개가 치고 하늘이 온통 우르릉거린다. 진수는 병림에게 덤비듯 몸을 바싹 다가세운다.

"안 되겠다. 소나기다! 잠시 섰다가 가자."

병림은 진수의 손을 끌고 부근에 있는 담벽으로 쫓아간다. 그리고 담 너머에서 뻗어 나온 나무 밑에 몸을 사린다.

"지독하게 퍼붓는군."

두 사람은 서로 팔을 꼭 낀 채 빗줄기를 바라본다. 희미한 가등이 빗줄기 속에 번져 나오듯 희뿌옇다. 내리퍼붓는 빗소리는 병림의 마음에 장쾌한 리듬이 되어 울려온다. 번갯불이 번쩍한다. 진수는 병림의 허리를 껴안는다. 병림도 팔을 돌려 진수의 어깨를 안아준다.

"포탄이 터지는 소리 같군."

골목에는 쥐새끼 한 마리 없다. 진수의 따뜻한 체온이 병림에게 전해진다. 병림은 진수를 내려다보았다. 연방 빗물이 머리카락에서 뚝뚝 떨어지는데 훔칠 생각도 하지 않고 발그레한 입술이 어린애처럼 무심히 열려 있다. 병림은 바지 주머니 속에서 손수건을 꺼내어,

"닦아."

진수는 긴 소매를 쳐들어 보인다. 거북하다는 뜻이다. 병림은 하는 수 없이 자기가 손수 닦아주다가 별안간 진수를 껴안는다. 진수가 미처 얼굴을 피하기도 전에 병림은 진수 입술에다 입을 대었다.

진수는 병림을 와락 밀어내며 그의 뺨을 찰싹 갈기더니 땅바닥에 퍽 주저앉아 운다. 병림은 얼굴이 새빨개져서 어떻게 할 바를 모른다.

"진수!"

병림의 손이 미처 어깨에 닿기도 전에 진수의 어깨는 마구 흔들렸다. 병림은 다만 난처할 뿐이다. 왜 그 순간 그런 짓을 했는지 자신도 알 수가 없었다.

번갯불이 번쩍한다. 진수는 본능적으로 발딱 일어섰다. 자기도 모르게 병림한테 기댄다. 천둥이 멎자 진수는 병림을 떠밀어

버리고 지갑 속에서 손수건을 꺼내어 빗물과 눈물로 엉망이 된 얼굴을 닦는다. 허리 아래까지 처진 병림의 양복을 걸친 우스운 모습으로.

병림은 잠자코 허리를 구부려 흙탕물이 묻은 진수의 치마를 털어준다.

"말짱 도둑이야."

진수가 뇌까린 말이다. 병림의 얼굴이 또다시 홍당무가 된다. 아직 어린 진수에게, 더군다나 오빠라 부르며 따르는 진수에게 그런 짓을 한 일이 부끄럽기도 하고 걱정이 되기도 했다. 그리고 여성에 대한 아무런 경험이 없는 그는 이런 경우 어떤 태도를 취해야 하는지 그것도 몰랐다. 그로서는 진수가 빗길로 마구 달아나지 않는 것만 참으로 다행이라 생각할 뿐이다.

빗줄기가 좀 가늘어진다. 가야겠다고 생각하는데 윗길에서 누가 철버덕거리며 내려온다.

"어마!"

진수가 깜짝 놀란다. 가등에 비친 얼굴은 이영설이었다. 흠씬 옷이 젖어 있었다. 지금도 내리는 비를 그대로 맞으며 처적처적 흙탕물을 밟으며 내려오는 것이었다. 그는 내려오다가 발길을 멈추고 담벽에 붙어 서 있는 두 남녀를 물끄러미 쳐다본다.

진수는 죄지은 사람처럼 얼굴이 파아래진다. 그러나 영설은 진수의 얼굴이 눈에 보이지 않는 양 고개를 돌리고 지나쳐버린다.

"어마!"

진수는 의아해서 소리쳤다. 자기를 몰라보고 가는 것이 이상했던 것이다. 병림의 눈도 거의 방심한 사람처럼 내려가는 이영설의 뒷모습을 쫓아갔다.

"누구야?"

진수는 눈이 찢어지라고 병림을 노려보다가 홱 돌아선다.

"이영설 씨!"

한마디하고 걸음을 빨리한다. 성급한 날씨는 벌써 갤 기세를 보이고 있었다.

병림은 멈칫멈칫하며 진수를 따라 올라간다.

'치마에 흙이 묻어 엉망인데 진수는 유 선생님을 보구 뭐라 설명을 할까?'

병림은 적이 걱정이 되었다.

집 앞에까지 왔을 때 진수는 걸음을 멈추고 빙글 돌아서더니 병림을 빤히 쳐다본다. 병림은 머뭇머뭇하며 당황할 뿐이다. 진수는 양복저고리를 벗어 병림에게 홱 집어 던진다.

"절교예요. 이제 오시지 마세요!"

하더니 문을 두들긴다. 안에서 사람 기척이 난다. 진수는 땅을 한 번 탁 구르며,

"가세요! 보기 싫어!"

병림은 하는 수 없이 내리막길을 되돌아 내려오면서 진수의 심술에 찬 얼굴을 생각하며 픽 웃는다. 문 닫는 소리가 들려온

다. 병림은 가다 말고 돌아본다.

"베스!"

진수의 맑은 목소리가 울려온다.

영화를 보고 나온 윤병후는 다방에 들러 차를 마신 후 박현주와 헤어졌다.

'집으로 곧장 들어갈까?'

그러나 윤병후는 이내 생각을 고쳐먹고 필동에 있는 윤성수 집으로 발을 옮긴다.

윤성수로 말하면 윤병후의 오촌 조카뻘이 된다. 그러나 윤병후보다 한 살 위인 윤성수는 도무지 그에게 아저씨 대우를 해주지 않았다. 그들은 아저씨 조카라기보다 언제나 허물없는 술친구였던 것이다. 동경 유학 시절에는 이영설과 어울려서 부어라 마셔라 하고 마구 데카당으로 놀았었는데 그 버릇이 지금도 남아 있다. 이영설이 이북에서 넘어왔을 때도 먼저 찾아간 곳은 그들의 집이었고 그들 역시 옛날과 다름없는 우정으로 그를 맞이했던 것이다.

윤병후가 윤성수 집에 들어서니 성수의 부인 김지숙金志淑이,

"아이구, 아저씨 아니세요! 웬일루 우리 집엘 다 오세요?"

하며 무척 반가워한다.

"어째 바람이 이리루 붐다. 성수 있어요?"

"네, 어서 들어오세요. 여보! 가회동 아저씨 오셨어요."

지숙의 말을 기다릴 것도 없이 윤병후는 방으로 들어간다.

"뭘 하는 거야?"

"뭘 하긴, 잠이나 잘까 하구……."

윤성수는 부스스 일어나 앉는다.

"아저씨, 저녁 하셨어요?"

지숙이 상냥하게 묻는다.

"저녁은 했습니다만."

"그럼 차나 끓이겠어요."

"차보다 술 생각이 나는데……."

"안 됩니다, 그건. 요즘 저이는 금주예요. 신경통이 도져서…… 보면 마시고 싶을걸요."

비가 쏴아! 하고 쏟아진다.

"이거 잘못 왔군. 출출하던 판인데."

"소나기가 쏟아진다."

윤성수가 창밖을 내다보며 중얼거린다.

"마침 잘 왔군. 하나님이 잘하기는 해. 집으로 갔다면 비 맞을 뻔했지."

윤병후는 노랑과 초록색이 아로새겨진 화려한 넥타이를 매만지면서 조금 전의 말을 번복한다. 지숙은 어느새 나갔는지 없었다.

"금주하노라고 안 나갔나? 어쩐지 오늘은 집에 있을 것 같더라."

"아주머니한테 외출 허가를 받았나?"

성수가 슬그머니 놀려준다. 윤병후는 공처가다.

"힝! 이래 봬두 나 여자 친구하구 영화 보구 오는 길이야."

"제법 사람이 되어가는구나."

"그 자식 말버릇 고약하다. 아재비보구."

"그런데 상댄 누구야? 고작 제자나 하나 끌구 갔겠지."

"깔보지 마. 굉장한 여자야."

"구경하면서 이리저리 살피지는 않았나? 밤에 경칠 생각을 하며 떨었겠지."

"정 이러기야? 재미없어. 옥이 엄마한테 다 털어놓는다. 그날 밤은 어디 가 잤지? 보나 마나 호텔로 직행했겠지."

"약자의 역습이군. 우리 사정이 그대하구 같지 않다는 걸 알아야 해."

두 사람이 농을 주고받고 하는데 지숙이 커피를 가지고 들어왔다.

"아주머니하고 같이 오실 걸 그랬어요. 참 오래 못 뵈었군요."

"아주머니가 다 뭐야? 굉장한 여자하구 영화 보구 왔다는데……"

"아, 아닙니다."

윤병후는 뾰족한 턱을 분주히 흔든다.

"하하하, 아주머니한테 말이 건너갈까 봐 진땀이 솟는 모양이군."

"이거 정말 이러기야?"

"호호호…… 걱정 마세요. 입 꾹 다물고 있겠어요."

"아, 아닙니다. 그게 아니구요, 저 박현주라고…… 여류……."

"아아, 현주 말예요?"

"참, 잘 아시죠! 친구라죠."

윤병후는 까닭 없이 허둥거린다.

"네, 학교 동창이에요."

"그 여자가 구경시켜 주겠다고 해서 따라갔죠. 뭐 별것 아닙니다."

윤병후는 구차스럽게 변명을 늘어놓는다. 그리고 머리를 긁적긁적 긁는다. 섣불리 말했다가 큰 봉변이나 당한 사람처럼.

박현주하고는 제법 오래된 지면이기는 하다. 그의 시집이 세상에 나갈 때 장정을 한 사람은 윤병후였다. 그러나 특별히 극진한 사이랄 수는 없었다. 그러던 박현주가 환도하면서부터 의식적으로 접근해 오는 것이었다. 이미 처자까지 있는 윤병후로서는 박현주를 별다르게 생각할 처지도 못 되거니와 그는 아내를 사랑했고, 때문에 공처가이기도 했다. 그렇다고 해서 그쪽의 친절이나 관심이 불쾌할 이유는 없는 것이다.

"어쨌든 재미나는 진행이야. 공연히 헛다리 짚었는걸! 하하하…… 그러나 아무리 달아도 소용없어. 목표가 달라."

"목표가 다르다니! 그게 무슨 소리야?"

"이거 소식불통이군."

윤성수는 지숙을 보고 한바탕 웃어젖힌다. 지숙이도 의미심장한 미소를 짓는다. 윤병후만은 두 내외를 번갈아 보며 무슨 말이라도 할 듯 입술을 쫑긋쫑긋한다.

"박현주의 목표는 이영설이야."

"뭐, 이영설이라구?"

밖에서는 우레 소리가 진동한다. 그 우레 소리만큼 윤성수의 말은 병후에게 놀라움을 주었다. 박현주에게 관심이 있어서가 아니라 자기가 전혀 모르고 있었다는 데서 오는 놀라움이었다.

"이영설이라는 게 그리 신기하나? 박현주가 반할 만도 하지."

"정말 금시초문인데! 음, 그러구 보니 이영설의 말을 자꾸 묻더군."

윤병후도 차츰 생각이 미치는 모양이다.

"온, 사람두, 그렇게 신경이 둔해서야 어디 여자 하나 낚겠나."

"어림도 없다. 낚고 싶은 여자라야 신경을 쓰지."

윤병후는 그렇게 대답하며 슬그머니 지숙이 편으로 곁눈질을 한다.

"지난봄이었지. 영설이 우리 집에 있을 때 그 박현주 여사께서 핏빛 같은 붉은 장미를 한 아름 안구 오셨더란 말씀이야. 피란살이의 따분한 집구석이 환해지더군. 그러나 그 장미를 받을 사람은 우리가 아니구 이영설이었더란 말이야. 붉은 장미란 말이야. 붉은 장미라면 뭔지 알지? 구애야."

"흐흥? 그거 나쁘지 않은데."

윤병후는 묘하게 감탄하는 표정이다.

"그리 노골적으로 해석하심 현주의 입장이 뭐가 돼요? 반드시 이 선생한테 드리려구 가져온 건 아니었어요. 하긴 이 선생도 언제까지 혼자 계실 수 없구 어차피 결혼은 하셔야겠지만."

지숙은 현주를 두둔하는 듯 말한다.

"그야 그렇죠."

윤병후도 맞장구를 친다.

"이봐, 허수아비 양반, 그대한테 영화 구경을 시켜주구 차를 사주구 하는 데는 그만큼 이유가 있는 법이야. 세상에 공짜가 어디 있어?"

"무슨 이유?"

"말하자면 사랑의 다리가 되어주십사는 거지. 도무지 영설이 녀석 반응이 없거든. 총명한 여자의 한 책략이지. 좀 악착스럽기는 해두……."

윤성수는 슬그머니 담배를 피워 문다.

"그렇다면 내가 어떻게 하누. 옥이 엄마랑 자네가 더 적격일 텐데, 중매하는 덴 말이야."

윤병후는 슬며시 엉덩이를 빼려 든다.

"이거 도무지 인간의 기미를 모른다. 아, 좋아하는 사람의 친구라면 호의를 사둘 필요가 있잖아? 차 한 잔, 영화 한 번이 뭐 그리 비싼 건가? 영설이 앞에서 어쩌다가 아 그 여자 괜찮다는 말 한마디라도 하면 밑천 빠지는 거지. 그보다 그 여자 자넬 대단히 숭배하구 있더라 하면 더욱 좋구. 말하자면 영설의 주변에다 현주 자신의 인식을 높이자는 거지."

"너무 그러지 마세요. 뭐 현주가 시집 못 가서 팔 걷구 나선 줄 아세요? 그 애두 자존심이 있잖아요. 공연히 추측만으로 그러시네."

지숙이 남편의 지나친 어조를 나무란다. 그러나 윤성수는 그 말대답은 하지 않고,

"일전에 이런 일도 있었지. 방송국의 모씨를 움직여 박현주는 자기 시에다 곡을 붙이게 했는데 그걸 이영설한테 위촉하게 했던 말이야. 아무튼 영설을 자주 만날 계기를 만들어보자는 거지."

"수완도 대단하지만, 열성도 보통은 아닌데."

병후가 한마디 던진다.

"남성들은 참 이상해요. 여자들은 모두 자기네들한테 호의를 갖구 있는 줄 알아요. 결코 여자가 먼저 능동적으로 할 순 없어요."

지숙의 말에 윤병후가 멋쩍어한다.

"당신은 그렇지 않다 이 말씀이군. 아암, 그랬었지. 그래서 내가 골탕을 먹었지."

지숙은 남편의 말에 얼굴이 빨개진다.

"아이참, 별소릴 다 하네. 현준 단순히 그랬는지 누가 알아

요? 이 선생이 실력이 있으니까 참고로 말했을 거예요. 혹은 방
송국에서 단독적으로 이 선생한테 부탁했는지 모르잖아요?"

"정확한 소식이야."

"참 옹졸도 해라. 설사 그렇다 하더라두 너그럽게 보아주면
어때요? 남자들이 여자들 흉을 보구 헐뜯는 것처럼 추한 건 없
어요. 여자들이 말이 많구 남의 흉 잘 본다지만, 남자들도 여간
내기들이 아냐."

"아니, 왜 이러는 거야? 누가 현주 욕을 하구 흉을 보았나?
사실이 이러이러하니 우리 서로가 다 아는 처지구 일이 될 만하
면 도와보자는 거지. 기왕 영설은 홀아비요, 박현주도 현재는
혼자 있으니 말이야."

"그렇지만 말투가 다분히 악의적이거든요."

"그럼 박현주는 톡톡 튀기는데 이영설이 혼자 열이 올라서 쫓
아다닌다구 하면 호의적인가? 그건 다 쓸데없는 허식이야. 좋
으면 좋은 대루 표현하구 행동하구, 최선의 방법을 취해서 성공
하게 하는 것이 옳지, 사실대로 말하는 것을 그르다구 우기는
당신이야말로 우습지 않아?"

"몰라요! 그렇지만 항상 여자 쪽이 피해를 입게 되니까 말예
요. 남자들은 어디까지나 자기 본위로만 말하거든."

"어, 그만하십시오. 공연히 남의 일에 부부 쌈까지 할 필요는
없어요."

윤병후가 웃으며 손을 내저었다. 지숙은 남편을 보고 눈을 흘

긴다.

"정말 난 몰랐다."

새삼스럽게 윤병후가 다시 말한다.

"은근히 화가 나지?"

윤성수는 자꾸 놀리려 든다.

"내가 화날 게 뭐야."

"다소 실망할 게란 말이야. 그거는 그거구 영설인 언제까지 홀아비로 있을 작정인가……."

"누가 아나? 이북에 눈이 시퍼렇게 살아 있는지?"

"글쎄, 그럴는지도 모르죠."

지숙이 맞장구를 치는데 성수만은,

"거짓말할 위인인가?"

하며 영설의 독신을 주장한다.

"어, 언제 비가 개었나?"

병후가 창밖을 내다보는데 초인종이 울린다.

"누가 왔을까?"

지숙이 남편을 쳐다보다가 밖으로 나간다.

"아, 피곤하다. 비도 개었으니 이제 슬슬 가볼까?"

병후는 늘어지게 기지개를 켠다.

"이 선생님 오셨어요!"

밖에서 지숙의 목소리가 크게 울렸다.

"뭐?"

이런 밤에 찾아온 것이 반가워 성수가 소리쳤다.

"호랑이도 제 말 하면 온다더니……."

병후는 일어서려다가 도로 주질러앉는다.

지숙이 숨을 할딱이며 들어왔다.

"여보, 이 선생 옷이 흠씬 젖었군요. 당신 옷 좀 드려야겠
어요."

지숙이 안방으로 쫓아간 뒤 영설이 쑥 나타났다. 창백한 얼굴
이다.

"맙소사. 어딜 뒹굴었길래 이 모양인고."

영설의 꼴이 어이가 없었던지 멋쟁이 병후는 우두커니 쳐다
본다.

"술을 퍼마셨군. 그새 잠잠하더니 그래 자살극이나 연출하지
않았나?"

성수가 씩 웃는다. 영설은 옷이 젖어 앉지는 못하고 창가에
비스듬히 기대어 담배부터 붙인다.

"어디서 술을 했어?"

병후가 묻는다.

"술? 한 방울도 안 했다."

"술을 안 하고서야 옷 꼴이 그 모양이 될 수 있나?"

"비 맞구 남산을 산보했지. 아닌 게 아니라 술 생각이 간절하
더만 호주머니가 비어서…… 양복저고리 잡히구 마실래도 이
모양이니……."

영설은 쓰게 웃는다. 병후는 끌끌 혀를 차면서,

"언제 어른이 되누? 점점 더 철이 없어지네. 빨리 장가가야겠군."

둘이 방금 한 말도 있어 그렇게 말한다.

"흥! 애비 구실도 못하는 녀석이 자식새끼나 있다구 으시대는 거야?"

영설의 표정이 쓸쓸하다. 그때 지숙이 들어왔다.

"저 방에 옷 내놨어요. 갈아입으세요, 이 선생님."

"괜찮습니다. 차차 마르겠죠."

영설이 사양을 한다.

"그 꼴 보기만 해도 춥다. 어서 갈아입어."

성수의 말에 영설은 부스스 나간다.

"아무튼 괴벽이야. 마음대로 생겨먹었다니까. 하긴 그게 매력이지……."

"이봐."

성수가 병후의 말머리를 꺾는다.

"오늘 밤 영설일 현주 집에 끌고 갈까? 덕분에 우리두 술 얻어먹구."

"금주라면서?"

"한 번쯤이야 어떨라구? 여편네가 양양거리겠지만 뭐 상관있나."

"시간이 늦지 않을까."

"아직 시간은 있어. 초저녁이야. 눈치껏 해서 영설인 내버려 두구 우리만 달아나잔 말이야."

"좋아, 수단껏 해보자."

영설은 옷을 갈아입고 나왔다. 속옷까지 몽땅 갈아입은 모양이다. 과히 어색하지는 않았으나 키가 큰 그에게 양복바지가 짧아서 탈이다.

"어, 우리 술 마시러 가자."

성수가 벌떡 일어선다. 커피를 들고 들어오던 지숙이 듣고 발끈한다.

"뭐예요? 안 돼요!"

"공술 얻어먹으러 가는데 무슨 바가지야?"

하며 성수가 눈을 찡긋 감아 보인다. 그러나 지숙이 알 턱이 없다.

"저이가 무슨 말을 저렇게 할까? 누가 돈이 아까워 술 못 잡숫게 했나요?"

"잔소리 말어. 술 안 마셔도 옆에서 기분으로만 취하면 되잖아?"

"옆에서 마시는데 설마…… 정말 안 돼요."

지숙이 성수 앞에 막아선다. 병후가 슬쩍 다가서면서 귓속말로,

"영설일 데리구 현주 씨 집으루 습격하자는 겁니다. 걱정 마세요."

지숙은 겨우 사정을 알아차렸으나 술 마시는 일만은 불찬이다.

"제발 가시더라도 술은 마시지 마세요."

"술 안 마시면 일이 되나?"

지숙이 뭐라 하건 성수는 아랑곳없다. 사실 술이 먹고 싶어 박현주 집에 가자는 건지 연애공작을 위해 가자는 건지 알 수 없는 일이다.

영설은 껑뚱하게 짧은 양복바지를 입은 채 큰 키를 휘청거리며 두 사람을 따라나선다. 벗어놓은 양복이야 어떻게 되든 우선 누구의 옷이든 몸에 걸쳤으니 자기 옷에 대하여는 태평이다. 밖으로 나온 성수는,

"야, 우리 명동에 가서 전작 하구 가자. 맹숭맹숭한 얼굴을 쳐들고 점잖은 사람들이 술 달랠 수야 있나."

그들은 우르르 바로 몰려 들어갔다. 소년들처럼 천진난만하게. 성수도 집을 나서니 새장에서 놓인 새처럼 신바람이 나는 모양이다.

카운터에 기대어 선 채 성수는 지숙의 당부 같은 것은 아예 무시하고 열심히 들이켠다. 그는 술을 마시면서도 병후에게 연신 눈짓을 한다. 영설에게 술을 자꾸 권하라는 뜻이다. 그러나 영설은 권하건 말건 멍한 표정으로 잔을 거듭했다. 술맛을 알고 마시는지 냉수로 알고 마시는지 그야말로 폭음이다.

"됐어! 이젠 이차다!"

성수는 셈을 치르고 앞장서 밖으로 나왔다.

"시간 절약이다! 빨리 가야지."

성수는 자동차를 한 대 잡아 영설을 밀어 넣는다.

"신당동으로 빨리!"

명령하고는 빙그레 웃는다.

"대관절 어딜 가는 거야?"

"좋은 데루 가면 되잖아!"

"좋은 데라니? 색싯집에 가나?"

"그보다는 고급이지."

"역시 계집이 있는 데야?"

"여성이 있는 데지."

"여성! 흥."

"적어두 시인이야. 여류 시인이란 말씀이야."

"집어치워! 여류 시인, 여류 작가, 구역질이 난다. 삶아도 구워도 못 먹는 게 그거다!"

영설은 바락 소리를 지른다.

"왜? 여류족女流族한테 채인 일이라도 있나? 그러나 이번에는 염려 없어. 불청객이라두 대환영일걸."

지껄이는 동안 어느새 현주 집 앞까지 오고 말았다.

"자, 내려."

영설은 그새 술이 오른 모양으로 비틀거린다.

"병후, 그대는 감시를 게을리하지 말아. 그 작자 또 자동차에 뛰어들라."

성수는 리더 격으로 주의를 환기시킨다.

하늘에는 조각달 위로 구름이 달리고 있었다. 언제 억수같이 비가 퍼부었느냐는 듯 말끔히 갠 밤하늘이다. 현주의 집 뜰에서 풀벌레가 구성지게 울어쌓는다.

10. 반수신半獸身의 오후

혜련은 오늘도 마치 초상화처럼 홀에 나와 앉아 있었다. 그러나 차갑게 굳은 평소의 얼굴은 아니었다. 깊은 고뇌와 초조가 그의 몸 전체를 휩싸고 있는 것만 같았다. 언제나 주변 사람들에게 흔들리지 않는 호수와 같은 인상을 주고 있는 그에게 있어 일찍이 볼 수 없는 불안한, 때로는 공포에 질리는 듯한 검은 그림자가 창백하게 빛나는 이마로부터 가늘고 긴 그의 손끝까지 뻗친 듯해 보는 사람의 마음을 소연昭然케 하였다.

민감한 진수는 그러한 혜련을 지켜보며 괴로워했다. 몹시 재잘거리던 사설도 적어지고 다람쥐처럼 민첩하던 걸음걸이도 무디어졌다. 그는 가끔 멍하니 창밖을 바라보기도 했다. 그러나 진수에게 일어난 이러한 변화는 비단 혜련 때문만이 아니었다. 그날 밤, 소나기가 퍼붓던 밤에 있었던 일은 진수에게 커다란 충격을 주었다.

병림이 나타나지 않은 지 벌써 일주일이 지났다. 처음에는 노여워도 하고 미워도 했으나 차츰 시일이 지나감에 따라 기다려지는 진수 마음에는 분명히 어떤 연정이 자라고 있는 것이다.

진수는 아침에 집을 나갈 때 윤성수 집에 들렀다 올 터이니 늦어지더라도 걱정하지 말라는 말을 남겨놓았다. 그러나 진수는 윤성수의 집에 가려는 것은 아니었다. 그렇다고 해서 병림을 만나러 가는 것도 아니었다. 그것은 진수의 자존심이 허락하지 않는 일이다. 그는 왜 그런지 영설을 찾아가고 싶었던 것이다.

어느새 해가 저물고, 식모는 혜련이 앉은 자리 앞에 저녁을 날라왔다.

저녁 식사가 끝난 뒤에도 혜련은 자리에서 뜨지 않았다. 물끄러미 정한 곳 없는 시선을 허공에다 띄우고 있었다.

"어마! 여태 불을 안 켜셨구면."

저녁 설거지를 끝내고 들어온 식모가 살피듯 말하며 전등을 켠다.

"아, 벌써 어두워졌군요. 진수는 아직?"

"네, 아직 안 오는군요."

그러자 밖에서 어머니, 하고 부르는 진수의 목소리가 들려왔다.

"나가요!"

식모가 쫓아 나간다.

"아, 고단해. 아주머니, 나 저녁 먹고 왔어요. 선생님 댁에서."

뜰에서 지껄이는 소리가 들려오더니 이내 홀로 진수가 들어왔다.

"어머니! 좀 어떠세요?"

"괜찮다."

"저 옷 갈아입고 올게요. 아침에는 쌀쌀해서 스웨터를 입고 갔더니 낮에는 더워서 혼났어요."

진수는 가방을 들고 자기 방으로 곧장 들어간다. 혜련이 몰래 영설을 만나 차를 마시고 저녁까지 얻어먹은 일이 마음에 켕기는 때문이다.

진수는 한참 만에 한복으로 갈아입고 나왔다. 부스스 혜련과 마주 앉으면서,

"어머니 얼굴이 부으셨네. 웬일일까요?"

진수는 자못 놀란다.

혜련은 진수의 눈을 피한다.

"소화가 안 되니까 그렇겠지."

"그럴까요? 얼굴 붓는 것 좋지 않다는데. 심장 나쁜 사람이 얼굴이 붓잖아요?"

이북으로 간 문명구가 심장병의 전문의였던 만큼 진수도 그런 것을 다소 알고 있다.

"쓸데없는 소리."

부정하는 혜련의 얼굴에는 형용하기 어려운 곤고困苦의 빛이

쫙 깔린다.

"어머니, 그럴 게 아니에요. 정말 병원에 가세요. 저번에도 숨결이 가쁘다고 하셨잖아요?"

"병원에는 가봤다."

"뭐라고 해요?"

"소화불량이라구 해."

"그 정도면 괜찮지만…… 아, 피곤해."

진수는 어깨를 펴면서 일어났다. 피아노 앞으로 걸어가더니 뚜껑을 열고 건반을 몇 개 눌러본다.

"요즘 병림 씨는 왜 안 오니?"

혜련은 어젯밤에 물어보았던 말을 되풀이해 묻는다.

"누가 알아요."

진수는 건반을 하나 꽝! 두들기며 역시 어젯밤에 한 대답을 되풀이하는 것이었다.

한동안 진수는 피아노 앞에 선 채, 혜련은 의자에 앉은 채 무거운 침묵이 흘렀다.

"거 누구 왔나 부다."

혜련이 귀를 기울인다.

"바람 소리예요."

대답은 그렇게 했으나 누구를 기다리는 듯 진수도 귀를 기울인다. 베스가 짖는다.

"나가봐. 병림 씨가 오셨나 부다."

"싫어요."

"애가 왜 이리 용렬하냐? 야단 좀 맞았다구 뭘 그러니."

식모가 나가는 모양이다. 이어 병림의 듣기 좋은 목소리가 식모의 목소리에 섞인다.

"역시 병림 씨구나."

순간 혜련의 얼굴에는 한 가닥 희망과 안도의 빛이 나타난다.

진수는 털썩 의자에 앉으면서 피아노를 쾅쾅 두들기기 시작한다. 〈터키행진곡〉을 몹시 빠르고 격한 솜씨로 치는 것이었다.

병림이 문을 열고 들어섰다. 그의 눈은 먼저 피아노를 치고 있는 진수의 뒷모습으로 갔다. 얼굴이 해쑥하다. 갈색 싱글에다 잿빛 셔츠를 넥타이 없이 입고 있었다.

혜련은 조심스럽게 병림의 기색을 살피면서,

"왜 그동안 안 오셨어요?"

"자연히…… 좀 바빠서……."

병림은 거북하게 대답했다. 혜련은 미소를 띠며 병림을 바라본다.

"저 애가? 아이, 시끄럽다."

혜련은 민망한 생각이 들어 진수를 나무란다. 그러나 진수는 들은 척도 하지 않고 여전히 피아노를 치고 있었다. 병림은 난처한 낯빛으로 흔들리는 진수의 어깨를 우두커니 쳐다볼 뿐이다.

"이 애, 그만두어라!"

참다못해 혜련이 소리를 지른다. 피아노 소리가 뚝 끊어졌다. 진수는 발딱 일어서서 고개를 홱 돌리며 병림을 쏘아본다. 얼굴이 불그레했다. 진수의 눈과 마주친 병림도 얼굴이 벌게진다.

"어머니, 저 커피 끓여 올게요."

진수는 한마디하고 방에서 걸어 나가는 것이었다.

"무슨 애가 인사도 없니?"

혜련의 말이 끝나기도 전에 진수의 모습은 사라져버렸다.

"애가 철이 없어서…… 좀 나무랐다구 인사도 안 하구……."

혜련은 몹시 슬픈 눈으로 진수가 나간 문을 바라보다가 병림에게 얼굴을 돌린다.

병림은 아까처럼 다시 얼굴을 붉혔다. 병림은 진수가 자기에게 나무람을 받았다는 거짓말을 혜련에게 한 것이 여간 고맙지가 않았다. 그러나 일면 혜련 앞에 앉았는 것이 송구스럽기도 했다.

"조용히 할 말이 있는데……."

혜련은 이마를 쓸면서 혼잣말처럼 중얼거렸다.

"한번 기회를 만들어주시겠어요?"

혜련은 무슨 생각을 깊이 하는 모양이었다.

"그럭허죠."

"진수가 없을 때 와주셨음 싶은데……."

병림은 잠시 말이 없다가,

"내일 오전에 오겠습니다."

"무리하시잖아도 돼요. 급하지 않으니까."

혜련은 여전히 생각에 잠기듯 테이블을 내려다보며 말했다.

"무슨 말씀인데요?"

병림은 다소 불안을 느꼈다. 그날 밤의 일을 혹시 혜련이 알고 있지나 않을까 싶었던 것이다.

"부탁드릴 게 좀 있어서요. 내일 오시면 천천히 말씀드리죠."

마침 진수가 커피를 가지고 왔다. 그는 혜련이와 병림 앞에 각각 커피잔을 놓은 뒤 머리를 걷어 올리고 혜련이 옆에 앉는다.

병림은 얼떨결에 얼른 커피잔을 들었다. 그리고 한 모금 훌쩍 마신다. 그는 얼굴을 찡그리며 커피잔을 도로 내려놓았다. 커피가 썼던 것이다. 엉겁결에 설탕도 치지 않고 마셨기 때문이다.

진수는 잠자코 설탕 그릇을 병림의 앞으로 밀어낸다. 순간 두 눈이 마주쳤다. 진수는 화가 난 듯 얼굴 표정을 긴장시키려 했으나 결국 미소로써 얼굴을 허물어뜨리고 말았다. 병림도 저절로 웃음이 나오는 모양이다.

젊은 그들의 미묘한 감정이 거래되고 있을 때 혜련은 커피잔을 두 손으로 감싸 쥔 채 무슨 생각을 골똘히 하고 있었다. 이따금 그의 얼굴이 파아랗게 질리기도 한다.

"어머니, 왜 그러세요?"

"음?"

혜련은 의아하게 눈을 들었다.

"얼굴이 파아래요."

혜련은 몹시 당황하며 일어선다.

"나 피곤해서 일찍 자야겠어."

"커피가 그대로 있어요."

"잠이 안 와서 그만두겠다. 그럼 병림 씨는 노시다 가세요."

혜련은 급히 방에서 걸어 나가는 것이었다.

진수는 그대로 남아 있는 혜련의 커피잔을 우두커니 내려다본다. 여태까지 저렇게 당황하고 허둥거리는 혜련을 진수는 본일이 없다. 마치 철삿줄이 체내에 박혀 있는 듯 언제나 꼿꼿하던 혜련이었다. 그러나 요즘은 그 철삿줄이 모두 녹아 없어져 버린 듯 혜련의 자세에는 정처가 없고, 표정은 처참할 지경으로 약하게 보였다.

"참 이상해요."

"뭐가?"

진수가 말을 하는 게 반가워 병림은 얼른 물었다.

"어머니 말예요."

"왜?"

"어머닌 요즘 아주 변한 것 같아요. 전엔 저렇지가 않았어요. 영 자신이 없어 보이고…… 불쌍할 정도로 약해 보여요."

진수의 말에 병림은 아까 한 혜련의 말을 생각했다. 그리고 조용히 만나 얘기하자고 하던 때의 혜련의 표정을. 그러고 보니 이상한 점이 없지도 않다. 때때로 얼굴이 파아랗게 질리던 일도 생각하면 무슨 곡절이 있을 듯싶었다. 그러나 진수 없을 때 만나자고 했으니 병림으로서는 더 이상 깊이 혜련에 관한 이야기를 할 수가 없었다.

조용한 집 안에서 시계 치는 소리가 들려온다. 어느새 열 시다.

진수와 병림은 그날 밤의 일을 마음속으로만 생각했을 뿐 거기에 대한 한마디 말도 하지 않은 채 병림은 자리에서 일어섰다.

병림이 뜰에 내려섰을 때 숲이 몹시 흔들렸다. 냉기가 몸에 배어온다. 병림은 언제 여름이 가고 가을이 왔는가 싶었다.

"춥지 않아?"

병림은 한복을 입은 진수를 돌아다보며 묻는다.

"추워요."

어둠 속에 진수의 고르고 흰 이빨이 반짝인다. 웃은 것이다.

"왜 웃어?"

"병림 오빠 양복 입었던 생각이 나서."

병림의 이빨도 어둠 속에서 빛났다. 두 눈이 서슴없이 마주치고, 주변의 어둠이 부드럽게 그들을 감싸준다. 문 앞에까지 왔을 때 병림은 진수의 등을 가볍게 치면서,

"들어가."

그러나 진수는 문밖에까지 따라 나왔다.

"안녕히 주무세요."

턱을 쳐들고 병림을 쳐다본다.

"응."

병림은 대답을 하고 돌아서려다가,

"한복 입으니까 어른 같다."

"보기 싫죠?"

"아니, 이뻐."

병림은 발길을 돌린다. 몇 발짝 걸어가다가 무슨 생각이 내킨 듯 돌아선다.

"참, 내가 잊었구먼."

"뭘요?"

"테이블 위에 노트 놓아두구 왔어."

"갖다 드릴게요. 여기 계세요."

"아니야, 그거 진수 주는 거야."

"왜요?"

"오웬에 관한 것 써놓았어. 책을 빌려줄래도 일본 책이구. 그래서 중요한 데만 추려서 번역했지. 틈이 있으면 읽어보아."

"읽을게요."

진수는 순순히 대답했다.

병림이 돌아간 뒤 진수는 홀로 돌아와 테이블 위에 놓인 노트를 집어 들었다. 단정하고 또박또박한 글씨가 노트를 가득히 메우고 있었다.

"학교에 나가고 영어 가르치러 나가고 어느 틈에 이걸 했을까?"

진수는 중얼거리며 자기 방으로 돌아간다.

　늦게까지 진수 방에는 불이 켜져 있었다. 열두 시가 지났을 때 겨우 불이 꺼진다.

　혜련은 진수 방에 불이 꺼지는 것을 보자 일어서서 양복장을 열고 양복장 속에 있는 작은 서랍을 뽑아가지고 열심히 정리를 한다. 옷장 서랍도 열어젖히고 옷을 다시 간추려 넣기도 한다. 그가 자리에 든 것은 새벽 세 시였다. 얼마 동안을 잤는지 눈을 떴을 때 창문에 햇빛이 환하게 비쳐 있었다. 진수도 벌써 학교에 가고 없는 모양이다.

　혜련은 일어나서 잠옷 바람으로 창가에 갔다. 함빡 들어온 햇빛 속에 손을 내밀어 본다. 정맥이 드러난 하얀 손 위에 따사롭고 찬란한 햇빛이 깔린다.

　살아 있다는 인식, 분명히 살아 있었다. 혜련은 오늘날까지 병적으로 이어온 자기의 생명이 새삼스럽게 후회스러웠다.

　뜰에 있는 수목에서는 새들이 우짖는다. 옛날에는 귀찮기만 하던 그 새소리가 지금은 부럽기 한량없다. 그들은 생명의 환희를 노래하고 있는 것이다.

　혜련은 창문을 닫고 커튼으로 햇빛을 가려버리고 말았다. 그는 방바닥에 쭈그리고 앉은 채 머리를 꼭 부둥켜안는다. 영설의 얼굴, 진수의 얼굴, 병림의 얼굴, 명희, 한석중, 마치 기억 속의 앨범처럼 차례차례 떠오르곤 사라진다. 마지막에 문명구의 얼굴이 오랫동안 클로즈업된다.

'나를 기억해 줄 것인가? 나를……'

깊은 애정과 절망이 엄습해 왔다. 그는 얼굴을 싸고 한참 동안 흐느껴 울었다.

병림은 열 시가 지나려고 할 때 왔다. 언제나 낮이면 앉아 있는 홀에서 혜련은 병림을 맞이하였다. 싸늘함을 유지하고 있었으나 혜련의 얼굴에는 짙은 절망이 있었다.

식모가 차를 날라왔다. 그리고 곧이어 포도와 배를 담은 접시를 가져와 테이블 위에 놓았다. 병림은 가지런히 깎아서 보기 좋게 담아 놓은 배를 무심히 쳐다보았다. 순간 명희 생각이 문득 났다. 아마 작년 가을 이맘때였다는 생각도 들었다. 그와 단둘이 마주 앉아 배를 권하던 명희의 눈이 이글이글 타오르던 일.

'말씀하세요! 청교도는 아니겠죠?'

바로 어제의 일처럼 그때의 광경이 눈앞에 선히 떠오르고 명희의 격한 목소리가 귓가에 쟁쟁 울려온다.

'그럼 습관의 노예시군요.'

연이어 명희의 목소리는 울려왔다. 달빛 아래 백랍처럼 희던 얼굴이 눈앞에 흔들린다. 병림은 우울하게 과일 접시에서 눈을 돌려버린다.

혜련은 커피를 권하지도 않았다. 우두커니 앉아만 있었다. 한참 만에 그는 열쇠 하나를 테이블 위에 놓았다. 열쇠는 중요한 비밀을 지닌 듯 은전처럼 반짝이고 있었다.

"이걸 좀 보관해 주셨음 싶어서."

병림은 어리둥절해한다. 무슨 영문인지 알 수 없는 모양이다. 혜련은 어제 한 것처럼 얼굴을 한 번 쓸어보더니 열쇠를 병림 앞에 밀어낸다.

"가지세요."

"이게 뭡니까?"

"양복장 안에 있는 서류함의 열쇠예요."

"제가 이걸?"

아무래도 병림은 이해가 가지 않는다. 왜 자기가 이런 것을 보관해야 하는가를.

"사람의 일이란 항상 알 수 없는 거예요."

병림은 혜련이야말로 알 수 없는 말을 한다고 생각하였다.

"만일의 경우, 가령 내가 죽는다든가 하는 경우……."

병림의 눈이 커다래진다. 얼굴빛이 변한다.

"설마, 무, 무슨 말씀을 설마……."

병림은 몹시 말을 더듬는다. 설마 자살을 하려는 것은 아니겠죠, 하려던 말이 목구멍이 메인 듯 입 밖에 나오지가 않았다.

"하여간 용건부터 말씀드리겠어요. 만일의 경우가 저에게 생길 때 병림 씨는 이 열쇠로 서류함을 열어주세요. 혼자서 하셔야 됩니다."

병림은 열쇠를 혜련 앞으로 도로 밀어낸다.

"왜 그런 말씀을 하십니까? 이런 것 제가 맡기에는 선생님 연세가 너무 젊으십니다."

"죽음에 노소가 있나요?"

"그렇다면 저도, 그리구 모든 사람이 유언을 작성해 놔야 하지 않겠습니까?"

병림의 목소리는 노여움에 떨려 나왔다. 혜련은 물끄러미 병림을 쳐다볼 뿐이다. 반박할 만한 아무런 힘도 그의 눈에서 찾아볼 수 없었다.

"나이가 젊은 것을 믿구 죽음이 아직 멀다구 생각할 수만 있다면 얼마나 행복하겠어요?"

"선생님께서 행복하다구 생각하신다면 어떻게 해서라도 사셔야죠."

"호호호호……."

혜련은 크게 웃어젖혔다. 이렇게 공허한 웃음이 있을 수 있을 것인가, 병림의 얼굴은 아까보다 더 심하게 변하였다. 차라리 우느니만도 못한 그 웃음소리는 병림의 신경을 낱낱이 건드려 놓고야 말았다. 일찍이 소리 내어 웃는 혜련을 본 일이 없는 병림은 일종의 무서움마저 느꼈던 것이다.

"내가 자살을 할 것같이 보여요? 자살을 할 것 같으면 왜 미리 병림 씨를 만날까? 우편으로 부탁드리고 죽으면 그만 아닐까요?"

하긴 그렇다. 병림은 등어리에 솟는 땀을 느끼며 혜련을 외면하였다. 그 이상 말을 한다는 것이 너무나 잔인한 것 같았다. 혜련이 불치의 병을 지니고 있음을 병림은 깨달은 것이다.

'암일까? 그렇다면 이렇게 급히 서두를 필요가 있을까? 저렇게 맑고 깨끗해 보이는 얼굴이 병자일 수는 없다.'

병림은 아무리 생각해 봐도 혜련이 죽을 사람 같지는 않았다. 그렇게 허무하게 죽을 것 같지는 않았다.

"병원에 가보셨습니까?"

"최선을 다해봤어요."

"전혀 희망이 없으십니까?"

병림은 의사에게라도 묻는 듯 말하였다.

"아무 희망도 없습니다."

혜련 역시 의사처럼 대답한다.

"현대 의학이 그렇게 무력할까요? 대체 무슨 병이십니까?"

병림은 기어코 묻고야 만다.

"심장판막증이란 병이에요."

"심장판막증?"

병림은 심장판막증이 무슨 병인지 모른다.

"이북에 간 남편이 심장병 전문의였기 때문에 나는 그 병이 무서운 것을 잘 알아요. 몇 해 전에 류머티스를 앓았는데 아마도 그 류머티즘 열이 원인인 것 같아요."

"방법이 없겠습니까?"

희망이 없다는 말을 들었으나 병림은 다시 말을 하지 않을 수 없었다.

"수술을 하기 전에는."

"그럼 수술을 받으십시오."

병림은 살아난 듯 덤빈다. 혜련은 고개를 저었다.

"그 수술이 안 됩니다. 된다 하더라도 살기는 어려워요."

"믿을 수 없습니다. 이렇게 선생님은 말짱하지 않습니까?"

"부정맥박이 오면 언제 그냥 끊어져 버릴는지…… 꽤 오래된 모양인데 최근에 와서 자각을 했어요. 어지럽구 가슴이 울렁거려도 다만 신경에서 오는 줄만 알았지요."

혜련은 남의 일처럼 담담히 말한다. 그러나 절망에 찬 그의 눈빛은 복잡한 심경을 감추지 못했다.

'이것을 진수가 안다면?'

말할 수 없는 연민이 병림의 가슴을 누른다.

"진수를 어떻게 생각하세요?"

두 사람의 마음이 일치되기라도 한 듯 혜련이 말을 던진다.

"사랑합니다."

서슴없이 병림의 입에서 그 말이 튀어나왔다.

"고마워요. 이제 난 모든 것 잊어버리겠어요. 부디 그 애를 사랑해 주세요, 오래도록. 그 애도…… 믿구 가겠어요……."

혜련은 말을 끊고 손수건을 꺼내어 얼굴을 가렸다. 흐느낌이 새어 나온다. 병림은 창밖으로 눈을 돌렸다. 그의 눈에도 눈물이 돌았다.

"손님 오셨어요."

식모가 문을 열고 무슨 말을 하려다가 혜련이 울고 있는 모습을 보자 주춤 서버린다. 혜련은 눈물을 거둘 생각도 잊은 듯 돌아보지 않은 채,

"어디서 오셨대요?"

"이영설 씨라구 합니다."

"들어오시라 하세요."

혜련은 눈물을 닦는다.

"병림 씨, 오늘 이야기는 비밀로 하셔야 합니다. 사랑하는 사람들을 위한 나의 의무예요."

식모가 나가자마자 혜련은 빠르고 낮은 목소리로 말했다. 병림은 고개를 끄덕여 보였다.

소리를 내어 웃는 것도 처음 당하는 일이었지만 혜련이 흐느껴 우는 것도 처음으로 본 병림은 수습할 수 없는 혼란을 느꼈다. 갈피를 잡을 수 없는 속에서 그는 이영설이란 이름마저 기억하지를 못했던 것이다.

"선생님, 저는 가보겠습니다."

병림은 일어섰다. 혜련은 손을 저었다.

"그냥 앉아 계세요. 병림 씨도 알아둘 만한 사람이에요, 앞으론……."

혜련이답지 못한 말을 한다고 생각하며 병림은 그 여자의 흰 이마를 쳐다보았다.

병림이 자리에 도로 주저앉았을 때 이영설이 들어왔다. 수면

부족인 듯 눈이 벌겋다. 어디서 술을 마시고 뒹굴어 잤는지 양복이 구김살투성이다. 그는 병림을 보자 발걸음을 멈추었다. 그리고 심각한 방 안의 분위기를 유심히 살핀다.

혜련은 미소하며 영설을 맞이했다. 그리고 의자를 밀어내며 앉기를 권하였다. 혜련의 전에 없이 자연스러운 태도는 영설을 어리둥절하게 하였다.

"소개해 드리겠어요. 한석중 씨의 동생 되시는 분, 송병림 씨라구 해요. 이영설 선생님, 진수의……."

혜련은 느끼듯 일단 말을 끊었다가 다시 이었다.

"음악 대학에 계시는 이영설 선생님이세요. 병림 씨도 앞으론 인사하구 지내세요."

혜련으로서는 꽤 상세한 소개를 한 셈이다. 그러나 이영설은 아연한 표정으로 혜련을 보았다. 진수조차 가까이하는 것을 병적으로 막으려 들던 혜련이 아니었던가. 더욱이 집에 찾아오는 것을 절대로 허용치 않던 그가 이렇게 백팔십도로 태도가 변할 줄은 차마 몰랐던 일이다. 영설은 병림에게 손을 내밀었다. 악수를 하고 자리에 앉으면서,

"앓으신다구 진수가 그러기에 지나는 길이어서 잠시 들렀습니다."

영설은 미지의 청년 앞에 혜련의 입장을 세워주기 위하여 구차스럽게 변명을 했다. 그러나 그의 눈에는 자학의 빛이 완연하다.

이영설 못지않게 병림도 놀라고 있었다. 이번이 처음 대면이지만 진수를 통하여 너무나 잘 알고 있던 이영설이란 사나이, 때론 엷은 시기심마저 느꼈던 사람이다. 더욱이 며칠 전 소나기가 퍼붓던 날 밤의 모습은 지금도 생생한 기억이 아닐 수 없다.

'이상한 일이다. 그날 밤에도 이 사람은 여기에 왔던 것이 아닐까?'

병림은 마음속으로 중얼거리며 전에 한번 진수가 예사스럽게 하던 말이 생각났다. 혜련은 진수가 영설을 만나는 것을 싫어한다는 말, 그것에 연이어 영설이 이북에서 온 사람이라는 것, 그도 만나고 싶은 사람이 있어 왔다는 말, 술에 취하여 자동차에 뛰어들었다는 말, 창과 창을 사이에 두고 음악 얘기를 진수에게 들려주었다는 말, 그 밖에 여러 가지 이야기가 떠올랐다.

'유 선생님이 저분을 대하는 태도는 오랜 지기 같은데 왜 진수를 못 만나게 했을까?'

병림은 새삼스러운 일이 아니었으나 유혜련이란 여자가 짙은 비밀의 안개 속에 싸여 있음을 느낀다.

"좀 어떠시죠?"

어색한 침묵 끝에 이영설이 물었다.

"많이 좋아졌어요."

혜련은 가볍게 대답한다. 순간 병림과 혜련의 눈이 마주쳤다. 병림은 외면을 해버린다.

'비참하다. 죽음을 기다리구 있는 사람이란 것을 아무도 모

른다.'

병림은 혜련이 시시각각으로 다가오는 죽음을 바라보며 있는 여자라는 것을 누구 하나도 모르고 있다는 사실에 형용키 어려운 울분을 느꼈다. 동시에 그 비밀을 자기 혼자만이 간직해야 하는 의무를 감당해 나갈 수 있을 것인가가 불안스러웠으며, 의심스럽기도 하였다.

"이 선생님, 앞으로 병림 씨를 많이 도와주셔야겠어요. 진수나 다름없이 생각하시구……."

"제가 할 수 있는 일이라면." 영설은 다소 경계를 풀고 대답하였다. 그리고 병림을 바라본다.

"담배 태우실까요?"

영설은 담배를 한 개 뽑아 병림에게 내민다. 병림은 어려운 듯 사양했다.

영설은 담배에다 불을 붙이며,

'진수하구 혹 약혼자? 아직은 이른데?'

그거는 그렇다 치고 어찌하여 혜련이 제삼자 앞에서 이렇게 마구 털어놓고 자기를 대하는가 하는 의심이 또다시 고개를 쳐들었다. 영설은 혜련에게로 눈길을 돌렸다.

'울었구나. 왜 울었을까? 혜련인 이 청년 앞에서 울었을까?'

이영설은 불길한 예감이 들어 담배를 연거푸 빨았다. 그는 처음 보는 이 청년이 빨리 물러가 주었으면 싶었다.

병림은 얼마 후 일어났다.

"가보겠습니다."

"가시겠어요?"

혜련은 따라 일어서려다가 숨이 가쁜지 그냥 주저앉아 버린다.

"그대로 계세요."

병림은 어둡게 양미간을 찌푸렸다. 그는 영설에게 공손히 인사를 하고 의젓한 걸음걸이로 천천히 나가버렸다.

테이블 위에, 시들시들 마른 배가 한 조각도 축이 나지 않은 채 남아 있었고 손도 대지 않은 커피가 식은 채 놓여 있었다.

"왜 울었어요?"

영설은 대뜸 물었다. 병림이 문밖으로 사라지는 동시 영설의 뇌리에서는 그의 모습이 말끔히 없어지고 다만 혜련의 얼굴만이 크게 가슴에 왔던 것이다.

"울지 않았어요."

"거짓말 말아요. 눈이 빨갛구, 또 눈물 자국이 있는데……."

"울지 않았다니까요."

혜련은 깊은 애정을 표시하며 웃었다. 여자다운 향기가 거침없이 번진다. 영설은 구겨진 바지를 내려다보면서,

"이제 통행금지가 해제되었을까?"

혼잣말처럼 중얼거린다.

"네?"

"이 집에 내가 오는 것 말이오."

"언제든지 오시구 싶을 때 오세요."

영설이 고개를 번쩍 든다.

"진수가 있을 때도?"

"상관없어요."

"별안간 어떻게 된 일이오?"

영설은 오히려 막연한 표정이다.

"제 잘못을 깨달았어요."

영설은 벌떡 일어나 혜련이 옆으로 가서 털썩 주저앉는다.

"정말이오?"

"네, 정말이에요."

영설은 혜련을 껴안았다. 혜련도 영설의 어깨를 꽉 눌러 잡았다. 영설의 팔이 떨려왔다. 혜련의 심장도 넘치듯 뛰었다.

영설은 팔을 풀었다. 그리고 귀한 물건처럼 소중히 혜련의 얼굴을 받쳐 들고 가만히 들여다본다. 혜련의 눈에는 샘처럼 눈물이 괸다. 눈물이 눈언저리를 타고 받쳐 든 영설의 손을 적신다.

"울지 말아요."

영설은 한 손으로 혜련의 머리를 받쳐 든 채 한 손으로 손수건을 꺼내어 눈물을 닦아준다. 그처럼 광포하던 영설은 어질고 순한 마음으로 혜련을 감싸 안았다.

"나에게도 잘못은 많았소."

혜련은 아니라고 고개를 저었다.

정오의 사이렌이 뚜우— 하고 분다. 미풍이 커튼을 나부끼게 하고 다사롭고 찬란한 가을 햇빛은 잔디 위에 함빡 깔려 있었다. 사이렌에 연이어 서울역 쪽에서 기적이 울려온다.

"결혼을 해야지!"

중대한 일을 망각하고 있었던 것처럼 영설이 큰 소리로 외쳤다. 혜련은 먼 훗날에도 잊혀지지 않을 그런 눈으로 영설을 바라보며 고개를 끄덕였다.

"언제?"

영설의 숨결이 가쁘다. 혜련의 숨결도 가빴다.

"정리가 다 되면."

"빨리 서둘러야지."

"그래요. 빨리 서둘러야죠."

웃으려고 하는데 혜련의 얼굴은 찌그러지고 만다. 입언저리의 근육이 서로 잡아당기는 듯 뒤틀리면서 이빨이 겨우 보였다.

"이제 나도 돈을 좀 벌어야겠어. 가만히 있자…… 참, 영화음악을 교섭받았었지. 귀찮아서 내버려두었는데 그걸 해야겠군."

영설은 그 말을 첫머리로 하여 생각나는 대로 자기의 계획을 설명한다.

우선 전셋집을 얻어야 한다는 둥 장래에는 교외에다 집을 짓기로 하자는 둥 자기는 주택 설계에 많은 흥미를 갖고 있으며 미술가인 윤병후와 의논하여 한번 멋있게 지어보겠다는 둥 혜련의 서재는 클래식하게 꾸며줄 터이니 문학을 하되 문학 서클 같은 데는 나가지 말라는 둥 앞으로 세상이 좀 정리되면 예술가

들의 생활도 나아질 것이라는 둥 너무나 현실과 동떨어진 꿈을
그는 열띤 얼굴로 말하는 것이었다. 어떻게 보면 어리숙하고,
사람이 이렇게 단순했나 싶으리만큼 그는 공상적이기도 했다.
하긴 영설의 입장으로 본다면 최초의 생활 설계이긴 하다.

한마디 한마디 머릿속에 새겨두려는 듯 영설의 말을 듣고 있
던 혜련은 차츰 초조하게 시선이 흔들린다. 가슴이 울렁거리고
눈앞에 불이 튀는 듯하다. 영설의 얼굴이 멀어지기도 하고 가까
이 다가오기도 한다.

혜련은 영설이 가주기를 바라듯 시계를 들여다본다.

"벌써 두 시……."

"그렇게 되었어? 무척 오래 얘기를 했군. H대학에 두 시간 강
의가 있는데 가봐야겠군."

혜련은 마음을 놓았다. 그러나 의자를 꽉 짚었다.

"피로해 보이는군. 나오지 말아요."

영설은 혜련의 낯빛에는 거의 무관심이다. 그는 다만 행복했
을 뿐이다.

영설이 나간 뒤 혜련은 소파에 엎드려 있다가 겨우 침실로 돌
아가며 식모를 불렀다.

"의사 좀 불러주세요."

얼마 후 의사는 왔다. 의사가 청진기를 꺼내었을 때,

"진찰하실 필요 없습니다. 아는 병이니까요."

"……?"

"아트로핀을 놔주시면 됩니다."

"……?"

"판막증이에요."

혜련의 얼굴은 풀빛처럼 파아랬다. 의사는 식모를 급히 병원에 보내어 아트로핀을 가져오게 하였다. 의사는 심장병 전문의가 아닐뿐더러 환자가 이미 자기의 병을 잘 알고 있었으므로 주사를 놔준 뒤 별말도 없이 돌아갔다.

"어딜 가는 거예요?"

"글쎄……."

S의과대학에서 창경원 담벽을 끼고 안국동으로 빠지는 가로를 진수와 병림은 걷고 있었다.

벌써 시월 중순이다. 가로수는 노랗게 물들어 있고 가지는 듬성듬성했다. 자동차가 질주할 때마다 넓적한 플라타너스의 낙엽이 휘날리곤 한다.

진수는 회색 스웨터 위에 레몬빛 바바리코트를 입고 있었다. 병림은 늘 입는 갈색 양복을 입고 있었다. 그는 바지 주머니에 양손을 찌른 채 땅을 내려다보며 걷고 있었다. 가로수 그늘 사이로 엷은 햇빛이 그들의 흰 얼굴을 비춰준다.

병림은 진수를 대할 때마다 혜련의 죽음을 생각하였고 그러한 기막힌 사념 때문에 늘 말이 없었다. 그리고 그에게 또 하나의 걱정거리가 생긴 것이다. 그건 가끔 형사의 방문을 받는 일이었다.

"무슨 생각을 그렇게 골똘히 하세요?"

"응?"

병림은 진수 말에 머리를 들었다.

"걱정이 있으세요?"

"아니."

병림은 급히 부정을 하고 발을 크게 내디뎠다.

그들은 어느새 중앙청 앞에까지 와 있었다. 뼈만 앙상하게 남은 중앙청이 흉하게 눈에 들어왔다. 노란 은행나무 잎이 발아래 소복이 쌓여 있다.

"어디 가시는 거예요?"

진수는 또다시 물었다.

"글쎄……."

"아이참, 왜 그래요? 요즘 모두들 이상해. 넋이 빠진 사람들처럼 멍하고 있어. 어머니부터가……."

"진수! 진수는 혼자 되면 울래?"

병림은 전혀 딴말을 한다.

"왜 혼자 돼요? 모두들 같이 있는데?"

병림은 얼른 외면을 해버린다. 그리고 중얼거리듯,

"아무리 어려운 일이 있다 해도 울지 말어."

한없이 높은 하늘이다. 유리알처럼 맑고 푸르다. 병림은 하늘을 우러러보다가 진수를 내려다본다. 진수의 어깨가 몹시 좁아

보인다. 왜 그런지 처량하기만 하다. 병림은 자기도 모르게 한 팔을 진수의 어깨 위에 놓았다.

"행복하지 않어? 이런 하늘과 이 넓은 가로를 걷구 있는 게?"

"행복하지만 왜 그런지 마음이 떨려요. 저도 모르겠어요. 전엔 이렇게 막연한 걱정은 없었는데…… 어머니 때문일까요? 어머닌 뭔지 모르지만 저를 속이고 계시는 것 같아요."

진수는 영설이 몇 번인가 집에 찾아온 생각을 했다. 어떻게 된 영문인지 그는 알 수 없었다.

"속이긴…… 문학에 대한 고민을 하구 계시는 거겠지."

병림은 얼버무렸다.

"이젠 소설 안 쓰시겠다고 하셨는데요, 뭐."

"안 쓰신다구 하시는 게 벌써 고민을 하구 계시는 증거거든."

"참말 우리 어머닌 수수께끼야. 전 한 지붕 밑에 사는 딸이면서도 점점 어머니란 사람을 모르겠어요."

그 말에는 병림도 동감이었다.

"어마, 효자동! 어디까지 우리가 가는 거예요?"

"무작정 걸어왔군. 광화문으로 나가지. 오래간만에 병원에나 들를까?"

"그럭허세요. 아저씨 만나 뵌 지도 오래됐어요."

그들이 발길을 돌렸을 때였다.

"병림이 아닌가?"

굵은 목소리가 울려왔다. 진수가 먼저 눈을 들었다. 낯모르는 청년이 한 사람 서 있었다.

"아아."

병림이 바삐 다가간다.

"어디 가?"

청년은 진수를 흘끗 쳐다보았다. 눈빛이 몹시 강하다. 그는 목소리를 낮추며,

"신 교수 댁에 가는데……."

진수는 그 청년의 강한 눈빛이 싫어서 앞서 가버린다.

"운수가 나쁘면 우리 모두 걸려들겠는데……."

청년은 입맛을 다신다.

"한창 눈독을 들이구 있는 판인데, 자네도 조심하게. 바른말 일랑 뱃속에 집어넣구 함구하는 게 좋아. 이 군은 실수했어. 너무 덤볐거든."

병림이 우울하게 말을 한다.

"하여간 기분이 좋지는 않아. 그놈의 새끼들 자꾸 와서 깔죽깔죽 긁어대니 말이야. 어때? 자네도 같이 가지 않겠나? 동행에게 실례가 안 되면."

"그럴까?"

"누구야?"

"누이라구 해두지."

"애인이라 해도 무방하단 말인가?"

씩 웃는다. 역시 젊은 기분이라 일시 걱정을 밀어놓고 호기심

을 표시한다.

"아직 어린애야."

"샌님 뒷구멍에서 호박씨 깐다구 하더니 청춘사업에도 안목은 높으시군."

청년은 저만큼 걸어가는 진수를 돌아본다. 안목이 높다는 비유는 진수가 미인이라는 뜻이다.

"그럼 여기 있어. 나 가서 말하구 오지."

병림은 성큼성큼 걸어간다. 그가 몇 발짝 발을 떼어놓았을 때,

"아야!"

누가 전봇대에 머리를 부딪쳐 비명을 질렀다. 하영우였다. 상자 속에서 갓 꺼낸 듯한 말쑥한 새 코트를 입은 하영우가 이마를 쓱쓱 문지르고 있었다. 병림은 자기도 모르게 고소를 짓는다.

하영우는 오다가 진수를 만났다. 코트 빛깔이 멋이 있다는 둥 어디 가느냐는 둥 실없는 말을 건넨 끝에 차를 같이하지 않겠느냐고 청하다가 보기 좋게 거절을 당했던 것이다. 그는 진수와 헤어져 돌아오다가 그래도 미련이 남아 진수의 뒷모습을 돌아본 순간 그만 전주하고 충돌했던 것이다.

"어, 형님이세요!"

하영우는 이맛전을 문지르면서 진수의 오빠라 하여 인사만은 잊지 않는다.

"아프겠는데? 사고 연발이군."

병림은 허허 웃었다. 창경원에서 보트가 뒤집혔던 생각을 했던 것이다.

"뭘요……."

하영우는 힐끗 진수 쪽을 돌아다보며 이마에서 손을 떼었다.

"그럼……."

병림은 하영우의 어깨를 치고 진수를 쫓아 급히 걸어간다.

"진수!"

진수가 돌아본다.

"진수 혼자 병원에 가야겠어."

"왜요?"

"피치 못할 일이 생겨서 저 친구하구 같이 가야겠는데……."

"아저씨가 섭섭해하시겠네요."

"다음에 가지."

"일 마치고 오세요, 거기로."

"아마 늦어질걸?"

병림은 무슨 생각을 하는지 우두커니 섰다가,

"참, 내일 학교 갔다 오는 길에 내 하숙에 좀 들려주어."

"뭣하게요?"

"그럴 일이 있어."

토요일이기 때문에 강의를 오전에 끝마치고 병림은 교실을 나왔다. 어젯밤 신 교수 댁에서 늦게 돌아와 잠을 설친 탓으로 머리가 무거웠다.

막 교문을 나서려고 했을 때,

"이제 가세요?"

병림은 깜짝 놀라며 돌아섰다. 무엇이 가슴을 콱 내리치는 기분이다. 명희였던 것이다.

명희는 구김살 없는 극히 자연스러운 표정으로 그에게 다가왔다.

"형수씨가 여길 웬일루 오셨습니까?"

병림은 명희의 자연스러운 태도에 우선 마음을 놓았으나 경계하는 빛을 감추지 못한다.

"만나볼 사람이 있어 왔는데 없구먼요."

아무렇지도 않게 말하는 명희의 눈에는 언제나 번득이던 그 적의에 찬 빛이 없었다. 그리고 손윗사람답게 점잖다.

"누굴 만나실려구요. 제가 찾아드릴까요?"

병림의 마음도 자연히 가벼워진다.

"아니, 돌아갔다나 봐요."

명희는 병림의 말을 막으며 또각또각 구두 소리를 내고 걷는다. 한길까지 왔을 때 명희는,

"병림 씨는 저리루 가시죠?"

하며 왼편 쪽을 가리킨다.

"네."

"나는 이리루 가야겠어요. 좀 바빠서, 병림 씨는 곧장 하숙으

로 가세요?"

"네."

"영어 가르치러 안 나가세요?"

"오늘은 하숙에 가서 쉬어야겠습니다."

"틈이 있으면 놀러 오세요. 닥터 한이 걱정합디다."

명희는 반대 방향으로 또각또각 구두 소리를 내며 걸어가 버린다. 병림은 오히려 멍한 얼굴로 명희의 짙은 그린색 코트를 바라본다.

명희는 확실히 변했다. 그 태도는 전에 비하여 너무나 소탈한 느낌을 주었던 것이다. 마치 준을 대하듯, 혹은 한석중을 대하듯 마음속에 아무런 구애도 없는 듯하였다. 병림은 의아심을 가지면서도 무거운 짐을 풀어버린 듯 마음이 가벼웠다.

그러나 그는 하숙으로 돌아갔을 때 다시 마음이 무거워지고 말았다. 그는 말썽이 될 만한 책을 모조리 책장에서 뽑았다. 책을 뽑으면서 옛날 일을 생각했다. 형이 일본에서 형사에게 쫓겨 다닐 무렵 그의 모친이 형의 책을 뒤뜰에 묻어버린 일이 생각났던 것이다.

병림은 만일의 경우를 생각하여 책을 혜련의 집으로 옮기려는 것이다. 어제 진수에게 하숙에 좀 와달라고 이른 것도 실은 책을 좀 가져가게 할 목적에서였다.

병림은 자기의 사상이 반국가적이라 생각한 일은 없다. 그러나 그가 현 정권을 부정하고 있는 것만은 사실이다. 그러나 그것은 어디까지나 개인의 마음속에서만의 합법적인 이론이었을 뿐 현실이 그것을 용납해 주지 않는다는 것을 잘 알고 있었다.

친구들 중에는 외국의 문예작품에서 혹은 각국의 혁명사에서 영향을 받아 그것에다 영웅심마저 덧붙여 조급한 언동을 취하는 자들이 더러 있었다. 병림은 그런 과격분자들에게 소심자라는 비웃음을 받으면서도 그들에게 경계심을 환기시켜 왔던 것이다. 어리석은 출혈을 막으려 드는 병림의 신중한 고려는 과연 소심하고 늙은이 같았지만 절박한 생명의 위기 속에서 겪은 그의 체험이 열광의 무성과를 가르쳐준 것이다.

사건의 발단은 Y씨를 사숙私淑한 데서 시작된다. 이승만 박사의 당돌한 도전자 Y씨를 병림이 만난 것은 부산에서의 일이었다.

회오리바람이 몹시 불던 어느 겨울날이었다. 광복동 거리에서 우연히 대학의 친구를 만났던 것이다. 사변 이래 서로의 소식을 모르고 있었던 참이라 무척 반가웠다. 그들은 대학에 들면서부터 의기상투한 사이였던 것이다.

길옆에 있는 다방으로 들어가 차를 한잔씩 나누고 일어나면서 그 친구는 대뜸 자기와 같이 가지 않겠느냐고 했다. 어디로 가느냐고 물어본즉 따라만 오면 된다는 것이다. 결국 간 곳은 Y씨가 있는 데였다. 병림으로서는 별 이의가 없었다. Y씨의 정치노선에 은근한 호감을 가지고 있었기 때문이다. 그때 병림은 자기가 이끌려 갈 수 있는 강력한 대상에 갈증을 느끼고 있던 시기였던 만큼 Y씨의 정열은 그대로 받아들여졌다. 그 후 그는 수차에 걸쳐 Y씨를 찾아가곤 했었다. 그리하여 Y씨를 둘러싼 몇몇 학생들은 자연 발생적으로 하나의 클럽을 형성하기에 이른 것이다. 그러나 그들은 직접 Y씨의 정치 활동에 참가하지는 않았다. Y씨의 영향을 받기는 했지만 어디까지나 학구적인 자세를 견지하려 했다.

병림이 수학과를 그만두고 경제과로 전과한 것은 자기의 판단에 의한 것이다. 그러나 새로운 경제체제가 수립되지 않는 한 한국의 장래는 구원될 수 없다는 신념을 가지게 된 데에는 Y씨의 조언에 힘입은바 크다.

정치적으로 아무 색채도 띠지 않은 소소한 클럽이었지만 Y씨와의 왕래가 빈번하다는 까닭으로 이 정권의 경찰은 눈을 번득이기 시작하였다. Y씨로 말하면 지식층, 특히 젊은 학생층의 지지자가 많으므로 그러한 클럽이 주목을 받은 것도 무리는 아니었다.

그러던 참에 최근에 와서 사건이 하나 생겼다. 그것은 K대학에서 발간하는 신문에 불온한 글이 실린 것이다. 집필자는 K대학 학생으로 신문의 편집을 보는 동시 병림이 관계하고 있는 클럽의 한 사람이었다. 그 학생은 즉시 구속되고 경찰에서는 좌익적 색채를 띠고 있다고 주장하였으나 실상 그것은 단순한 정부 비방의 글에 지나지 못했다. 그 일로 말미암아 진보적인 교수로 알려진 모 교수가 몇 번인가 경찰에 출두하고 병림의 클럽에도 수사의 손이 뻗친 것이다.

그 클럽의 리더 격인 병림은 형사의 방문으로 신변의 위협을 느꼈다. 그의 과거나 배후가 맑지 못한 때문이다.

첫째, 의용군에 나갔던 일이요, 그의 형인 병호가 철저한 빨갱이라는 것이다. 이미 병림은 형을 비판하고 독자적인 생각을 가지고 있었지만 그러한 심의心意는 하등의 물적 증거가 될 수는 없다.

병림은 책을 꾸려놓고 창문을 활짝 열었다. 어젯밤 신 교수 댁에서 주고받던 친구의 낙관론을 생각했다. 그들에게는 전혀 백지로서 출발한 일종의 패기가 있는가 하면 갑자기 위축되어 공포 관념에 사로잡힌 축들도 있었다.

'이보다 더 긴박한 때도 있었다. 왜 내 마음이 약해지는 것일까?'

병림은 양팔을 쭉 뻗었다. 그러나 마음은 어둡게 가라앉기만 한다.

층계를 밟고 누가 올라오는 모양이다.

'진수가 오는군.'

그러나 방문을 연 사람은 진수가 아니었고 하숙집 식모였다.

"누가 찾아왔는데요."

"누구?"

"모르겠어요. 남자분이에요."

병림의 입언저리가 잘게 경련한다.

'거기서 왔구나! 할 수 없지.'

병림은 침착하게 몸을 가누며 일어났다. 층계를 무겁게 밟고 내려오니 현관에 한 사나이가 기다리고 서 있었다. 이십이삼 세쯤 되어 보이는 그 젊은 사나이는 조마조마한 듯 몸을 움직이며 병림을 쳐다보았다. 병림은 의외였다. 몇 번인가 찾아온 일이 있는 형사는 아니었다. 사나이는 심약한 표정으로 눈을 껌벅거리며 주변을 두루 살핀다. 보기에 수사기관 같은 데서 온 사람 같지는 않았다.

"어디서 오셨죠?"

"저…… 심부름 왔는데요. 빨리 오시라구요."

"누가?"

사나이는 쪽지 한 장을 내밀었다.

쪽지에는,

지금 정릉에서 급히 씁니다. 형님이 위독 상태에 빠져 있으니 빨리 와주시기 바랍니다. 의사에게는 이쪽에서 연락 취했어요. 명희.

병림의 얼굴이 노래진다.

"정릉 어디요?"

"청수장입니다."

"어딜 어떻게?"

464

"전 잘 모르겠어요. 빨리만 가라고 야단치는 바람에. 아마 졸도하신 모양입니다."

병림은 사나이를 내버려두고 이 층으로 뛰어 올라간다. 이내 그는 양복저고리를 걸치고 쫓아 내려왔다.

"빨리 갑시다!"

병림은 현관문을 와락 열어젖히고 밖으로 나왔다.

"저는 다른 데 연락이 있습니다."

사나이는 허리를 약간 꾸부렸다. 병림은 지나가는 자동차를 잡아놓고 잠시 사나이를 쳐다본다. 그는 혜련이한테 기별을 할까 싶었던 것이다.

"정릉으로 갑시다. 빨리!"

병림은 자동차 밖에 서 있는 사나이에게 눈인사를 하고 핸들을 돌리는 운전수의 뒤통수를 초조한 눈으로 바라본다.

'흉사의 연속이구나.'

저절로 벅찬 한숨이 나왔다.

병림은 바로 얼마 전에 만난 명희를 생각했다. 그린빛 코트 자락을 휘날리며 또각또각 구두 소리를 내고 걸어가던 명희의 뒷모습이 선하게 떠오른다. 누가 눈앞에 닿은 불행을 예기했을 것인가.

'만일 형님이 돌아가셨다면?'

번득이던 명희의 눈이 크게 확대되어 다가온다.

병림은 호주머니 속에 든 담배를 분주히 꺼낸다. 이 마당에 있어서 그런 것을 생각하는 자신이 싫었다. 불쾌하기 짝이 없는 일이었다.

담배 연기를 훅 내뿜는다. 갑자기 들이닥친 주변 사람의 죽음의 문제, 혜련의 죽음, 한석중의 죽음, 병림은 고개를 흔든다.

'전쟁 중에는 내 자신의 죽음도 아무렇지가 않았다. 시체가 썩는 냄새를 얼마나 맡았는지 모른다. 피바다 속에 엎드렸던 일도 있었다. 그래도 나는 무감각하지 않았던가?'

자동차는 화신백화점을 지나 안국동으로 빠진다.

'심장마빌까? 뇌일혈?'

병림은 다시 초조함을 느꼈다. 팔을 들어 시계를 보니 정각 네 시다.

"속력을 좀 더 낼 수 없을까요?"

그러나 운전수는 말이 없다.

자동차가 창경원 담벽을 돌아올 때,

'아차!'

병림은 너무 서둘렀기 때문에 진수가 하숙에 온다는 것을 깜박 잊고 있었던 것이다.

'쪽지를 써놓구 올걸…… 잘못했구나.'

정릉 입구에 들어서면서 차츰 길이 좁아진다.

얼마 후 그는 청수장 앞에서 내렸다. 찬 바람이 목덜미에 스며든다. 청수장 주변에는 사람의 그림자 하나 볼 수 없다. 구멍가게를 보는 늙은이가 우두커니 혼자 앉아 있을 뿐이다. 단풍이

든 사방의 숲은 주황빛을 이루고 맑은 개울물이 소리 내며 흐르
고 있었다.

　병림은 찻삯을 치르고 급히 청수장 안으로 뛰어 들어갔다.

　현관에서 종업원인 듯한 여자가,

　"송병림 씨예요?"

하고 먼저 입을 떼었다.

　"네."

　"이리루 오세요."

　여자는 손짓을 하며 먼저 이 층으로 올라간다. 병림은 급히
뒤따르며,

　"어떻게 되셨어요?"

　여자는 잠자코 계단을 밟다가,

　"가보시면 알겠죠."

　병림은 일이 다 글러버린 것을 깨달았다. 발이 몹시 휘청거
린다.

　이 층으로 올라간 여자는 어느 방 앞에까지 와서 병림을 돌아
보았다. 병림은 다급하게 문을 밀었다.

　위독 상태에 빠졌다는 한석중이 없다. 의사도 없고 다른 아무
도 없다. 다만 명희가 뒷모습을 보이고 앉아 있었다. 벽화가 아
닌가 하는 환각이 병림 눈앞에 휙 스친다. 그처럼 창문을 배경
으로 한 명희의 뒷모습은 움직이지 않았다.

　"혀, 형님은 어떻게 되셨어요!"

병림은 또다시 모든 일이 다 글렀는 줄 알았다.

명희가 몸을 구부리듯 돌아보았다. 격렬한 감정이 그의 얼굴 위에 굽이친다. 두 줄기 광선처럼 명희의 눈은 병림에게 집중된다.

"모든 게 거짓말이었다면 어떻게 하겠어요?"

청천벽력 같은 말이다. 병림은 발이 붙은 것처럼 우뚝 서버리고 말았다. 치올라 간 그의 한쪽 눈썹이 송충이처럼 꿈틀거린다. 병림은 한석중이 죽은 줄만 알았다. 명희는 별실에 와서 그 커다란 슬픔을 누르고 있는 줄만 알았다. 꿈엔들 이런 계략이 있으리라고 생각지 않았다.

'어리석었구나!'

명희는 병림을 향하여 돌아앉았다.

"침대가 있는 이 호텔의 밀실에는 당신과 나밖에 없어요. 나는 이런 기회를 갖기 위하여 한 달 동안을 연구했답니다. 아까 나는 당신의 행방을 정확하게 알기 위하여 교문 밖에서 당신을 기다리고 있었습니다."

명희는 얼굴을 찌그러뜨리고 웃으며 말뚝처럼 움직이지 않고 서 있는 병림을 건너다본다. 병림의 눈에는 심한 힐책과 경멸에 찬 빛이 떠돌고 있었다.

"나를 나무라십니까? 오늘만은 그러지 마세요. 나를 경멸하겠죠. 그러나 오늘만은, 이 순간만은 그러지 마세요. 나는 내 생애를 걸구 오늘 이 모험을 실행한 거예요."

명희는 테이블 위에 놓인 양주병을 기울이며 글라스 가득히 술을 붓는다.

병림은 말 한마디 없이 돌아섰다.

"나가시려구요? 문이 잠겨 있을 거예요. 당신을 안내한 그 여자가 벌써 잠갔을 거예요."

병림은 몸을 돌린다. 이마 위에 굵은 핏줄이 섰다.

"탐정소설 같죠?"

명희는 술을 혹 들이켠다.

"언어도단입니다!"

마치 우리 속에 갇힘을 당한 맹수의 포효처럼 병림은 흥분하여 소리쳤다. 말할 수 없는 혐오의 감정이 그를 휩쓸었다. 명희는 술잔을 꽉 눌러 쥔 채 창밖을 물끄러미 바라보며,

"언어도단이라구요? 사랑하는 감정을 누가 주셨을까…… 아마 신이 주셨을 거예요. 나 자신도 어쩔 수 없었으니까. 그렇다면 그것이 죄가 될 수 있을까요?"

명희는 고개를 돌려 차근차근 병림을 쳐다본다. 병림은 말문이 막혀 뭐라고 할 수도 없이 그저 뻗치고 서 있을 뿐이다.

명희는 다시 글라스에 술을 따라 연거푸 두 잔을 마신다. 쓰디쓴 술을 창자 속에 밀어 넣는 그의 모습은 자학과 자애가 갈등하는 서글픈 좌상이 아닐 수 없었다. 그는 두 손으로 움켜쥔 글라스를 멍하니 쳐다보며 말을 이었다.

"나는 생각했어요. 당신을 만나는 그 순간부터…… 나는 당

신을, 영원히 그리고 완전히, 내 것으로 가지려구요. 당신의 머리털 한 오래기, 당신 눈빛의 한 줄기까지. 그 집념은 나를 괴롭히구 나를 불행하게 했어요. 그러나 동시에 나를 즐겁게 하구 그 흥분 때문에 나는 행복이라는 것을 처음으로 알게 되었어요."

명희의 눈에는 형용하기 어려운 희열의 빛이 넘친다. 그러나 그 빛은 이내 사그라지고 절망과 비애가 잔잔하게 떠돈다.

"나는 타협을 했어요. 아니 그것은 타협이 아니었을 거예요. 어떤 타협이 있을 수 있겠어요. 나는 내 생애를, 영원이라는 것을 일 년으루 잡았어요. 일 년 동안만 나는 나를 살게 하자구요. 내가 산다는 것은 당신을 갖는 거예요. 그러나 나는 일 년을 한 달로, 한 달을 일주일로 줄였어요. 그것을 다시 하루로, 오늘 하룻밤으로 줄였어요. 오늘 하룻밤만 내 생애를 갖게 해준다면 나는 아무런 회한도 미련도 없이 내 생애의 막을 내리겠어요. 웃으십니까? 왜 웃으시죠?"

병림은 기가 막히고 가슴이 답답하여 저도 모르는 새 헛웃음이 나왔던 것이다.

"오늘 밤이 지나면 나를 잊어버리세요. 나 같은 여자가 이 세상에 존재하구 있었다는 것도 잊어버리세요. 그렇지만 오늘 밤이 순간만은 저를 사랑해 주세요. 진실로, 위선이 아닌 진실로."

명희의 말이 목구멍에서 끊어진다. 그는 얼굴을 양손으로 가렸다. 수치와 절망과 슬픔이 그의 부드러운 어깨를 흔들며 울음으로 표현되었다.

"형수씨, 이성을 찾아주십시오. 제발 저를 보내주십시오."

병림은 기계적으로 말하였다.

"이성이 뭡니까?"

명희는 젖은 얼굴을 들었다.

"이성이란 거짓말을 의미하는 거죠? 당신은 타인이에요. 당신은 내가 사랑할 수 있는 타인의 한 사람인 남성이에요. 왜 죄가 됩니까? 사랑한다는 것은 진실이에요. 진실이 죄가 될 순 없잖아요?"

"죄가 될 수 없다구 주장하시는 게 벌써 죄를 느끼구 계시는 증거가 아닐까요?"

그 말은 명희의 가장 아픈 곳을 찌른 것이다.

"천만에요! 천만에…… 이 세상에는 죄가 존재하지 않습니다. 만일 존재한다면 모든 사람은 다 죄인이에요. 당신은 무서워하시죠? 인간의 율법을 무서워하시죠? 마치 이교도끼리의 사랑처럼 지금 형벌에 떨구 있는 거예요."

명희의 흥분된 다변을 잠자코 듣고 있던 병림은 담배를 꺼내어 붙여 물었다.

"제가 무서워하는 것은 인간의 율법이 아니라 제 자신의 마음입니다. 그러나 저는 지금도 무서워하고 있지는 않습니다. 저를 보내주십시오. 저를 기다리는 사람이 있습니다."

"보내달라구요? 기다리는 사람이 있다구요? 당신은 지금 무서워하고 있지 않다구요? 호호홋…… 호호."

명희는 병림이 한 말을 되풀이하며 미친 여자처럼 웃어젖혔다. 병림은 등골이 오싹했다.

"조금도 무서워하지 않는다는 것은 조금도 사랑하지 않는다는 말이군요. 보내달라지만 그건 안 되겠어요. 나는 당신을 파멸시킬 수 있습니다. 나르시소스를 파멸시킨 님프 에코처럼."

"님프 에코처럼?"

"이 창문에서 신호만 하면 밖에서 기다리구 있는 내 심복은 경찰을 동원할 거예요. 형수를 유괴한 패륜아를 경찰은 체포할 거예요."

병림의 얼굴이 확 변한다. 경찰이 두려워서가 아니다. 명희의 얼굴에 떠도는 무서운 독기를 느낀 때문이다.

"역시 질리시는 모양이군요. 애정에는 미움이 동반됩니다. 최후의 발악이에요. 수단과 방법을 가리지 않습니다."

명희는 열에 들뜬 사람처럼 말귀가 맞지도 않은 말을 오랫동안 혼자서 지껄였다.

"마음대루 하십시오. 저를 파멸시킴으로써 직성이 풀리겠다면……."

병림은 의자를 끌어당겨 털썩 주저앉아 버린다.

몇 시간 동안이나 침묵이 흘렀는지도 모른다. 창밖이 어둑어둑하고 물 흐르는 소리가 방 안을 흔들었다.

명희는 온갖 수단을 다한 이 지구전에 지치고 말았다. 이제 남은 것은 병림에 대한 미움뿐이었다. 만일 자기 손에 권총이 있다면 무감동한 그 백면白面에다 피를 흘리게 하고 자기도 그 위에 쓰러져 죽으리라는 생각도 들었다. 그러나 피를 태우는 듯한 그리움은 미움뿐인 마음속에서 때때로 격류처럼 굽이친다. 그의 얼굴에 피를 흘리게 하고 자기 얼굴에도 피를 흘리게 한다는 환상은 더욱 그에게 강한 충동을 주었다.

명희는 술을 마셨다. 그리고 글라스에 술을 부어 병림에게 다가갔다.

"마시세요!"

병림은 눈을 감는다. 이런 기묘한 장면은 세상에 있을 것 같지가 않았다. 악몽을 꾸고 있는지도 모른다는 생각이 들기도 하고 어느 소설 속의 주인공 같기도 했다. 그러나 명희가 왜 그런지 밉지는 않았다. 일종의 연민이 그의 마음을 적셨다.

"악!"

병림은 벌떡 일어섰다. 명희가 얼굴 위에 글라스를 던진 것이다. 향취가 강한 술이 얼굴을 타고 내려가고 글라스는 발밑에서 부서진다.

"이게 무슨 짓이오!"

병림은 엉겁결에 손으로 얼굴을 닦았다. 손바닥에 유리가 박힌다. 병림은 손수건을 꺼내어 손바닥에 밴 피를 닦고 유리 조각을 뽑았다. 명희는 발로 부서진 유리 글라스를 지근지근 밟으며 병림의 목을 껴안는다. 뜨거운 입김이 병림의 얼굴 위에 덮인다.

"놓으세요!"

병림은 명희를 밀어내었다. 명희는 방바닥에 쓰러졌다. 쓰러진 명희는 이내 울음을 터뜨렸다. 아이처럼 서럽게 흐느끼는 것이었다.

명희를 내려다보는 병림의 눈에는 깊은 고뇌와 허물어지려는 의지를 잡아당기는 노력이 역력히 나타난다.

'정말 이 여자가 말하고 있는 대로 나는 사회의 율법을 두려워하구 있는지도 모른다. 형님의 아내가 아니었던들 나는 이 여자에게 지고 말았을 것이 아니겠는가? 나는 내 마음을 두려워한다고 했다. 내 마음은 무엇인가? 내 마음? 사회가 만든 여러 가지 현상의 반영이 아니었을까? 그렇다면 나는 한갓 사회의 노예에 지나지 않을 것이다. 어떻게 하나? 이 밤을 나는 무사히 보낼 수 있을까? 결국 애욕으로 변하고 말 것인가?'

병림은 손바닥에 난 상처의 아픔도 잊고 마치 석상처럼 쓰러져 울고 있는 명희를 내려다보고 마음속으로 중얼거리며 갈피를 잡지 못하는 것이었다.

명희의 울음이 멎었다. 그는 한 손으로 방바닥을 짚고 한 손으로 흐트러진 머리를 쓸어 넘기며,

"기다리고 있는 사람이 누구예요? 여자예요? 사랑하는 사람이에요?"

명희는 머리를 들지 않고 물었다. 무척 조용해진 목소리였다.

병림은 정신이 번쩍 들었다. 하숙에서 기다리고 있을 진수를 생각한 것이다.

"기다리구 있는 사람은 유혜련 씨예요? 병림 씨는 그 여자를 좋아하세요?"

명희는 역시 머리를 들지 않고 올케를 그 여자라고 불렀다.

"존경합니다. 그러나 기다리구 있는 사람은 그분이 아닙니다."

병림은 창으로 눈을 박으며 건성으로 대답한다. 그의 머릿속에는 진수가 가득 차 있었다.

'진수, 진수! 그렇다. 나는 사랑하는 사람을 배반할 수도 없거니와 빨리 이곳을 빠져나가야 한다. 진수를 만나야지.'

"그 여자를 사랑하세요?"

"네?"

"유혜련을 사랑하느냔 말예요."

병림은 비로소 명희의 말뜻을 알아차렸다. 그는 심한 모독을 당한 듯 얼굴이 뻘게진다.

"사랑하는 사람은 유혜련 씨의 딸입니다."

"딸? 진수!"

명희는 고개를 번쩍 쳐들었다.

"진수를 사랑합니다."

또렷한 말씨였다. 명희의 얼굴에서 핏기가 걷힌다.

"진수, 진수를……."

명희는 헛소리를 치듯 중얼거렸다. 명희는 자기의 라이벌이 진수였다고는 꿈에도 생각한 일이 없다. 그의 눈에는 언제나 어린애 같은 진수였었다. 명희는 벌떡 일어났다.

"빨리 나가세요! 열쇠가 잠겨져 있진 않아요. 모두 거짓말이에요."

말하고 그는 침대 위에 몸을 던졌다. 병림은 쫓기는 사람처럼 방을 뛰쳐나왔다. 밖은 깜깜했다.

'분명히 이건 악몽이다. 나는 꿈을 꾼 거야. 잊어버리구 싶은 꿈이다. 왜 그 여자를 미워할 수 없을까? 어쩌면 내가 이긴 것이 아니구 진 것이 아닐까?'

병림은 허둥지둥 땅을 밟았다. 바람이 휭! 휭! 불어오고 낙엽이 몸부림치듯 발아래 뒹굴고 있었다.

산마루를 돌았다. 자동차도 사람도 지나가지 않는 외딴길이다. 물소리만이 들려온다.

'그 여자는 자살할지도 모른다!'

병림은 발을 멈추고 어두운 땅을 내려다본다. 발이 자꾸만 땅 밑으로 꺼져 들어가는 환각이 인다.

11. 붉은 와중渦中

"하영우가 말야, 영화 한턱하겠대. 단, 진수하고 동반이라야 성립된다나? 안 갈래?"

교실을 나설 때 하영우하고 가까운 이희숙李喜淑이 진수의 스커트를 잡으며 귓속말로 속삭였다. 벌써 먼저 나가서 저만큼 기다리고 서 있던 하영우는 그 영양부족인 듯한 노랑머리를 쳐들고 싱글싱글 웃고 있었다.

"싫어, 난 갈 데가 있어."

진수는 일언지하에 거절이다.

"얘두 뭐가 그러냐? 얘, 공짜라면 냉수도 마신다잖아?"

희숙은 집요하게 진수의 팔을 잡아끌었다. 교정으로 나섰을 때 자연히 진수는 하영우와 이희숙의 사이에 끼어 걷지 않을 수 없게 되었다. 싫었지만 희숙의 체면을 보아 교문 앞까지는 그러고 갈 수밖에 없다.

"진수!"

이영설이 불렀다. 진수는 재빨리 돌아본다. 이영설이 웃으며 다가왔다. 진수는 발을 멈추고 그를 기다리면서,

'잘되었군. 이치들을 따돌려야지.'

희숙이 진수의 팔을 꼬집으며,

"교문 앞에서 기다릴게, 빨리 나와."

"안 돼, 난 선생님한테 여쭐 말씀이 있어."

"이 애 그러지 마, 싱겁다. 늙다리 교수만 제일이냐?"

희숙이 눈을 흘긴다. 그러나 어깨로 하영우를 밀며,

"닭 쫓던 개처럼 볼품 사납게 서 있지 말구 우리끼리 가자 구…… 여대생은 홀애비 교수님을 좋아한다. 하하핫……."

희숙은 사내아이처럼 걸걸하게 웃으며 연신 주춤거리는 하영우를 끌고 가버린다.

"이제 가니?"

희숙의 풍자를 듣지 못한 영설은 진수 앞에 다가서며 묻는다.

"네."

"어머닌 좀 어떠시냐?"

"글쎄요……."

영설이 집으로 혜련을 찾아오면서부터 진수는 자기도 모르게 영설과의 거리를 느끼게 되었다. 그것을 영설은 눈치채고 있었다.

별로 말이 없는 채 교문을 나섰다.

"차 사줄까?"

영설은 진수의 기분을 조심스럽게 살피며 묻는다. 진수는 잠시 시계를 들여다보고 아무 말 없이 영설을 따랐다. 자동차가 지나간다. 영설이 손을 들어 세운다.

"선생님, 저리루 안 가세요?"

진수는 대학 근처에 있는 다방을 가리킨다.

"명동으로 나가는 게 좋겠다. 어차피 진수는 그쪽으로 가야잖아?"

"그렇긴 해요."

진수는 영설이 열어주는 자동차에 먼저 올랐다. 영설은 시트에 어깨를 기대면서,

"진수, 요즘 우울해 보이는데?"

넌지시 진수의 마음을 떠본다.

"어른이 될려고 그런가 봐요."

하고 입 속으로 웃는다.

'연앨 하고 있는 걸 알면 이분들은 날 건방지다고 생각하겠지.'

진수가 그런 생각을 하고 있을 때 영설은 영설대로 다른 생각을 하고 있었다. 혜련과의 결혼을 앞두고 무엇보다 신중해야 할 문제는 진수의 이해를 얻는 일이다. 지금까지 혜련과의 사이에 쌓였던 장벽은 무너졌다. 자유롭게 드나들게 되었음에도 불구

하고 아직 진수에게 아무런 설명도 암시도 주지 않고 있는 일이 마음에 무거웠다. 그렇다고 하여 조급히 서둘러 혜련과의 과거를 모조리 진수 앞에 털어놓을 수도 없는 일이다. 영설은 무엇보다 진수가 그의 아버지인 문명구에 대한 추억과 애정 때문에 반발하고 나설지도 모른다는 것이 두려웠다. 그러니 자연 진수를 만나면 전과 같이 허심하게 대할 수 없게 되는 것이었다.

명동 입구에서 내린 영설은 전에 한번 진수를 데리고 간 일이 있는 다방으로 들어갔다.

자리에 앉아 차를 청할 때까지 영설은 말이 없었고 날라다 놓은 차를 다 마셨을 때도 말없이 생각에 잠겨 있었다.

"선생님은 왜 우울하세요?"

"나? 왜 내가 우울해?"

"그래도…… 통 말씀이 없으시고."

영설은 진수에게 이런 기회에 이야기를 모조리 해버릴까 싶은 생각이 들었다. 그러나 그는 마음을 고쳐먹었다. 일단 혜련의 의견을 들어보는 것이 옳겠다는 생각이 들었기 때문이다.

"오늘은 우리 집에 안 가세요?"

"글쎄…… 네 시까지 여기서 좀 만날 사람이 있어서. 진수는 곧장 집으로 가나?"

"전 들를 데가 있어요."

영설은 시계를 본다.

"벌써 네 시가 다 돼가는군."

"선생님!"

목소리를 가다듬고 진수는 영설을 불렀다.

"선생님은 어머니를 어떻게 아셨어요?"

영설의 얼굴이 긴장한다.

"어떻게 알았느냐구?"

난처한 질문이 아닐 수 없다. 영설은 반문하며 잠시 마음을 정리한다.

"네."

"그 대답을 어떻게 하면 좋을까?"

영설은 그렇게 말하고 다음 말을 잇지 않았다.

"가만히 생각해 보면 참 이상해요."

진수는 말을 끊었다가 다시,

"제 말이 잘못되었으면 용서하세요. 선생님, 선생님은 전부터 어머닐 알고 계셨던 거 아니에요?"

영설은 말이 없다. 무언은 부정이 될 수 없다. 아니, 오히려 긍정을 의미하는 것인지도 모른다.

"어머니는 퍽 성미가 까다로우세요. 부산 있을 때 어머니는 제가 선생님하고 이야기하는 것을 몹시 싫어하셨어요. 그랬는데 갑자기 선생님이 집에 오시고, 저는 어떻게 된 일인지 잘 모르겠어요. 어머니는 한마디의 설명도 하시지 않았어요."

진수는 손가락에 손수건을 감았다 풀었다 한다.

"저도 이제는 나이도 들고 철도 났어요. 어머니가 말씀해 주시면 어머니를 이해해 드리고 도와도 드리고 싶어요."

한참 만에 영설이 입을 떼었다.

"아까 진수가 말한 대로 유 선생은 까다로운 성격이야. 그러니까 당분간 유 선생을 그대로 두어두는 것이 어떨까. 정말 진수가 어머니를 도와주고 싶으면. 유 선생은 유 선생대로의 생각이 있지 않을까?"

"선생님도 저처럼 그럼 어머니의 생각을 모르신단 말씀이세요?"

"몰라지는 때가 참 많지, 진수처럼."

진수를 건너다보는 영설의 눈에 우수가 서린다. 진수가 그 눈을 가만히 쳐다본다.

'너 우리 집안 얘길 안 했지?'

언젠가 하던 혜련의 말이 떠올랐다.

'네가 그렇게 버릇없이 이내 남하고 친해지는 것, 엄마는 싫다…… 나는 남이 우리의 세계를 아는 것이 싫다는 거야. 알겠지? 설령 모르는 점이 있더라도 엄마의 성격을 이해하구 앞으로 그 창문을 절대로 열지 말아라.'

마치 어제 들었던 말처럼 혜련의 음성까지 그대로 들려온다.

"선생님."

진수는 아까처럼 목소리를 가다듬고 불렀다.

"부산서 아저씨 병원에 입원하고 계실 때 어머닐 아셨어요?"

영설은 말이 없다.

"제가 이렇게 묻는 것이 기분 나쁘세요?"

영설은 고개를 저었다. 그는 재떨이에 담뱃재를 떨면서,

"벌써 이십 년 전에 유혜련 씨를 나는 알구 있었어."

무겁게 입을 열었다. 진수의 얼굴이 해쓱해진다.

"그러나 그 이상 말하지 않겠다. 어머니가 스스로 말씀하시기까지, 진수는 어머니를 이해하구 기다려주기 바란다. 그리 긴 시일이 걸리리라 생각지 않는다."

그 이상 말하지 않겠다는 것이 벌써 예사로운 일이 아니라고 진수는 직감하였다.

'이 선생님은 필시 옛날 어머니의 애인이다. 맞았어. 어머닌 아버질 좋아하시지 않았다.'

진수는 병림의 하숙에 가는 일도 잊어버리고 우두커니 앉아서 영설을 바라보는 것이었다.

"어, 왔군."

누군가가 반갑게 소리치며 영설의 어깨를 툭 쳤다. 진수는 눈을 들었다. 턱이 뾰족한 바로 그 쇼팽이다. 검정 베레모에다 짙은 남색 잠바 비슷한 것을 입고 있었다. 그러나 진수는 조금도 신기스럽지가 않았다. 그가 받은 충격이 너무 컸던 것이다. 옛날 애인의 딸인 줄 뻔히 알면서 천연스럽게 시치미를 딱 떼고 자기를 대해준 이영설이 능청스럽기도 하고 미운 생각도 들었다. 진수를 알 턱이 없는 윤병후는 스케치북을 탁자 위에 놓고 진수에게는 무관심한 얼굴로 자리에 앉았다. 더욱이 그들은 말

이 없었으므로 윤병후는 빈자리가 없어 합석하고 있는 줄만 알았던 것이다.

"사람이 왜 그 모양이야? 박현주가 몸이 달아 죽을려고 하는데."

박현주의 이름이 나오자 영설은 당황한 빛을 띠며 진수를 건너다보았다. 진수는 응당 자리에서 떠야 할 것인데 그러지 못하고 멍청히 앉아 있는 것이었다.

"사람의 마음만 조갈증 나게 해놓구서 슬쩍슬쩍 피해 다니면 어떡헌단 말이야?"

영설은 병후 말에 응수할 만한 준비가 되어 있다.

그러나 진수 앞에서 그 말을 할 수는 없다. 그리고 더욱 걱정되는 일은 병후가 진수 앞에서 함부로 말을 하지 않을까 하는 일이다.

"진수 양을 모르나?"

영설은 엉뚱한 말을 꺼내었다. 궁여지책이다. 윤병후가 어리둥절해한다.

"부산서 내가 입원했을 때 그 병원에 유하고 있던 유혜련 씨의 따님이야. 늘 자네 얘길 했었지."

병후는 진수의 얼굴을 자세히 쳐다본 후,

"오오라! 생각이 나누먼. 자네 병실에서 마주 보이는 방에 있었던 소녀지?"

진수의 얼굴이 새빨개진다. 윤병후가 문병 왔을 때 창문턱에 올라가서 그 방을 넘겨다보다 들킨 생각이 났던 것이다. 그때 윤병후는 장난꾸러기 소녀에게 웃음을 보냈던 것이다.

"자넬 뭐라 하는 줄 아나? 쇼팽이라는 거야. 영광으로 알게."

영설은 분위기를 감당하기 위한 것인 듯 일부러 껄껄 웃는다.

"이거 낭패로군. 나는 쇼팽이 아니구 윤병홉니다. 진짜 황색 토종입니다."

윤병후는 머리까지 꾸벅 숙이고 나서 그 뾰족한 턱을 쓸어본다. 진수는 웃지 않을 수 없었다.

영설은 안도의 숨을 내쉰다. 박현주의 말이 나오지 않게 된 것이 다행이었고 진수의 예리한 질문을 막아버리고 그의 기분을 전환시킨 것이 여간 고맙지가 않았다. 진수는 윤병후의 하는 시늉이 강준을 닮았다고 생각하였다. 강준을 생각하니 자연 명희의 일이 연결되어 머릿속에 떠올랐다.

이렇게 세 사람이 둘러앉은 자리에서 대각선을 이룬 입구 쪽의 자리에서 김서보가 마도로스 파이프를 물고 앉아 있었다. 그는 옆에 앉은 잡지사 기자에게 무슨 말인지 귓속말을 속삭거린다. 그리고 때때로 이영설의 얼굴을 흘긋흘긋 쳐다보는 것이었다.

얼마 후에 진수는 자리에서 일어섰다. 그는 문 쪽으로 다가가다가 김서보를 발견하고 놀란다.

"어마! 선생님."

김서보는 얼른 진수를 피하려던 것이 그만 그쪽에서 먼저 알은체하니 하는 수 없이 입을 헤벌리고 어색한 웃음을 웃는다.

"대학생이 되었구먼. 벌써 다방 출입이야? 어지간히 대학생이 되고 싶었던 모양이지?"

한다는 소리가 진수의 연한 마음을 할퀴어주는 그런 투다. 진수는 샐쭉해지면서 아니꼬운 표정을 던지고 문을 밀었다.

"저 애가 유혜련이 딸이야."

헛바닥이 안으로 말려 들어가는 듯한 김서보의 목소리가 뒤통수에 울려온다.

"기분 나쁜 자식, 싱겁기 짝이 없어. 사람이 오는 다방인데 우리가 와서 안 된다는 법이 어디 있어? 악의 소굴인가?"

내뱉듯 중얼거린다. 진수는 심히 불쾌했다. 유혜련의 딸이야 하던 말도 귀에 거슬렸다.

'제까짓 게 언제부터 우리 엄마하고 친했다고 함부로 막 부르는 거야.'

분한 생각도 들었다.

진수는 중학교 다닐 때부터 그를 알고 있었고, 그에 대한 그다지 좋지 않은 인상을 갖고 있었다. 사변 전, 문명구가 집에 있을 때 김서보는 누가 청하지도 않는데 뻔질나게 집으로 찾아오곤 했었다. 와가지고는 그 알량한 문학론을 핏대를 세우며 피력했던 것이다. 그리하여 혜련의 경멸을, 명구의 빈축을 샀던 것이다. 그러나 지난 초봄에 서울에 다녀올 일이 있어 가는데 어머니한테 전할 말이 없느냐고 하며 찾아왔을 때는 한참 궁금했던 참이라 여간 고맙지가 않았다. 그래서 부랴부랴 편지를 써주었던 것이다. 그러나 어떻게 된 영문인지 그 후 깜깜소식이더니 오늘 우연히 만난 것이다.

혼자 화를 내며 걷고 있던 진수는 어느새 그 노여움의 대상이 이영설로 변했다.

'이십 년 전의 일이라면 내가 아직 세상에 나오기 전이지?'

진수의 발이 저절로 무거워진다. 전에 진수는 병림에게 어머니가 한번 멋있게 연애라도 해봤으면 좋겠다는 말을 한 적이 있다. 그뿐만 아니라 아까 다방에서 이영설에게 이제 자기도 나이 들었으니 어머니가 말씀만 해주시면 이해해 주고 도와도 주고 싶다는 말을 했다. 그러나 막상 예기치 않았던 일에 직면하고 보니 그때 말한 것처럼 단순히 받아들여지지 않았다.

역시 영설이 염려했던 것처럼 진수는 이북에 간 명구를 생각한 것이다. 명구에 대한 뼈저린 동정은 한때 잊었던 아버지의 환상을 불러일으켰던 것이다.

'불쌍한 아버지, 어머닌 나빠, 나빠. 이 선생님도 미워, 엉큼스럽게.'

진수는 손등으로 눈물을 닦으며 걷고 있었다.

명구에 대한 동정과 추억이 그에게 슬픔을 준 것은 사실이지만 일면 이영설이 아니었던들 그렇게 강한 충격은 받지 않았는지도 모른다. 믿었던 사람에게 심한 배신을 당한 듯 그는 인간이 싫어졌다. 병림도 싫었다. 인간 세상에 서로 비밀이라는 담을 쌓아올려 놓고 살아야 하는 것이 슬프기도 했다.

진수는 병림을 찾아가는 것조차 역겨웠다. 그렇다고 해서 집으로 돌아가는 것은 더욱 싫었다. 남산 꼭대기에 혼자 올라가서 아버지를 위하여 실컷 울어줄까도 싶었다.

'약속을 했으니 가기는 가봐야지.'

병림의 하숙으로 갔을 때 문을 열어준 식모가 진수를 얼른 알아보고 하는 말이,

"아까 나가셨는데요."

조금 전까지 병림이도 싫다고 생각한 진수였으나 그가 없다는 말을 들었을 때 가벼운 실망을 느꼈다.

"오셨다 나가셨어요?"

"네."

"그럼 기다리겠어요. 절 오라고 했으니까."

전에 몇 번인가 온 일이 있었기에 진수는 서슴지 않고 이 층으로 올라갔다.

방문을 열고 방에 들어서니 방 한복판에 널비시 책들이 쌓여 있었고 양복걸이가 난잡하게 팽개쳐진 채 굴러 있었다. 언제 와도 깨끗하게 정돈되어 있는 것을 보아온 진수는 다소 이상한 감을 받았다. 그는 널려 있는 책을 간추려 놓고 양복걸이를 주워 옷을 걸었다.

병림의 체취가 연하게 풍겨온다. 진수는 별안간 그리움이 치솟았다. 그가 돌아오면 막 울음이 터져버릴 것만 같았다. 그러

490

면 병림은 자기의 머리를 어루만져 주고 울지 말라고 달래어 줄 것 같았다. 저절로 외로움이 풀어진다.

진수는 대강 방을 치워놓고 병림이처럼 책상 앞에 앉아보았다. 책상 위에는 재떨이가 있고 그 속에 담배꽁초가 수북이 들어 있다.

"언제 담배가 이렇게 늘었을까?"

중얼거리는 진수 눈에 쪽지 하나가 보인다. 무심코 그것을 집어 들었다.

쪽지를 펴본 진수의 얼굴이 파랗게 질린다. 그는 책가방도 그냥 내동댕이친 채 내버려두고 충계를 탕탕 구르며 뛰어 내려왔다. 요란스러운 발소리에 식모가 내다본다.

"병림 오빤 몇 시에 나가셨어요?"

숨을 할딱이며 물었다.

"글쎄, 한 시간쯤 됐을까요? 청년이 한 분 와서 같이 나갔는데…… 무슨 일이 있었댔어요?"

병림도 흥분되어 쫓아 나갔는데 진수마저 이 모양이니 식모는 수상하게 여긴 것이다. 진수는 거리로 뛰어나왔다. 그 길로 공중전화통에 매달려 다이얼을 떨리는 손으로 돌린다. 몇 번 돌려도 통화 중이다.

'옳지! 병원에 걸어보자. 위독하시면 병원으로 오셨겠지!'

다시 다이얼을 돌린다.

"여보세요? 한외과죠?"

"네, 그렇습니다."

'이상하다? 아저씨 음성 같은데?'

"누구세요?"

"진수구먼. 나야."

진수는 어리둥절해한다.

"아무렇지도 않으세요?"

"뭐가?"

"어디 안 가셨어요?"

"난 토요일이라서 종일 병원에 있었는데?"

팔에 맥이 확 풀린다. 힘없이 수화기를 놓고 말았다. 아무래도 귀신에 홀린 것만 같다.

진수는 수화기를 놓은 채 우두커니 서 있었다. 그러나 머릿속에 오가는 일은 착잡하고 분주하였다.

번개 같은 한 줄기 사실이 눈앞에 쭉 끼친다. 병림의 하숙방으로 뛰어 올라갔다. 가방을 들고 거리에 나왔다. 희뿌연 안개처럼 거리에는 황혼이 깔려 있고 불빛이 희뜩희뜩 눈앞을 스친다.

어디를 어떻게 헤매었는지 집으로 돌아왔을 때는 사방이 칠빛처럼 어두웠다. 다만 홀에서 새어 나온 불빛이 앞뜰을 비쳐주고 늙은 베스가 땅에 배를 깐 채 홀 안을 바라보고 있었다. 베스는 진수가 돌아온 기미를 알고 뛰어왔다. 그리고 진수의 책가방을 슬슬 핥는다. 진수는 발길로 베스를 밀어내고 홀로 올라갔다.

영설과 혜련이 마주 앉아 웃고 있다가 진수의 창백한 얼굴을 보자 좀 질린 듯 웃음을 거두었다. 마구 흐트러진 머리를 쓸어넘기면서 진수는 쏘는 듯 날카로운 눈으로 혜련을 쳐다본다. 혜련은 진수의 강한 시선을 피하지 않았다. 당황한 빛을 띠지도 않았다. 아침에는 부었던 얼굴이 해쓱하게 빠져서 눈 밑에 기미가 솟은 혜련의 얼굴이었다.

"이제껏 어디 갔다 오니? 나는 진수가 먼저 온 줄 알구 왔었지."

살기마저 느끼게 하는 진수의 눈을 피하면서 영설은 변명 아닌 변명을 한다.

"전 피곤해서 그냥 가겠어요."

진수는 그들 옆을 지나 자기 방으로 가버린다. 두 사람은 묵묵히 말이 없다. 그러나 혜련은 조금도 신경을 쓰고 있지 않았다.

"차라리 모두 이야기해 버리는 게 어떨까?"

영설이 우울하게 입을 연다.

"그냥 두세요. 자연히 해결될 거예요."

"내가 예상했던 것보다 반발이 심한데."

말하면서 혜련을 슬쩍 쳐다본다. 조금도 걱정을 하지 않는 혜련을 이상하다고 생각했다. 부산 있을 때 병적이리만큼 진수에게 신경을 쓰던 혜련이 무슨 일로 갑자기 변하였는가 알 수 없다.

진수 방에서는 아무 소리도 나지 않았다. 영설의 마음이 무거워지는 대신 혜련은 그와의 시간을 즐기려고 노력하는 듯이 보였다. 그는 지난날의 이야기를 꺼내기도 하고 영설이 동경으로 떠난 뒤 죽으려다가 살아난 이야기도 하며 그때 죽지 않았던 것이 얼마나 다행인지 모르겠다, 만일 그때 죽었더라면 당신을 이렇게 만날 수 있었겠느냐 하며 미소하는 것이었다.

"당신은 꼭 소녀 같구려. 옛날 그대로야."

사실 영설은 웃으며 말을 하고 있는 혜련의 모습에서 옛날을 도로 찾은 느낌이 들었던 것이다.

"그러나 몹시 쇠약해진 것 같애."

영설은 혜련의 눈밑에 진 푸른 그늘을 바라보며 얼굴을 찡그렸다.

"보기 싫어졌어요? 얼굴이 흉해요?"

표정이 안타깝게 변한다.

"아무리 보기 흉해도 상관없어. 오래만 살아요."

"오래만 살아요?"

혜련은 반문하며 턱을 쳐들고 천장을 바라본다.

영설이 돌아간 후 병림이 찾아왔다. 그는 정신이 나간 사람처럼 휘청거렸다. 혜련은 병림이 왔다 하며 진수의 방문을 두들겼으나 진수는 문을 열어주지 않았다.

문을 두들기다 할 수 없이 혜련은 홀로 돌아왔다. 병림이 간 데온데없다.

혜련은 화장실에라도 갔나 하고 실내를 서성거리고 있었으나 병림은 끝내 나타나지 않았다.

'인사성 바른 사람이 아무 말 하지 않구 갔을 리가 없는데?'

혜련은 구토를 느낄 만큼 골치가 쑤셨다. 소파에 푹 가라앉는다.

이 무렵 병림은 택시를 잡아타고 청파동 쪽을 향하여 달리고 있었다. 준의 집을 찾아가는 것이다. 혜련에게 간다는 말도 없이 뛰쳐나와 버린 일도, 정릉에서 곧장 혜련의 집으로 간 일도 까마득히 잊고 있었다.

혜련이 진수 방의 문을 두들기고 있을 때 병림은 문뜩 준을 생각하였고 그 길로 거리로 나와버린 것이다. 병림은 달리는 자동차에 앉아 다만 준이 집에 있어줄 것을 간절히 바라는 것이었다. 만일 준이 없다면 모든 일은 끝장이 나고 만다는 생각을 하니 가슴이 메이도록 답답했다.

'그 여자는 죽을지도 모른다. 죽을지도 모른다!'

병림은 눈앞에 불이 튀기는 것 같았다. 연속되는 죽음의 문제는 병림을 완전히 공포 속으로 몰아넣고 말았다.

청파동에 있는 준의 집 앞에서 뛰어내렸다. 문을 두들기는 병림의 다리가 후들후들 떨렸다.

'만일 형님이 안 계시면……? 나는 사람을 하나 죽이구 만다. 나에게 무슨 힘이 있는가, 나에게…….'

말없이 문이 쑥 열렸다. 검은 옷을 입은 미스 김의 얼굴이 둥

실 떠 있었다. 말할 수 없이 불길한 모습이 아닐 수 없었다. 병림은 마치 사신死神과 면대한 듯 숨을 마셨다.

"혀, 형님 기세요?"

미스 김은 의아하게 병림을 쳐다보다 잠자코 돌아선다. 병림은 그 뒤를 따라 준이 있는 방문을 넘어섰다.

준은 침대 위에 비스듬히 누워 있다가 병림을 보자 벌떡 일어났다. 핏발이 서고 머리칼이 흩어진 병림의 모습이 전등 아래서 바위같이도 보이고 갈대같이도 보인다.

"웬일이야?"

준이 의자를 잡아끌었다. 그러나 병림은 장승처럼 뻗치고 선 채 준의 얼굴을 열심히 쳐다보면서,

"잠시 나가십시다."

"어디루?"

"말씀 마시구 나오세요."

전에 없이 명령적인 병림을 물끄러미 쳐다보고 있던 준이 옷을 주워 입고 담배를 호주머니 속에 밀어 넣으며 밖으로 나왔다.

"대관절 어디루 가는 거야?"

병림은 초라하기 짝이 없는 다방으로 준을 데리고 들어갔다. 그러나 침착성을 잃은 병림의 시선이 흐트러진다.

"형님, 지금 곧 정릉에 가주시겠습니까?"

"정릉? 왜?"

"실은 유 선생님 댁에 갔었습니다…… 그분이 편찮으셔서 말을 못했습니다."

"……?"

"정릉 청수장에 지금 형수씨가 계십니다."

"명희가?"

병림의 얼굴에 복잡한 절박감이 나타난다.

"꼭 가봐 주세요."

"왜 내가 가야 하나?"

냉랭한 목소리다.

"형수씨는 무분별한 일을 저지를지도 모르겠습니다. 그 눈은…… 불안해서 견딜 수가 없습니다."

"청수장? 무분별? 좀 더 확실히 말하게."

이상한 예감이 들었던지 준의 어세가 강했다.

"저는 방금 청수장에 형수씨를 혼자 두구 나왔습니다. 제가 어떻게 하겠습니까?"

애원과 주춤거림이 엇섞인다. 호수 속의 물고기가 뛰는 것처럼 준의 눈 밑 근육이 두 번 팽! 하고 뛰었다.

"명희가 자살할지 모른다는 말인가? 병림이 명희의 구애를 거절했단 말인가?"

병림이 눈을 내리깐다.

"애정만은 평등할 수 없습니다."

"알았어. 애정만은 그야말로 평등할 수 없다. 병림이의 이상적인 사회주의 이론도 실연자를 구원할 순 없다."

찌그러진 웃음을 띠고 벌떡 일어섰다.

"가세!"

그들은 택시를 잡아탔다.

"저도 갑니까?"

두려운 듯 묻는다. 서리 맞은 가을 풀잎처럼 맥이 하나도 없다.

"자네는 명동에서 내리게. 뒤치다꺼리는 내가 하지. 닥터 한에게 오해를 받구 있는 사람은 강준이지 동생인 송병림이 아니거든, 하하하……."

두 줄기 뻗어가는 헤드라이트가 흔들리듯 공허한 웃음을 뿌린다. 자동차는 서울역을 지났다.

"저는 형수씨를 욕되게 할 마음은 없습니다. 다만 속수무책으로 내버려둘 수 없습니다."

"알어. 영원히 비밀루 해주구 싶었겠지. 가엾은 인간들…… 인생이란 마치 술래잡기 같은 거야."

준은 또다시 허공을 흔드는 웃음을 웃었다.

"의외로 지금 명희는 맹숭맹숭해 있을지도 모르지. 우리의 소동을 비웃을지도 모르지."

병림은 가슴을 얻어맞은 것 같았다. 만일 명희가 죽을 생각을 하지 않았다면 준을 보낸 행위가 얼마나 그에게 부끄러움을 줄 것인가 생각하니 도무지 일이 어떻게 되어가는지 머릿속이 막막해 왔다.

"내리게. 명동이야."

준이 강한 눈초리로 병림을 쏘아보았다. 병림에게 말은 그렇게 했으나 명희의 성격을 알고 있는 준은 불안한 마음에서 담배를 연거푸 태웠다.

자동차는 청수장 앞에 닿았다. 준은 운전수에게,

"가지 말고 기다려요. 곧 돌아올 테니까."

운전수는 늦다고 하며 난색을 보였으나 준이 우격다짐을 하는 통에 할 수 없이 응낙한다.

종업원의 안내로 명희가 든 방으로 갔다. 문을 열었다. 불을 환하게 켜놓은 채 휑하니 넓은 방에서 명희는 혼자 잠들어 있었다.

'했구나!'

급히 방으로 쫓아 들어갔다. 종업원은 방 안의 광경을 흥미 있는 눈으로 바라보다가 자기의 할 일이 끝났다는 듯 내려가 버린다.

'여보! 거기 좀 있소!'

내려가는 종업원을 부르는 것이었으나 그것은 꿈속의 일처럼 마음의 소리였을 뿐이다. 준은 침대 옆으로 바싹 다가갔다. 명희의 얼굴을 내려다보았다. 깊이 잠든 얼굴이 좀 창백한 것 같았다.

"명희! 일어나."

조용히 어깨를 흔든다. 이상한 환각, 오색 무지개와 같은 찬란한 환각이 오관을 굽이쳐 흘러간다. 명희는 인형처럼 긴 속눈썹을 내리깐 채 깨어날 줄 모른다.

"명희, 일어나요! 응?"

또다시 준은 명희를 흔들었다. 정이 서린 목소리로, 마치 자기의 사람을 흔들어 깨우듯이. 준은 완전히 환각에 사로잡힌 것이다.

아무도 없는 방이다. 전등불만 휘황하게 비치는데 창밖에서는 나뭇잎을 스치는 바람 소리가 감미로운 서곡처럼 방 안으로 흘러 들어온다. 병림을 바라보던 그 강하고 열띤 명희의 눈은 없었다. 그는 무심히 소녀처럼 잠들어 있는 것이다.

형용키 어려운 그리움이 준을 바싹 조여들게 했다. 심한 애욕이다. 이 순간만은 명희가 자기의 여자라 생각하였다. 어쩌면 이 밤에 명희와 같이 영원히 잠들고 싶었는지도 모른다.

"명희!"

명희 위에 몸을 와락 던졌다.

"명희!"

미친 듯 포옹하며 여자의 입술을 찾았다. 차디찬 입술이다. 차디찬 얼굴이다. 손이다. 꿈은 아니다. 준은 전신에 싸늘한 바람을 느꼈다. 찬란한 무지개는 사라지고 이마에 확 부딪치는 사실.

준은 명희에게서 한 발 물러섰다. 명희는 그대로 푹 쓰러진다.

"죽었구나!"

짐승의 울부짖음 같은 소리가 그의 입에서 튀어나왔다. 그는
다시 명희에게 쫓아가 가슴을 헤치고 손을 얹었다. 고동이 치고
있었다. 준은 명희를 침대에서 끌어내려 두 팔에 안았다. 공포
와 절망에 그의 눈은 뚫린 동공처럼 퀭했다.

명희를 양팔에 안은 채 층계를 밟고 내려간다. 아래층 복도를
서성거리고 있던 호텔의 종업원들이 여자를 안고 내려오는 준
을 보자 얼굴들이 질리며 몰려왔다.

"수면젤 먹었어요?"

"……."

"자살했군요!"

준은 한마디의 대답도 없이 그 동공처럼 뚫린 눈을 허공에 던
지며 사람들을 어깨로 밀어내고 자동차가 기다리고 있는 곳으
로 걸어간다.

자동차는 밤거리를 초스피드로 달린다. 가로수가 사막의 오
벨리스크처럼 우뚝우뚝 달아난다.

광화문에 있는 한외과의원 앞에 자동차가 멎었을 때 통금 준
비 사이렌이 기분 나쁘게 불었다. 준은 자기도 알지 못하는 사
이에 한외과 앞으로 자동차를 몰게 했던 것이다.

운전수가 거들어 명희를 병원으로 끌어들였다. 간호원이 뜻
밖의 환자를 보자 기겁을 하며,

"서, 선생님! 사, 사모님이!"

책상 앞에서 한석중이 벌떡 일어났다. 한석중은 마침 큰 수술이 있어 그것을 끝내다 보니 어느새 시간은 늦었고 몹시 피곤을 느꼈다. 집에 돌아가는 것도 우울해 병원에서 잘 셈치고 책상 앞에 앉아 입원환자의 골절 찍은 엑스레이 필름을 들여다보고 있었던 것이다.

명희를 본 한석중은 모든 것을 깨달았다. 그의 얼굴은 혈관이 모조리 터져버린 듯이 새빨갛게 충혈되더니 이내 그 핏기는 거두어지고 풀잎처럼 파랗게 질린다.

준은 전신에 땀이 확 솟아나는 것을 느꼈다. 일찍이 그토록 무서운 얼굴을 본 일이 없었다. 간호원도 어찌할 바를 모르고 떨고 있었다.

한석중은 소파에 쓰러뜨려 놓은 명희의 앞가슴을 마치 물체처럼 덥석 잡았다. 옷이 치직! 하고 찢어진다. 때려눕히듯 침대 위에 던진다.

"캄풀!*"

간호원이 주사기에다 약을 뽑아 넣고 있을 때 한석중은 거친 솜씨로 세척기를 명희 입속에 쑤셔 넣고 위 속에 있는 것을 씻어낸다. 그리고 캄풀 주사를 연거푸 팔에 찌른다.

"싹손!"

간호원이 재빨리 석션[吸引器]에 스위치를 넣는다. 목에 끓는 가래를 뽑아내는 것이다.

약을 먹은 지 상당한 시간이 경과한 모양으로 명희는 깨어나지 않았다. 한석중은 땀을 흘리며 산소흡입을 중지하고 가운을 홱 벗어 던진다. 그의 얼굴에는 초조한 빛이 짙었다. 그는 명희 입에 가제를 물리고 상반신을 홀랑 벗기더니 인공호흡을 가한다.

새벽 세 시, 한석중의 고전이 끝났다. 명희는 어슴푸레 눈을 뜬다.

"아아…… 답답…… 날 놓아주어요."

준은 자기도 모르게 의자에서 벌떡 일어났다. 그러나 다리의 감각을 잃은 그는 도로 자리에 주저앉고 말았다. 쏘는 듯 그것을 바라보던 한석중은 의자에 앉는다. 손을 뻗어 담배를 집는다. 간호원이 불을 당겨준다. 간호원은 심한 적의를 노골적으로 준에게 표시하며 가운을 집어서 한석중의 어깨 위에 걸쳐준다. 긴장이 풀리니 갑자기 가을바람의 냉기가 엄습해 왔던 것이다.

실내에서는 누구 하나 입을 여는 사람이 없다. 탁상시계 소리만 공간을 새기고 있었다. 그러나 준은 이상한 감격 속에 잠겨 있었다. 자기가 지금 어떠한 처지에 놓여 있는가조차 잊어버리고 있다. 한 생명을 위한 엄숙한 작업을 눈앞에 본 감격이었다. 한석중이란 사나이가 위대하고 훌륭했다.

'결국 명희는 저 완강하구 억세구 미동도 하지 않는 사나이에게 돌아갈 것이다. 그래야만 할 것이다.'

아침 해가 희뿌옇게 창을 스칠 때 명희는 입원실로 옮겨졌다.

명희가 없어지자 한석중은 핏발이 선 눈을 들어 역시 핏발이 선 준의 눈을 보았다.

"나하구 좀 나가주실까요?"

준은 한석중의 얼굴에서 살기를 느꼈다. 그러나 두려움도 반발도 일어나지 않았다. 잠자코 일어섰다. 한석중은 가운을 벗어 던졌다. 머리를 쓱 쓸어 올리며 양복저고리를 걸치고 먼저 나섰다. 준은 잠자코 그의 뒤를 따랐다.

명희의 자살 원인이 자기에게 있었던 것은 아니다. 그러나 준은 일종의 보상을 자기가 치러야 한다는 생각을 가졌다. 때리면 맞을 것이요, 경찰에 처넣는다면 그것도 받아들이리라 생각하였다.

준은 그러한 자신을 어리석다거나 못났다고 생각지 않았다. 병림에 대한 우정도 한석중에 대한 배려에서도 아니었다. 물론 한석중과 명희와 병림의 관계에 삼각선을 그어본다는 것은 남의 일일지언정 기막히는 노릇이다. 현재, 적어도 현재에 있어서 준의 심정으로는 다만 명희를 사랑한 마음에 대한 한석중에의 보상이라 생각하는 것이었다.

한석중이 준을 데리고 간 곳은 사직공원이었다. 서리가 뽀얗게 내린 땅을 밟고 걷던 그들이 어느 나무 밑에 이르렀을 때 한석중은 피워 물었던 담배를 던지고 돌아섰다. 그리고 준을 노려보았다. 준도 떳떳하게 그를 마주 본다.

"명흴 널 좋아한단 말이지?"

반말이다.

"결코 사랑한 일은 없었소."

"그럼 왜 이런 추잡한 일이 생긴 거야!"

"내가 유혹을 했죠."

"그래! 명희를 범했단 말인가?"

내뱉는다. 그러한 그는 그런 말을 입에 올린 자신이 불쾌하고 비열한 것 같아 얼굴을 찌푸렸다.

"결코 범한 일은 없소!"

꼿꼿이 얼굴을 쳐든다.

"그럼 왜 명희는 약을 먹었나?"

강한 어세로 육박해 온다.

"명희의 자살은 염세증 환자의 사치였소!"

"거짓말 말아, 이 자식아!"

주먹이 핑 날아왔다. 준은 피하지 않았다. 또 주먹이 날아왔다. 역시 피하지 않았다. 얼마나 두들겨 맞았는지 모른다.

"명희 앞에 또다시 나타나는 날엔 죽여버린다!"

한석중은 마지막 말을 남기고 돌아섰다. 준의 코피가 튄 주먹을 꽉 쥔 채 공원 밖으로 사라지는 것이었다. 분노에 떨고 있다기보다 쓸쓸한 뒷모습이었다.

준은 주머니에서 손수건을 꺼내어 코피를 닦는다.

"체! 맞을 때마다 코피야!"

정신이 아득했다. 아까까지는 머릿속에 무엇이 가득 차 있었던 것 같았는데 지금은 속이 빈 바가지처럼 휑하기만 하다.

"머저리 같은 놈이다! 어릿광대 같은 놈이다! 어, 준 너 말이야. 하하하……."

크게 소리 내어 웃는다. 이른 아침이라 사람이 없는 것이 다행이다. 만일 누가 그러한 준의 꼴을 본다면 뇌 병원으로 끌고 갔을지도 모른다.

천천히 일어섰다. 그는 해장국집으로 찾아갔다.

주모가 옷에 묻은 핏자국을 보고 살인강도의 침입이라도 받은 듯 기겁을 한다.

"술 내놔요!"

준은 천 환짜리 지폐를 집히는 대로 뿌렸다.

술을 간이 부풀게 퍼마신 준은 거리에 나와 택시를 잡아탔다.

"청파동! 우리 집이야!"

혀 꼬부라진 소리를 지른다.

아침 가로를 자동차는 신나게 달린다. 준은 기분이 좋았다. 모든 배설과 공급의 작업이 끝난 듯 기분이 좋았다.

집 앞에 이르러 자동차를 버린 준은 발길로 문을 걷어찼다.

"동거인! 문 열으소!"

미스 김은 어젯밤과 마찬가지로 검정 옷을 입고 소리 없이 나타났다.

"여보, 동거인! 명예의 부상을 입었는데 인사 한마디 없기야!"

미스 김의 부드러운 볼을 꼬집는다. 금시 볼이 벌겋게 부풀어 올랐다.

준은 무슨 생각이 났는지 뒤뜰로 쫓아갔다. 시들어빠진 백일홍을 우지직 꺾어 들고 쫓아왔다.

"동거인! 이거 몰라? 이걸 모르느냐 말야! 말해보아!"
하고 미스 김의 얼굴에다 시들어빠진 꽃을 들이대는 것이었다. 그러나 미스 김의 눈은 말똥말똥하였다. 부산에서처럼 백일홍은 그 여자의 망실증을 깨우쳐주지는 못하였다.

한동안 푸른 하늘 아래 흑의의 망실증 환자와 피투성이가 된 주정뱅이의 사나이는 서로 바라보며 우두커니 서 있었다.

황폐할 대로 내버려둔 집 둘레의 우거진 잡초 사이에서 무슨 벌레인지 찌이잉 하고 울었다. 그 음향이 준의 머릿속에 금을 긋는 듯하였다.

"좋아, 좋아, 나의 망실증 환자여, 그래서 좋은 거야. 우리에게, 우리들 사이에 과거와 미래가 있다면 그야말로 큰일이지. 얼마나 좋으냐! 과거도 없구, 미래도 없다! 으레 인간에겐, 아니 모든 동물에겐 과거가 있을 턱이 없구, 미래가 있을 리도 없다! 이리 와, 이리 와, 나의 망실증 환자여……."

준은 여자를 끌어당겼다. 여자는 눈을 흘겼다.

"야! 이것 봐라? 제법 눈을 흘긴다아?"

여자를 방으로 끌어들인 준은 미친 듯 포옹했다.

"동아합자무역상사 전무취체역 강준 씨의 어부인 김미스 양!

하하하……."

준은 미스 김을 김미스 양이라 부르고 껄껄 웃어젖힌다.

"호호호……."

미스 김도 따라서 웃어젖힌다.

"야! 이것 봐라? 제법 웃는다?"

"호호호……."

"하하하……."

어느 쪽이 미친 사람인지 분별할 수 없게 둘은 한 덩어리가 되어 뒹굴며 웃는 것이었다.

폐가에 가까운, 그나마도 한쪽 모서리가 폭격에 찌그러진 넓은 집에서 요기에 찬 웃음은 언제까지 계속되었다.

변태에 가까운 애욕의 행위가 끝난 뒤 준은 그 자리에 곯아떨어지고 말았다. 어두운, 어두운 나락으로, 마치 늪과 같은 심연으로 그는 떨어져 가는 것이었다.

빈집처럼 문이 활짝 열려진 준의 집으로 병림이 들어왔을 때 미스 김은 마루에다 경대를 내다 놓고 그 귀신처럼 긴 머리를 풀어 헤치고 있었다.

"형님 오셨어요?"

병림의 겁먹은 눈이 안방을 살핀다. 코 고는 소리가 드렁드렁 들려온다. 병림은 방으로 들어갔다. 준은 시퍼렇게 부어오른 눈 언저리를 찌푸린 채 곤하게 잠들어 있었다.

준의 상처를 보고 안색이 변한 병림이 도로 밖을 내다보며,

"형님 언제 오셨어요?"

"아침에."

미스 김은 돌아보지도 않고 대답한다.

병림은 말할 수 없는 불안이 치솟았다. 한숨도 못 자고 무슨 기별이 있을까 하여 밤을 새우며 기다리던 병림이 지쳐서 찾아온 것이다.

"형님, 형님."

어깨를 흔들었다.

"으음?"

준이 눈을 떴다. 그는 들여다보는 병림의 겁먹은 눈을 의식하자 심한 적의를 표시했다. 그러나 그 빛은 이내 사라지고 부시시 일어나 앉는다.

"걱정 말어!"

"아무 일 없었습니까?"

안도와 후회가 동시에 나타난다.

"약을 처먹었더군. 그래서 닥터 한에게 이렇게 얻어터졌지."

얼굴을 가리키며 쓴웃음을 띠었다. 병림은 미안한 마음에서 어떻게 할 바를 모른다.

"살아가는 게 참 어렵군요. 자신이 없어졌습니다."

준은 옷을 툭툭 털고 침대에 걸터앉으며,

"어렵게 생각하니까 어려운 거지, 쉽게 생각하면 쉬운 세상이야. 병림의 인간성이 곧구 판단이 정확하지만, 그게 다 뭐야?

매력이 없어. 네모반듯하고 꿀리는 곳이 없다는 것은 인간으로서 매력이 없다는 거야. 인간에겐 추하고 더러운 면도 있어야 음영이 생기구 인간다워지는 거야."

한숨을 푹 내쉰다. 얼마 전에 여자를 안고 뒹굴던 생각이 기름처럼 치덕치덕 가슴에 배인다. 준은 획 얼굴을 돌렸다.

"도대체 명희는 병림의 어디에 반했을까? 그 약아빠진 계집이…… 역시 미남에겐 사족을 못 쓰게 되나 부지?"

다분히 악의적이다. 그는 벌떡 일어나 병림의 어깨를 툭 쳤다.

"나가자! 오늘은 일요일이다. 술 하러 가자. 아침에 들이켰는데 벌써 깨었구먼. 명희의 수명장수를 위한 축배를 들어야지."

"얼굴이 그런데 그냥 누워 계시죠."

"그게 싫다는 거야!"

바락 짜증을 낸다.

"계산을 하지 말아! 생활은 공식이 아니다! 만 가지를 자로 재보는 자네하구 나하구는 근본적으루 생리가 다르단 말이야. 얼굴이 어떠냐? 술 처먹는 데는 말이야, 이런 상판이 안성맞춤이야. 어느 놈이 본정신으루 술 마시더냐? 시동생한테 반해버린 명희란 년이 자네보다는 단수가 높네. 알았어? 인간적이란 말이야! 그리고 동물적이란 말이야."

까닭 없이 화를 내며 횡설수설이다. 병림은 지나친 준의 모욕에 얼굴이 변하였으나 아무 대꾸도 하지 않았다.

준은 병림의 팔을 잡아끌고 거리로 나왔다. 해가 중천에 떠 있었다. 그들은 곧장 명동으로 가서 바로 들어갔다. 병림은 어설픈 장소였으나 술을 사양하지는 않았다. 몇 잔에 그의 얼굴은 홍당무가 되었으나 나중에는 창백하게 변한다.

카운터에는 여급이 한 사람, 흥이 나지 않는 듯 술을 따랐다.

"왜 이렇게 쓸쓸하냐?"

사방을 휘둘러보아도 손님이라곤 그들뿐이다.

"일요일 아니에요? 아직 시간도 이르구요."

여급은 맨숭맨숭한 얼굴로 대답하였다.

"재수 없게 왜 상판이 그리 맨들맨들하냐 말이다!"

준이 술잔을 탁 놓으며 여급에게 시비조다.

"꾸어다 놓은 보릿자루처럼…… 기생집으루 갈걸, 내가 번지를 잘못 찾아서……."

"아이, 손님 얼굴이 무서워서 그래요."

여급은 재빨리 공기를 알아차리고 애교를 떤다.

"얼굴이 무섭다구? 흥, 내가 누군지 알기나 하나? 어젯밤에 말야, 귀신도 모르게 몇 놈 한강에다 처넣었지. 하하하……."

"아이, 무서워라……."

준은 여급의 팔을 잡아끌고 한참을 노닥거리다가 술잔을 쥐고 깊은 생각에 잠겨 있는 병림의 옆구리를 쿡 찌른다.

"술은 사색을 하며 마시는 게 아냐. 술맛 떨어지게시리…… 심오한 철학이라도 간직한 체 굴지 말란 말야. 지식을 탐욕하는 선비 놈들은 실상 뒷거리의 썩은 창녀의 몸뚱어리를 안고 허무의 밑바닥을 들여다보는 탕아보다 인생에의 눈이 어두운 거야. 어때? 병림이, 오늘 밤 내가 좋은 데루 안내할까? 뭣하면 나의 친애하는 동거인을 빌려주어도 좋구……."

병림은 술만 마신다. 술이 들어가기만 하면 언제나 말이 많아지는 준을 내버려둘 작정인 모양이다.

"나의 친애하는 동거인은 누구 말마따나 어둠의 상징이요 죄악의 상징이요 허무의 상징이야. 그러나 망각으로 흘러가는 밤의 강물이거든. 아무 회한도 애착도 없는 망각의 강물, 얼마나 좋으냐? 아암, 좋구말구. 영원한 나의 동거인! 브라보다!"

술잔을 번쩍 쳐든다.

"시인이신가 봐. 세리프가 그만이네요."

여급이 말재주를 부린다.

"잔말 말어! 시인이 되려다 찌그러졌다…… 명희 그년을 좋아했었지. 지독하게 말야. 미꾸라지 같은 여자야. 그 여자는 자기를 위해서라면 지옥에도 가지만 남을 위해선 천당에도 안 갈 그런 매몰찬 여자야."

병림이 희미한 눈을 들어 준을 쳐다본다.

"왜 보는 거야? 이 자식이! 야이, 귀공자, 넌 말이야, 남을 위해서 지옥엔 가지만 말야, 널 위해 천당에는 안 갈 놈이야. 어느 게 나뻐, 어느 게 나쁘냐 말이다!"

병림의 팔을 덥석 잡는다.

"이봐 병림이, 자넨 세상을 모르네."

갑자기 목소리를 낮추어 속삭이듯 말하며 어깨 위에 손을 얹는다.

"전지전능하신 예수 그리스도께서도 사생아로 태어나셔 젊은 시절을 인간의 죄악 속에서 몸소 방탕하시구, 그리하여 스스로 인간고를 체험하시구, 대오를 하셨다네. 적어도 모든 인간을, 아니 대한민국의 선량하신, 헐벗구 굶주린 백성들의 편이 되시어 미래의 광명을 꿈꾸시는 송병림이라면 스스로 혼탁 속에 몸을 던지시어 인간고를 알지어다. 당신께서는 맑은 물에 잠기시어 탁한 물에서 허우적거리시는 백성들을 구제하시겠다는 슬기로운 마음, 그 마음으로 끝이 나시구 청교도의 수도승처럼 홀로 천당에 승천하시구, 결국 남을 위함이 아니오라 당신만을 위하셨으니, 천하의 이기주의자 송병림은 남을 기만하구 말았음이로다……"

이상야릇한 억양을 붙여 송창誦唱하더니 눈을 크게 뜨고 병림을 날카롭게 바라본다. 그러나 병림의 눈은 미동도 하지 않고 그의 시선을 받는다.

"주정으로 받아두겠습니다."

신랄한 야유를 조용히 물리친다.

"오! 됐어! 자네의 정신은 질서 안에 있구, 내 정신은 질서 밖에 있었다. 나의 데카당을 만일 자네가 흉내 낸다면 제일 먼저 경멸할 사람은 나야, 알았나? 질투야. 열등의식이야. 그러나 그것이 우리 우정을 결코 흐리게 하지는 않는다."

빙그레 웃는다. 그리고 스스럽게 손을 내밀며 악수를 청한다.

일요일 하루가 거의 다 지나가려고 하는데 진수는 자기 방에
틀어박혀 음악만 듣고 있었다. 베개 위에 가슴을 받치고 양손으
로 턱을 고인 채 격렬하게 고조되는 음악을 듣는 그의 눈에서는
아무런 감정의 율동도 엿볼 수 없었다. 사실 그는 음악이라도
듣고 있지 않으면 못 견디겠는 심정이었다. 그것도 조용하고 감
미로운 음악은 울적함을 더할 뿐만 아니라 울어버릴 것만 같아
서 싫었다. 폭풍처럼 억세고 급격한 것을, 마음을 지근지근 짓
밟아 주는 징그럽고 강렬한 것을 듣고 싶었다.

진수는 전축의 볼륨을 크게 돌려놓고 〈토스카〉의 전주곡을
듣고 있었다. 그러나 그의 마음은 좀처럼 음악에 집중되지 않았
다. 끊임없이 병림의 얼굴과 명희의 얼굴이 번갈아 가며 눈앞에
나타나 그를 어두운 상념으로 끌고 들어가는 것이었다.

팔을 쑥 뻗쳐 라디오의 다이얼을 돌린다. 어느 고장에서 방송
되는 것인지 재즈가 흘러나온다. 토인들의 기괴한 몸짓이 보일
듯 두들겨대는 타악기 소리, 그리고 클라리넷 소리는 짐승의 울
음만 같다. 전축에서는 〈토스카〉의 서곡이, 라디오에서는 재즈
가 불협음이 되어 서로 왕왕거린다.

진수는 전축의 볼륨을 좀 낮추어 놓고 싱긋이 웃는다. 왜 웃
는지 그 자신도 알 수 없었다. 아무튼 재미나고 괴상한 장난 속
에 자기가 들어앉아 있다는 생각이 들었다. 몸을 홱 돌려 반듯

이 드러누워서 천장을 바라본다. 왕왕거리는 소리를 병림에게, 명희에게 던져주고 싶었다.

일면 혜련은 혜련대로 몸이 무거워 자리에서 일어나지 못하고 있었다. 그는 진수 방에서 시끄럽게 울려 나오는 음악에 얼굴을 찌푸렸다. 그러나 참는다. 다른 때 같으면 시끄럽다고 가서 나무랐을 것이다. 그러나 요즈음은 무슨 짓을 하건 진수의 미움이 저절로 풀어질 것을 그는 기다리는 것이다.

혜련은 명희가 병림에게 보낸 쪽지 건을 모르고 있으므로 진수의 깊은 고민을 모른다. 단순한 자기에의 시위쯤으로 알고 있는 것이다. 거진 저녁때가 되었을 무렵 진수는 해쓱한 얼굴로 뜰에 나왔다.

진수는 공연히 죄 없는 베스를 쫓아다니며 때려주더니 그것에도 흥미를 잃었는지 우물가에 우두커니 서서 하늘을 바라본다. 새들이 북쪽을 향하여 날아가고 헬리콥터도 역시 북쪽을 향하여 날아가고 있었다. 뜰 위에는 우수수 낙엽이 지고 있었다.

진수는 우물 옆에 기대어 섰다가 몸을 돌려 우물 속을 들여다본다. 동그란 우물 속에 진수의 얼굴이 낮달처럼 둥실 떠 있었다. 그는 몸을 기울이며 하얀 얼굴을 들여다본다.

"병림 오빠 나쁜 자식! 고모도 나쁜 여자!"

소리를 질러본다. 우물 안에서 그 소리는 윙! 윙! 하고 울렸다. 순간 눈에서 눈물이 투두둑 떨어진다. 물이 흔들린다. 아주 잔잔하게 흔들린다. 진수의 얼굴도 흔들렸다.

내 마음은 호수요

그대 노 저어 오오

나는 그대의 흰 그림자를 안고 옥같이

그대의 뱃전에 부서지리라.

　진수는 눈물을 흘린 것이 화가 나서 우물을 향하여 생각나는 대로 노래를 불렀다. 그러나 눈물은 멎지 않고 자꾸만 우물 위에 떨어졌다.

　진수는 어릴 때 그 짓을 잘했었다. 화창한 봄날이면 개나리를 꺾어가지고 뜰에서 놀다가 그것에 지치면 우물가에 갔었다. 발돋움을 하고 우물을 들여다보는 것이 여간 즐겁지가 않았다. 나직나직한 목소리로 이야기도 해보고 맑은 목청을 뽑아 노래를 불러보았다. 그러면 둥근 원을 그리듯 고운 음향이 잔잔한 수면을 흔들어주는 것만 같았다. 진수의 마음도 흐느껴지도록 흔들리는 것 같았다.

　우물은 신비하고 아름다운 마음의 호수였었다. 그곳에는 진수와 같은 요정이 살고 있어 진수가 울면 같이 울어주고 진수가 웃으면 같이 웃어주었다. 씩씩하고 아름다운 왕자도 있어 그 요정을 백조에 태워 유리의 궁전으로 데려가기도 했다.

　"진수, 뭘 하니?"

　아버지의 부드러운 손이 덜미를 잡으면 진수는,

　"아버지, 저기 공주님하고 왕자님이 있어요."

"응, 진수 공주가 있구먼. 그러구 이쪽엔 임금님이 계시구, 공주의 아버지면 임금님이지?"

명구도 같이 우물 속을 들여다보며 웃었던 것이다. 하도 진수가 우물을 좋아하기 때문에 위험하다 하여 명구는 그 후 우물가를 높이 쌓아 올리고 말았지만.

내 마음은 낙엽이요.

잠깐 그대의 뜰에 머무르게 하오.

이제 바람이 불면 나는 또 나그네같이

외로이 그대를 떠나가리라.

진수는 노래를 부르며 흐느껴 울었다.

"진수."

홱 돌아섰다. 병림이다.

"왜 오셨어요?"

"왜 울었어?"

병림이 다가선다. 새빨간 노을이 진수의 얼굴을 물들이고 있었다. 꿈과 같이 황홀한 아름다움이었다.

진수 방의 라디오에서 솔베이지의 기타 솔로가 노을을 적시듯 묻어 나온다.

"세상이 시시해서 울어봤어요."

초췌한 병림의 얼굴을 강한 눈으로 쏘아본다.

"어제는, 어젠 좀 급한 일이 있어서…… 화났나?"

진수는 얼굴을 찌그러뜨리며 웃었다. 웃다가 돌아서서 성큼 성큼 걸어간다.

'거짓말쟁이!'

진수는 병림에게 그 말을 퍼붓고 싶었다. 진수는 얼른 눈물을 닦았다. 병림이 온 기척을 알았음인지 혜련이 안방에서 머리를 쓰다듬으며 나왔기 때문이다.

"어젯밤에는 왜 아무 말도 없이 가셨어요?"

병림은 대답을 못 한다.

"앉으세요."

우두커니 서 있는 것을 보고 혜련이 의자를 권한다.

"진수는 어디 가니?"

"제 방에요."

돌아보지도 않고 대답한다.

"그럼 병림 씨도 진수 방에 가서 노세요. 여긴 좀 썰렁하군 요. 전 피곤해서 누워야 하겠어요."

혜련은 자기 방으로 가고 병림은 진수 뒤를 따랐다.

병림은 진수하고 이야기를 하고 싶었다. 무슨 말을 할 작정인 지 자신도 알 수 없는 일이나 하여간 이야기를 해야겠다고 생각 하였다.

술에 곤드라진 준을 청파동까지 데려다주고 하숙으로 돌아 왔을 때 병림은 형사들이 와서 방 안을 수색하고 간 것을 알았다. 한숨 자려고 돌아왔으나 어수선하게 널려진 방 안이 섬뜩하여 드러누울 기분이 되지 않았다. 훌쩍 뛰어나온 김에 진수를 찾아온 것이나 연속적으로 일어나는 사건들이 그의 신경을 극도로 쇠약하게 만들었다.

병림이 진수를 따라 그의 방으로 들어가려고 했을 때 방문은 거세게 병림의 얼굴 앞에서 닫혀지고 말았다. 병림의 얼굴에는 노기가 돌았다. 그는 반동적으로 문을 확 밀어젖혔다. 문에 등을 붙이고 서 있던 진수의 몸이 앞으로 쓰러지면서 고개를 비틀고 눈을 치떴다.

"왜 문을 닫어?"

진수를 노려본다.

"왜긴요. 남이니까요."

"남?"

"그럼요. 남 아니에요? 더 엄밀히 말하면 사돈님인가요?"

"건방지게."

진수의 목에 팔을 걸었다. 그리고 젖혀진 진수의 얼굴을 내려다본다.

"날 괴롭히지 말어. 나는 진수 네 옆에서 쉬구 싶어 왔다."

진수는 병림의 팔을 떼어버린다.

"왜 저 옆에서 쉬어요?"

병림은 주저앉으며 한숨을 푹 내쉰다. 술 냄새가 풍겨온다.

"진순 아무것도 몰라."

내던지듯 말한다.

"물론 몰라요. 알 필요도 없어요. 또 알고 싶지도 않아요."

돌아선 채 책상을 짚은 손을 들어 책상을 한 번 꽝! 친다.

"그래, 알 필요도 없다. 그러나 슬픔은 같이 온다."

병림은 다시 한숨을 푹 내쉬었다.

'유 선생님이 돌아가시구, 내가 잡혀가구, 형수, 그 여자는? 그 여자는 진술 미워하겠지. 그러면 진수는 어디로 가나?'

애처로움이 가슴에 몰려들어 온다. 주체할 수 없는 애정이다.

"진수."

벌떡 일어나 진수의 양어깨를 꽉 눌러 잡았다. 숨통이 막힐 듯 격렬한 키스를 퍼붓는다. 충혈된 듯 진수의 얼굴이 부풀어 오른다. 가슴을 떠밀고 긴 머리를 흩트리며 진수는 밖으로 뛰어 나갔다. 진수를 뒤쫓아 나가려던 병림은 간신히 책상을 짚고 몸을 가누었다. 어지러웠다. 절망이 마음을 지근지근 씹었다.

홀에서 미친 듯이 두들겨대는 피아노 소리가 고막을 뚫어버릴 듯 들려왔다. 자기도 없고 진수도 없는, 일찍이 사람이라곤 존재하지도 않은 것처럼 표백된 사막을 병림은 느꼈다. 그 황량한 지역에서 피아노 소리만이 귀를 두들겨주고 있는 것이다.

"진수의 눈은 저주의 눈이다. 진수의 눈은 염오의 눈이다. 진수의 눈은 불같은 눈이다. 왜, 왜 그런 눈을 하고 나를 보는 것일까."

병림은 자기도 모르게 중얼거리고 있었다.

'정신을 차려야지. 눈앞이 왜 이리 흐려지느냐. 진수도 유 선생도, 그리구 그 여자, 그 여자도 나는 알 수가 없다. 그놈들은 나를 없애버릴지도 모른다. 귀신도 모르게 날 잡아다가 이 세상에서 영영 지워버릴지도 모른다.'

병림에게 어느 계곡에서 처형된 가엾은 사병의 모습이 어슴푸레 떠오른다. 비명과 총성이 메아리 되어 돌아오는데 이미 목숨은 가고 개울물만이 흐르고 있던 오후의 따가운 햇볕도…….

차츰 의식이 희미해진다. 하룻밤을 꼬박 새운 데다가 잘 마시지도 못하는 술을 마셨고 밥은 한 끼도 들지 않았으니 그럴 수밖에 없었다.

병림은 책상 위에 엎드렸다. 활활 붙는 불꽃처럼 붉은 것이 윤전하는 속에 병림은 자기의 육신이 자꾸만 휘말려 들어가는 것을 느낀다.

병림은 염오에 찬 진수의 눈이 무엇에 연유된 것인지 알지 못하였다. 아니 알지 못하였다기보다 그 이유를 생각해 볼 만큼 그의 자의식이 뚜렷하질 못했던 것이다. 지금부터 자기가 어떻게 해야 하는지, 이 방에서 나가야 하는지 그대로 있어야 하는지 그것조차 헤아릴 수 없는 착잡함에 몸을 두고 있는 것이다.

'나는 무엇을 잃었을까? 확실히 나는 무엇인지 다 잃어버리구 있는 모양이다.'

얼마 동안을 그렇게 엎드려 있었는지 모른다. 어느새 홀에서는 피아노 소리가 멎어 있었다. 병림은 고개를 든다. 펜을 잡는다. 책상 위에 놓인 종이를 잡아당겨 진수라 써본다.

왜 그렇게 화를 내는 거요. 나는 진수 옆에 있구 싶어서 왔어요…….

펜 끝으로 종이를 꼭 눌러보며 병림은 한동안 생각에 잠긴다.

옛날에는 이렇게 슬프지 않았어. 슬픔이 있었다면 내가 한국에 태어났다는 거야…….

펜은 또 한동안 머물렀다.

……말할 수 없군. 지금 내가 무엇을 쓸 수 있겠는가…… 슬픔은 진수에게 한꺼번에 올 거야. 나는 지금 절박하다. 마음의 준비를 해야 한다. 그러나 진수를 생각할 때 나는 이 세상에 무한한 미련을 가지게 된다. 진수, 어떤 일이 있어도 희망을 버려서는 안 된다. 진수가 너무 어리고 참을성 없는 것이 걱정스럽다. 나는 최후까지 절망하지는 않을 것이다.

병림은 펜을 놓고 종이를 뒤집었다. 여자의 얼굴이 그려져 있다. 강아지, 오리 같은 것도 그려져 있다.

병림 오빠 나쁜 자식, 명희 고모도 나쁜 여자…….

진수의 낙서였다. 병림은 비로소 염오에 찬 진수의 눈의 의미를 알았다.

누가 와서 문을 두들긴다. 병림은 진수가 어떻게 그 일을 알았을까 하는 생각보다 어떻게 그 일에 대하여 설명을 할까 싶어 마음이 무거웠다. 그때 식모가 문을 열었다.

"나오시래요."

"네…….."

병림은 아무 영문도 모르고 홀로 나갔다. 한석중이 와 앉아 있었다. 혜련도 진수도 같이 앉아 있었다.

"아, 형님……."

병림은 몹시 당황하며 자리에 앉는다. 진수가 쏘는 듯 날카로운 눈으로 병림을 쳐다보았다.

"왜 요즘 집에 안 오나?"

한석중은 조용히 담뱃재를 떨었다. 창백하고 암담한 얼굴이었다. 병림은 진수의 눈을 쳐다보며,

"자연히, 바빠서……."

진수의 입가에 경멸의 웃음이 소리 없이 번져 나온다. 병림의 얼굴이 벌게진다.

침묵이 흐른다. 병림과 진수와 석중의 마음속을 거래하는 상념은 복잡하였다. 그들의 분위기에 감염된 듯 혜련도 말이 없다.

"어제 진수는 왜 전화를 끊었지? 아무렇지도 않느냐는 뜻은 뭐구?"

병림의 얼굴이 확 변한다.

"친한 동무가 지나가기에 엉겁결에 전활 끊어버리고 쫓아 나갔던 거예요. 그리고 아무렇지도 않으셨느냐고 물어본 것은 단순한 인사말이죠, 뭐……."

눈도 한 번 깜박이지 않고 집어먹듯 말을 꾸며댄다. 병림이 안도의 숨을 내쉬며 감사한 마음으로 진수를 보았다. 그러나 진수는 냉랭한 눈빛으로 그의 눈을 튀겨버리는 것이었다. 혜련은 아무 영문도 모르고 멍하니 앉아서 딴생각을 하고 있었다.

한참 후 한석중은,

"진수, 자릴 좀 비켜줄 수 없을까?"

각각 다른 뜻에서 혜련과 병림의 얼굴이 긴장한다. 혜련은 퍼뜩 한석중이 자기의 병을 알고 있지나 않을까 하는 생각이 들었고 그다음에는 영설에 관한 이야기가 아닐까 하는 생각이 들었다. 진수는 잠자코 일어서서 자기 방이 아닌 식모 방으로 들어간다. 진수가 나간 뒤에도 한석중은 오랫동안 입을 열지 않았다. 혜련과 병림이도 긴장한 얼굴로 침묵을 지키고 있었다.

"강준이란 도대체 어떻게 되어먹은 사내야?"

때려 부수듯 말을 던지고 한석중은 병림을 보았다. 병림의 얼굴이 파랗게 질린다. 아무 대답도 못 한다.

"어젯밤에 명희 약을 먹었어요."

이번에는 혜련을 보고 내뱉듯 말을 했다. 혜련도 숨을 마시듯 했으나 역시 아무 말도 하지 못한다.

"사실은 오늘 유 여사한테 상의할려구 찾아왔습니다만 마침 병림이도 있구…… 병림이는 그 사내하구는 친한 사이니까, 그뿐만 아니라 이미 부산서도 사정을 잘 알구 있으니까……."

한석중은 그렇게 허두를 꺼내었으나 자기의 생각을 정리하여 말하기가 어려운 모양이다.

"명희는 종일 말이 없습니다. 이제 나도 지쳐버렸습니다. 나는 그가 하자는 대로 할 작정입니다. 명희가 원한다면 이혼을 할 결심이에요. 물론 이런 일은 어디까지나 당사자끼리 해결해야 할 문제라 생각됩니다만, 명희는 도무지 자기가 취한 행동이나 생각에 대하여 설명을 하지 않습니다."

일단 말을 끊고 한숨을 푹 내쉰다. 그는 말을 시작해 놓고도 자기들의 문제에 있어 이 사람들의 힘이 어느 만큼 미칠 것인가 스스로 의심하고 있었다. 그리고 또한 부부간의 문제를 제삼자 앞에 늘어놓는 일이 과연 옳았던가 하는 상식에서 오는 질책이 없었던 것도 아니다. 그것으로 하여 한석중의 말은 자연히 표현 부족이 될 수밖에 없었다.

"나는 그의 고민을 모릅니다. 그 사나이는 명희의 자살하려던 동기가 순전히 염세사상에서 온 것이라 하더군요. 나는 그 사나이를 죽도록 때렸습니다. 아주 죽여버릴까도 싶었어요."

병림의 양어깨가 꿈틀하고 움직였다. 얼굴 위에 어둠이 내리덮인다.

"그 사나이의 말을 믿지는 않습니다. 명희의 성격을 생각한다면 누굴 좋아한다구 해서 자살할 여자는 아니거든요. 명희가 만일 그 사나이를 좋아했다면 나하구 이혼해서라도 그 사내하구 결혼을 했지 어리숙하게 죽을 여자는 아닙니다. 그러나 세상이 싫어져서 죽으려구 했다는 것도 수긍이 안 갑니다."

한석중은 또다시 한숨을 푹 내쉰다.

"이혼을 한다 하더라도 피차 명백한 의사표시가 있어야 하잖겠습니까?"

피차의 의사를 명백히 한 후 이혼을 해야 한다는 말을 했을 때 한석중은 자기 심중에 명희에 대한 강한 집착을 느꼈다. 다른 남자를 좋아한다는 결정적인 일이 없는 한 명희와 이혼할 수 없다는 확신을 그 순간 느낀 것이다.

혜련은 명희가 약을 먹었다는 말을 들었을 때 병림의 어두운 표정을 보았다. 결국 명희는 그곳까지 가고 말았구나 하는 암담한 생각이 그로 하여금 침묵을 지키게 하였다. 명희의 음독의 원인이 강준에게 있었던 것도 아니며 염세사상에 사로잡힌 것도 아님을 누구보다 잘 알고 있는 혜련이다. 바로 눈앞에 자기의 적수를 두고 그것도 남 아닌 자기의 동생을 두고도 그것을 전혀 모르며 고민하고 있는 한석중의 처지도 딱하기 한량없지만 그 형과 마주 앉은 병림의 어두운 표정을 보는 것도 고통스러운 것이었다.

"제 생각에는 강준 씨의 말이 옳은 것 같습니다. 어린애두 없구…… 또 별로 하는 일도 없구, 진수 고모의 성격으로는…… 자연히 생활에 권태를 느낀 것이 아닐까요?"

그렇게밖에 말할 도리가 없다.

"그 점은 나도 생각해 봤습니다. 명희의 성격이 병적이 아닌가구……."

혜련은 무뚝뚝하고 대담한 한석중의 다른 일면, 지극히 섬세한 일면을 처음 본다고 생각하였다.

"부산 있을 때 명희는 죽음에 관한 얘길 곧잘 했습니다. 전쟁 속에서 느끼는 죽음에 대한 예감과 공포에 대한 얘기였죠. 생명감에 대한 끊임없는 공포에서 잠시라도 비켜설 수 있다면 자기가 할 수 있는 한의 행동이나 낭비쯤 아까울 것 없다는 말도 했습니다. 그때 나는 전후파적 사고방식이라 하구 웃어버렸지만……."

되살아난 기억이 생광스러운 듯 한석중의 얼굴에는 일루의 기대가 돌아온다. 명희의 정신 속에 어떠한 병적인 요소가 있을지라도 그의 행위가 애정 문제에서 시작된 것이 아니기를 바라는 마음에서다.

"그러나 그 사나이……."

한석중은 다시 흥분한다. 강준의 존재는 아무래도 그에게 모욕감을 갖게 하는 모양이다.

"그 사나이와 명희의 관계가 백지였다 할지라도 확실히 그는 명희에게 악영향을 주었습니다. 그를 만나기 전의 명희는 그렇지가 않았거든요. 듣기에 그는 미친 여자하고 동서생활을 한다 잖습니까? 그것은 일종의 데카당의 모방입니다. 명희의 이번 사건만 해도 그것이 애정 문제가 아니었다면 그 작자의 이상한 나쁜 취미의 영향이지 뭐겠습니까? 사실 그렇게라도 해석하지 않을 수 없군요."

손수건을 꺼내어 땀을 닦는다. 말을 해놓고 보니 자기 자신이 생각해도 모호하기 짝이 없고 선후 구별이 없었다.

병림은 묵묵히 앉아 있을 따름이다. 그러나 자기의 고역을 강준에게 넘겨주고 초연히 앉아 있어야 하는 입장이 송구스럽다 기보다 천하의 비열한같이 느껴지며 강준에 대한 비난은 자기에게 대결하는 이상의 아픔으로 왔다.

"강준이란 작자하구 너는 친한 모양인데 너의 교우관계를 이러구저러구 할 순 없지만 너 같은 확실한 아이가 그하구 친하다는 건……."

한석중은 병림에게 화제를 돌려놓고 또다시 이마의 땀을 닦는다. 감정을 감당할 수 없었던 것이다.

"강준 형님은 선량하구 가장 사나이답고, 송병림은 그이 발밑에도 따르지 못하는 천하의 소인입니다."

병림은 벌떡 자리에서 일어섰다.

12. 오리무중

한석중이 다녀간 그다음 날 진수가 학교에서 돌아오니 이상하게 혜련은 외출 차림을 하고 의자에 앉아 있었다. 연옥색 치마저고리에 엷은 화장까지 한 혜련은 가을처럼 쓸쓸하게 보였으나 아름다웠다.

"좀 괜찮으세요?"

진수는 형식적으로 물어보고 자기 방으로 들어가 버린다. 한복으로 갈아입은 진수는 우두커니 방바닥을 내려다보다가 무슨 생각에선지 휴지통을 뒤져본다. 어젯밤에 말아서 던져버린 병림의 편지를 꺼내어 읽는다. 그는 학교에서 병림의 편지 생각만 했던 것이다.

나는 지금 절박하다. 마음의 준비를 해야 한다. 그러나 진수를 생각할 때 나는 이 세상에 무한한 미련을 가지게 된다……

학교에서도 몇 번인가 마음속으로 되풀이해 본 구절이다.

'마음의 준비…… 마음의 준비란 무슨 뜻일까?'

역시 학교에서도 그렇게 생각했었지만 그 말은 명희하고의 사이에 무서운 일이 있었다는 암시인 것만 같았다. 마음의 준비를 해야 할 일이 달리 있을 것 같지 않았던 것이다.

'나를 생각하면 이 세상에 무한한 미련을 느낀다고? 그는 고모를 사랑하지 않고 나를 사랑했을 거야. 그렇지만 그인, 그인 필경 실수를 했을 거야.'

진수는 수치와 슬픔과 울분에 복받쳐 양손으로 얼굴을 가린다.

한참 후에 진수는 편지를 발기발기 찢어서 휴지통에 휙 던져버리고 홀로 나왔다. 혜련은 아까 그 모습대로 고요히 앉아 있었다.

"웬일이세요, 어머니?"

새삼스럽게 말한다.

"너를 기다리구 있었다."

"왜요."

"명륜동에 갈려구……."

하며 진수의 눈동자를 살핀다. 맑은 눈이다. 영혼이 가장 순수하게 빛나는 눈이다.

"거긴 뭣하러 가세요?"

진수의 목소리가 격하게 나왔다.

"고모가 앓는 모양인데…… 나 혼자 가려구 했었지만 어지럽구 머리가 아파서 불안하구나."

"그럼 이 선생님하고 같이 가시죠. 저 같은 것……."

하며 눈에 눈물이 핑 돈다. 비단 영설과 혜련에 대한 반발이 아니었다. 오히려 병림과 명희에 대한 미움과 괴로움에서 내뱉은 말이었다.

"이 선생님하구 어머니가 친한 것 너 싫으냐?"

진수는 말문이 탁 막힌다. 혜련이 그렇게까지 솔직히 나올 줄은 차마 몰랐던 것이다.

"싫어요! 너무 야박하세요."

"아버지한테?"

"그럼요. 아버진 아직 돌아가시지 않았어요."

혜련의 눈을 똑바로 쳐다본다. 혜련도 진수의 눈을 보았다. 그러나 조금도 노여워하는 눈은 아니었다.

"알어. 내가 그걸 모르는 줄 아니? 진수는 오래도록 그이를 잊지 말어라. 사랑했었지……."

혜련은 창밖으로 눈길을 옮기며 거의 혼잣말처럼 뇌었다.

"아신다면 어째서 어머닌 아버지를 배반하셨죠?"

다부지게 대든다.

"배반…… 운명이 사람을 배반시키더구나."

"비겁해요! 어머닌 운명은 믿지 않으셨어요. 어머닌, 운명은 사람의 성격이라 하셨어요."

"살 수 있는 동안은 자기를 지배할 수 있겠지."

진수의 말을 밀어버리듯 그는 일어섰다. 그리고 의자에 걸쳐 둔 옥양목 두루마기를 입는다.

"가자, 택시를 타구 가야겠구나."

"저는 안 가겠어요."

"그럼 엄마 혼자 가다가 쓰러져도 좋겠니?"

혜련은 진수의 얼굴을 들여다보며 물었다. 어린애처럼 진수에게 기대어보려는 표정이다. 진수는 무엇이 가슴을 콱 치는 것 같았다.

"어머닌 왜 그리 약해지셨어요?"

진수는 혜련으로부터 고개를 돌리며 말했다.

"내가 약해졌니? 네가 어른다워진 게지."

"변하셨어요."

"좀 순수해졌겠지."

"행복하세요?"

"행복하려구 노력하는 걸까? 산다는 것이 얼마나 귀중한 것인가를 알았어. 뒤늦게……."

그러나 혜련은 조금도 행복해 보이지 않았다. 화폭 속에 오똑하니 혼자 남은 고적孤寂 그대로의 모습이었다.

"가세요, 명륜동……."

진수가 앞선다.

"넌 입은 옷 그대루로 되겠니?"

"택시 타고 가는데요, 뭐."

진수는 자동차 속에서 가랑잎처럼 가뿐한 혜련의 체중을 느꼈다. 그것은 또 다른 뜻에서 그를 슬프게 하였다.

'어머니를 도와주자. 이 선생님을 미워해서는 안 되겠다. 어머니의 얼굴은 왜 저렇게 쓸쓸할까?'

그러나 명희의 집이 가까워졌을 때 진수의 마음은 온당할 수 없었다.

자동차에서 내려 명희의 집에 들어갔을 때 명희는 자리에 누워 있다가 일어나 앉았다. 입술이 하얗게 타 있었다. 그는 진수를 보지 않았다. 진수도 고모라 부르지 않았다.

"닥터 한이 가셨었어요?"

예사롭게 물었다.

"어제저녁에 오셨더구먼요."

피곤한 듯 벽에 몸을 기대며 혜련이 대답한다.

"이혼을 상의하러 갔었죠?"

역시 태연한 태도다. 혜련은 잠시 망설이다가,

"명희 마음에 달린 것 아니겠어요?"

"나도 모르겠으니 말예요."

명희는 흘끗 진수에게 눈을 보냈다. 진수의 눈이 강하게 반발한다.

"한복을 입으니 기생 같구나."

명희는 양미간을 바싹 모았다.

"천하다는 뜻이에요? 예쁘다는 뜻이에요?"

당돌하게 반문한다. 명희에게 어리광을 피우던 옛날의 그의 어조가 아니었다. 모습도 이미 소녀는 아니었다. 대등한 여자로서 진수는 명희에게 도전하는 것이었다.

"예쁘다는 뜻이지. 진수가 천할 수 있나……."

명희는 얼굴을 쳐들고 천장을 바라보았다. 패배와 질투의 눈을 진수에게 보이지 않기 위해서다. 진수가 발딱 일어선다.

"너 어디 가니?"

혜련이 진수의 치맛자락을 잡았다.

"응접실에 나가 라디오 들을래요. 어머닌 말씀하고 계세요."

진수가 방을 나갔을 때 명희와 혜련은 서로 마주 보았다.

"진수가 알아요?"

"진수가 알다니요?"

"제가 병림 씨를 좋아한 것 말예요."

칼로 싹둑 베듯 명확한 말이 나왔다.

"언니두 모르셨어요?"

뒤미처 또 말이 날아왔다. 가라앉은 눈 속에 집념이 이글이글 타고 있었다.

"알구 있었어요."

"동네방네가 다 아는데 모르는 사람은 닥터 한뿐이군. 죄 없는 준이만 뚜들겨 맞구. 호호호……."

자포적인 웃음을 터뜨린다.

"모두 다 공자 같은 사람들이야. 문명희만 악마군요. 언니,
그렇죠? 난 언니를, 언니를 의심했던 거예요."

"나를?"

"네, 바루 언니를!"

"어떻게?"

"나에게는 냉혈동물이었던, 매정스럽기 짝이 없는 그 남자가
언닐 사랑하구 있는 줄 알았죠."

벽에 기대었던 혜련이 몸을 바로 한다.

"그랬더니 유 여사가 아니구 바로 따님이더군요. 나는 진 거
예요. 나는 지구 말았어요. 진수의 청순한 젊음, 아름다움, 지구
말았어요. 고모가 조카딸에게 양보했다구 생각지는 마세요. 하
긴 그 남자는 나에게 쉽사리 함락될 그런 위인도 아니었지만 말
예요."

그렇게 털어놓는 데는 더 이상 할 말이 없다. 앞으로 어떻게
하겠느냐는 물음이 오히려 쑥스러워질 것 같아 혜련은 도로 벽
에 몸을 기대고 만다.

"시원했어요. 할 짓은 다 해버렸으니까요. 왜 죽지 않구 살아
났을까 하는 원망도 없어요. 그렇다구 해서 참 용케 살아났다는
생각도 없어요. 전부를 털어버렸죠, 전부를요……."

명희는 끝없이 자기에 대하여 지껄이고 있었다. 그는 그렇게

모조리 내부를 꺼내어 이야기함으로써 도리어 자기라는 것을 의식하려는 듯 보였다. 그리고 자신의 비참함을 커버하려는 듯 보였다.

"……언니는 슬픈 얼굴을 한 나를, 참담한 패배자가 된 얼굴을, 회한에 찬 얼굴을 기대하구 오셨을 거예요. 만일 내가 그랬더라면 내 속에 있는 다른 명희가 배를 움켜쥐고 웃었을 거예요. 아니, 통곡을 했을까요?"

혜련은 끝없이 이야기를 하려 드는 이 고독한 여자를 바라만 보고 있었다.

한참 동안 지껄이더니 명희는,

"아아, 골치가 아파. 여러 끼를 굶었어요."

자리에 눕는다.

혜련은 자기가 이곳에 온 목적이 무엇인지 알지 못했다. 그는 눈을 지레 감고 좌상처럼 앉아 있었다.

"오셨어요?"

혜련이 눈을 떴다. 한석중이 들어온 것이다. 그는 양복바지를 추키듯 하며 자리에 앉는다.

명희는 입을 다물고 천장을 바라본다. 하얗게 핏기를 잃은 입술에서 언제 그렇게 많은 말이 새어 나왔던가 싶으리만큼 굳게 다물어진 입술…….

"닥터 한."

명희는 고개를 돌려 한석중의 넓은 어깨 위에 눈을 둔다. 한석중은 명희의 입모습을 주시한다. 자살 소동을 일으킨 이래 처음으로 듣는 명희의 목소리였던 것이다.

"당신은 외국에 안 가세요?"

"……."

"정세가 안정되면 외국에 한번 다녀오겠다 하셨지요?"

"……."

"나도 같이 가구 싶어요. 데리구 가시겠어요?"

한석중은 명희의 입모습을 주시한 채 대답이 없다. 명희의 말을 듣고 혜련은 명희 스스로가 지금까지의 일을 청산하고 앞으로의 갈 길을 결정했음을 알았다.

아직도 그의 눈에는 여열餘熱이 남아 있었으나 극히 짧은 시간에 처리하고 만 것은 명희다운 일이었다. 혜련은 적이 안심이 되었다. 그러나 이상하게도 선망 비슷한 감정을 느끼는 것이었다.

명희는 자기의 목숨을 허술하게 내던져 버리려 했으나 현재 그는 삶이 보장되어 있는 것이다. 그와는 반대로 혜련은 목숨의 귀중함을 깨닫고 찬란한 삶을 목마르게 바라고 있으나 그것은 신기루처럼 허망한 꿈일 수밖에 없다.

혜련은 일어섰다. 눈부시게 흰 옥양목 두루마기 위에 석양이 비스듬히 비친다.

"벌써 가시려구요? 저녁이나 드시고 가시죠."

한석중이 따라 일어서면서 권한다.

"가봐야겠어요."

"진수는 먼저 간다구 하더군요. 올 때 집 앞에서 만났습니다."

명희와 혜련의 눈이 마주친다.

"뭐 보헤미안 다방이라던가요? 거기 사람 좀 만나러 간다면서…… 그렇게 어머니한테 전하라구요."

"그럼 조섭 잘해요."

혜련은 명희한테 말을 하고 방을 나섰다.

"제가 모셔다 드리죠."

한석중은 따라 나왔다.

"아니 괜찮습니다. 자동차 타구 갈 건데요, 뭐."

"얼굴이 안되신 것 같은데?"

한석중은 비로소 의사다운 관심을 가지고 혜련의 얼굴을 살핀다. 혜련은 검찰관 앞에 선 죄수처럼 황급히 얼굴을 돌리며,

"집에만 밤낮 틀어박혀 있으니까 그런가 보죠."

하고 종종걸음으로 나선다.

집 앞에서 한석중이 잡아주는 택시를 타고 혜련은 회현동으로 향하였다. 혜련은 시트에 몸을 푹 기대며 곰곰 생각한다.

진수가 도전하듯 명희의 말을 따져들 때도 대수롭게 여기지는 않았다. 그러나 간다는 말도 없이 나가버린 그의 행동에는 분명히 무슨 이유가 있을 것이란 생각이 들었다. 그러고 보니 아까 집에서 명륜동에 같이 가자고 했을 때 진수는 가지 않겠다고 거절했던 것이다. 혜련은 다만 영설과의 일 때문에 반발하는

540

줄 알았던 것이다.

'명희가 병림을 사랑하는 것을 그 애가 안 것 아닐까? 그리구 오해를 했을까?'

그것을 입증해 줄 만한 일이 연달아 떠오른다. 그저께 밤 병림이 찾아왔을 때 진수는 방문을 잠가놓고 열어주지 않았다. 어제도 병림이 찾아왔을 때 진수는 병림과 같이 있으려 하지 않고 혼자 자기 방으로 들어갔던 것이다.

'틀림없이 진수는 오해를 하구 있어. 왜 내가 거기까지 생각이 미치지 못했을까?'

혜련은 눈앞이 아찔했다. 연한 진수의 마음이 짓밟혀 있을 생각을 하니 가슴이 아팠다. 그리고 갑자기 진수의 행방에 대하여 불안을 느꼈다. 진수 나이만 할 때 자기가 겪은 과거도 되살아나 말할 수 없는 공포감이 치솟았다.

'진수는 이제 어린애가 아니다. 진수는 그 괴로움을 왜 나에게 말하지 않았을까? 역시 나는 그 애에게 담을 치구 살았었구나!'

자동차가 어느새 명동 앞을 달리고 있었다.

"잠깐, 나 여기서 내리겠어요."

혜련은 자동차에서 내렸다.

곧장 명동 쪽으로 들어간다. 그는 보헤미안 다방에 가서 진수를 데리고 집에 돌아가리라 마음먹었던 것이다.

보헤미안 다방이라면 환도한 이후 주로 예술인들의 집합소로 유명하였고 혜련도 몇 번인가 볼일이 있어 간 일이 있는 장소였다.

시공관을 돌아 녹색의 커튼을 묵직하게 드리운 보헤미안에 들어섰을 때 조용한 실내음악이 흐르고 있었다. 그러나 진수의 모습은 언뜻 눈에 띄지 않았다. 이리저리 살피고 있을 때,

"유 여사!"

바로 뒤에서 누군가가 불렀다.

"아, 김 선생."

혜련이 돌아서서 김 기자를 발견하자 반갑게 말한다.

"난 누구라구?"

김 기자와 마주 보고 앉아 있던 박현주가 고개를 돌려 혜련을 올려다보며 말하였다.

"여기 앉으세요."

김 기자는 얼른 안으로 자리를 옮겨 앉으며 혜련의 자리를 마련한다.

혜련은 다시 다방 안을 한 번 둘러보고 자리에 앉는다.

"누굴 찾으세요?"

"아이가……."

"따님?"

"네."

"벌써 그리 컸습니까?"

"여대생인걸요."

"세월이 참 빠르군. 우린 도무지 늙지 않는 것 같은데……."

542

김 기자는 어린 진수를 본 일이 있으므로 감개무량한 듯 말하였다.

"요즘 애들은 교복 벗기가 바빠요. 다방에 나와야만 어른이 된 표시로 여기는 모양이죠?"

박현주의 말이었다. 김 기자는 들은 척도 하지 않고,

"뭘 드시겠습니까?"

혜련에게 묻는다.

"전 곧 가야 합니다."

혜련이 사양을 하니까,

"나한테는 결코 차를 사는 일이 없는 김 선생이 각별하게 유 여사한테만 차 대접을 하겠다는데 왜 사양을 하세요?"

김 기자는 박현주를 슬쩍 쳐다보더니 레지를 불러 홍차를 주문한다.

"정말 오래간만입니다. 몇 번이나 원고 청탁을 했었는데……."

김 기자는 박현주를 완전히 묵살해 버린다.

"죄송합니다. 못 써드려서."

"정말로 그러시기예요? 그렇게 안 쓰시면 펜에 녹이 슬어요."

"펜에 녹이 슬기보담 머리에 녹이 슬었나 봐요. 늘 몸이 시원치가 않아서…… 나으면 써드리죠."

혜련이 가볍게 김 기자의 항의를 물리치는데,

"몸이 편찮기보담 좋은 일이 따로 있는 게 아니에요?"

박현주가 또다시 말을 들이댄다.

"좋은 일이사 박현주 여사께 있으시지."

"나한테 무슨 좋은 일이 있어요?"

현주는 김 기자를 흘겨본다. 그러나 그런 화제가 싫지 않은 눈치다.

"소문이 자자하던데요."

"무슨 소문?"

뻔히 알면서 능청을 부린다.

"음악가와 시인이라면 과히 콤비가 나쁘지는 않아."

"무슨 말인지 난 모르겠어요."

"아, 시치미 그만 떼구, 장본인이 곧 나타날 텐데 뭘 그러우?"

김 기자의 말이 끝나기도 전에 이영설이 화장실의 문을 열고 나왔다. 아무것도 모르고 박현주 옆으로 성큼성큼 걸어오던 이영설은 자기를 쳐다보고 있는 혜련의 눈과 마주치자 얼굴빛이 확 변한다.

"웨, 웬일입니까?"

"진수가 여기 오지 않았어요?"

"아까, 벌써 갔는데요."

영설은 허둥거린다. 그리고 박현주와 김 기자를 번갈아 보더니 슬그머니 자리에 앉는다. 박현주의 눈이 번득인다. 김 기자는 사려 깊은 눈으로 영설의 표정을 살핀다.

"유 여사하군 벌써 구면이시군요. 소갤 해드리려구 했는데……."

박현주는 찌푸린 얼굴로 혜련을 바라보며 말씨만은 온당하게 말한다. 영설의 얼굴에는 낭패한 빛이 역력히 드러난다.

"이 선생은 어떻게 유혜련 씨를 아셨어요?"

침묵을 깨뜨리고 애가 닳는 듯 현주가 묻는다. 그러나 차디찬 눈으로 현주를 쳐다볼 뿐 영설은 대답이 없다. 그는 혜련에게 온 정신이 쏠려 있는 듯했다.

"그럼 전 가봐야겠어요."

주문한 홍차가 오지도 않았는데 혜련은 일어섰다. 그리고 김 기자와 박현주에게 가벼운 목례를 보내고 돌아선다. 그가 돌아서는 순간 이영설이 벌떡 일어선다. 그는 안중에 사람이 없는 듯 인사 한마디 없이 나간다.

"이 선생!"

박현주의 날카로운 목소리다. 혜련의 뒤를 쫓아 나가던 영설이 움칠하며 돌아본다.

"저하구의 용건은 어떡허죠?"

영설의 눈이 냉랭하게 가라앉는다.

"먼 후일에……."

귀찮은 듯 말을 아무렇게나 내던지고 황황한 걸음걸이로 혜련의 뒤를 쫓는 것이었다. 얼굴이 새파랗게 질린 현주가 이미 영설이 사라지고 없는 문을 쏘아보고 앉았다. 덩덩 덩! 하고 음악이 크게 울린다.

김 기자는 돌아보던 이영설의 차디찬 눈이 현주의 숨 가쁜 가슴 위에 크게 번져가고 있음을 느꼈다.

"글렀군."

혼잣말이었다.

"뭐가 글렀어요!"

현주가 찢는 듯 소리친다.

"아, 아닙니다. 아무것도……."

"누굴 놀리는 거예요?"

"놀리긴 누굴 놀려요!"

"글렀다는 건 뭐예요?"

현주는 영설에게 받은 모욕을 김 기자에게 풀려는 듯 서슬이 푸르게 대든다.

"허 참, 그러지 맙시다. 누가 뭐래요?"

"결코 책임을 회피하진 못할 거야!"

"나보구 하는 말입니까?"

현주는 눈을 크게 부릅뜨고 문 쪽을 노려본다. 영설에게 하는 말인 모양이다. 김 기자는 부스스 웃으며,

"우리 술 마시러 갈까요?"

"불난 집에 부채질하는 거예요?"

"그럼 댄스홀에나 갈까요? 밤낮 여편네 얼굴만 쳐다보구 있으려니 생활이 빡빡해서…… 더러 바람이라도 쐬어야만 견딜 것 같군."

김 기자는 밉상을 떨면서도 은근히 박현주의 실연을 위로하려 든다.

"내가 뭐 스틱걸*인 줄 아세요?"

"천만에, 외로울 때는 다 친구가 되는 것 아니겠소."

"누가 외롭다구 했나요? 아무리 외로워도 당신하구 동반하자군 안 해요."

현주는 핸드백을 휙 낚아채더니 발딱 일어선다.

"영에서 뺨 맞고 집에 와서 계집 친다더니⋯⋯."

김 기자는 나가는 현주의 뒷모습을 보며 중얼거린다.

다방 문을 나서자 이영설은 급한 걸음걸이로 혜련 옆으로 다가왔다. 아무 말도 하지 않았다. 그러나 뒤숭숭한 이영설의 감정은 흐트러진 걸음걸이에 충분히 나타나 있었다.

혜련은 박현주와 김 기자 사이에 오가던 말을 믿고 싶지 않았다. 그러나 이영설의 당황한 표정과 태도는 어떠한 사실의 확증보다 더 강하게 가슴을 내리쳤다. 예전에 그가 약혼녀를 데리고 동경으로 떠나던 일이 어제의 일처럼 생생하게 되살아나 마음을 지근지근 물어 씹는다.

'언제부터 그들은 알게 되었을까?'

바람에 휘말려 온 플라타너스 잎이 발밑에서 바사삭 부서진다.

'그때 부산서 만났었지. 출판기념회 석상에서 현주는 김 선생

보구 누구냐구 물었었지.'

무거운 의혹이 먹구름처럼 뭉게뭉게 일어난다.

'이분은 내가 떠나는 것보다 먼저 나에게서 떠나버릴지도 모르겠다. 차라리 그러는 편이 낫지 않을까? 그것이…….'

그러나 그것은 말뿐이지 결코 혜련의 마음은 아니었다. 보다 더한 집념이 그를 괴롭히고 슬프게 하였다.

'아, 시치미 그만 떼구, 장본인이 곧 나타날 텐데 뭘 그러우?'

김 기자의 예사로운 말이 악머구리처럼 여러 갈래가 되어 마음속에서 왕왕거린다.

"현주 씨하구 용건이 있으신데 왜 오셨어요?"

번화한 거리를 지나 어두운 골목길로 접어들었을 때 혜련의 입에서 처음으로 그런 말이 나왔다. 목소리를 누르는 모양이었으나 과격한 감정이 확 내비친다.

"용건이래야 뭐 그 여자 일방적인 것이니 내가 아랑곳할 것 있소?"

어딘지 모르게 목소리와 태도가 어물어물하다. 부정적인 그 대답은 도리어 혜련의 의혹에다 부채질을 한 것밖에 안 되었다. 혜련은 입을 다물고 만다.

어둠 속에 흰 두루마기 자락이 영설의 바바리코트가 나부끼는 쪽으로 펄럭거린다.

"혜련은 공연한 오핼 하구 있는 것 아닐까?"

견디다 못해 영설이 말을 했다. 양심의 가책을 느끼면서. 사실 그는 그날 밤의 일을 생각하면 불쾌하기 짝이 없었다.

"제가 오해할 만한 일이 있었어요? 현주하구 결혼이라두 하시는 거예요?"

"누가 그런 되지 못한 소릴 합디까?"

화를 발칵 낸다.

"이 선생이 오시기 전에…… 그런 뜻의 말을 하더군요, 김 선생이."

"그런 엉터리 같은 말을 혜련은 믿는단 말이지?"

하더니 혜련의 한쪽 어깨를 덥석 잡는다.

"믿고 싶지 않아요. 그렇지만 기분 좋은 말은 아니에요."

집이 가까워온다. 집 앞까지 왔을 때 영설은 혜련의 허리에 팔을 감고 빙글 돌린다. 혜련은 그 서슬에 넘어질 뻔했다.

"어딜 가는 거예요?"

노여운 목소리다.

"산에."

"싫어요."

"왜?"

"그냥."

"역시 오해하는군."

"……."

"가요!"

영설은 우격다짐으로 혜련을 끌고 남산으로 올라갔다. 우묵

한 바위가 가로누워 있는 데까지 왔을 때,

"이 이상 못 가겠어요. 수, 숨이 차서."

하고 영설의 팔을 풀더니 혜련은 바위에 몸을 누이듯 기대어 서고 말았다.

"몸이 아직도 좋지 않구먼."

혜련과 나란히 바위에 기대어 서며 영설은 혜련의 얼굴을 깊숙이 들여다본다.

"정말 이럴 게 아니라 내일 나하구 병원에 가봅시다."

혜련은 눈을 감은 채 말이 없다. 바람이 몹시 분다. 두루마기 고름이 영설의 얼굴을 친다.

"춥지?"

혜련이 고개를 끄덕인다. 영설은 바바리코트를 벗어 혜련의 몸을 감싸주며 바싹 껴안는다.

"아직 오해가 안 풀리오?"

타협적이며 심약한 어조다.

"언제 현주를 아셨어요?"

"술자리에서……."

"그래서 친해지셨어요?"

"친해졌다기보다 그때 만나구 오늘 처음이오."

"거짓말하시는군요. 그뿐인데 소문이 자자할까?"

혜련은 김 기자가 하던 말을 생각하며 평소의 그답지 않게 집요한 추궁을 한다.

"아, 참 부산서······."

하다가 혜련의 눈치를 흘끗 살핀다.

"부산서 아셨어요?"

"알았다기보다 윤성수 집에 있을 때 그 집에 자주 드나들더군. 뭐 성수 부인하구 동창이라던가?"

"거짓말을 자꾸 하시려는군요."

혜련은 영설을 빤히 쳐다본다. 영설은 혜련이 전과 전혀 다른 여자가 되었음을 발견한다. 솔직해졌다. 그래서 자꾸 밀려가는 기분이다.

"거짓말 아니오. 그리구 또 요전번에 방송국에서 그 여자의 시를 작곡해 달라구 했었지만 귀찮아서 그만 내버려두었소."

영설은 설명을 하느라고 진땀을 뺀다.

사실 영설은 부산에서 박현주가 몇 번인가 찾아온 것을 염두에 두지 않고 있었던 것이다. 소나기를 만난 그날 밤 술 마시러 갔던 일만이 뚜렷이 기억 속에 남아 있을 뿐이다. 오늘 혜련과 현주가 보헤미안에서 마주치지만 않았더라도 영설은 그 일을 대수롭게 여기지 않았을 것이다. 그는 충동적인 일시의 육체관계를 죄악시하지 않을뿐더러 책임을 느끼지도 않는다. 만주로 중국으로 방랑했을 무렵에도 그는 몇 여자를 버렸고 울렸는지 모른다. 그리고 그 자신은 하늘도 보이지 않는 아파트 창가에서 술병을 움켜쥐고 혜련을 부르다가 잠이 들곤 했다. 날이 새면 그는 어제 버린 여자를 깨끗이 잊어버리고 마는 것이었다. 부산에 있을 때만 해도 술이 취하면 여급을 끼고 곧잘 여관을 찾아갔던 것이다.

"모두 그것뿐이군요?"

"혜련인 질투하나?"

"질투해요."

영설은 혜련을 껴안는다.

"혜련이가 나빴어."

"……."

"그날 밤……."

영설은 자기 가슴 위에서 얼굴을 들고 쳐다보는 혜련을 내려다본다.

"소나기가 퍼붓던 날 밤을 기억해?"

"기억해요. 여기서 내려갔었을 때."

"그날 밤, 난 비를 맞으며 싸돌아다녔어. 울적해서 견딜 수 없었어. 무엇이든 마구 부숴버리구 싶었다."

가슴 위에 얹힌 혜련의 심장이 몹시 뛴다. 영설은 한 팔을 올려 혜련이 걸친 바바리코트의 깃을 세워주며,

"떨고 있군. 아직도 추워?"

혜련은 아니라고 고개를 저었다.

"왜 말씀 안 하세요?"

"꼭 듣구 싶어?"

혜련은 영설을 올려다보며 그렇다는 뜻으로 눈을 깜박인다.

멀리서 전차가 달리는 소리가 어슴푸레 들려온다.

"화내지 않겠어?"

"……."

"화낸다면 이대루 혜련을 두고 가버리겠어."

가볍게 위협한다.

"화 안 내겠어요."

영설은 한참 동안 혜련의 눈을 들여다보고 있다가,

"그날 밤……."

벌써 그날 밤이라는 말을 몇 번 되풀이했는지 모른다. 마치 장난을 하다가 들켜버린 어린아이처럼 머뭇거린다.

"……술을 마시구 싶었어. 그러나 호주머니 속에는 돈이 한 푼도 없었다. 하는 수 없이 필동에 있는 윤성수를 찾아갔지. 그 랬더니 마침 윤병후가 와 있더군. 셋이 어울려서 명동으로 나왔 지. 술을 진탕 마셨어. 지독하게 마셨어. 그 뒤 그치들이 날 데 리구 박현주 집에 간 거요."

일단 말을 끊었다가 다시,

"어떻게 된 일인지 얼마 후 둘러보니 그치들은 벌써 달아나구 없지 않겠소? 그래서…… 난 그만 실수를 하구 말았어."

"실수……."

그 실수가 무엇을 의미하는지 혜련은 바로 알았다.

"술도 취했지만 혜련에 대한 울분이 더 심했어."

영설은 말을 미처 끝내기도 전에 혜련의 입에서 말이 나오지 않게 하기 위하여 재빨리 입술로 혜련의 입술을 막아버린다. 숨이 막혀 혜련은 두 손으로 영설의 얼굴을 떠밀어 버렸다.

"화내지 말아요."

"집에 가겠어요."

혜련은 손을 뻗쳐 영설의 가슴을 밀어낸다. 그러나 영설은 응석부리듯 도리어 팔에 힘을 주어 혜련의 허리를 졸랐다.

"아무것도 아니야, 그런 것…… 아무것도, 아무것도 아니잖어?"

"전 그 여잘 싫어해요! 경멸해요. 그 여자도 절 미워하지만, 싫어요! 싫어."

혜련은 자기의 처신도 잊어버리고 울어버린다.

"혜련이."

조용히 불러본다. 가슴이 아프도록 애정이 치솟는다. 행복했다. 행복하다고 생각하니 소리를 지르고 싶었다.

"질투를 하는구려, 질투를…… 그럴수록 나는 행복하단 말이오. 혜련이, 하하하……."

영설은 휘파람이라도 불어보고 싶은 기분인 모양이다. 혜련이 현주와의 관계를 알고 차갑게 싹 돌아서지 않고 질투하는 것이 영설에게 말할 수 없는 쾌감을 주었던 것이다.

"누구야!"

별안간 영설이 고함을 지른다. 혜련이 고개를 번쩍 쳐들었다. 어둠 속으로 남자가 뛰어 내려간다.

"남자야."

영설의 목소리가 누그러진다. 그는 현주가 그들 뒤를 밟아온 것이 아닌가 생각했던 것이다. 그와 반대로 혜련의 팔이 굳어진다.

'김서보다!'

혜련은 마음속으로 소리쳤다.

어두운 구름이 확 덮여왔다. 그리고 지난봄의 망측스러운 일이 떠올라 분한 마음이 울컥 치밀었다. 그러나 그것은 오래가지 않았다. 김서보가 어떠한 잡념을 갖고 있건, 또는 음모를 지니고 있건 그것은 아무 소용없는 일이라 생각했던 것이다.

'나는 없어질 것이 아닌가?'

김서보에 대한 이상한 통쾌감까지 느껴지는 것이다. 그것은 자학에서 오는 기묘한 쾌재였는지도 모른다.

"이제 내려갈까?"

이영설은 바위에 기대었던 몸을 일으켰다. 뛰어 내려간 사나이에 대하여 별다른 생각이 없는 모양이다. 사방은 희미한 어둠 속에 가라앉고 찡! 하는 밤의 소리가 울려오는 듯하였다.

집 앞에까지 왔을 때 이영설은 혜련으로부터 바바리코트를 벗겼다.

"아마 당분간 못 올 것 같아요. 연주회가 있어서…… 오늘은 이만 돌아가겠어."

하고 혜련의 머리를 쓸어 넘겨주더니 돌아섰다. 몇 발짝 걸어가

다가 영설은 얼굴을 돌렸다. 혜련이 우두커니 서 있었다.

"참 병원에, 병원에 가야지. 내일."

"안 돼요."

자기도 모르게 불쑥 말이 그렇게 나오고 말았다. 혜련은 스스로의 말에 당황하며 문을 탕탕 두들긴다. 영설은 돌아서서 가는 모양이었다.

식모가 문을 열었을 때,

"진수 왔어요?"

말을 한 뒤 비로소 진수에 대한 걱정이 되살아왔다.

"네."

홀에 들어가니 진수는 소파에 쓰러져 있었다. 진수 옆으로 다가간다. 지금까지 진수를 잊어버리고 있었다는 뉘우침이 그의 동작을 조심스럽게 하였다.

진수는 엎드린 채 잠이 들어 있었다. 가만히 진수의 모습을 내려다본다.

"진수야!"

별안간 불길한 예감이 들어 진수를 흔들었다. 진수가 눈을 떴다. 혜련은 명희의 자살 소동 때문에 자기가 신경과민에 걸린 것을 깨닫고 부스스 웃었다.

"너 왜 여기서 자니? 감기 들면 어떡헐려구……."

"어머닌 인제 오세요?"

"응."

"혼자? 아저씨가 바래다주셨죠?"

"으응."

혜련은 고개를 끄덕였다. 그리고 슬며시 진수 옆에 앉는다. 진수도 일어나 앉았다.

"진수!"

"······."

"너 병림 씨하구 맘 상했니?"

"아뇨."

퉁명스러운 목소리다.

"그럼?"

"······."

"너 병림 씰 좋아하지?"

"좋아했어요. 그렇지만 사랑하진 않았어요."

눈알이 초롱초롱하게 빛난다.

"이 선생님을 좋아한 것과 마찬가지로 좋아했을 뿐이에요."

도전하듯 뇌까린다. 혜련은 입을 다물고 말았다. 이 선생을 좋아한 것과 마찬가지로 좋아했을 뿐이라는 진수의 말이 혜련의 마음에다 그늘을 지운 것이다.

진수는 벌떡 일어섰다.

"거 좀 앉아라."

혜련은 진수의 치마를 잡았다. 진수는 부스스 혜련이 옆에 앉았다. 그리고 무슨 얘긴지 해보라는 듯 혜련을 쳐다보았다. 혜련은 양손으로 머리를 눌러 잡는다. 무서운 혼돈이 휩싸여 왔던 것이다.

"이 세상에서 네가 의지하구 믿어야 할 사람은 이영설 씨다. 그리구 그다음에 너를 생각해 줄 사람은 송병림 씰 거야."

혜련은 양손으로 머리를 눌러 잡은 채 뚝 끊어버리듯 말하였다. 진수는 입가에 차가운 웃음을 머금는다.

"어머니는요?"

"나?"

혜련은 얼굴을 들었다. 신기한 일이라도 생긴 것처럼 진수를 자세히, 아주 자세히 쳐다본다.

"나는, 내 애정은 후일 너의 마음속에 남을 테지."

"묘한 말씀을 하시네요."

그 대답은 하지 않았다.

"아아, 골치가 쑤셔서 못 견디겠구나."

진수는 겁이 덜컥 나서 혜련의 어깨를 짚었다.

"괜찮다. 넌 내가 하는 말을 들어야 해. 사람의 오해라는 것은 일생의 방향을 불행한 곳으로 돌려버리는 일이 많단다."

"어머니의 경우가 그러셨던가요?"

저절로 말이 나왔다.

"내 경우가 그랬었다."

솔직하게, 그리고 명확하게 혜련은 대답하였다.

"옛날에 어머니는 이 선생님을 오해하셨죠?"

흥분된 나머지 말을 홱 던졌다. 대답이 없다. 다만 진수를 뚫어지게 바라볼 뿐이다.

"말씀해 주세요. 저를 둘러싸고 있는 일이 모두 안개만 같아서 견딜 수가 없어요."

"내가 말하지 않더라도 시기가 오면 알게 된다. 나는 그 준비를 다 해놓았다."

"시기가 오면······."

"그래, 시기가 오면······."

두 모녀는 한참 동안 서로 마주 보고 앉은 채 말이 없었다.

"진수야!"

"넌 저 전등불이 붉게 보이니?"

"아니에요. 노랗게 보여요."

"나는 자꾸만 보랏빛으로 보이는구나."

"어머니, 안 되겠어요."

진수는 혜련을 일으켰다. 그리고 침실로 데려가 자리에 들게 한 뒤 불을 끄고 밖으로 나왔다.

진수는 방으로 들어가지 않고 홀에 나와서 아까 앉았던 자리에 도로 주저앉았다.

'내 애정은 후일 너의 마음속에 남을 테지.'

'시기가 오면······.'

'그 준비를 다 해놓았다.'

그 말들이 단솥에서 튀는 콩알처럼 진수의 마음에 부딪는다.

'어머니는?'

무서움이 확 치민다. 파아래진 입술이 부들부들 떨려온다. 동시에 전광처럼 머릿속으로 지나가는 또 하나의 말이 있었다.

'……슬픔은 진수에게 한꺼번에 올 거야.'

진수는 벌떡 일어났다. 그리고 발소리를 죽이며 혜련의 방문을 열었다. 아무 소리도 나지 않는다.

진수는 누운 혜련의 옆에 가서 귀를 기울인다. 낮은 숨소리가 들려왔다. 겨우 안심이 된 듯 소리 나지 않게 문을 닫고 자기 방으로 돌아왔으나 진수는 잠이 오지 않았다.

며칠이 지난 뒤 혜련은 속달을 한 장 받았다. 이영설한테서 보내온 것이었다. 뜯어보니 음악회의 초대장이 한 장 떨어졌다.

벌써 신문에서도 보았고 말로도 들은 환도기념 연주회의 초대장이었던 것이다. 이번 연주회의 지휘자는 이영설이었기 때문에 그러지 않아도 초대장이 올 것을 기대하고 있었던 참이다. 그러나 초대장 한 장만 보낸 것은 납득이 가지 않는다. 응당 두 장을 보내야만 진수와 둘이서 갈 것이 아닌가. 혜련은 좀 이상하다 생각하며 동봉된 편지를 꺼내었다.

오늘 밤 연주회에 나오시오. 혼자 와야 됩니다.

짤막한 글이 두 줄 씌어 있을 뿐 나머지는 모두 하얀 공백이다.

'안 돼. 진수를 두고 어떻게 혼자 간담.'

혜련은 진수가 학교에서 돌아온다면 영설의 의사를 무시하고 진수를 데리고 나가리라 마음먹었다.

'그런데 진수 표는 어떡허지. 모두 예매된 것이나 아닐까?'

당일이 되어 초대장을 부쳐준 것을 보아 영설은 혜련이를 혼자 오게 하기 위하여 상당히 신경을 쓴 모양이다.

해가 지고 연주회에 나갈 시간이 가까워오건만 진수는 학교에서 돌아오지 않았다. 혜련은 하는 수 없이 옷을 갈아입고 나갈 차비를 다 차리고 진수를 기다렸다. 그러나 역시 진수는 나타나지 않았다.

'차라리 잘되었어. 초대장이 한 장밖에 안 온 것을 알면 진수도 기분 나쁠 거구…….'

혜련은 그렇게 생각하며 집을 나섰다. 흰 두루마기에 흰 장갑, 얼굴은 창백하다. 위로 싹 걷어 올린 머리와 핸드백이 검다.

명동 입구에 이르러 혜련은 꽃가게에 들른다. 조그마한 꽃을 두 송이만 사가지고 가리라 생각했던 것이다. 그러나 막상 꽃가게에 들어서니 꽃이라곤 국화뿐이었다. 국화는 사고 싶지가 않았다. 왜 그런지 어두운 것 같았고 그나마도 시들어빠져서 생기가 없었다.

혜련은 꽃을 사는 것을 단념하고 백화점으로 들어갔다. 이것저것 살펴보았으나 도무지 살 만한 것이 없었다. 결국 넥타이핀을 하나 골라서 샀다.

시계를 보니 벌써 시간이 다 되어 있었다. 혜련은 급히 시공관으로 갔다. 겨우 이 층으로 올라가서 자리를 찾아 앉았을 때 장내의 웅성웅성한 소리가 들려왔다. 주변을 둘러보니 대부분이 음악가들이었다. 이 층 맨 앞줄의 중앙이니 거의 다 초대객인 때문이리라.

막이 열린다. 혜련은 프로그램을 볼 새도 없이 무대를 주시하였다. 몹시 가슴이 뛴다. 영설의 모습을 보는 것이 무섭다.

드디어 까만 양복을 단정하게 입은 장신의 영설이 나타났다. 세련된 몸짓이다. 그러나 머리만은 언제나와 마찬가지로 기름칠을 하지 않았던 모양으로 이마 위에 흩어져 있었다.

그는 잠시 청중을 쳐다보더니 이어 그의 눈은 이 층 한가운데의 앞줄에 가서 머물렀다. 그는 혜련의 지정석을 미리부터 알고 있었으므로 혜련을 찾은 것이다.

영설은 돌아섰다. 고개를 숙였다가 쳐들었다. 순간 지휘봉이 싹 치올라 간다. 바이올린의 궁弓이 물결처럼 움직이고 경쾌한 리듬이 장내에 흘러나온다. 영설의 몸 전체가 선율처럼 흐른다. 모든 음은 영설의 몸에서 흘러나오는 듯하였다. 장내는 물을 끼얹은 듯 조용하였다. 곡목은 모짜르트의 〈현絃을 위한 세레나데〉였다.

혜련은 주먹을 꼭 쥔 채 영설을 쳐다보고 있었다. 형용할 수 없는 희열이 전신을 적셨다. 사랑과 예술이 일치된 어느 극지極地 속에 있는 강렬한 생명의식은 그를 무한한 행복으로 이끌어갔다.

영설의 몸이 흔들릴 때마다 혜련의 가슴도 흔들리고 영설의 몸이 흐느끼듯 잘게 물결칠 때마다 혜련도 자기 마음속의 흐느낌을 갖는 것이었다.

얼마나 시간이 흘러갔는지 마지막 드보르작의 교향곡 제9번, 〈신세계〉의 연주가 끝난 뒤 연주회의 막은 내려졌다.

청중들은 흥분되어 그칠 줄 모르게 박수를 쳤으나 이영설은 종내 한 번도 무대 위에 나타나지 않았다.

차츰 청중들은 자리를 뜨기 시작하였다. 그러나 혜련은 그대로 멍하니 앉아 있었다. 열정 뒤에 오는 허전함이 바다처럼 깊어진다. 누군가가 어깨를 잡았다. 혜련이 돌아본다. 까만 양복을 입은 영설이 웃고 서 있었다.

나가려던 일부 청중들의 시선이 영설에게 모였다. 그중에는 더러 아는 사람도 있는 모양으로 목례를 보내는 이들도 있었다.

"일어나요. 나갑시다."

혜련은 눈부신 청중들의 시선을 받으며 일어섰다.

영설은 몇몇 음악인이 말을 걸려고 다가오는 것을 다만 목례로써 잘라버리고 돌아섰다. 혜련을 아는 한두 사람이 호기심에 찬 눈을 보냈으나 영설은 개의치 않고 사람 속에 밀리며 혜련을 조심스럽게 부축하여 계단을 내려오는 것이었다.

시공관 앞에 나오니 밤은 제법 저물고 싸늘한 바람이 두 사람의 얼굴을 스쳤다. 상쾌했다.

무대 뒤에 있는 준비실에서는 윤성수와 윤병후가 돌연 행방불명이 된 영설을 찾고 있었다. 큼지막한 꽃다발을 든 박현주도 초조한 낯빛으로 영설을 기다리고 있었다.

그러나 영설은 그런 것 알 바 없다. 오직 혜련과 자기가 있다는 것만 생각하고 있는 것이다. 영설은 혜련을 보고 빙긋이 웃었다. 마치 혜련 혼자만을 위하여 자기가 지휘봉을 잡은 듯, 그리고 무사히 끝난 것을 만족스럽게 여기는 듯한 그런 웃음이었다.

그는 혜련의 팔을 끌고 을지로 쪽으로 나왔다.

"좋았어요."

"다행이오."

"혼자만 빠져나오셔도 돼요?"

"그런 것 걱정할 필요 없소. 나 하고 싶은 대로 하는 거지."

영설은 지나가는 자동차를 눈여겨보다가 제일 멋있는 자동차를 하나 잡는다.

"타요."

"어디로 가세요?"

"그냥 타라니까."

영설은 혜련을 밀어 올렸다. 운전수가 돌아본다. 어디로 가는 거냐고 묻는 듯한 표정으로 영설을 쳐다본다.

"우선 한강 다리부터 건넙시다."

운전수는 핸들을 돌리며 자동차를 몰기 시작하였다.

"한강?"

혜련은 영설을 본다.

"혜련이."

"……."

"오늘 밤은 내가 하라는 대로 따라 하는 거요. 알았어?"

영설의 목소리가 하도 절실하여 혜련은 자기도 모르게 고개를 끄덕였다.

혜련은 가슴에 턱을 묻었다. 어쩌면 이것이 마지막이 될지도 모른다는 생각이 들었다. 영설을 위하여, 또한 자기 자신을 위하여 모든 것을 다 잊어버리고 이 밤을 즐거이 보내리라는 생각도 들었다.

"꽃을 살려고 했는데…… 국화가 싫어서……."

혜련은 핸드백을 열고 포장된 작은 상자를 꺼낸다.

"그게 뭐요?"

"넥타이핀."

"날 주는 거요?"

혜련은 영설을 올려다보며 마치 첫사랑을 겪는 소녀처럼 얼굴을 붉힌다.

"마음에 드실지 몰라요."

혜련은 얌전하게 포장지를 벗겨 상자를 열었다. 아무런 장식도 없는 것이었다. 영설은 그것을 손바닥 위에 올려놓고 한참 쳐다보다가,

"이 옷에 잘 맞겠는걸."

하며 기뻐한다.

구겨지고 너절한 옷을 사흘 나흘 입고 다니는가 하면 때론 아주 멋지게 커프스버튼, 타이핀에 이르기까지 세밀하게 취미를 살려서 입고 나오기도 하는 영설이었다. 이와 같이 의복에 대하여 신경질적인 때가 있는가 하면 아주 무관심한 때도 있는 것이다.

영설은 혜련에게 넥타이핀을 도로 주면서,

"혜련이가 꽂아주어요."

혜련은 영설에게서 그것을 받아 다소곳이 넥타이에 꽂아준다. 둘은 서로 마주 보며 빙그레 웃었다. 그러는 동안 어느새 자동차는 한강을 지나고 있었다.

운전수가 돌아본다.

"어디까지 가시죠?"

"수원까지."

"수원?"

혜련이 놀란다.

"가만히 있어. 오늘은 내가 하자는 대로 하는 거요."

영설이 혜련의 팔을 누르는데,

"안 되겠어요. 다른 차를 타세요."

퉁명스러운 운전수의 목소리다.

"왜?"

"수원서 자야 하니까요."

"아, 자면 어떠우? 찻삯을 톡톡히 주면 되잖소."

운전수는 시무룩해 가지고 핸들을 잡은 채 한참 생각하다가 가기로 결정한 모양인지 스피드를 낸다.

혜련은 다시 영설이 하자는 대로 하리라 마음먹고 가슴에 턱을 묻었다.

"나도 혜련한테 선물을 해야겠군."

"출판기념회도 생일도 다 지나버렸는걸요."

"그러나 하나 남아 있지, 결혼이……."

"결혼……."

"결혼반지는 뭘루 할까?"

"결혼반지……."

혜련은 눈을 크게 뜬다. 잊어버렸던 일이 선명하게 되살아온다.

"결혼반지…… 그걸 사주시겠어요?"

"그럼, 영화음악의 계약금이 들어왔거든."

벙글벙글 웃는다.

"사주세요. 물론 사주셔야지요."

혜련은 창밖으로 고개를 돌리며 헛소리처럼 중얼거렸다. 눈물이 주르륵 흐른다.

"왜 그렇게 쓸쓸하게 말을 하오?"

"마음이 약해지는군요."

혜련은 유리창에 볼을 붙인 채 대답한다. 헤드라이트가 비치는 곳에 하얀 가로가 차 밑으로 말려 들어가고 밋밋한 가로수는 연방연방 달아난다. 그 풍경은 적막한 비극감에 가득 차 있었다.

"재미나는 일 없어?"

종강 후 희숙하고 교정 잔디 위에 다리를 뻗고 앉은 진수가 물었다.

"재미나는 일? 만들면 있지."

굵은 체크무늬의 잠바 호주머니에다 사내아이처럼 양손을 찌른 희숙이 퉁명스럽게 대답한다.

"어떻게 만드니?"

"그야 진수 양의 모험심에 호소할 수밖에……."

"……."

"그러나 품행 단정함을 모토로 하는 레이디에겐 스릴과 서스펜스는 금물 아니겠어?"

"날 놀리니? 건방지게."

진수는 잔디를 와락 잡아 뜯는다.

"왜 이리 신경질이야? 너 오늘은 윤 선생한테 레슨 받으러 안 가니?"

"레슨이고 뭐고 다 일없다. 재미나는 곳 있음 날 데려가 줘. 저녁은 내가 살게."

진수는 바바리코트를 털털 털고 일어섰다. 그리고 머플러로 머리를 싼다.

"이거 진수 양께서 거동하신다니 내일은 해가 서쪽에서 뜨겠구나."

희숙이 슬그머니 엉덩이를 든다.

"잔말 말어."

"에 또, 그럼 어딜 간다? 저녁은 벌어놨으니까. 그래, 거기 갈까?"

"거기라니?"

"음악 살롱, 그러나 기실은 연애 살롱이란 말씀이야. 그래도 가겠니?"

"불문에 부치겠다. 가자."

"아아주 또, 으시대지 말어."

교문을 나섰을 때는 벌써 가로수가 동쪽으로 길게 그늘을 뻗치고 있었다. 아직 다섯 시가 못 되었는데 해가 지려고 하는 것이다.

"하영우가 있을지도 몰라. 그러면 저녁에다 단팥죽까지 버는 거지. 흐흠……."

희숙은 재미난 듯 웃었다. 진수는 하영우가 있을지도 모른다는 말을 들었을 때도 음악 살롱에 갈 것을 중지하지 않았다.

명동 구석을 찾아 소위 음악 살롱이라는 곳엘 들어갔을 때 사람들의 얼굴을 헤아릴 수 없을 정도로 실내는 어두컴컴했다. 그러나 자리에는 사람들이 꽉꽉 차 있었다. 진수는 학교의 강의실로 찾아들었나 싶으리만큼 젊은 학생 스타일의 남녀들이 즐비하게 앉아 있는 데는 약간 질리지 않을 수 없었다.

이러한 곳에 익숙해진 희숙은 이리저리 둘러보며 하영우를 찾는다. 그러는 중에도 안면 있는 남학생들에게 눈인사를 보내는 것을 잊지 않았다.

"그 애가 없구나."

희숙은 진수에게 속삭이며 그의 팔을 끌고 구석진 빈자리로 찾아간다. 진수는 비교적 태연한 자세로 자리에 앉더니 테이블 위에 팔을 얹고 턱을 괴며 멍한 눈으로 파아란 불이 명멸하는 카운터를 바라본다.

얼마 동안 그러고 있노라니까 어둠에 눈이 익어 차츰 사람들의 얼굴이 보이기 시작하였다.

주변에서는 이 신래新來의 레몬빛 바바리코트를 입은 미소녀에게 상당히 많이 시선이 집중되었으나 진수는 부끄럽다거나 난처하다는 빛이 없이 멍한 얼굴로 앉아 있을 뿐이다.

"진수 양! 오늘은 웬일이시죠? 무슨 바람이 부셨소?"

희숙은 점잖은 중년 신사의 목소리를 흉내 내며 진수를 쳐다보고 웃는다. 진수는 고개를 돌려 그를 따라 픽 웃으며,

"우리 어머니 유혜련 여사를 오늘 하루 해방시켜 드리기 위하여."

"이 애, 네 엄마 바람났니?"

희숙은 이내 호기심을 표시하며 진수의 말꼬리를 잡는다.

"아마 지금쯤 음악회에 나갈 차비를 하고 계실걸."

진수는 바람났느냐는 말을 귓가에 흘려버린 듯 딴전을 피웠다.

"오오라 참, 그렇지. 홀애비 교수님이 지휘하신다지. 오늘 밤 연주회에……."

"그런 모양이야."

"그런 모양은 또 뭐야? 존경하여 마지않는 이영설 교수께서 그래 진수한텐 초대장 한 장 보내지 않았더란 말이야?"

"보내지 않게 되어 있지."

"그건 또 무슨 뜻인고?"

"왜 이리 귀찮게 굴어? 차나 마시자 얘, 저기서 레지가 신경을 쓰고 있다."

"이 바보 멍텅구리, 어련히 차를 가져올까! 들어올 때 이백 환씩 주고 벌써 회원권을 샀단다."

"그래?"

"여긴 다방 아냐. 누가 공짜로 음악 들려준대?"

"으응?"

"그런데 진수, 너 그 이영설 교술 좋아하지?"

"그럼, 좋아하구말구."

"단순히 좋아한 것 아니지? 사랑한 것 아냐?"

"미쳤어."

"그런데 네 엄마가 뺏어버린 것 아니니?"

"이 애가 정말 환장했구나."

"얼마든지 있을 수 있는 일 아니야? 소설에도 있더라, 얘."

진수는 얼굴이 벌게져서,

"혼 빠진 소리 하지도 마. 오르페우스는 엄마 거구, 내 나르시소스는 딴 여자가 뺏어갔다."

흥분된 나머지 말이 그렇게 불쑥 나오고 말았다. 진수는 이내 아차! 하고 뉘우쳤다.

"오르페우스는 뭐고 나르시소스는 또 뭐야?"

"애두, 그걸 몰라? 무식이 풍부해서 탈이야."

"그야 소설가의 따님이 아니고 구둣방 딸이니 별수 있나."

희숙은 아무렇지도 않게 웃었다.

"그런 걱정일랑 말아. 마리오 란차도 트럭 운전수를 했다더라. 그 목소린 징그러워 존경하는 바는 아니지만……."

"자알한다. 어쨌든 구둣방 따님에게 그 어렵고 하이칼라한 말의 설명 좀 들려다구."

진수는 희숙의 말투가 재미나고 마음에 들어 싱긋 웃었다.

"오르페우스는 말이야. 희랍 신화에 나오는 시인이야. 사랑하는 아내가 죽었대. 그래서……."

"그래서……."

"너무 그립고 보고 싶어서 저승으로 찾아갔대. 그래 염라대왕 앞에 가서 애걸을 하며 노래를 불렀는데 그 노래에 감탄한 염라대왕께서 아내를 이승으로 돌려주게 되었더라는 거야. 그런데 저승문을 나설 때 정말 아내가 자기를 따라오나 걱정이 되어 돌아보았다는 거야. 돌아보면 안 된다는 계율을 어기구 말야. 그래 결국 사랑하는 아내는 그만 영영 저승으로 떨어지고 말았어."

"야, 그거참 멋있다. 아주 로맨틱한데! 그런데 오르페우스는 엄마 거라는 뜻은 뭐지?"

진수는 한참 말이 없다가,

"이영설 선생님은 시인이 아니지만 음악가니까……."

그때 누가 옆으로 불쑥 다가왔다. 한 사람이 아니었다. 두 사람이었다. 그리고 남자였다.

"희숙 씨, 오래간만입니다."

곰처럼 터벅스레한 거대한巨大漢이 그 체구와는 인연이 먼 높은 목소리로 말을 했다. 머리에 얹은 베레모가 말할 수 없이 우스꽝스럽다.

"오래간만이긴요? 어제도 여기서 만나지 않았던가요?"

희숙은 시시하게 굴지 말라는 듯 턱을 치올렸다.

"여기 앉아도 됩니까?"

이번에는 머리를 길게 기른, 그리고 얼굴에는 노인네처럼 잔주름이 많은 갈비씨가 말을 걸었다.

"안 돼요. 이 좌석엔 선약이 있어요. 미안합니다."

거만한 거절이다. 그치들은 조금도 무안을 타지 않고 어슬렁

어슬렁 걸어가며 음악에 따라 어깨를 흔들기조차 했다.

"흐흠…… 호호호."

희숙이 입을 막고 웃는다.

"저 터벅스리하고 좁쌀영감이 진수를 보려고 은근히 접근한 거야. 터벅스리는 미술과 학생, 좁쌀영감은……."

"좁쌀영감은 뭐야?"

"얼굴이 영감처럼 늙었지? 그리고 바람이 불면 날아갈 듯 몸이 가냘프고 눈, 코, 입 모두 쩨쩨하게 작잖아? 그래서 좁쌀영감이야. 그친 소위 철학을 전공하신다는 거야. 걸작이지. 터벅스리는 밤낮 옷에다 물감을 칠하고 다녀. 그리고 아무도 모르는 그림을 그린다나! 모를수록 예술의 가치가 있다는 거야. 그리고 그 작자의 말이 또 걸작이야. 음악을 캔버스 위에 옮기겠다는 거야. 그래서 미래의 와이프는 반드시 음악가래야 된다나? 아무리 찌그러져도 음악가라면 저 터벅스리한테 시집가겠느냐 말야."

"터벅스리보담은 좁쌀영감이 더 우습다. 이 애. 호호호……."

진수가 웃어젖히는데,

"아참, 아까 그 나르시소슨 뭐지?"

희숙은 그 일이 더 귀중한 것을 깨닫고 황급히 화제를 전환한다.

"자기한테 반해서 호수 속만 들여다보다가 굶어 죽은 사내야."

574

"그 나르시소스가 바로 진수의 애인이란 말이지?"

"그런가 봐."

"그래, 빼앗겼니?"

"으응······."

진수는 희숙의 텁텁한 화술에 끌려 저도 모르게 대담하게 굴었다.

"아이, 가엾어라. 실연을 해서 그리 우울했구나. 괜찮아. 얼마든지 있어. 저것 봐, 모두 진술 보고 있잖아! 아무거나 골라잡으면 되는 거야. 그건 그렇고 나 하영우한테 전화 걸구 올게. 널 위로하는 데 공동작전을 써야지."

희숙은 진수의 실연에 몹시 신이 나는 모양이다.

"그렇지만 이런 말 누구보구 하면 가만 안 둘 테야."

"오케이! 걱정 말어."

희숙은 귀밑까지 쇼트컷을 한 뒤꼭지를 흔들며 아까 들어올 때처럼 여기저기 손을 들어 알은체하면서 카운터에 있는 전화 옆으로 간다.

진수는 건성으로 지껄이고 있었던 자기 자신이 조금도 위로받지 못했음을 느꼈다. 더 큰 고독이 음악의 선율에 따라 가슴에 밀려들었다.

전화를 걸고 돌아온 희숙은,

"나온대, 어떻게나 좋았던지 브라보의 연발이야. 진수와 공동으로 초대하는 것이니 지금 두둑이 가지고 오라 했더니 아버지

의 금고라도 메고 나오고 싶다나. 아이, 맙소사. 검사님의 비밀
서류까진 필요 없으니 그만두랬지."

얼마 후 하영우는 정말 금고라도 메고 나온 기세로 달려왔다.
다듬어놓은 잔디 같은 짧은 머리는 여전히 놀놀했다.

그는 기성奇聲에 가까운 소리를 연발하기도 하고 으시대듯 사
방을 죽 훑어보기도 했다.

"여기는 공기가 탁해. 밖에 나가지 않겠어?"

"좋아."

희숙이 먼저 일어섰다.

밖으로 나온 그들은 어느 식당에 가서 저녁을 청했다. 그리고
다음에는 희숙의 제안으로 밀크 홀을 찾아 단팥죽과 케이크를
실컷 먹은 뒤 다시 거리로 나왔다. 계산은 물론 하영우가 모두
치렀다.

"영화 볼까?"

"시시해."

희숙이 반대다.

"그럼 한식이 하숙에 갈까?"

"좋아, 그리로 가자."

희숙은 찬동을 표시하는 동시 진수가 달아나기라도 할 듯이
손을 꽉 잡았다.

진수는 묵묵히 그들을 따랐다. 조금도 마음이 풀리지 않았
다. 풀리지 않은 상태가 그의 행동을 지속시키는 것이 되고 말

았다. 그것은 또한 병림과 명희, 영설과 혜련에 대한 보복 같은 것이어서 조그마한 만족이 되었는지도 모른다.

그들이 찾아간 곳은 으슥한 뒷골목의 어느 이층집이었다. 불그레한 조각달이 전선에 걸려 있어 과히 기분이 좋은 골목은 아니었다.

"불이 켜져 있구나."

하영우는 이 층을 올려다보며 말하였다.

"얌전하게 앉아 있군."

희숙이 추운 듯 양어깨를 모으며 뇌까린다. 하영우는 메가폰처럼 두 손을 모아 입에 대더니,

"한식이! 한식이!"

하고 이 층을 향하여 소리친다. 이내 창문이 드르르 열렸다. 전등불을 등진 시꺼먼 얼굴이 쑥 나타났다.

"누구야? 영운가?"

"응, 나야."

시꺼먼 얼굴이 좌우로 흔들린다. 영우를 따라온 여자들이 누군가 알아보자는 수작인 모양이다.

"내려갈게, 게 있어."

하고 창문을 닫는다. 곧이어 현관문이 열렸다.

"들어와."

"귀하신 손님이다."

하영우가 앞가슴을 펴며 뻐긴다.

"정말 귀하신 손님이다."

그쪽에서는 이미 진수를 알고 있는지 하영우의 말을 복창한다. 진수는 희숙에게 이끌려 이 층으로 올라갔다. 더러운 방이었다. 냄새가 퀴퀴하게 났다.

"진수 씨죠? 새삼스럽게 인살 해야 합니까?"

불빛 아래 거무죽죽한 얼굴을 내밀고 한식이 말하였다. 같은 학교 이 학년 성악과에 있는 학생이었다. 진수도 낯이 익어 쓴 웃음을 띤다.

"인사고 뭐고 집어치워. 기분껏 놀려고 왔는데 쑥스럽다."

하영우는 제법 안내역을 자인하듯 그들의 인사치레를 막는다.

"기분껏 논다구? 그러나 기준이 필요할걸."

하고 한식은 진수를 흘끗 쳐다보았다.

"술 마실까?"

하영우의 제안이다.

"노."

희숙은 채온 참새가 달아날까 봐 걱정되는지 진수를 보며 거절한다.

"그럼 댄스할까?"

"조옹지."

한식이 벌떡 일어나 낡아빠진 축음기를 후딱 열어젖힌다.

"그건 안 돼. 진수는 댄스를 모르니까. 성립이 안 되는 거야."

희숙은 또다시 거절이다.

"아따, 그럼 뭘 하구 노누. 먹는 내기하자."

한식은 축음기 뚜껑을 탁 덮으며 말했다.

"우린 지금 포만 상태야. 트럼프나 할까?"

희숙의 세 번째 거절과 새로운 제안으로 겨우 트럼프 놀이로 낙찰이 되었다. 한식은 지저분한 책상 서랍 속에서 빳빳한 새 트럼프를 꺼내어서 익숙한 솜씨로 섞는다.

"이거 뜸이 덜 들어 싱겁다. 오자마자 다짜고짜로 노름이야? 야, 영우야, 그 벽장 속에 먹을 것 있다. 내놔."

영우가 엉금엉금 다가가서 벽장문을 열었다. 언제 먹다 남은 것인지 과자 부스러기에 오징어가 뒹굴고 있었다.

"이게 뭐야? 쥐가 먹던 거야? 아서, 내가 가서 사온다."

벗어 던진 코트를 걸치고 탕탕 층계를 밟으며 영우는 호기스럽게 내려간다.

"자아식, 신이 나는 모양이지? 〈라 보엠〉처럼 놀아보자는 건가?"

"그야 이 귀빈을 모셨으니까 말할 것도 없지."

희숙은 열어젖혀 놓은 벽장 속에서 오징어를 슬쩍 집더니 쭉 찢는다. 그리고 진수에게 한 조각 주고 자기도 입 속에 밀어 넣더니 질근질근 씹는다.

"진수! 놀라지 말구 먹어. 호랑이 굴 아냐."

진수는 퀴퀴한 냄새가 밴 것 같아 기분이 나빴으나 호랑이 굴 아니라는 희숙의 비꼼이 싫어서 억지로 입 속에 오징어를 밀어 넣었다. 한식은 영우가 돌아오기를 기다리는지 트럼프를 방바닥에 놓고는 담배를 붙여 문다.

"노는 건 우리 청춘의 권리가 아닙니까? 그렇죠? 진수 씨."

"누가 아니래? 그래서 진수가 놀러 왔잖아."

희숙이 대신 말을 받는다.

층계를 다급히 밟는 소리가 나더니 하영우가 사과, 밤, 과자 그리고 술병을 안고 들어왔다.

"한 달 용돈 다 쓰자는 판인가?"

"깔보지 마. 이래 봬두⋯⋯."

영우가 씩 웃는다.

트럼프 놀이는 이내 시작되었다. 남자 편이 지면 술 마시기, 여자 편이 지면 남자 입에 문 사과를 베어 먹기다. 여자에겐 그야말로 아슬아슬한 노름이 아닐 수 없다. 그러나 희숙은 그런 규약에 익숙한 듯 아무 불평이 없었다.

진수는 끝내 말 한마디 없었다. 트럼프에는 상당한 자신이 있었으나 그보다 되는대로 되어가는 꼴을 한번 보자는 심산이었는지도 모른다.

처음에는 연달아 진수가 이겼다. 남자들은 술을 마시고 희숙은 깔깔거리면서 남자들 입에 문 사과를 베어 먹는다. 그 모습은 흡사 키스를 하는 장면 같았다.

그러나 결국 진수는 지고 말았다. 하영우는 재빨리 깎아놓은 사과 한 쪽을 입에 물었다.

"아이, 기가 막혀. 재수 더럽네."

희숙은 뇌까리면서도 한식이 입에 문 사과를 베어 먹는다. 그러나 진수는 움직이지 않았다.

"호호호, 진수, 뭣하는 거야? 빨리해."

그래도 진수는 움직이지 않았다. 하영우는 바보처럼 눈을 껌벅거리며 사과를 인내 깊게 물고 있었다.

"이 애, 빨리!"

희숙이 진수의 손을 딱 친다. 진수는 벌떡 일어났다. 세 사람의 눈이 진수에게 모였다.

"난 싫어! 갈래."

"어마나? 애두 그런 법이 어디 있니? 너 법규 위반이다."

희숙은 진수의 옷을 꽉 잡으며 강압한다.

"안 됩니다. 그런 에고이스트가 어디 있어요?"

한식이도 강경한 항의를 한다. 진수는 얼굴이 벌겋게 상기된 채,

"싫은 걸 어떡해요? 내가 싫으면 다지, 뭐."

"그럼 애초부터 놀지 말아야지. 비겁하게."

한식이 말을 맡아 나섰다.

"놀다가 싫으면 그만이지, 뭐."

진수는 지지 않으려고 뻗친다.

"다른 사람은 다 규약에 복종했는데 진수 씨만 안 하겠단 말

이죠?"

"내 자유죠?"

"관두어. 아직 훈련이 안 돼서 그래."

희숙이 슬그머니 편을 들고 나선다. 하영우는 지친 듯이 입에 문 사과를 와작와작 씹는다. 실망이 큰 모양으로 머리를 긁적긁적 긁는다.

결국 진수는 희숙의 손을 뿌리치고 거리에 혼자 나왔다. 희숙은 더 놀다 갈 모양인지 진수를 따라 나오지 않았다.

아까 전선에 걸려 있던 불그스레한 조각달이 지붕 위에 걸려 있었다. 냉기가 몸에 배어온다. 진수는 바바리코트의 깃을 세우고 호주머니에 두 손을 찌른 채 터벅터벅 걸어간다.

'병림이 나쁜 자식, 나쁜 자식!'

원망과 고독감에 눈물이 주르륵 흐른다.

이 무렵 혜련은 영설과 같이 자동차에 흔들리면서 한강 다리를 지나고 있었다. 그리고 일면 집에서는 준이 식모하고 말을 주고받고 있었다.

"유 선생님은 늦게 오세요?"

"모르겠어요."

"진수 양은?"

"학교에서 아직……."

식모는 집 안에 사람이 없고 강준의 옷차림이 단정치 못하여 경계심을 표시했다. 그리고 밤공기를 울리며 베스가 짖어댄다.

"혹 병림이란 사람 안 옵디까?"

"글쎄요. 줄곧 왔었는데 요즘 통 안 오시누먼요."

식모는 병림의 말이 나오자 다소 경계심을 풀고 문에서 얼굴을 더 밀어내며,

"그럼 기다리세요. 들어오셔서⋯⋯."

그러나 준은 시계를 들여다본다.

"늦었군요. 내일 오죠. 송 군 하숙에 갔더니 없어서 혹시 이리루 오지 않았나 싶어서."

준은 식모에게 문을 닫으라고 하고 돌아섰다.

'오리무중이다! 도대체 어떻게 된 판국이야?'

준은 병림을 만날 일이 있어 조금 전에 그의 하숙을 찾아갔던 것이다. 그러나 병림은 없었다. 없었을 뿐만 아니라 나간 지가 일주일이 넘는다는 것이다.

"일주일?"

"네, 새벽에 남자 한 분 와서 같이 나갔어요. 그 길로 영 안 오는군요."

식모도 걱정스럽게 이맛살을 찌푸렸다.

'명희의 농간 아닌가?'

그는 그 길로 공중전화를 걸었다. 그러나 나온 사람은 한석중이었고 이쪽에서 미처 말을 걸기도 전에 준을 알았는지 전화를 뚝 끊고 말았던 것이다. 하는 수 없이 그는 혜련을 찾아온 것이다.

'심상치 않은 일이야.'

준은 불길한 생각이 들었다.

13. 암흑의 저변

아스라이 먼 지평선이었다. 그런데 그 지평선에서 피어오르는 구름은 점점 가까워왔다. 뭉게뭉게 뭉쳐 오르는 회색 구름이다. 돌연 짙푸른 잔디에 불꽃이 확 퍼진다. 파자마를 입은 진수가 아우성을 치며 불길을 피하여 이리 뛰고 저리 뛴다. 불길은 괴물의 혓바닥처럼 진수가 가는 곳을 따라 광란한다. 병림은 밧줄에 꽉 묶인 듯 사지가 오그라붙어 움직일 수가 없다.

"진수! 진수!"

그러나 관골이 달각달각 소리를 내었을 뿐 절규는 입 밖에 나오지 못하였다. 발밑에는 팥죽처럼 칙칙한 강물이 흐르고 있었다.

"병림 씨."

눈을 들었다. 분명히 누가 불렀는데―아, 있었다. 회색 구름

속에 팥죽처럼 칙칙한 빛깔의 얼굴이, 그 얼굴만이 동그랗게 솟아 있었다.

"이건 쉬르레알리슴의 그림이 아니냐?"

하고 중얼거렸을 때 혜련의 눈에서 별안간 두 줄기의 광선이 번개처럼 뻗쳤다. 이마를 꿰뚫는 것만 같았다. 병림은 두 손으로 얼굴을 가렸다.

"일어나!"

아득한 소리, 병림은 눈을 떴다. 전등불이 눈부시다. 병림은 꿈에서처럼 양손을 들어 눈을 가렸다.

"이봐!"

병림은 가렸던 손을 내리고 굵은 목소리가 들려온 곳을 올려다보았다. 모자를 깊숙이 쓰고 코트를 입은 사나이가 두 사람, 호주머니 속에 손을 찌른 채 병림을 내려다보고 있었다. 병림은 꿈의 연속이 아닌가 생각하며 이불을 젖히고 벌떡 일어나 앉았다. 꿈은 아니었다. 머릿속이 싸늘하게 식어간다.

"빨리 옷을 입어!"

키가 작은 사나이가 명령했다. 안경이 번쩍하고 빛났다.

"어디서 오셨죠?"

병림은 뻔히 알면서도 그렇게 묻지 않을 수 없었다.

"기관에서 왔어!"

대답을 하는 키 작은 사나이의 안경이 두 번 번쩍하고 빛났다. 코 밑에 수염이 달린 키 큰 사나이는 시종일관 말이 없이 작은 눈을 병림의 동작에 집중시키고 있었다. 병림은 양어깨를 쭉 펴면서 일어섰다. 피비린내라도 확 풍길 듯한 꿈이 선명하게 되살아온다. 머릿속에서 무엇이 쏴! 하고 걷혀지더니 메마른 광장이 무한히 펼쳐져 나간다.

병림은 돌아서서 잠옷 위에다 양복을 걸쳐 입는다. 단추를 끼웠다. 그러나 돌아서지도 않고,

"어딜 가는 겁니까?"

대답을 바라지도 않는 그런 목소리로 묻는다.

"가면 알어."

이번에도 안경 쓴 사나이가 대답하는 것이었다.

두 사나이가 각각 앞뒤에 서고 병림은 한가운데 끼여 층계를 밟고 내려온다. 식모가 팔짱을 끼고 섰다가 공포에 찬 눈을 들었다. 현관문을 닫고 나섰을 때 재빨리 문 잠그는 소리가 들려왔다. 거리에는 아침이 뿌옇게 깔려 있었다. 두부 장수가 방울을 흔들며 지나가고 신문 배달부가 축축하게 젖은 땅을 차며 뛰어간다.

병림이 멍하니 거리에 깔린 아침을 바라보고 있는데 뒤에서 등을 밀었다. 떠밀리며 걸어간 곳에 지프차가 한 대 살벌한 공기를 발산하며 대기하고 있었다.

수염 달린 사나이가 먼저 올라탔다. 그다음에 병림이 올라탔다. 두 사나이 속에 끼여 앉았을 때 지프차는 쏜살같이 아침 가로를 달리기 시작하였다.

물론 경찰서로 가는 것이라 생각하였다. 그러나 지프차는 남대문을 지나고 서울역을 지나도 여전히 달리고 있었다.

서울역을 지나면서부터 가로 연변은 황량하였다. 파괴된 건물, 나자빠진 전주, 전쟁의 상처는 생생하다. 그러나 그런 풍경과 동떨어진 것이 있으니 그것은 가구상과 고물상이다. 침대와 화장대 같은 것을 진열한 가구상, 파자마와 가운 같은 것을 걸쳐둔 고물상, 아마도 전시戰時부터 이곳 주민이 된 양공주가 고객인 모양이다.

또 갈월동을 지났다. 병림은 비로소 지프차가 경찰서로 가지 않는다는 것을 깨달았다.

"어딜 갑니까?"

두 사나이는 앞을 바라본 채 대답이 없었다.

'가는 데까지 가겠지.'

병림은 마음속으로 자신이 대답하고 쓰게 웃었다. 삼각지에서 지프차는 이태원 쪽으로 구부러졌다. 그리고 으슥한 샛길로 빠진다.

잿빛 콘크리트로 된 건물 앞에서 지프차는 멎었다.

병림이 지프차에서 내리자 두 사나이는 각각 병림의 팔을 잡았다.

'절망이다.'

마음속에서 저절로 소리가 나왔다.

총탄 자국이 무수히 있는 이 층으로 된 건물 안으로 들어섰다.

경찰서보다 더 무서운 위압이 병림의 가슴 위에 내리눌러졌다.

두 사나이는 현관 앞을 그냥 지나쳐 건물 뒤뜰로 돌아갔다. 그리고 아까 하숙집에서 층계를 내려올 때처럼 수염 달린 사나이가 앞서고 안경 쓴 사나이가 뒤따르며 지하실 층계를 밟고 내려간다.

습기 찬 공기가 콧가에 스친다. 한 발 한 발 내려디딜수록 어둠은 짙어갔다.

'절망이다!'

발끝에 밟히는 콘크리트 계단의 딱딱하고 싸늘한 감촉과 양켠의 역시 콘크리트로 된 벽이 그의 절망감을 한층 심화시킨다. 어떠한 항거도 성립될 수 없음을 느낀다.

'살려주세요, 제발! 저는 아무 죄도 없습니다.'

'어딜 가는 거죠? 설마…… 설마…… 아, 아무것도 모릅니다. 아무것도 아닙니다! 하라는 대로 뭐든지 하겠습니다. 제발 한 번만 살려주세요!'

어느 계곡에서, 어느 사과나무 밑에서, 흙벽 친 농가의 뒤뜰에서 마지막 지점에 선 인간들의 절규인 것이다.

'눈, 눈, 그 눈동자들!'

병림은 고개를 흔들었다. 그런 절규와 그런 눈, 병림은 한 손을 들어 가슴에 얹고 눈을 감아버렸다. 자기의 입에서도 그런 절규가 터져 나올 것만 같았던 것이다.

계단이 끝났다. 끝난 뒤에도 복도 같은 곳을 한참 돌았다. 앞서가는 사나이가 멋었다. 병림도 멋었다. 사나이는 무거운 문을 밀었다. 그리고 돌아서서 병림의 등을 떠밀었다. 병림은 떠밀린 채 방 한가운데 우뚝 서고 말았다.

방 안이 어둡다.

"온순하군."

수염 달린 사나이가 처음 한 말이었다.

"그게 사람 잡는 거란 말이야."

안경 쓴 사나이가 내뱉듯 말하더니 문을 닫았다.

문 닫는 소리가 사방 벽에 둔중하게 울려 퍼진다. 곧이어 자물쇠 잠그는 소리가 철컥 하고 들려왔다. 병림은 콘크리트 바닥에 털썩 주저앉고 말았다.

층계를 밟고 올라가는 발소리가 멀리서 무겁게 들려온다. 지하실 벽이 상당히 두껍다는 것을 병림은 헤아렸다.

'벽이 두껍다……'

그 한 가지가 퍽이나 중대한 일인 것처럼 오랫동안 병림의 생각은 그곳에 맴돌았다.

몇 시간이나 그러고 있었는지 모른다. 갑자기 뒤통수에 무엇이 쨍! 하고 꿰뚫려 오는 것을 느낀다. 병림은 고개를 획 돌렸다.

햇빛이다. 몇 줄기의 햇빛이었다. 천장 바로 밑에 손바닥만큼이나 작은 창문에서 비쳐 들어온 아침 햇빛이었던 것이다. 물론 완강한 철봉이 가로질러져 있는 철창이었다.

"아아……."

무릎 위에 얼굴을 얹었다. 이상하게도 잠이 온다. 이대로 잠이 들어 영원히 깨어나지 말았으면 하는 생각도 들었다.

하루 종일 지하실에는 아무도 나타나지 않았다. 손바닥만큼 작은 창문에서 비치던 밝음도 이제 걷혀지고 말았다. 해가 진 모양이다.

전등이 깜박거리다가 켜졌다. 사방을 둘러보아도 낮과 마찬가지로 방 안에는 변한 것이 없고 그저 넓기만 했다.

배가 고픈 것보다 목이 말랐다. 목이 마르다고 생각하니 갑자기 용변이 보고 싶었다. 누구를 불러볼 수도 없고, 나갈 수는 더욱 없다. 하는 수 없이 구석에 가서 소변을 보고 돌아와 앉았던 자리에 도로 쭈그리고 앉아버렸다.

'대관절 날 어떻게 할 작정인가?'

속이 빈 때문인지 차츰 머릿속이 맑아온다.

'경찰서로 끌고 가지 않구 이리로 데리고 온 이유는 무엇일까?'

병림은 아무리 생각하여도 이렇게 어마어마한 단독 감금을 당할 일이 없는 것 같았다. 설혹 의용군에 나간 것이 발각되었거나 혹은 사상이 불온하다는 지목을 받았다면 경찰서에 가거나 또는 허다한 희생자들처럼 즉결처분을 받으면 그만이다. 한낱 송사리에 지나지 못하는 자기를 무슨 중대한 정치범 취급을 하는 것에는 아무래도 납득이 가지 않는다.

병림은 자기의 사고력을 집중시키려고 눈을 감는다. 순간 번개처럼 Y씨의 얼굴이 떠올랐다.

'Y씨? 혹…… Y씨에 관련된 것이나 아닐까?'

병림은 한 꺼풀의 의혹이 벗겨지는 것을 느꼈다. 동시에 일은 매우 중대하며 자기 자신이 지금까지 눈에 보이지 않는 함정 속으로 깊이 발을 내딛고 있었다는 것을 깨달았다.

하루를 꼬박 굶은 채 보내고 새벽이 가까워왔을 무렵 병림은 새우처럼 꾸부리고 잠이 들었다.

으르렁거리는 비행기 소리에 눈을 떴을 때 창살 사이로 몇 줄기의 광선이 스며들고 있었다. 시계를 보니 아홉 시다. 허기와 추위가 동시에 엄습해 온다.

'나를 굶겨 죽이지 않을 것만은 확실하다. 내가 기진맥진해지면 그자들은 날 끌어낼 거야.'

열 시가 훨씬 지났을 때다. 병림은 바싹 귀를 세웠다 지하실로 내려오는 발소리가 들려왔던 것이다. 그 발소리는 방 앞에까지 와서 멎었다. 자물쇠를 연다. 문이 쑥 열렸다. 눈이 부리부리하고 작업복을 입은 사나이가 들어왔다. 사나이는 양은그릇과 물통 같은 것을 들고 있었다. 그는 콘크리트 바닥에 그것을 놓고 일어섰다.

병림은 그 사나이를 보는 순간 잊어버리고 있었던 일이 불현듯 되살아왔다. 참을 수 없는 분노였다.

"언제까지 이러구 있어야 합니까!"

사나이는 슬쩍 한 번 쳐다보더니 아무 대답도 주지 않고 나가 버린다. 또다시 자물쇠 채우는 소리가 철컥 하고 들려왔다.

"이보다 더 무고한 죽음을 너는 얼마나 많이 보았느냐. 그럴 때마다 네 마음에 있는 분노는 모두 공空으로 돌아가지 않았던가!"

자기의 목소리가 벽에 웅얼웅얼 울렸다. 그 사나이를 보기 전까지 아무 억울함도 느끼지 않고 있었던 자신이 우스웠다.

그는 물통을 들고 물을 꿀꺽꿀꺽 마셨다. 소금을 뿌린 주먹밥에서 고소한 냄새가 풍겨온다. 병림은 그것을 들고 주린 개처럼 우적우적 씹었다. 목이 멘다.

아침 열 시가 지나면 소금을 뿌린 주먹밥 한 개와 물통을 넣어주는 날이 며칠 동안 계속되었다. 그 밖에 변한 일이라고는 아무것도 없었다.

닷새가 지난 뒤 병림은 시계를 보며 층계를 밟는 발소리에 귀를 기울이고 있었다. 주먹밥 한 개를 안타깝게 기다리고 있는 것이다. 식욕밖에 헤아릴 줄 모르는 동물에 흡사하였다.

그러나 열한 시가 되고 열두 시가 되고 한 시 두 시가 지나갔건만 끝내 발소리는 들려오지 않았다. 시계가 다섯 시를 가리킬 때 병림은 지쳐서 벌렁 나자빠지고 말았다. 콘크리트의 냉기가 뼈에 쑤시듯 스며들었다.

희미한 전등이 켜졌을 때 흐려진 의식 속에 어슴푸레하게 발소리가 들려온다. 병림은 자리에서 벌떡 일어났다.

천만 뜻밖에도 작업복의 사나이는 뚝배기에 담은 설렁탕 한 그릇과 새빨간 깍두기 한 보시기를 들고 들어왔다. 병림은 사나이를 멀거니 쳐다보았다. 입에 군침이 괴도록 구미가 동하는 것이었으나 의아함을 금할 수 없었다.

그러나 병림은 이내 자기를 둘러싼 그물이 좀 더 압축되어 왔음을 깨달았다. 그렇다고 해서 주림이 후퇴한 것은 아니다. 사나이가 문을 닫고 나가기가 바쁘게 병림은 떨리는 손으로 숟갈을 잡았다. 허덕거리며 퍼먹었다. 깍두기도 말짱 먹어치웠다. 살아난 것 같았다.

그는 때에 전 손수건을 꺼내어 눈물처럼 떨어지는 식은땀을 닦았다.

'사람의 욕망이란 참말 하찮은 것이군.'

병림은 충족 뒤에 오는 비애를 씹으며 서글프게 웃는다. 또다시 층계를 밟는 소리가 들려온다. 한 사람이 아닌 모양이다.

'적어도 두 사람? 아니, 세 사람?'

문이 열렸다. 식사를 나르던 사나이가 손짓을 하며,

"나와!"

병림은 일어섰다. 방을 나섰을 때 다리가 몹시 휘청거렸다.

층계로 향하는 복도와 반대되는 방향으로 사나이는 병림을 몰았다. 자그마한 도어 앞에 와서 사나이는 병림을 한번 쳐다보았다. 그리고 문을 밀었다. 환한 불빛이 어두컴컴한 복도에 내리쏟아진다.

뭔지도 모르는 물건들로 꽉 짜인 방이었다. 책상도 의자도 있었다. 금고 같은 것도 있었다.

사나이는 그 속으로 병림을 떠밀어 넣고 문을 닫았다. 방 속으로 밀려 들어온 병림의 시선이 한곳으로 몰렸다. 맞은편 벽에 한 사나이가 멀거니 자기를 바라보고 서 있었던 것이다. 자기와 꼭 같은 양복을 입고 있었다. 그러나 병림은 아니었다. 창백한 얼굴, 움푹 꺼진 눈자위, 관골이 유별나게 솟아 있었다.

그것은 거울이었다. 거울이라면 그 속의 사나이가 자기임에는 틀림이 없다.

"앉아요."

병림은 움찔하며 의자를 끌어내어 앉았다. 그리고 자기에게 앉으라고 명령한 사나이와 얼굴을 똑바로 쳐다보았다. 곱게 생긴 얼굴이었다. 수염이라곤 애당초 나보지도 않았던 것처럼 매끄러운 피부가 약간 노리끼리하다. 푸르죽죽하고 얄팍한 입술이 옆으로 찢어져 냉바람이 돈다. 그 사나이 옆에는 병림을 이곳까지 데리고 온 안경을 쓴 사나이가 앉아 있었다.

곱상한 사나이는 책상 위에 놓인 담뱃갑을 뜯어 담배 한 가치를 반쯤 꺼내어 병림에게 내밀었다. 병림은 서슴지 않고 쑥 뽑았다. 사나이도 한 가치 뽑아 입에 물더니 라이터를 켜가지고 병림의 담배에다 불을 댕겨주었다.

몇 모금 빨아당겼을 때 병림은 현기증을 느꼈다. 사나이는 시원스럽게 담배 연기를 뿜었다.

"누굴 통해서 Y씨하고 접선을 했지?"

첫마디를 던졌다.

'역시 그렇구나!'

병림은 자기의 우려가 들어맞았음을 알았다.

"아무도 통하지 않았습니다."

"그럼?"

"부산 있을 때 제가 찾아가 뵈었습니다."

병림은 그때 같이 갔던 친구를 끌어내지 않았다.

"응……? 그러면 육이오 때 뭘 했어?"

"아무것도 하지 않았습니다."

"아무것도 하지 않았다구?"

싸늘하게 웃는다.

'이자는 알구 있을까? 아니다. 그 수에 넘어가서는 안 돼. 내 앞에 증거를 내놓을 때까지는 뻗쳐보는 거야.'

사나이는 병림의 눈을 쏘듯 날카롭게 바라보았다.

"육이오 때는 어디 있었어?"

"고향에 내려가 있었습니다."

"왜?"

"아버지가 별세하여 고향에 내려가 있는 동안 사변이 났기 때문입니다."

"형이 유명한 빨갱이라면?"

"형은 공산주의자였습니다."

병림은 다소 마음을 놓았다. 형의 성분까지 알고 있는 것으로 보아 이미 충분한 뒷조사가 되어 있음이 분명하다. 그러나 의용군에 나간 일에 대하여 말이 없으니 그 비밀은 보존된 모양이라 생각한 때문이다.

"형이 유명한 빨갱이라면 육이오 때 아무것도 하지 않았다는 것은 납득이 가지 않는데?"

"사변이 터지자 형과 형수는 곧 서울로 올라가구 어머니는 절 숨겨주셨습니다."

"그 말대로 좇는다면 형과 반대되는 사상을 가졌더란 말인가?"

"저는 형의 사상을 무조건 받아들일 수는 없었습니다."

"무조건? 그럼 어느 정도는 받아들일 수 있었단 말이지."

"그런 뜻이 아닙니다."

"좋다. 그러면 또 묻겠는데 빨갱이 형을 받아들일 수 없었다면 어째서 Y씨하고 접촉했나?"

"Y씨는 커뮤니스트가 아닙니다."

사나이는 병림의 눈동자에 이는 그늘을 놓치지 않으려는 듯 눈 한 번 깜박이지 않고 응시한다.

"아니라고 단정하나?"

"네, 결코."

"그러한 단정은 결국 빨갱이였다는 시인을 의미하는 거야. 아니라는 신념은 그렇다는 긍정과 통한다. 왜냐하면 Y는 빨갱이였으니까 말야."

사나이는 이상하게 말을 비비 꼬았다.

"커뮤니즘의 결함을 깨닫고 돌아선 그분이 커뮤니즘의 사회에서 용납될 리가 있겠습니까? 만일 그러한 분이 아니었더라면 저는 그분을 찾아가지 않았을 것입니다."

"편리한 탈을 쓴 Y가 아니라면 찾아갈래도 찾아갈 수 없잖아? 남한의 최전선을 돌파하지 않는 이상."

"그렇다면은 육이오 때 그들을 따라갔을 게 아닙니까?"

"투쟁의 요령을 제법 아는군. 그야 사명에 따라서."

병림은 자기 말의 어리석음을 느꼈다. 입을 다물지 않을 수 없었다.

"그러면 또 묻겠다. 그러한 사람이기 때문에 찾아갔다면 그 이유는?"

병림은 말이 없다.

"찾아간 데는 그만한 이유가 있을 게 아냐?"

"사람이 사는 땅 위에 이러한 일이 없어지기를 바라는 마음에서 찾아갔다구 할 수 있겠죠."

"이러한 일이라니?"

"무고한 죽음과 무고한 형벌 말입니다."

사나이의 얼굴에는 아까와 같은 그 싸늘한 웃음이 감돌았다. 안경 쓴 사나이는 시종일관 말이 없었고 담배만 태우고 있었다.

"현 정권의 전복을 뜻하는 것인가?"

"미래의 우리들의 봉사를 준비하기 위해서입니다. 무고한 죽음과 무고한 형벌이 없는 이상적인 사회를 위하여 우리들의 노력의 방향을 그분께 물어보았을 뿐입니다."

"그러한 봉사를 표방하고서 비밀결사를 조직했단 말이지?"

"비밀결사를 조직한 일은 없습니다."

"현재 그대는 그 비밀결사의 리더가 아닌가?"

"그것은 비밀결사가 아닙니다. 어떤 회칙도 없고 주도자도 없습니다. 단순한 학술 토론의 자유로운 모임일 뿐입니다."

"그야 외관상으로는 그렇겠지. 내용을 뒤집어 놓는 어리석은 자가 있을 성싶나?"

"내용이 그렇다면 뒤집어 보면 알게 아닙니까?"

"물론이지, 뒤집는 것이 우리의 임무이며 목적이니까. 하긴 쪼무래기라면 몰라도 이런 신사적인 응대에 토할 리가 없지."

그 말은 두말할 것도 없이 폭력을 쓰겠다는 것이다.

"하여간 이곳에서는 서론으로 그치기로 하고, 그러나 마지막으로 공식을 하나 알려주지. 빨갱이의 거물인 그대의 형과 Y를 이어줄 사람은 누구겠나? 그대는 그 거물의 동생이요, Y의 애제자란 말이야. 그리고, 그 형과 Y는 빨갱이, 그렇다면 문제는 자명하지 않을까?"

그의 공식은 병림에게 명확한 암시를 주었다. 간단히 말해서 병림은 괴뢰의 강요를 당하고 있는 것이다. Y씨를 몰아넣는 데 쓰이는 괴뢰이다.

"마음대로 하십시오. 저의 내장을 모조리 훑어내어도 붉은 색채는 없을 것입니다."

병림은 결연히 말하였다. 순간 사나이의 눈에 칼날 같은 것이 꽂힌다. 그러나 입가에는 의연히 냉소를 머금고 있었다.

"이쪽에서 신사적으로 대해주면 누구든지 그렇게 큰소릴 탕탕 치는 법이야. 그러나 붉은 색채는 그쪽에서 내비쳐 주는 게 아니구 우리가 색출해 내는 거다. 자신의 어리석음을 곧 알게 된다."

사나이는 푸르고 얇삭한 입술을 꼭 다물고 광선이 미끄러질 듯 반들반들한 얼굴을 안경 쓴 사나이에게 돌렸다.

안경 쓴 사나이가 슬그머니 일어섰다. 병림은 감금되었던 방으로 도로 끌려왔다. 식사를 나르던 작업복의 사나이가 마치 도수장 속의 백정처럼 비실거리며 들어오는 병림을 맞이하였다.

무지스러운 고문이 시작되었다. 둘러싸인 사방의 콘크리트 벽에 병림의 이빨 사이로 밀려 나오는 신음이 반향한다. 그러나 병림은 이를 악물면서,

'이건 지옥의 일정목町目*이다.'

하고 마음속으로 외쳤다. 이정목 삼정목 사정목 얼마 동안 남아 있을지, 얼마나 지탱될 것인지…….

그들의 고문의 방법은 가차 없는 것이었다. 어떠한 죄목을 끌어내기 위함보다 입수한 재료가 쓸모없는 것이라면 이대로 없어져도 그만이라는 그런 식이었다.

병림이 거의 실신 상태에 빠졌을 때 그들은 마치 고문 기구처럼 무표정한 얼굴로 나가버렸다. 병림은 피가 괸 콘크리트 바닥에 얼굴을 처박은 채 움직이지 않았다.

몇 시간이 지났을 때 병림은 자기가 살아 있다는 것을 의식하였다. 동시에 전등빛이 얼굴 위에 내리쏟아졌다. 그는 나무 막대기처럼 감각을 잃은 손을 들어 눈을 가렸다. 끈적끈적한 피가 손바닥을 적신다.

"어머니!"

육체의 고통보다 더 심한 고통이 가슴을 엘 듯 조여들었다.

'어머니! 사람은 왜 사는 것입니까? 이렇게 억울하게 죽어가기 위해 이 세상에 태어났단 말씀입니까? 어머니, 형님의 마음의 고향은 이북이었고 아버지의 고향은 이남이었습니다. 그분들은 밤낮 싸웠죠. 그 아버지도 지금은 돌아가셨습니다. 형님도 이제 이 땅에는 없습니다. 어머니, 어머니하구 저는 왜 싸움을 하는가 싶어 늘 마음이 아팠습니다. 우린 다 잘 살 수 있는데 왜 싸움을 해야 하는가 싶었습니다.'

병림의 눈에서 눈물이 흐르고 있었다.

'어머니, 우리는 누구를 위하여 싸웠습니까? 피를 흘렸습니까! 그것은 아무도 모릅니다. 어머니, 정말로 우리들은 죽어야만 하겠습니까? 개처럼 죽어야만 하겠습니까? 아아, 그러나 어머니는…… 잘 돌아가셨습니다.'

병림은 자기 자신도 헤아릴 수 없는 넋두리를 되풀이하며 흐느껴 우는 것이었다.

겨우 눈물을 거두고 허물어지려는 듯한 몸을 일으켜 앉혔다. 시계를 들여다본다. 시곗바늘은 열 시를 가리킨 채 멎어 있었다. 유리가 산산조각으로 부서져 있었다. 그러나 밤은 깊어만 간다. 깊어갈수록 잠은 오지 않고 마디마디가 쑤셔 견딜 수 없었다.

아침이 되고 또 밤이 왔다. 어제와 꼭 같은 일이 되풀이되었다. 다음 날도 그러하였다. 병림은 이제 깍두기와 설렁탕을 기다리지 않았다. 그것은 심문과 고문의 개시를 의미하는 것이기 때문이다. 고통에 겨워 병림은 몇 번이나 자살을 생각하였다.

'옳지! 셔츠를 찢어서 끈을 만들자. 목을 졸라서 죽는 거다!'

'이 비겁한 놈아! 고통이 무서워 죽으려는 거냐?'

자신에 대한 욕지거리가 끝나기도 전에,

'그보다는 차라리 벽에 머리를 부딪구 죽는 것이 어떠냐?'

'비겁하구 심약한 놈이구나! 개돼지처럼 맞아 죽었으면 죽었지, 네가 너를 죽일 수는 없다.'

'아니, 혀를 깨물고 죽는 것이 어떨까? 그러면 죽어질 수 있을까? 죽어질 수 있을까?'

고문의 시간이 발소리와 더불어 가까이 오면 올수록 병림은 초조히 죽어질 수 있을까라는 말을 되풀이하는 것이다.

굵은 창살이 가로질러져 있는 창문에 푸른 하늘이 몇 조각 얼음처럼 차갑게 펼쳐져 있었다. 어젯밤에 치른 고문의 시간과 오늘 밤에 겪어야 하는 고문의 시간의 한중간이다. 그러니까 열 시쯤 되었는지…….

병림은 시각을 마음속에 새기면서 반듯이 누운 채 그 몇 조각 푸른 하늘을 바라보고 있었다. 옛날의 형체를 잃은 병림의 모습은 보기 흉한 잔해처럼 뒹굴고 있는 것이다.

'푸른 하늘, 다사로운 햇볕, 다시는 못 보리라. 이렇게 죽어가는 것을 누가 알 것인가. 불운한 놈이다.'

그러나 불운으로 밀어버리기에는 체념이 용납지 않았다. 병림은 사변 때 총탄에 죽어질 목숨이 죽지 못하고 그동안의 세월을 덤으로 받은 것이라 생각하려고 했다. 그렇다면 억울할 것도 안타까울 것도 없는 당연한 보상이었는지도 모른다.

병림은 그 덤으로 얹어준 세월을 생각할 때, 진수와 자기, 자기와 진수 이렇게 뚜렷이 솟아나는 사실을 보는 것이었다.

'진수!'

목마르게 불러본다. 그리움이 밀려온다. 창문 밖에 펼쳐진 몇 조각 하늘의 푸르름처럼 온몸에 젖어드는 그리움이다.

'진수!'

진수의 맑은 목소리가 울려온다. 웃음소리도. 그러나 시신경만은 추억의 기능을 잃어버렸는지 아무리 눈을 감아도 진수의 얼굴은 떠오르지 않았다. 진수의 얼굴을 되살려 보려고 애를 쓰면 쓸수록 막막한 어둠만 퍼져갈 뿐이다. 그리움, 기아와 육체의 고통과 생명이 절단될 순간을 시시각각으로 느끼는 절박을 뛰어넘은 세계, 그것은 인간에 대한 그리움이다.

병림은 눈을 떴다. 창문을 들여다보는 두 개의 눈이 있었다. 바깥 지상에서 그 창문을 통하여 지하실의 병림의 동태를 살피는 눈이다. 병림은 다시 눈을 감았다.

'동물원의 원숭이로군. 아니, 빈사의 사자가?'

병림은 마음속으로 껄껄 웃어젖혔다.

저녁이 되었다. 변동 없이 밥은 들어왔다. 회오리바람처럼 시간이 닥쳐온다. 그러나 그 시간은 지나가고 말았다. 사방은 괴괴한 고요 속에 묻혀 있는 것이다.

'이상하다? 코스가 바뀌어졌다?'

정적이 찡! 하고 머릿속을 울린다.

차라리 당할 것은 당해버리는 것이 낫다. 수없는 발소리가 가슴 위를 지근지근 밟고 지나가는 것은 보다 더한 고문이 아닐 수 없었다.

한밤중이다. 발소리가 들려온다. 병림은 눈을 감았다. 복도를 밟는 소리, 자물쇠를 여는 소리, 문 여는 소리, 그다음은 얼굴이다.

"나와!"

사나이의 목소리는 다른 때와 억양이 좀 다르다. 그러나 병림은 눈을 뜨지 않았다. 움직이지도 않았다.

"일어나!"

사나이는 병림 옆으로 와서 발길로 병림을 찼다.

"일어날 수가 없습니다. 그 방에 가는 건 그만두구 여기서 고문이나 하십시오."

일어날 수 없으리만치 몸이 바스러져 있었으나 목소리만은 굵고 명확하다.

"흥, 너 맘대루야? 그러나 그 방에 가는 건 아니란 말이야. 저승길로 가는 건지 집으로 가는 건지 하여간 일어나란 말이야."

병림은 눈을 치뜨고 사나이를 올려다본다. 불빛을 등진 사나이의 얼굴이 바위처럼 내려다보고 있었다. 상처로 망가진 병림의 얼굴이 흉하게 찌그러진다. 낮게 신음하며 몸을 일으킨다. 비실거리며 일어섰다.

사나이는 거친 손길로 병림을 부축하였다. 방을 나섰다. 과연 사나이의 말대로 심문실로 가지 않고 지하실의 층계 있는 곳으로 병림을 이끌었다.

건물 밖으로 나갔다. 하늘에는 무수한 별이 흐르고 있는데 지상의 밤은 죽음처럼 고요하고 무겁다.

두 사나이가 등을 보이고 서 있었다.

병림은 그들과 같이 거리로 나왔다. 지프차가 대기하고 있었다. 지프차의 발동 소리가 어떤 위기를 내포하고 있는 삼엄한 공기를 더욱 압축시켜 병림의 신변을 감쌌다.

얼마 전에 이곳에 올 때와 마찬가지로 병림은 두 사나이 사이에 끼어 앉았다. 왼편에는 입술이 푸른 사나이, 오른편에는 안경 쓴 사나이다.

지프차는 이태원의 거리를 날듯이 달렸다. 헤드라이트가 비치는 넓은 가로에는 쥐새끼 한 마리 얼씬하지 않았다.

'어디로 가는 겁니까?'

그런 물음은 병림의 마음속에서 자동차의 속력과 더불어 지워지고 말았다.

'가는 데까지 가겠지.'

병림은 하숙에서 이끌려 오던 날 자기에게 들려주었던 말을 되풀이하였다.

'저승길까지 가는 겁니까?'

순간 병림의 시야는 막막한 어둠에 묻히고 말았다. 어디선지 천지를 뒤흔드는 듯한 폭소가 들려온다. 그러나 그 폭소는 어디서 들려오는 것이 아니고 배창자 속에서 꿀럭거리고 있었던 것이다. 만일 그 웃음이 터져 나온다면 자신은 미쳐버리고 말리라는 한 가닥의 자의식이 그를 거머잡았다.

'말하겠소, 말하겠어요. Y씨는 빨갱이입니다. 아암, 그렇구말구요. 내가 비밀 연락원이었었죠.'

상처투성이인 이마에 핏줄이 부푼다. 눈이 번쩍번쩍 빛났다.

'나는 죽을 수 없어요. 이렇게 죽을 수는 없어요. 내 생명은 Y씨의 생명이 아닙니다. 그의 생명과 바꿀 순 없어요.'

병림은 두 손을 들어 자기의 머리털을 우지직 뽑았다. 곁눈으로 그것을 보던 사나이의 푸른 입술이 내리 처지면서 엷은 웃음이 번져 나온다.

'아니다. 아니다! 너는 꿈을 꾸고 있는 것이다. 정신을, 정신을 차리자. 이래도 저래도 죽을 바엔, 멋지게, 그렇다, 멋있게…….'

어디까지 왔는지 모른다. 자동차는 멎었다. 운전수는 헤드라이트를 꺼버렸다.

사나이는 병림을 내리라 하며 옆구리를 찔렀다. 내려섰다. 허허한 벌판이다. 흑색 공간과 백색 저변이 층을 이루고 있었다. 한강의 어느 유역인 모양이다.

사나이는 또 병림을 떠밀었다. 걸어가라는 것이다. 사북사북 모래를 밟는다. 뒤에서도 사북사북 모래를 밟는다. 물결치는 소리가 들려온다. 그 물결치는 소리는 차츰 파도 소리가 되어 병림의 귀를 두들겼다. 아무것도 보이지 않았다. 사나이가 병림의 팔을 잡는다. 병림은 돌아섰다. 역시 아무것도 보이지 않았다.

"죽이는 겁니까?"

"그렇다면 어떡헐 테야? 할 말이 있나?"

냉랭한 목소리가 돌아왔다.

"할 말이 없습니다. 당신을 죽이구 싶군요."

"대단한 배짱이다!"

사나이는 옆구리에서 권총을 뽑았다. 그리고 총구를 병림의 아랫배에다 대었다.

"이거 뭐지?"

"권총이겠죠."

병림의 목소리는 떨렸다.

"돌아서라!"

병림은 돌아섰다. 물결 소리가 파도가 되어 싸아! 하고 머릿속에 밀려 들어왔다.

"두 발만 쏘면 너는 이 강물을 따라 황해로 떠내려가는 거야. 그러면 되놈들이 건져서 장사 지내줄 거 아냐? 하하하……"

웃음이 멎었다. 동시에 총성이 울렸다. 총성이 메아리가 되어 건너편 강기슭에서 돌아왔다.

병림은 픽 쓰러졌다.

"바보 같은 자식, 공포에 나자빠지다니 보기보담 쓸개가 적군."

사나이는 발길로 병림을 걷어찼다. 그리고 권총을 도로 찌르더니 담배를 뽑았다. 그동안 안경 쓴 사나이가 강물을 병림의 얼굴 위에 끼얹었다. 그리고 일으켜 앉혔다.

"이봐, 죽기 싫지? 죽으면 다야. 고생을 하더라도 살아야 할 게 아닌가."

사나이는 담배를 던지고 모래 위에 주저앉는다.

"순순히 얘기만 하면 한 일 년 콩밥 먹구 햇빛을 볼 게 아닌가 말이야. 어때? 젊은 놈이 이렇게 흔적 없이 죽어서야 쓰겠나. 관상을 보아하니 죽을 놈은 아니다. 한 일 년 살다가 나오면 되잖아. 세상이란 어렵게 살려면 한없이 어려운 거지만 쉽게 살려면 또 어이없이 쉬운 거야. 송사리 같은 자네 한 사람 죽여봤던

610

들 우리에게 소득이 있을 리도 없구⋯⋯."

사나이는 병림에게 담배를 한 개비 붙여주었다.

"Y와의 관계와 배후를 얘기하라. 자세히 말하지 않아도 돼. 네가 Y에게 줄을 그어준 건 사실이지?"

"⋯⋯."

"사실이지?"

"사실이 아닙니다."

"사실이 아니라구? 사실이라구 말할 수 있잖아? 여기서 없어지는 것보담 쉬운 일을 왜 못 해."

사나이는 병림에게 언질을 주고 또한 언질을 받고자 갖은 술책을 썼지만 병림은 끝내 거부하고 말았다.

새벽이 가까워졌을 때 사나이들은 병림을 도로 지프차에 담아 싣고 어디론지 사라졌다. 물결치는 소리, 깜박거리는 별빛, 아무 일도 없었던 양 섭리를 따라 유동하고 있었다.

수원 시가에 들어섰을 때는 밤도 어지간히 깊어 있었다. 혜련의 마음은 설렜다. 영설도 역시 그런 모양으로 차창 밖을 몇 번이나 내다보았다.

어느 여관 앞에서 자동차는 머물렀다. 영설은 운전수가 섭섭하지 않게 찻삯을 치르고 먼저 내려서 혜련을 부축하였다.

차창에서 본 수원 시가는 형편없이 파괴되어 있었다. 그러나 눈앞에 보이는 여관은 그런 상처도 없이 손님을 기다리고 있었

다. 수목이 몇 그루 있는 고가였다. 혜련은 다소 주춤거리다가,

"진수가 얼마나 걱정을 할는지 모르겠어요."

차중에서 마음에 걸렸던 일을 입 밖에 내었다.

"걱정 말아요. 전보나 치지."

영설은 예사롭게 대답하고 혜련의 손목을 잡았다. 혜련은 영설의 강한 인력에 끌려 여관으로 들어섰다.

"어서 오십시오."

안경을 쓴 중년 사나이가 머리를 들었다.

"조용하구 깨끗한 방을 주시오."

"네, 네, 순칠아!"

사나이는 여숙객의 행색을 살피며 심부름꾼을 부른다. 머리를 깎은 사내아이가 쫓아 나왔다.

"거 삼호실로 손님 모셔라."

"네."

사내아이는 손님한테서 짐을 받아 들려다 아무 가진 것이 없는 것을 보자 의아하게 생각하며 앞장을 선다.

조용한 온돌방이었다. 사내아이가 문을 닫아주고 나가자 혜련은 신기함과 생소함을 동시에 느끼며 사방을 두리번거린다.

"방이 따스하군."

영설은 방바닥을 한 번 짚어보고 혜련을 잡아끌어 아랫목에 앉힌다. 그리고 자신은 코트를 벗어 옷걸이에 걸었다.

"추워요? 얼굴이 창백해."

영설은 신부를 데리고 신혼여행을 온 사람처럼 조심스럽게 근심한다. 그러나 그것은 잠시였다.

"아아, 참 기분이 좋다. 마음이 바다처럼 퍼져가는 것만 같다."

영설은 팔베개를 하고 반듯이 드러눕는다. 반듯한 이마와 깊숙한 눈이 세상의 오욕을 모르는 듯 청명하다. 안심과 만족과 해방감에서 오는 평화가 그의 얼굴에 깃들어 있었다. 혜련은 그 얼굴을 내려다보고 있었다. 자신도 그러하였다. 적어도 이 순간만은 그러하였다. 안심과 만족과 해방감으로.

영설은 눈을 치떴다. 그리고 웃었다. 팔을 뻗쳐 혜련의 두 팔을 잡아끌었다. 혜련의 몸이 그의 가슴 위에 쏟아진다.

"혜련이! 행복하지 않아? 이대루 죽구 싶을 만치 난 행복해."

그는 오래오래 혜련의 입술을 빨았다.

"얼굴이 차갑군. 역시 추운 모양이지? 왜 이렇게 떨구 있어?"

영설은 혜련의 가슴 위에 손을 얹는다. 그러나 다시 혜련의 부드러운 머리를 쓰다듬어 주며,

"세상의 모든 일은 얼마나 허황한 것이냐 말이다. 먼지보다도 값어치가 없는 일들이지. 우리가 이렇게 사랑하고 이런 밤을 보낸다고 생각하면 말이야. 윈저 공이 심슨 부인한테 반해서 왕관을 집어 던진 것은 너무나 당연한 일이지. 하하하……."

영설은 유쾌하게 웃으며 혜련을 다시 포옹했다. 그때 마침 밖에서 방문을 두드리는 소리가 들려왔다. 영설이 벌떡 일어났다.

혜련도 당황하며 자세를 바로잡는다. 다시 밖에서 문 두드리는
소리가 들려왔다.

"들어오시오."

영설이 대답을 하자 아까 그들을 안내해 주던 사내아이가 방
문을 열고 머리를 쑥 디밀었다.

"손님들, 저녁 식사는 어떻게 할깝쇼."

하고 눈알을 빙빙 돌린다.

"어떻게 한담? 간단히 차려오랄까?"

영설은 동의를 구하듯 혜련을 쳐다보며,

"배고프지 않아?"

"별로……."

"아무튼 가져와요."

소년이 나가버리자 영설은 두루마기를 입은 채 앉아 있는 혜
련에게 그것을 벗으라고 했다. 그러나 혜련은 우두커니 영설을
바라보고 앉아 있다.

"내가 벗겨줄까?"

영설이 두루마기 고름을 잡는다. 혜련은 그의 손을 뿌리치고
일어서서 두루마기를 벗어 걸었다. 연옥색 치마저고리가 부드
러운 어깨로부터 발끝까지 섬세한 굴곡을 지으며 조용히 소용
돌이친다.

"너무 무모해요. 갈아입을 옷도 없이 멀리까지……."

혼잣말처럼 중얼거린다.

"화내지 말구 여기 앉아요. 갈아입을 옷이 없음 내 셔츠라도 벗어줄게."

그러나 혜련은 자리에 앉지 않았다. 창문 옆으로 걸어가서 앙상한 나뭇가지가 뻗어 있는 밖을 내다본다.

"참 조용하죠? 아주 멀리 온 것만 같아요!"

"그보다 혜련이!"

"네?"

돌아보지도 않고 대답만 한다.

"가끔가다가 혜련인 슬픈 얼굴을 하는데 왜 그러는 걸까?"

영설은 무릎을 모아 팔을 걸치며 묻는다.

"당신을 사랑하는 때문이에요."

"사랑하는데 슬퍼?"

"그럼은요."

혜련은 여전히 창밖을 바라보며 대답하였다.

"나는 이렇게 행복하구 즐겁구 바랄 것이 없는데 왜 슬플까?"

"당신은 남자니까……."

혜련은 영설을 돌아보며 소녀처럼 웃었다. 양 볼이 상기되어 붉고 눈은 열띤 사람처럼 젖어 있었다. 혜련은 다시 얼굴을 창밖으로 돌렸다.

"이 순간이 영원했음 얼마나 좋을까?"

"영원할 수는 없어도 우리가 죽을 때까지는……."

"우리가 죽을 때까지……."

혜련은 영설의 말을 되뇐다.

"죽음을 어떻게 알아요? 오늘 밤이라도⋯⋯."

"적어도 십 년은 살 수 있겠지. 우리가 이런 순간을 지속하여 십 년을 산다면 더 바랄 게 뭐 있겠소."

"십 년⋯⋯ 아니 오 년, 일 년이라두 이렇게만 살구 싶어요."

그때 마침 저녁상이 들어왔다. 소년이 밥상을 놓고 나가려고 했을 때,

"지금 전보 칠 수 있을까?"

하고 영설이 물었다.

"늦었는데요. 곧 통금 사이렌이 불어요."

"그럼 내일 아침 일찍이 좀 해주게."

영설은 호주머니 속에서 수첩을 꺼내어 몇 자 적더니 팁을 포함한 전보 요금을 소년에게 주었다.

영설은 창밖을 바라보며 우두커니 서 있는 혜련을 불렀다. 혜련이 밥상 앞에 앉는다.

"피로하지 않아?"

"아뇨."

그들은 서로 머리를 맞대고 늦은 저녁을 치렀다. 밥상을 물리자 이내 그 소년이 나타나 이부자리를 깔아주었다.

혜련은 신비스럽게 영설을 바라보고 있었다. 영설은 양복을 후딱 벗었다. 넥타이를 끄르고 와이셔츠도 벗는다. 그리고 얄팍한 속셔츠를 벗어 혜련에게 획 던져주며,

"그걸 입어요."

자기 자신은 러닝 바람으로 일어서서 전등을 껐다.

불을 꺼도 혜련이 움직이지 않는 것을 보자 영설은 혜련 옆에 주저앉아 그 여자의 저고리 고름을 끌러준다. 혜련은 그의 손을 뿌리치며 돌아앉아 옷을 벗는다. 속치마와 속저고리가 희미한 어둠 속에 유난스레 희게 보인다.

그는 영설의 속셔츠를 밀어주며,

"감기 들어요."

"괜찮아."

영설은 소중한 물건처럼 혜련을 이불 속으로 안아 들였다. 그들은 완전히 개방된 영혼과 육체가 형용키 어려운 어느 신비경으로 흘러가는 것을 느꼈다. 혜련은 영설의 목을 안고 그의 심장에 머리를 묻으며 흐느껴 울었다.

"왜 울어? 바보처럼."

거센 폭풍이 지나간 후의 맑은 날씨와 같은 영설의 감정은 무엇에 가득 충만되어 있는 것만 같았다. 그러나 혜련을 꼭 껴안아 주던 영설의 팔에서는 차츰 힘이 빠지고 규칙적인 숨소리가 새어 나왔다. 어느새 잠이 들어버린 것이다.

혜련은 영설의 심장이 뛰는 소리를 듣고 있었다. 훈훈한 체온이 그를 행복하게 하였다. 그러나 별안간 견딜 수 없는 무서움이 확 달려든다. 혜련은 영설을 흔들었다.

"응? 왜?"

영설은 잠꼬대처럼 중얼거렸다.

"주무시지 말아요. 무서워요. 이야기해 주세요."

혜련은 정말 잠들어 버린다는 것이 무서웠다. 영영 깨어나지 않는다면 어쩌랴 싶었던 것이다. 영설은 눈을 비비며 담배를 찾아 물었다.

"잠이 안 와?"

"잠이 안 와요. 혼자, 혼자서 자지 않고 있으니 고아처럼 자꾸만 외로운 생각이 들어요."

"어린애 같은 소릴 하는구려. 자, 이제 자요. 잠들기까지 내가 보구 있을게."

영설은 혜련의 등을 두들겨 주었다. 그러나 영설은 혜련이 잠드는 것을 기다리지 않고 먼저 잠이 들고 말았다.

'연주회 때문에 피곤한 모양이야.'

혜련은 일어나 전등불을 켰다. 그리고 무심히 잠든 영설의 얼굴을 내려다본다. 평화스럽고 만족한 얼굴이다. 이 세상에 대한 믿음이 넘쳐 있는 얼굴이었다.

'살구 싶다. 당신과 더불어 이 벅찬 즐거움 속에서 살구 싶어요.'

언제 잠이 들었는지 혜련이 눈을 떴을 때 방 안에는 아침 햇빛이 환하게 들어 있었다. 혜련은 표현할 수 없는 희열을 느꼈다. 얼마나 소중한 아침이랴 싶었다.

그가 일어나 사방을 살폈을 때 영설의 모습은 보이지 않았다.

어젯밤에 걸어둔 바바리코트도 없었다.

'어딜 갔을까?'

혜련은 이불을 개켜놓고 우두커니 앉아서 영설이 돌아오기를 기다렸다. 그러나 어찌 된 일인지 영설은 좀처럼 돌아오지 않았다. 번번이 발소리는 방 앞을 지나쳐 버린다.

혜련은 바바리코트가 걸려 있었던 벽을 다시 한번 쳐다보았다. 세수를 하러 갔거나 화장실에 갔다면 바바리코트를 입고 갔을 리가 없다.

'밖에 나가셨을까? 무엇 하러? 담배라도 사러 가셨을까?'

혜련은 무릎 위의 깍지 낀 손을 내려다본다. 햇빛이 비쳐 정맥이 파랗게 드러나 있었다.

'그렇게 지겹던 세월이 마치 격류처럼 내 앞을 지금 달리고 있다.'

혜련은 혼자 중얼거렸다. 그러나 차츰 불안해졌다. 방문을 열고 나섰다. 그리고 어젯밤에 시중을 들던 그 소년을 불러 이 방 손님이 어디 가셨는지 아느냐고 물었다.

"모르겠는데요. 아까 밖에 나가시는가 보던데요."

"밖에?"

"네, 아주머니가 주무시니 그 방에 가지 말라 하시면서요."

혜련은 하는 수 없이 도로 방에 들어와 팔짱을 끼고 앉았다. 간혹 엉뚱한 짓을 잘 저지르는 영설이기는 했으나 자기 혼자 내버려두고 가버렸을 것이라고 혜련은 생각할 수 없었다.

'설마…… 돌아오겠지.'

그러나 영설은 여전히 돌아오지 않았고 조반상을 나르는 심부름꾼들의 발소리만 요란스럽게 들려온다.

'어찌 된 일일까? 암 말도 없이 혼자 내버려두고…….'

마치 아이처럼 설움이 울컥 솟았다. 눈물까지 글썽하고 돌았다. '점점 철이 없어져 가나 봐.'

혜련은 자기 자신에게도 부끄러워져 황급히 눈물을 닦았다. 만 사람 앞에서 지각 있고 냉정한 여자로 자신을 다스려온 혜련이었건만 영설이 앞에서는, 더욱이 가로놓인 둑을 터뜨린 이후로부터 그는 어쩔 수 없이 유치해지기도 하고 약해지기도 하고, 바람 부는 대로 나부끼는 갈대처럼 자신을 걷잡을 수 없게 되었다. 그런대로 그는 슬프기도 하고 행복하기도 했다.

혜련은 더 이상 기다리고 앉아 있을 수가 없어서 두루마기를 입고 목도리를 둘렀다. 어디로 가자는 목표도 없이 하여간 여관 밖으로 나가보자는 것이다. 그러나 여관의 현관을 나서려고 했을 때 어젯밤에 앉아 있던 그 안경 쓴 사나이가 올곧잖은 음성으로,

"여보세요, 어디 가십니까?"

"좀, 밖에요."

혜련은 얼떨결에 대답한다.

"숙박료도 안 내시구 나가면 어떡헙니까?"

"네? 숙박료요? 아주 가는 것 아닙니다."

이러한 풍습을 모르는 혜련은 의아하게 사나이를 바라본다.

"참 딱한 말을 하는구려. 짐도 없이 두 사람이 다 나가버리면 우린 어디 가서 돈을 받죠?"

사나이는 노기 띤 눈으로 혜련을 쳐다본다. 혜련은 비로소 그의 의도를 깨닫고 얼굴이 빨개진다. 불쾌하기 짝이 없다. 혜련은 핸드백을 열었다.

"그럼 얼마죠?"

하고 여관집 사나이를 쳐다보았을 때다.

"어, 춥다."

하며 영설이 들어왔다. 그리고 놀란 듯이 혜련을 쳐다본다.

"여기서 뭘 하는 거요?"

혜련은 엉겁결에 핸드백을 닫으며 돌아본다.

"어디 가셨어요? 암말도 안 하시구."

반가움과 노여움에서 말이 조급하게 튀어나왔다.

"뭐 좀 사러 나갔었지."

빙그레 웃는다. 그는 두툼한 보따리를 하나 들고 있었다.

"얼마나 걱정했다구요. 막 찾아 나가려구……."

"이 바보, 찾아 나오면 어떡해, 간 데도 모르면서."

영설은 혜련의 어깨를 민다.

"자, 들어가요."

여관집 사나이는 다소 민망했던 모양이다. 두 손을 모아 쥐고 눈을 내리깐다. 그러나 혜련은 영설이 돌아온 것만이 반가워 그 사나이에게 느낀 괘씸한 감정도 잊어버리고 영설을 뒤따라 급히 방으로 돌아왔다.

"하도 곤하게 자고 있어서 그냥 나갔었소. 곧 돌아오려고 생각했었는데 그만……."

영설은 퍽이나 대견해하는 낯빛이다.

"글쎄, 잠이 깨어보니 안 계시잖아요. 이상하게 생각했어요."

"누가 날 잡아갔을까 봐? 젊은 사람이라면 몰라도."

영설은 바바리코트를 벗어 걸고 도로 자리에 앉는다.

"뭘 사러 나가셨어요?"

"아무 생각도 않고 훌쩍 떠나와 보니 세면도구도 없구 해서 나갔었지."

영설은 보자기를 끌렀다. 비누, 치약. 칫솔, 수건, 그 밖에 자질구레한 것들이 나온다. 그리고 여자용 파자마를 꺼내어 들어 본다.

"시굴이라 할 수 없어. 빛깔이 천하지만……."

"그것 파자마 아니에요?"

혜련이 의아해한다.

"혜련이 입으라구. 보기 싫지만 할 수 없어."

"서울 가면 있는데 뭘 그런 걸 사셨어요?"

"오늘 밤에 입을 것이 없잖아?"

"어마, 오늘 밤엔 서울 가야죠."

"안 돼요. 하루만 더 묵읍시다. 진수한텐 전보 쳐놨으니까."

혜련은 영설을 가만히 쳐다본다.

"싫어?"

"그래두요……."

혜련은 그만 흐지부지 주저앉고 말았다.

그들은 세수를 하고 남보다 늦은 조반을 치렀다. 그리고 하릴없이 우두커니 서로 마주 본다. 지루하다거나 어색함이 추호도 있을 리 없었다. 충만된 시간이었다. 몇만 년을 그렇게 마주 보고 앉아 있다 하더라도 권태를 느낄 것 같지가 않았다.

그러나 혜련은 초조하였다. 일각일각 지나가 버린다는 의식이 그를 괴롭혔다. 아무런 의혹도 느끼지 않는 영설의 밝은 얼굴은 혜련에게 그러한 초조감을 더하게 하였다.

두 손 위에 머리를 받치고 휘파람을 불고 있던 영설이 벌떡 일어났다.

"시내 구경이나 할까?"

"다 부서졌는데…… 뭘 구경해요?"

혜련은 내키지 않았다. 자기의 건강이 염려되기도 하였고, 그것을 영설이 눈치챌까 봐 두렵기도 하여 얼버무린 것이다.

"풍경은 우리들의 마음이 만들어주는 거요. 감성이 아름다운 화가가 비천한 곳에서 미를 발견하듯, 지금 우리들의 마음은 세상을 아름답게 꾸밀 수 있잖아? 그렇지, 혜련이?"

영설은 혜련의 어깨 위에 두 손을 얹고 깊숙이 얼굴을 들여다본다.

영설과 혜련은 거리로 나왔다. 햇빛이 흠뻑 쏟아진 가로 양편에는 계절의 시위인 듯 빨간 연시를 진열한 가게들이 즐비했다.

영설은 바바리코트를 젖히고 바지 주머니 속에 양손을 찌른 채 고개를 쳐들고 천천히 걷고 있었다. 혜련은 흰 목도리 속에 그 화사한 얼굴을 묻으며 영설의 옆에 바싹 다가서서 걷고 있었다.

연애지상주의자인 영설의 지극히 감정적인 미론美論에도 불구하고 그들의 눈에 비친 수원의 시가는 결코 아름답지는 못하였다. 도처에 파괴와 혼돈이 있었다. 방금 닥쳐올 엄동설한을 앞둔 삭막한 풍경 속에 방황하는 수복민들의 모습이 두드러진다. 다만 푸른 하늘만이 유리처럼 희맑고 드높았다.

"피란민들이 연방 돌아오는가 봐요."

"그런 모양이오. 옛날같이 회복하려면 힘들겠어."

집은 간데없고 집터만이 우뚝 남은 자리에 멍하니 서 있는 초라한 행색의 아낙을 바라보며 영설은 한낱 구경꾼에 지나지 않는 말을 뇌었다. 혜련은 아낙으로부터 눈길을 돌린다.

"안양에나 갈 걸 그랬어요. 거긴 가깝구 여기보다는 조용했을 텐데…… 뭔지 어수선하잖아요."

불평을 하며 영설을 올려다본다.

"어젯밤에는 시간이 촉박해서 할 수 없었지만 내 생각 같아서는 더 먼 곳으로 달리구 싶었어. 먼 지역으로 갈수록 혜련이하구 가까워질 것만 같았다."

영설은 농담 삼아 말하고 웃었다.

"아름다움도 마음먹기에 달렸다구 아까 말씀하시잖았어요? 거리도 마음먹기에 따라 멀기도 하구 가깝기도 하구, 그렇죠?"

혜련은 고개를 젖히고 호젓이 웃는다. 그 얼굴을 내려다보는 영설의 눈은 어둠 속에 배어드는 맑은 정기 같았다. 그는 혜련의 눈을 놓아주고 길 언저리에 시선을 던진다.

"정말 파괴가 대단하군. 길목이 돼서 그럴까?"

"비참해요."

"어디든지 다 부서졌으니까. 전쟁이 지나갔으니 할 수 없지."

혜련은 잠자코 걷는다.

"혜련이?"

"네."

"나 지금 이런 것을 생각해 봤어. 이러한 비극이 예술의 소재가 된다는 것을. 웅대하구 비장한 미가 아니겠어? 한 천재의 손을 거친다면 말이야. 그러나 예술은 결코 몰입할 수는 없을 거요. 예술은 눈의 조준照準이요, 청각의 절도에서 이루어지는 것 아니겠소? 우린 지금 사랑하구 있어. 완전히 몰두하구 있단 말이오. 이보다 위대한, 그리고 순수한 예술이 어디 있겠소? 아니, 예술을 넘어선 신앙의 경지요, 그렇지? 혜련이, 하하하……."

무슨 말을 하는가 했더니 결국 예술론을 연애론에다 낙착시켰다. 혜련은 자기 좋은 대로만 이야기를 갖다 붙이는 영설의 말에 고소를 금할 수 없었다. 동시에 전신이 확 뜨거워지는 기쁨을 느끼는 것이었다.

"우린 이런 너저분한 전쟁의 자국이나 그것을 미화하려 드는 예술, 그런 것 밖에 선 사람들이야. 아무리 이런 비참한 것을 배경으로 하여도 우리들이 행복하면 그만이야."

영설은 또다시 껄껄 웃었다. 그는 진정 그의 말대로 현실 밖에 선 사람처럼 주변에 대하여 무관심했다. 천하가 태평인 양 하늘을 우러러보는 것이었다.

"지독한 에고이스트예요."

한눈도 팔지 않고 쏟아지는 영설의 애정에 무한한 희열을 느끼면서도 어쩐지 마음 한구석에 죄스러운 것이 있어 다소 힐책하는 투로 혜련은 말하였다.

"온 세상 사람들이 모두 나만큼 이렇게 철저한 에고이스트라면 아마도 전쟁이라는 게 귀찮아서 하지 않았을 거요. 돌대가리들은 한 여자의 애정에 사로잡히기보다 그야말로 그릇된 인류애에 중독되어 있거든."

영설은 초연하다.

"한가한 말씀만 하시네."

"그럼 한가하지 않구? 현재 뭐가 절박하단 말이오, 우리들에게."

"당신은 바라만 보니까 그렇게 말씀하시는 거예요. 전쟁이 예술의 소재도 되구…… 그렇지만 당하는 사람의 처지이고 보면 우리들의 말은 퍽 큰 모독이 될 거예요."

"또 혜련은 그런 실없는 걱정을 하네. 나쁜 버릇이야. 동정이
나 어떤 인류애 같은 것, 따지구 보면 불순하기 짝이 없는 거지.
그런 걸 항용 작가정신이라 하는가?"

영설은 강한 목소리로 혜련의 의견을 억눌러 버린다. 그리고
길가에 앉은 담배 장수에게 돈을 던져주고 모리스 한 갑을 집는
다. 영설은 담뱃갑을 찢어 담배 한 개비를 뽑으면서,

"하긴 나도 이북에서 포성에 쫓기며 내려올 때 절박하더군.
지내놓구 보면 아무것도 아니지만, 지금 생각하니 희미한 꿈만
같다. 그때 나는 혜련이 죽었을지도 모른다는 생각을 했었지.
허망하더군. 내가 왜 이런 구질구질한 피란민들의 대열 속에 끼
어들었는가 싶었다. 절망과 무의미의 연속이었다. 부산 가서도
마찬가지였지. 미친개처럼 술을 퍼먹구 거리를 쏘다녔어. 하긴
그 술 덕분에 혜련을 만나기는 했었지만. 이제 그런 얘기는 그
만두는 게 좋겠어. 또다시 전쟁은 없을 거요. 우리들을 위하여."

그들은 시내를 한 바퀴 돌다가 어느 음식점에 들어가 점심을
먹었다. 다방을 찾아가 커피도 마셨다. 전축에서 흘러나오는 값
싸고 달콤한 유행가의 곡조를 들으면서,

"여관에 돌아가기엔 아직 이르구…… 어딜 간다?"

영설은 팔을 들어 시계를 들여다보며 혼자 중얼거렸다.

"영화나 볼까?"

하고 혜련을 건너다본다.

"여기까지 와서 영활 봐요? 전 싫어요."

"그럼 어떡허지?"

"차라리 그렇담 교외로 나가는 편이 낫지, 영화관은 싫어요."

혜련은 공연히 투정하듯 말하였다. 영설은 혜련이 종알거리는 모습 속에서 진수를 본 듯하였다. 그러나 조금도 불쾌할 리는 없었다. 오히려 재미난 듯 바라보다가 담배를 던지고 벌떡 일어났다.

"혜련이 좋은 대로 하지. 그럼 나가볼까?"

영설과 혜련은 다방을 나섰다.

"자아! 그런데 무작정 교외로 갈 순 없구……."

영설은 누구에게라도 물어볼 듯 사방을 둘러본다. 혜련은 영설의 코트 자락을 살그머니 잡아당기며,

"저 말이에요……."

"응?"

영설이 돌아본다.

"농사시험장 있는 데 아세요?"

"모르겠는데, 왜?"

"아마 농사시험장으로 가는 도중에 호수가 하나 있었던 것 같아요."

혜련은 희미해진 기억을 더듬는 듯 눈살을 약간 찌푸렸다.

"호수?"

"네. 호수가 있을 거예요. 전에 한번 가본 기억이 나요."

"호수…… 낭만적인데! 그래, 거기에 가잔 말이오?"

혜련이 고개를 끄덕인다.

"걸어가면 돼?"

"꽤 멀 것 같은데……."

"그럼 택시를 잡읍시다."

영설은 우쭐거리듯 말하며 택시를 잡기 위하여 길 언저리에 멈추어 섰다. 가로수의 마른 가지 끝에 남은 가랑잎이 한두 잎 혜련의 어깨 위에 날아내린다. 영설이 그것을 털어준다.

아무리 기다려도 서울 거리에서처럼 택시는 손쉽게 나타나 주지 않았다.

"혜련인 여기서 좀 기다려요."

"어딜 가시게요?"

"택시 잡아 올게. 아까 보니까 버스 정류장 옆에 택시가 더러 있었던 것 같애. 아침에처럼 찾아 나오지 말구 여기에 꼭 서 있어야 해요."

아무것도 모르는 시골 부인에게 타이르듯 말하고 돌아선다.

"기다리긴 싫어요. 따라가겠어요."

영설의 팔을 잡는다.

"이 바보야. 길 잃어버릴까 봐? 점점 더 철이 없어지는군."

영설의 눈은 깊숙이 젖는다. 혜련은 전신을 의지하듯 그를 쳐다본다.

혜련은 아침에 자기가 자신에게 한 것과 꼭 같은 말을 영설이 말한 것이 신기하였다. 극히 사소한 우연의 일치이기는 하나 몸이 훈훈해지도록 행복한 생각이 들었다.

번잡한 거리를 돌아 버스 정류장에 이르렀다. 그곳에서 그들은 겨우 낡아빠진 택시를 하나 빌릴 수 있었다. 시가를 빠져나와 교외로 자동차를 몰았다. 전망이 확 트인다. 초원지대처럼 펼쳐진 넓은 평야가 계속된다.

호숫가에 이르렀을 때 그들은 자동차를 버렸다. 호숫가에는 나지막한 둑이 쌓여 있었고 하얀 길이 뻗어 있었다. 지나가는 사람이라곤 한 사람도 없는 조용한 곳이었다.

영설은 혜련의 어깨를 감싸 안으며 걸어간다.

"좋은 곳이군."

푸른 하늘과 푸른 호수, 너울처럼 가벼운 구름이 하늘에도 있고 호수 위에도 떠 있었다.

"여름이면 아주 시원하겠는걸, 그렇지만 이건 저수지가 아닐까?"

"저수지나 호수나 마찬가지 아니에요?"

"하긴 그렇지만……."

둘은 얼마 가지 않아 마른 잔디 위에 앉았다.

"역시 강물보다 호수가 좋군요. 흐르지 않구 조용히 잠겨 있어서……."

가벼운 바람에 호면湖面이 잘게 인다. 영설은 휘파람을 분다. 진수가 애창하던 노래, 〈내 마음은 호수〉이다. 호숫가에 왔기 때문에 그 곡을 얼핏 생각한 모양이다.

무릎을 세우고 앉아 있던 혜련이 영설의 휘파람에 맞추어 나직이 노래를 부른다.

내 마음은 호수요

그대 노 저어 오오

나는 그대의 흰 그림자를 안고 옥같이

그대의 뱃전에 부서지리라

......

......

내 마음은 낙엽이요

잠깐 그대의 뜰에 머무르게 하오

이제 바람이 불면 나는 또 나그네같이

외로이 그대를 떠나가리라

두 사람은 마주 바라보며 미소를 짓는다. 여음餘音처럼 호면은 어디까지나 잘게 잘게 일고 있었고 푸른 공간은 두 사람의 입김으로 흔들리고 있는 것만 같았다.

"우리 옛날에도 이렇게 노래를 같이 불렀던가?"

"혜화동 계실 때 당신은 사랑이 떠나라구 노래를 부르지 않았어요?"

혜련의 눈앞에 그때의 일이 선하게 떠오른다.

"혜련이도 안에서 노래 부르지 않았어?"

"거짓말……."

"아마 진수의 음악적 소질은 혜련한테서 물려받은 건가 봐."

혜련은 영설을 뚫어지게 바라본다.

'아니에요. 진수의 음악적 소질은 당신한테서 물려받은 거예요.'

혜련은 마음속으로 뇌며 얼굴을 돌려 호수에다 눈길을 던졌다.

"내 마음은 호수예요. 그리구 내 마음은 낙엽이에요. 잠깐 그대 뜰에 머무르게 하오……."

혜련은 혼자 중얼거리더니 다시 얼굴을 돌려 영설을 쳐다본다.

"좋죠?"

"좋긴 뭐가 좋아? 내 마음은 넓은 바다요, 내 마음은 움직이지 않는 태산이오. 하하하……."

영설은 크게 소리 내어 웃었다. 혜련도 따라 웃는다. 그들의 웃음소리는 호반 숲을 거쳐 되돌아왔다.

"아무래도 호수는 연애하구 밀접한 인연이 있는 모양이오. 불란서의 낭만파 시인 라마르틴도 〈호수〉라는 시를 썼지. 그 작자는 정계에서도 실각하고 애인도 잃구 결국 예술에 매달린 모양이지만, 혜련인 그 시를 알아?"

혜련은 발밑을 내려다보며 말이 없다.

"호숫가에서 만나던 죽은 애인을 생각하며 쓴 시라나? 뭐더라? 옛날에는 그 시가 좋아서 곧잘 읊었는데 다 잊어버렸군. 세월이여 우리들의 사랑을 위하여 멎어달라는 그런 구절이 있었던가? 아무렴 어때 그까짓 것 라마르틴은 호숫가에서 만나던 애인을 잃고 그런 시를 썼다지만 나는 내 애인을 옆에 두구 있으니 그 시는 도시 무의미, 억!"

혜련의 흰 장갑을 낀 손이 영설의 입을 꽉 막은 것이다.

"이거 놔요. 왜 이래!"

영설은 얼굴을 흔들었다. 눈에 눈물이 가득 괸 혜련은 영설의 넓은 가슴 위에 얼굴을 묻었다. 양복 깃 위에 눈물이 후두두 떨어진다. 그러나 영설은 혜련의 눈물을 모른다. 다만 그를 꼭 껴안았을 뿐이다.

철썩! 하고 물이 튀기는 소리가 들려왔다. 두 사람은 놀라며 포옹을 풀었다. 호수에서 물고기가 뛰는 소리였다.

영설은 화가 난 듯이 돌을 주워 팔매질을 한다. 풍덩! 풍덩! 돌은 가라앉고 파문이 넓게 퍼져간다.

영설은 자리에 도로 주저앉았다.

"혜련이!"

"네?"

"나 이야기할게 가만히 들어요. 내일은 우리가 서울로 올라가야잖소."

"올라가야죠."

"올라가서 해야 할 일을 여기서 상의하자는 거요. 물론 우리는 먼저 결혼을 해야 하오. 그러나 그보다 더 시급한 일은 우리가 살 집을 구하는 일이오. 다행히 영화음악을 맡아 얼마간의 돈이 들어온 것이 있구 윤성수가 다소 구변해 줄 테니 변두리에 있는 집 한 채쯤 얻을 수 있을 거요. 내 생각 같아서는 좀 더 돈이 있어 혜련이 현재 하고 있는 생활을 그대로 유지시키고 싶지만 그건 당분간 어려울 거요. 그렇다구 해서 문명구와 관련된 여하한 것도 우리 생활 속에 가져오구 싶지는 않아요. 이건 결코 어떤 질투에서 오는 것이라 생각해서는 안 돼."

영설은 잠시 생각에 잠긴다.

"그 집은 진수를 위하여 남겨두는 게 좋을 거요. 가구는 한방에다 몰아넣구 세를 놓는 게 좋을 성싶어. 혜련의 의견은 어때요?"

"……."

"그러구 또 한 가지 진수의 문젠데, 나는 그것을 많이 생각해 봤어. 역시 이번에 올라가면 진수에게 모든 것을 이야기해 버리는 게 좋을 것 같아요. 그리구 이해를 구하는 게 옳아요. 내가 설득할 테니까 혜련은 잠자코 있어. 알겠소?"

혜련은 앞을 바라본 채 고개를 끄덕인다.

침묵이 계속되었다. 갑자기 튀어나온 현실 문제는 각기 다른 방향으로 상념을 몰았다. 한참 후,

"저도 한 가지 말할 게 있어요."

"무슨 말인데?"

"진수의 문제예요."

영설의 양미간이 바싹 죄어들었다.

"얼마 전에 한번 만난 일이 있었죠. 송병림이란 청년을……."

"송병림이?"

"집에서 소개해 드리지 않았어요?"

"그래, 그 청년이 어쨌단 말이오?"

영설은 흥미 없는 표정이다.

"좋은 청년이에요."

"진수의 신랑감으로 좋단 말이오?"

"진수의 좋은 짝이 될 사람이라 생각하구 있어요."

"그건 지금 우리하구 먼 이야기가 아니오?"

영설의 얼굴이 흐려진다. 자기 자신들의 일보다 진수의 일에 더 많은 생각을 혜련이 하고 있는 것 같아 마음이 좋지 않았던 것이다.

"아니에요. 먼 얘기가 아니에요. 꼭 들어두셔야 해요. 그들은 서로 사랑하구 있어요. 옛날 우리들처럼."

"지금은 그렇지 않다는 말이오?"

"물론 지금 우리는 사랑하구 있어요. 그렇지만 우리는 오래 헤어져 있었어요. 그런 불행이 그 애들한테 와서는 안 될 거예요. 우리는 너무나 많은 인생을 허비했어요."

"그러나 우리는 이렇게 도로 찾았어."

"진수는 행복해야 해요."

"우리도 지금은 행복해."

동문서답식이다. 영설은 아무래도 그런 이야기에는 흥미가 없는 모양이다.

"지금 진수는 옛날의 저처럼 그 청년을 오해하구 있어요. 저와 같은 길을 밟게 할 순 없잖아요. 제가 말하구 싶은 것은 그들의 인연을 위하여 당신이 협조해 주시기를, 그것을 원해요. 그리구 그 병림이란 청년에게 무슨 일이라도 있으면 당신이 자기 자식처럼 도와주세요. 꼭 부탁하구 싶어요."

"그러나 혜련이! 난 의무는 싫어하는 사람이야. 애정을 가질 수 있다면 나도 그 청년을 도와줄 수 있겠지. 그러나 나에게 그런 의무를 강요하진 말아요."

완연히 불쾌한 빛을 띤다.

"애정을 가지게 될 거예요. 아무도 강요하지는 않아요. 당신이 그들한테 애정을 가지게 되는 것은 이 세상에 제가 태어나 당신에게 드리는 유일한 선물이 될 거예요."

"묘한 말을 하는구려. 날 보고 성인이 되라는 거요? 그 말뜻 잘 모르겠는걸."

영설은 심히 기분이 상한 모양으로 호주머니 속을 부스럭부스럭 뒤지며 담배를 찾는다.

"지금은 몰라도 돼요. 훗날에 생각하세요."

어느새 산마루에 해가 설핏하다. 영설은 옷을 털고 일어섰다.

"이제 갑시다."

영설은 혜련을 잡아 일으켰다. 손길이 거칠었다. 혜련은 아무 말 없이 영설의 손을 살그머니 쥐었다. 영설은 화풀이라도 하듯 혜련의 작은 손을 뼈가 으스러지게 꼭 쥐었다. 얼마간 걸어가니까 벌써 사방은 어둑어둑하고 먼 곳이 흐려진다.

"바바리 벗어줄까?"

영설은 퉁명스럽게 물었다.

"춥지 않아요."

"또 병이 나면 어떡허지?"

영설은 여전히 시무룩한 어세였으나 혜련을 자기 옆으로 바싹 잡아당겨 어깨에다 손을 얹고 걷는다.

"우리들만 있을 때 남의 얘기는 하지 말아요."

"이제 다시는 안 할게요."

혜련은 순한 양처럼 대답하였다. 그 말은 영설의 기분을 푸는 데 충분한 것이었다.

여관으로 돌아온 그들은 세수를 하고 저녁을 먹었다. 그리고 오는 길에 사가지고 온 군밤을 까서 먹다가 영설이 얼굴을 들고,

"그 파자마 한번 입어보아요."

혜련은 영설이 시키는 대로 무늬가 있는 파자마를 입었다.

"보기보담 입으니까 좋구면."

파자마의 붉은 빛깔 탓인지 혹은 신열 때문인지 혜련의 얼굴

은 장밋빛이었다. 눈에는 윤기가 흐르고 입술은 촉촉이 젖어 있었다. 그러한 혜련을 영설은 황홀한 눈으로 바라본다.

"오늘 밤엔 셔츠 벗지 마세요. 감기 들어요."

혜련은 다리를 옆으로 모으고 앉아 영설을 올려다보았다.

"감기 좀 들면 어때."

영설은 군밤 부스러기를 둘둘 말아 웃목에 밀어버리고 벌떡 일어서서 전등불을 껐다. 밖에서는 늦게 든 손님이 있는지 우순두순했다. 마루를 구르며 지나가는 소리도 들려온다.

뜰 안의 불빛이 장지문을 통하여 방 안으로 스며든다. 여관 안은 다시 괴괴한 정적 속에 가라앉았다.

14. 새끼손가락

강의를 끝내고 교단에서 내려온 영설은 곧장 진수 곁으로 다가왔다.

"진수!"

진수는 고개를 치켜들고 영설을 빤히 쳐다본다.

"오늘 강의가 다 끝나면 교수실로 와. 기다리겠다."

"왜요?"

냉랭한 목소리로 따지듯 묻는다.

"하여간 오면 된다."

명령하듯 말하고 빙글 돌아섰다. 검정색 양복을 입은 후리후리한 뒷모습은 이내 강의실 밖으로 사라지고 말았다.

옆에 앉아 있던 희숙이 한 눈을 찡긋하며 웃는다. 진수는 열이 나는 듯한 얼굴로 누구에겐지도 모르게 눈을 흘기고 악보와 노트를 책상 속에 집어 던지듯 넣는다.

"바야흐로 고민은 익어가고 수습할 길은 멀어만 가니 어이할꼬."

희숙은 다리를 건들거리며 노래하듯 말하였다.

"이 계집애, 또 그 조둥아리를 놀렸다간 봐라, 죽여버릴 테야."

진수는 희숙의 뺨을 찰싹 갈긴다. 물론 농으로 응수한 것이었으나 진수의 손바닥은 매웠다.

"이거 왜 사람을 치는 거야? 내가 동네북인 줄 아나?"

호들갑스럽게 양 볼을 감싸 안았으나 화를 내지는 않았다.

강의가 전부 끝났을 때 진수는 책가방을 들고 희숙이 몰래 얼른 교문 밖으로 빠져나왔다. 영설이 교수실에서 기다리고 있는 것쯤 무시해 버려도 좋다는 배짱으로 나와버린 것이었으나 그는 어느 곳으로 갈까 심히 망설이고 있는 것이다.

진수는 영설이 교수실에서 기다리고 있겠다는 말을 듣기 이전부터, 아니 며칠 전부터 한 가지 생각이 늘 머릿속에서 맴돌고 있었다. 그것은 병림을 찾아 그의 하숙으로 가볼까 하는 생각이었던 것이다.

영설과 혜련의 여행은 진수에게 강한 자극을 주었다. 그리고 대담성을 북돋아 주는 것이 되었다. 병림에 대한 그리움을 폭발시키지 않고는 견딜 수 없는 심정이었던 것이다.

'난 그이한테 애정을 구걸하러 가는 게 아냐. 결코. 한번 만나

서 놀려줄 테야.'

그러한 다짐은 병림을 찾아가게 하는 데 생광스러운 이유와 구실이 되어주었다. 진수는 마음을 작정한 듯 옷깃을 세우고 버스에 올랐다. 동화백화점 앞에서 내린 진수는 병림의 하숙으로 가는 골목으로 접어들었다.

'아무렴 어때? 엄마도 연애사업에 열중하는데 낸들 장난 좀 쳐보면 어떠냐 말이야.'

진수는 병림을 찾아가는 것이 한낱 장난이라고만 해야 마음이 편한 모양이다.

약국이 있는 데까지 올라왔다. 병림의 하숙집이 보인다. 진수의 가슴이 떨려왔다.

'깍쟁이! 내가 찾아오게 하다니, 거만하고 콧대가 세고, 지가 날 이길려고…….'

하숙집 앞에까지 왔다. 이 층에 있는 병림의 방 창문을 올려다본다. 눈 익은 커튼이 내려져 있고 창문은 꼭 닫혀져 있었다.

'없는 모양이야?'

진수는 말할 수 없는 실망을 느꼈다. 맥이 탁 풀어진다.

'어디 갔을까? 그 여잘 만나러?'

진수는 자기도 모르게 책가방을 덜덜 흔들었다. 부질없는 공상에 혼자 노하고 있는 것이다.

현관문이 드르륵 열린다. 예닐곱 난 듯한 아이가 장난감을 들고 쫓아 나왔다.

"이 애!"

진수가 꽉 붙들었다.

"이 층에 학생 있니?"

"없어!"

아이는 진수의 손을 뿌리치고 쫓아간다.

'에잇! 그만두어라. 시시하다. 집에 가서 잠이나 자자.'

말과는 반대로 눈에 눈물이 괸다. 슬픔이 와락 치밀었다. 지금이라도 병림이 뒤에서 진수, 하고 불러준다면 무척 반가울 것만 같았다. 괘씸한 생각은 다 달아나 버릴 것만 같았다.

진수는 터덜터덜 집을 향하여 발길을 옮겼다.

'시시껄렁하다. 도대체 세상이 왜 이리 싱거울까? 재미도 없고.'

희숙을 찾아 그 어둠침침한 음악 살롱에나 가볼까도 싶었다. 그러나 도무지 재미가 없었던 그날 밤 생각이 나서 그만두기로 했다. 집으로 돌아온 진수는 책가방을 내동댕이치고 벌렁 나자빠졌다.

"깍쟁이, 엉터리, 위선자, 거지 같은 새끼, 망할 자식."

입에서 나오는 대로 병림에게 욕을 퍼부었다. 속이 후련해질 리가 없다. 진수는 돌아누워 방바닥에 배를 깔고 휘파람을 불었다.

안방에 혜련이 누워 있었다. 그날 밤 영설과 같이 돌아왔을 때 진수는 그들을 흘끗 쳐다보고 그냥 자기 방으로 들어왔던 것이다. 혜련은 아름다웠다. 행복해 보였다.

진수는 심한 질투와 경멸을 느꼈다. 그러나 하루 이틀이 지나가자 혜련의 그 아름다운 얼굴은 바싹 시들어버리고 말았다. 그는 늘 자리에 누워 있는 것이다.

혜련이 수원에서 돌아온 후부터 말없는 저항을 해온 진수로서는 새삼스럽게 혜련의 방을 찾아가기가 싫었다.

'병원으로 아저씨를 찾아갈까? 구경이나 시켜달라고 할까?'

진수는 벌떡 일어났다. 그리고 주섬주섬 옷을 갈아입고 혜련에게는 온다 간다 말도 없이 집을 나섰다. 공중전화를 들었다.

"아저씨하고 바꾸어주어요."

전화를 받는 간호원에게 그간 안녕하냐는 말도 없이 들이대었다.

"안 계세요."

"어디 가셨죠?"

"사모님하구 나가셨는데요."

진수는 수화기를 쟁강 놓았다.

'모두들 잘한다. 추하기 짝이 없구나. 그럼 어디로 간다? 옳지, 이 선생님을 찾아가자. 가서 기름을 좀 짜주어야지. 그편이 훨씬 재미날 거야.'

진수는 호주머니 속에 양손을 쑤셔 넣고는 급하게 걸었다.

'가만있자. 학교에서 아직까지 기다리고 있을 리는 만무지? 아파트로 갈까? 그래, 거기 가자. 없음 그만이구.'

진수는 바람이 차가워 목에 두른 머플러를 벗어 귀를 쌌다.

'아저씨하고 명희 고모, 병림 오빠, 강준 씨 그리고 나, 이건 오각 관계다. 그리고 엄마하고 아버지하고 이 선생님, 이건 삼각관계다. 우리보담 단순하군.'

진수는 땅을 내려다보고 걸어가며 혼자 중얼거린다. 진수 옆으로 클랙슨을 빵빵거리며 자동차가 지나간다.

영설은 진수가 오지 않는 것을 깨닫고 교수실을 나섰다. 넓은 교정에는 황혼이 깔려 있고 지나가는 학생들의 모습은 보이지 않았다. 영설은 곧장 그가 기거하고 있는 아파트로 향하였다. 진수에게 할 말은 일단 다음 기회로 미루고 영화사에서 맡은 일이나 끝내어 나머지 돈을 받아내자는 생각에서였다.

영설이 자기 방 앞에까지 와서 호주머니 속의 열쇠를 꺼내었을 때다.

"이 선생!"

찢어지는 듯한 날카로운 목소리가 윙! 하고 뒤에서 울려왔다. 영설이 슬그머니 돌아본다.

"아, 현주 씨 아니오?"

양미간이 찌푸려진다.

"알아보셔서 무척 다행이군요."

이 선생! 하고 날카롭게 부르던 어세와는 딴판으로 나직이 비꼬아 말한다.

"나는 안질이 나쁘지 않습니다."

영설은 슬며시 피하듯 말한다.

"이야기 좀 하십시다."

"네, 말씀하세요."

"방문이나 빨리 여세요. 여기 서서 말할 수는 없잖아요."

현주는 육박해 온다.

"근처 다방으로나 갈까요?"

"그런 데서 말할 성질이 아니에요."

영설은 열쇠를 넣어 방문을 열었다. 완연히 수세적守勢的인 태도다.

현주는 방 안으로 들어섰다. 그리고 구석에 놓인 의자에 털썩 주저앉아 다리를 꼬았다. 미끈한 다리가 가늘게 흔들린다. 영설은 담배를 피워 물고 넌지시 현주를 바라보며,

"무슨 말씀인지?"

빨리 말하고 가주는 것이 좋겠다는 표정이다.

"이 선생님은 설마 책임을 회피하시지는 않겠죠?"

"내가 무슨 책임을 졌습니까?"

의외란 듯 반문한다. 현주의 눈 밑 근육이 파르르 떨렸다.

"진실로 하시는 말씀이에요?"

"거짓말할 리가 없지 않습니까?"

"아이, 기가 막혀……."

현주는 일어섰다가 도로 주저앉는다. 영설은 쓸쓸한 표정으

로 외면을 한다.

"아무튼 좋아요. 이걸 좀 보세요."

현주는 손에 들고 온 잡지 한 권을 영설의 코앞에 바싹 디밀었다.

"이건 또 뭡니까?"

영설이 어리둥절한 눈으로 쳐다본다.

"보시다시피 잡지예요."

"……."

"내용이 문제거든요."

"내용이 문제라니?"

현주는 잡지를 팔랑팔랑 넘기더니 다시 영설의 앞에 내밀었다.

"이 일을 해명해 주세요."

영설의 눈이 잡지로 쏠린다. 여류 작가 유혜련의 연인이란 제목의 가십란이다. 급히 몇 자 주워 읽어본즉 영설과의 연애사건을 취급한 것으로 아주 추잡한 문구의 나열이었다.

"그 기사에 대하여 이 선생은 저에게 해명해 주실 의무가 있어요."

현주는 흥분했다.

"무슨 해명?"

영설이 어슴푸레한 눈을 들었다.

"그 기사가 허위라든지, 혹은 사실이라든지, 둘 중의 하나를 말씀해 달라는 겁니다."

"문구가 매우 추잡합니다만 그것은 다만 표현의 차이지 거짓말은 아니군요."

"거짓말이 아니라구요?"

현주의 얼굴빛이 변한다.

"네, 확실히 거짓말은 아닙니다."

"그럼, 그럼 전 뭐예요?"

현주는 참다못해 일어서서 영설의 옆으로 다가선다. 영설은 귀찮아하며 물러선다.

"그건 현주 씨 자신이 알아야죠."

"그럼 이 선생은 모른단 말씀이세요? 아무 관계도 없단 말씀이에요?"

"관계가 없다구 생각합니다."

딱 잘라버린다.

"어디서 그런 말이 나오죠? 어째서 관계가 없어요? 날, 날 유린해 놓고 뻔뻔스럽게."

얼굴이 벌게진 현주는 울음 섞인 목소리로 대들었다.

"정말 이러지 마세요. 곤란합니다."

영설은 현주를 피해서 침대에 가 앉는다.

"곤란하다구요? 발을 뺄 생각이군요. 그렇게는 안 될 거예요."

쫓아와 영설의 소매를 잡는다. 영설은 그 손을 홱 뿌리치면서,

"나 똑똑히 말해두겠소. 나는 당신을 사랑한 일이 없었소. 솔직히 말해서 그날 밤의 일을 나는 책임질 수 없어요. 현주 씨가 이렇게 나오지만 않는다면 나 역시 이런 못난 얘기 하기는 싫소. 그러나 그쪽에서 그렇게 말하니 할 수 없군. 그날 밤 현주 씨가 나에게 유린당하였다 하지만 도리어 반대가 아니오? 유혹을 한 사람은 당신이 아니오?"

"유혹? 설령 그렇다 치더라도 유혹을 당한 이상 이 선생님은 책임을 져야 할 거 아니에요?"

현주의 눈에는 살기가 등등하였다.

"천만의 말씀, 돌이켜 생각해 보시구려. 내가 당신을 유혹하였는데 당신이 날 싫어한다면 결혼할 책임을 지겠소? 나는 일찍이 그런 장난으로 하여 책임을 져본 일도 없거니와 책임을 지라는 말을 들은 적도 없었소. 아무 말 하지 말구 돌아가시오."

현주는 의자를 잡고 울기 시작한다. 영설은 여자가, 특히 이런 경우에 여자가 우는 것은 아주 딱 질색이다.

"이거 암만 이래도 소용없어요. 돌아가시오. 피차가 잊어버리는 게 가장 건강한 일입니다."

현주는 의자를 잡고 울면서 위협도 하고 애원도 했다. 그러나 영설은 한마디 대꾸도 없이 돌아서서 창밖을 바라보며 담배만 태우고 있었다.

이때 진수가 나타났다. 진수는 문을 몇 번 두들기다가 대답이 없어 문을 밀었다.

"어마! 손님이세요?"

진수가 당황하며 어쩔 줄을 모르는데 영설이 홱 돌아보았다. 그 역시 당황한다.

"들어와! 진수."

진수는 울고 있는 현주를 흘끗 쳐다보며,

"저 볼일이 있어 교수실에 못 갔어요. 그래서 선생님 댁에……."

"마침 잘되었어. 거기 앉아요."

영설은 의자를 가리킨다. 현주는 수치 같은 것 아예 생각지도 않는 듯 눈물에 젖은 얼굴을 쳐들고 진수를 노려본다. 그러더니 벌떡 일어나 핸드백을 집으며,

"모녀를 잘 다루는군."

하고 내뱉었다. 진수는 그 말을 못 들었지만 영설은 그 말을 들었다. 그는 주먹을 불끈 쥐었으나 차마 때리지는 못하고 도어를 쑥 열었다.

"빨리 나가요! 걸레 같은 것."

싹 가라앉은 눈이 잔인하게 빛난다.

현주는 이빨을 부드득 갈며 걸어 나갔다.

"에잇!"

영설은 문을 탕! 닫았다. 그리고 현주가 버리고 간 잡지를 주워 휴지통에다 내동댕이친다.

"망할 것!"

진수는 일어섰다.

"선생님, 저 가겠어요. 화나시는데 내일 오죠."

"아, 진수 거기 앉어."

영설은 비로소 진수가 있음을 깨달은 듯하였다. 진수는 싱긋 웃는다.

"선생님 좋아하는 사람 참 많은가 봐요?"

영설은 현주가 앉았던 자리에 부스스 앉으며 쓴웃음을 띤다.

"어머니가 아시면 굉장히 화내시겠네요?"

진수는 여기에 온 목적대로 영설한테서 기름을 뺄 작정인 모양이다.

"알구 있는걸."

진수가 처음 들어올 때처럼 당황한다.

"어마! 알구 있으면서도 용서하시나요? 그거참 이상한데요."

"용서받아야 할 만한 일이 아냐. 일방적인 것이면 할 수 없잖아."

"누가 알아요?"

하고 벙글 웃는다.

"까불어. 그건 그거구, 나 엄마하구 결혼할 텐데 진순 어떻게 생각해?"

단도진입적이다. 진수의 얼굴이 긴장한다. 영설이 그렇게 나오리라고는 생각지도 않았다. 따라서 마음의 준비도 없었다. 기껏해야 옛날의 비밀을 말하려니 하고 왔던 것이다.

"진순 우리를 따라올 테야, 안 올 테야?"

진수가 미처 대답을 할 겨를도 없이 영설의 말이 뒤쫓아왔다.

"어떻게 어머니하구 결혼을 하세요? 아버진 돌아가시지 않았어요."

진수는 자세를 고친다. 애초엔 놀려주려고 왔는데 영설의 너무나 당당한 태도에 도리어 눌려지는 기분마저 든다. 영설은 잠자코 일어서더니 바지 주머니 속에 양손을 찌르고 발밑을 내려다보며 왔다 갔다 한다.

"명확한 이야기를 하겠다."

영설은 걸음을 멈추고 고개를 들었다.

"나는 내 것을 찾은 것뿐이야."

영설은 도로 고개를 숙이며 왔다 갔다 한다.

"진수는 아버지 편을 들겠지."

한참 말을 끊었다가 다시,

"옛날에 우리는 사랑했었다. 내가 성급하고 덤볐던 잘못도 있었지만 너의 아버지는 우리들 사이를 의식적으로 갈라놓았다. 혜련은 불행했고, 나도 불행했다. 내가 혜련을 단념하고 다른 생활을 찾았다면 몰라도 나는 그럴 수 없었다. 나는 아무하구도 결혼할 수 없었다. 이십 년 동안을 나는 외롭게 생활을 잃구 살아왔다. 이제 혜련을 도로 찾으려는 것이 문명구한테 죄가 되겠느냐?"

영설은 진수를 빤히 쳐다보았다. 할 말이 없다. 그와 동시에 부산서 처음 만났을 때 이영설의 말이 번개처럼 진수의 머릿속에 떠올랐다.

'공산당이 무섭기보다 보고 싶은 사람이 있어서.'

쓸쓸하던 그때의 얼굴도 눈앞에 떠올랐다. 술을 마시면 자동차에 뛰어드는 버릇도 생각났다.

"그, 그럼 이북에 아주머닌 안 계시나요?"

영설은 아무 대답도 하지 않고 그저 껄껄 웃었다. 그 웃음소리를 들었을 때 자기의 물음이 얼마나 어리석고 저속한 것이었던가를 깨달았다. 동시에 조금 전에 아무하고도 결혼할 수 없었다는 영설의 말이 되살아났다.

'뚱딴지같은 말을 했구나. 하필이면 그런 늙은이 같은 말을 왜 내가 했을까?'

진수는 자기도 모르게 한갓 미안풀이처럼 일어서서 창가로 갔다. 밤이었다. 먼 곳에 무수한 불빛이 보인다. 왜 그런지 마음이 따뜻해 온다.

"선생님과 어머니 마음대로 하세요. 전 아버지를 위해서 마음속으로만 반대하겠어요."

영설을 돌아보며 빙긋이 웃어버린다. 자기 자신에게도 실로 어처구니없는 말이었고 행동이었다. 이렇게 쉽사리 타협을 해버리리라고는 전혀 예기치 않았던 일이었던 것이다.

"마음속으로만 반대한다면 태도로써는 반대하지 않겠다는 말인가?"

순간 영설의 표정은 부드럽게 허물어졌다.

"그건 적당히 해석하세요. 그렇지만 어머니하고 선생님을 외면하지는 않을 테예요."

이번에는 영설이 빙긋이 웃는다.

"말재주가 늘었구먼."

"늘긴요. 언제나 말은 잘하죠."

"전엔 무작정이었구 이제 빈틈없는 말이야."

진수는 의자에 돌아와 앉는다.

"그런데 진수, 나는 가끔가다가 진수를 미워할지도 몰라."

"왜요?"

"글쎄…… 그건…….."

애매하게 말을 흐려버리는 것이었으나 영설의 얼굴은 조금도 심각하지는 않았다.

"아버지가 밉기 때문이죠?"

서슴없이 넙죽 말을 디밀었다.

"하하하…… 민첩하군."

"다 마찬가지 아니에요? 저도 가다가 선생님을 미워할지도 모르니까 말예요."

두 사람은 마음 놓고 썩 유쾌한 웃음을 웃었다.

"사실은 선생님을 좀 괴롭혀 드리려고 찾아왔던 거예요. 그랬는데 선생님의 단수는 여간 아니세요. 제가 졌어요."

잠시 말을 끊었다가 다시,

"그렇지만 저에겐 영원히 선생님이에요. 결코 아버지는 아니죠!"

진수는 그 말을 바늘처럼 영설에게 꼭 찔렀다. 그러나 약간 슬픈 얼굴이 되었다. 문명구를 위하여. 영설은 당돌하고 야무진 말에 진수를 흘끗 쳐다보았다. 그러나 이내 아무렇지도 않은 표정으로 돌아갔다.

"저녁 안 먹었지?"

"네, 안 먹었어요."

"먹으러 나갈까?"

"그냥 가겠어요. 여긴 먹을 것 없어요?"

"커피는 끓일 수 있어."

"제가 끓일게요."

"아니, 진순 손님이니까."

영설은 일어서는 진수를 가로막으며 방의 한구석에 놓인 전기곤로에 스위치를 넣고 벽장 속에서 커피포트와 커피통을 꺼내었다.

그동안 진수는 방 안을 휘둘러본다. 전에 왔을 때와 마찬가지로 어수선하게 널려져 있었다. 진수의 눈이 왼편 창문 밑으로 갔다.

"어마!"

진수가 놀라는 소리에 커피를 포트에 떠 넣던 영설이 돌아본다.

"왜?"

"피아노 아니에요?"

"응."

"언제 사셨어요? 전에 왔을 때는 없었는데."

"일 좀 하려구 빌려왔어. 윤성수 선생 딸아이의 연습용이야. 그 집엔 두 대니까."

영설은 물을 붓고 커피포트를 불 위에 얹는다.

"그래서 좋지 않군요. 제 걸 가져와 쓰실걸……."

영설은 그 말대답은 하지 않고 창가에 와서 기대어 선다.

진수는 피아노 앞에 앉는다. 건반을 몇 개 두들겨보다가 가볍게 〈엘리제를 위하여〉를 치기 시작한다.

음이 정확하지 않고 터치가 약하다.

"피아노는 글렀다."

피아노 소리가 뚝 끊어진다. 진수는 영설을 올려다보며,

"정말 피아노는 틀렸어요. 아무리 연습해도 이 이상 올라가지 않아요."

"성악이 전공인데 그 정도면 돼."

"그보다요, 선생님."

"……?"

"이것 보세요."

진수는 새끼손가락을 올려 보인다.

"이 손가락 기형 아니에요? 얼마나 짧아요. 가운데 손가락 절

반도 못 되잖아요? 이런 손가락 갖고 피아노 치게 됐어요?"

진수가 무심히 재잘거리고 있는 동안 영설의 눈은 진수 얼굴 위에 있었다.

'닮았다! 진순 영애를 닮았다!'

영설의 양다리가 빳빳하게 뻗친다.

'오빠! 이번 서울 갔다 올 때 앨범 근사한 것 하나 사다 주어요. 네? 꼭요? 잊어버리면 싫어. 자, 손가락 걸어요.'

몹시 짧고 귀여운 새끼손가락을 내밀었던 누이동생 영애, 그는 여학교 삼 학년 때 죽었다. 이십 년 전의 일이다.

'닮았다! 진수는 영애를 닮았다!'

영설의 눈은 진수한테서 떠나지 않았다.

"어마! 무서워라. 왜 그리 쳐다보세요? 제가 미워졌어요?"

'닮았구나. 그때의 그 영애의 얼굴이다!'

진수를 처음 보았을 때 영설은 어디서 많이 본 얼굴이라 생각했었다. 그러나 이십 년 전에 죽은 누이동생을 생각하지는 못하였다. 새끼손가락이 나오지 않았던들 영설은 그 누이의 얼굴을 생각해 내지 못하였을 것이다.

영설은 흥분을 누르며 의자를 끌고 와 진수 옆에 앉았다. 부산에서 분질렀던 다리가 시큰시큰하다. 그 아픔이 머릿속에 울려왔다.

영설은 숨을 몰아쉬며 건반을 꾹 눌렀다. 그리고 난 다음 아직 미발표인 자기 작곡 〈연인에게 주는 노래〉를 천천히 친다.

그러나 손은 기계적으로 움직이고 그의 머릿속은 어떤 생각으로 가득 차 있었다.

"아주 멋있네요? 그거 선생님이 작곡하신 것?"

"응……."

"곡의 이름은?"

"〈연인에게 주는 노래〉."

"즐겁지 않고 슬프네요."

영설의 손은 차츰 느릿느릿해졌다.

"진수, 진수의 생일은 언제지?"

영설의 손은 더욱 느릿느릿해졌다.

"선물해 주시려구요?"

"응……."

"아이 분해. 이미 지나가 버렸어요. 금년엔 글렀군요. 명년 팔월…… 아이, 길어라."

"나이는?"

영설의 숨소리가 높아진다.

"열아홉, 아시면서."

"그래?"

영설의 피아노 치는 소리는 정상적으로 돌아왔다.

'그 일이 있었던 것은 늦은 가을이었지? 으스스 바람이 지나가던 밤, 그러니까 시월? 십일월? 내가 동경 간 것은 겨울방학이 지난 뒤였구, 명구한테서 결혼한 편지가 이른 봄, 삼월? 그

래 삼월, 삼월이면 삼, 사, 오, 육, 칠, 팔, 다섯 달 음…….'

어느새 영설의 손은 피아노 위에 아주 멎어 있었다. 신음 소리가 마음속을 뒤흔들었다.

'가, 가을, 그러니까 시월쯤, 십, 십일, 십이, 일, 이, 삼, 사, 오, 육, 칠, 팔, 십 개월이다!'

영설은 피아노를 꽝! 치고 벌떡 일어났다. 그는 그냥 방문을 열어젖히고 아파트의 계단을 미친 듯 밟으며 뛰어 내려갔다.

"어마! 웬일이야?"

커피포트 속의 커피가 꿀럭꿀럭 끓고 있었다. 커피의 냄새가 방 안에 번져 나온다.

진수는 아연한 눈으로 영설이 뛰쳐나간 도어를 바라보다가 전기곤로의 스위치를 뽑는다.

'진수는 내 딸이다! 진수는, 진수는 내 딸이다!'

영설은 어떻게 해서 혜련의 집까지 달려왔는지 알 수 없었다. 어떻게, 누가 문을 열어주어 집에 들어왔는지 알 수 없었다.

홀에 올라섰을 때 흰 명주옷을 입은 혜련이 소파에 비스듬히 몸을 누이고 쿠션 위에 머리를 얹은 채 창밖을 바라보고 있다가 돌개바람처럼 쫓아 들어온 영설을 보자 빙긋이 웃었다. 그러나 흥분된 영설의 얼굴과 광채가 번득이는 그의 눈에 의아하게 표정이 변한다.

"왜 그러세요? 무슨, 무슨 일이 있어요?"

"……."

"왜 그리 무서운 눈으로 보세요? 제가 뭐 잘못했어요?"

혜련은 괴로운 듯 비스듬히 기대인 자세를 고치지 않았다. 그러나 혜련의 눈에는 공포가 서린다.

'이분은 무엇을 알구 왔다. 내가 죽을 사람이라는 것을 알구 왔나 부다. 뉘한테, 뉘한테 들었을까? 병림 씨가……."

영설은 숨이 멎은 듯 그렇게 굳은 표정으로 혜련을 노려본다. 혜련은 두 손을 들어 얼굴을 가렸다. 영설은 뚜벅뚜벅 혜련의 옆으로 다가간다. 그리고 그 여자의 한쪽 어깨를 내동댕이라도 칠 듯 덥석 잡았다.

"왜 숨기는 거야! 바른대로 말해!"

혜련은 양손으로 얼굴을 가린 채 앞으로 몸이 기울어졌다.

"왜 말이 없는 거야, 왜 무슨 까닭으로 숨기는 거요!"

영설은 가냘픈 여자의 어깨를 사정없이 와락와락 흔들었다.

"진수는 내 딸이지?"

영설의 눈이 혜련의 얼굴 앞에 싹 닿는 동시 그의 손은 우악스럽게 얼굴을 가린 혜련의 손을 밀어내었다. 얼굴 위에 얹은 손을 밀어내었으나 혜련은 눈을 꼭 감고 있었다. 입술이 백랍처럼 핏기를 잃어가고 있었다.

"문명구의 딸이 아니다! 진순 이진수지 문진수는 아니다!"

영설은 크게 외쳤다. 그러나 그 외침은 일종의 환호에 가까운 감동에 넘친 것이었다. 혜련의 핏기 잃은 입술은 지레 감은 눈과 마찬가지로 굳게 다물려져 말 한마디가 없다.

영설은 혜련 옆에 털썩 주저앉았다.

"왜 숨겼지? 왜 말하지 않았어? 무슨 이유로."

갑자기 말소리가 부드러워졌다. 뺨이라도 후려칠 듯 덤비던 그 기세는 어디로 달아났는지 마치 우등상을 탄 국민학교 아이들처럼 조마조마한다. 기쁨과 놀라움과 분함이 엇갈려 감정이 갈팡질팡인 것이다. 그러나 혜련이 아무런 확답도 하지 않는 데는 역시 어느 커다란 기대에 대한 조바심이 없을 수 없었다.

"혜련이, 말을 해요. 왜 이렇게 사람의 마음을 초조하게 만드는 거요."

영설은 달래듯 혜련의 어깨를 흔들었다.

"제발 돌아가 주세요. 그 애는, 진수는 문진수예요."

그렇게 말을 하는 혜련은 고통에 찬 얼굴이기보다 오히려 무표정한 얼굴이었다.

"거짓말이다! 나는, 난 진수의 생일을 알구 왔단 말이다!"

영설은 팔을 휘두르고 열을 올리면서 스스로 확신하려는 듯 소리쳤다. 식모가 살그머니 도어를 열고 들어오려다 만다.

"저어……."

하다 말고 이상한 분위기에 주춤거린다. 영설은 그 식모의 탓이기나 하듯 노기 띤 눈으로 식모를 노려본다.

"저, 손님이 오셨어요."

"없다구 하시오."

혜련이 말을 하기 전에 앞질러 영설이 명령한다.

"계신다구 했는데요?"

"아파서 못 만난다구 하면 되잖소!"

신경질을 부린다.

"며칠 전에도 오셨다 갔던 분인데 또 오셨어요. 병림 학생 때문에……."

식모는 주인도 아닌 영설이 신경질을 부리는 데 은근히 화가 난 모양이다. 영설을 외면하고 혜련을 쳐다보며 당신의 회답을 바란다는 표정이다.

"병림 학생?"

그때까지 말이 없이 앉아 있던 혜련이 약간 몸을 움직였다.

"아주 급한 일인가 봐요."

"들어오시라구 하세요."

하고는 도로 소파에 몸을 기댄다.

영설은 그러한 혜련을 밉다고 생각하였다. 목을 졸라주고 싶도록 미운 생각이 치솟았다. 그는 격정을 억누르듯 혜련이 옆에서 일어섰다. 바지 주머니 속에 양손을 찌르고 공연히 실내를 왔다 갔다 한다. 이런 경우에 담배를 붙여 무는 버릇도 그는 잊어버리고 있는 것이다.

얼마 후에 강준이 나타났다. 큼지막한 가죽 잠바를 입은 상체 때문에 솔밋한 아랫도리가 휠 듯한 기분이다.

준은 거의 침입자처럼 자기를 바라보고 있는 영설의 눈과 부딪치자 의아스러운 표정을 지었으나 이내 어깨를 좍 펴듯 혜련과 마주 앉는다. 혜련은 지친 듯 준에게 다만 가벼운 눈인사를 보내었다.

"어디 편찮으십니까?"

강준이 그 커다란 눈을 껌벅껌벅하며 묻는다. 그는 혜련이 많이 변하였다고 생각하였다.

"좀…… 몸살이 났나 봐요."

준은 책상 앞에 서서 책을 들여다보는 척하고 서 있는 영설의 뒷모습에 잠시 눈을 주더니,

"그런데 정말 야단났습니다. 어떻게 했음 좋을지 싶어요……."

양미간을 바싹 모은다.

"……."

"병림이가 잡혀갔습니다."

준은 입맛을 다시며 보고하듯 말하였다.

"어디요?"

혜련의 얼굴이 긴장한다.

"지금은 경찰서로 넘어온 모양입니다."

"경찰서로?"

혜련의 가는 손가락이 소파 모서리를 꼭 누른다. 그 말에 영설도 고개를 돌렸다.

"사실은 며칠 전에 좀 만날 일이 있어서 하숙으로 찾아갔었습니다. 그랬더니 하숙집 식모의 말이 나간 지 벌써 일주일이 넘

는다구 하지 않겠습니까? 아주 기분이 나쁜 예감이 들더군요. 그래, 혹시 선생님 댁에서는 병림의 행방을 알구 계시나 하고 찾아왔었습니다."

준은 평소보다 퍽 침착한 어조로 설명을 했다.

"우리 집에 오지 않은 것도 퍽 오래되었는데……."

혜련은 거듭되는 충격 때문에 거의 몸을 가누지 못한다.

"아무래두 수상하구 불안해서 학교에도 찾아가 보구 병림이 친구들도 만나 수소문을 했습니다만, 모두 다 모른다는 겁니다. 다만 얼마 전의 대학신문 필화 사건에 말려들어 간 것이나 아닐까 하는 근심을 하더군요. 그래서 경찰 방면에 있는 친구가 있어 그 사람한테 부탁을 했었죠."

"그래서 경찰서에?"

"아닙니다. 경찰서에도 없었습니다. 아무래도 이거 꺼져버린 모양이라 생각하니 기가 탁 막혀서…… 그런데 마침 친구로부터 전화가 왔어요. 병림이 경찰서로 넘어왔다는군요."

"그, 그럼 그동안은 어디서?"

"아마도 비밀기관에 끌려갔던 모양입니다."

"그이가 무슨 죄를 지었길래……."

"뻔하죠. 똑똑하고 바른말 하는 게 탈이거든요."

준은 아까보다 더 깊게 양미간을 찌푸렸다. 그리고 영설의 뒷모습에 다시 한번 눈을 주었다.

"어, 어떻게 하면 좋아요?"

"밖에서 운동을 해야죠. 무슨 죄가 있어서 잡혀갔습니까?"

"운동을 어떻게 해요?"

혜련은 이런 일에 대하여 전혀 백지였다. 공연히 마음만 다급할 뿐이고, 몸은 주체할 수 없으리만큼 착 가라앉는다.

"처음에는 제가 닥터 한한테 갈려구 했었죠."

불거진 관골이 흔들렸다.

"그러나 제가 가면 오히려 병림한테 마이너스가 될 것 같아서 여기로 찾아온 것입니다. 우선 유 선생님께서 닥터 한하구 의논하셔서 적당한 변호사라도 선정해 두는 것이 좋겠습니다."

준이 구체적으로 말을 하고 있을 때 진수가 들어왔다. 그는 영설을 보고,

"어마! 여기 오셨어요?"

진수는 집에 돌아오면서 영설의 해괴한 행동을 이해할 수 없어서 고민을 했다. 굳이 그 원인을 찾는다면 문명구의 딸이라는데서 충동적으로 미움이 치솟았다고 할 수밖에 없다. 그러나 집에 와 있는 영설을 보았을 때 진수는 정말 영설이 어떻게 되어먹은 인간인지 그 인간성에 대한 짙은 수수께끼 같은 것을 아니 느낄 수 없었다.

진수의 눈과 부딪친 영설의 눈에는 기대와 불신과 그리고 희망이 이글거리고 있었다. 테이블을 사이에 두고 근심에 가득 찬 대화를 주고받는 준이나 혜련의 모습에는 아예 관심도 없는 표정으로 그렇게 골똘히 진수를 바라보는 것이었다. 진수가 슬며

시 얼굴을 돌렸다. 왜 그런지 두려웠던 것이다. 왜 말없이 이곳
으로 혼자만 왔느냐는 추궁도 더 이상 하지 못하였다.

그러나 의연히 석연치 못한 얼굴로 진수는 오래간만에 만나
는 준에게 인사를 한다. 혜련이 한 손으로 머리를 짚으며 비틀
거리듯 일어섰다.

"진수야! 나 좀 방에까지 데려다 다우. 그리구 강준 씨, 진수,
진수하구 의논하세요. 한 선생한테 연락 취하도록 하시구……."

무척 힘들여 말을 했으나 그 목소리는 가늘고 낮았다. 진수는
무슨 일 때문에 혜련이 이렇게 되었는지 알 수 없을뿐더러 강준
이나 영설의 표정도 심상치가 않아 두루 살피다가 혜련을 부축
하고 홀에서 나왔다. 안방으로 들어가 혜련을 자리에 누인 뒤
궁금한 나머지 빨리 홀에 쫓아 나왔다.

"웬일이세요? 무슨 일 생겼어요?"

하고 영설과 강준의 얼굴을 아까처럼 번갈아 본다. 전혀 안면이
없는 두 사나이는 각기 다른 생각에 잠겨 멍멍히 쳐다만 본다.

"나는 가지. 내일 또 오겠어."

영설은 훌쩍 돌아섰다. 그의 생각 같아서는 안방에 있는 혜
련에게 쫓아가 따져서 기어코 결론을 얻고 싶다. 그러나 그 짓
을 못 하고 돌아가는 자기 자신이 허공을 짚은 듯하여 주체할
수 없는 울분을 느꼈다. 흡사 자기만이 따돌려진 것만 같았고,
한창 기승해서 덤빈 자기를 혜련이 밀어 던진 것 같기도 했다.
미꾸라지처럼 자기 방으로 빠져나간 혜련은 말할 것도 없고 병

림이나 그를 위하여 찾아온 사나이에 대하여도 증오의 감이 솟았다.

거리에 나왔을 때 영설의 흥분은 다소 가라앉았다. 얼마 동안을 갔을 때는 더욱 가라앉았다. 그 대신 기쁨이 가슴 밑바닥에 쫙 깔린다.

'진수는 내 딸이다. 틀림없이.'

버스를 탔다. 손님이 적다. 희미한 불이 흔들린다. 운전수도 차장도 졸고 있는 것만 같았다.

'진수는 내 딸이다. 내 딸이다.'

그렇게 중얼거리고 있노라니 호숫가에서 하던 혜련의 묘한 말이 퍼뜩 떠올랐다.

'애정은 가지게 될 거예요. 아무도 강요하지 않아요. 당신이 그들한테 애정을 가지게 되는 것은 이 세상에 제가 태어나 당신에게 드리는 유일의 선물이 될 거예요.'

"묘한 말이다."

영설은 중얼거렸다. 그러나 혜련의 말은 영설에게 확신을 주었다. 버스가 흔들린다. 옷깃 사이로 바람이 스며든다. 영설은 양복 깃을 세운다. 코트를 걸치지 않고 뛰어나온 것을 처음으로 깨닫는다.

혜련의 집에서는 강준으로부터 병림의 소식을 들은 진수가 울고 있었다.

"가엾은 병림 오빠! 제가 잘못했어요. 어떡허면 좋아요? 강 선생님, 제발 병림 오빠 도와주세요. 전, 전 명희 고모 때문에."

진수는 흥분한 나머지 명희를 들추어내다가 스스로 놀라서 몸을 움칠한다.

"설마, 설마 죽이지는 않겠죠? 그렇죠?"

진수는 눈물에 젖은 얼굴을 들고 강준이 마치 병림의 생살권이라도 쥐고 있는 듯 쳐다본다. 강준은 그 눈을 피하면서,

"그렇게 함부로 사람을 죽이기야 하겠어요? 욕을 당할 테니까 걱정을 하는 거죠. 하긴 경찰서로 넘어왔으니 망정이지 비밀기관에서 그냥 꺼져버렸다면 아무리 발버둥쳐도 도리가 없겠죠."

진수의 동공이 크게 벌어진다. 공포가 서린다.

"……그분은 훌륭한 사람이에요. 진심으로 나라를 걱정하는 분이에요. 저는, 저는 철이 없어 잘 모르지만 그분은 높은 이상을 갖고 있어요. 그게, 그게 죄가 되나요?"

준에게 따지듯 숨결이 높아졌다. 진수의 귀에는 낮으면서도 힘차고 단호한 병림의 목소리가 울려왔고, 굴곡이 깊고 흔들리지 않는 병림의 당당한 체구가 눈앞에 역력히 떠올랐다.

"현실에 있어서는 그게 죄가 되겠지……."

준은 벽을 향하여 담배 연기를 푹 뿜어내며 혼잣말처럼 중얼거렸다.

"노망한 늙은이 같으니라구. 똑똑한 젊은 사람들 다 잡아먹을려고…… 빨리 천당에나 가라지."

"쉬!"

준은 노여움에 얼굴이 벌게진 진수를 바라보며 입술 위에 손가락을 얹는다. 분별이 없는 진수가 더 이상 무슨 말을 할지 모르기 때문이다.

"매를 맞았을까요? 고문을 당했겠죠?"

진수는 두 손을 모아 쥐고 안절부절이다. 준이 그 대답을 못하자 그냥 푹푹 울기 시작한다. 준은 관골 밑의 근육을 몇 번 움직였다. 입맛이 쓴 표정으로 담배를 눌러 끄더니 일어섰다.

"이러구 있을 때가 아닙니다. 운다고 안 될 일이 되나요? 자아, 일어서세요."

진수는 명령을 받은 병사처럼 벌떡 일어났다. 그리고 다음 명령을 기다리듯 주먹으로 아무렇게나 눈물을 닦고 준을 쳐다본다. 준이 빙그레 웃는다.

"아까 진수 씨는 명희 고모라 했죠? 그건 오햅니다. 누구나 사람은 사람을 사랑할 권리가 있구, 또 그것을 거절할 권리가 있습니다. 진수 씨는 지금부터 닥터 한에게 가서 병림의 일을 보고하세요, 나는 가면 좋아 안 할 테니. 자아, 나갑시다."

거리에 나왔을 때 준은,

"내일 나는 병림을 만나러 가겠어요. 진수 씨도 같이 가겠어요?"

"가, 가겠어요."

준은 잠시 생각에 잠기는 듯했다.

"만나게 될지 확실한 건 모르지만…… 하여간 병림이 갈아입을 옷이나 준비하세요."

명동 앞에까지 왔을 때 준은 경찰에 있는 친구를 좀 만나야겠다 하며 진수와 헤어졌다. 진수는 버스에 올랐다.

버스에서 내린 진수는 명륜동 고개로 올라갔다. 바람이 세차게 불어온다. 전선이 바람에 윙! 하고 운다. 하늘에는 별 하나 없고, 으스스 추워만 보이는 구멍가게의 가스등이 몹시 흔들리고 있었다.

명희 집에 들어섰을 때 명희는 한석중과 같이 늦은 저녁을 먹고 있었다. 외출에서 돌아온 모양이다.

"제법 쌀쌀해졌지?"

한석중은 아랫목을 가리키며 앉으라고 했다. 그러나 진수는 쭈그리고 앉은 자리에서 움직이지 않았다. 갑자기 말을 하려니 영 가슴이 답답하였던 것이다.

명희는 퍽 수척해 있었다. 그러나 어떤 체념에서 오는 안정성을 느낄 수 있었다.

진수는 명희의 얼굴을 피하면서 한석중에게 병림이 잡혀간 이야기를 했다. 두 사람은 들고 있던 숟가락을 동시에 놓았다. 그리고 진수의 새빨개진 눈을 쳐다보았다. 한석중의 얼굴은 극도로 긴장되었고, 명희의 얼굴에는 착잡한 고뇌가 확 밀려들었다. 그러나 명희는 도로 숟가락을 들어 밥을 밀어 넣듯 입 속에 떠 넣는다. 돌처럼 굳어버린 표정이었다.

대충 이야기를 마친 진수는,

"내일 강준 아저씨하고 같이 가기로 했어요, 경찰서에."

명희의 눈에 눈물이 번득였다. 미련과 패배와 괴로운 추억밖에 없는 사람이었다. 병림이 체포되었다는 불길한 소식을 전하는 연적이자 조카인 진수 앞에 명희는 쓰디쓴 눈물을 모래 같은 밥알과 더불어 삼키는 것이었다.

"나도 같이 가겠다."

한참 만에 한석중은 무거운 입을 떼었다.

저녁상이 물려지고 난 뒤 한석중은 책상 앞에 앉아서 담배를 지근지근 물어 씹으며 좋은 방안이 서지 않는지 초조한 빛을 띠고 있었다.

바람에 창유리가 덜덜 흔들린다. 식모가 홍차를 날라왔다. 명희는 찻잔을 들면서 진수를 건너다본다.

"요즘 학교 나가니?"

"나갑니다."

자연 진수의 목소리는 딱딱해졌다. 그로써 짧은 대화는 끊어졌다. 무거운 기류처럼 방 안 분위기는 가라앉는다.

"이영설 씨, 집에 더러 오니?"

찻잔을 놓으며 명희는 두 번째 말을 던졌다. 진수가 흘끗 쳐다본다. 명희의 모든 생각은 병림에게 쏠려 있었다. 그러나 아무 관계도 관심도 없는 말을 그는 묻고 있었다.

"가끔 오세요."

진수는 천착하는 표정으로 명희를 보았으나 명희는 그 이상 말을 하지 않았다. 미장원에서 우연히 본 잡지 가십난에 난 혜련과 이영설에 관한 것을 들추어낼 흥미는 없었던 것이다.

명희는 찻잔을 밀어내고 담배 하나를 뽑더니 백어처럼 미끈한 손가락 사이에 끼고 불을 당긴다. 푹 연기를 내어 뿜는다. 그것은 한숨을 토하는 하나의 방법인 성싶다. 내리깐 눈의 살눈썹이 짙다.

"유력한 변호사부터 작정해야겠군. 잘못 걸렸어."

한석중은 비로소 다 식은 찻잔을 자기 앞으로 잡아당겼다.

갑자기 바람이 불고 바싹 죄어든 날씨는 밤사이에 다시 풀린 듯했다. 그러나 괴로워하다가 잠이 든 진수가 눈을 떴을 때 창밖에는 눈이 내리고 있었다.

경찰로 병림을 만나러 간다는 생각이 아직 몽롱한 그의 의식을 강하게 때렸다. 진수는 일어나 뜰로 내려갔다. 소복이 쌓인 눈을 뽀도독 밟으며 우물가로 간다. 간단히 세수를 마치고 식모가 날라다 준 조반상 앞에 앉았다.

"어머니는?"

"나중에 드시겠답니다."

병림이 잡혀간 일을 눈치챈 식모는 궁금하고 걱정스러운 표정으로 진수를 바라보다가 슬며시 나가버린다.

된장국이 목구멍에 따끈하였다. 그러나 밥알은 모래알처럼 혓바닥을 돌았다. 무엇에 쫓기듯 가슴이 울렁거리고 마음이 바빠 밥알을 자근히 씹고 있을 수 없었다. 식모가 숭늉을 들고 들어왔다.

"조반이 끝나면 어머니가 좀 오시랍니다."

진수는 이미 숟가락을 놓았으므로 식모한테 숭늉을 받아 마시고 일어섰다. 그런 전갈이 없어도 나가기 전에 혜련을 만나야 했던 것이다.

혜련은 흰 이불깃에 창백한 얼굴을 묻고 천장을 멍하니 바라보고 있었다. 진수가 옆에 앉았을 때 혜련은 얼굴을 돌렸다.

"너 오늘 경찰서에 가니?"

"네, 어젯밤에 말씀드렸죠."

간밤에 명희 집에서 돌아온 진수는 혜련에게 대강 이야기를 했던 것이다. 그때 혜련은 눈을 감은 채 고개만 끄덕였던 것이다.

혜련은 한동안 말이 없었다.

"날씨가 춥구나. 눈도 내리구 안의 사람이 오죽 고생이 되겠니?"

"……."

"두둑한 옷이 필요하겠는데……."

"어젯밤에 강준 아저씨가 옷 가지고 가야 한다고 말씀하셨어요."

"그래?"

"지금부터 병림 오빠 하숙에 가서 옷을 챙겨 오려구요."

"응, 그래라. 만일 속옷이 시원찮거든 남대문시장에 가서 사 가지고 가거라."

진수는 그렇게 하겠노라 대답하고 황급히 일어섰다.

"진수야."

"네?"

"거기 좀, 좀 앉아라."

진수는 도로 자리에 앉았다. 혜련은 진수의 얼굴을 차근차근 히 바라본다.

"너, 병림 씨를 오해하구 있었지?"

진수는 얼굴을 번쩍 쳐들었다. 말이 콱 막힌다.

"의심도 하고 욕도 했었지만…… 그렇지만 이런 경우 그런 것 사소한 일이 아닐까요?"

혜련이 미소한다.

"제법 지각이 든 말을 하는구나. 그러나 아무 거리낌 없는 순 수한 마음으로 그분을 만나러 가야 한다. 특히 이런 경우에는. 그러니까 오해를 말끔히 풀고 가야지."

"……."

"애정에 있어서 일방적인 것이라면 병림 씨에겐 죄가 없다. 병림 씨는 결코 진수를 배반하지 않았단 말이야. 사랑하는 사람 도 있구 거절하는 사람도 있구……."

어젯밤에 강준이 하던 말과 꼭 같은 말을 혜련이 한다고 진수는 생각하였다.

"언제나, 어떠한 오해가 생기더라도 반드시 본인에게 확인을 얻어야 한다. 그 후 태도를 결정하여도 늦지 않다. 이것은 내가 겪은 일이다. 지내놓고 보면 사소한 실수가 일생을 지배하게 된다."

"알았어요, 어머니. 제가 경솔했어요."

"그럼 됐다."

진수가 일어서려고 하자 혜련의 입에서 또다시 말이 나왔다.

"명희는 불행한 여자다…… 소홀히 생각하지 말아라."

"……"

"비방해서는 못쓴다. 너는 승리자지만 명희는 패배자가 아니냐? 사람을 풍습에 얽매어 두고 비판하려는 것은 옳지 못하다. 사랑이라는 것은 인간의 마음의 척도이지, 결코 풍습이나 제도가 그 척도는 될 수 없다."

"아, 알았어요."

"엄마는…… 엄마는 너무 좁은 세상을 살아왔다. 너는 좀 더 넓게 크게 살아라. 그럼 어서 가봐."

혜련은 힘이 모조리 빠져버린 듯 눈을 감았다.

진수는 혜련의 방에서 나와 코트와 목도리를 두르고 곧장 병림의 하숙으로 뛰어갔다. 서두르며 트렁크를 열고 옷을 챙겨내었다. 옷은 시장에 가서 사지 않아도 좋을 만치 충분히 준비되어 있었다. 진수는 그것을 보자기에 싸가지고 급히 하숙을 나왔다.

진수가 약속한 다방으로 갔을 때 벌써 한석중과 강준이 와서 기다리고 있었다. 강준은 가죽 잠바에 양손을 찌르고 있었고 한석중은 외투 차림에 담배를 피우고 있었다.

진수가 나타나자 그들은 거북한 대면에서 놓여난 듯 동시에 일어섰다. 거리로 나왔다. 눈은 멎어 있었다. 그러나 어젯밤처럼 바람이 일어 가로수에 쌓인 눈가루가 세 사람의 어깨 위에 날아내린다.

한석중이 양어깨를 구부정하게 하고 지나가는 택시를 잡았다. 그리고 K경찰서로 달리게 하였다. 자동차가 K경찰서 앞에까지 오는 동안 세 사람은 한마디의 말도 하지 않았다.

경찰서로 들어섰을 때 진수의 얼굴은 질렸다. 두 사나이의 얼굴에도 긴장의 빛이 돌았다. 역시 입을 봉한 채 그들은 음산하기 짝이 없는 층계를 밟고 이 층으로 올라갔다. 많은 사람들이 복도를 오고 간다. 대부분이 경찰관이고 사복한 형사들이었다. 그들은 모두 무표정한 얼굴들이었다. 그러나 창가에 즐비하게 선 몇몇 민간인들은 초조한 얼굴이었고, 더러는 허탈한 사람처럼 깨어진 유리창 밖에 연방 날아내리는 눈을 바라보고 있었다.

이러한 살벌한 분위기 속에 진수는 몸을 움츠렸다. 사람이 사람을 어떻게 잡아갈 수 있으며 사람이 사람을 어떻게 벌줄 수 있을 것인가 하는 막연한 생각이 떠오르기도 했다.

"여기서 좀 기다리세요."

어느 방 앞에 다다랐을 때 준은 그렇게 말하고 혼자 도어를 밀며 안으로 들어갔다.

방 안으로 들어간 준은 좀처럼 나오지 않았다. 진수는 일각이 천추만 같이 느껴졌다. 초조한 나머지 들고 온 보따리를 이 손 저 손으로 몇 번이나 번갈아 쥐기도 하고 자기 머리카락을 잡아 당겨 보기도 했다. 깨어진 유리창에서 찬바람이 몰려 들어온다. 오가는 사람들의 발소리는 더욱 스산하기만 하다.

'못 만나게 되는 것이나 아닐까?'

불길한 생각이 들어 눈앞이 캄캄해진다. 한석중 역시 심중이 온당치 않았던 모양으로 몇 번이나 팔을 올려 시계를 들여다보 곤 한다.

아주 오랜 시간이 지나갔다고 생각했을 때 준이 도어를 밀고 나왔다. 그의 뒤를 이어 정복한 경찰관이 따라나왔다.

진수와 한석중의 시선이 동시에 준의 얼굴로 쏠렸다. 준은 덤 덤한 표정으로 그들 옆으로 다가왔다.

"어떻게?"

한석중이 먼저 물었다.

"두 분만 만나죠."

"왜요?"

이번에는 진수가 보따리를 추스르며 물었다. 우선 최악의 경 우는 면했다는 듯 진수의 얼굴 위에는 핏기가 돌았다.

"처음에는 한 사람만 면접시키겠다구 하더군요. 겨우 교섭을 해서…… 그러노라구 시간이 걸렸습니다."

준은 흘끗 뒤에 서 있는 경찰관을 돌아보더니 한석중의 팔을 끌고 구석으로 간다. 그리고 외투 주머니 속에 봉투 한 장을 쑥 밀어 넣으며,

"나중에 기회 봐서 저 순경에게 주십시오. 다 그렇게 해야 잘 돌아갑니다."

한석중은 그것이 돈인 것을 이내 알았다. 자기에게도 가진 돈은 있었으나, 봉투에 넣어 올 만치 세심하지 않았던 것을 깨닫고 순순히 준의 호의를 받았다.

"그럼 전 밑에서 기다리겠습니다."

준은 경찰관에게도 목례를 잊지 않고 돌아섰다. 경찰관은 아무 말도 하지 않고 뚜벅뚜벅 앞서갔다. 진수와 한석중도 묵묵히 그의 뒤를 따랐다.

진수는 올라올 때와 반대편의 계단을 밟고 내려갔을 때 무서움을 느꼈다. 발소리가 유난스럽게 울려 머릿속을 마치 두들겨 주는 듯하였다.

그들은 경찰관의 감시를 받으며 춥고 음산한 방에서 병림과 대면하였다. 상처투성이인 얼굴을 들고, 그래도 미소를 잊지 않으며 그들을 바라보는 병림을 대하였을 때, 진수와 한석중은 다 같이 얼굴을 돌리고 말았다.

한석중은 담배를 꺼내어 경찰관에게 하나 권하고 자기도 피워 물었다. 그리고 마음을 진정시키려는 듯 연거푸 담배를 빨곤 연기를 뿜어낸다. 진수는 그냥 달달 떨고만 있었다.

"모두들 별고 없습니까?"

두 사람이 다 말이 없으니 병림이 먼저 물어볼 수밖에 없다.

진수는 꼭두각시처럼 고개를 끄덕였다. 심한 전율이 머리끝으로부터 발끝까지 몇 바퀴나 돌아가는 것을 느꼈다. 그렇게도 흔하게 쏟아지던 눈물이 어디로 다 달아났는지 다만 얼굴도 체중도 자기 것이 아닌 것만 같았다. 할 말도 다 잊어버리고 말았다.

"정말 아닌 밤중에 홍두깨 디미는."

한석중의 첫마디 말이었다.

"놀라게 해서 죄송합니다."

몰라볼 만큼 변모한 데 비하여 목소리는 퍽 침착하였다. 한석중은 분주히 담뱃재를 떨었다.

"음…… 곧 변호사를 대도록 하겠다. 죄가 있으면 받을 거구 죄가 없으면 설마 나오게 되겠지."

그 말을 할 때 병림의 눈에 분노가 서렸으나 이내 사라지고 말았다.

"뭐 아쉬운 것 없나?"

"별로……."

병림은 터부룩한 머리를 쓸어 넘긴다.

"요즘 통 안 오구 해서 바쁜 줄만 알았었지 누가 이렇게 된 줄 알았어야 말이지."

쓰게 입맛을 다신다.

"서에서 기별이 갔던가요?"

"아니, 강준이란 그 사람이 어디서 알구…… 오늘도 같이 와서 밖에 기다리고 있다."

"강준 형님이…….."

병림은 입 속으로 중얼거리며 추운 모양인지 양복 깃을 세운다. 시꺼멓게 때에 전 와이셔츠 소매 끝에 불그죽죽한 피가 묻어 있었다.

진수는 눈앞이 아찔했다. 그는 무의식 중에 들고 있던 보따리를 쳐들며,

"옷, 옷 가지고 왔어요!"

솟구치듯 목소리가 드높았다. 병림은 시선을 진수에게 돌렸다. 순간 그의 눈에 눈물이 핑 도는 듯하였다. 그 눈을 쳐다보는 진수의 눈에도 눈물이 핑 돌았다.

"제가 잘못했어요."

나지막이 속삭였다. 무한한 그리움이 쇠잔한 병림의 전신으로 뻗어갔다. 진수는 눈물을 삼키듯 침을 꿀꺽 삼킨다. 병림은 관골이 드러난 창백한 얼굴 위에 미소를 띄웠다.

"빨리, 빨리 나오셔야 돼요. 무슨 죄가 있어요?"

진수는 양손으로 얼굴을 가리며 흐느낀다.

"바보처럼 울기는…… 걱정 말아요."

감정을 누르는 것이었으나 병림은 몇 번이나 눈을 깜박거렸다.

경찰관이 헛기침을 한다.

"시간이 다 됐어요."

경찰관은 일어서라는 듯 그들의 얼굴을 번갈아 보았다. 별로 할 말도 못한 채 그들은 일어서지 않을 수 없었다.

"그, 그럼 또 오겠어요."

하고 돌아서는 진수를 병림이 불렀다. 진수는,

"네?"

하고 돌아섰다.

"하숙의 짐을 좀 옮겨주었으면 좋겠어. 그러구 강준 형님을 한번 만나보구 싶은데……."

"내일이라도 오도록 하지. 그럼 몸조심해."

한석중이 진수 대신 말을 하고 진수의 어깨를 가만히 밀었다.

"어머니한테 잘해드려."

병림의 말이 진수 등 뒤에 던져졌다. 병림은 진수의 뒷모습을 멍한 눈으로 쳐다보았다.

나오면서 한석중은 경찰관 호주머니 속에 봉투를 쑥 찔러 넣었다.

"잘 부탁합니다."

경찰관은 우물쭈물하다가 잘 알았다는 시늉을 했다. 그리고 별안간 비굴한 표정이 되었다.

밖에서 기다리고 있던 준과 같이 그들은 경찰서를 나왔다. 눈이 녹은 거리는 질컥질컥했다. 한석중은 준을 돌아보며,

"커피나 한잔하구 갑시다."

"그러죠."

강준이 무겁게 대답하였다.

눈에 띄는 대로 길옆에 있는 다방으로 들어갔다. 다방 안은 난로 옆에 몇 사람이 웅크리고 앉아 신문을 들여다보고 있을 뿐 찬바람이 돌았다.

진수는 자리에 앉아 테이블 밑으로 양다리를 쭉 뻗었다. 다리가 덜덜 떨리고 얼굴에 소름이 쫙 끼친다. 긴장이 풀어지는 동시에 체내의 열기가 모조리 밖으로 발산되는 모양이다. 그는 레지가 날라다 주는 뜨거운 커피를 얼른 마셨다.

"여러 가지로 편리를 보아주셔서 감사합니다."

한석중은 정중한 어조로 새삼스럽게 준을 보고 인사를 했다. 명희와의 사건은 별도로 치고 우선 병림에 대한 준의 성의를 인정해 주자는 것이다. 준은 한석중을 잠시 쳐다보았다. 아무 말도 하지 않았다.

한참 후,

"변호사는 누구를 택하실 작정입니까?"

"나가는 대로 민태식 변호사를 찾아가 상의할까 싶습니다."

"그분이면 유력하니까."

준은 다소 낙관되는 기색이다.

"우리 병원에 입원한 일도 있구 해서 잘해주리라 생각하는데……."

"고문을 방지하기 위해서도 빨리 변호사를 대는 게 좋을 겁니다."

"나도 그렇게 생각했어요."

"몸이 아주 많이 망가졌죠?"

"형편없더군요."

한석중은 얼굴을 찌푸린다. 원체 대범스러운 성격이라 병림의 앞에서는 태연한 척했으나 병림의 비참한 모습은 한석중에게 큰 충격을 주었던 것이다.

"얼굴에는 막 상처투성이고 걸음도 잘 못 걸어요. 어쩌면 사, 사람을 그 모양으로······."

진수는 또다시 흥분하기 시작한다.

"젊은 놈이니 나오기만 하면 곧 회복됩니다. 원체 건강하구······."

준이 위로 삼아 말했다.

"그런데 나온다는 게 문제거든. 요즘 죄라는 게, 특히 보안법에 걸려들면 그 한계가 막연하지 않소?"

한석중의 표정이 무거워진다.

"그러나 경찰서로 넘어왔으니 어쨌든 일단 절차대로야 하겠죠."

세 사람은 우울한 표정으로 다방을 나왔다. 병림이 나오리라는 것은 말로만 쉬운 일이지 실상 그들은 사건의 전모를 전혀 모르고 있었다.

묵묵히 걸음을 옮긴다. 나올 수 있다는 희망이 한갓 막연한 것임을 깨닫게 됨으로써 그들의 걸음이 점점 무거워지는 것이었다.

명동 입구까지 와서 그들은 각각 헤어졌다. 집으로 돌아온 진수는 곧 혜련의 방으로 갔다. 혜련은 무리를 하여 몸을 일으켰다. 그리고 진수의 말을 들으며 고개를 끄덕인다.

"정말 가엾어요. 그렇지만 병림 오빠는 늠름하게 참아왔나 봐요. 되려 절 운다고 나무라는 거예요. 그리고 어머니를 위해 드리라 말하지 않겠어요?"

"그래."

위해주라는 병림의 깊은 뜻을 알지 못하고 그 말을 전하는 진수의 얼굴을 혜련은 물끄러미 바라본다.

"좋은 청년이다. 내가 만일 애국자라면 병림일 한국의 맥박이라 하겠는데."

혜련은 빙긋이 웃었다.

혜련의 방에서 나온 진수는 자기 방으로 들어왔다. 팔베개를 하고 천장을 멀뚱멀뚱 쳐다보았다.

'내가 할 수 있는 것, 아아, 난 병림 오빠를 위해서 아무것도 할 수 없다.'

진수는 새삼스럽게 병림을 위하여 자기 자신에게 아무 힘도 방법도 없음을 뼈저리게 느꼈다. 그러나 그냥 누워 있는 것이 불안하고 초조했다. 진수는 일어나 도로 외투를 걸치고 목도리를 두른 뒤 거리로 나왔다.

갈 곳이라고는 역시 영설의 아파트 이외 다른 곳이 없었다. 진수는 영설이 있건 없건 하여간 그곳으로 가리라 마음먹었다.

영설의 아파트에 갔을 때 영설은 혼자 우두커니 앉아 있었다.

"웬일이야?"

진수는 의자에 앉으며,

"견딜 수 없어서 왔어요."

"송병림이란 사람 때문에?"

"어떻게 아세요?"

"알구 있어."

"잡혀간 것도?"

"응."

"도리가 없을까요?"

"석방될 도리 말인가?"

진수는 고개를 끄덕인다.

"기다려야지."

"괴로워요."

"나도 괴롭다."

"저를 동정하는 때문에?"

"아니, 만점을 받을 자신이 있는데, 그 답안지를 내어주지 않아 마음이 조여든다."

"그건 무슨 뜻이에요?"

"무슨 뜻인지 나도 실은 진수한테 묻고 싶다."

"묘하네요."

"묘하다."

"스무고개 같은 문답이군요. 어머니 때문에?"

"아니, 진수 때문에."

"저 때문에?"

"우리 손가락 한번 대어볼까?"

영설은 새끼손가락을 밀어낸다.

"왜요?"

"내어봐, 새끼손가락이 짧다고 했었지?"

"네, 이렇게 짧아요."

진수는 무심히 새끼손가락을 내보인다.

"내 손가락도 짧지. 손이 몹시 닮지 않았나?"

"아무리, 선생님 손은 뼈뿐인데."

"그야 남자 손이니까."

영설은 진수의 얼굴을 유심히 바라본다.

"선생님?"

"응?"

"전 그일 참 좋아해요."

"그래서……."

"그런데 그인 비참하게 되었어요. 가엾어요, 가엾어 견딜 수
가 없어요."

"그래도 견뎌야지."

"만일 못 나오면 어떻게 되죠, 전?"

"나오게 된다."

"정말로?"

"응, 내 육감이다. 믿어라."

영설은 진수의 어깨 위에 손을 얹었다.

"어떻게 육감을 믿어요?"

"기적은 바로 문 앞에 서 있는지도 모르잖어?"

"신화 같아요. 차라리, 차라리 혁명이라도 일어났으면, 프랑스혁명처럼. 그땐 바스티유 감옥이 부서지고 죄수가 나왔잖아요? 그런 기적은 일어날 수 없을까?"

진수는 베스가 짖는 소리에 잠이 깨었다. 커튼 사이로 보이는 바깥은 환하게 밝았다. 밤새 또 눈이 쏟아진 모양이다. 진수는 도로 눈을 감았다. 상처투성이인 병림의 얼굴이 너무나 선명하게 눈앞에 떠오른다. 음산한 경찰서의 풍경도 무슨 악몽처럼 되살아났다.

진수는 벌떡 일어나 커튼을 확 젖혔다. 베스가 마구 쫓아다닌 모양으로 눈이 쌓인 뜰에는 온통 개의 발자국이다.

'어떻게 할까? 왜 사람들은 자유롭게 살 수 없는 것일까?'

진수는 크리스마스 트리처럼 눈이 소복소복 쌓인 향나무 가지를 바라보다가 수건을 들고 뜰로 내려섰다. 베스가 미친 듯 덤벼든다.

"쉿! 저리 가아! 베스."

떠밀어 내도 이내 씩씩거리며 베스는 뛰어오른다.

"왜 이러는 거야?"

파자마 가랑이를 마구 물어뜯는다. 부엌에서 식모가 내다보며,

"밤에 도둑이 든 줄 알았어요."

"왜요?"

"글쎄, 저놈의 개가 밤새 짖구 야단 아니겠어요. 잠 한숨도 못 잤어요. 저놈의 개가 지랄하는 바람에."

진수는 겨우 베스를 쫓아버리고 우물가에 가서 세수를 하였다.

세수를 끝마치고 일어섰을 때 베스는 하늘을 우러러보며 괴상한 울음을 울다가 별안간 문 있는 쪽으로 달려간다. 그리고 앞발로 문을 긁으며 꼬리를 치고 흥흥거린다.

"진수!"

"어마, 선생님!"

진수는 문간으로 쫓아갔다. 그리고 문을 와락와락 흔들듯 하며 열기가 무섭게,

"웬일이세요, 아침부터?"

영설은 하얀 입김을 내뿜으며 진수의 얼굴을 유심히 살폈다.

"왜 그러세요, 선생님?"

진수는 불길한 생각에서 가슴이 떨려왔다.

"별일 없었니?"

"별일이라뇨?"

어젯밤에 돌아와 그냥 자버렸던 진수는 머리를 동여맨 수건을 풀면서 의아하게 영설을 올려다본다. 영설은 입에 문 담배를 뽑아 눈 위에 휙 던지며,

"기분이 나빠서 왔어."

"왜요?"

"몰라."

진저리가 치도록 기분 나쁜 꿈을 꾸었다는 말을 영설은 하지 않았다.

"하여간 들어오세요. 추워요."

그들은 길길이 뛰는 베스를 떠밀어 버리고 홀로 올라갔다.

"어머니는?"

"주무시나 봐요."

영설은 꺼져 들어가듯 의자에 몸을 푹 묻는다. 어두운 그늘이 그의 미간에 몰려들어 온다. 베스가 두 발로 홀의 문을 갈근갈근 긁으며 흥흥거린다. 진수는 유리문을 열고,

"씩씩! 이놈의 개, 왜 자꾸만 지랄이야?"

하고 베스의 발목을 탁 때려준다.

"선생님, 저 옷 갈아입고 올게요."

자기 방으로 들어간 진수는 얼마 후 옷을 갈아입고 다시 나왔다.

"선생님, 여기 춥죠? 커피 끓일까요?"

그 말대답은 하지 않고,

"어머니 아직도 편찮으셔?"

하며 불안한 눈을 들었다.

"그런가 봐요. 밤낮 아무렇지 않다고 하시면서 누워만 계세요."

영설은 묵묵히 앉아 있었다.

'기분 나쁘다. 정말 징그러운 꿈이었어.'

영설의 우울한 얼굴을 쳐다보다가,

"어머니 일어나시게 할까요?"

"……."

"가서 선생님 오셨다고 할게요."

무슨 이유로 영설이 이 아침에 찾아왔으며, 우울한 표정이 무엇 때문인지 알 길은 없었으나 진수는 위로하듯 말하고 일어섰다. 그는 부엌으로 가서 식모에게 커피를 끓여달라고 부탁하는 모양이더니 안방 문을 열고 들어가는 소리가 들려왔다.

넓은 홀에는 구공탄이 꺼졌는지 냉기가 돌았다. 그러나 영설은 외부에서 오는 것보다 더 강한 냉기를 마음속에서 느꼈다.

"어머니! 아악!"

찢어지는 듯한 진수의 고함 소리에 영설은 자리를 박차고 안방으로 뛰어갔다.

"진수! 왜 그러는 거야!"

"아, 어머니!"

진수는 혜련의 몸을 흔들고 있었다. 영설은 진수를 밀어뜨렸다. 진수는 그 자리에 그만 기절을 하고 말았다. 영설이 혜련을 번쩍 안아 일으켰을 때 혜련의 몸은 싸늘하였고 양팔이 쭉 뻗어졌다.

"혜련이!"

짐승처럼 소리치다가 영설은 혜련을 내동댕이치고 밖으로 쫓아 나간다.

얼마 후 의사가 왔다. 식모는 입술을 달달 떨면서 비실비실 물러섰다. 의사는 혜련의 눈까풀을 한 번 뒤집어 보더니,

"돌아가셨습니다."

"그럴 리가 없소! 한번 위장을 씻어주시오!"

영설은 이빨을 바드득 물었다. 의사는 영설을 멍하니 쳐다보다가,

"가족들은 돌아가신 분 병을 모르고 계셨던가요?"

"자, 자살이 아니란…… 아니, 아닙니다. 살려주세요, 제발."

"전에 제가 한번 여기 온 일이 있었죠. 그때 환자가 심장판막증이란 말을 하더군요. 그래 응급치료를 해주고 갔었는데, 기어코……."

영설은 무슨 말을 할 듯 몹시 입술을 실룩거렸다. 그러나 차츰 그는 정신 나간 사람처럼 멍하니 의사를 바라보았다.

"아마 밤중에 운명한 모양인데, 부정맥박에서 그냥 숨이 끊어

졌군."

의사는 혼잣말처럼 중얼거리다가 기절한 진수를 보자 가방 속에서 주사기를 꺼내어 주사를 놔주고 진수가 깨어난 것을 본 후 진찰 가방에다 기구를 챙겨 넣는다. 의사는 목석처럼 서 있는 영설에게 고개를 한 번 숙이고 나가버렸다.

"우리 엄마 안 죽었다! 안 죽었다!"

진수는 혜련의 가슴 위에 머리를 몇 번이나 찧으며 소리소리 친다.

"엄마! 엄마! 안 죽었다! 어서 일어나요! 눈을 뜨세요."

진수는 방바닥을 데굴데굴 구르며 자기의 머리를 쥐어뜯고 얼굴을 마구 할퀸다.

"아이, 가엾은…… 울지 말아요, 네? 울지 말아요."

식모는 진수의 등을 두들기며 자기 자신도 흐느껴 운다. 목석같이 서 있던 영설은 마치 그림자처럼 집을 빠져나간다.

영설이 처음 찾아간 곳은 S대학병원이었다. 한석중과 마주 섰을 때 영설은 유령처럼 그림자처럼 물끄러미 상대방을 바라보는 것이었다.

"혜련이 죽었어요."

하더니 반문할 사이도 없이 돌아서 버린다. 한석중이 그의 팔을 잡으며,

"뭐라구요?"

그러나 영설은 한석중의 손을 뿌리치며 백정에게 쫓기는 개

처럼 달려나갔다.

그다음 그가 찾아간 곳은 윤병후의 집이었다. 유령처럼 우뚝 선 그를 보자 윤병후의 아내는 기겁을 한다.

"혜련이 죽었어요."

윤병후의 아내가 의아하게 쳐다보자 아까와 마찬가지로 백정에게 쫓기는 개처럼 거리로 달려나가는 것이었다.

다음은 윤성수의 집이었다. 역시 마찬가지 말을 되풀이하였다.

"뭐라구?"

신경통 때문에 누워 있던 윤성수가 놀라며 몸을 일으켰을 때,

"이 새끼! 왜 또 묻는 거야!"

소리를 꽥 지르면서 주먹으로 윤성수의 턱을 친다.

어디로 헤매다가 돌아왔는지 밤에 그는 술에 엉망이 되어 혜련의 집에 들어섰다.

명희는 진수를 꼭 부둥켜안고 울고 있었다. 한석중은 바위처럼 앉아 있었다. 기별을 받은 몇몇 친지들과 문단 사람들이 침울한 표정으로 앉아 있었다. 영설은 그들을 떠밀고 앞으로 나갔다. 백포白布를 씌워놓은 혜련의 사체를 번쩍 쳐들어 안는다.

"우우…… 음……."

짐승과 같은 울음이다.

"혜련이! 혜련이! 밤중에 혼자, 응, 정말로 혼자서 아무도 없는 데서 주, 죽었단 말이야!"

주위 사람들이 쫓아와 뜯어낸다.

"놔라! 날 놔! 혜련이, 혜련아! 우리들의 인연이 정말 이것뿐이더냐! 말하라! 말하라! 혜련아!"

조문 왔던 김 기자가 영설의 팔을 잡아끌고 홀로 나왔다.

"이 선생, 왜 이러십니까? 돌아간 사람에게 욕이 됩니다."

"이 새끼! 네놈이 우리, 우리의 내, 내력을 아느냐! 우우……흐흐…….”

영설은 테이블 위에 머리를 처박는다.

"어차피 그런 병이었다면 할 수 없죠. 체념을 하셔야지요."

"어째서 어차피야! 그, 그래서 잘되었단 말이냐!"

"정말 뜻밖이지…… 아무도 모르고 있었으니…….”

김 기자는 혼잣말처럼 뇐다.

삼 일 후 혜련은 미아리 묘지에 매장되었다.

"엄마! 엄마! 난, 난 안 갈래. 엄마 혼자 두고 난 안 갈래."

진수는 묘 앞에 쓰러져 흙을 움켜쥐며 울었다. 사람들은 모두 진수의 애처로운 모습에 눈시울을 적신다.

"자, 진수, 가요! 사람은 다 죽게 마련인데 운다구 해결이 되나?"

준은 안 가겠노라고 발버둥 치는 진수를 번쩍 안아다 자동차 속에 밀어 넣는다.

하늘은 명경처럼 맑았다. 영설은 먼 곳에 떨어져 그 명경알 같은 하늘을 바라보고 있었다.

15. 구름 너머로

혜련이 죽은 뒤 어느덧 한 달이 지나갔다. 환도 후 처음 맞이하는 크리스마스는 제법 거리를 풍성하게 하고 징글벨도 신나게 울려오더니 한 해는 다시 저물고 조용히 새해로 접어들었다.

날이 거듭될수록 영설과 진수에게 남겨진 상처는 새로워졌다.

영설은 술이 잦았다. 술만 마시면 떠들고 울었다. 누구 한 사람 지켜주는 이 없는 한밤중에 혼자 외롭게 죽어간 혜련이 불쌍하다 하며 우는 것이었다. 그러나 술을 마시지 않을 때는 입이 붙은 것처럼 말이 없다. 말이 없는 대신 그는 고통을 잊으려는 듯 이상한 정열을 갖고 일에 몰두하는 것이었다.

이와 같이 그의 슬픔은 외향外向과 내향內向의 극지를 방황하며 절제 없는 생활로 하여 그의 눈빛은 일종의 광기를 발하고 있었다.

　이날도 영설은 피하려 드는 윤병후를 이끌고 외떨어지고 손
님 없는 싸구려 바로 들어갔다. 술이 돌아감에 따라 벌써 귀가
아프게 들은 푸념을 윤병후에게 되풀이하는 것이었다.

　"낡아빠진 계집이야. 죽음을 혼자서 기다리구 있었다니 말이
야. 그것이 산 사람에 대한 애정인 줄 알거든. 못난 여자. 고지
식하구 곰팡내가 나는 생리다. 그게 희생정신이라는 건가? 사
람에게 이렇게 멍을 들여놓고 말이야. 같이 괴로워하구 고통
을 받았던들 이렇게 가슴이 아프고 미련은 남지 않았을 게 아닌
가, 응? 병후, 내 말 좀 들어보게, 나는 말이야, 산송장에게 미
쳤더란 말이야. 내 생명을 모조리 온통 쏟았더란 말이야. 하하
하…… 세계의 전부라 생각했었지. 아니, 우주라 생각했었지.
아니, 생명이었지. 이 못난 놈에겐 말이야. 하하하……."

　영설은 휑뎅그렁한 바의 공간을 울리며 허황한 웃음을 웃
는다.

　"맞았어. 못난 놈이지. 나잇값을 해."

　윤병후는 영설이 들이대는 술잔을 한 손으로 밀어내며 시쁘
둥하게 말하였다.

　"못난 놈이라구?"

　눈이 번쩍번쩍 번득인다.

　"그럼, 자네 스스로도 그렇게 말하지 않았나?"

　"나는 나를 못난 놈이라 했겠다…… 음…… 그러나 자네가 왜

나를 못났다구 하느냐 말이다!"

영설은 앞뒤가 맞지 않는 말을 내던지고 화를 발칵 냈다.

"자넨 유혜련 씨 이상으로 낡은 골동품이다. 적어도 일 세기 전의, 그리고 십 대들의 연애 형태다. 뭐가 그리 대단하느냐 말야. 인생에 있어서 사랑이 전부일 순 없잖아. 더욱이 요즘같이 바쁜 세상엔. 진부한 사고방식이야. 도시 감상의 탐닉이거든."

하도 푸념을 들어 신물이 난 윤병후는 까준다.

"그럼 인생에 있어 그 무엇이 전부야? 말해봐!"

"모든 게 전부일 순 없지. 그러나 사랑 이외 예술도 있구 돈도 있구 명예도 있지 않나."

"예술? 흥! 개나 처먹으라지."

"제발! 감상이나 순정 따위를 개한테 처먹여라."

"이 자식이! 네놈은 굽실거리며 그림이나 팔아서 여편네 시중이나 들구 미술학교 선생님입네 하구 뻐기면 족할 놈이야. 네까짓 놈이 예술가야?"

병후는 입을 다물고 어떻게 이 술자리를 끝낼까 궁리를 한다.

"……네까짓 놈이 예술가야? 화가란 말이야? 배운 도둑질처럼 해 처먹지 않느냐 말이다. 존대하게 예술가연 포즈를 취하지 말란 말이야. 이 생판 거짓부리로 사는 찌꺼기 같은 놈아!"

손님 없는 쓸쓸한 바에서 영설이 고래고래 소리를 지르건만 여급은 이러한 인생을 외면하듯 자기 입에서 뿜어져 나오는 담배 연기만 바라본다.

겨우 거리로 나선 영설은,

"이것 놔! 나 갈 데가 있어."

"지랄 그만하구 가자."

"아냐, 내 딸한테 가는 거야. 으흣흣, 하하핫……."

영설은 크게 소리쳐 웃으면서 회현동을 향하여 비틀거린다.

윤병후는 영설의 뒷모습을 바라본다.

"순수한 자식이다. 제멋대로 되어먹었어."

중얼거리며 돌아선다.

"진수! 문 열어달라! 내 슬픔의 동반자여!"

영설은 대문을 와락와락 흔든다.

"또 약주 잡수셨군요."

진수는 문을 열어주며 영설을 멀거니 바라본다.

"응, 마셨다."

"지독한 술 냄새……."

홀에 들어온 영설은 소파에 털썩 앉으며,

"날 기다렸나?"

"……."

"오 분만 앉았다가 갈게."

"……."

"이런 아버지 싫어?"

"아니에요. 선생님이에요."

"아니다, 아버지다."

"엄마의 애인이라도 아버지라 부르긴 싫어요."

"흠, 흠…… 여섯 달짜리가 어딨어? 문명구의 여섯 달짜리…… 흠……."

영설은 피곤한 듯 소파에 머리를 얹는다.

"선생님."

"……."

"그이가 내일 나와요."

"……?"

"불기소로 나오는 거예요."

"……?"

"왜 아무 말씀 안 하세요?"

"좋겠구나."

"어머니가 계셨더라면 얼마나 좋아하시겠어요?"

눈에 눈물이 핑 돈다.

"그이도 고아, 저도 고아가 되었어요."

"……."

"선생님도 나가세요. 내일 여섯 시쯤 저하고 같이 가세요."

"취미가 없다."

영설은 비실비실 일어섰다.

"가야지. 이제 가야지."

진수는 영설을 부축해 주며,

"밤이 무서워요. 어디서 엄마 목소리가 자꾸만 들려오는 것 같아요."

"나도 밤이 무섭다."

"내일 밤에도 오시죠?"

"응."

영설이 문밖에 나서자,

"선생님! 부산에서처럼 자동차…… 조심하세요."

영설은 껄껄 웃었다.

"어머니의 추억이 여기 있잖아요? 진수 속에 어머니는 남아 있을 거예요."

영설은 진수의 손을 꼭 잡는다.

"잘 자! 문단속 잘하구."

영설은 어둠 속에 사라진다. 진수는 무수한 별을 우러러본다.

명희는 한석중이 나가기를 기다렸으나 웬일인지 꾸물거리고 있었다. 할 수 없이 응접실로 나와 전화를 들고 다이얼을 돌린다.

"동아상사예요? 강준 씨 좀 바꾸어주세요…… 준이야?"

"응."

무거운 목소리가 울려왔다.

"오늘 가나?"

"명희도 갈래?"

"내가?"

"……."

"내가 뭣하러 가니?"

"그럼 왜 묻는 거야?"

그 말대답은 하지 않고,

"몇 시에 나온대?"

"저녁 여섯 시쯤 될 모양이야."

"넉넉잡구 여덟 시면 우리끼리만 만날 수 있겠군."

"그건 또 무슨 뜻이야?"

"그 사람 나오면 준도 같이 우리 집에 올 테야? 아마 그러지는 못 할걸."

"나야 뭐 나오는 것만 보면…… 누가 알어? 병림이 나를 따라 우리 집에 올지, 혹은 회현동으로 갈지."

"아니야, 닥터 한은 꼭 우리 집으로 데리구 올 거야. 유일의 친척 아니냐 말이다. 하여간 그런 것 나에겐 아무 의미도 없는 일이구…… 나 콜롬바에서 여덟 시부터 반까지 기다릴게, 꼭 나와줘."

"또 나를 괴뢰로 쓸 작정인가? 병림을 피하는 방법으로, 이제 그만두자. 나의 위대한 우정에도 한계가 있잖아?"

준은 전화를 끊을 기세다.

"아, 아니 잠깐만……."

"뭐 더 이상 할 말이 있어?"

"준! 그건 터무니없는 오해야. 준이 가짜 연인이 된 것은 아까 말대로 준의 위대한 우정에서였지 결코 명희의 희망은 아니

705

었던 거야. 난 한 번도 준을 괴뢰로 생각한 일은 없었어."

"화내지 말어."

명희는 한동안 말이 없다.

"……물론 그를 만나구 싶지는 않아. 그렇지만 그까짓 것 만나게 되면 만나는 거지 못 만날 건 또 뭐 있어?"

"…….'

"하여간 준을 만나구 싶어. 만나서 기분 내키는 대로 할 테야. 꼭 나와. 알았어?"

"치도곤은 또 누가 맞구?"

"아냐, 마지막이야."

"떠난단 말이지?"

"응."

"언제?"

"이월 초순."

"마지막…… 우습군. 시작도 없는 마지막……."

"따지지 말어. 웬 말이 그렇게 많아? 약속해요. 만나겠다구."

"만나겠다."

명희는 수화기를 놓고 잠시 생각에 잠기다가 방으로 돌아왔다. 한석중은 여전히 꾸무럭거리고 있었다.

"뭘 하시는 거예요? 빨리 나가세요."

"응."

대답을 하며 부스스 일어선다.

"여보, 다섯 시에 병원으로 나오겠소?"

"뭣하게요?"

"뭣하게라니? 병림이 나오는데 가봐야잖소."

"난 싫어요."

"왜?"

한석중은 어리벙벙한다.

"형무소 같은 데 기분 나빠요."

명희는 돌아서서 벽의 거울을 쳐다본다.

"별소리를 다 하는군. 죄 없음 기분 나쁠 것 없잖소."

"이 세상에 죄 없는 사람이 어디 있수?"

명희는 거울 속의 자기 눈을 가만히 쳐다본다.

"죄 없는 사람 많지. 모든 사람이 다 죄인이라면 지구 자체가 감옥이게?"

"공식적인 얘기 하지도 말아요. 인생은 공식으로만 해결되는 게 아니에요. 도시 당신은 감성이라는 게 없어요."

명희는 공연히 화를 벌컥 낸다.

"허 참, 공식으로 해결이 안 된다구? 그러나 현재 모든 게 공식으로 풀려나가구 있는 것은 어쩌구?"

한석중은 농담 삼아 말했다. 의식적으로 명희의 말을 심각하게 받아들이지 않으려는 태도다.

"당신과 같은 기술자가 보는 견해에 있어선 말이죠? 아무튼 난 그런 데 가긴 싫어요. 병적 현상이라 생각하심 될 거예요. 염세 사상을 유발하여 또 자살활극이라도 연출하면 어떡허죠?"

명희는 스스로 감정을 누르며 웃었다. 깊은 자조의 웃음이었다. 그리고 그러한 말은 은근한 고백이기도 하였다. 그러나 한석중은 조금도 개의치 않는 표정이었다.

"오든지 말든지 마음대로 하구려."

'선량한 사람이여, 그대의 이름은 한석중이로다. 호호호……'

명희는 돌아섰다.

"호호호…… 호호……."

소리를 내어 웃는다. 웃는데 눈언저리에 자꾸만 눈물이 괴었다.

"정말 이게 돌았나?"

한석중은 일어나 나가려다가 돌아본다. 그 눈에는 불안한 빛이 가득 차 있었다. 명희는 한석중에게 다가섰다. 그의 눈을 골똘히 들여다본다. 그리고 남편의 목을 안으며 가볍게 키스를 한다.

"당신 정말 너무 몰라요. 난 당신을 좋아해요."

"뭘 새삼스럽게……."

돌연한 명희의 행동에 한석중은 어리둥절하기도 하고 슬며시 기분이 좋기도 했던 모양으로 싱그레 웃으며 명희를 밀어내고 나가버린다.

저녁때 명희는 식모에게 알뜰히 저녁 준비를 하고 목욕물도 데워놓으라 일러두고 집을 나왔다.

그 시각에 한석중은 진수를 데리고 서대문 형무소로 향하였다.

형무소에 도착하였을 때 준이 먼저 와서 기다리고 있었다.

"일찍 오셨군요."

"지금 막 왔습니다."

그것으로 인사를 대신한 뒤 그들은 서로 담뱃불을 나누었다.

"가슴이 두근거려요."

진수는 강준 옆으로 바싹 다가선다. 강준은 해쓱해진 진수의 옆얼굴을 말없이 바라본다.

여섯 시 반이 지났을 때 끼익 하고 철문이 열리고 병림이 밖으로 나왔다. 바로 머리 위에서 비치는 전등불을 받은 병림의 굴곡 깊은 얼굴은 한동안 움직이지 않았다.

"고생했다."

준이 먼저 손을 내밀었다. 한석중은 묵묵히 바라보고 진수 역시 병림을 쳐다본다. 준의 손을 놓은 병림은 진수에게 손을 내밀었다. 진수는 그 손을 꼭 쥐었다. 손등 위에 눈물이 투덕투덕 떨어진다.

"자, 어서들 집에 가자."

한석중이 서둘렀다. 네 사람은 복마전처럼 음산한 침묵에 잠겨 있는 높은 벽돌담을 지나 구릉진 길을 천천히 내려왔다.

병림은 사흘 전에 진수가 면접하러 갔을 때 들여보낸 양복으로 말쑥하게 갈아입고, 안에서 이발도 한 모양으로 감옥살이한 사람답지 않게 헌칠하였다. 하기는 한석중의 교섭으로 병림이 형무소로 이감된 후 줄곧 병감에 있었으므로 모질게 받은 고문의 자국도 대개 가셔진 듯하였다.

형무소 문을 나섰을 때,

"잠깐 저기 들렀다 가자."

준이 병림의 손을 잡아끌었다. 아무 영문도 모르고 준을 따라간 곳은 너절한 판잣집인 음식점이었다.

"두부 주슈."

준의 말에 음식점 아낙은 습관적으로 두부 한 모를 접시에 올려놓았다.

"먹어라."

병림이 의아하게 쳐다본다.

"이걸 먹어야 두 번 다시 저길 안 들어간다는 거야. 우습지만 먹었다구 해로울 건 없잖아."

병림이 쓰게 웃는다.

"잡수시오. 모두들 나올 때 여기서 먹고 간답니다."

아낙이 행주치마에 손을 닦으며 말을 거들었다. 병림은 한두 번 수저를 놀리다가 일어섰다. 그리고 진수를 돌아보며 슬그머니 웃었다.

밖에 나와 자동차를 잡아탔다. 진수는 준의 따뜻한 인간성을 느꼈다.

"강 선생님은 어떻게 그런 풍습을 다 아세요?"

운전대 옆에 앉은 준에게 진수가 말을 걸었다.

"전에 아버지가 감옥에서 나왔을 때 어머니가 두부를 사드리더군요."

"아버님이 독립운동을 하셨나요?"

"천만에, 한국 관리들하구 국가 재산을 해먹으려다 덜컥 걸렸죠. 하하하."

남의 일처럼 말하고 유쾌하게 웃기까지 한다. 모두들 저절로 따라 웃었다.

자동차가 광화문에 이르렀을 때,

"스톱!"

준의 말에 자동차가 멎는다. 준은 한석중을 흘끗 한 번 쳐다보더니,

"나는 여기서 내리렵니다."

"왜요? 집에까지 같이 가시지."

한석중이 진심에서 만류한다.

"일거리가 있어서요. 후일에 다시 만나 뵙겠습니다. 그땐 술 사주셔야 됩니다."

하고 실쭉 웃는다.

"그럼 내일 만나."

준은 병림과 진수에게 눈인사를 하며 거리에 내려섰다. 자동차가 떠날 때 진수는 손을 흔들었다. 강준도 손을 들어 보였다.

"참 좋은 분이죠?"

진수는 동의를 청하듯 한석중을 쳐다본다. 한석중도 고개를 끄덕였다. 병림은 사바세계의 밤 풍경이 유감했던지 창밖을 바라보며 생각에 잠겨 있었다.

집에 도착했을 때 식모가 재빨리 문을 열어주며,

"아이구, 고생 많이 하셨죠? 운수가 나빠서 땜하노라구……."

병림에게 인사를 한다.

"뭘요, 젊은 놈한텐 약이죠."

병림도 속된 답례를 한다.

"어디 갔어요?"

한석중은 눈에 뜨이지 않는 명희를 찾는다.

"뭣 좀 사러 나가신다구요. 곧 돌아오시겠다고 하셨어요."

"그래요?"

한석중은 옥고를 치르고 나온 병림을 위해서 무엇을 사러 나갔나 보다 생각하였다. 진수의 눈과 병림의 눈이 순간 부딪치더니 얼른 피한다.

"저, 목욕부터 하세요. 물이 뜨거운데요."

"그렇게 하게."

식모의 말을 좇아 한석중도 병림에게 권하였다.

목욕을 한 병림은 오래간만에 온돌방에서 조촐한 저녁상을 받았다.

"거짓말 같군요."

물기 어린 머리칼을 쓸어 넘기며 병림은 감개무량한 듯 말하였다. 엷은 비누 냄새가 풍겨오는 병림 옆에 다가앉으며 진수는 젓가락을 들었다.

"저도 거짓말만 같아요."

"그런 소리 하지 말아, 거짓말은…… 이제 다신 그런 일 있어선 안 되지."

"누가 그걸 보장합니까? 그러나 저는 이번에 무저항의 저항을 배웠습니다."

병림의 입술이 순간 굳게 다물어진다.

"간디처럼?"

한석중이 빙긋 웃는다.

"무법의 궁극에 쫓겨 들어갔을 때 멈추고 바라볼 수밖에요. 겨누어진 총이라면 몸부림쳐도 할 수 없지 않습니까?"

"하긴 날뛰었으면 어떤 올가미 속에 빠졌을지도 모르지. 하여간 앞으로 언동에 조심하게. 민 변호사의 노력도 컸었다."

"저도 그분에게 감사하고 있습니다."

"그런데 왜 여태 안 올까?"

저녁이 끝나고 밥상이 물려지자 한석중은 시계를 보았다. 병림이 엉거주춤 일어서며,

"저, 유 선생님…… 인사드리러 가야겠습니다."

병림의 표정이 숙연해진다.

"응…… 그래라. 별안간 그런 일을 당해서."

한석중의 얼굴이 언짢아진다.

진수와 병림은 거리로 나왔다. 병림이 진수의 손을 꼭 쥔다. 그것으로써 수천의 슬픈 말은 서로의 마음속에 전달되었다.

회현동 집으로 온 병림은 외투를 벗고 혜련의 빈소 앞에 무릎을 꿇었다. 혜련의 차디찬 얼굴이 사진틀 속에 있었다. 그 얼굴 위로 향이 서린다.

진수는 병림의 뒤에서 흐느껴 울었다. 식모가 우두커니 서서 바라보다가 부엌으로 가버린다. 조용한, 너무나 조용한 밤이다.

절을 하고 일어선 병림은 호주머니 속에서 손수건을 꺼내어 눈언저리를 훔치고 진수에게 다가간다.

"울지 말어."

진수는 더욱 섧게 흐느꼈다.

"자, 이제 그만."

병림은 진수를 안아 일으킨다. 진수는 병림의 가슴 위에 얼굴을 묻었다. 보드라운 머리칼을 쓸어주면서,

"진수?"

"……."

"진수, 내 짐 여기에 옮겼지?"

진수는 고개를 든다.

"어디 있지?"

"제 방에요."

"가보자. 찾을 게 하나 있다."

진수 방으로 간 병림은 트렁크 속에서 열쇠 하나를 꺼내었다.

"병림 오빠!"

"왜?"

병림은 트렁크를 닫으며 돌아본다. 진수는 창가에 기대어 서서 멍하니 허공을 바라보고 있었다.

"어머니가 살아 계셨더라면 오늘 밤이 얼마나 행복하겠어요? 그동안, 전 외로워서 미쳐버릴 것만 같았어요."

병림은 일어서서 열쇠를 가만히 내려다본다.

"어디서 어머니 목소리가 들려오는 것만 같고, 지금도 문을 열고 들어오시는 것만 같아요. 오빠, 외로워서 어떻게 살아요?"

병림은 다시 진수를 껴안았다.

"이젠 외롭지 않다. 그렇지, 진수."

"불쌍한 어머니……."

"언제까지 이러구 있음 안 돼. 어쩔 수 없는 일이야."

"사람이란 어쩔 수 없는 이런 속에서 그냥 살아가야 하나요?"

커다란 눈이 병림을 올려다본다.

"살아가야지, 더 줄기차게 살아가야지."

"이젠 병림 오빤 저에게서 떠나지 마세요."

진수는 병림의 양복 깃을 만지작거린다.

"떠나지 않겠다."

병림은 진수의 머리를 받쳐 들고 눈물에 젖은 진수의 축축한 입술을 빨았다. 손에 쥔 열쇠가 떨어진다.

"우린 이렇게, 이렇게 같이 있어 외롭지 않다."

굳게 포옹한 두 젊은 육체는 전율하고, 몸부림치고 잔잔히 소용돌이치다가 멎었다. 두 영혼은 슬픔을 넘어선 어느 희열의 극지에서 서로의 심장이 멎었음을 느낀다.

병림은 진수를 밀어내고 발아래 떨어진 열쇠를 주워 들었다.

"이 열쇠 기억나나?"

진수는 고개를 흔들어 머리칼을 홱 젖히면서,

"그거 어머니 양복장 속의……."

"음, 양복장 속에 있는 서류함의 열쇠라 하더군."

"어떻게 그걸?"

그 말대답은 없다.

"그 양복장 있는 데로 가자."

"왜요?"

"하여간."

진수는 이해할 수 없다는 듯 병림을 쳐다보다가 혜련의 빈소가 있는 안방으로 먼저 들어갔다.

"이거예요."

갈색 양복장을 가리켰다. 병림은 양복장 속에 있는 서류함에 열쇠를 밀어 넣어 열었다. 먹으로 쓴 병림의 이름이 선뜻 눈에 들어왔다. 흰 종이로 세밀히 봉한 얄팍한 부피의 것이었다.

병림은 그것을 꺼내고 서류함을 닫았다. 진수의 눈이 휘둥그레진다. 병림은 그것을 든 채 돌아보았다. 냉랭한 혜련의 얼굴이 사진틀 속에서 이쪽을 바라보고 있었다.

"나가자."

병림은 진수의 등을 떠밀며 홀로 나왔다.

"뭐예요?"

병림은 말없이 포장한 것을 뜯었다. 진수가 뚫어지게 병림의 동작을 지켜본다.

봉투 두 장이 나왔다. 하나는 송병림 씨라 씌어 있었고, 하나는 이영설 씨라 씌어 있었다.

자기 이름을 쓴 봉투를 집어 든 병림은 흥분되는 모양으로 얼굴이 붉어졌다. 피봉을 찢는 소리가 찍! 하고 조용한 실내에 울렸다. 종이가 바삭바삭 소리를 내며 마치 라디오 드라마의 음향 효과처럼 뚜렷하게 두 사람의 귀를 친다.

병림 씨, 별도로 봉한 편지 이영설 씨에게 전하여 주기 바랍니다.

혜련

극도로 긴장했던 병림은 맥이 확 풀렸다. 냉랭한 혜련의 목소리가 짧은 문구 사이에서 튀는 듯하였다. 병림은 멍하니 편지를, 편지의 하얀 여백을 내려다보고 있었다.

진수는 팔짱을 끼고 병림이 입을 떼기를 기다리는 듯 그의 입매를 응시하고 있었다. 병림은 테이블 위에 편지를 놓고 진수의 의혹과 기대에 찬 눈을 쳐다본다.

"이영설 씨는 요즘 어디 계셔?"

"이 선생님에 관한 일이에요?"

"······."

"아마 오늘 밤에도 여기에 오실 거예요."

진수의 얼굴이 쓸쓸하게 가라앉는다.

"오신다는 약속이라도 있었댔나?"

"아뇨, 그렇지만 밤마다 오시는걸요."

"그래? 왜 그렇게 밤마다 오실까?"

"어머니 생각이 나서 오시겠죠."

진수의 목소리는 왜 그런지 냉담하였다.

"어머니 생각?"

"네, 그분은 어머니의 애인이에요. 옛날부터······ 우리 아버지 이전의······ 그런데 병림 오빠 어떻게 된 거예요? 그 열쇠랑 편지랑······."

병림은 미간을 찌푸렸다. 어떻게 설명을 해야 할지 망설여지는 모양이다.

"그러니까 내가 잡혀가기 전에 이 열쇠를 유 선생님한테 받았지."

"왜요? 무슨 이유로?"

"유 선생님은 오래 사시지 못할 것을 알구 계셨기 때문에."

"그럼 그때 벌써 오빠······."

"그때 나는 알았다. 놀라운 일이었었지. 혼자 그런 비밀을 간직하는 것이 괴로웠다."

"너무해요! 왜 저한테 말씀하시지 않았어요?"

진수의 얼굴에는 노여움과 원망이 밀려들었다.

"진수에게 말을 해도 좋은 일이라면 왜 어머니가 나한테 부탁을 했겠나."

"너무해요. 그런, 그런 법이 어디 있어요? 누구보다도 제가 알아야 할 일 아니에요? 어머니가 위험한 병을 앓으시는 것을 제, 제가 몰라야 한다는 것, 있을 수 없는 일이에요."

"흥분하지 말어. 어머니의 애정이야. 사랑하는 사람에게 슬픔을 주기 싫었던 거야."

"그렇지만 지금 이렇게 슬픔을 주고 있지 않아요."

"그건 불가항력의 일이 아니냐?"

병림은 강한 눈초리로 진수를 보았다. 진수는 무슨 심한 말을 할 듯 입술을 실룩거렸으나 말을 그냥 삼켜버린다.

서로 마주 앉은 채 오랜 시간이 흘러갔다.

"저에게 주신 편지는 없군요."

혼잣말처럼 중얼거리며 진수는 눈물을 삼킨다.

"역시 저보다 애인이 더 중요한가 보죠."

눈물이 후두둑 떨어진다.

"왜 그런 소릴 하나? 어머닐 모욕하려는 거야?"

"어머니의 편지는 생전의 어머니의 마음이 아니겠어요? 저에게는 할 말씀이 그렇게 없었을까요?"

진수는 테이블 위에 이마를 부딪치며 엉! 하고 소리 내어

운다.

"진수! 제발 그 소갈머리 좁은 짓은 하지 마. 결과도 모르면서."

"병림 오빤 몰라요! 제 마음을 몰라요! 전 고독해요. 엄만 저 혼자 남겨두고 가시면서 저만 따돌려 놓고 아무 흔적도 없이 하찮은 종잇조각에라도 어머니의 마음을 적은 거라면 저에게는 귀중한 거예요."

"이봐 진수, 진수는 나를 좋아하지?"

"몰라! 몰라요!"

"진수가 나를 사랑한다면 어머니가 이영설 씨를 사랑한 게 죄가 될까?"

"그게 아니에요. 다만 전 외로웠을 뿐이에요."

"내가 있어도?"

"병림 오빠하고 어머닌 달라요."

진수는 눈물을 씻으며 어둠밖에 없는 창문을 멍청히 쳐다본다.

"욕심이 많다."

그러자 마침 영설이 온 모양으로 문 두들기는 소리와 베스가 짖는 소리가 들려온다. 진수는 움직이지 않는다. 식모가 나가서 문을 열어주는 모양이다.

영설은 홀에 들어섰다. 모처럼 술기가 없는, 그래서 창백하게 가라앉은 얼굴로 두 젊은 사람을 바라본다. 병림은 일어서서 영설을 맞이하는 태도를 취했다. 그러나 진수는 테이블을 내려다본 채 움직이지 않았다.

"고생하셨죠."

영설은 병림에게 손을 내어 밀며 악수를 청하였다.

"저보다 밖의 분들이 불행을 당하셔서 뭐라 말할 수 없습니다."

병림은 혜련의 애인이라는 영설을 쳐다보며 위로하듯 말하였다. 영설이 자리에 앉자 병림도 도로 자리에 앉는다.

영설은 진수의 기묘한 분위기에 무관심했다. 그는 골똘히 혼자의 생각에 잠긴다.

"지금 저희들은 선생님을 기다리고 있었습니다."

"왜요?"

영설은 역시 무관심한 목소리로 대답하였다.

"유 선생님께서……."

병림은 혜련이 부탁한 편지를 영설 앞으로 밀어낸다.

영설은 의아하게 병림을 한참 동안이나 바라보다가 피봉을 찢는다.

편지를 읽어 내려가는 영설의 얼굴이 푸르락누르락하며 심한 감정의 변화를 보인다. 진수는 아까 병림이 편지를 읽을 때처럼 영설을 지켜본다.

편지를 들고 있는 영설의 손이 심히 흔들렸다. 다음 순간 그는 편지지를 와지직 손아귀 속에 꾸겨 쥐면서 진수를 노리듯 쳐다보았다. 진수도 그를 또렷이 쳐다본다.

영설은 도로 편지를 펴서 다시 되풀이하여 읽더니 이번에는 테이블 위에 놓고 호주머니를 뒤적거린다. 담배를 꺼낸 그는 병림에게 쑥 내밀었다.

"담배 하시죠?"

"네, 저⋯⋯."

병림이 어물어물한다.

"태우세요. 사양하지 말구, 장인 될 사람 앞에서 담배 피웠다구 허물 될 세상은 아니오."

시니컬한 말투였다. 그러나 그의 얼굴에는 아픔과 그 아픔을 감당해 내려는 위태로움이 있었다.

진수와 병림은 장인 될 사람이라는 말을 우습게 들었다.

영설은 재차 담배를 권하였다. 병림은 굳이 사양치 않고 담배를 하나 뽑았다. 그리고 이번에는 자기가 먼저 라이터를 켜서 영설의 담배에다 불을 붙여준다.

영설은 하염없이 담배를 피우고 있었다. 두 개째의 담배는 손가락 사이에 끼워진 채 저절로 타서 담뱃재가 무릎 위에 풀썩 내려앉는다. 누구 한 사람도 입을 떼는 이 없었다. 밤의 고요만이 세 사람의 머릿속을 뚫고 지나갔다.

어떤 비밀이 간직되었는지 진수로서는 알 길 없는 편지가 테이블 위에 놓인 채 쓸쓸하고 차가운 빛을 발하고 있었다. 바람이 유리창을 친다. 다시 고요는 돌아온다. 영설은 종내 말 한마디 없이 담배를 던지고 일어섰다. 문 앞까지 갔을 때 그는 고개를 들었다.

"이미 나는 알구 있던 사실이지만 두 사람이 알아야 할 거요. 그 편지는 두고 가겠소."

하더니 바람처럼 획 나가버린다.

병림과 진수는 서로 마주 쳐다본다. 병림이 먼저 편지를 잡았다.

사랑하는 분에게
진수가 당신의 딸이라는 사실을 먼저 알려드립니다…….

병림의 얼굴빛이 약간 달라진다.

생전에 그 사실을 알려드리지 못함을 죄송하게 생각하고 있습니다. 왜 알려드리지 못하였는가 그것을 설명하려면 많은 지면이 필요할 것 같습니다. 그러나 이 괴로운 유서를 오래 쓸 기력이 저에게는 없습니다. 다만 불행하였던 한 남자, 문명구 씨에 대한 저의 정신적인 보상이었다고 말할 수밖에 없군요. 그 불행한 남자는 애정을 강요하지는 않았습니다. 그러나 진수의 비밀은 지킬 것을 시초부터 강요하였던 것입니다. 당신이 동경서 돌아와 병원에서 그를 만났을 때 그 사람은 진수의 사진을 보임으로써, 그리고 자기의 딸이라 주장함으로써 당신을 막았던 일을 상기하신다면—그 사실을 저는 최근에 와서야 묵은 일기 속에서 발견하였습니다—저의 의도를 얼마간 이해하여 주시리라 믿습니다. 안녕히 계셔요. 진수는 당신의 딸입니다.

혜련

병림은 감동을 억제하며 진수에게 그 편지를 건네준다.

첫 줄을 내리읽던 진수의 얼굴이 파아래진다. 그러나 그의 눈은 다음 구절로 좇아 내려갔다. 편지를 놓은 진수는 바보처럼 병림을 바라보았다. 너무나 큰 충격이었다. 바로 조금 전에 장인 될 사람이라는 영설의 말을 들었을 때도 진수는 이런 결과를 추호도 상상치 않았다.

"참 바보, 바보예요."

진수는 어른처럼 한숨을 푹 내쉬었다. 조금도 기쁘지가 않았다.

"뭐가 뭔지 모르겠어요."

진수는 이마를 짚었다. 불과 몇 달 동안에 일어난 연속적인 사건들은 그야말로 연한 꽃술과 같은 진수에게 좌충우돌하는 험한 폭풍이 아닐 수 없었다.

"불행한 아버지. 어머니도 진수도 다 이 선생님한테 빼앗겨버린 가엾은 아버지. 그렇지만 전 그분을 잊지 않을 거예요."

어두컴컴한 콜롬바 다방에서 명희가 커피를 마시고 있을 때 준이 쑥 들어왔다.

"약속 지켜주어서 고맙다."

명희는 찻잔을 놓으며 준을 올려다보고 웃는다.

"마지막이라니 안 나올 수 있나."

준도 씁쓰레하니 웃으며 자리에 앉는다.

"나왔어?"

"응."

"집으로 갔니?"

"응."

준은 카운터 쪽을 돌아다보며 레지에게 손짓을 한다. 레지가 다가오자,

"커피."

준은 얼굴을 돌려 명희를 본다.

"서독으로 간다면?"

"응, 미국은 흔해빠졌어."

"명희의 결정인가?"

"그렇지도 않아. 닥터 한같이 빡빡한 인간에겐 독일이 제격 아닐까?"

"그렇다 치고 명흰 가면 뭘 하지?"

"파리에나 가서 연애나 할래. 흐흠."

명희는 아무렇지도 않게 웃었다.

"흥! 한국서도 못한 연애를 그곳에 가서 한다? 자알 생각했어."

"유감이야?"

"적잖게 유감이다."

"유감이라 생각해 주는 사람이 있으니 덜 슬프군. 그래 요즘 사업은 잘되나?"

"연애 사업과 마찬가지로 무역 사업도 젬병이다. 다만 소비 사업만이 그 명맥을 유지하고 있을 뿐이지. 며칠이나 갈지 모르지만……."

"호호호, 그래 오늘 밤 우리 연애 사업할까?"

"이별의 눈물을 짜면서?"

"좋잖아?"

"좋지. 스케줄은?"

"지금부터 아담한 중국집에 가서 요리를 먹구 댄스홀에 행차함은 여하할까?"

"그래, 가자."

"서두르지 말어. 시킨 차나 마시구 가야지."

일어섰던 준은 도로 자리에 주저앉는다.

"명훈 몇 살이야?"

우두커니 앉았던 준이 새삼스럽게 묻는다.

"동갑이지. 뭐."

"스물아홉?"

"그래."

"삼십 대구나. 불행한 세대다."

"왜?"

"어중간하니까. 병림처럼 새롭지도 않고 이영설 씨처럼 낡지도 않았으니 말이다. 전통을 고수할 힘도 없고 전통을 쳐부술 힘도 없다."

"그런 소리는 하지 말자. 내일을 생각한다는 건 피곤해. 자, 차나 마셔."

명희는 레지가 날라온 찻잔을 준 앞으로 밀어주었다.

얼마 후 그들은 콜롬바 다방에서 나왔다. 그리고 명희의 계획대로 아담한 중국집으로 들어가 따끈한 저녁을 치렀다.

"나갈까?"

"응."

준은 벌떡 일어나 명희에게 외투를 입혀준다. 명희의 뽀오얀 목덜미에서 풍겨오는 머리 냄새가 준을 괴롭힌다.

그들은 중국요릿집을 나와 충무로 쪽으로 걸어갔다. 댄스홀 낙양에 들어섰을 때 희미한 불빛 아래서 쌍쌍의 남녀는 돌고 있었다.

준은 명희를 데리고 빈 테이블 옆으로 갔다. 자리에 앉은 준은,

"마실 것 달랄까?"

"응, 나 술 마시고 싶어."

준은 지나가는 웨이터를 불러서 스카치를 가져오게 했다.

스테이지에서는 밴드에 맞추어 여자가 노래를 부르고 있었

다. 이브닝드레스를 입은 말라빠진 여자의 어깨 위에 푸른 조명이 명멸한다. 여자가 몸을 흔들 때마다 네클리스가 번쩍거렸다.

"저 여자 추울 거야. 산다는 것은 어려운 건가 봐."

명희는 술잔을 입으로 가져가며 중얼거렸다.

"명희도 그런 말 할 줄 아나?"

그 말대답은 하지 않고,

"저런 모습 속에서 제일 많이 인생의 페이소스를 느껴. 어릴 때 서커스를 보러 갔을 때도 그런 것을 느꼈어. 대개 겨울이었지. 클라리넷 소리가 가슴에 복받쳐 오르는 것만 같았어."

"이야기가 축축한데."

"아닌 게 아니라 마음이 축축해."

"춤이나 추자."

둘이 일어서서 미끄러져 나갔다.

"준!"

"왜?"

"혜련 언니 이상한 여자지?"

"차돌 같은 여자에게 연인이 있었더란 뜻에서?"

준은 명희를 휙 돌린다.

"아니, 그 말이 아냐. 왜 우리 오빠하구 결혼했나 싶어서."

"마찬가지 아니야? 명흰 왜 그럼 닥터 한하구 결혼했지?"

"나하구 언니하구 같아 보이나?"

"대동소이지. 애정관에 있어서 다소 다르지만 이기적인 면에 가선 완전일치다."

"이기적인 면에서 완전 일치라? 하긴 그럴지도 몰라. 나는 이렇게 지금 춤을 추고 있고, 언니도 나처럼 약을 먹었는데 그 여자도 나와 마찬가지로 인생에 미련이 있었던지 두 번 감행하지 못하고 오빠에게 낙찰이 되었으니 말이야."

준은 이리저리 사람을 피해서 명희를 끌고 다니다가,

"지금 명희의 마음은 평온할까?"

"그 말 나에게 아픔이 될 줄 아니?"

"아프겠지, 물론. 나도 좀 잔인해 보고 싶다."

준은 강하게 명희를 잡아당겼다.

"천만에, 이렇게 멀리 와보면 철없는 신파 같은 거야. 때때로 그야 마음도 아파지겠지. 그러나 그것은 열등의식, 패배 같은 것이 아닐까?"

"진심일까?"

"적어도, 이 순간은."

"진심이건 허식이건 무슨 상관인고? 흥! 우린 이럴 사이가 아니지."

준은 스스로 비웃듯, 그러나 조금도 비관적이 아닌 태도로 점잖게 예절 있게 명희를 리드하였다.

한 스테이지가 끝났다. 준은 먼저 앉았던 자리에 돌아왔다.

"오래간만이라서 그런지 약간 다리가 무뎌진 것 같아."

다시 밴드가 울렸을 때 명희는 그렇게 말하며 일어서지 않

있다.

"나 술 하나 더."

명희는 다시 술을 청하였다.

"그만해. 자포자기의 술이라면 이 내가 거북하지 않아?"

"아냐, 준을 위한 애정에서."

"어마어마하군."

"정말이야."

"누가 곧이듣겠나? 옛날이면 몰라도."

"곧이듣지 않는 건 준의 자유고, 난 다만 내 자신에게 정직했을 뿐이야."

준은 명희의 눈이 푸르다고 생각하였다.

"고마운 이야기다."

명희는 날라온 술을 훅 들이켰다.

"춤이나 추자."

준이 일어섰다.

"싫어."

"왜? 춤추러 오지 않았나?"

"이야기하러 왔어."

"감정의 배설을 위하여?"

"아니, 감정의 충족을 바라는 마음에서."

"시시하다."

준은 명희의 불그레한 얼굴에서 눈을 돌리며 도로 자리에 주

730

저앉아 무수히 돌아가고 있는 군상들을 바라본다.

"저 속에 진짜 연인이 몇 쌍이나 될까?"

준은 담배를 붙여 문다.

"외로워서 왔다면 하룻밤일지라도 연인이 되겠지."

명희는 두 손으로 턱을 괸다.

"준? 소비 사업도 끝나면 어떡허지? 이기적인 명희한텐 닥터 한이 있지만 말이다."

준은 픽 웃는다.

"목을 매달고 죽을까? 아니면 코쟁이들 방자 노릇으로 되돌아갈까? 그건 그때가 되어야 알 일이다. 지금 미리 걱정하는 건 손해야."

"부평초 같은 인생이구나, 너나 나나."

"아서, 오늘 밤은 왜 이래? 자꾸 신파조야?"

"연애는 신파거든."

"그럼 우린 지금 연애하구 있단 말이지?"

명희는 준의 담배를 빼앗더니 한 모금 빨아당겨 그 연기를 준의 얼굴 위에 훅 뿜는다.

"그럴는지도 몰라. 나 어쩌면 준을 옛날부터 사랑했었는지도……."

"부질없는 방황이다."

준은 시계를 본다.

"왜 시계를 보는 거야? 가자는 건가?"

"가야잖아?"

"닥터 한에게 또 매 맞을까 봐?"

준은 쓰게 웃는다.

"돌아가지. 천연스럽게 병림을 대해줘라. 명희 같은 여자가 그만한 연극도 못 해?"

"준? 나 정말로 성낸다."

"가슴 찌르는 말이라서?"

"정말이야. 준의 뺨을 칠까 부다."

"영광이겠다."

명희는 바로 앞을 지나가는 여자의 날씬한 다리를 바라보며,

"난 정말로 준을 만나고 싶었던 거야. 우리가 결혼했더라면? 그러나 지금은 준도 못쓰게 되고 나도 못쓰게 되었겠지."

거의 혼잣말처럼 중얼거리고 있었다. 준의 낯이 약간 움직였다.

"돌아가지 않으려면 춤이나 추자."

준은 명희의 손을 잡아끌었다. 그들이 이야기하고 있는 동안 상당한 시간이 지나간 모양이다. 명희는 준에게 몸을 푹 내맡기고 춤을 추었다. 얼마 동안을 추었는지 홀이 어두워졌다. 조용한 왈츠 곡이 흘러나왔다. 이별처럼, 흐느낌처럼 사람의 오관을 흔들어주었다.

준은 명희를 내려다본다. 명희는 준을 올려다본다. 두 사람은 음악도 스텝도 잊어버린 듯 눈과 눈이 부딪친 채 마냥 걷고만

있었다.

불이 깜박 꺼졌다. 명희는 발돋움을 하고 얼굴을 준에게 바싹 갖다 대었다. 명희의 입술은 준의 입술 앞에서 떨리고 있었다. 준은 두 손을 올려 명희의 머리를 받쳐 들었다. 입술은 조용히 합쳐졌다.

불이 켜졌다. 모두 홀에서 흩어져 나갔다. 준은 창백한 얼굴로 명희를 노려본다.

"가아."

명희는 준의 손을 잡아끌고 나왔다. 거리에서는 노점을 거두는 여자들의 모습이 있었다.

"명희!"

"……."

"하늘의 별이 보이나?"

"……."

"명희! 마지막의 자비심에 감사한다."

준은 껄껄 웃었다.

"모독이야."

명희는 준의 손을 꼭 쥐었다.

"준! 준의 망실자에게 자비로워야 해. 그리고 난 나의 망실자에게 자비로워야 할 것 같아. 그분들의 인생은 단순하니까, 이 말이 모욕은 되지 않을 거야."

충무로 입구까지 나왔을 때 준은 택시를 잡았다. 명희도 자동

차에 오르면서,

"나 혼자 가겠어. 술 마시지 말아요."

자동차가 움직였을 때 가로수 옆에 말뚝처럼 서 있는 준에게 명희는 손을 흔들었다.

자동차는 준의 시야에서 이내 사라졌다. 그는 발길을 돌렸다. 그는 도로 충무로 쪽을 향하여 걸었다. 걸어오는 도중 그는 식료품 상점에서 양주 한 병을 사가지고 호주머니 속에 찔렀다. 준이 찾아간 곳은 S호텔이었다.

"방 하나 주슈."

준은 이 층으로 안내되었다. 그는 호주머니 속에서 양주병을 뽑아 테이블 위에다 탁 놓으며 안내해 준 사나이를 돌아보고,

"컵 하나 갖다주슈."

준은 사나이가 잽싸게 내려가서 갖다준 컵을 받고 도어를 닫았다. 의자로 돌아온 그는 술을 따라 안주도 없이 마셨다.

"망할 년! 그래서 이젠 부채가 없단 말이지? 흥!"

준은 술을 콸콸 따랐다. 쭉 들이켜고 술잔이 부서지도록 두 손으로 꽉 쥔다.

"이 말라깽이 못난 놈을 어쩌면 옛날부터 사랑했는지도 모른다구? 망할 놈의 계집!"

준은 벌떡 일어나 창문을 활짝 열었다. 무수한 별과 서울의 불빛이 시야에 밀려 들어왔다.

"이건 도무지 신파로구나, 진짜 신파로구나. 하하핫. 우쭐

했었지. 나를 정말 사랑하는가 하구. 어릿광대 같은 녀석, 하하핫……."

준은 창문을 닫고, 옷을 입은 채 그냥 침대에 벌렁 나자빠졌다. 술을 마신 탓인지 그는 이내 잠이 들어버렸다.

이튿날 잠이 깨었을 때 시계를 보니 열 시가 지나 있었다. 숙박료를 치르고 나가려다가 준은 되돌아와 복도에 놓인 전화의 수화기를 들었다. 다이얼을 돌린다.

"여보세요?"

명희의 목소리였다.

"병림하고 바꾸어주십시오."

준은 시치미를 뗀다.

"병림 씨는 회현동으로 갔는데요."

명희도 시치미를 떼는 모양이다. 준은 수화기를 놓았다.

이월 칠일, 아직도 바람은 차다. 허허하게 넓은 김포공항의 바람은 더욱 차다. 이제 완전히 회복된 병림이 누구를 기다리는지 자꾸 돌아보곤 한다.

"왜 강 선생님은 안 오실까?"

검정 외투에 검정 스카프를 바람에 날리며 진수는 병림을 쳐다보았다.

"꼭 나오겠다구 했는데!"

병림은 명희가 있는 쪽을 바라본다. 곤색 외투에 빨간 장갑을 낀 명희는 한석중과 같이 전송객들과 인사를 나누고 있었다. 오 똑하니 솟은 코가 선명한 선을 이루고 있었다. 그는 시종 미소 로써 사람들을 대한다.

"병림 오빠! 어젯밤에 이 선생님이."

"또 내가 오빠구 아버지가 이 선생님이야?"

병림은 나무라듯 말하고 웃는다.

"싫어요. 저 마음대로 하게 내버려두세요."

"그러나 이 선생님이 섭섭해하시잖아?"

정색을 하며 타이른다.

"마음만 안 그럼 되죠, 뭐……."

"그래 이 선생님이 어젯밤에 어쨌다는 거야."

"이야기 안 할래요. 말허리를 꺾어버리고서."

토라진다.

"아, 출발인 모양이야."

진수와 병림은 명희가 있는 곳으로 쫓아갔다. 명희는 병림에 게 손을 내밀었다. 병림은 그 여자의 손을 잡았다.

"행복하시기 바랍니다."

명희는 진수에게 잠시 눈을 주었다. 그러나 아무 말 없이 돌 아섰다. 트랩을 밟는다. 비행기 안으로 들어가기 전에 명희는 돌아보며 손을 흔들었다.

진수는 얼굴을 숙이고 병림은 손을 들었다.

요란스러운 폭음과 더불어 비행기는 활주로 위를 미끄러졌다. 얼마 후 비행기는 가볍게 떴다. 비행장 안의 전송객들이 흩어진다.

진수와 병림은 멀어지는 비행기를 언제까지나 바라보고 있었다. 누가 바로 옆에서 성냥을 확 그어댔다.

"어마! 강 선생님, 언제 오셨어요!"

진수는 눈물 젖은 얼굴을 돌렸다.

"지금 막……."

"왜 이제 오셨어요?"

"눈물이 날까 봐서……."

준은 웃었다.

"이제 돌아가지."

준은 모자를 깊숙이 내리며 말하였다.

"가십시다."

세 사람은 돌아서면서 약속이나 한 듯 비행기가 간 곳을 동시에 바라본다. 이미 구름 너머로 사라지고 아무것도 있지 않았다. 무한한 푸른 하늘만이 흐르고 있었다.

비행장을 나온 준은 대기시켜 놓은 자동차에 올라탔다. 진수와 병림은 뒤에 오른다.

"곧장 집으로?"

준은 돌아보지도 않고 물었다.

"강 선생님! 저 미아리 가고 싶어요."

"어머니한테?"

"네."

"그러지요. 우리도 동행하지."

자동차는 속력을 내어 달린다. 가로수와 산이 마구 달아
난다.

"일단은 해결이 되었군."

혼잣말처럼 준이 중얼거렸다.

어휘 풀이

- 스틱걸: 공원에 혼자서 온 남자와 산보를 같이해 주는 여자를 이르는 말.

- 정목(町目): 대부분 읍(邑) 정도 크기의 지방자치단체 단위로, 일제강점기 일본식 행정 명칭.

- 캄풀[Camphor]: 심장 기능을 회복시키는 약물의 한 종류.

작품 해설

다시,
그녀는 사랑할 수 있을까?

이승윤(인천대 기초교육원 교수)

1. 박경리 장편의 또 다른 세계

처음에 시인을 꿈꾸었던 은행원 박금이는 기성 작가 김동리의 피드백 이후 소설로 방향을 선회한다. 박금이는 1955년 단편 「계산」으로 문단에 나오면서 필명을 '경리景利'로 바꾸고 본격적인 소설가로서의 길로 들어서게 된다. 데뷔 당시 단편 창작에 집중하였던 박경리는 1957년 『애가』를 발표하면서 본격적인 장편 창작의 길로 들어선다. 이후 1959년 현대문학에 연재한 『표류도』는 문단과 독자 모두에게 좋은 평가를 받으며 '내성문학상'을 수상한다. 『내 마음은 호수』는 바로 『표류도』 다음에 발표한 박경리의 세 번째 장편소설이다.

『내 마음은 호수』는 1960년 4월 6일에서 12월 31일까지 《조선일보》에 총 269회 연재되었다. 특이한 사실은 이 작품과 함께 지방 신문과 여성 월간지에 『은하』(《대구일보》, 1960. 4. 2.~5. 26.)와 『성녀와 마녀』(《여원》, 1960. 4.~1962. 3.)가 동시에 연재되었다는 점이다. 세 개의 지면에 장편소설 세 편을 동시에 연재하는 상황이 연출된 셈인데, 이러한 글쓰기의 과정은 작가의 생활고와 관련한 것으로 유추해 볼 수 있다.

실제로 작가 박경리는 동시다발적인 창작 과정을 통해 경제적인 어려움으로부터 벗어날 수 있었고 "가족들의 얼굴에 떠도는 불안의 그림자"도 지울 수 있었다고 고백한다. 박경리는 그러한 상황을 따라갈 수밖에 없는 자신에게 "계적지근한 안도"에 따른 "자기혐오"를 느끼며, "세속적인 성공이 나하고 무슨 상관이겠는가, 내 문학하고 무슨 상관이겠는가? 내 인생하고 무슨 상관이겠는가"라고 자문하기도 하였다.

박경리의 『김약국의 딸들』(1962), 『시장과 전장』(1966), 『토지』(1969~1994)를 기억하는 독자들에게 장편소설 『내 마음은 호수』(1960)는 낯설다. 그것은 이 작품이 잘 알려지지 않은 이유 때문이기도 하겠지만 그것보다는 한국문학사에서 '박경리'라는 이름이 갖는 무게와는 어울리지 않는 작품처럼 읽히기 때문이다. 그러나 『노을진 들녘』(1961), 『가을에 온 여인』(1962), 『재혼의 조건』(1962)을 읽은 독자들에게 『내 마음의 호수』는 익숙하게 다가온다. 거기에는 단순히 남녀 간의 사랑 이야기를 넘어 근친상간, 간통, 출생의 비밀, 불치병 등 매우 선정적이고 자극적인 코드

들이 넘쳐나기 때문이다.

2. 권태, 문학을 하는 이유

『내 마음은 호수』와 비슷한 시기에 연재를 시작한 『은하』와 『성녀와 마녀』, 이 세 작품은 여성을 주인공으로 하는 낭만적 사랑을 그린 소설이란 점에서 공통점을 지닌다. 『은하』의 경우는 애정이 비극적으로 종결되던 이전 소설과 달리 여성이 기혼자임에도 불구하고 진실한 사랑을 추구하여 적극적인 애정 실현의 가능성을 시사해 주는 작품이다. 『성녀와 마녀』는 여성을 남성중심적 사고 혹은 가부장적 이데올로기에 근거하여 이분법적으로 평가하고 타자화하는 당시 사회를 비판한 작품으로 평가할 만하다.

『내 마음은 호수』 역시 기혼 여성을 주인공으로 하여 진정한 사랑의 의미와 그 사랑을 실현해 가는 과정을 담고 있다. 주인공 유혜련은 소설가이다. 여성 소설가가 등장하는 박경리의 또 다른 소설 『영원한 반려』나 『겨울비』와 비교해 볼 때 『내 마음은 호수』는 소설가인 주인공의 문학관이나 창작 과정 등은 소략되어 있다. 실제로 작품 중반 이후부터는 문학과 관련한 언급은 찾아보기 힘들며, 이영설과 유혜련, 그리고 송병림을 중심으로 한 얽히고설킨 관계망이 주된 서사를 이룬다.

『내 마음은 호수』의 시대적 배경은 1953년 6·25전쟁 기간에서부터 전쟁 직후까지이다. 부산 피란지에서의 사건과 서울로 돌아온 이후의 사건이 주를 이룬다. 이 작품은 시누이, 올케 사이인 문명희와 유혜련이 함께 자동차 속에서 대화를 나누는 장면으로 이야기를 시작한다. 여기서 주인공 혜련은 시누이인 문명희로부터 '왜 문학을 하는가'라는 질문을 받는다. 유혜련은 문학을 하는 이유를 "권태" 때문이라고 말한다.

> "언닌 너무 자기 자신을 구속하고 학대하고 계세요. 좀 더 자연스럽게 감정을 개방하셔야지. 건방지다고 생각하시겠지만 언니의 생활 감정이나 소설 속의 모럴은 이미 낡은 거예요."
> 말씨만은 조심스러웠지만 상당히 신랄한 비판이다.
> "자신을 개조해야 할 아무런 동기도 이유도 없군요. 나는 다만 이 지루한 시간을 어떻게 보낼까 생각하고 있을 뿐입니다."
> 명희는 좀 어이없다는 듯 혜련을 쳐다보다가,
> "그럼 언닌 왜 문학을 하세요! 문학을 하는 목적이 뭐예요?"
> "무서운 권태에서 놓여나기 위하여."
> 대답은 이내 돌아왔다. (10쪽)

일상이 파괴되고 생존의 조건이 극한 곳까지 내몰린 '전쟁'의 상황과 '권태'는 어울리지 않는다. 하지만 유혜련은 피란지에 와서도 불안이나 동요가 아니라 '권태'롭다고 말하고 있다. 아무리 후방이라 하더라도 전쟁 중인 상황에서 '권태'란 정서는 뜬금 없다. 사실 권태란, 애초부터 배부른 자들의 사치스러운 감정에 속한다. 낭만주의의 도래 이전까지 권태는 수도사나 귀족의 것이었으며, 한편으로 신분 상징의 감정이기도 했다. 서양의 중세 때는 오늘날의 권태와 비슷한 의미를 가진 아케디아(Acedia)라는 단어가 있었는데, 그 단어는 수도원의 수도승들 사이에서 느껴지는 지루함을 가리키는 말이었다.

무엇보다 '권태'라는 감정은 니체가 말한 근대의 니힐리즘적 상황, 즉 이 세계로부터 모든 가치가 벗겨지고, 존재와 세계가 날것 그대로의 모습을 드러내는 순간부터 시작된 것이다. 한마디로, 권태는 벌거벗은 세계와 주체가 마주하는 상황을 전제로 한다. 분주한 주체에게 매 순간 경험하는 '지금―현재'라는 시간은 사라지고 만다. 따라서 온전한 시간 경험으로부터 배제된 주체의 삶은 아무것도 아닌 존재가 되어버린다.

실제로 이 작품의 시간적 배경인 한국전쟁은 유혜련의 삶에 아무런 충격도 주지 못한다. 전쟁과 혜련의 접점은 그녀의 남편 문명구가 납북되었다는 사실 정도에 불과하다. 작품 속 배경은 시간이 멈춘 듯, 세상과 절연된 고립된 섬과 같은 시공간처럼 보인다. 주인공 유혜련의 삶은 그런 것이었다. 전시라는 상황도 혜련에게는 그저 삶의 후경後景일 뿐이며, 소설을 쓴다는 것도 창작에 대한 열망이나 여하한 작가의식의 소산이라기보다는 그저 권태로운 삶을 견디기 위한 방편일 뿐이다.

그렇게 쓰인 유혜련의 작품은 "궁상맞고 청승맞고, 무슨 초상화처럼 조용한 여자만 등장"하여 독자를 "우울해지고 도리어 피로를" 느끼게 하는 "절망의 문학"으로 평가받는다. 시누이나 딸 등 가까운 사람들은 작품 성향을 좀 바꾸라고 권하기도 하지만, 유혜련은 독자들의 어떤 평에도 개의치 않는다. 그가 작품을 쓰는 이유는 독자들에게 위안이나 감동을 주기 위해서가 아니라, 아무런 삶의 의미도 기쁨도 찾지 못하는 자신의 인생에 주어진 시간을 감당하기 위해서이다. 유혜련은 "죽음도 아니요, 삶도 아닌", "이유도 목표도 없이 방황하"며, 때로는 "일종의 자실 상태"에 빠지기도 한다.

이러한 상태에 놓이게 된 것은 일차적으로 혜련의 개인적인 상처에 그 원인이 있다. 『내 마음은 호수』에서 혜련이 사랑하는 남편을 잃었기 때문에 인생을 잃은 것이라고 생각하는 것은 아니다. 전쟁 통에 혜련의 남편 문명구는 납북되었다. 혜련이 생각하기에 삶이란 자기기만 속에서 살아지기 마련인 것이다. 그는 사실 남편을 사랑하지 않았고, 또 다른 이들의 눈에도 그렇게 보였다. 혜련이 생사를 알 수 없는 남편에게 가지고 있는 감정이란 사랑이 아니라 '미안함'과 '죄책감'이다.

3. 통속의 키워드들

사랑하는 연인이든 부부이든 사랑의 감정이 언제나 균등할 수는 없다. 사랑은 언제나 한쪽으로 기울기 마련이다. 사랑은 불평등하며 불안정하다. 갈등과 균열은 여기서부터 출발한다. 결혼이라는 제도로 묶여 있기는 하지만 사랑하지 않는다고 죄책감을 가질 것까지는 없다. 혜련의 '죄책감'은 남편 문명구와의 '사랑'에서 기인한 것이 아니라 이영설과 출생의 비밀을 간직한 딸 문진수 때문이다. 혜련이 사랑했던 남자는 처음부터 문명구가 아니라 이영설이었다.

이영설은 동경의 U음악학교에서 수학 후 1년 10개월 만에 귀국하여 현재는 H대학 음악과 교수로 재직 중이다. 영설은 19년 전 혜련의 집에 문명구와 함께 하숙생으로 들어왔다. 둘 다 혜련을 좋아했는데, 영설이 활달하고 거침없는 성격을 지녔다면 명구는 소심하고 말이 없는 대학생이었다. 영설은 깎은 듯 단려한 얼굴에 열정적이고 이기적이며 오만한 성격의 소유자로 그려진다. 요즘 말하는 '나쁜 남자'에 가까운 인물이며, "여자의 사상이란 오직 남자를 사랑하는 것뿐"이란 생각을 가진 인물이다. 영설은 평양에 이미 약혼자가 있었음에도 혜련에게 열정적으로 구애를 하고, 그러한 만용과 치기 어린 성격이 오히려 혜련에게는 소년과 같은 매력으로 다가온다. 혜련은 처음부터 그런 영설을 사랑했다. 묵중하고 성실한 명구가 싫었던 것은 아니었지만 혜련의 마음은 한결같이 "영설에게 향하였던" 것이다. 그러던 어느 날 영설은 "놀러 온 무심한 혜련을 자리에 쓰러뜨리고 수건으로 입을 틀어막으며 처녀성을 범하고 말았다."

> "혜련이! 혜련의 핏속에 내 피를 쏟아 넣은 거야. 혜련이! 너 체내에다 이영설의 뚜렷한 낙인을 찍어놓은 거야."
> 혜련에게 물리어 피가 배어난 입술로 영설은 뜨겁게 속삭였다.
> (중략)
> "아무도, 아무도, 나 이외 아무도 혜련을 가질 사람은 없다."
> 영설은 자기의 범죄를 합리화시키려는 듯 광포하게 소리쳤다.
> 혜련은 많이 울었다. 그리고 오랫동안 영설을 저주하고 적대시했으나 원체 사랑하던 사람이라 결국 그를 용서하여 주었고, 관대하게 그를 대하였다. (127~128쪽)

하지만 둘의 사랑은 오래가지 못한다. 본래의 전공인 의학보다는 음악 쪽에 뛰어난 자질을 보이며 몰두하던 영설은 음악으로 전공을 바꿔 유학을 간다. 영설의 집안에서 내건 유학의 조건은 부모가 정한 여자와 약혼한 뒤 함께 떠나라는 것이었다. 영설은 혜련을 버리겠다는 마음도, 그렇다고 약혼자 홍은숙과 결혼하고자 하는 생각은 조금도 없었다. 다만 집안의 제의를 받아들이는 척 "은숙을 이용하여" 동경으로 가자는 계획이었다. 그만큼 영설은 음악에 대한 야심이 컸고, 유학을 마치면 혜련에게 돌아올 참이었다. 하지만 영설의 계획은 실패하고 만다.

영설은 자신의 계획과 그간의 자초지종을 적어 혜련에게 편지를 쓰지만 영설의 편지는 혜련에게 전달되지 않는다. 명구가 중간에서 영설의 편지를 가로챈 것이다. 영설의 계획을 알 리 없는 혜련은 영설이 떠난 뒤 자살을 시도하나 미수에 그친다. 영설이 떠나고 나자 비로소 그런 혜련에게 다가설 수 있게 된 명구는 결국 혜련과 결혼한다. 사랑하는 사람을 냉정하게 놓고 떠날 만큼 영설은 음악에 집착한다. 한국으로 돌아와 혜련의 향방을 수소문하면서 술만 마시면 죽겠다며 마구 차로 뛰어드는 영설, 그러던 영설이 술병을 들고 광복동 거리에서 혜련이 탄 차에 뛰어들어 혜련과 영설은 20년 만에 극적으로 조우하게 된다.

4. 혁명, 그리고 사랑

『내 마음은 호수』는 소설가인 혜련과 음악가인 영설의 예술적 성취 과정이나 예술가로서의 갈등보다 그들의 사랑이 중심 서사로 자리 잡고 있다. 두 사람의 사랑은 혜련의 남편 명구에 의해 깨어졌고, 명구가 실종된 상태에서 영설의 구애를 다시 받아들이기까지 우여곡절을 겪는다. 무엇보다 혜련의 마음을 열게 한 것은 죽음에 대한 예감, 얼마 남지 않은 자신의 시간이다.

혜련이 앓고 있던 지병이 악화되고 영설과 화해를 이룬 후부터 작품에서 이 두 사람의 비중은 약해진다. 그리고 서사의 중심은 혜련의 딸 진수를 사랑하는 송병림이라는 20대 청년으로 옮겨간다. 25세인 송병림은 한석중의 외사촌 동생으로 잘생긴 얼굴에 "음향이 좋은 목소리"를 가진 매력적인 인물이다. 현재는 문리대 수학과를 휴학 중이며, 나중에 경제과로 전과한다. 송병림은 작품 속 등장인물 중 가장 적극적으로 당시의 시대 상황과 긴밀하게 접속되어 있는 인물이다.

송병림은 6·25전쟁 발발 후 의용군으로 출병하였으나 회의를 느끼고 도주하여 미군에 투신하였다. 형은 월북하였으며, 어머니는 전쟁 중에 폭사하였다. 휴전 후에는 서울로 돌아와 대학에 복학하여 소모임 활동을 하다가 불순세력으로 몰려 고문을 당하기도 한다. 송병림이 끌려가는 상황의 긴장과 그가 고문을 당하며 겪는 고통과 갈등, 그리고 무고한 사람을 좌익세력으로 몰아 목숨을 위협하고 반정부적인 인사를 좌익세력으로 조작하려는 정부기관의 행태가 실감 나게 그려져 있다. 송병림은 "절망은 절망대로 표출하는" 것이 좋은 것이라며 창작을 그만두려는 혜련을 만류하는, 유일하게 유혜련의 작품에 긍정적인 평가를 내리는 인물이기도 하다.

『내 마음은 호수』는 송병림을 통해 미약하나마 작가의 정치적인 관점이 드러난다고 할 수 있다. 작품 속에서 박경리는 의도적으로 송병림을 부각시키고 있는데, 그것은 아마도 『내 마음은 호수』 연재를 시작한 지 얼마 지나지 않아 4·19혁명이 일어난 것이 큰 영향을 미친 듯하다. 4·19의 경험은 청년들에 대한 희망을 갖게 하였고 그것은 『내 마음은 호수』의 송병림을 형상화하는 데에 애정을 쏟도록 한 것으로 보인다.

하지만 송병림을 둘러싼 이야기의 핵심 역시 '혁명'이 아니라 '사랑'이다. 그 사랑은 작품의 제목에 걸맞은 낭만적인 사랑이라기보다는 불륜과 금기, 근친상간과 자살 미수 등이 뒤엉킨 사랑이다. 유혜련의 시누이인 27세의 문명희는 풍만하고 화려한 육체파로 개방적이고 소탈한 기질을 가진 여성이다. 대학 영문과 재학 시절 "사랑에 대한 애상이나 꿈"이 아닌 "생활적인 면"을 계산하여 의사인 한석중과 전쟁 직전에 사랑 없는 결혼을 하였다. 생활적인 측면에서나 자유분방하고 도발적인 사고 등 문명희는 아프레걸(après-girl)의 전형으로 묘사된다. 명희는 조카인 진수에게 "고몬 사회악의 한 표본이에요. 아무것도 하지 않고 자기의 향락만 찾고 있잖아요?" 하는 힐난을 듣기도 한다. 그는 시동생 격인 송병림에 대하여 운명적인 사랑의 감정을 갖고, 송병림을 속여 유원지의 숙박 시설로 유인한다. 하지만 송병림의 마음을 얻지 못하고 자살을 시도하나 미수에 그치고 만다.

송병림의 사랑은 명희가 아니라 진수를 향하고 있다. 혜련의 딸 진수는 남다른 감수성과 매력적인 용모를 지닌 성악가가 꿈인 S대학 음대생이다. 진수 역시 고모인 문명희와 병림 사이를 오해하기도 했으나 결국 병림을 이해하고 사랑하며, 기관에 의

해 끌려간 병림의 뒷바라지를 한다. 흔들리는 딸 진수에게 충고하는 "언제나, 어떠한 오해가 생기더라도 반드시 본인에게 확인을 얻어야 한다"거나 "사소한 실수가 일생을 지배하게 된다", "사랑이라는 것은 인간의 마음의 척도이지, 결코 풍습이나 제도가 그 척도는 될 수 없다"는 혜련의 말은 결국 혜련 자신에게 하는 말이기도 하다.

사실 작품 속에서 『내 마음은 호수』라는 제목에 어울릴 만큼 낭만적이고 서정적인 사랑은 찾아보기 힘들다. '호수'는 고요하고, 평화로우며, 아늑하고 안정적이다. 그것이 일반인들이 가지고 있는 '호수'에 대한 이미지일 터이다. 하지만 혜련의 사랑은 호수라기보다는 정체되어 있고 빠져나올 수 없는 늪과 같다. 영설의 강한 집착과 격정적인 사랑은 예측하기 힘든 태풍과 닮았다. 무모하고도 일방적인 명희의 사랑도 호수의 이미지와는 거리가 멀다. 그럼에도 작가가 '내 마음은 호수'라는 타이틀을 선택한 것은 무엇 때문일까?

집착 없는 사랑이란 있을 수 없는 노릇이고 사랑이란 언제나 무모하기 마련이지만 작가는 결국 사랑은 호수와 같은 것이라고 말하고 싶은 것이 아니었을까? 아무런 아픔도 갈등도 욕망도 없는 사랑이란 존재하지 않는다. 누군가가 던진 돌멩이에 파문이 일고 출렁이기는 하지만 호수는 이내 다시 평화롭게 자신의 모습을 찾아간다. 호수의 바닥에는 시간의 나이테를 새긴 곡절 많은 돌멩이들이 쌓여 있겠지만, 호수는 그 모두를 품고 그

자리에 있다. 강물은 흘러가기 마련이고 바다는 시시각각 변화하지만 호수는 언제나 그 자리에 그 얼굴을 하고 있는 것이다. 사랑은 언제나 위태로울 수밖에 없지만 작가는 그렇다고 그러한 사랑을 비난할 권리는 누구에게도 없다고 말하고 있는 듯하다. 호수처럼 그 모두를 껴안을 수 있는 것이 진짜 사랑이다.

누가 뭐래도 박경리의 대표작은 『토지』이다. 『토지』에서는 서로 신분이 다른 서희와 길상이 결혼을 한다. 용이는 본처가 죽자 임이네 사이에서 아들을 얻고 기생의 딸인 월선과 가슴 아픈 사랑과 이별을 한다. 윤씨부인을 겁탈하는 동학 장수 김개주, 그 사이에 출생한 구천이는 형의 아내를 사랑하여 형수인 별당아씨를 데리고 야반도주를 한다. 이상현은 기생이 된 봉순에게서 딸 양현을 낳는다. 그리고 의남매처럼 지내던 양현을 사랑하는 윤국이, 식민치하에서 벌어지는 일본인 오가타와 유인실의 사랑……. 『내 마음은 호수』에서 보여주는 사랑은 선악의 기준을 넘어선 통상의 윤리 너머에 있다. 그러한 사랑은 비단 이 작품뿐 아니라 박경리의 작품들 전체를 관통하고 있는 주제이기도 하다.

내 마음은 호수

초판 1쇄 인쇄 2023년 12월 1일
초판 1쇄 발행 2023년 12월 13일

지은이 박경리
펴낸이 김선식

경영총괄이사 김은영
콘텐츠사업2본부장 박현미
책임편집 한나래 **디자인** 정명희 **책임마케터** 문서희
콘텐츠사업6팀장 임경섭 **콘텐츠사업6팀** 한나래, 임고운, 정명희
편집관리팀 조세현, 백설희 **저작권팀** 한승빈, 이슬, 윤제희
마케팅본부장 권장규 **마케팅4팀** 박태준, 문서희
미디어홍보본부장 정명찬
브랜드관리팀 오수미, 김은지, 이소영
뉴미디어팀 김민정, 이지은, 홍수경, 서가을, 문윤정, 이예주
크리에이티브팀 임유나, 박지수, 변승주, 김화정, 장세진, 박장미
뉴미디어팀 김민정, 이지은, 홍수경, 서가을
지식교양팀 이수인, 염아라, 석찬미, 김혜원, 백지은
브랜드제휴팀 안지혜
재무관리팀 하미선, 윤이경, 김재경, 이보람, 임혜정
인사총무팀 강미숙, 김혜진, 지석배, 황종원
제작관리팀 이소현, 최완규, 이지우, 김소영, 김진경, 박예찬
물류관리팀 김형기, 김선진, 한유현, 전태환, 전태연, 양문현, 최창우, 이민운
외부스태프 교정교열 유혜림 본문 조판 스튜디오 수박

펴낸곳 다산북스 **출판등록** 2005년 12월 23일 제313-2005-00277호
주소 경기도 파주시 회동길 490
전화 02-704-1724 **팩스** 02-703-2219
이메일 dasanbooks@dasanbooks.com
홈페이지 www.dasan.group **블로그** blog.naver.com/dasan_books
용지 아이피피 **인쇄** 한영문화사 **코팅 및 후가공** 평창피앤지 **제본** 국일문화사

ISBN 979-11-306-4773-9 (03810)